紫云村

ZIYUN VILLAGE

史杰鹏 著

——大唐小吏的生死逃亡——

SPM 南方传媒 广东人民出版社
·广州·

目录

一	掷驴获官	*001*
二	鳌屋县尉	*006*
三	紫云村逆旅	*011*
四	逆旅新妇	*017*
五	菩提寺许愿	*023*
六	驿道赠鸽	*029*
七	左尉许浑	*035*
八	怒惩孔目官	*041*
九	球场风波	*047*
十	习练书判	*055*

十一	瑞光寺赏菊	*062*
十二	澄照和尚	*069*
十三	崔五娘	*076*
十四	县家琐闻	*082*
十五	欢喜回上都	*090*
十六	古寺曲霍小玉	*095*
十七	右神策军院	*101*
十八	衣锦还乡	*110*
十九	除夕守岁	*117*
二十	崇仁坊酒楼	*122*
二十一	救人遭讹诈	*128*
二十二	天降横财	*135*
二十三	知事僧解惑	*141*
二十四	西市逢故人	*147*
二十五	与老师叙旧	*154*
二十六	何书记道河朔	*159*

二十七	何书记道河朔（续）	165
二十八	迁居靖安坊	172
二十九	靖安坊斗诗	180
三十	再进右神策军院	188
三十一	寻访成德进奏院	195
三十二	上元节前的焦虑	199
三十三	作客老仆家	204
三十四	又会霍小玉	209
三十五	上元歌诗	215
三十六	并辔朱雀街	221
三十七	靖安坊温情夜	225
三十八	骏马赠许浑	231
三十九	许浑话幽州	236
四十	县家闲情	243
四十一	开春即征年中税	253
四十二	李德裕视察	261

四十三	闲论李德裕	270
四十四	耿知俊劝仕途	276
四十五	春光驰荡春情涌	287
四十六	寒食节的美餐	295
四十七	痴情梦断淡荡天	301
四十八	仙游寺赏牡丹	308
四十九	偶遇崔五娘	316
五十	仙游寺云雨	321
五十一	难忘云雨情	327
五十二	周松和裴休	333
五十三	见召宋镇将	338
五十四	骏马被人赚	345
五十五	屋漏偏逢连夜雨	350
五十六	寡义薄情何莫邪	355
五十七	典狱通消息	362
五十八	死里逃生	371

五十九	月下逃亡	*375*
六十	白大三兄弟	*379*
六十一	白大三兄弟（续）	*387*
六十二	菩提寺落发	*393*
六十三	滥竽充数	*401*
六十四	乔装苦行僧	*409*
六十五	再见新妇	*416*
六十六	林中伏野猪	*422*
六十七	萧家供养	*433*
六十八	李商隐	*440*
六十九	小人作梗	*450*
七十	再逢郑注	*456*
七十一	还俗做押衙	*465*
七十二	阿琼的送行	*471*
七十三	暑热的路途	*481*
七十四	石猪驿	*489*

七十五	凤翔镇	*496*
七十六	中元节宴会	*502*
七十七	衙内密谈	*507*
七十八	衙内密谈（续）	*513*
七十九	凤翔镇的中秋	*518*
八十	监军使张仲清	*529*
八十一	故人赵炼	*536*
八十二	军中比武	*541*
八十三	王守澄的死讯	*551*
八十四	群聚绘蓝图	*559*
八十五	忧心大事不能成	*565*
八十六	螃蟹纷争	*571*
八十七	李敬彝出走	*577*
八十八	银斧东征	*584*
八十九	永宁坊王涯	*589*
九十	永宁坊王涯（续）	*596*

九十一	永兴里王璠	602
九十二	永兴里王璠（续）	608
九十三	再见知事僧	615
九十四	马嵬驿杀戮夜	621
九十五	折返凤翔镇	637
九十六	最后的对决	643
九十七	监军使厅血战	650
九十八	槛车送上都	655
九十九	再逢紫云村	660
一百	血染紫云村	665

后记　　　　　　　　　　　　　　　　　　　*673*

一　掷驴获官

张骥鸿是神策军的官健,曾经在南衙的金吾卫中干过,因为表现好,加之也确实能干,就被选拔进了神策军,起首做卫士,后来做伙长,都做得很好,得了赏识,就被提拔为队正。他一向以勇力著称,投石超距,超过军中最精锐的士卒一大截,在军中也有威望。

这天,他穿着自家最喜欢的便服,一袭淡黄色的麻布圆领衫子,踏着一双乌黑的皮靴,骑着马,带着一个仆从经过胜业坊鸣珂曲。天正下着霖雨,道上一片泥泞,连铺在土路上的青石板都看不到了。有个头发斑白的老头赶着一头驴,拖着一车柴火路过。那是一头老驴,因此老人非但不舍得坐,还不肯让它背柴火。驴在道上走着,突然身体一歪,陷在泥巴里,出不来了。整个车也翻倒,柴火散落一地,挡住了行人去路。

胜业坊里,虽然屋宇华丽,鸣珂曲这条路却很窄,一时之间,路人一筹莫展。有人着急:"不知时辰几何?等会敲起夕鼓,我们就困在这里了。"原来长安城每天早上要敲鼓八百通,晚上敲鼓三千点,早鼓敲完，里坊门打开，百姓可以出门行走；晚鼓敲完，里坊门全部关闭。左右金吾卫属下的士卒立刻出来，占据各街角和城门，发现人行走，立刻捕系。

张骥鸿虽然是神策军的人，也没有权力冲撞这铁似的规矩，急了："这样下去不行，我也得陷在这里。"他跳下马，挽起袖子，走近泥泞，解开绳祎，双手捏住驴子的四条腿，大吼一声，将驴子往外一扔，扔过水沟。驴子嘶鸣一声，摔在地上，好在路上泥土泡软，又慢慢翻身站了起来。张骥鸿又抓住大车，也是一样拎起，往外一甩，路就空出来了。然后他从口袋里掏出一串钱，塞到驴车的主人老者手里："我看驴子没事，如果有事，这些钱不够，可以去神策左军找我，我叫张骥鸿。"老者见他器宇轩昂，早知道不是一般人，听到神策军三字，更是惶恐。起初担心驴子被摔坏，现在见完好如初，人家还给自家钱，早躬身谄笑，不停道谢。

这些场景被坊边高楼上，一个叫霍小玉的名伎看去。霍小玉只见一穿淡黄衫的人跳下马，施展了神勇。起初担心那驴子被摔坏，吓得用纤手捂住了自家的眼睛。但听得人声欢呼之后，睁开眼，才发现驴子已经稳当当站着，丝毫无损。知道这淡黄衫的军官确实有绝技，佩服不已。就叫："李郎，你来，你来啊。"

他唤的李郎叫李益，出身名族，是当时的才子，刚刚考上进士不久，等着吏部的拣选，准备做官。这个时间一般要三年，他不肯等，决定留在长安，等待以皇帝名义举办的制科，考上制科，就可以立刻选官。但这也要等到第二年，一个人居住在长安，觉得冷清，因此想找个美女相伴。要求美女，一则因为他是大户人家出身，等闲不能将就；二则是男人都喜欢漂亮的，总不能先放出风去，说找个丑的也行。其实他身边盘缠不多，期望并不大。却不料一个有心的皮条客，介绍他认识了住在胜业坊的名伎霍小玉。

霍小玉长得天姿国色，平常爱读诗，早就读过李益的作品，知道李益的大名。李益爱她的貌，她爱李益的才，于是一拍即合，姘居起来。李益自有了她，也就绝了在外的交游，只派仆人留心制科的日期，其他一概不理，一天到晚和霍小玉腻在房里，腻在床上。

这天午睡，霍小玉听见楼下嘈杂声，醒了，遂自家卷起帘子，透过琐窗向下张望，看到这幕，就叫："李郎你来，李郎你来。此军士有勇力，人也不错，不如请郎君给他写两首诗，让千载之下，也知道此刻的长安城里，有这样一位勇若贲育的磊落豪杰。"

李益当时才和霍小玉姘上不久，情深似火，自然无不答允。当下想了一想，提笔就在缣帛上写了十二句，一首七绝，一首五律：

> 秋雨霖霖坊陌灾，香帘偶睹霸王才。
> 当时有幸逢高帝，会画云台壁上来。

> 中秋天降露，萧瑟满涂泥。
> 行人愁欲涕，城鼓正相催。
> 寒策缠街浑，力士拔云梯。
> 群喙方交问，飘然向远陲。

霍小玉喜不自禁，把缣帛抱在怀里："卿卿李郎，李郎卿卿，你真是名副其实的大才子,片刻就写了两首,只怕曹子建再世,也不过如此。"李益被美人一捧,也忘乎所以:"曹子建要活在今天,跟李郎一起进考场,名次不一定比你李郎高。"霍小玉道:"我就喜欢你这自信的劲儿。这辈子呀,侍奉了一个大才子,哪怕将来不得善终,也值了。"李益揽住她的纤腰:"娘子说的什么话来,咱俩在一起,自然是要一辈子,你侍奉我茶饭鸳枕,我侍奉你画镜描眉。"霍小玉眼睛亮亮的:"妾身真有这样的福分吗?"李益道:"一定有。"

得了许诺,虽然也知道不一定成真,霍小玉还是全身魂魄飘到了云端,免不得又被李益拖到枕上,侍奉了一回。之后霍小玉慵懒爬起,吩咐侍女:"把李郎这两首锦绣诗歌抄一遍,送到坊中乐府我几个姐妹那儿去传唱。"

侍女答应一声去了。霍小玉对李益道:"那几个姐妹,都在官家乐府公职,李太白王昌龄,甚至白乐天都唱腻了,听到我依附了才子,喜欢得不行,一直要我求你写几首歌词,今儿总算满足她们了。"

李益道:"那有空请她们都过来坐坐,我即兴再为她们作几首,又费得什么事?"

霍小玉道:"古人说金屋藏娇,就是怕贼惦记,我怕丢了李郎。"

李益似乎有些忸怩:"实不相瞒,初见你时,我颇不自信,出来前,把镜子照了又照。你说我到底是邹忌呢,还是列精子高。"

霍小玉问:"邹忌我知道,列精子高却不知是谁。"

李益来了劲,给霍小玉普及知识,说列精子高出自《吕览》,是齐闵王时候的人,有一天穿戴整齐出门,路过一个水洼,忽然从水洼浑浊的倒影里看到自家衣饰华丽,忍不住自赞:"我怎么长这么美。"仆人也附和："公子一向便这么美,楚国的宋玉,号称美男子,一出街巷,就被妇女围观,但恐怕不及公子。"列精子高本来还好,一听到这话,就想,平时我出街巷,不但没有妇女围观,还往往见我就跑,不知怎么回事。看到前面有个水井,就几步奔过去,趴到井圈上往下看,这回的水是清澈的,他看见水里出现了一个丑得发光的家伙。

霍小玉听了,捂住肚子,笑得上气不接下气,但在李益眼里,又别是一番风姿。

"你肯定不是列精子高。"霍小玉笑,但心里想,当然,比列精子高也好不了多少。可是,你有才华有家世,我一个伎户人家,还能要求怎样呢?免不了心里又掠过一丝忧伤。

二 鳌戴县尉

两天后,长安各个里坊的酒楼、茶楼和乐肆都开始传唱李益的那两首歌诗,李益刚中进士不久,以诗闻名,在宫内也有不少爱好者,自然也就传到了宫中,不几日,连神策军的头头脑脑们都知道了。这些人当中,有的本来就知道张骥鸿,有的还不知道。不知道的就想看看。连护军中尉都下帖召了他去,左看了看,右看了看,说:"嗯,这小子确实是个人才,要不,提拔一下吧。"问张骥鸿想干点什么。

张骥鸿小时候曾经跟父亲抒发志向,说最想当京畿的县尉,县尉很威风,每天骑马带着一些精壮的下属出去,专捕捉鲜衣怒马的五陵年少,谁最嚣张偏逮谁折辱。父亲听了这话,向他道歉:"咱家世代给贵人养马耕田,很穷,出身不好,连累了你。就我们家这破屋漏风的样子,当官,你是别想了。"

张骥鸿说:"不错了,也就是庄稼汉,良民,又不是娼优贱户。"他仗着一身力气,后来就投报了南衙军,又转到神策军,但想当县尉,好像还是没有什么希望。县尉一般是科举考试选拔的,或者是由同样秩级的官转任的,像他这种身份的人,希望不能说没有,终归不常见。

但毕竟是神策军护军中尉主动问的,只要有意愿,就能给办到。半个月后,张骥鸿接到一张告身,任命他为盩厔县尉。盩厔县治所离长安不远,在长安西部,也是个很重要的地方。

拿到告身,就择日上任。他先回到家,向父亲报喜。父亲拿出积蓄,专门杀了几头羊,把左邻右舍的人都请吃了一通。又告诉张骥鸿:"往年给你娶妻,你都看不上,嫌人家小门小户,现在你当了县尉,可能和宦门结亲?"张骥鸿说:"待混混看。"既然做了县吏,必然也得雇一仆人,隔日在市场觅求,选了一位五十来岁,面相忠厚的,询问了一番,还算老实,就签下契约,赶着一辆车,即日启程。

一大早,两人出了长安金光门,向西南行进,一路上风景不错。先是经过昆明乡,见道边秋池清澈,身心为之一爽。再过细柳驿,柳树枝叶低垂,等待秋风,没有生气。中午时分,经丰水桥,渡过沣水,过蒲池村,又二十里至鄠县,县邑里熙熙攘攘,倒是热闹。张骥鸿脱了衣服,沐浴着秋阳,但出了城,便觉凉爽,驿道上一望无际,"物枯识节异,鸿来知客寒",却也有些萧瑟。这样的清秋天气,正是行道的好时光,驿道上人来人往,还有些人骑着驴子,风驰电掣一般。张骥鸿感到奇怪,自言道:"这些人倒也奇怪,穿着鲜丽,也不背什么行李,还都是青壮汉子,有什么事情忙遽成这样。"

老仆说:"郎君向来在宫里当差,对外面的事难怪知晓得少。这驿道上跑过的驴子,穿梭一样,来往两京间,其实大多是剽劫的游侠少年,新鲜杀了人,抢了东西,逃避官府吏卒追捕的。等他日风声过了,再重新干一票。驴子啊,都是沿途村落的百姓养的,专门用来租赁给他们,像驿站一样,吏卒们等闲追他们不上。"

"百姓养驴租赁给贼盗?"张骥鸿大为不解,"这不是给自家召祸吗?"

"有什么不可,贼盗又不是抢了他们。"

张骥鸿以前还真不知道有这等稀奇事,道:"岂有此理,养贼为患的道理都不知道?总有一天会抢到他们头上。"

老仆忍不住笑:"郎君在宫里真是呆得久了,不解百姓疾苦。俗话说养儿防老,而我等小人为了生计,卖儿卖女都不稀奇。租赁驴子给贼盗,自家无损,还有现钱。至于以后,谁想得着,且过了这一天再说。再说句该打板子的话,我等每天被官府抢,又与被贼盗抢何异呢?我的老友张翁,经常去南山伐薪烧炭,好不容易烧好一车,去长安东市叫卖,却被宫监征去,只换得一匹烂缣。他这辈子却没被贼盗抢过,回家不久就气死了。"

张骥鸿无言,过一会,又说:"杀人究竟是犯罪,官府也不管吗?"

"要禁绝此事,却也恼乱。总不能把百姓的驴子都充公,势必有偷偷租赁去的。若查上来,就说自家实在没有那驴子。再说,租赁的钱,朝中有些官吏是可以分到的。大臣们不肯上奏禁绝,下面的吏卒又有什么办法。还有那一等摇唇鼓舌之徒,你要抱怨,就说你漠视百姓疾苦。何况百姓着实疾苦呢。"

张骥鸿这才说:"懂了。"

一路走着,暮色不知不觉渐渐从天上压下来,西边的天空中冒出半轮皓月,远处的山也再看不见草木,黑魆魆的,只留下轮廓。四下里非常寂静，只听见车马的轮毂声，和他们自家的细谈。秋日的晚风掠过，吹拂在身上，非常惬意。张骥鸿一向喜欢走夜路，老仆却说："郎君，看样子必须找个逆旅歇息了，天黑道上难走，也不安全。"

张骥鸿拍拍腰刀，说："怕怎的，还有谁敢抢劫老子不成。"

老仆说："郎君神力过人，贼盗自然不敢惹。但晚上多有神狐鬼魅，若被她们缠上，只怕不妙。"

长安京畿这一带，多山岭多寺庙，神狐鬼魅的传说所在多有，张骥鸿也知道，他笑道："那正好，我跟他们联个宗，可忘了我姓什么吗？"

老仆尴尬道："这倒没忘，'千年之狐，姓赵姓张；五百年狐，姓白姓康'。郎君祖上也是来自漠北吗？不过老奴我确实怕黑。"他念的这两句谚语，在关中一带流行。

张骥鸿道："我也不在你面前托大，我既非世家出身，也没有家谱，实话说，我连我爷爷的名字都不知道。"

老仆大笑："郎君真是爽利人，其实英雄不问出处，便是朝廷的官家，号称陇西李氏，怕也不可靠呢。"

张骥鸿也笑："你也是爽利人……既然这样，就找个地方下榻。可是就怕这驿道上没有逆旅。"

"郎君是做官的，沿途的亭舍怎敢不接待，只怕找不着。"

好在说着话，就看见驿道的右一侧似有一栋两层的木楼，在暮色中伫立。张骥鸿说："我记得图录上，这处有个村落，估计便是。"说着从身上掏出图录，就着夕晖的余烬寻找："应该是紫云村。有五六十户人家，也不算小了。"

老仆也欣喜，给拉车的两匹马扬了一鞭子，马车加速欢跑，没多久就接近了，果然是一幢两层的木楼，面目还甚宽敞。张骥鸿看见楼的檐下，挂着一块匾，上写"紫云村"三个字。在楼的背后，还能隐约看见一片屋檐，无疑就是一处村落。

三　紫云村逆旅

楼前有个院子，一只狗趴在门口，看见客人，叫了两声，欢快地跑了过来，绕着转圈，但并不凶恶。大概逆旅中养的狗，是为迎客的，调养过，不会对客人狂吠。但吠几声，通知主人出来迎客，却是必要的。

但过了好一会，才出来一位小厮，穿着短衣，裸着发髻，手上还攥住一枚棋，大概刚才在玩握槊，浑然不觉外面来了客人。他上前躬身施礼，问："郎君住店吗？"

张骥鸿道："不住店来此作甚。"

老仆跳下车，道："我家郎君新授鳌屋县尉，有上好客房，给我家郎君置办一间。"

小厮一听，赶紧拜倒："惶恐，原来是少府，小人应该回避。"

张骥鸿说："算了，我不爱讲这套，再说你回避了，谁来帮我执役。赶紧动作起来，做你该做的，不必向他人提及我官职。"

小厮弯腰道："晓得，小人这就去准备，烦这位老丈先驾车进院子。"

张骥鸿下了车，进得旅店。店内已经点着十几枝蜜炬，颇为亮堂。主人是位五十来岁的老妪，顶着丛山髻，髻上插把小梳，见了张骥鸿，也拜了一拜，张骥鸿回拜。那老妪抬头看看张骥鸿，赞道："这位郎君好相貌。"

张骥鸿笑道："阿媪倒会说话。"寒暄了几句，瞥见厅堂上，坐着三个大汉，正在玩六博，其中一虬髯大汉大叫"卢，卢"，随即声音戛然而止，叹了口气，骂道："他娘的今天硬是没运气。"很显然，最后一枚子已经旋转倾倒。张骥鸿在神策军中时，也颇好赌，往往把薪水赌得精光，父亲常说他："你在宫中当差，也有些年了，怎么不积些钱财，将来做娶妻之用。"张骥鸿总是说："光靠做一军士的薪水，什么时候能攒到娶妻的钱？等我穿上绯袍，再做计较。"父亲也不跟他争，只是嘟哝："才不用地头刨食几天，就想天鹅屁吃。"摇摇头，径直去挑粪浇园。这回张骥鸿出来时，军中好友各自解囊，送了好些钱，攒成一堆，换了七八匹绢。于是回头对老仆说："去我车上取匹绢来。"自家踱到三个大汉的案前去看。

那三个大汉见他来，略往旁边让了让："这位郎官哪里来，一起耍耍。"

张骥鸿赌瘾发作，也不推辞："旅程寂寞，既盛情相邀，敢不从命。"

于是摆开博局，纵情玩乐。张骥鸿平日在神策军中，都是熟人，一般也有赢有输，以为自家博技还行，谁知今天手气不好，一次全黑的"卢"也没掷到过，倒是掷到过数次倒霉的"五白"，不多久，几匹绢就输得还剩一匹，输得脸都白了，老仆拦住他："郎君，至少剩下一匹绢，付了今天的饭钱房钱，还能剩些，等到了螯屋，还能做打算。若是输得一丝不剩,如何脱身。"

张骥鸿虽不甘心,倒也清醒,于是罢手。正好这时小厮来请:"郎君,饭菜已经备好,请郎君上楼入席。"张骥鸿于是借机离局。到得楼上,见中间摆着几张案,一架屏风,席子一尘不染。饭菜是一碗清汤羊肉,一碗鹿脯,一碗槐叶冷淘,两张胡饼,酱汁调料一应俱全。看着清爽,也颇合口味。老媪在旁道:"偏僻乡聚,没什么好吃,但那鹿肉,是本地山中所产,别处等闲难遇,郎君可以尝尝。是要酒还是要茶,尽管吩咐。"张骥鸿尝了一口鹿肉,赞道:"颇好手艺,便去长安,也能成名,可惜了。"

老媪面上欢喜,停了一会,又搭讪道:"郎君真好气度。"张骥鸿道:"此话怎讲?"老媪道:"寻常人输了那么多,差的痛哭流涕,好些的也神色呆痴,像郎君这样面不改色的,老媪还是第一次见到。"张骥鸿道:"钱财如流水,我身在流水边上,还怕没有得钱花。"

老媪拍掌道:"英雄方有此豪情,像郎君这样的人物,钱财怕不是流水怎的;只有犬子那样的,是一沟死水,我活着时尽力给他积攒点,让他在沟边守着,不然难以存活。"

张骥鸿问:"令郎做何勾当?"

老媪说:"就在灶下,郎君现在吃的,便是犬子的手艺。犬子一无是处,单在此处有些才能。"

张骥鸿道:"人不衣食,君臣道息。饮食大过天,何必小看了令郎。"也来了兴致,问起老媪的家世来。才知道老媪的丈夫曾在两京间做买卖,积攒了一些钱,当年才建了这么一间逆旅。丈夫死后,丧葬花了不少钱,为了还债,把逆旅卖给了当地县廷,但还是让她掌管。

留下一个儿子,不喜别的,酷爱烹调,为人极其老实。一年前娶了妻子。那新妇反客为主,非常蛮横,儿子就是新妇的下饭菜。张骥鸿笑道:"这也是常事,若非官宦人家,新妇哪得尊崇许多规矩。"

老媪唉声叹气:"也是看人,若是郎君这样的,新妇哪敢造次。"

正说着,从一侧廊间来了两位抱琵琶的女子,都梳着堕马髻,画着愁眉妆,额上贴着水滴形花黄,一个穿黄色上襦,白红间色的裙子;一个穿绿色衫子,粉绛间色的裙子,相貌倒都是一般。坐在屏风间,盈盈下拜:"这位俊俏郎君,可愿听曲。"

老媪向张骥鸿道:"也是为了生计,郎君想听便听,不听就叫她们下去。"

张骥鸿道:"若是平时,倒也听得,只是刚才赌博,还剩一匹绢,只怕不够。"

"郎君可是要去鳌屋?"说着老媪拨了几下算筹,说,"花不了几个钱,听她们唱两曲,剩下的钱足够郎君归家。"

张骥鸿道:"既是如此,看她们也不容易,便听两曲何妨?"

那穿黄色衣裙的女子便轻拨琵琶,叮当有声。张骥鸿在神策军中,也曾见过些世面,但他是个粗人,也分辨不出琴声好坏。只觉得忽然有些伤感,仿佛乐器这些物事,只在宫中才是合拍的;到这驿站逆旅,对着楼外树间半轮明月,倒有些不真实。那女子弹了几下,展喉唱道:

越王勾践破吴归,
义士还家尽锦衣。

宫女如花满春殿，

只今惟有鹧鸪飞。

歌词浅显，张骥鸿倒也听得懂，不觉感叹："这类歌词是忌讳，在宫中是听不到的。不知是谁作的歌词。"那女子说："是玄宗皇帝时宫中翰林谪仙人李太白的歌诗《越中览古》。"张骥鸿道："不错，可会唱些新的？"那绿色衣裳的女子点头，便也拨了拨琴弦，唱道：

秋雨霖霖坊陌灾，

香帘偶睹霸王才。

当时有幸逢高帝，

会画云台壁上来。

张骥鸿一震，倏然双泪俱下。其实那一日在胜业坊，他曾经仰头看到了霍小玉的容颜，她白衣似雪，头上戴着花钗，颊边涂着红晕，嘴唇血红，脸蛋雪白，宛如明月一样，粲然生光。后来才知道，那女子叫霍小玉，已经和大才子李益姘居，感伤不已。

老媪怪讶道："郎君为何流泪？"

张骥鸿道："实不相瞒，这歌词里写的就是在下。"

老媪哎呀一声，嘴里一阵褒美，但张骥鸿一句也没听清，因为正在这时，楼下响起一片喧哗之声，听得有青年男子大叫："这不行，你们这是作弊。"接着听见惨叫声。张骥鸿道："不知什么事？"说着就走下楼去，见那三个赌博的男人光着膀子，正在欺侮另外一个男子。原来他们每个人胸前、背上、手臂都文满刺青，凶神恶煞。张骥鸿平时最见不得恃强凌弱，大叫："住手，怎么随便打人？"

那被欺侮的人号呼："郎君救命，这伙人邀请我玩博戏，却偷偷作弊……"

三个男子骂道："你放屁，我们赢得再公平不过，你敢诬蔑我们的名声。"看见张骥鸿，道，"你这位客人知道，我们刚才赢你，也是光明正大。"

张骥鸿还没说话，忽然听一女声道："只怕也不光明正大。"张骥鸿回头一看，见一青年女子，蓬着头发，只用一根银钗挽住；身上穿着粗布衣裙，脸上毫无粉饰，背上背着一捆木柴，好像刚走进来的样子。

四　逆旅新妇

听背柴女子这么说,那最粗壮的长着虬髯的男子怒了,指着背柴女子:"这臭婆娘,莫要管闲事,不要嫌活得长了。"

背柴女子脖子一缩,往后退了两步,不敢说话。男子见她胆怯,越发得意,边欺近边嘲笑:"臭婆娘别跑,白爷今天教你怎么说话。"

却听得楼上老媪叫:"这位郎君手下留情,那是我家新妇,平日痴痴呆呆的,不知世事,请千万饶恕一回。"又对背柴女道,"赶紧给郎君请罪。"

那汉子道:"竟是你家新妇,本来也可饶恕,但我们兄弟三个一世清白,却在众人之中受她诬蔑,岂能随便干休。我想阿媪也懂得一些礼节。"说着弹了一下指头。

老媪道:"这个晓得,三位郎君今夜住店的一应花费,都不记账,老媪在此感谢了。"说着拜了一拜。

另一个瘦些的汉子道:"我们三兄弟的声誉,就只值一夜房钱和饭钱?不妨实话跟你说,这条驿道上,谁不知道我们终南三虎的名字。今日不赔偿个三十匹绢，我的兄弟们会拆了你的店。"

老媪道："三位郎君请息怒，老媪这位新妇，确实是有些昏症，这乡聚之中百十户人家，无不知晓。这店老媪早就作价卖给了县廷，也是人人皆知。三位郎君是好人，一定能体谅难处，实在不肯，要替老媪调教新妇，老媪也无奈何。"

那瘦些的汉子凑近砍柴女，觑了一觑，笑道："虽有些姿色，也没甚特别过人之处，谁愿帮你调教。"

张骥鸿不由得勃然大怒，道："你们三个竟敢调戏良民新妇，也太过了。"

虬髯汉子斜眼看他："怎么，你不服气？赶紧滚开，这里没你的事。"伸手就来叉张骥鸿。张骥鸿抓住他的手腕一扯，差点将其摔个趔趄。那汉子"咦"了一声，恼羞成怒，骂道："敢暗算你白爷。"又冲上来抡拳就打，却被张骥鸿迎面一拳，打得倒撞出去，竟然再爬不起来。其他两人见状，也齐齐怪叫，冲上来围殴张骥鸿。但张骥鸿在神策军中也是翘楚，这两人哪是对手，张骥鸿也只发出两拳，两人就被打得躺在地上呻吟，没有爬起的力气。

堂上诸人面面相觑，想喝彩又不敢。张骥鸿在长安时，军中伙伴休沐日出去，往往作威作福。长安东市西市，看见神策军军士来买货，若是细小物事，一般不肯要钱；贵重物事，也多会在本钱上打折，就算赔些，也不敢要价。张骥鸿本人不喜欢伙伴这种作为，往往劝说："百姓家小本经营，都有难处，何必巧取豪夺。"伙伴一向知张骥鸿为人义气，往往听从。但长久在这样的人群中厮混，难免也学了些促狭，于是他一把抓起那虬髯汉子，笑道："你这牧竖，看上去身上也有些肌肉,怎如此虚空不经打。"

汉子两眼蓄泪:"你倒问我,却不知自家下手忒狠些。"

张骥鸿抓住他胳膊细看,原来左右臂膀上各自纹了两行字:"生不怕阎罗王,死不怕京兆尹。"于是笑道:"何不在胸前札上一句:单只怕逢鳌尉。"说着从腰间拔出短刀:"这几个字我倒会写,不如就我给你札了吧,酬金也不要多,我在长安时,听说皇甫翰林给裴相公写铭文,一个字三匹绢,他一口气写了三千字,裴府向皇甫学士家送绢的队伍排成长龙,半天才运完。我是粗人,挣不到那么多,只会写七个字,一个字要你一匹绢。共七匹。"说着就要向他胸前刺去。

虬髯汉子往后紧缩,口中怪叫:"舅父,不知舅父是县尉,是管钱粮户口的左尉,还是管逐捕刑狱的右尉?"

张骥鸿一愣:"有甚不同?"

"若是管钱粮户口的左尉,小人情愿出这札青的钱;若是右尉,小人则奉上七匹绢,请舅父不札。"

张骥鸿道:"老子平生最不喜欢打哑谜,再说清楚点。"

汉子道:"若舅父是左尉,必是进士及第,有翰林之才,小人札上了舅父的字,实在光宗耀祖,走到外面,旁人见了只有羡慕;若是右尉,只会些拳脚,就不值钱了。"

张骥鸿忍不住笑:"娘的,凭你这泼皮,也敢瞧不起老子。"

汉子道:"实在行情如此,没有半点嘲笑舅父的意思。"

张骥鸿道:"果然是条糙不烂的泼皮,好吧,你为何叫我舅父?"

"若叫少府亲爹,少府确实又不跟小人同姓,只怕让少府面上难看。"

张骥鸿大笑："我身为少府，品级虽然不高，也算是诏除的命官，主动给你札字，你倒挑剔？老子今日偏要给你札。"

虬髯汉子脸上炸汗："少府君，小人实实在在不想在胸前札字。小人这胸前后背，都是留给白乐天的。"说着把衣服脱下，裸背趴着，让张骥鸿看："少府请看，是不是有白乐天的诗。"

张骥鸿看他背上札着一湾春水，旁边杨柳依依，但空中又是一行大雁，不知所以。那汉子解释说："中间便是白乐天的诗，札的是这两句：'织为云外秋雁行，染作江南春水色。'"

"你这卖菜佣，还真能诵两句呢。"又转头看着另外两人，"你们也札了诗吗？"

那瘦些的一个道："小人札的是元相公的诗。"也脱了衣服趴在地上，张骥鸿见他背上札着一条山泉，弯弯绕绕，旁边一座小楼，楼旁色彩斑斓，一片红云，原来是桃花灿烂。

"这是元相公的诗：山泉散漫绕阶流，万树桃花映小楼。"他的声音很响亮。

张骥鸿指着第三人："你呢？"

"小人最爱王司马。"

"那你诵几篇来听听。"

那人惭愧道："其实只会背上札的这首：'中庭地白树栖鸦，冷露无声湿桂花。今夜月明人尽望，不知秋思落谁家。'"一边诵一边脱衣。

张骥鸿见他背上札着一棵桂树，树叶间花瓣像金粟一样，密密麻麻，历历可数。中天皓月一轮，旁边檐牙雕琢，院墙高耸，如曲曲屏山，夜凉如水，颇有意境，道："你这个札得最好，想是受尽了苦痛。"

那人连连点头："当时真是痛。"

张骥鸿道："这诗好。王司马我倒见过，常和我们中尉一起喝酒。中尉很欣赏他，认他为同宗。算了，老子也不难为你们，说实话，刚才博戏时，是否骗了老子？若不肯说实话，我可不管你终南几虎，一发打出屎来。"

虬髯汉子苦着脸："实在不知是少府，否则杀了小人，也不敢使诈。"说着掏出五枚博棋，张骥鸿看出是特制的，笑道："老子在神策军中时，倒也见过这类物事，但从未见人对老子使过。"虬髯汉子道："不知少府原先在神策军中当差，那是小人做梦都想进去的地方。所有的绢都还给少府，另外再奉献三匹，感谢少府不杀之恩。"

张骥鸿松开拳头，笑道："你们哪配我打。我也不要你们的绢，都给了那位被你们欺负的郎君，向他下跪请罪。还有，这位阿媪家的新妇，你们也都要跪下赔罪，这事就两讫了。"

三个汉子喏喏连声，一切照做，随即抢着跑了出去。逆旅的其他客人松口气，赶紧围上来拜见："不知是少府，刚才多有怠慢。"老媪则喜中带忧，感谢之后，又说："做买卖这行和气生财。那三人带屈逃了，只怕等郎君一走，再来骚扰。"

张骥鸿道："他们吃了我一顿打，怕是不敢来了。若敢再来，就告诉他们，等我拆了他们的骨头。"

老媪叹口气，叫来新妇，轻声慢语："阿琼，今天多亏了这位少府，否则你必吃亏，连带得我们的店保不住也未可知，可向少府道谢。"

那女子已经换了衣服，再不是刚才那荆钗布裙的模样，上身穿绿色衫子，下身穿石榴色的长襦裙，脸上还贴着花黄。

张骥鸿也不想细看别人家女眷，只掠了一眼，感觉眼睛很大，睫毛很长，虽无极大的姿色，也颇有一些韵致，说："刚才娘子怎么发现他们作弊？"

那女子道："我刚砍柴回来，哪看到他们作弊，不过是想当然。"

张骥鸿一愣，也不知道怎么接下去，只好说："那倒是歪打正着了，总之感谢娘子，让我能讨回盘缠。"忽想起老媪说这新妇在家霸道，实在也看不出，再说人家家事，自家哪管得着。

老媪请张骥鸿上楼，继续饮酒，又弄了几道新菜，自家在旁作陪。聊了一阵，张骥鸿才知道，紫云村现在有上百户人家，是附近终南县所属的乡聚，有县尉派驻在此。村里有温泉，风景颇佳。许多长安高官在此建有别业。有一位萧公，是致仕的侍郎，一年大多数时候，都住在这个别业之中。村里的菩提寺，也以菩萨灵验著称。老媪劝张骥鸿明天早起可以游览一番，拜拜菩萨，许许愿望，可能有效："郎君独身带着奴仆上任，想必还未娶妻，此寺菩萨祈求婚姻最为有验，可以一试。盩厔县离此地也就二三十里，便中午吃了饭出发，傍晚也就到了。"

张骥鸿道："既然有这么好，那明日少不得要游览一番。"

老媪说："那郎君吃完，早点歇息。"

一会酒阑宴罢，老媪命人打来涌汤，张骥鸿洗过，也就安歇了。

五　菩提寺许愿

第二天一早，张骥鸿起来，天光已经大亮，空中弥漫着清晨的独特气息。老仆早就在门前候着，见主人起来，赶紧跑去打了涌汤，让张骥鸿洗漱，又说："我去问问厨房，看有没有饭食。"张骥鸿道："不急，此去蓥屋只有二三十里，我先去四周看看。"

于是往院子廊下踱去，院子里种着数丛木槿，娉娉婷婷，细弱可爱，还有些不知名的草木，红白蓝紫，各饰秋色。旁有一块石碣，上面雕着一些字，走过去看，是一首绝句，写的是：

紫云楼下醉，温液岸边眠。
行者勿惊醒，人间未足怜。

张骥鸿吟了一回，道："这也忒颓废了些。"

一只乌鸦振着翅膀，哗啦啦一声从身边掠过，张骥鸿第一次这么近看乌鸦，全身像黑色的油脂一样，随着仰首低头的动作，油脂则在不断浮动。张骥鸿想,人说乌鸦能送喜讯,要是有人告诉我,霍小玉想见我就好了。

这时厨房方向传来啪啪敲石块的声音,敲了很久,张骥鸿忍不住过去,见昨天那小厮在敲石头引火,身边一地的圆卵石,都有鹅蛋大小。小厮见了他,拜了一拜,说:"少府君早。昨晚不小心,石头上打翻了水,今天怎么也敲不出火来。"张骥鸿从腰间掏出引火木,用锥子钻了一下,嘭的一声着了。小厮道:"多谢少府,平生未见过少府这么和气的官。"

张骥鸿问:"你都见过谁?"

"往来的官员多了,从长安来,一日行五十里,没有不到这里下榻的。"

张骥鸿道:"我想花半日时间游览一下紫云村,你给我当向导如何,完了我给你一镪钱。"一镪钱就是一百枚,小厮吓得往后退:"少府莫不是在调侃小人。"张骥鸿道:"你看我是悭吝的人吗?"小厮道:"倒也是,昨日见少府输了七匹绢,面不改色。其实小人早知道他们作弊,只是不敢说,亏得我家娘子竟然那么侠义。"

于是交代了一下,老媪听说给张骥鸿当向导,自然没有不愿意。张骥鸿跟着小厮,一前一后走到路上,那小厮也就十三四岁,还没完全摆脱童稚,一路上蹦蹦跳跳。倒也可以理解,本来干不完的碎活,忽然得了半天游乐,还有钱挣,当真是天上掉馅饼的好事。

张骥鸿突然想起一件事:"你家娘子平时就这么大胆吗?"

小厮道:"她啊,从来不管外事,每天要么去砍柴,要么在厨房帮忙,要么就坐在楼前发呆。"

"听你家老媪说,她很有手段,你家郎君被她管得服帖。"小厮嘴角微笑:"我家郎君倒是个极老实忠厚的人,至于说我家娘子,倒看不出有什么手段。"

"你家娘子是哪里人?"

见小厮不答,张骥鸿说:"只是因为她昨晚帮我揭破作弊,我才能讨回七匹绢,所以问问。"

小厮道:"不是小人不愿说,而是自觉所知道的,颇为传奇,说来怕少府不信。"张骥鸿道:"但说无妨,我生平最爱听奇怪的故事。"

小厮道:"我听乡聚的老人说,我家郎君有一天赶车出门,看见齐人高的草丛中有个大箱子,颇为豪华,就挪到车上拉了回家,谁知撬开一看,里面躺着一位女子,还有一堆锦缎。女子一见我家郎君,就说是救命恩人。说自家是从很远的地方贩卖来的,贼盗因为分赃不均,自家打起来了,没顾得上她。如今甘愿嫁给我家郎君为妻。我家郎君起先害怕,不敢受,说万一贼盗找回来,自家吃罪不起。女子说,贼盗也许火并死了。何况当天下了雨,贼盗就算回来找箱子,也看不出车辙,根本不会找到紫云村。若实在害怕,自家可以向贼盗解释,并几十匹锦缎还了贼盗,也不会有什么事。我家老夫人贪那些锦缎,且白得一新妇,也就允了。后来却也平善无事,不见贼盗寻来。"

张骥鸿大奇:"天下竟有此事,委实不可思议。"啧啧连声。

进了乡聚,一条大道把乡聚分为东西二坊,街上熙熙攘攘,还颇热闹。张骥鸿道:"倒也是个隐居佳处,既在山边,又临驿道。长安时新的玩意,都能看到,又没有尘嚣之苦。小厮道:"所以周围不少县邑的豪族，在此都有别业，以萧氏的别业最大，萧夫子是做过礼部侍郎同平章事的，善书法文章，也好客，像少府这样的人才，若投刺拜访，一定会得到厚待。"

张骥鸿道："你对于朝廷官职，倒是懂得不少。"

"逆旅正在驿道边，常有官吏来往，偷听他们闲谈，听也听熟了。"

"你都见过什么大官？"

小厮有些得意："光宰相就见过两位，一位是路南式相公，一位是李文饶相公。他们都去剑南节度使任上，路过本驿。"

张骥鸿道："果然不凡，这两位相公，我都没见过呢。"

两人边走边聊，走到东坊街道尽头，看见一座金刚宝座塔，是一所寺庙，门口牌匾，上写"菩提寺"三字。张骥鸿道："长安平康坊也有一座菩提寺，每月三旬逢八的日子，就有寺僧讲经，我只要不轮值，就会去听。这次自然要拜拜。"

径直进去，是一条青石铺成的小径，石上铺满苔藓，两边竹林清翠，颇为幽静。进得大殿，一尊巨大的卢舍那佛屹立，张骥鸿跪下拜了几拜："请大菩萨赐我绯袍，再娶个喜欢的娘子，定有厚报。"说到喜欢的娘子时，又想起霍小玉的模样，颇为失意，自言自语："这世道都爱酸措大，老子也不能再投个翰林胎，去博她喜欢。"但又觉得不厚道，若非李益那个酸措大，自家又怎么能得县尉？想到这里，悲从中来，顿时没有了游玩心思，跟小厮说："回去，吃了饭就出发，我刚许了愿，以后我还来祠赛呢。"

小厮有些沮丧："其实还有不少要处，西方有荷花池，还有快晴阁，少府不想看看吗？"

"忽然没了心情。"张骥鸿道,"回了逆旅,再把一镪钱与你。"

小厮听到并不克扣他佣金,又恢复了些快活:"少府既有事,那不妨就先回去。下次路过,再吩咐小人做向导。以少府的才干,去盩厔不出几年必然升迁,回去长安等候调遣,少不得还来这里。"

张骥鸿忽然又想起什么:"对了,刚才只顾磕头,却忘了供养菩萨。"摸摸身上,什么也没带,还好衣带上装有一块玉佩,是牛僧孺相公赐的。想到刚才许的重愿,若要菩萨帮忙,还有什么舍不得的。正好见一寺僧上台阶,年龄五十左右,手里捧着一卷书,边走边吟哦,看上去是个有德的,就上前施个礼:"在下京兆张骥鸿,去盩厔县上任,路过宝寺。适才拜菩萨,出来得急,忘了带钱,却不能不供养。这块佩玉,是有一次在军中较力比武,夺了头筹,当时的中书侍郎牛相公在场,特意解下身上玉佩,赐给在下。因为在下要忙遽赶路,就施舍给菩萨,请代为转致。"

那僧人身材短小,两颊深陷,呆呆看着张骥鸿,突然笑道:"牛相公是朝廷名臣,本寺能收藏他的物事,幸何如之。小僧一定转告方丈和尚。贵客去盩厔上任,一定也才学非凡,之前凡来敝寺的,都会留下墨宝。贵客何妨也留一副?"

张骥鸿赶紧摆手:"适才在下说了在军中较力比武夺魁,才得了这玉佩,和尚误会了。"

那僧人赶紧俯身道歉:"是小僧耳背,请贵客恕罪。"又打开锦囊,掏出玉佩,原来雕的是一只飞廉,做工精美,不但双翼的羽毛层层叠叠,雕得极为逼真,连脸上的毛发都历历可见,不由得啧啧惊叹,"真是巧夺天工。贵客放心,小僧一定转交方丈,不会昧了它。

贵客既去鳌屋，必然还会来，到时可以找方丈和尚对证。"

张骥鸿见他须发苍白，还自称小僧，不觉好笑。也不多说，客套了几句，也就拱手作别。

回到逆旅，张骥鸿找出一匹绢，说："算算宿费和饭费，还有听曲的费用。"老媪道："昨日多蒙少府救助，哪敢要少府破费。"张骥鸿坚决不依，老媪只好接了绢，飞快算了账，说："现绢一匹，目下抵千二百钱，宿费饭费唱曲费总共六百二十，当还于郎君五百八十。"说着掏出六串钱，"剩下二十，少府就别与我争了。"张骥鸿道："不与你争。"分开一串，给了童仆，童仆欢天喜地道谢。张骥鸿又拿过一匹绢："适才阿媪提醒了我，这匹绢，就算是谢令郎娘子的。若非她揭露那三蟊贼，我到了鳌屋，只怕要先支取下月薪水，才能活得下去。"

老媪自然不肯收，正在推脱之际，新妇闻声过来，道："要谢人，这寻常粗绢，少府君也拿得出手吗？至少得一匹缭绫吧？"

六 驿道赠鸽

张骥鸿虽是个粗人,却也被她惊了一下,没想到还有嫌弃别人谢仪微薄的。老媪也当即数落她:"新妇这说得什么话来,人家慷慨施谢,怎可不知足。"

新妇笑了笑:"阿姑有所不知,昨日听少府君讲起皇甫学士问裴相公讨要润笔的事,其实这是佳话呀。后世人听了这个故事,不会笑皇甫学士贪婪,只会赞裴相公宽厚。张少府是人杰,妾这是帮他青史留名呢。"

张骥鸿也是豪爽性子,道:"这位娘子所言也对,我正好有一匹缭绫,是王中尉给的赏赐,今天就谢了你,也算得其所哉。"说着让老仆去车里把缭绫取来。老仆嘟囔:"这真是头世未见。"但也只能去了。

一切整装完毕,给马套上车出发。在路上,老仆说:"有句话想劝郎君,但又怕郎君责怪。"

张骥鸿道:"这些天来相处,你难道不知我性格?但讲无妨。"

老仆说:"那老奴就斗胆说了,郎君对人,不要老是直接提起神策军和中尉。其实外间百姓,对此只有畏惧,并无敬仰。适才在店里郎君一说起中尉,众人脸上表情有变。"

张骥鸿不服:"要说这个,我也不是完全懵懂无知,却有些气恼,那些文士难道个个好,偏宦官坏?我在宫中,所见文士也多,其实不少人品不堪。不过仗着能写会说,专门糟践中尉等人。"

老仆接口道:"郎君说得虽对,但话又说回来,掌权的究竟是中尉,文士们只赚个口舌,何不就迁就他们点。何况口舌就是他们的刀剑,也是管用的呢。且不怕郎君生气,中尉所为,确实叫人辛苦。我等都吃过亏,若是都像郎君这样,大家又怎么会信文士的口舌。"

张骥鸿倒起了兴趣:"你且说说,怎么被神策军士们欺辱了。"他虽知自家的伙伴每次上街,商贩们都战战兢兢,但因为知道自家不爱恃强凌弱,在他跟前,都不敢放肆,因此很想听人说说亲身经历。

"就说一件老奴小时候的事,那时我也只有二十来岁,家在终南山麓兰若村,我邻家是一个农夫,有三子,勤快肯做,也是中产之家。他家院庭之中,有一棵大柚子树,大概有四五十岁,是他祖父种的。每到夏日,树荫遮日,凉快无比,邻居都在树下各种玩耍闲谈。秋天爬上去摘柚子,像过节一样。有富人曾想花两百缗将其买下,移种到自家在洛阳的宅邸,他都没肯。谁知有一天,来了十来个士卒,每个人挎着刀,扛着斧头,吵吵嚷嚷。领头的穿着紫色官服,哪怕不是真的三品高官,也知道是显贵人物。他在庭院中看着那棵树,许久不动,我家邻居知道有些不妙,曲意奉承。那人爱理不理,最后假装在树干上拍了拍，摸了摸，就说这棵树不错，皇帝陛下征用了，眼前长安翻修安国寺，缺一根大梁。主人匍匐地下哀求，无济于事，那些士卒抡起斧头就砍。最后把树伐倒，扔到溪中拖走，扔下两匹粗绢。那两匹粗绢才值几个钱？这就是神策军的士卒啊。知道郎君为人，否则老奴不敢说。"

张骥鸿道："那是二三十年的事，现在会不会好些。我们王中尉，起码知人善任，是个不错的人。"

"好什么哦。"老仆道，"上半年我在长安长乐坊帮厨，一伙神策军军士跑来，说是军容使请侍郎吃饭，造次之间禁中厨房没有准备，到此间揭一席过去。我家主人当场就跪下了，说向来食物粗陋，不堪官家食用。但人家理也不理，鞭子就抽到身上。最后抬来两筐橘子，说是禁苑收藏的鄂州佳品，皇帝都说好吃，看主人乖巧，特地恩赐。主人跪谢收下，慨叹说，算是白忙遽一句。那些橘子，便算是新橘，也卖不到多少钱，何况经冬的，外表看着还光鲜，其实里面早跟棉絮一样，一文不值，还得专门雇人偷偷扔掉，否则被那帮军士知道，又来找麻烦，还不知扣上什么罪名。"

张骥鸿一听，有些脸红，好像这事当时自家也知道，还问过伙伴："这些破橘子，扔到花园沤肥就算了，这是抬到哪去。"没想到是这样。他沉默一会，道："的确不算光彩。那好，以后我不提是神策军中来的，但嘴巴说习惯了，或者一时改不了，若犯了，你记得及时提醒。"

不知不觉走到驿道，走了一会，前面有条峡谷，很险峻，两边山高林密。老仆不由自主道："应该在谷前稍等，等到人群行才好。"

张骥鸿笑道："这等还是不信任我。"说话时见前面林中站着一人,背上背着一个竹篓,手握一柄砍刀,似乎是砍柴人,张骥鸿道:"看,那边不是有人,怕什么。"走近一看,大惊:"这人好像是那位新妇?"

那新妇一身麻衣如雪,看着张骥鸿微笑:"少府君,别来无恙。"

张骥鸿道:"适才刚在逆旅告别,怎么又能遇到?"

新妇道:"这才是有缘。一直感念少府赠送的缭绫,敢有回报。"

张骥鸿摇手:"用不着,我说了,是感谢你的侠义。"

新妇道:"希望少府以后用不着我的侠义,不过还是预备一下。我这里有信鸽一只,不要小瞧,是市舶使的人从波斯商人那里买来的,波斯人惯于海上航行,一旦船被风浪打碎,全靠它飞回报信。"说着从竹篓里掏出一个笼子,里面果然是一只鸽子,浑身青绿,羽毛油光闪亮,健旺无匹。

张骥鸿辞谢道:"船既然沉海,飞回报信又有何用。"

新妇笑道:"至少可以收尸,也免了春闺梦里人的期望。"把笼子放到路边,"瓜田李下,不宜多言。少府要不要,任君选择,我还要忙遽我的事。"说完径直去了。张骥鸿看着她的背影隐入林中,只好跳下来捡起笼子,大叫:"那就多谢了。"

紫云村离蟊屋的确不远,日光才刚偏西,就进了城邑,比不得长安,道上似乎比紫云村冷清,不过走到市集时,还算热闹。张骥鸿有些神旺,到了这里,才坐实自家成了一个城邑的县尉,那些移动的两足生物,都是自家治下的子民。就吩咐暂时把车停下,想去市场转转。

一进去,就有不少人向他兜售,音调十分奇怪,有时听他们自家互相搭讪,则完全听不懂。好不容易看到一个胡人老者,纯正长安口音，就问情况。那胡人看张骥鸿穿着青袍，惊愕道："可是本县少府。"张骥鸿道："我才来，向父老咨询。"胡人道："自天宝末年以来，本县就驻扎了不少瓯越籍的戍卒，少府听不懂他们说话，并不奇怪。另就是蜀地的移民，比本县籍贯的人还多呢，他们贩卖货物，砌墙抹灰，挑水担粪，什么都肯干，我们本县的人，反而懒散，当然他们之中，也有不少人作奸犯科，和本地游侠少年无异，只是本地游侠少年瞧他们不起。城东不少皇太子家的田地和竹林，都是雇佣蜀地人耕种，有些奸民豪农就交钱伪造户籍进去，作奸犯科也没人敢管了。少府要去县廷，就在城北，顺着这条街过去就行。"

辞别商人，张骥鸿又在集市逛了两圈，上车重往县廷驰去。不多时走过一寺，上书"瑞光寺"三个字，张骥鸿知道快到了。早听说过县廷就在瑞光寺不远，再没走多久，果然看见县廷的门楼，门两边十六位门卒握着长戟站在门口，听说是新来的县尉，领头的那个赶紧带人下拜，惶恐说："没接到少府要来的邮书，否则我等必然去城外亭舍拜迎。此番怠慢了少府，这可如何是好。"张骥鸿道："不必多礼。我本想路上多玩耍几处，若邮书通知你们，让你们每日去长亭候着，也不是事。"门卒感激道："少府真是大度人，卑吏们有福了。"

说着派一人引导张骥鸿到了县尉馆舍，门前种了一大丛翠竹，怕有四五十株，另有两株松树，枝干虬结。门卒道："少府君，这馆舍不同凡俗，当年白乐天为县尉时，就住在这，墙上还有他的题诗。每次修缮，上面都严令不许涂抹。请看那凉亭，也是白乐天经常登临的。站在那眺望，可以看见终南积雪。这翠竹和松树，都是他当我比你年长，在家排行十一，足下可以叫我老许，或者十一郎，或者许兄，随你喜欢。"

张骥鸿道："那我还是叫许兄吧，在下单门寒户出身，老爹只养了我一个，许兄叫在下大郎也可，叫骥鸿也可。"说着让老仆把礼物奉上。

许浑微笑："我就认你这个弟弟了，你的礼物我也不辞，以后也不客套。"将其让进去，屋子虽然不小，却乱糟糟的，连床榻也未收拾，靠窗的几案上，摆着一堆字纸。墙上龙飞凤舞，书着很多字。许浑道："我老家在润州丹阳，几年蹉跎长安，妻子儿女还在家乡。几个月前被任命为县尉，才送信去让家小来，目前还没到。"

张骥鸿自陈还没有妻子，又望着墙壁，道："这是许兄的手书吧，好字。'夜战桑干北，秦兵半不归。朝来有乡信，犹自寄寒衣。'诗也是许兄写的吧？真好啊。"

许浑惊讶道："你也读诗？"

"我在神策军中，认识一位表奏官，跟他学了认字，读了一些诗。我感觉许兄这篇歌诗，和张水部的《没蕃故人》那诗比较接近，那诗我也能诵：'前年戍月支，城下没全师。蕃汉断消息，死生长别离'。还有张水部的《征妇怨》：'九月匈奴杀边将，汉军全没辽水上。万里无人收白骨，家家城下招魂葬。'许兄的这首气魄雄浑，不弱于张水部，应该是亲自去过大漠吧？"

"十年前我在范阳节度使幕府做事，曾去前线看过征战契丹。"

"怪不得。真羡慕许兄，进士及第，慈恩塔下留名，还能写出这么好的诗歌。"

又扯了一会，许浑道："兄弟，你的脾气很投我胃口，你没学过断案，将来会有一些不便，要补一补才行。对了，我看你名刺上叫张骥鸿，这有点恼乱。"

"怎么个恼乱？"

"你可知道本县县令的父亲叫什么名字？"

张骥鸿哎呀一声："入境问忌讳，我不该疏忽的，敢请许兄指教。"

"县令的尊亲叫崔骥，也就是说，你的名字犯了县令的家讳。"许浑说，"县令本人也没有科名。不过博陵崔氏，你知道的，咱们寒门细族，惹他不起。你这名字若被他看见，他没法叫你的名字，没法指挥你做事。"

张骥鸿讨教主意，许浑说："不如你明天提前去他门前拜谒，主动请求自家改名。改什么名好，我想想，要不叫张渐鸿吧。易经上说，'鸿渐于陆'，取名鸿渐的很多，渐鸿也是一样。"张骥鸿喜道："这样甚好，我平生的朋友都是打打杀杀的，从未结交过文人才子，今天真是太高兴了。"

许浑吩咐仆人去市上弄来酒菜，两人一起饮酒瞎聊，许浑听张骥鸿说完来历，一口酒倒喷出来："没想到你是这么得的官，那位右军的王中尉，权势熏天，外间都说他怎么不堪，原来也是爱才的。"

张骥鸿喝得微醺，说话自也畅快："不瞒兄说，我在外间也常听人说中尉的不堪，但朝官当中，能升到高位的，恐怕也没有几个能太清白的。老仆就告诉我，京畿驿道上来往的轻装快驴，专门运送亡命凶徒，无人管禁，只是因为有司从中得益。因此弟以为，人处在什么位置，就有其苦衷，一味以好人去期待他人，等于期望他人做圣贤，必定是不成的。"

许浑道："你的说法我虽然听着不高兴，却也并非没有道理。"

酒阑宴散，日光就偏西了，回到屋内躺了一番，到了傍晚起来，县令派了仆人来见，张骥鸿赶紧束带出外迎接，仆人倒也谦恭，期期艾艾："我家郎君的家讳有骥字，这却如何是好。"张骥鸿一笑，拿出早就改好的名刺："为我转致崔令，卑吏早就想好了，已经把名字改成了张渐鸿。"仆人大喜："那小人这就去回报我家郎君。"但一会又回来了，说："我家郎君请足下去见面。"

张骥鸿又重新穿戴好，跟着仆人去见县令。县令的宅子很大，经过几重门，到了厅上，县令站在阶前迎接，坐定后说："足下谦恭，我很感动。以往此类的事所在多有，所以有其惯例。县尉是诏除的官吏，在台省都有名字挂着的。足下的名刺，不必真改为张渐鸿，否则和台省的名字对不上，如何参与考课？只在本县有事，聚集群吏相参时，临时改称就行了。"又夸奖了一番张骥鸿的样貌，"盩厔虽在京畿，却近边地，不比开元全盛时期了。城中就驻扎了神策军一部，镇遏使宋公，也许足下听说过；另有一部是闽地调配来的土兵，归兴元节度使辖下，事情颇多，以后常须勾当。城中奸邪甚多，往日的县尉都是进士及第，文人写诗作赋还行，掌管刑狱往往力不从心，虽然也称书判拔萃，却不知有纸上谈兵一说，多谢中尉派足下这样的人才来辅佐。"还拍了拍张骥鸿的肩膀，虽然那只手绵软无力，好像女人，张骥鸿却感到很重很重。

第二天，县令召集县丞、主簿等僚属议事，介绍了张骥鸿，大家也就认识了。张骥鸿和许浑同厅视事，许浑很关照他，碰到文辞方面的事,都手把手教他:"兄弟,上次说了,你虽擅长捕贼,文案上却也要下些功夫。我考书判拔萃时,专门背诵过案例和处理方案,那些东西还没有丢掉,你可拿去,闲时就背诵背诵。当然,你也有我们没有的优长,那个我们是学不来的。"

张骥鸿道:"感谢兄长的惠爱,弟哪有什么优长,只是没想到能得个县尉,也算光宗耀祖了。我爹喜得什么似的,嘴上不说,我知道得到告身的那段时间,他每天睡不着。"

许浑脸上严肃:"你有优长,你的优长就是不装腔作势,我们这些人,虽然很讨厌作伪,但有些时候自家也知道自家在作伪,放不开。"

张骥鸿也似懂非懂。这一日出外巡视归舍,见老仆坐在檐下劈柴,流着鼻涕,一个硕大的鼻涕泡忽大忽小,就是不破。虽说上了年纪的人多不讲究,但老仆平时善于拾掇,不是如此。听到脚步声,老仆站起来躬身道:"郎君回来了。"张骥鸿才发现他满面伤痕,嘴角裂开了豁口,惊问怎么回事。老仆用衣袖擦掉了鼻涕,道:"说来丢郎君脸面。下午骑马去街上买柴火,迎面来一人,骑着白马,要老奴下马让道。当时人来人往,道路逼仄,老奴腾挪得稍微慢了一些,那人忽然就跳下来,把我从马上揪下便打,还扔下话,说他是京兆尹属下的孔目官,旁人见了他,都要下马的,我竟敢不下马,还跟他争道,打了活该。"

"一个小小的孔目官,也这般凶悍?"张骥鸿当即怒了,"他说了自家姓甚名谁吗?"

"倒说了个名字,老仆也没记住。但还说了本县的典狱是他表兄,告也是没用的。"

张骥鸿道:"典狱便怎样,不正是老子的属吏吗?横竖是不入流的官,也敢作威作福,待我派人去叫他来。"想了一想,又去找许浑,说了一通。许浑疑惑道:"骂人奴婢是大大的失德,正人君子都不能干的,何况动手打。莫非是故意的。"

"此话怎讲?"

"我先给你讲个故事,西汉时代,有个叫严延年的人,他做河南太守时,新上任,听说当地有豪强大族养了很多宾客,无恶不作。犯法后,就躲到主人家,官吏等闲不敢进去逮捕。乃至盗贼公行,百姓不敢上街。一旦上街,都披甲张弓带剑。严延年到任后,让属吏赵绣条列该逮捕的宾客名单,赵绣摸不清严延年的来路,准备了两份文书,一份是重的,一份是轻的。第二天见了严延年,把轻的先呈上。严延年一听他禀报,忽然一把抓住他的前胸,从其怀里掏出重的那份文书,当即下令将其送到监狱,第二天早上斩首,随即发吏卒分头逮捕豪强大族,从此郡中路不拾遗。"

张骥鸿一点就透:"许兄的意思是,这典狱是想通过打我的仆人,来试探我的宽严?"

"只是我的猜测。"

"那该如何?那孔目官好歹是京兆尹的下属。"

许浑笑:"这我不能帮你决定,如果我擅长做官,不至于这个年纪还做县尉。兄弟,你就按照自家的性情来,我觉得做官能够做好,是学不来的;跟着本性去做,就是天意。"

张骥鸿道:"晓得了,我自有道理。"

八　怒惩孔目官

第二天，张骥鸿起床，还没穿戴整齐，老仆就进来说："郎君，昨天打老奴的那个人，和典狱一起来了。"

"他说什么？"

"见了老奴就说昨天喝了些酒，打错人了，向老奴道歉呢。"

"你能宽恕他吗？"

"我听郎君的，郎君觉得该宽恕就宽恕，不要影响了郎君的仕途为上。"

张骥鸿道："我晓得怎么做，且出去看看。"

出门见典狱站在松树下，旁边还有一个三十岁左右的人，牵着一匹白马，左顾右盼。见张骥鸿出来，典狱拉着那人一起拜道："卑吏冒犯了少府君，请褫夺官职。"

张骥鸿看着三十多岁的人，知道是孔目官。那人紫红色面皮，四方脸，脸上看着惶恐，眼珠却左顾右盼，透着狡黠，就说："事情我听说了，你这位表亲，何不介绍介绍。"

典狱长见张骥鸿面色随和，好像松了口气："少府君，我这位表亲现在贾京兆属下，前日来邻县出公务，路过本县，卑吏邀请他略住两天，他昨日骑马出去，看本县风景，不想昨天多喝了两盅，误打了少府君的家仆，罪该万死。"

张骥鸿看着孔目官，微笑道："京兆尹麾下孔目官，果然仪表堂堂，骑的也是好马。"

孔目官咧开嘴："让少府君见笑，薪俸低，买不起好马，平日在京，都是骑驴。这马是来时，临时租借的。"

张骥鸿笑道："不料足下竟是位廉吏呢，失敬失敬。"说着施了一礼，孔目官见状，和典狱相视一笑，仿佛心照不宣，嘴上道："岂敢岂敢。"张骥鸿又说："足下是贾京兆的下属，我不敢怠慢，现在有个请求，不知足下能否答应。"

孔目官道："卑吏只是不入流品的小吏，能帮得少府什么。但有需要，无不答允。"

张骥鸿道："那我就说了。我这位老仆，虽然跟我时间不长，但料理我的起居，十分尽心，我实在把他看成尊长一般。足下把他伤成这个模样，我怎好意思再让他在身边侍候？所以，我有个不情之请，可否将他受的这顿打，移到我身上。"

孔目官和典狱顿时神色忸怩："昨日不知是少府家仆，冒昧冲撞，所以今日特来赔罪。"

张骥鸿道："这个我知道，赔罪倒也不必，是他自家疏忽，见了贵人不知回避，才吃贵人一顿饱打，本也应该。我只请求将他那顿打挪到我身上，足下刚才也说了，若有要求，无不答允，我才敢这样请求。"

孔目官越发有些不安："不知怎么个移法？"

张骥鸿微笑："就是足下可以尽情打我一顿，但是，让我的仆人把昨天挨的打还给足下，足下应该会俯允的。"

孔目官再次跪下："少府君，这如何使得。"

张骥鸿变了脸色："这么说来，足下刚才跟我说的无不答允，就是耍我玩了？"

孔目官道："刚才没想到少府君是提这个请求，除此之外，卑吏什么都可应允。"

张骥鸿道："那足下的意思，就是一定要驱逐我这位忠仆了？"

孔目官哭丧着脸："不是这个意思。卑吏情愿让贵仆打还，但卑吏怎敢打少府。"典狱也随即跪下："少府恕罪。"

张骥鸿看着老仆："你看可否？"

老仆一个劲后退："老奴怎敢打京兆尹下属，使不得啊。郎君放了他吧，老仆命贱，合该受此一劫，就是前生冤孽。"

张骥鸿道："你看我的老仆，何等忠厚，他不敢打你。那我只好代他了。"突然伸出手，啪啪给了孔目官两记耳光，又左手一把抓住孔目官的胸，一提，提了起来，右手抓他的腰，将其举过头顶，笑道："你食言自肥，便是耍我。我的官级比你高，你耍我，便是不尊重我身上这袭青袍。你只是个不入流的官，并无正经官袍，我家老仆如何认得你？你的罪岂不比他重？"

说着张骥鸿将孔目官往外一扔，孔目官的身体飞了出去，啪的一声摔在一丈以外，惨叫一声，半天没有爬起来。张骥鸿又看着典狱，典狱瑟瑟发抖，张骥鸿笑道："你又没打过我家老仆，怕怎的。"

孔目官好久才一瘸一拐过来,头肿得像猪头一般,赞道:"少府君好力气,只是这地夯得太硬,卑吏刚才这一摔,魂魄好像离开了一阵,故此半天不得过来拜谢,望少府见谅。"

张骥鸿见他恭顺服软,也就不好再打,道:"我在京城时,常听人说世间惶愧事,就有'犯人家婢妾,去人家失礼',世间难容事有'客恼主人奴婢,对长官发怒',不想足下两样都占全了,这样行事,如何了得。"

典狱也跟着张骥鸿骂那孔目官:"少府是善人,又不迁怒,你这回好好服罪,少府就当此事过去了。"孔目官再次叩头拜谢。

忽然墙上响起一片笑声,原来好些儿童趴在墙头,把这一幕都看了去。孔目官面皮涨紫,望向墙头,正要发怒,典狱下意识抱住他:"使不得,多是县令、县丞、主簿的公子。"孔目官把到嘴边的骂詈吞了回去,像吞屎尿一样。典狱再次拉着孔目官一阵拜谢,把孔目官扶上驴子,掩面去了。

下午许浑来,说今天一早出去接妻子儿女了,竟然错过了好戏,听儿童们到处传说才知道。张骥鸿道:"看那田舍奴的样,仗着在京兆尹属下做事,恐怕口服心不服,且再理会。"许浑道:"京兆阁下那么多属吏,小小的孔目官,也排不上号,怕怎的。何况你占着理。"张骥鸿笑道:"十一兄,世上有几人肯讲理。"又准备了贺礼,去拜见许浑的妻子,见他妻子儿女都说一口很流利的官话,和想象的大不一样,许浑说:"我家娘子,也不是寻常卖酒人家呢。"张骥鸿由衷为许浑高兴:"有这样的贤内助,今后屋里不会那么凌乱了吧。"

第二天见了县令,县令竟然笑眯眯的,说:"张尉,昨天的事我听说了，这等顽劣小吏，是该要张尉这样的来整治一下了。他们欺上瞒下，对百姓敲诈勒索，往往是他们败坏了我等州县长吏的名声。"张骥鸿又说起京兆尹的事，县令一摆手："这些田舍奴名为官，实际干着贼一样的勾当，贾京兆是正派人，难道好为这田舍奴出头？没把他打死算他运气。"张骥鸿受宠若惊，又是一番感谢。

县令又说："说件正事，马上就是十月，本县要和神策军、闽越军打球比赛，不知这方面张尉是否懂行。"

张骥鸿一拍胸脯道："这个容易，先帝在位时，卑吏还是寻常官健，就常被召去陪先帝打球。打球本来也是神策军中的训练名目，常有此类赛事，只不知邑中可有其他人手。"

"都有，只是往年都没赢过，毕竟我们都是县吏，每天还有不少公务，不能像他们军士，每天专门练习这个。之前的县尉是个文人，现在有你在，太好了。"

张骥鸿道："那卑吏这些天召集他们练习练习。"

不多时到了比赛的日子，是个好天气，乍寒还暖的季节，正适合打球。张骥鸿在右军中，打球确是好手，他精选了五位县吏，都是青壮，虽然技巧还不大行，体力倒都还可以。张骥鸿给他们传授了一些技巧，觉得堪可一战。崔令开始还担心人少，说："对方每次都出场十几人，你这只有五个，可行得？"张骥鸿道："打球不在人多，在精。若找些庸人凑数，反拖累节奏，明府放心好了。"

随着鼓乐奏鸣，张骥鸿带着一班人入场。球场呈长方形，场地比四面略凹进去，像个大坑，前些天夯过，平整如镜。四面都是看台，差不多坐满了县邑的百姓，寻常日子，难得有这样的热闹可看。县总是一方略微领先,就被对方追上。最后从第十六个球开始,是神策军领先,以为可以一鼓作气将县卒队击败,却又被鳌屋县卒连续追到十九比十九。还剩最后一个球了,场上气氛相当紧张,双方各自的支持者都扯着嗓子号呼。就在这时,看台上突然摇起大旗,随即一阵击钟声,宣布双方暂停比赛。

看台上的人都发出不满的叫声。张骥鸿骑在马上,一边擦汗一边示意自家的人过来,商量对策,忽然飞马跑来一位县吏叫他:"张尉,崔令有请。"

张骥鸿策马跟着县吏上了高台,崔县令说:"借一步说话。"把张骥鸿拉到旁边的竹林,四下看看,低声说:"最后一个球,可否谦让?我们县吏每年两次跟他们打球,从未赢过。这回若赢他们,他们面子上须过不去。"

张骥鸿惊讶道:"怎可如此?卑吏当时跟吏卒们说了,赢了比赛,有诸多嘉奖,不但获得彩头,还加赐劳一年,考课上等,优先升迁。自训练以来,吏卒早出晚归,极为辛苦,又比不得神策军,我等空余时间还得处理公务,现在明府让我等让球,卑吏如何向他们开口。"

崔令道:"我也不想要你们谦让。但刚才镇遏使的吴都虞侯私下找我,说如果神策军输了,恐起骚乱,出了问题他不好办。神策军是天子最为仰仗的军队,一向骄傲,我们得罪不起。对了,张尉你本是神策军出身,难道不知?何须我饶舌。"

张骥鸿默然,神策军的骄悍他当然知道,但确实没想过要求对方比赛让球,因为大多用不着,神策军擅长这行。他嗫嚅道:"明府要是早点说——"

崔令打断了他:"什么早点说晚点说,早点我也不知道啊。你们神策军讲道理吗?你怎么做上县尉的?"

这是暗示他做县尉本就来路不正了。张骥鸿感到一阵羞辱,也不敢顶嘴,只好说:"好的明府,卑吏吩咐下去就是。其实我们也并无必胜把握,倒是对方先失了锐气。"

他回了球场,把五位县吏叫到身前一说,顿时哗然:"有补偿吗?"张骥鸿道:"到时求求明府。"有人顿时愤激道:"这段时间早出晚归,屡遭家里婆娘嘲笑,我就回击说此番必得第一,到时拿了彩头,叫你丧气。现在大有希望获胜,却叫我等谦让,如何让人服气?张尉,可否再跟明府说说,神策军士卒也未必愿意我等谦让。"张骥鸿四下观望,看见神策军球员都面带哂笑望着自家这边,手里还做着侮辱的手势,顿时怒从心头起:"你看那些卖菜佣——总之话我是传到了,让与不让,诸位自家决定。"众人面面相觑,这时鼓声再次响起,其中一位球员就是典狱,他说:"大家不要难为张尉了,先下场再说。"

于是最后一分的争夺赛正式开始。张骥鸿刚接到球,打马驰向对方球门,那球就像黏在他竿上一样,神策军八个士卒一起围上,想围追堵截,张骥鸿看准空隙,挥杆将球击出,忽然身子往前一栽,马失前蹄,摔倒在地,口吐白沫,四蹄抽搐。原来那马经不住这样强度的比赛,活活累死。张骥鸿赶紧爬起,大叫换马,同时跑向场地边缘,好在他摔倒之际,球已经传出,被典狱接住,他策马向前,接连几杆,球像箭一样飞起,掠过几个阻挡的神策军球员,啪的一声,击入神策军球门之内。全场的人都站了起来,大声欢呼,好像黄河决了堤坝一样,匋訇一声,站立在球门边的士卒在县吏队这边插上最后一面旗帜。

要是没有刚才张骥鸿那番话，几位县吏球员现在肯定要扑在一起狂欢，但现在反而神情木然，不知所措。忽然那边神策军几个球员大呼："这田舍奴刚才撞我，违反规则抢球。刚才这球不算数。"随即就跑上去，围着典狱殴打起来。

张骥鸿不敢懈怠，赶紧冲过去，想拉开神策军军士，结果神策军士打起了劲，也围着他打。他也怒了，一把抓起一个，向外掷了出去，干净利落。其他军士更是哇哇扑上，张骥鸿道："别欺人太甚。"闪展腾挪出拳，他的每一拳都很重，只要被他打中，或者对方胳膊与他的胳膊相交，无不惨呼。那几个士卒怒发如狂，从场外抢到刀枪，上前围住了张骥鸿。看台上人人惊呼，鳌屋县的县卒们面面相觑，脸上露出怒色，却不敢上前帮忙。倒是看台上早被淘汰的东宫田卒和瓯越戍卒都大叫大呼，要冲下场去，眼看一场大规模群殴势不可免。张骥鸿对那些鳌屋县吏道："你们在旁观看就行，我来领略这些勇士的风采。"说着一脚踢出，将一名神策军官健踢翻，抢了他的长矛。他把矛往地下一插，飞腾而起，兔起鹘落，也就几个回合。八个士卒手中的武器全部震飞，躺在地上呻吟。场上一片喝彩。

看台上的神策都虞侯大喊："反了，给我上。"另一群神策军立刻披甲握刀，准备下场。崔令已经吓得脸色煞白，拦住都虞侯："万勿如此，万勿如此啊。"都虞侯道："你不守承诺，就怪不得我们了。"一把推开崔令。神策军士甲胄相碰，铮铮作响，崔令一屁股坐在地上，知道后果严重。

忽然一直坐着不动的镇遏使宋楚发话："那田舍奴，原先在禁中神策右军当差，是王中尉喜爱的，都虞侯，可不能伤了他。"都虞侯立刻站住："将军，卑吏知道了。"立刻吩咐身边官健："都是一家人，打什么，赶紧下去，叫他们停住。"那些神策军士卒听到召唤，只好折返，一边脱下甲胄，一边低声抱怨，握刀朝着看台上的木栏杆乱砍。

张骥鸿也接到呼召，抛下满地伤者，跟着使者上了看台，在镇遏使宋楚面前拜谒。宋楚左右看看他，尖声道："你殴打而且打伤了我们那么多人，该怎么办？"张骥鸿作揖道："将军，一个人殴打八个人，这殴打二字用在这里，它们自家也未免有些不服吧。"

宋楚怔了一下，尖笑了起来："不错，比那些考过书判拔萃的前进士还要嘴毒。经过这几个月县尉一职的熏陶，知道抓字眼了。看来啊，本将是说不过你了。"

张骥鸿道："将军过奖了，并非那些前进士嘴巴不毒，而是只有卑吏敢进忠言。"

"什么忠言。"

张骥鸿道："神策军是天子最倚重的国家骁卫，各县县吏是天子选拔来慈爱万民的杰俊，两者各守其职，譬如车之两轮，不可偏废，国家才能安定。怎可互相欺凌？"

宋楚道："中尉果然是识人的。你可是一场暴雨，把我们神策军的气焰都扑灭了，军士们都认为是奇耻大辱呢。"

张骥鸿道："卑吏听说孟子有言，人不可以无耻，无耻之耻，无耻矣。神策官健乃天子亲兵，如果有人敢欺凌他们，反而可以说明他们值得敬重。夫以大将军有揖客，反不重邪？明天若市井传扬将军甘愿被小小县尉羞辱，恐怕也是会竖起拇指的。"

宋楚虽然自小在禁中做宦官，却也陪着皇子熟读经典，《史记》当然是读过的，一听到张骥鸿"夫以大将军揖客，反不重邪"这句，感觉挠到了全身最舒服的位置，不禁抚掌尖笑："张尉，听说你得到中尉青睐，是因为两首歌诗。"

张骥鸿说："的确如此，那两位是卑吏的恩人。"把前后经过说了一通，崔县令这时早已爬起，在旁聆听，也啧啧称奇："没想到张尉入了李十郎的诗，将来注定是留名青史的。"问身边乐人，有谁会唱。有一人上来道："长安时新的曲子，几个月可传遍天下，何况我们盩厔位居京畿。去本县旗亭找几位乐伎，一定会唱。"崔县令立刻吩咐去找。

闲谈当中，乐伎来了，果然会唱，于是拨动琵琶，启动歌喉。两曲唱罢，崔县令道："其实张尉的见义勇为倒在其次，尤其'群喙方交问，飘然向远陲'两句最为不凡，太史公说，真正的侠士都是'功成不居'的，说的就是张尉这种吧。韩非说，'侠以武犯禁'，我少年时代还不服气，后来才知道，真正的侠士固然值得钦佩，但有些五陵年少胡作非为，坏了侠士的名头。京师禁军也有那样的无赖子，晚上在宫中当差，下值后立刻冶游街头，杀人越货，偏这样的人也称游侠。"

许浑在一旁应道："明府说得是，记得王司马有一首诗，叫《羽林行》，我想歌姬们都会唱，不妨让她们唱来。"

大家都轰然叫好，于是歌姬重拨琵琶，曼声唱道：

长安恶少出名字，楼下劫商楼上醉。

天明下直明光宫,散入五陵松柏中。

百回杀人身合死,赦书尚有收城功。

九衢一日消息定,乡吏籍中重改姓。

出来依旧属羽林,立在殿前射飞禽。

一曲唱完,桌上鸦雀无声,宋镇将面上乌云笼罩:"这,是不是有些夸张了。"

许浑道:"将军,其实并不夸张,卑吏在长安听过好些这样的事,那些假侠士只会欺压良民,听见人说林子里有猛虎,假装拍着胸脯说,我去打虎。结果去了林子,'五陵年少不敢射,空来林下看行迹'。像张少府这样的人,恐怕实在不多。"

张骥鸿道:"不敢不敢。许尉说的这位王司马是大才子,常来右军,很得王中尉的喜爱。他这首诗,我以前倒是不知,刚才听了,才愈加佩服他,真是一片赤诚。我听说古代帝王经常派人下去收集民间歌诗,专门搜集歌颂民间疾苦的,方今圣天子在位,想来不忌讳这些,所以王司马才能得王中尉的宠爱。我也听中尉说,他最喜欢的部属宋将军也是这样的人,这才派到盩厔任职。"

宋楚脸上表情也松弛了:"中尉真的这么说吗?"

"我来盩厔前,亲耳听到的。"张骥鸿说。其实这是他胡诌,但这种事,宋楚也不可能去找中尉对证,胡诌几句没什么关系。

崔县令笑道:"中尉真是识人啊。"

宋楚道:"今天就这样吧,这场比赛虽然我们神策军输了。但张尉本来也是我们神策军的人,其实归根结底也没输给外人。"

众人当即一阵吹捧："还是将军见识深刻。"

回到县家。说起球赛的博彩有两百匹绢,崔县令说:"往年败阵,都是县廷公库出钱,但赢了也不能让大家白赢,我建议一半入公库,一半由张尉分配。我一文不取。"

张骥鸿下去,十一个参赛的县吏,除了他自家,每人都分得六匹,剩下四十匹,又平均分给其他县吏,毕竟整治场地等杂务,大家也有出力。县吏们都对他赞不绝口。那典狱也找了个时间,特意到张骥鸿馆舍前请罪感谢:"不是张尉,我就教他们打死了。"张骥鸿夸奖他道:"这次比赛能赢,你最后一球厥功至伟。当时你的中表兄弟殴打我的老仆,我已替他出了气,你还有何罪?我这人有仇必报,但报完也不拖泥带水,你尽可放心。"典狱说:"看出来了,卑吏在县府也身经数尉,少府君是我所见最能干最多才多艺的,卑吏这回是真的心悦诚服。"

十　习练书判

赛事完毕,张骥鸿罢了县卒训练,重新回到正规的县尉事务。他知道镇遏使宋楚喜欢斗鸡,就去市井寻访,打听到有无赖少年常在城南的僻地斗鸡,围观者押宝,押对了赢者就获得彩头。于是让人去寻,不几天,竟寻到一处。于是和老仆驾车载着缣,去目的地。老仆抱着缣下车,说自家要下注。众人见他下注大,纷纷避让。斗得半酣,有输有赢。老仆遗憾道:"我不惜财帛,可惜这鸡都是些三流货色,就没有好的鸡吗?我愿下巨注。"于是不多时,有多人各抱着公鸡来,都比寻常的鸡要高大几寸,放到场上,原先的鸡无不溃败,只剩它们在场上角逐,最后新鸡里,又有一鸡击破众鸡。张骥鸿这才从车厢里跳出来,说:"这只鸡怎么卖?"

场上的人大惊,都是些泼皮,平日常和县吏打交道,自然认出是张骥鸿,纷纷拜倒。张骥鸿道:"诸君不必惊慌,我今天不是以官家身份来的。"拉了那斗鸡最壮的主人到一旁,请求以三十匹缣买下。那人道:"从没听说少府也喜欢斗鸡,少府若要,小人也不敢不给。

但小人靠这鸡养家。"

张骥鸿道:"我不爱斗鸡,只为避祸。我也不强买,给你五十匹缣。我两月的薪俸,也不值五十匹缣,若觉得不够,可以再讲。但我一时付不出现钱,只能欠着。"

那人喜道:"小人明白了,少府买这鸡,想是送给势家。若是别的县尉,我不想卖,他必抢去;但少府是小人敬佩的,肯给三十匹,小人心甘情愿。只求小人将来有事时,能得少府照拂。"

张骥鸿说:"那是自然。"取了那鸡,转身就去神策行营拜谒,宋楚见了他,大喜:"竖子文武双全,又乖巧,难怪中尉这么喜欢。"当即让群吏各抱自家的鸡来斗,果然都不是对手。宋楚更是高兴,留张骥鸿到家中吃酒,叮嘱:"神策军就是你的娘家,随时来走动,不可生分。"尽欢而罢。

县尉职事相当繁琐,许浑常说县境内有汉武帝长杨、五柞宫旧址,有前朝和本朝宜寿、仙游、文山、凤皇行宫,还有专为皇家培育竹子的司竹园,以及黑龙潭、仙游寺、云居寺等名刹,却都无暇去看。时近年终,许浑忙遽着收税,顺利还好,若不顺利,就轮到张骥鸿带着县吏去撞门,绑人笞人。许浑说:"看到了吧,高适有诗云:'拜迎长官心欲碎,鞭挞黎庶令人悲。'就是他担任封丘县尉时写的,可是又怎样,'归来向家问妻子,举家尽笑今如此。'原来他妻子儿女都恬然不以为怪,看多了,心就麻木了,就视为理所当然。"

张骥鸿也颇为不忍,见实在有赤贫的,打也榨不出油来,就问:"若我替你垫付,等你的猪羊卖了,能否及时归还?"但这样也非长久之策,不多时,把身边几匹存帛卖光了,可谓身无余钱。佐史窃窃私语:"张尉出身神策军,竟是菩萨心肠,不知这官当得长也不长哩。"典狱听到这些议论,有时会把话传来,总忘不了评论:"皇帝陛下爱民如子,像少府这样的官,只能碰不能求呢。以少府的才干,可以治一州,这京畿小县,浪费了。"

虽然累,张骥鸿到底也觉得值,学到了不少。他每天起床后睡觉前,都抱着许浑整理的《书判拔萃丛脞》背诵,不多时,就背熟了百十篇。许浑也惊讶:"大郎,你是有天赋之人啊,若生在世家,十三岁就能选拔进宫为千牛卫,哪用得着这样辛苦。"张骥鸿虽然谦逊,也有疑问:"十一兄,我有些奇怪想法,恐怕十一兄见笑。"

许浑说:"你我之间,还有什么藏着掖着。"

张骥鸿就说:"为何书判拔萃这么多废话,那《户绝判》,说是有个叫王景的人死了,没有儿子,等于绝户,官府认为这人的财产应当没收入官。但他有个已经出嫁的女儿,来申请继承财产;又有个弟弟,说出嫁女无资格继承遗产,长兄的财产都该归自家。但你听这位的判词:什么'景忝彼齐人,生此王土。逐十一之利,既富家财;服畎亩之勤。'写这么多废话干什么?直接一句'景以经商致殷富'不就行了?还有那段'既而溘先朝露,遂卜佳城。远日新封,已供葬备。昔时余业,可议官收。相彼薄言,将分厚产。且弟卫同气,女有从人。凤兆于飞,既归他族;雁行以序,自合保家。'要依了我,直接一句,'忽溘死,除丧葬外尚有余饶,其弟与女争讼,皆欲得之,故生诘难',能省下一半字还多。最后还有什么'继绝请从于叔兮,论财难专于女也。以兹丕蔽,庶叶其宜。'结果还是两可,其实有什么两可,按照《丧葬令》:'诸家丧户绝者,所有部曲、客女、奴婢、店宅、资产,并令近亲转易货卖,营葬花费之外,余财并与女;无女,给近亲;无亲戚,官为检校。'换我就会直接判:景之余财,皆与其女,其叔不当得。十一兄,你道我说得有没有一些道理?"

许浑哈哈大笑:"大郎,你说得不是有一些道理,而是太有道理了。那已经去世的韩退之,你以为他提倡古文是为何,就是你说的这个原因啊。全部对,但是,都这么写,这活也就不需要我们这些进士及第的人来做了,朝廷不好选官啊。"

张骥鸿一拍头,道:"我明白了,做官是淘汰考试,不是能力考试。有能力者多,若都选拔上来,百姓养不起,人浮于事;若是淘汰考试,则需要几个官吏,就选拔几个官吏,只需要在考试难度上做文章,不管实用与否。"

许浑叹口气:"大郎,你真是聪明啊。幸好这世上很多人没有读书机会,否则的话,在县家洒扫的胥吏,都须进士及第才行呢。"

张骥鸿觉得特别得意,忍不住把许浑抱起来:"十一兄,太感谢了,我现在越发有信心了。"

许浑又说:"其实真正断案,只要良知,真的需要会写骈四俪六吗?有一个故事,颇有意思。说是则天皇后时,提拔了一个叫侯思止的人为侍御史,这人本来是醴泉县卖饼的,结果因为罗告的功绩,被破格提拔为五品官,则天皇后就说:'但是卿不识字,怎么断案?'他回答说:'獬豸难道识字?獬豸不过是用独角去触罪犯罢了。'则天皇后一听,真有道理,就授了那官给他。这人当然是畜生,做御史后,罗织陷害了不少良善,杀人如麻,断案时总是说:'不需要你给我写什么,给我直截了当招供就行了。'但你不能不暗赞他当时回答则天皇后时的敏捷,的确断案是不识字的人都会的,只要人够聪明。他的错不在不识字,而在没良心。你说是也不是?"

张骥鸿道:"的确如此。"

除了背诵《书判拔萃丛脞》之外,本来县尉再忙遽也有固定休沐日,但这些日子现在又被崔五娘挤占了。球赛过后,五娘就约好了,每五日正式训练一次。每次她都带着七八个侍女骑着驴子,和张骥鸿在球场相见,请张骥鸿指导。她们个个男装,也不戴帷帽了,都是黑纱幞头裹住高髻,穿着圆领缺骻袍,腰间束鞢韘带,带上系着革囊、阳燧、锥子、小刀,相撞起来,叮当作响,脚上无一例外,蹬上黑皮靴。所骑的驴子虽矮,却如好马一样健硕。她们分成两队,策着驴子,挥动球杆,在场上奔驰角逐。从场外远看,是一群男子,响起的却是娇俏的女声,颇有韵致。

张骥鸿这才真正看清楚五娘的相貌,一张圆圆的面庞,嫩得像蜜桃一样。嘴唇丰润宽厚,两颊通红,身材展示着吃喝不愁的少女丰腴,不由得心里一动,暗赞:这女子倒有几分姿色哩。其他婢女,也都十四五岁年纪,穿红戴绿,青春勃发,想是吃喝都不错,混在一起,简直分不清主仆。张骥鸿想,若是这群人穿女装,不知什么样。

五娘说起话来,好像和张骥鸿很熟的样子,一个劲往前蹿,张骥鸿能闻到她身上散发的脂粉气。这群人起首还穿得多些,等下场打了两圈,虽然已经是冬天,却都热得脱下外袍,只穿短衫,越发显得身材窈窕。张骥鸿是男子,又正当盛年,自然免不了心猿意马。但立刻就告诫自家,不可胡思乱想。对于她们的练球,他也没有什么期盼,说:"打球的功夫,还在球外。首先要有力道,技巧和骑术固然有用，但没有力道就不灵活。我们在军中时，每天要训练投石超距，有力道，打出去的球才凌厉，对方挡不住你。你们想把球打好，也非训练力道不可，但比较枯燥乏味。再说你们女子，若练得胳膊太粗，须不好看呢。"

她们似乎也只是玩乐："我们难道出去和男子比？只要打赢崔家其他房的女眷婢妾们，就够拿到彩头啦。"

张骥鸿说："这倒容易。"五娘则看着张骥鸿，眼睛都不瞬："不，只要张尉肯教，我反正是不怕枯燥乏味的。"张骥鸿反倒被她看着有些不好意思，赶紧避开："那就先活动手脚吧。"

练球的间歇，县家不时有人来送点心果品，五娘也不避嫌，总是亲自给张骥鸿拿这个拿那个，张骥鸿总是尽可能闪避，心想，圣人说非礼勿视，可男人长了烦恼物事，终究难除这点欲望，可不要干出自毁前程的事来。崔家是大族，一个不慎，自家就身败名裂。忽然觉得不应该答应崔令的要求，教什么打球，但随即又想，人家崔令光明磊落，谁像你这么鬼蜮心思，顿时恨不得想抽自家一个巴掌。再细细寻思，你真的喜欢五娘吗？你喜欢的难道不是霍小玉？顿时就释然了，他肯定，假如霍小玉被人抓到一个洞穴中活活饿死，他会痛不欲生；而如果是五娘，难受是难受，却还能活得下来。

一日五娘打完球，要去他的县尉寝舍院中游玩，张骥鸿刚想推辞，五娘道："主要想看白乐天的歌诗墨宝，还有那院内坡上的亭子，也是白乐天常常驻足的地方吧？总不能让你一人霸占。"张骥鸿笑："那再好不过。可是你以前没看过吗？"五娘道："以前那个县尉一身邋遢，谁耐烦理他。我曾要阿爷新盖一间屋子让他搬迁，阿爷却不答应,说什么没有必要。"

到了院内,五娘看到檐下挂着鸽笼,里面一只鸽子羽毛青翠,油光水滑,遂凑近细看,惊喜道:"这鸟儿一看就不是凡品,张尉从哪得来的?"

张骥鸿就含糊把鸽子的来历说了说。五娘睁大了眼睛:"原来张尉有相好啊。"张骥鸿也不敢说那新妇有夫,只说:"哪有什么相好,一个山野村妇,想是感激我出手救她,也拿不出什么感谢,正好有一只鸽子,就顺手相送,也谈不上什么好品质的。"

五娘撇嘴:"你可真不识货啊。这鸟儿瞳仁五彩,中心似紫似蓝,绕瞳仁一圈有桃色花纹,这可是非同凡响的信鸽,你再看它额上瘤子,这个地方越鼓突,就越聪明,你把它放到万里之外,它都能找归你家。"

张骥鸿也是一惊,崔五娘出身大族,各种奇珍异玩从小不知阅过多少,想来不会胡说。那村妇到底什么来历?嘴上却道:"你说的这些我不懂,山林中奇花异鸟不少,就如那牡丹,被移种到贵人庭院赏玩之前,也只寂寞在深山之中,无人知晓。或许这鸟是乡人随手捕的,她也不知珍贵,顺手就给了我。你要是觉得好,就送与你好了。"

"真的?"五娘惊喜,随即又遗憾道:"可惜阿爷不会允许的。"

"为什么?"

"因为我们这样的人家,不许女子饲养这个,怕用它来传递那种扰人性情的歌赋哩。"

张骥鸿哦了一声:"我明白了,你可不能怪我吝啬。"

十一　瑞光寺赏菊

这一日是休沐日，又天气晴好。张骥鸿正在屋内用功揣摩歌诗，许浑来找张骥鸿道："大好天气，别坐在家里，跟十一兄出去玩玩。"张骥鸿问去哪，许浑道："这附近的瑞光寺，也算个名刹，寺里种的菊花相当闻名，你不想去看看？"

张骥鸿展示书卷道："我是粗人，欣赏不来那个。当初在长安，兴唐寺的菊花最有名，多少人挤着去看，我都不理。不如在家习歌诗，十一兄上次不是跟我说吗，颜之推告诉儿子，平时不学，到大庭广众之中将要用时，看见别人展露峥嵘，自家会羞得恨不得找条地缝钻入。我不想要地缝。"

许浑道："学而不思则罔，你是喜欢歌诗的人，岂不知光是死读，也写不出好诗。菊花值得一看，'不是花中偏爱菊，此花开尽更无花'啊，跟我走，包你不会后悔。"

张骥鸿放下书本："既然十一兄这么说，怎能不去。"

老仆赶紧扔下手头的事，去马厩牵马。许浑说："做大唐的官，别的坏处不一定有,但只要出门,就不许脚掌受累。"张骥鸿道:"有官马白白给你骑不好,难道十一兄还想走路怎的?"许浑道:"其实我爱走路,每天徒步走一阵,身心舒泰。你年轻,不理会得走路的好处。"又说,"这也就是承平岁月,天宝末年那阵子,缺军马,朝廷把给官吏们的坐骑都收走了,当年杜子美在长安住,自家买不起马,只好租了一头驴子,每天去门下省上班,去拜访朋友,都骑那驴。怕朋友奇怪,还专门写诗解释,说自家也不是没长脚,只是朝廷制度不允许徒步,怕被人看见告上去,惹来处分。"张骥鸿道:"那我们更要庆幸现在还有官马骑了。"

随即骑上马出了门,也就是扣辔闲行,许浑道:"瑞光寺的澄照法师,是崔令供奉的,现在兼做仙游寺和瑞光寺两寺的方丈。但自崔令来做县令,一年多半时间住在崔令宅邸,崔令对他言无不听,你也可以趁机结交一下。前不久贾京兆来,都说要去拜访他,可他听说贾京兆的脾性不好,就假装生病谢客。澄照法师也爱歌诗,祖籍安州安陆,他的曾祖跟我的曾祖是同乡,又同朝为官。我们算是世交的。"

张骥鸿惊讶:"还有这么早的关系。十一兄不是润州人吗,原来祖籍是安州啊?"

许浑笑道:"实不相瞒,我的祖上是安州大姓,族中不但有人曾做过宰相,我家近房还有一位大名鼎鼎的女婿,你听了肯定艳羡。"

张骥鸿自然追问:"啊,十一兄真是了不起的人物,如果我祖上做过县令,我虽不好意思直说,但第一次见面,一定会想方设法让你知道。敢问那位大名鼎鼎的女婿是谁啊?"

许浑哈哈大笑:"大郎,我喜欢你的就是这点,不肯矫饰。我家那个女婿,就是谪仙人李太白啊,他娶的是我的姑大母,是襄阳诗人孟浩然做媒的。"

张骥鸿惊叹:"又是一位大诗人。想来想去,没有家世的人不多啊。"又好像顿悟一样,"我明白了,我还奇怪,为什么十一兄的娘子说一口那么流利的官话,想必不是普通人家,至少也配得上十一兄的家世。敢问嫂子姓什么?"

许浑道:"她可不是什么五姓七望,也不是什么关中六姓,你可知道顾张陆谢?她姓陆。但跟我家一样,早就败落啦。不像你,一无依傍,完全靠自家的本事,年纪轻轻就做了京畿的县尉。你看我四十多,也是一个县尉,怎么好意思提先祖的家世,只怕丢了先祖的脸面。当然,有家世也有好处,这位大和尚一听我姓许,首先就问郡望,问了郡望,就改容相敬,这也算是先人荫庇吧。这和尚有本事,说是五岁就梦见佛祖摩顶,十岁出家,在庐山东林寺梦见两宗禅师传授佛言,十五岁在南昌佑民寺普贤阁开坛讲经,半个南昌城的街道都空了,称他为普贤菩萨转凡身。二十岁,各道州镇节帅刺史镇将就派人致礼,要为之建寺,请他去驻锡。他去过幽州悯忠寺,五台山佛光寺,几年前才驻锡此寺,赫赫有名哩。据说王中尉曾请他去资圣寺主持,他嫌长安城嚣喧,不能一心向道,回绝了。"

张骥鸿道:"十一兄不早说,我会拉着你来。"

没一会两人就到了瑞光寺门前,下了马进去,跟小沙弥说了找澄照法师,很快人便出来了,法师年纪不算大,也就四十出头的年纪,宝相庄严,干干净净,看着十分妥帖。许浑给他介绍张骥鸿。澄照上上下下看了几眼张骥鸿，赞道："圣人云，堂堂乎张也，说的就是少府吧。"

许浑笑道："和尚是释教中人，如何老引我们儒家经典。"

澄照道："两不相斥。无论什么学问，到最高境界，皆有相通之处。岂不闻荆州有个'陟屺寺'，贫道年轻时曾经驻锡过，当时道行浅，还曾惊怪，怎么寺名出自儒典。方丈僧敲我的头，笑我学佛还需精进。"

张骥鸿道："两位说得太高深，在下有些不懂。陟屺是什么意思？"

许浑道："出自《诗·魏风·陟岵》：'陟彼屺兮，瞻望母兮。'其中的'屺'乃是山名，'陟'是登的意思，整句意思是说，登上屺山，思念母亲。释教门徒皆出家，万物皆忘，寺名却说思母，所以大和尚这么说。"

张骥鸿一拍掌："就如晋昌坊的大慈恩寺吧，也是高皇帝为母亲文德皇后建造。"

澄照道："张少尉的确一表人才，我见犹怜，怪不得崔令屡赞。贫道也服了，神策军中竟有这样的。"

许浑道："这话说差了，神策军固然一向跋扈，但天宝以来，也多亏他们保护京畿周全。若无他们，此地可能已是赞普的领地，和尚也改宗密教了吧？少府出身寒单，确有真正本事，否则也做不到县尉。"

澄照微笑："崔令也常跟贫道说，张尉这样的人才难得，还说豪门也有草包，寒士却不乏才士。如果他能做上礼部侍郎知贡举，就专取寒士，把那些豪门大族的公子，全部黜落。寒士除了举进士没有他法，那些大族子弟，锦衣玉食，朝中贵戚盘根错节，出仕之道已经很多了，怎么还要跟寒士抢这条道呢？所以你看崔令虽然饱读诗书，却从不参加科举。"

许浑道："大和尚，既然如此，何不劝崔令招张少府为婿？"张骥鸿猝不及防，大窘，拉了拉许浑的衣袖："许兄莫要取笑。"许浑道："反正你也未娶妻，也正可试试崔令是否口惠而实不至。我看他家的五娘，就和张尉特别般配。"张骥鸿更加窘迫："许兄，这说得哪里话来，我一小小县尉，出身又卑，怎敢高攀贵胄。"又怕澄照误会，以为是自家早有预谋，特来劝许浑探口风的，对澄照说，"大师，在下从未和许兄讨论过此事，大师切不可当真。"

澄照笑道："贫道的确可以一试。时移世易，虽然说五姓七望，不轻易外婚，但现在朝廷公卿，藩镇节帅，特意从新科进士中挑选女婿的也不少。对了，两位是先在方丈处饮茶，还是先观赏花朵。"

许浑道："就没有一个既可以饮茶，又可以赏花的场所吗？"

澄照道："俗话说，对花饮茶，既不知茶味，又不闻花香。许十一郎，待会别又啰唆。"笑着带两人上阶梯，穿廊走巷，到了后院，面前是一片菊花，有的金黄，有的淡紫。庭树繁密，一尘不染，树叶都像洗过一样。秋阳暖照，四下静谧。

澄照用手指了一指，说："我们就坐在这檐下饮茶，如何。"

许浑笑道："看这景致，不该喝茶，倒该饮酒。"

澄照道："十一郎，真是俗人啊。"

许浑道："陶靖节当年对花饮酒，酒气熏天，你道是俗也不俗。"

澄照道："陶靖节那时是没有茶，若有茶，断不会在菊旁饮酒的。

况且观菊不比赏桂，看的就是这黯淡的紫，和融冶的黄啊。"

这个院庭开敞，院中立着一方奇石，周围种着几株奇树，枫叶只有点点红色，好像火烫过一下，只是还没有完全烧透。树下奇花异草不少，但都不在花期，只有各色菊花斑斓开放。许浑赞道："比起春天，又是一番新景致，便是陶靖节、罗君长看了，也舍不得走吧。"澄照也颇有得色："贫道自忖在这方面不输两位先贤，只是罗君长家的阶庭兰菊自家萌生，这德行，贫道却万万不敢望其项背。"许浑道："和尚这就少见识了吧？那些东西，都是文人编来骗人的，当不得真。"

张骥鸿听得半懂不懂，也不敢插话，只附和着边笑边点头。许浑对张骥鸿道："陶靖节你肯定知道，罗君长也是东晋人，做过廷尉，晚年辞官回家的时候，刚到家，原来只有杂草的台阶下，突然兰花菊花萌生，你信也不信？"张骥鸿咧着嘴笑了笑："也许是真的呢。"

"你也是傻子。"许浑纵目院子，"你也是傻子。庭中花草搭配，一切都好，只是那方石头，似乎放的不是地方。若能往南挪挪，画面就完美了。"

澄照道："那石头是敝寺的前任住持弘深和尚搜罗而来。弘深是荆州人，酷爱奇石，后来受凤翔节帅的邀请，去寺庙说法，归来路过敝寺，说喜欢此地景色，就不走了，带着弟子住下传法。他虽然是高僧大德，却有一个脾气，不喜诗词歌赋，当初寺内有王播和白乐天的题诗，寺庙上下以为宝，他主持敝寺后，却让人用石灰刷掉了。前任县令来看了，也连呼可惜，问他，他说，这些东西放在墙上，就像疥疮一样，坏他佛门清净。"

张骥鸿不自禁叫了出来:"这太可惜了。别说白乐天,王播我也如雷贯耳,是做过宰相的,只不知他也做过鳌厔县尉。"

许浑大笑,对和尚说:"我这位兄弟虽是武人,却爱歌诗。你说的这事,我也不知道,看来我留的题诗,将来也有被涂抹的危险。"又对张骥鸿道,"王播那人,你家王中尉最熟悉了,靠着王中尉,他做到了宰相。不过他早年其实官声不错的,后来被权臣排挤,贬到巴蜀,忽然就改了性格,专门巴结权贵。"

澄照道:"这就是人性啊,白乐天、元微之又何尝不是如此,年轻时候火热心肠,歌百姓疾苦,后来被贬,或者从此不说话,或者巴结权贵。像他们那等人,都是人中之英,朝廷自会逐渐给他们升官;若肯巴结权贵,宰相都有的做,否则,就只能潦倒一生了。所以说啊,这人世污浊,倒不如我空门清净。"

十二　澄照和尚

许浑仰天大笑："和尚你别对着我们装清高，我平生所见和尚多了，还不是大多趋炎附势？就说那王播吧，出身虽然高贵，太原王氏，却是败落的旁支。他父亲做过扬州仓曹参军，我家是润州人，离扬州近，父老传其事多矣。这位仓曹参军名声也不佳，好在没几年，死在扬州任上，家境困窘。这王播长年在扬州惠照寺木兰院借住，寺中僧众也习惯于此，毕竟若他进士及第，对寺庙也有好处。但人情如此，时间久了，就看不惯外人每到饭时，就抱着瓢盆来吃喝，就如那汉高祖刘邦，也因此被大嫂嫌恶呢，何况他人。你知道，寺庙中每次开饭前，都要敲钟，王播听到钟声，就去蹭饭，谁知某日去时，发现只有冷锅冷灶，僧人们已吃过了。王播当即明白是怎么回事，就找来笔墨，在寺院墙上题了一首诗。"

张骥鸿道："没想到僧人也这等促狭，寺庙财物，也多是官府赐予，百姓施舍，何必就不能容王播一口。"

澄照微笑道："僧人当中，能证道者亦不多，便有得阿耨多罗三藐三菩提者，亦拗不过众多俗人。总之，此乃寺庙的不是了。说说结果如何？"

许浑道："后来众所周知，王播进士及第，举贤良方正异等，官声很好，他做盩厔县尉的时候，连不喜欢他的京兆尹都不得不佩服他的才能，考课时把他列为第一，因此一路升迁，最后以检校尚书左仆射的身份，出任淮南节度使，扬州就是治所，这已经是题诗的三十年后了。当年在家乡受了气，现在衣锦还乡，自然要去惠照寺重游，去了之后，才发现当年自家题诗的那堵墙上，他的墨宝已经被罩上了一层碧纱。他感慨万千，又在上面题了一诗：'上堂已了各西东，惭愧阇黎饭后钟。三十年来尘扑面，如今始得碧纱笼！'"

澄照抚掌大笑："也实在解气。不过他当时在壁上题诗，僧人们竟然没有直接把他的诗铲掉，过三十年还未湮没，岂不奇怪？"

"和尚是不信我的话吗？"许浑说，"我可是淮南人啊，父老都这么说。"

澄照道："父老相传的，未必是真的，只是为了替人抒发气闷。大家都恨那势利之人，因此借王播来宣泄。要贫道说，若故事为真，说不定寺僧当时是怕王播因为有口饭吃，就不思上进，故意折辱他，激发他上京赶考呢。"

许浑道："和尚这么说，虽像是为僧人开脱，倒也有理。我也不喜王播，他在淮南节度任上，我才十几岁，记得连续两年大旱，米价腾踊，我家算是大家族，也常常食不果腹，那贫家小民饿死的不少。王播却依旧大肆搜刮，一种税都没减，不是好人。"

三人都感叹，张骥鸿道："对了，刚才十一兄也说，担心自家的题诗被铲,不知十一兄的诗题在何处?"澄照笑道:"在这阁上,我早已命人用青纱蒙住,将来他当了宰相,可别编故事说我势利。"

张骥鸿心里好奇,随着他们上阁,正面白壁上,果然有一首题诗,写的是:

一上高城万里愁,蒹葭杨柳似汀洲。
溪云初起日沉阁,山雨欲来风满楼。
鸟下绿芜秦苑夕,蝉鸣黄叶汉宫秋。
行人莫问当年事,故国东来渭水流。

于是啧啧称叹:"果然好诗,尤其是'溪云初起日沉阁,山雨欲来风满楼'两句,足堪驰名千古,真羡慕十一兄才华。"

许浑道:"大郎,我也羡慕你啊,要是我像你这么一身神力,早就去边镇投军,塞外杀敌了,运气好,或许也能成为一方节度。我在幽州做节度使张弘靖的幕僚时,亲眼见幽州士卒驰骋疆场的风采,深叹文人无用。"

张骥鸿道:"不然,文武岂可偏废。在下一直觉得,文人就像绘画,武人就像音乐,各有所长。"

"此话怎么讲?"许浑问。

张骥鸿不好意思道:"这是在下的瞎想。我觉得文士的歌诗赋诵,能提升一国的品级,我喜欢歌诗,读来往往有很享受的感觉,长安有不少天竺、新罗、日本来的请益僧、学问僧,来我中华学习,不仅仅是学习佛法,往往也被李巨山、白乐天、张文成等人的诗赋迷倒，他们到处抄录，传回本国，让本国人对我们大唐心生羡慕，文士的作用不是很大吗？文士的歌颂就像画一样，无论多久，后来人都可以看到，为之沉醉。至于武人，在阵上斩将搴旗，威震沙漠，固然雄壮，但后世人看不到，如乐曲终了，只能听人评说，无论是三月闻《韶》而不知肉味，还是高山流水遇知音，也只能想象其风采。如百年之后，依旧有人知道'山雨欲来风满楼'，却没人知道我张骥鸿一身神力。"

许浑拍掌道："大郎所言，也颇有理。"

这时一个二十多岁的青年僧人上来送茶果，长得彪悍精壮，脸上也是一副要强模样。澄照道："这是我的徒弟常寂，虽在佛门，却有侠义之风。不过佛门虽慈悲，本来也有毗沙门天王护法。练习武艺，倒也是一个路数。张尉如果不弃，可以帮贫道指点一二。"

张骥鸿合掌道："不敢，我看令徒筋骨不凡，或许勇力已胜过在下。"

常寂合掌躬身，道："日间在外，常听说县邑新来的张少府勇力非凡，自从张少府来了之后，邑中百姓再也不敢拖欠赋税，游侠少年也多逃匿他县，非常神旺，很希望有机会拜见，没想到有幸在此见到。"

张骥鸿赶紧谦逊，常寂道："不知少府可否略展神力。"

澄照道："岂有此理，怎能如此跟少府说话。"

张骥鸿却被他激起雄心来，走下台阶，到庭中那奇石前，道："刚才十一兄说，这石头摆的地方不对，要移到哪才好？"

许浑说："往南略移一两丈，画面就匀称了。恐怕这须用辘轳来抬。"

张骥鸿捋起袖子，将袍子的下摆卷起，用腰带系住，走到石头旁边，一发力，大叫一声，将石头抱了起来，向南走了一丈多，仰头望着许浑道:"此处可否?"

许浑大惊:"正好正好,快放下,莫闪了腰。"

张骥鸿将石头放下,那常寂见状,也走下阶,弯腰抱住石头,但使出吃奶的劲头,石头也只挪动了一下。澄照小声道:"俗话说'见他人文籍强披览,见他人鞍马逞乘骑,见他人弓矢强弹射,皆为不智',歇手了吧。"

常寂对张骥鸿拜了三拜,道:"少府君看着也不很粗壮,谁知有这等神力。"澄照笑道:"不亲眼见,不信真金刚。"张骥鸿年轻骄傲,不由得兴起,一脚钩住那石头的下部,使劲一踢,踢得飞了起来,再双手稳稳接住。常寂看得呆了,对澄照道:"师傅,此人莫非金刚下凡。"张骥鸿见他脸上不甘,遂安慰道:"其实我幼时瘦小,常被村里同伴欺负,后来日日苦练,才逐渐强壮起来。你底子佳,将来一定胜过我。"

于是摆下茶饮点心。澄照把常寂打发走,说:"我陪两位客人说些要务,暂时不必来打扰。"常寂点头去了。澄照又站起来,特意去关了门。张骥鸿和许浑面面相觑,许浑道:"大师怎的如此神秘。"

澄照道:"的确有件要紧事说。"

走到堂前坐下,澄照道:"其实今天邀请许尉来,除了赏花,还有一事。我让许尉也叫上张尉,不是随口一说,而是受了一个托付。贫道因为略有虚名,以往县令经常指名要求供养,崔令就是其中一个。崔家虽然高门大户,奴仆众多,守卫甚严,独独我可以随便出入,他家大大小小的女眷,也从来不避我。贫道清心寡欲,当然,也不需要避的了。崔家那位五娘,很喜欢找我说话,佛法之外,略谈歌诗。

她们女眷常有诗会,写了歌诗,也常常不吝赐贫道一阅。就是那位五娘,前些天忽然跟我私下说,自家喜欢张尉,又不能当面说。知道崔令对我言听计从,就请我向张尉通个音信。"

张骥鸿大惊,许浑也讶异道:"不想我刚才玩笑,竟然说中了。要说人才,大郎配崔家五娘自然绰绰有余,但这俗世重门第,崔令岂肯答应?"

澄照道:"我也是这么跟五娘说,但五娘说,崔令对大师言听计从,要我尽力一试。贫道当然可以劝崔令,但肯定还要张尉先去提亲才行。"

张骥鸿连连摆手:"这万万不可,还是那句话,在下寒门庶族,岂敢高攀,莫不要被他们笑话。"

许浑道:"总得一试,不然岂不辜负了五娘一番情意。"

澄照也道:"刚才也跟你们说过,崔令平时倒也是说不重门第。张尉若有意,不妨试试;假如张尉无意,那贫道就不多嘴,直接转告五娘便了。"

张骥鸿依旧说不可,心中又想起霍小玉,一时间自怨自艾,颇为感慨。

看完花,吃完茶,两人辞别澄照出来,许浑拉着张骥鸿去溪边走走,让仆人牵着马远远跟随。他说:"曾听贤弟说家境寒单,令尊常要你娶妻,你却说要等富贵了再说。如今富贵近在面前,如何不去一试。"张骥鸿道:"兄当知我心意。"许浑说:"霍小玉可无助于你的仕途,且她是乐伎中人,名隶贱户,你现在怎么也是诏除的命官,律令良贱不能通婚,你该知道。"

张骥鸿道："我不须她助我，我只想让她随我光辉，这才算是不辜负她一番青眼。至于良贱不能通婚，却也有特例，霍小娘子对我有恩，符合律令特例恩准。"

许浑道："一般来说，非得舍身施救的大恩才行，霍小娘子让李十郎写诗为你揄扬，举手之劳，恐怕难应律令啊。"

"大恩小恩，还不是随人说道。我看那'书判拔萃'，常把有理说成无理，又把无理说成有理，许兄一定有办法，用生花妙笔，骈四俪六为愚弟写一篇判词，足以打动世人，要符合恩准特例，又有何难。"

许浑道："舞文弄墨，可做坏事，倒也可成其美事，我斟酌斟酌。不过说到底男女之欢，上乘境界还是要你情我愿，霍小娘子素来喜欢文士才子，这又是一难。"

"我可以等她喜欢我，也可以学作诗。"

许浑微笑："大郎，你真是天地间少有的怪物。那五娘姿色艳丽，我想不输霍小玉吧？"

"姿色各有千秋，若未见过霍小玉，我定会动心。"张骥鸿说时，忽然想到五娘的薄衣妖娆姿态，也曾经颇有欲望，不禁脸上有些发烧，"但不知怎的，若要比较起来，我更愿意抱着霍小玉睡觉。对于五娘，我可能一生不厌；若是霍小玉，便是三生都舍不得放弃。"

许浑哈哈大笑："不知那霍小玉到底是何姿色。"

张骥鸿道："我也说不清楚，反正想起她，我就辗转难寐，想到她若拒绝我，我甚至会哭，哭很久。"

许浑叹口气："这我真没法想象，下次哭的时候，请我一观。"

十三　崔五娘

隔了两日，又是天气晴好，张骥鸿早衙完毕，吃了堂食，回到馆舍，坐在窗前整理书判，等待晚衙鼓声敲起，忽然外面有女声在叫："张尉在吗？"张骥鸿探出头去看，见崔五娘带着一小鬟，站在竹旁对着自家笑，上着红衫，下穿绿绫裙，披着帔子，手引绣带，一张鹅蛋脸雪白无瑕，两颊画红，额上帖花。张骥鸿一惊，这莫不是洛神下凡，虽霍小玉，不之过也。他不由自主站起来，含笑道："今天可不是打球日，你怎么来了？"

"不请我们进去说话？"五娘手牵着那个丫鬟。

张骥鸿心中忐忑，把她们让了进来。老仆上茶，然后退避在外。丫鬟问："张尉，我是不是也到外面玩去。"张骥鸿道："那怎么行。"知道大户人家的娘子，一刻都不会让仆人离身，就问五娘来历。五娘说："主要是谈打球的事。"瞎扯了一通，张骥鸿感觉文不对题，正纳闷时，五娘突然一把从后面将其抱住，张骥鸿只觉一阵香气袭脑，看着丫鬟，那丫鬟立刻侧过脸去，只当没看见。张骥鸿道："你不要命啦？这成何样子？"赶紧挪了一挪，避开窗前。

"见了你，实在不想要命了。"五娘低低地说。

张骥鸿哭笑不得："我有什么好？出身卑贱的蓝田卖菜佣而已。"

"你样样都好。"五娘道，"我恳请你去试试，向我阿爷提亲。"

"你蠢不蠢，必定自取其辱。"

"你试了，才知道是不是自取其辱。"

"我若试了，就无法在崔令属下做事了。"

五娘的手抱得更紧了："那至少你也喜欢我，是不是？"

张骥鸿想了想，说："是的，我看见你，也会忽然就非常喜悦。"他感觉自家的背上有洇湿的感觉，心中五味杂陈。

隔了几日，张骥鸿又见到崔令，发现崔令看他时目光有些奇怪，不像以前，甚至有些冷漠，或者还有厌恶。张骥鸿忐忑不安，日思夜想，辗转反侧，想不明白。回头跟许浑说："十一兄，我算解悟了，上次你教我屈原的诗篇，为何以恋爱去比拟君臣。我现在对崔令心思的琢磨，可不就如恋爱一般嘛，患得患失的。"又摇头，"不过，我根本还没和霍小娘子交往过，连患得患失的资格还没捞着呢，但我晓得，就是同般状况。"

许浑笑道："说得是。世间有一班妄人，总认为屈原这么写，就是便嬖近臣的奴性，丧了士大夫的骨气。这些人凡事只知诛心，不配去评论歌诗，纯是狂躁的俗文人罢了。"

但许浑也想不通为什么会这样。好在到了下午，县令派来了管家，对张骥鸿道："我家五娘说，最近身体不适，又有很多女红要做，没时间再学打马球，托小人向张尉致谢。"说着奉上二十匹绢作为谢礼。

张骥鸿似乎懂了一些，怒不可遏，回来立刻跟许浑说，把那天五娘找来且从后抱住自家的事也忍不住说了。许浑点头："这就是了。并非五娘的想法，而是崔令的主意。不过，假如五娘那天怨你没有回应，会不会因爱生怒，跟崔令说些什么对你不利的话。"又摇摇头，"但又不像，若真说你坏话，崔令便不会这么委婉，而是直接找你麻烦了。改天我侧面打听一下。"

不觉又是几天过去，张骥鸿度日如年，每日回到馆舍，只是气闷，连书也懒得读，书判也不愿背，只是挟了弓和铜丸，摆上鹄侯，在院子里习射。那日，忽然见自家那信鸽呼啦啦从院外飞进，停在窗台上，一步一点头，看着张骥鸿。张骥鸿见它脚上系着小竹筒，煞是奇怪，就过去解了下来看。里面是一张团起来的纸笺，展开一看，上面写着两行字："足下去久，何以慢待鸽公，迟不任之以事？前日乃无奈归家憩我矣。"

看来这鸽子通灵，前日自家偷偷回了紫云村，张骥鸿正是气闷，欲找人派遣，遂忍不住写了一张笺："承赠信鸽，奔走有逐风之疾，徜徉有依树之思。欲少留观，忽焉已逝。异日得间，当特寻访。虽新妇有夫，少府无妇，瓜田李下，或有相嫌。然男女交游，亦可比同伙伴；鱼雁传遽，宁必涉及幽私。敢竭鄙诚，幸获闻教。"然后卷成一团，塞进竹筒，绑在鸽子脚上，往空中抛去。看着鸽子变成一个黑点远去，转而又想，对方究竟为有妇之夫，自家怎可与其通信。不过，对那新妇究竟为何人，又不免有些好奇。不妨试探一下，只当派遣郁闷。

鸽子飞得很快，上午飞去，下午就飞来了，同样带来一条短笺，写的是:"张尉以武力起家,竟也效文人骈四俪六,非驴非马,亦甚好笑。好在染疴不剧,尚堪补救。君动辄言少府无妇,可知饥渴。尝闻于菩提寺发愿,或已如愿乎?岂不当来报赛乎?君有道心,善自珍惜。"

张骥鸿又忍不住,干脆又写一笺:"自为尉以来,多习判词,非驴非马,教君见笑。不想当日菩提寺前发愿,亦为君所知,彼小奴甚多口矣。观君文辞,雅不似山居粗蠢妇人,为何逗留于彼?殊为疑惑,极欲知其本末,可否见告。岂被卖至此乎?当思为君振救。"把鸽子放飞后,又只觉好笑,若对方真的是被掠卖的妇人,怎么还能有信鸽通问的机会,但也因此越发好奇。

这回隔了一日,信鸽才来,对方的回复是:"感君义气,然实不为拐卖也。他日有缘,一定见告。"

张骥鸿见此,也不知如何回复,就暂时搁置下来。这夜,许浑叫张骥鸿月下散步,说:"事情我打听到了,听县令的贴身家仆说,澄照和尚前些天在县令府邸,随口提到招你为婿的事情,县令当即大怒。他估计是你找澄照游说,这都怪我,我该向你赔罪。"

张骥鸿道:"果然。我这几日也想着,是不是澄照和尚说了什么,虽然他是好心,但当时我已经婉拒。现在尴尬了,我还有何脸面和崔令见面?难道只能装着不知,让他一直误会。"

许浑道:"这个,我让澄照和尚去向他解释。"

"澄照和尚也不是傻子,见县令愠怒,肯定会说这是他个人的主意,并非我求他为媒。但崔令那种人,自诩高门士族,见寒门子弟,就以为人家对他家有什么觊觎。若他肯信,又怎会对我如此?尤其是此事不好说开，若是说开，我还好辩解；他不说，我无法主动去提。只能受这闷头之气，真是气煞。"

第二天早衙毕，许浑二话不说，拉了张骥鸿去寺里找澄照。澄照听了，大窘："这是贫道的不对。五娘前日依旧一再求我，说先说服崔令，只要崔令愿意，让崔令暗示张尉去提亲，张尉自然欢天喜地。谁知崔令听我一说，当即面色难看，说，'我家女子，都是孩提时候就许配了人家的，怎可易嫁。'贫道虽知是托词，却也不好再说，当时就想着必然连累少府，唉，如何如何。"

张骥鸿道："大师也是好心，这事也有在下的不对，当日在此，没有坚拒。或许心里也暗有期待吧，所谓贪嗔痴，都各占了几分，自家心不澄净，又怎能一味委过于人。"

澄照道："少府君，你这番话，贫道极为佩服，贫道从未听人如此剖析自家，坦荡说出内心幽微。不过，就算少府有此觉悟，就事论事，还是贫道做得不对，一定要赔罪的。我知张尉也好佛，我这里有一副手抄的金字《金刚经》，崔令曾求我赠给他，我没答应，如果张尉不嫌弃，今番就赠给张尉赔罪。"张骥鸿待要推却，许浑道："大师京畿名僧，能得他的墨宝一副都是值得吹嘘的事，何况金粉书的整卷《金刚经》，你既虔心敬佛，就不必推辞。"张骥鸿这才同意收下。

出来后，许浑道："五娘真是书上的人物，可以写入传奇，可惜没有结果。"

张骥鸿道："不提这事也罢。眼看就是隆冬，新年来了，县里也没什么事，我想回长安陪老父一起守岁过新正。再多请几天假，在长安逗留几天，顺便求见一下王中尉，看他能否帮我换个职位。此事之后，实在难以在崔令面前做事，见了他如坐针毡。"

许浑道："你想离开盩厔，那我真舍不得你。想来也是气闷，你来此不过三四个月，功劳累累，本职就不用说了，还为本县赢了打球，挫败了神策军，崔令却对你如此。"

张骥鸿道："十一兄这话就差了。公事上就算我有些微功，但人家也没有非把女儿嫁给我作为报答的道理。"

岁月不居，很快就是年底到了。这段时间，张骥鸿在崔令面前只是装傻，好在县尉有自家的公廨，不用经常见到崔令，也逐渐习惯。冬天农闲，没有什么租税要催，每天只是处理一些狱事，也省了郁闷。离新年还有几天时，下起大雪，整个院子被一片银白包裹，煞是美丽。张骥鸿叮嘱仆人，准备一下行李，这回不乘车，一人骑一匹马驰向长安。

十四　县家琐闻

这天早上,许浑踏雪提了两只甲鱼来,扔在馆舍前的厨房下,让老仆杀了做菜:"这可是好东西,吃了壮阳。"老仆也笑:"我家郎君还没有娘子,壮阳何用。"张骥鸿听了,更笑得打栽:"怕是十一兄自家需要,又不好意思在嫂子面前直接吃,才找个名目。"许浑嘿嘿笑:"你这么猜,也有一半道理。"张骥鸿问是哪捉的:"这大冬天的,捉这个不易。"许浑说:"适才从府里回来,路过河边,见一农夫赤着脚,撬开冰,在水里摸啊摸。"

"这个天气,竟然下水摸鳖?"张骥鸿感叹,"也太苦了些。"

"可不是吗。他摸上来之后,便向我兜售,说少府君,这冬天的鳖劲大,吃了壮阳。我见他胡子拉碴,一脸菜色,实在不易,当即付钱买下。"

"这两只多少钱?"张骥鸿顺口问。

"他要一镪钱,我还了十钱,最后花了五十钱。"

张骥鸿又叹:"太辛苦了,十一兄不该还价。须知长安那些人去平康坊只是喝口茶,就要花三镪。"说完又觉得不妥,又赶紧改口,"不过,市价也就值这么多。"

许浑道:"大郎你到底宽厚些,想是经常在河边讨生活的,下次见了,我补了给他。我先回趟家,等会再来吃酒。"老仆见许浑远去,道:"像郎君这么舍得散施的不多,许尉虽是好人,财货上却不大方。不过人无完人,也说不得许多。"

张骥鸿道:"尽胡说,他不像我没有家累,四十多了,在长安时到处赁居,一直在存钱买房呢。"

老仆道:"要说人是否大方,全由天性,老奴听说以前有个刺史,家财千万,家里的小奴鞋子破了,问他要换。他满口答应,说:'阿翁这就给你经营。'隔一会,一个看门的进来告事,脚上穿着一双新鞋。这刺史就说,那树上住了一对啄木鸟,每天啄啊啄的,甚是喧嚣。新近下了一窝蛋,趁它们不在,你爬上去把蛋给我掏了,免得孵出来更是麻烦。看门的当即脱了鞋,爬上树去。这刺史就暗示小奴,把树下的鞋子穿了走。看门的下来,发现自家鞋子没了,也不敢问刺史。刺史回到堂上,对小奴说,你看,阿翁对你不错吧,说给你新鞋就立刻给。"

张骥鸿捧腹大笑:"这刺史着实可鄙,不过,十一兄肯定不会这样。"

一会饭菜做好,老仆去叫了许浑来,许浑先举酒:"为大郎饯行。"张骥鸿道:"此处离长安也就一天路程,节日后我便要回来,何用饯行,好像生离死别似的。"许浑道:"先巴结大郎,将来还要劳烦大郎助我呢。"

张骥鸿笑:"说得什么话来,十一兄是进士及第出身,又登书判拔萃得甲科，前途无量，哪要我助。"

许浑道："大郎你少给我打官腔。你既尊我为兄，我们情同手足，不妨就说得直接些。你认识王中尉，才能升迁得这么快，是不是。我昨日占了一卜，你这回去长安，又要高升。所以，我将来必要求你。王中尉这人，我也不说什么，他虽跋扈，却是老成人，多少有些分寸；但他那新任的判官郑注，却要小心。你知道郑注吧？"

张骥鸿笑道："知道得不少。我来长安时，据说他以侍御史的身份兼任神策军判官，我从未见过他，但据见过的人都说，此人虽然长得其貌不扬，却有真本事。兄知道得肯定多些，不妨说说。"

许浑道："这人我倒熟悉，因为我一位父执曾经与他共事。他是绛州那边的人，长得猥琐瘦小，眼睛还有些问题，却有医术，靠着这个本事游走四方，后来游荡到徐州，认识了一位籍贯为翼城的徐州牙将。当时李愬是徐州武宁军节度使，你也知道，他是平淮西镇的名将，当时正奉朝命，在徐州督兵进攻叛乱的平卢节度使李师道，不想生病了。那牙将就将郑注推荐给李愬，李愬抱着试试看的心情，吃了郑注的药，竟然药到病除，大喜过望，立刻给郑注授官为牙推，留在自家身边侍候。这郑注并不满足做医工，渐渐参与军政，作威作福，军府的人都啧有烦言。你道当时徐州的监军使是谁？就是你的王中尉。王中尉很瞧郑注不惯，请李愬将其驱逐，说：'使相名震天下，万众景仰，奈何被那巫医坏了名节。'李愬说：'此人虽有缺点，但确是天下奇才，将军不信，试和他聊聊，若聊过之后，还觉一无可取，再驱逐不迟。'"

"李将军就让郑注去拜见王中尉，王中尉起首不愿接待，拗不过李愬的面皮，不得已召进。只在偏室略坐，谁知聊了不久，王守澄情不自禁起身，拉郑注到中堂，上茶敬果，促膝笑谈，惟恨相见之晚。不但不驱逐，反劝李愬重用，又将他升一级，提拔成了巡官。他既做了巡官，就不想别人知道出身了，军中知其底细者，只有当初推荐他给李愬的牙将，他向李愬进谗言，找个茬就把那牙将杀了。在军中杀个人，算得了什么。这是元和中的事，离现在也有十年多了。徐州战事很快结束，李将军改任魏博镇节度使，王中尉回京，他舍不得郑注，将他一起带到了长安，还给他买了房子。所以我说王中尉是厚道人，只要被他喜欢上了，什么都肯给你。"

张骥鸿道："许兄这话我非常同意，王中尉真是厚道君子。"

"王中还把郑注推荐给穆宗皇帝，能得到王中尉器重，还怕没有官做吗？一时朝臣都去拜访。于是他的官越做越大，不多时竟做到检校库部郎中，昭义节度副使，这个节度副使的位置，也是王中尉给他排备的。你可能不知道，昭义节度使刘从谏，是接替其父刘悟的位置，刘悟死后，按说朝廷应该派遣新节度使。但刘从谏看着河朔三镇都可以父死子继，很眼馋，就想效法。朝臣都不允许，认为昭义节度使和河朔三镇不一样。刘从谏就买通了宰相李逢吉和王中尉，有李宰相和王中尉帮他说话，朝廷也就默许了。刘从谏的本官品级是很低的，只是将作监主簿，从此不断升迁，很快升到检校工部尚书，授节度副使、留后，没多久就正式赐给节钺，拜为正使。投桃报李，请求郑注做副使也不奇怪。按说这真是罕见的事，郑注一无家世，二无军功，三无科名，昭义军节度使却为他请了紫袍，我是从来没听说过有升得这么快的。不过后来他也遭受了一个挫折。"

张骥鸿从不爱打听这些权力政斗的大事,知道和自家无关,都是云端的人在斗法,就算关心也关心不上。而且各种势力关系复杂,自家理不清也不想理清。当年在神策军中,有时回家,父亲反而跟他说些皇家传闻,绘声绘色,都是在市井中听来的;但张骥鸿验以自家在宫中所见,多半是捕风捉影,于是越发感到,若做不到一定官位,对政事的了解,基本如瞎子摸象一般。不过此刻听许浑这么娓娓道来,就像在市井听说史一样,还是觉得好听,就问:"什么挫折?"

"你知道宋申锡吗?"

张骥鸿道:"我不是很清楚,事涉宫廷隐秘,只略微知道一些。"

"要知道这些险恶,才能做好官。当然,我知道了也做不好,你知道了却也许能做好。"

"为什么?"

"人的天性不一样。这宋申锡也是进士及第,做到宰相。今上即位后——"说到这里,许浑忽然道,"算了,这些都事涉讳禁,不说了。还是说那条鱼。"

张骥鸿也唯唯颔首,他隐约知道宋申锡和今上认为王守澄跋扈,想合谋褫夺王的官职,结果被王守澄率先下手,说宋申锡和漳王李凑联合谋反,今上不得已把宋申锡贬为开州司马。听说宋申锡去年已经死在开州,今上还特意下诏,把他的尸体运回长安安葬。不过张骥鸿又纳闷:"什么鱼?"

"你不知道,那郑注原先姓鱼,后来改姓郑。"

张骥鸿道:"这我真不知,为何要改姓呢?"

"可能怕和鱼朝恩攀上关系吧，鱼朝恩是被代皇处决的，名声不佳。"许浑接着说："太和七年九月，侍御史李款弹劾郑注，说他内外勾结，欺男霸女，百姓愤怒，道路以目。十天之内连上了几十道奏章。外界传言，郑注很惊恐，躲在王中尉的右神策军府院避风头。据说左神策军中尉韦元素、枢密使杨承和、王践言三人平时就跟王中尉不和，想趁机杀死郑注，但最后郑注又转危为安了，由于事在宫禁之中，我也不知道。不知贤弟是否清楚。"

张骥鸿道："这个只隐约听说，不知真假。说是左神策军大将李弘楚劝韦元素，说郑注奸猾无双，得趁他羽翼未成，立刻杀掉。于是韦元素就假托有病，召郑注医治，等郑注一来，就以眼色示意左右，将其拉出去砍死。郑注到了左神策军，立刻像虫鼠一样在地上爬，对韦元素谀辞滚滚，大拍马屁。韦元素不知不觉，竟然握住他的手倾耳谛听，舍不得漏掉一个字。李弘楚站在旁边，不停对韦元素暗示，韦元素毫不搭理，最后还恋恋不舍送别郑注，赠送了很多财帛。"

许浑道："竟然这样吗，若传言是真，就太可怕了，真难以想象，那条鱼为什么有这等蛊惑力，真想当时就在韦中尉身边，亲耳领略他的口才。当今宰相王涯相公，他也喜欢郑注，把弹劾他的奏章全给压下了。王中尉又专门向今上求情，于是郑注不但没事，反而很快升为侍御史，充右神策判官。我听说上个月，今上中风了，不能说话。王中尉向今上推荐郑注，今上召郑注来把脉，吃了郑注的药，也是立竿见影，现在对郑注宠幸得不行。"

张骥鸿道："这些都是天下奇才，国家栋梁，我不理会得，只管把县尉做好就行了。不过十一兄是进士及第，祖上又是名门，关心这些，也是对的。"

许浑道："也不能这么说。上面人物打架，必然祸及下面无辜。就像两牛顶角，没准就踩死了很多蚂蚁。牛和蚂蚁无仇，但它怎么知道呢？就好比汉代，文帝在位时，大家都有肉吃；武帝在位，就户口减半。难道生在武帝时的百姓就都有罪？"

"关心了又有何用？文帝要即位是天意，武帝要即位也是天意。假如在文帝时代有一人，他正在吃肉的时候，突然想到武帝很快就要即位，将来就没肉吃了，于是伤心起来，眼前的肉也咽不下去，又能如何？还不如不知道武帝即位不好，至少眼前的肉吃得酣畅。"

许浑道："大郎，我就说嘛。你这人看上去不肯晓事，往往一句话却说到点子上。我也关心不得，今天这是喝酣畅了，瞎扯一通。继续喝，最好醉死了，眼不见，心不烦。"

张骥鸿道："十一兄，我觉得现在朝廷气象清爽，不至于那么差吧。"

许浑鼻子里喷了一下气，说："那是因为大郎你现在事事顺，唉，不说这个了。反正我觉得，那条鱼，一定会搞出大事来。"

张骥鸿请许浑继续讲。许浑说："前时听去京城办事的主簿说，京城到处传言，说那条鱼给今上制作金丹，需要小儿心肝为药引。内廷派出很多人，掳走小儿剖杀，民间很惊恐。前不久京兆尹杨虞卿被免职，就是与此有关。郑注说都是杨虞卿派人造谣，今上因此特别愤恨，才让贾京兆接替其职位。你这回去京城，可以打听一下，是不是真的。郑注就算没做这些事，但传闻如此，说明厌恶他的人极多，最后不是他大开杀戒，就是被杀死。咱们等着看吧，希望不会受到波及。"张骥鸿道："你跟贾京兆有渊源么，怎么说到他就要长跪。"许浑不好意思一笑："不瞒你说，我及第那年的座师就是贾京兆，他当时官礼部侍郎知贡举。"张骥鸿道："他现在官高位显，十一兄何不去求他提挈。"

许浑低头："那怎么好，人家知贡举，就是为了收田庄的，我不能给他进贡，反而去求他，岂不要羞死。"

"座师座师，当然该提携学生，我就不信没有提携学生的。"张骥鸿道。

"自然是有。"许浑道，"主要是我没钱送礼哩。"

张骥鸿道："等明年我再攒些钱，借给你送礼。"

十五　欢喜回上都

第二天，张骥鸿和老仆两人骑着快马，一路踏雪，路过紫云村，也未停留。张骥鸿本来有两匹官马可供使用，但那日在球场上打球，胯下坐骑吃不住，暴毙了一匹，本来准备去市场租赁一匹。许浑说："还租什么，我这不是有吗？"

于是一人一匹，不再驾车。单骑比车快，虽然路上白皑皑一片，马却似乎爱踏雪而奔，一天之内也到了长安。本来张骥鸿想先回城外蓝田的老家，但想着此行的主要目的还不在探亲，就到左街功德巡院找到当年在神策军的伙伴赵炼，现在做知巡押衙的，让赵炼排备到崇仁坊内东南隅的资圣寺客房住下。左右街功德院都由宦官掌管，崇仁坊最靠近宫城，去宫中也颇方便。赵炼见张骥鸿给他带了厚礼，嘴里说："咱们兄弟，何必这么见外。"脸上却是熨不平的笑纹。听到张骥鸿想去拜谢王守澄，说："你给我带不带赆敬，都不打紧，但见王中尉，却不一般。你带了什么？"

张骥鸿道："这几个月在盩厔县尉任上的薪俸，都省了下来，也有近十万，准备明日去东市好好挑选些。"

赵炼道："中尉什么物品没见过，稀罕东市这些。若要见到他老人家，非得特别些的东西不可，否则名刺递过去，不轰你算客气。"

张骥鸿颇为失意："如此就麻烦了。"谁知老仆在旁听着，说："长安城中都知中尉佞佛，郎君不是有澄照大师的一副手书金字《金刚经》吗，或许中尉瞧得上。"

赵炼道："澄照大师确实有些名气，若是他手书的《金刚经》，或许能打动中尉。"

张骥鸿道："好倒是好，只是我记得此经留在盩厔，没有带上。若回去取，又是恼乱。"老仆说："老奴临来时收拾，担心如此贵重的经卷丢失，边拾掇了顺手放在行李中。请恕老奴妄行之罪。"张骥鸿大喜："多亏你想得周到。"

吃了饭，送走赵炼，约了明日听信，张骥鸿坐在灯下，感觉亲切无比，还是长安温暖。忽然想起崇仁坊和胜业坊只有一街之隔，霍小玉就住在胜业坊古寺曲，不知此刻她在干什么，咫尺之间，却不能去见，后悔刚才应该向赵炼打听一下，是否晓得霍小玉近状，李益是否还和她在一起。又马上自我回答，肯定会在一起，霍小玉那样子，只怕皇帝见了也舍不得放手。想了半天，听得寺庙晚钟敲起，万籁俱寂，只好郁闷地睡了。

第二天一早，张骥鸿用过朝食，坐在案前用功，老仆进来，满脸得色："郎君，老奴打听到了一件事，郎君肯定喜欢。"

张骥鸿问什么事。

老仆道："那位李益前进士，上个月应博学宏词制科，已经提前选官了,现在宫中当差。据说家里让他回去结亲,他已经搬出了胜业坊,借口说要找一处离银台街更近的处所,免得进宫轮值误了时刻。郎君如果想去见霍小娘子,这是机会。"

张骥鸿喜道:"你倒知道我心思。"

老仆道:"郎君曾说梦话,说思念霍小娘子,老奴在外间服侍,不小心听了来。"

张骥鸿有些感动:"等我飞黄腾达,忘不了你。你有子嗣否?"

"有个儿子,很不成器,在丰邑坊给人勾当丧葬事宜呢。"

丰邑坊是专门打制棺材,购买丧葬用品的地方,天天盼着死人。每次长安发生政事巨变,全城都惶惶不可终日,只有丰邑坊的人好像春风拂面,眉开眼笑,奔走相告,甚至燃放爆竹烟花,庆贺生意来了。张骥鸿皱眉道:"一个凶坊,偏偏以'丰'字取名。我现在官小,等我晋了两级,便可多配一个仆人了,请令郎一起来如何?不过让你父子俱为我作劳,似乎也不甚好,我们从长计议。"

老仆道:"郎君的官其实不小了,要搁在几十年前,按说就可以配四仆,现在国家匮乏,才减了优遇。这事以后再说,倒是想想怎么去拜访霍小娘子要紧。"

张骥鸿道:"那我今天就去东市买些礼品,径直去递名帖吧。"想到这是一笔额外的预算,于是找到寺里的知事僧,要求借贷:"我那两匹马也颇神骏,抵押给寺庙,可行得?"

知事僧笑道:"少府君打诳语呢,那马是国家配给你的坐骑,小僧哪敢要。再说寒寺都是素草料,若把官家的马养瘦了,寒寺怎么赔得起。"

张骥鸿差点喷饭:"和尚也胡说,草料还分什么荤素,况且从来也不曾听说马要吃荤。"最后商定,以职分田未来四年的出产做抵押,如果中途丢官,职分田被收回,就收张家的宅子。张家的宅子在长安郊外蓝田,不值什么钱。知事僧答应了,说:"按说是不够的,这是照顾县尉面皮。"张骥鸿知道,也是指望他飞黄腾达。长安的穷前进士选了外官,往往车马仆人衣装都没钱置办,但往往也会冒出一堆商人,主动提出借贷给他们,知道这些人有能力偿还;若实在偿还不了,只当投资亏了。做买卖也有失利的时候,何况这比做买卖保险。

于是张骥鸿又贷了十万钱,立刻去了西市,西市多胡商,路上边走边看,吃了些羹饭果品,转身去货肆。最后看中一波斯商人卖的琉璃碗一对,斑犀钿花盒子一个,紫玉钗子一枚,缭绫几匹,用锦盒装裹停当。张骥鸿对老仆说:"不知怎的,我有些惶遽,手心都是汗。"

老仆道:"郎君不妨去井边照照试试,论样貌,十倍于李十郎;论品级,李十郎的校书郎只是九品,还差郎君一级。和李十郎相比,郎君不过差在他的进士及第和家世上罢了;但郎君也有胜处,现在朝野人人皆知王中尉的权势,有王中尉赏识,只怕郎君将来比他升迁得还快呢。"

张骥鸿道:"人家虽是九品,却是清贵的官,说不定隔年就做翰林了。"但听老仆这么一说,还是当即让他去借了镜子来瞧,左顾右盼,觉得确实可以。于是再拾掇一番,带着老仆,各乘一马,向胜业坊驰去,不多时就到了古寺曲,都是熟悉地方,但冷冷清清。

别人家门前都已经插上庆贺元日的红幡,猎猎作响,显得喜庆;这门前却除了枯草,什么都没有,可见主人的寥落心态。门前有一小厮蹲在雪地里堆雪球,抬头见了张骥鸿,说:"我家娘子久不见客,郎君请回吧。"

张骥鸿心中亦喜亦忧,道:"我不是寻欢客,只是故友,烦请进去通报,就说是盩厔县尉张骥鸿来叙旧。"说着把名刺递上去,同时递过去一锾钱。小厮见了钱,赶紧接了,说:"好咧,小人这就进去试试。"张骥鸿起首还惴惴,谁知一会小厮和一青衣小鬟出来,小鬟敛衽下拜:"婢子浣纱,拜见少府,娘子说召请少府入内。"张骥鸿心中怦怦直跳,只觉自懂事起,便不记得有这等惶遽,强行摄制自家心神,跟着小鬟进入门中,见庭间枯草丛生,好像久无人迹。四角各种着一棵树,廊下西北悬一鹦鹉笼,也不怕寒,见张骥鸿入内,即叫道:"有客人来,卷上帘栊。"随即见另一小鬟拉起帘子,躬身道:"婢子樱桃,迎接少府君。"

十六 古寺曲霍小玉

进屋上堂，屋内烧着炉子，还算温暖，四处帷幔低垂，屋内散发着"沉水香"的味道，堂中果然放着一个金鸭香炉，其背盖上镂空的孔和鸭嘴里，缕缕青烟飘荡出来，袅袅娜娜。吸入鼻子，深层甜腻，大概"沉水香"中，还掺杂有苏合香和麝香，这些张骥鸿都不大懂，只觉有一种温馨的家居气息。此刻帷幔后随即又走出一个婢女，十四五岁，敛衽为礼，自称桂子："请张少府少待，婢子这就进去请娘子出来。"

张骥鸿坐在床榻前，目不敢斜视。少选之间，一阵香风起，出来一老媪，陪着一年轻女子，年轻女子梳着倭堕髻，身穿窄地石榴红裙，紫色夹袄，肩上披着红绿帔子，步态婉变，娇媚不胜。老媪梳着灵蛇髻子，穿着间色裙子，素色夹袄，肩上披着暗黄帔子，头发花白。张骥鸿赶紧拜道："有幸蒙夫人和小娘子接见。"

那老媪道："少府多礼了。老身洪州人，客居长安三十年，大家都叫我洪州婆，郎君也这么叫好了。"张骥鸿道："那怎么可以。"随即落座，洪州婆命婢女上茶点，自家又絮絮说起身世，说是三十年前，和义父在江州船上谋生，无意中碰到白乐天，当时他贬为江州司马，见我可怜，把我买为丫鬟。后来回长安，又带了我来，再后来又出外为忠州刺史，我则喜欢长安的热闹，就自告留了下来。不久嫁了一人，才生下此女；丈夫患病而死，不想再嫁，就只身带着小女过活。

张骥鸿知道，京城这类操伎业的人，都喜欢假托家世，自我溢扬，不可当真。不过听这洪州婆口音，倒还真是外地人，至于是否洪州口音，就不知道了；看她的相貌，似乎也生不出这么美貌的霍小娘子，但也不能说破，只是谀词滚滚，不吝夸奖。

霍小玉突然说："听说先生才任县尉，怎的有空来见妾这个倒霉人。"一双眼睛黑亮，看着张骥鸿，丽色夺目，照得张骥鸿不由自主低下头，接口道："小娘子怎是倒霉人，小娘子清泠若水，莹彻如玉，像在下这样的倒霉人能蒙娘子接见，都觉得像湔去了霉气。"霍小玉一怔："没想到少府竟然颇擅言辞，倒是看走眼了。"张骥鸿心想，知道你好这口，练了多时呢。听到霍小玉又说："先生才被擢拔不久，已经是八品官了，怎么能叫倒霉。"说完，轻轻叹了口气。

张骥鸿也不好意思说起被崔县令奚落的事，只好打岔："这个小小的官职，还承蒙娘子和李十郎关照。"遂把前因后果说了一遍。

霍小玉皱起眉头道："这个我听说了。唉，可恨我那个十郎，也不知道哪里去了。听说先生当年是神策军官健，如今又得中尉青眼，可否有熟人帮忙打听一二，妾身没齿不忘恩德。"

张骥鸿没想到她这么说，心中一痛，略一思索，试探道："都下盛传李十郎另有婚配……"

霍小玉半晌无言,眼泪却滚了出来:"这是胡说,妾身非得亲自见到李郎询问,才肯相信。"样貌好像美玉承露,梨花带雨,不胜凄楚可怜。张骥鸿感觉心若莲塘,蜻蜓掠水,涟漪一样一圈圈荡开,是惆怅还是怜惜,等闲难以形容,就安存道:"肯定都是市井小人瞎传,不可当真。在下明日正要去拜见中尉,宫中颇有些好友,一定能打听得到。"霍小玉擦了眼泪:"此话当真。"张骥鸿道:"千真万确。"霍小玉转悲为喜,立刻吩咐丫鬟:"赶紧去东市叫些酒菜,请张少府在家吃饭。"

张骥鸿喜不自禁,字斟句酌,婉转奉承,既快乐,又紧张。大约半个时辰功夫,丫鬟把酒菜相继端上,吃过几巡,霍小玉说:"有酒无乐,难称待贵客之道,妾愿为君弹唱一曲。"随即令人拿来螺钿曲颈琵琶,轻拢慢捻,低吟浅唱:

菟丝从长风,根茎无断绝。
无情尚不离,有情安可别?

词曲三叠,摇荡不尽。一曲唱罢,又唱一曲:

南山一桂树,上有双鸳鸯。
千年长交颈,欢爱不相忘。

张骥鸿边倾听,边饱看霍小玉姝丽,心中把李益骂了个百转千回,又是愤懑,又是嫉妒。等到午后,不得已辞别,洪州婆对张骥鸿使眼色,笑道:"我这女儿身体羸弱,见不得寒,不如老身来送少府君出去。"

出门到了廊下,洪州婆搓搓手叹冷,又道:"少府这番来,只是感谢小娘子的吗?"

张骥鸿听她话里有话,赶紧道:"不妨跟夫人说句心里话,在下自当日仰首一见娘子,就魂魄尽失,再也找不回来了。可惜无才无命,此生无望得亲近娘子。在下去秋上任路过紫云村时,曾在一特别灵验的佛前许愿,目前看来,佛祖也无能为力。"

洪州婆笑道:"郎君既有心,老身可以私下劝她。孩儿家青春年少,爱上薄幸男人,一时疯癫。过得久了,也就是乌贼肚里水一般。我家孩儿自也不能例外。"

"什么乌贼肚里水?"

"老身自小生长在江边,那里的歹人行骗,往往用乌贼肚里喷出的墨水写欠条借据,刚落纸时,与寻常松烟并无二致,日久则字迹逐渐变淡,乃至了无痕迹。是以我们洪州人,常用这来借指年轻妇人的痴心。其实说句实话,若论相貌风度,那薄幸的李十郎不如少府远甚,也不知我家孩儿迷他什么;等那薄幸汉娶了妻子,终究会死心的。但不知郎君是像那薄幸汉一样陪她戏耍一阵呢,还是……"

张骥鸿当即打断她,双膝跪地,指天发誓:"夫人说得哪里话,当然不是陪她戏耍一阵,而是决意娶为妻室,若敢负心,入十八层拔舌地狱,永世不得翻身,无法为自家辩解。"

洪州婆大喜:"少府请起,少府真不嫌我家门第?"

"嫌什么,我也不是什么五姓七望,关陇八姓。"

"但郎君如今已是少府。"

张骥鸿道:"现在只怕小娘子瞧我不上,还计较那些虚空作甚?"

洪州婆道:"那好,老身只得这一个女儿,实在不愿见她伤心。既然郎君有意,老身也就托大说两句。期待郎君再升两级,品级高过李十郎,才显得老天开眼。"

张骥鸿道:"在下才做得县尉不久,哪能升那么快。但我发誓,一定勤劳职事,或者将来有一日能穿上绯袍,给小娘子也带点光耀。"

洪州婆连连点头:"那少府君先请回,老身这边先计较着,等有了端倪,就将人去知会少府。不知少府在何处下榻?"

张骥鸿连连致谢:"如今将就在资圣寺净土院借住,若到门前见了阍人,一问便知。"

洪州婆道:"那是好住处,寻常人等,寺里哪肯接待。我和女儿几番想去看壁画,寺僧都推三阻四呢。"

张骥鸿道:"壁画确实好,吴道子、卢楞伽,数不胜数,夫人和娘子要看,在下可以托伙伴试试。"

洪州婆喜道:"那再好不过。还有团塔院的铁观音,据说高三丈有余,最想祭拜,却说是皇帝敕封高僧译经的场所,不对信众开放。"

"这个,在下改日也去问问,是否可以通融。"张骥鸿心里其实没底,只能话语模糊。

洪州婆倒是夸他:"一听少府就是实诚人,否则肯定拍胸脯道,包在我身上。老身见得多了,一般说话这么爽利的,都当不得真。"

张骥鸿笑道:"确实自小不擅吹嘘,若哪日夫人听在下狂言,一定是吃醉了酒。"

双方私下约定，张骥鸿好像吞了仙丹，喜滋滋告别，和老仆回到资圣寺。歇了一会，赵炼又来了，说把名刺投进，约了明天下午在右神策军院厅中召见："刚说时，中尉就很有兴趣，不知什么原因，看来你是真的有名了，好像中尉对你很感兴趣的样子。加上有澄照和尚亲笔书写的《金刚经》，更是改了声口，说这孩儿孝顺。关于这一节，这得多亏你这忠仆呢。"张骥鸿也说侥幸，当时告身拿到手中，去尚书省调配骏马侍从，回复说自来京官才配备奴仆，若要出京，在京人不能跟你去外地，只能交钱抵佣，让你自家去市上雇，没想到如此顺手。老仆赶紧谦逊："平生也侍候过几任官吏，像郎君这样慷慨不吝的少见。老奴起初还怕郎君花钱如水，后来才知物物往来，肯花钱在别人身上，他人必定也肯花钱在郎君身上。像郎君这样，随手得了高僧的手卷，几时想得到？还是郎君自家的为人所得。"张骥鸿道："只是将来见了和尚，问我经卷在哪，不好交代。"赵炼道："那事以后再说，何况送你的东西，就是你的，哪能又追问的。"

十七　右神策军院

第二日下午，张骥鸿跟着赵炼进宫，去拜见王守澄。由十字街从资圣寺北门出去，过了胜业、安兴、大宁、长乐四坊，就见到大明宫的南门望仙门。入望仙门，穿玄化门，过内舍使门和总监院，又过了两道门，终于到了右神策军使衙门，门前本来种满葡萄和紫藤，张骥鸿以前在此当差时，去马球场，往往路经此地，只是不能进去，现在看着真是相当亲切，仿佛回家了一般，胸中温情脉脉。又经过步马门，这个地方，张骥鸿只来过一次，就是上次被王守澄好奇召见的时候。

进了院子，又过了两重门，才见到王守澄。堂上王守澄正和一人在聊天，那人和王守澄年纪相仿，也有六十来岁，因是阴天，堂上也不亮堂，看不清什么样貌。见了赵炼和张骥鸿进来，王守澄对赵炼说："让那孩儿站在那里，让我瞧瞧。"

张骥鸿站在阶下，随着王守澄的指挥，左转转右转转。王守澄一脸肥肉，笑起来颇像弥勒佛，说："就是我排备你去做盩厔县令的?"张骥鸿拜道:"正是中尉的恩典,只是,做的是县尉,不是县令。"王守澄笑道:"嗯,做县令急了些,先做个县尉过渡一下也好。"张骥鸿道:"做县尉已经是祖坟生紫烟了,岂敢得陇望蜀。"

王守澄大笑对面前那人道:"你听,这小孩儿跟我打诳语哩。"又对张骥鸿道,"人苦不知足,等做了县令,你必会想做刺史。不过好孩儿,继续努力,一切都能如愿。我听说你真能打,没去多久,就把我在鳌屋的一帮孩儿打得遍体鳞伤,若不是宋将军帮护你,你的麻烦不小呢。"

张骥鸿讪笑道:"原来卑吏干的那些混事,中尉竟都知道。"

王守澄转头对面前那人哈哈大笑:"这孩儿有些愚笨,天底下还有本将军不知道的事吗?王司马,你看这孩儿是不是威武?我是听了李十郎的诗歌,一时兴起,就推了他一下,本来我自家也忘了,不想他倒记得。"张骥鸿这才知道,原来这人便是鼎鼎大名的才子王建,曾听说王中尉最青睐王建,因为王建和他同是许州人,又有才名,常请他进宫款待,没想到今天有幸被自家撞到。

王建咳嗽了两声,道:"像中尉炙手可热,谁不想巴结?中尉能忘,他怎么能忘。我不是说这位少府君谄媚,我只是说人情大抵如此。中尉说这番话,真如童子一般。"

王守澄却急了:"你说我是童子,我哪点像童子?"

王建笑道:"中尉,在下说的是中尉有赤子之心啊。孟子说:'大人者,不失其赤子之心者也。'刘向也说:'圣人之于天下百姓也,其犹赤子乎!饥者则食之,寒者则衣之;将之养之,育之长之;惟恐其不至于大也。'意思都是,有赤子之心的人,是关心天下百姓疾苦的好人。"

王守澄转愠为喜:"说得对,外间那些文士,偏喜欢编排我们的丑,把什么不好的事,都赖到我们头上。对了,这个赤子的意思,有什么说法么?"

王建道:"就像我们平常说裸体就是赤膊,不穿鞋袜叫赤脚。人没有城府,光明坦荡,慈善纯洁,就是赤子啊。这样的人,只有童子才具备;人成年后,利欲熏心,诡诈狡猾,就没有了。像中尉这样年长而有赤子之心的,都是得道之人啊。"

王守澄喜道:"原来如此,我自小信佛,几十年来,未尝一日忘却佛言,看来这佛和儒,归根结底是一家啊。"又面朝张骥鸿,"孩儿,我什么都不缺,你今天送的这个礼物却好。你是神策军官健出身,却和舞文弄墨的也谈得来,着实不易。这位王司马,你要是喜读诗,一定知道他,他的《宫词》百篇,可是洛阳纸贵啊。"

张骥鸿看王守澄刚才着急的样子,也觉得好笑:"王司马的名字,卑吏早听过。卑吏去年秋天鳌屋上任时,路过一逆旅,见有一人,背上就札着司马的诗,'今夜月明人尽望,不知秋思落谁家',这歌诗京畿妇孺皆知,不想今天有幸得见真容,三生有福。"遂把当日情况一说,王守澄大乐,道:"我这位宗亲才子,可谓无人不识。"王建道:"过奖了。"张骥鸿又说起许浑也如何欣赏王司马,王司马道:"那是位才子,我最喜他'溪云初起日沉阁,山雨欲来风满楼'一联。"

王守澄道:"你说的这首歌诗,我也喜欢极了。"又看着王建,"我们许昌王氏,能出你这么一位大才子,作为当家,我也脸上有光。"说着流下泪来。王建道:"中尉这是作甚?"王守澄掩袖道:"见你身体有恙,特别伤心,本来我该带着郑判官亲自去府上拜望,你不肯,硬要让仆人搀着来我这。"王建道:"建是个闲人,反正没事,虽然抱恙,也不是起不来的病。中尉这边政事多,哪走得开。"

王守澄叹口气:"你也从不问我要官,要说当世耿介之人,我所见的只有你了。"

王建道:"建其实不乐为官,就如阮籍说的那样,生怕早起辛苦。若非为了生计,连那个陕州司马都不愿做。有个故事不知中尉听过否,说安邑坊有个卖饼的,每天快快乐乐,一边做饼一边唱歌。后来某刑部侍郎随意跟他闲谈,才知他很穷,利润微薄,就给了他一万钱,让他把买卖做大点。那人很高兴,拿了钱去,后来侍郎经过他家,却再也听不到他唱歌了。心中纳闷,有一日就召他来,问为什么?他说,本钱多了,患得患失,每天觉都睡不好,哪里还有心情唱歌。侍郎大笑,说我们做官的也是这样,官做得小很满足,做大了反忧虑。"

王守澄也大笑:"卖饼的是真话,侍郎却是矫情,升官很难,辞官却易,为何还恋栈呢?不过你这个当家,却和卖饼的一样诚实。"

聊了一阵,门卒进来报:"李翰林来访。"

王守澄道:"你们不知,这李翰林名叫李益。"又对张骥鸿道,"刚才你说,当初写诗夸你的就是这李益,你愿见见吗?"张骥鸿道:"能拜见恩人,岂有不愿。"

一会李益进门来,张骥鸿一看,身高虽有七尺,面容却实在不敢恭维,鼓突着嘴,牙齿往外哨,这才知道老仆所言非虚,此人固然有才,并不风流倜傥。

王守澄介绍完毕,张骥鸿首先致谢,李益也没怎么瞧他,只一摆手:"都是过去的事了,举手之劳,不必再提。"张骥鸿道:"也就是四个月前,不算很久。"王守澄道:"张尉是重情分的人,这不,年底一回长安,就来看我。"又问李益有什么事,李益看看左右,颇有难色。王守澄明白他的意思,对张骥鸿道:"我跟李十郎聊几句,你陪着司马先到佛堂歇息,你给我送的这《金刚经》大好,我得供奉起来。替我把它请到佛堂,我一会去烧香祭拜。"

仆人在前引路,张骥鸿捧着《金刚经》,和王建两人来到佛堂。王建走路踯躅,王守澄专门派了婢女搀他。张骥鸿看了也有些伤感,问王建:"司马抱了什么恙,可请名医看过。"王建道:"看过几位医工,说什么病的都有,只是吃了药不见效。王中尉说,他的节度判官郑注医术很好,可以叫他诊视看看。我起初不想来,他说那他改天就带郑判官上门,我哪敢如此托大,就自家来了。"

进了佛堂,见堂屋构架华丽,四周白色帷幔下垂,地上铺着厚厚的翠地红纹毯子,宛如青草丰茸,野花烂漫。铜炉里烧着檀香,融融泄泄,芳遍全室,当真如古人说的"燃目之绮,裂鼻之馨,既共阳春等茂,复与白雪齐清",不动声色,富贵无比。一尊铜佛面朝西方,正面立着,面前一张大案,案前挂着一袭袈裟,张骥鸿把《金刚经》恭敬置放在案上,跪下祭拜,一低头看着自家的脚背陷没在地毯里,脱口而出:"美人蹋上歌舞来,罗袜绣鞋随步没。"王建笑道:"张尉文武双全,刚听中尉说你的事,真是一曲佳话。"

王建虽然气力不济,却也是个健谈人,张骥鸿忽然想起许浑的嘱托,就问:"那位郑判官是什么来头,医术真的那么好吗?"王建道："应该不会差，李愬当年在徐州督战，患了阳痿不举，就是吃他的药好的。"张骥鸿有些害羞，但见王建脸上平静，并不觉得在说一件隐秘的事，于是心里笑自家见识浅。王建继续说："所以李愬才会那么喜欢他。最近王中尉又把他推荐给皇帝，皇帝吃了他的药，也立竿见影，这位郑判官肯定有些本事。"

张骥鸿道："那就太好了，希望他开一副药，能让先生药到病除。如此良医，想是世代行医吧，怎么做了判官？"王建道："说是出自荥阳郑氏，并不以医药名家，不知从哪学来的医术。"张骥鸿道："古人云不为良相，便为良医。儒医本来不分家嘛。"王建道："说来也是这个道理。只是大家都瞧不起医工，导致医术不能持续下传，郑先生大概因此，改以做官为志向。"张骥鸿想了想，又试探道："荥阳郑氏，可是天下巨族，郑先生要做官，本来也有正途的，不必靠医术苟进。"王建道："这事外间颇有传闻，说他本不姓郑，之所以冒姓郑氏，也是不得已吧。"张骥鸿想问他是不是原姓鱼，但看王建的语气，似乎并不想深谈这个，就说："哦，这样，那荥阳那边认他的谱系吗？"

王建道："这就不知道了。"忽然问，"你这番来拜中尉，可有什么事么？"

张骥鸿听王建聊了这么久，大约知道其为人，就道："老实说，正想打听这位李翰林的下落。"就把去见霍小玉的事说了一遍。王建笑道："李益故意躲着她，这事连老朽都知道，长安传得纷纷扬扬，霍小玉不容不知，大概她身边的人也瞒着他。"张骥鸿不解，王建道："据说李益的母亲来了长安，说已经跟博陵崔氏订了婚约，对了，他说结的亲,叫崔五娘的,其父好像正任盩厔县令,是你的顶头上司啊,你知道么?"张骥鸿又是一惊,道:"崔县令确实是卑吏上司,但卑吏不知他家和李翰林结亲的事,说起来,这李翰林是我恩人,我不能评论他什么;只是霍小娘子也是我恩人,少不得还是想帮帮他们,看能否破镜重圆。"说到这里,张骥鸿略觉脸红,自家哪有助他们破镜重圆之意,倒是巴不得李益越薄情越好,自家才有机会。

王建道:"这事说起来,其实却怪不得李益,他和霍小玉家世悬隔,本来就走不到一起的。霍小玉事先应该知道吧?"

张骥鸿蹙眉道:"卑吏也是这样想,只是不好直说,她非要当面质问李翰林,我也劝不了,这可如何是好?"

"我看少府忧形于色,难道喜欢霍小玉?"王建看着张骥鸿,突然说。

张骥鸿见自家心思被戳破,干脆也不藏着掖着:"只是她喜好才子,瞧我不上。"

"谈什么才子,只怕少府君这样的,她能嫁了是她的福分呢。"

张骥鸿摇手道:"司马是未见她样貌,见了之后,不会说这样的话。"

"那为何李益不要她呢?"

张骥鸿想说,那李益是个俗人,但想人家世代簪缨,又是进士及第,文采风流,"俗人"二字终究说不出口,只好语塞。正好这时王守澄在仆人的簇拥下来了,跪在案前,捧起《金刚经》默默念诵,又放回去,燃香祭拜,好一阵才说:"咱们去堂上说话。"

三人走到廊下,冬天日短,外面天色已经黑了。王守澄看着天空,说：“平生最不喜冬季，让人抑郁。”走到堂上，堂上已经点着几十根蜜桔，灿若繁星，木炭炉也熊熊燃烧着，一盆鲜红，照得室内温暖亮堂。三人到案前坐定，陆续有侍从端上酒菜，王守澄笑道："来，你们都很合我心意，陪我饮酒。王司马是常客，这位孩儿，你也不用拘谨。郑判官本来说过来吃饭，临时有事，说晚上吃了饭才来，我们就不管他了。"

王守澄没说和李益聊了什么，张骥鸿当然不敢问，只是说："按说卑吏该亲自登门去向李翰林致谢，只是不知道府邸何在，向人打听了，都说不知，倒也奇怪。"王守澄道："我却也没问，你不是说名伎霍小玉和他住在一起，何不去那找找？"张骥鸿才知道他并不知霍、李二人的事，就道："卑吏去胜业坊找过霍小玉，却说早已搬出去了。"

王建道："中尉，你不关心这些男女间的事，其实外间传得很广。都说是李十郎要与崔氏结亲，他本人又恰好新授了宫内的官职，就把霍小玉抛开了。李十郎的表弟崔允明和朋友韦夏卿，都是京中名人，劝他不能寡情薄意。他因此干脆躲起来了。感觉这么做，有些薄义，中尉不可不察。"

王守澄笑道："他一个小小的校书郎，仰我鼻息，能做什么。便是朝廷那些宰相，见了我也不能不客气三分。"

王建道："中尉虽然德高望重，但虎也有落平原的时候。"

王守澄道："他是郑判官推荐给我的，我不怕人坏，坏人我镇得住；但怕人庸，庸人我拿他没法。为圣人推荐人才，我宁愿推荐有才的坏人，也不推荐无才的庸汉。"

张骥鸿唯唯称是，王建道："我觉得张尉是有才的好人，中尉应该多多推荐。"

王守澄奇怪："你们才见多久，如何知道张尉是好人。"

王建道："我刚才问他，是否喜欢霍小玉，他说自家高攀不上。"

"原来你喜欢霍小玉？"王守澄看着张骥鸿，又问王建："这怎么就能看出他是好人呢？"张骥鸿窘得低下头，心说王建怎么能随便就把这事说出来，却听王建道："若是坏人，肯定会说，我一个堂堂县尉，怎能去吃人家吃剩的菜。"

王守澄笑道："倒也有些道理。"又看着张骥鸿，奇怪道，"你这孩儿，真喜欢霍小玉？那不妨告诉她，李益攀了高枝了。"

张骥鸿道："不瞒中尉说，卑吏实在不忍心。"

王守澄道："这等说，你的确是个好人，霍小玉能嫁你，是她大大的福分。你还在崔真手下做什么？干脆回到神策军，我给你个将军做做。等过了年，就吩咐下去，给你讨诏命和告身。"

张骥鸿大喜，倒头便拜："感谢中尉青眼，卑吏结草衔环，誓死相报。"

十八　衣锦还乡

这通许诺下去，张骥鸿神清气爽，感觉昨日在霍小玉家的郁闷一扫而光，才知升官的妙处。以前听人说，有一位文人白头才进士及第，喜不自胜："这些年本来逐渐觉得自家老了，每次去达官贵人家行卷，都感到身体不再灵便，上马就觉吃力。这回一接到喜讯，忽然身轻如燕，上马下马，跟少年一样。看来这及第和做官，比什么灵药都管用，简直是还魂丹啊。"回想起来，太有道理，张骥鸿也忽然踌躇满志，感觉要得到霍小玉，恐怕也不是不可能。于是酒阑宴罢，跨上马，踏雪风生，像驾着云朵一样，回到了资圣寺。骑到檐下，见老仆正举着笼子，一只信鸽振翅空中，将下未下，张骥鸿惊道："你怎的把信鸽也带来了？也不见你说道。"

老仆道："乞郎君恕罪，老奴想着万一见着霍家小娘子，结了亲，这鸽子可以为郎君两地传书。"

张骥鸿转惊为喜："难为丈人想得周到。刚才惊讶，是深知这京城中比不得鼇屋小县，里坊中到处是持弓挟弹、拓张罗网的无赖少年，莫被他们捕了去。"

老仆道："倒也想到了这层，只是俗话说，不入虎穴焉得虎子，便传得十次八次，也是好的。"

张骥鸿翻身下马："也有其道理，不过霍小娘子也不住在这里，还得去胜业坊古寺曲训练才对。"老仆道："那就祝愿郎君赶紧和霍小娘子约好。"见张骥鸿面色，知道有喜事，问，"郎君这番见了中尉，怎样？"张骥鸿笑道："算是顺利，中尉说要调我回神策军做子将呢。"老仆喜道："真是好事。只是可惜了许十一郎，不能再共事。"张骥鸿道："虽如此说，但我若高升，也有办法帮十一兄。若两个失意人老凑在一起，也非长久之计。"

老仆道："郎君说得是。不想这两天事情件件顺利。明日就是除日，得去见老太爷，老奴已经把礼物一切准备妥当了。"

隔天是除夕，张骥鸿带着老仆去了蓝田，父亲见他来，喜得眉开眼笑："早上看到鸦儿落在窗前，叽叽喳喳叫喜，就想着你是不是会回来过新正，果然来了。"又指着案上摆着的桃符，说："正好要换桃符，你来挂。"

张骥鸿也高兴，把桃符捧在手中，说："这个尉迟敬德画得漂亮，得要不少钱吧。"

"去京里东市特意挑的。往年就是简单两块桃木片，写上尉迟敬德和秦叔宝两个名字了事，现在我们不是一般人家了，就不能将就了。又不是贵到天上，还花不起不成。也不用我亲自跑，庄户主动要帮忙么。"

自从张骥鸿做了县尉，朝廷拨给两百五十亩职分田，官府也懒得管太多，让田主自家招募佃农。虽然租税比例甚高，也免不了有赤贫的家庭来投奔，做张家的庄户。基本上张父也累不着了。只是农忙季节，每天还是忍不住下地，实在是劳碌命。

张骥鸿是后生，心里藏不住喜，当下把王守澄的话也跟父亲说了："到时我就回来了，重新在右军当差，品级至少得升一级吧。"父亲自然欢天喜地："王中尉怕是菩萨下凡，我们家该给他立个神位，天天祭拜。"张骥鸿低声道："也不需如此，恨他的人也不少呢。"父亲说："倒也是。这也奇怪，你明知道一个人不是菩萨，但等你得了他的好处，你就觉得他是菩萨了。"又不免问起成家立业的事，张骥鸿想，若跟他说自家喜欢的是霍小玉，他肯定觉得霍小玉不配自家。好在这个家里做官的是自家，就算他是父亲，也得仰自家鼻息，将来容不得他反对。所以倒不在意，只是事情还没到那份上，且不忙遽说。

接着祭神，门吏阡陌、井灶精灵、堂上、户中、溷边之神，包括附近的鄠县、东南的蓝田、新丰，西南部武功、盩厔县境内的王顺山、骊山、太白山、终南山、太白山神，都祭祀了个遍。张骥鸿笑道："我们每年祭祀他们，他们倒受之不愧。可是那么多人年年月月祭祀，还是一辈子贫穷，这些神受大家的歆享，受得安心么？"父亲说："我等小民，还敢想这个？自家安心才是真的，若不祭祀时，只怕一辈子贫穷都是奢望，还要死于非命哩。"张骥鸿道："这等说，那我们终于发家，肯定也不是祭祀之故。"父亲道："可能只是祖坟葬对了。"又仰头笑，"其实祖坟葬在哪，我都忘了。你大父是死在战阵中的，连尸体都没找到。"两人相顾哈然，只感叹运命神秘。

左邻右舍的人听说张骥鸿回来,都陆续来看望。只要听到老仆呼唤,张骥鸿都亲自去门前迎候,拱手道贺,请到堂上来坐。庭院里,十几个庄户杀猪宰羊,钳鸡毛剖肥鱼,忙得正欢,门楣和门柱都扎着红绫,一派喜庆。邻人个个黄褐色皮肤,见了张骥鸿,感叹道:"郎君的皮肤像女子,掐得出水。"张骥鸿笑:"父老戏耍我呢。"邻人说:"不是假,这坐公廨吃皇粮的,晒不着日头,可不就该这样。"邻人老吴,六十多了,花白头发,拄着杖来,一进门就叫:"骥鸿这孩儿出息了,还记得我吗?"他老婆埋怨道:"郎君现在是天上人,你还叫他名字。"老吴道:"有什么不行,小时候我还给他把过尿呢,骥鸿这孩儿长得莽,力大无穷,可是心肠好,不恃强凌弱,那时我就看好他,跟他阿爷说,让骥鸿去私塾里,跟先生念点书,将来准有出息。可是家里真是穷啊,实在上不起。不过,这真有本事的人,就像水里的葫芦,你是摁不住的,这不,稍微一松手,他还是起来了。"

张骥鸿眼里噙泪:"多亏了吴叔,硬是发起左邻右舍,给我凑了点束脩,跟先生念了一年半书,读了《论语》《孝经》,仗着这点基础,到了禁军中,才能跟里面的掌书记继续学些东西,否则在官署里,再简单的判词都写不来。吴叔莫说叫我骥鸿,就叫我小名,侄儿也得认着。"吴叔大笑:"小名是不能叫哦,你吴叔也不傻,以前在村头,也听过一些书,说是秦朝末年,有个叫陈胜的,原先是泥腿子,后来当了王,那些穷朋友都去投奔他,什么小名啊,幼时在一起玩的糗事啊,都不忌讳,惹得陈胜大怒,把那些穷朋友都宰了。可是人家陈胜也没大错,他的手下跟他说:'做王的人,不能被人老笑话,否则倒了威,说话就没人听了。'没人听,还怎么治国打仗?"张骥鸿大笑:"吴叔,那人家是王,我才是什么。"吴叔道:"你要做得好,封个藩镇节帅,那也是坐镇一方,跟王也没什么区别,到时我让我那不成器的儿子去投奔你。"

张骥鸿道:"我还真想问呢,我那大春兄弟怎么没来。"

"他呀,去挖河堤了。本来不用去嘛,交四丈绢可以抵庸,他舍不得,要自家去,不过说是下午也会放假。"

一会老仆上茶,吴叔夸奖张骥鸿的茶好,张骥鸿道:"不值什么,县家每月发几饼,也没什么人爱喝。"吴叔道:"怪道要做官呢,茶都有发的,而且发的这样好茶,一辈子也没吃过。"张骥鸿也很得意,表面上谦虚:"值什么,叔觉得好,就拿两饼回去,吃完了,若有人方便来往驿道,还给叔捎带。"于是围坐的客人又是一通赞美,尤其夸张骥鸿的父亲老张头:"还是你老有福,生了个好孩儿,哪天皇恩浩荡,就赐绯袍了。我们这些人,要和你玩一局六博,不知道门吏还放不放进去哩。"老张头说:"哪门吏敢挡你们的道理,我会吩咐他每天去请,我们这些老邻居若不能在一起戏耍,便是做皇帝也没意思。"另一邻居老赵说:"说得是,我听市上说书的讲,汉刘邦做了皇帝,把父亲接到长安,父亲不愿意,说不好耍。刘邦知道他心思,按照老家的原样,在长安仿造了一个同样的村庄,还把里坊邻居全部一起迁到长安。那房子仿得像,老家那些邻居带着鸡鸭狗什么的,一落地,就各自找自家的窝去了,不晓得已经离老家都上千里了呢。"张骥鸿道:"别说得太远,骥鸿只是一个小县尉呢。"但心里还是一阵莫名的舒畅,尤其是看到父亲受用的样子,心中乐浪连连,实在无法用言语形容。

老赵道:"说起这个茶,我有话私下说,料来也没什么事。这朝廷的宰相,一个比一个不像样,李德裕在时,平白多收几个税,说是国家要加强军备,我等百姓应该体恤,这倒罢了,至少其他还不管;最可恶的是那现任的王涯,兼什么肚子(度支)使还是肠胃使,搞起茶榷来了,除了公家卖茶,私人都不许卖。我那不成器的弟弟,半年前贩了一批茶叶,全得低价卖给官府,亏了血本。说起来老吴这个腿伤,也是因为上次去贩茶被查出,挨了打。"

老吴道:"这事说起来是冤屈,好好的茶,凭什么只许官府卖呢?比原先我贩运卖的贵一倍不算,还不好。我气不过,偷偷卖了一点,也就十几斤,被捉住罚了一镪钱,还打了二十板子。还说我命大,那贩卖超过三百斤的,立刻处决哩。"

张骥鸿不敢说王涯的不是,只问老吴伤好些没有,老吴道:"躺了十来天,好是好了,心里憋屈。"老赵又说:"前两年那个李宗闵相公,也不是什么好人,录取的进士都是自家的亲友。"老吴道:"这算好一些,反正我们字也不识,不会去考进士。倒是茶榷,把我们坑苦了。"张骥鸿想了想,道:"圣天子在上,总的来说还是清明的。诸位父老,像我这样的,不也做上了县尉吗?父老是看着我长大的,一无门第,二无才学。说明国家整体是公平的,有些困难是暂时的,最终大家都会过上好日子的。"

于是父老也不说什么,纷纷赞扬张骥鸿:"倒也是,任何朝廷,都不可能让我们所有人做官不是;瞧我们这些人的样子,也不配啊。"

张骥鸿岔开话题:"总之今天见到诸位父老,骥鸿喜欢得不行。

希望诸位父老今天也不用自家做年夜饭了,都到骥鸿家里吃。俗话说,远亲不如近邻,我们左邻右舍的,不同姓,其实亲如骨肉。"众邻人互相看看:"这么多人,怕不把郎君的年货吃完了。"张骥鸿道:"说得哪里话来。"也有人说:"倒也是,郎君现在凭空得田就是两百五十亩,我们就是一群猪,一顿也吃不穷郎君的。"说得大家一阵哄笑。于是约好晚上一起吃饭。

十九　除夕守岁

送走邻居们,张骥鸿回转来,父亲说:"这茶榷确实过分了,父老们说几句,你也别见怪。"张骥鸿惭愧道:"我不能帮他们,还见怪什么?"父亲道:"我只道做官的,都不爱听这话,所以赔个小心。"张骥鸿道:"便不爱听,也得听着。圣人身边肯定也有反对茶榷的,便是这话让圣人听见,也不会生气的。我想行这茶榷,都是奸臣找个名目搜刮,希望庙堂有正直的臣子能够不断劝谏,最后废了它。"父亲道:"那你刚才该这么说道说道,安存一下父老。"张骥鸿道:"这话也只好屋子里说说,传到外面,可怎么好。白乐天那么大的才子,写诗说了几句,也被贬到江州。还好他是正派的进士及第,就算贬了,也有同门帮他说话。我这个寒门破格擢拔的县尉,敢出那个风头?"老父道:"这个说的也是。"

于是一下午这里走走,那里看看,偌大家业,越看越欢喜,不觉就夜色降临。张骥鸿盼咐仆人庄客,又把左邻右舍请了来,在堂上大摆宴席,一起过除夜。先在庭中燃烧纸钱,祭祀祖宗。随即各种菜肴上堂,张骥鸿早就往家里带信,让父亲舍得花钱,是以相当丰盛。张骥鸿亲自给大家斟椒酒,众人忙起立,道不敢当。整个筵席之间,张骥鸿又狠狠享受了一番邻居的赞美,共话平生,其乐何及。但再快乐也有终了之时,最后酒阑歌散,杯盘狼藉,大家郑重诵了一遍太宗皇帝御制《守岁诗》:"岁阴穷暮纪,献节启新芳。冬尽今宵促,年开明日长。冰销出镜水,梅散入风香。对此欢终宴,倾壶待曙光。"字虽然一个不识,里正经常教诲,倒是背诵得很熟的。之后尽欢而散,各自回家守岁去了。

一时堂上异常清净,院子里烧着庭燎,屋子里燃着炭火,暖烘烘的,哔哔啵啵,时不时发出木炭崩裂的声音。父亲说:"要是你阿娘还活着,不晓得多快活哩。"张骥鸿想哭,当初就是因为阿娘病死,感觉家不像家,才决意去从军。当初撇下老父一人,不觉得什么,现在感觉对老父也有亏欠。老父也一直没有新娶,以前穷,没人会嫁,现在他不愿,说:"年纪大了,娶个老的,难道我专门请来照顾她的病痛;娶个年轻的,我这把年纪,也没什么欲望。"倒是雇了几个仆妇,再不用事事自家打理,仆妇各自还带着自家的孩子,跑来跑去,家里热闹了许多。

张骥鸿给孩子们发钱,一人一镘,仆妇们开心得什么似的。张骥鸿看着孩子们聚在一起玩握槊的游戏,胸中恬然。仆妇们问他几时娶妻,到时生一堆公子千金,家业就有人继承了,过年节也热闹。他笑说:"已经有了一个,年后就去下聘。"仆妇们又是一阵喜笑,倒是老父很清醒,说:"都是瞎话哩,他想娶仙女,每日里只是做梦。"仆妇们自然纷纷说,只有仙女才配得上我们小郎君。

除夜是一年中最后的残余时光，主仆一群人坐在堂上聊天，很快就把这残余耗光了，远近传来清脆的钟声，大大小小寺庙的钟争先恐后都响了起来。堂上的人开始欢呼："万岁，万岁！"孩子在庭院中点起爆竹，邻宅也都点燃了爆竹，伴着长安城内外传来的钟声。张骥鸿道："往年有时在长安城里过除夜，这时出门，里坊街店之内，各种饭食异常弥满。"让仆人把屠苏酒、椒柏酒斟起，大蒜、小蒜、韭菜、芸苔、胡荽端上，从最小的孩子起首，一一饮酒，吃这五辛盘，祝愿新年五脏郁气发散，永不闹病。然后又吃半月形肉馅汤丸，新年的仪式方才正式结束。

张骥鸿望着院庭中微茫的光亮，喜悦之中踌躇满志，走到堂边，吟道："潮平两岸阔，风正一帆悬。美志当能遂，余生不羡仙。"张骥鸿在家住了两日，亲自去看了自家新得的职分田亩，见了那些投奔的佃户，颇有些飘飘然。见了他，佃户们都赶紧上前蜷曲着跪拜，欢呼"万岁"，随即倾耳听他说话。忽有一人在背后叫："鸿大兄，还记得我吗？"张骥鸿回头看，一后生穿着簇新的蓝色绵袍，脸上却没洗干净似的，对着自家笑。张骥鸿喜道："是大春嘛，好久不曾见面。"上前捶了他肩膀一拳，说，"昨天听吴叔说你舍不得钱，自家亲自去应差挑河泥，也不见你来家吃饭。"

大春往后一个趔趄，弯腰捧住脚，"哎哟"叫了一声。张骥鸿忙问怎的，大春道："河堤上太冷，冻伤了脚，去看了医工，涂了膏药，说要等二三月才能好哩。还说幸亏回来得早，晚一点，脚指头就冻没了，这一世怎么过。"

张骥鸿道："你也是。交四丈绢可以抵庸，也不值甚么，为何自家亲自去河堤。"

大春道："亲自,咱们做百姓的,哪样不要亲自,敢用这等好词。你是做官的,四丈绢自然不值什么,我们穷百姓,能积攒一点是一点,不然新妇都娶不上门哩,哪个嫁你。"张骥鸿道："没了脚趾,有钱也没人肯嫁。"大春道："那也看有多少钱,若像大兄这样,便两条腿都没了,一样有人抢着嫁。我听说宫里边,宦官们连卵都没有,个个都有妻子。"张骥鸿大笑："倒也有理。不过我们这样出身,没了双腿,哪个把县尉给你做?朝廷可不白养人。"又忍不住显耀,"这样,我上半年就可回神策军做子将,到时看能不能给你找个职位。"大春喜道："敢有这样的喜事,那真是祖坟里也冒青烟哩。先谢过大兄了。"于是拉了张骥鸿去家里,不多时里长村魁都赶到吴家去拜望,老吴也向他们炫耀："骥鸿这孩儿,要提携我家大春吃官粮哩。"张骥鸿嘴里谦逊,身子仿佛已在云端,上下说不出的熨帖。

在家住了几日,转眼就是人日,又是一个重要节庆。一大早,仆妇就有的在煮七菜羹,有的把彩色的丝帛剪成人形,贴在窗上和屏风上,忙忙碌碌。那爱巧的年轻些的仆妇,还把彩帛挂在鬓上,来来回回展示。张骥鸿看着她们装乔的模样,顿时想到霍小玉,不禁心中摇摇,忽然就想立刻出发去长安见她,一刻半刻也等不得。于是叫老仆备马,自家先去禀报了老父,老父不舍,但也理解："男子志在天下,哪能天天困在家哩。"张骥鸿又去左邻右舍,说告别之意。父老们都劝："正是佳日,正好一起登山庆贺,何必急着就走。"张骥鸿推说州家有急事,要去长安,众人又复艳羡点头。有人说："郎君须不比我等乡下闲人,想去地头锄两锄就去,不去就可以不去。"

父老就笑骂他:"若时令来了,想锄不想锄难道由你?若错过了时令,一年肚里连菜蔬和瓜果也没得填哩。"众人哄笑,妇女们又向张骥鸿罗拜送别。张骥鸿跨上骏马,老仆骑一匹驽马跟着,向长安方向奔驰而去。

二十　崇仁坊酒楼

日头过午时分，就到了长安，首先便去了胜业坊，名刺递进去，洪州婆就出来了，张骥鸿先贺了新春，耐不住，随即就透露自家要升官的消息，洪州婆大喜："中尉说了话，那这事是八九不离十了。"张骥鸿道："下面就看夫人怎么说动小娘子了。"洪州婆说："包在老身身上。"张骥鸿直觉心花怒放，心里好像有条蜜溪在涓涓流淌，叮咚有声。真是人逢做官精神爽，想象他日晚上回家，霍小玉千娇百媚躺在锦被里等待自家的慵懒样子，不觉神魂飞越。洪州婆道："待会见了她，郎君就直接说吧，说出来她是痛，不说就不痛了？长痛不如短痛。"张骥鸿道晓得。

等霍小玉娇娆不胜地出来，看着他满含期待，张骥鸿道："前日见了中尉，最后打听到李十郎奉母命，已经和博陵崔氏定亲。"霍小玉果然发起抖来："我不信，除非他亲口对我说。"张骥鸿道："他不肯来见你，便是刻意躲着，怎肯亲口来说。"霍小玉道："我读传奇，习知人家良缘，往往有奸人从中作梗，导致两相误会。若得见面，三言两语,那误会便可消除,良缘也就成了。若不能见十郎亲口说,妾将终身死守,不见外客。"

张骥鸿哭笑不得,好像自家这番传话,就是那个作梗的奸人,忙遽解释道:"在下是听王中尉亲口说的,不敢造假。"霍小玉道:"没说张尉故意造假,但崔家都有头有脸,王中尉被他们误导,也是有的。"张骥鸿看她模样,心想,要让这小娘子彻底断了念头,只能找李益来见她一面。但自家如何请得动李益?若请不动,她就永不死心,加之不忍,忽然就口出大话:"小娘子莫伤心,在下不才,既受恩惠,当想法请李十郎来和你相见。"霍小玉喜出望外:"真的?"张骥鸿见她欢喜之态,心中苦涩:"有王中尉帮忙,总能想到办法,娘子等我音讯便是了。不过我和他都是朝廷官吏,他也算对我有恩,若是用真实面目去见,怕到时不好看。所以我会换个装束,让他认不出我是谁,你们到时也不要说破。"霍小玉和洪州婆一口答应。

告辞后,洪州婆又送他出门,问:"张尉真能请来李益?"张骥鸿道:"我想想办法,若非这样,娘子终究不得死心。"鲍氏眼睛红了:"也是冤孽,不懂事理。我听人说,做官有三则无憾,一为进士及第,二为娶到五姓女,三得监修国史。李十郎眼看到手两个,怎肯给自家留遗憾。我那孩儿也是不晓事的,只是异想天开。殊不知若能嫁得张尉这样的人才,就已经是积了大德了。"

张骥鸿听在耳里,略有些不快,但想起李益的门第且炙手可热,又知洪州婆所言也不过分;再一想霍小玉若琼林玉树,互相照耀,转盼间精彩射人的模样,随即完全屈服,说:"在下这就去想办法,可能不会很快,但这是在下自家的事,除了尽力,也没别的好想。"

洪州婆道："小女唯一的指靠就在少府身上，希望少府哀怜，不要再有辜负。当然，少府也是青云端的人物，说来我母女俩本也不敢高攀，全仰少府垂怜。"张骥鸿听到耳里，又高兴起来，郑重说了一通誓言，这才跨上马。走到门前，见院角雪中一丛红梅开得正艳，不知怎的，鼻子一酸，差点哭了出来，忙抬袖擦了去。大约想到对霍小玉来说，自家竟算是一有用人物，不禁有些自怜。

一路上踏着雪，一路上思考，怎么才能让李益来见一面？不可能为了此事去求中尉，一时之间，也想不出什么办法，心中颇为郁郁。转到东市，见灯火连绵，酒楼热闹，遂想到今天霍小玉也未留饭，更是不乐，于是勒住马，吩咐老仆："上去吃点酒菜暖暖身子。"老仆道："郎君自家上去，老奴去找个地方系马，顺便就近访个故人。"张骥鸿道："也好，快去快回。"走到檐下，又见几个乞丐裹着草席，瑟缩着乞讨，心中凄恻起来，就对老仆说："等会你去买几斤毕罗加一些果品，分发给他们。"自家径直上了楼去。

酒楼里极热闹，到处红装绿裹，连扶梯上也缠裹着红色缯帛，煞是喜庆。新年伊始，各地的进士都先期到了京师，或赁屋子，或住酒馆，等待春闱省试。大唐的官制，县尉负责县学士子的考试，选拔好的，就送往州，由州参军负责考试，选拔出菁华，才送到长安，参加礼部试，称为进士。大凡县家选拔人才，都由县尉负责测试。张骥鸿到盩厔县时，县学考试已经完成，没有赶上评判，也暗呼侥幸，觉得自家本无能力。但后来听许浑说，崔令当初得到张骥鸿将任县尉的文书，笑对主簿道："发来一个武人，肯定判词都写不来，如何胜任选拔？只怕我还得专门雇一个假尉代他，至于他自家，爱干什么干什么。"当时听了心中颇羞愤，好在许浑教他，逐渐也掌握了写判词的诀窍。至于选拔才士，确实还没有底。好在县学选拔，不如州郡重要。州郡向礼部推举的人，不是解头也是前几名，但到得京师，少则十几，最多也不过只有四十人能够登第，登第后还得考好几种制科，侥幸过关，才能授个县尉，自家的命运，实在比他们好得多了，于是也就略略心开。

到得楼上，挑了一个齐楚的座位坐下，一面且斟且饮，一面来来回回盘算主意，自觉没有一个合适的，忽听得邻座一个人叫："这位公子是哪州举荐的解头？"张骥鸿一惊，循声望去，只见一位三十左右的儒生，举着酒杯望着自家，面露笑容，长得也还周正，赶紧道："惭愧，在下不是举子，刚才气闷，一人上来喝些闷酒。"那人道："幸会，一看郎君相貌不凡，顿生亲近之意，请恕冒昧之罪。在下周松，江南西道洪州举荐的进士，正好也一人气闷，可否与郎君一起畅饮，说些话解闷。"张骥鸿一听是洪州人，颇觉亲切，道："有甚不可。"

那叫周松的举子当即抱着酒壶过来，又让店家把菜也端过来。张骥鸿道："公子是洪州哪县人？"周松道："洪州南昌。"张骥鸿道："怪道好生耳熟，在下也曾认识一洪州人，和公子口音相似，公子若愿意，在下可以引荐。"周松道："南昌人奸诈好利，我在外头，见了乡人都是辟易三舍的。"张骥鸿奇怪，竟有如此痛恨家乡的，但想大概在家乡有些伤心事，也就不再说，只道："公子是洪州举荐的解头，佩服之至，这回春闱，肯定手到擒来。"周松道："论才学是该，但能否高升也要看命。在下这囊中，有些诗卷，公子若不弃，可否帮在下评鉴评鉴,看是否有及第的资格。"

张骥鸿道:"岂敢岂敢,在下只是粗通文墨,岂敢评陟大作。"但心中痒痒,还是接过诗卷,翻开一看,是几篇歌诗,不觉惊喜,读到第一篇,是一首绝句,题名《滕王阁》:"危楼几兴废,寂寥背夕阳。只疑沉睡里,犹自忆滕王。"心想,写得有韵致,果然不愧为解头。于是一口气连读下去,感觉篇篇精湛,不觉拍案道:"我若知贡举,定取公子为状头。但我想,即使不得状头,及第是毫无疑问的。不知公子可曾去贵家行卷?"

周松道:"去是去了,只是我洪州天高地远,人才寥落,朝中官员,几无洪州人,竟找不到一个可为奥援的。"

张骥鸿道:"这个无妨,当年白乐天进京谒见顾况,也无奥援。顾况颇轻视他,说长安米贵,居大不易,看了他的'野火烧不尽,春风吹又生',又当即说,有这样的诗歌,居长安就易了。依在下看,公子的诗歌不亚于白乐天,只要识才的座师,不会轻易放过公子。今年知贡举的座师名叫崔郸,是工部侍郎,集贤殿学士,也是饱学有才情的。"张骥鸿本也不关心这个,前不久恰逢许浑说起,是以知道。这许浑有意思,近几十年来,知贡举的官吏如数家珍。其实他本人已经及第,不知为何还关心这个。当时听他说,正是自家被崔真轻蔑的时候,听到今年知贡举的又姓崔,心中颇觉酸楚。

那周松听张骥鸿这么说,惊喜道:"公子果然是懂行的,寻常人等,哪里会关心考官是谁。"张骥鸿暗呼惭愧,又有些得意,遂说,"这位崔侍郎做过翰林的,怎不识才?而且今年会增加录取人数。去年进士及第只二十六人,崔侍郎请求增到四十个,据说圣人已经制可了，公子还有什么不放心的。"这些也是现学现卖，那日和王建顺便聊起，王建说，他当年考进士不利，后来带着歌诗去拜见当年的考官，那考官看了他的歌诗，连说可惜："若早看到这些歌诗，怎么也得录你。其实今年，你也只差一名录取。"那年只录取十三人，王建失魂落魄，本来因才名广播，省试前河东薛氏大族就有招其为女婿之意，就等他及第，谁知落了一场空。他丢的不是当年的科名，而是一生。言毕慨然。

　　周松更是惊讶："公子连这都知道，今天果然有幸。对了，还忘了请教兄的名讳。"张骥鸿一时兴起，就把名字说了，周松道："好名字，家世定然了得，尝闻河东张氏，宰相辈出，公子一定是吧。"张骥鸿不知怎的，一时虚荣心起，就支吾过去，也不否认，想以后不再见面，料亦无妨。周松道："感谢张兄教诲，今年得逢贵人，三生有幸。"于是觥筹交错，举酒尽欢。张骥鸿看外面已见暮色，托言告辞："在下还有些事，假若有幸，或能在曲江亲见公子骑马探花。"周松喜道："承兄吉言，若能中第，定请兄去平康里金窝消磨。"张骥鸿大笑："那在下就敬候佳音。"说完拱手告辞，周松道："这卷拙作，还请带上。"说着把自家的诗卷塞到张骥鸿手中，张骥鸿道："早想拿走，只怕公子未抄副本，耽误正事。"周松道："来前已经写录了数十份，兄若不弃，请赐其列位囊中。"张骥鸿其实本就喜欢，当然也不推辞，塞入怀里，这才辞别下楼。

二十一　救人遭讹诈

　　到得楼下，才发现只顾和周松瞎聊，为霍小玉找李益的事毫无头绪，不觉懊恼。自家一腔烦闷，却只顾去哄了他人。现在也无别法，想着回去找赵炼商量试试。出得门来，老仆正和阍人寒暄等候，张骥鸿道："怎不见丈人上楼，还道你访友未归。"老仆道："楼上都是公子贵人，老奴怎好意思上去，在下面吃酒，倒是自在。"随即牵过马来。此时天色越发灰暗，雪还在下，周围有些儿童在堆雪人，有些儿童在燃爆竹。张骥鸿上马，和老仆一起正骑马缓行，忽听得后面一阵阵吆喝的声音："闲杂人等一概回避，京兆尹车马路过。"遂听得盔甲相撞之声，张骥鸿回头望去，只见两列骑士执戟而来，长戟前指，驱赶道旁行人，张骥鸿见领头旗帜，正是三品官吏的卤薄，应该就是许浑的座师京兆尹贾餗的车马，不但自家惹不起，连王中尉也要尊敬几分。赶紧下来，牵马墙根闪避。有一老人躲避不及，被一军士重重用戟敲击，摔倒在道旁。张骥鸿见满地的柿子，知道老人是卖柿子的，想起自家小时候新年前，也跟着父亲来长安卖过柿子，那种愁苦无奈的画面，一幕幕从眼前飘过，本能地跑上去，将他扶起。后来的几个骑士见状，当即上前，用长戟叉住他："绑起来去见明尹。"张骥鸿不敢反抗，被踉跄推到车前，只听车里一声怒吼："该死的狗奴，还用问什么，杖背二十，若不服，押至京兆狱。"

随即跑来几个提着竹板的小吏，三下五除二，把张骥鸿按在雪地里，掀起衣服，露出赤裸的脊背。张骥鸿知道不能避，京师四方辐辏，号称奸人渊薮，而京兆尹主管京师治安，故出巡尤重排场，以免被贼盗看轻，失了威重，自家冲撞京兆尹车马，只能自认倒霉。他把头埋在雪里，闭眼忍受，只想这场景若被霍小玉看去，岂不羞杀；霍小玉见他这样窝囊，如何依靠？一时之间，又想爬起来撂倒这几个军士，自家对长安街坊也熟，或许可以跑脱。转而一想，也可能把事情闹大，反而多事。眼看竹杖就要敲上去，倒是老仆已经跑来，伏在张骥鸿身上，对那些军士道："打不得，我家少主可不是一般人，打了须吃罪过。"

到底是京城多权贵，那几个军士果然有些犹疑，一时停了手脚，问："你家少主是什么人，冲撞了贾京兆可不是玩的，长安城中有谁不知，贾京兆不畏强御。不然跟我们去京兆府，自家向贾京兆辩别。"正说话中间，前面又来了两列骑士，都穿着玄甲，扛着玄色的旗帜，旗帜中间画着一火色的乌鸦。这些骑士没有喝道，只闷声走着，却有一种凛然的威势。中间是一辆车，忽然那车的围屏掀起，露出一个人来，惊讶地叫了一声："咦，此人声音很熟。"张骥鸿抬头一看，见一女子，戴着帷帽，隐隐可见梳着堕马髻，眉目看得不甚清晰，只知道肌肤白皙。那女子看着他，似乎笑了一笑，又把帘子放下了。

马车径直驰了过去,随即又是两列骑士,横着长戟,夹带着鸾铃声响,逐渐过去了。

张骥鸿蹲在地上,心想且暂时免了这羞辱,不如跟他们去京兆府,再作打算。那军士叫那卖柿子的老人:"事情都是因你而起,都一起去京兆府说话。"那老人看上去五十来岁,和老仆年纪相仿,趴在地上,呻吟道:"小人摔伤了,这番行动不得。"军士上前拖他:"死也要走。"张骥鸿劝慰道:"既然此人有伤,拉也没用,用我的马驮他。"军士道:"你认得他?不认得为何多事?"张骥鸿道:"所谓恻隐之心,人皆有之而已。"还没把老人搬上马,忽然前头骑马跑来一士卒,大叫:"明尹有令,刚才那人不用杖背,径直放了。"几个军士一听,看着张骥鸿,躬身拜道:"公子勿怪,小人等也是奉命行事,并不愿得罪公子。"张骥鸿也觉奇怪,嘴里漫应道:"这些省得。"

几个军士跨马疾驰而去。张骥鸿站起来,还好雪未融化,衣服大半是干的,但这一通按倒被扒了衣服,也是狼狈不堪。那老人跪地道:"多谢押衙救助,险些连累押衙,还好押衙是贵人,免了羞辱。"张骥鸿叹口气:"老丈若真走不动,就用我的马载一程吧。"

老人道:"刚才疼得一时麻木,口舌也不是自家的一样;也算是命里有幸碰到押衙,不然今天就死在这里了。"

张骥鸿见老人言不及义,不免焦躁,即命老仆将其扶到马上。老人又推辞:"怎敢让押衙送我。"张骥鸿道:"你若自家能走,这就告别;若不能走,就别客套,白白耗费光阴。"老人慨叹:"押衙是爽利人。唉,也怪小人,这么冷的天,不在家过好日子,出来作甚。"张骥鸿见他脸色黝黑,胡子斑白,上面满是雪粒,身上破袄也沾满泥水，煞是可怜，心又软了下来，道："我小时，也曾和父亲来城里卖柿子，也经常是这样的雪天。"老人道："天佑令尊，生得公子这样出息的儿子。小人那儿子有公子的一半，也不至于这样。"

正唠叨时，跑来两个武候，背上挎着弓箭，腰间悬着刀，打着呵欠，直催促说："快走快走，卖物当去东市，这里岂能设铺肆。刚才也就是你命大，被撞死都没命赔的。"张骥鸿道："也是无奈，谁家里富足，会在新正时跑到别的坊街上卖柿子呢，生计难啊。"武候道："谁不难，我们不难？这新年正头，人人都躲在家吃喝，我们反而时时在街上吃风。"另一人看着张骥鸿说："别多管闲事啊。"张骥鸿不高兴："怎么叫多管闲事，难道关心百姓疾苦也有错？"那武候火了："你们这种人我见得多了，动辄喷大话自我抬举，等拿进大牢过几天，只怕急着找梯子下哩。"另一个瞥了张骥鸿一眼，劝自家同伴："算了算了，这位郎君也没太说错。"大约是看张骥鸿衣饰不差，自家一个小小的武候，何必装乔托大。

一筐柿子也不好处理，张骥鸿问老人："这些东西你怎么搬来的？"老人道："我那不孝的儿子，用驴驮了来，自家就走了。"张骥鸿道："怎么自家就走了，万一要挪地方，可怎么好。"老人不言。张骥鸿见路旁有佣载的，招呼过来，谈好价钱，载了那柿子，跟着一起走，老人指路。原来他住在南城的通善里。张骥鸿问家里都有些什么人，老人应道："老媪还没死，有一双儿女，女儿嫁到昭应县，儿子就在官家的杏园养蜂，现在冬天，无事在家。"又说，"那小子不成器，郎君等会把小人放到门口，就离开吧。"张骥鸿道："若令郎不成器，正好帮老丈教训一下，我可不怕凶横呢。"老人惊道："惹不得惹不得,那畜生可是六亲不认的。"张骥鸿也惊道:"照老丈这么说,这是真的不孝,就更应该管了。"老人叹气:"怎么管?告到官府,又能如何。什么父慈子孝的礼法,高高在上的,我们穷家踮起脚也攀不上哩。官府也知道穷家子弟赡养父母有难处,也是睁只眼闭只眼。若真要告时,邻里也会笑你没脸没皮,土里刨食的田舍汉,也学那豪门大族穷讲礼义。"

张骥鸿默然,其实自小在农家,也见过村里不少类似的事,这还不算什么,听西州来的商人说,那更穷的地方,往往在父母老病时,就背到山上已经修筑好的石墓里,放上几块饼子,一壶水,任其自生自灭。甚至儿孙一起到场,对父母拜别,下山而去,过了期月,再来收尸,家家户户视为寻常。这时老仆把张骥鸿拉到一边,低声道:"郎君,这老丈说得是,到时放他到门口就算了。"张骥鸿道:"看这老丈是厚道人,还不要送呢。"老仆道:"他厚道不管用,他都说了,他儿子不是好相与的。"张骥鸿道:"且再理会。"

好不容易走过四五个里坊,终于到了,老人自家倒是想下来,却一步也走不动。张骥鸿横下心,干脆把老人驮进门。老仆想跟着劝他,被赶车的拉住:"你们都走了,我找谁要脚直?"老仆道:"很快就出来。"赶车的不依,揪住不放,张骥鸿已经走进了门内,一个青年裹着破袄子出来,头上胡乱戴着巾,一见就急了:"你们撞伤了我阿爷,可不能送回来就算了,这腿伤还不知道能不能痊愈呢,只怕落下残疾,叫我做儿子的怎么见人。"大声嚷嚷,随即从旁边破屋里相继走出几个后生,个个梗着脖子。张骥鸿道:"问问你父亲,是我撞伤的吗?"老人低着头不答,那后生道:"阿爷,你不要惧他,儿子就在跟前哩。这番吃他撞了，儿子若讨不来公道，还怎么有脸活命。"老人嗫嚅道："不是他撞伤的，还能是谁？世间可有揽事到自家头上的，难道是菩萨下凡？"这时里坊中听到叫声，围来看热闹的越发多了，起哄道："这小子听着，还是老实点为妙，先请医工来诊视，除了疗伤，还得保辜一年。"

张骥鸿笑道："天子脚下，也敢讹诈。"

老仆道："我家郎君是现任鳌屋县尉，才回来休假，你们讹诈错人了。"

那些人愣了一下，又笑得前仰后合："还以为是京兆尹呢，原来不过是个九品的县尉，还是外县的。便是告到官里去，也得讲理。"

老仆说："不是九品，是八品，鳌屋县在京畿，属于畿县。畿县都是八品。"

那些人笑得更欢了："哈哈哈，从八品下，和九品没什么区别。何况县尉等闲不能离署，虽是新正，偷偷请假回来，伏低做小，闷声不语也就算了，还这么张扬，若被上官知道，怕不惹来烦恼。"

张骥鸿不理他们，看着老人："老丈请再说一遍，是我撞伤你的吗？"

老人用哀求的眼光看着他，不说话。张骥鸿叹了一口气，问："你们要多少钱？"

那后生道："也不讹你，你拿五十缗吧。"

"五万钱？"张骥鸿道："你可真敢开口。"

后生道："并没多要，你须知我阿爷被你这一撞跌，有半身不遂的可能，万一真的不能动，五十缗够什么用的？我还要去找你加钱呢。"

张骥鸿想，这些泼皮，真打起来，倒也不怕，但惹出事端，虽是自家占理,也免不了衙堂讯问。现在正把心思都放在霍小玉身上,怎能多生瓜葛。也罢,算老子倒霉。于是掏出一张文牒:"我这里有一张'便换',总共三万,是我全部的家当,都给了你,可到东市票行兑换。若不要,只怕没处后悔。"

那后生识得,一把抢过去,展开看过,喜笑颜开:"看你诚恳,我又不是不讲理的人,这事就算了。规劝你一句,走路时好生看人,好在我阿爷筋骨尚健,若撞到了弱的或更老的,你如何去赔人家阿爷?"

二十二　天降横财

　　张骥鸿哭笑不得，挥手叫老仆出去，老仆跟着他道："郎君怎忍得这口气？"张骥鸿道："他们人多，我是无妨，但怕一时照顾不到，让你受累。"老仆道："要打坏老奴，也不那么容易，老奴年轻时，也是殴斗的好手呢，打三个五个不在话下。现在老了，两个三个总还是能对付的。"张骥鸿笑："现在不是跟这等泼皮计较的时候，若有闲时，再回来计较。"两人分别上马，老仆道："郎君欲做好人，却碰到坏人，怪道世风日坏，无人敢做好事。"张骥鸿道："看那老丈眼中求恳之色，也有苦衷。且你们都曾提醒我，我还要上当，便是我自家的问题。其实三万钱，也不过是我一月的薪俸，给了他，老者可以安静，少者不至迁怒。我自小贫苦，新年时每为缺钱，父母相骂，鸡犬不宁，是以油然伤感，越发不想跟他计较了。"

　　老仆道："郎君心善，菩萨一定会报偿郎君。"张骥鸿说："最懊恼的，还是想不出让李十郎去见霍小娘子的办法，其他都是小事。"老仆道："再找赵押衙商量，或者有办法。"

一路回到资圣寺，张骥鸿心情抑郁，径直去巡院找赵炼，先说了差点受辱的事，赵炼说："京兆尹向来横蛮，总因为在京师执法，到处都是贵戚，若无权威，什么事也办不成，是以圣人特许他的威风，便是中尉，也要礼敬三分的。独各台院御史代表天子，京兆尹方须退避。大郎撞到他，也是倒霉了。"待听到后来，当即跳起来："竟被人讹诈了，是哪家的泼皮，我这就带几个人，去绑了他来给兄赔罪。"张骥鸿拉住他说："算了，我只是可怜其老父。虽与他无亲无故，但人老便让人生怜，我见不得那模样。"赵炼道："大郎，你这话说差了，谁家没老人，他老便有理不成？"张骥鸿道："话须不是这么说，我们究竟占着优势。佛祖有好生之德，就当给下辈子积德，将来不生在农家，也生在五姓七家才好。"赵炼道："那些有钱富贵人家的，哪个供奉佛祖不比你勤，不比你奢侈。俗话说拿人手短吃人嘴软，佛祖我便不信他真是铁石铸的，不知好歹。若他不知好歹，便是忘恩负义，连我等凡庸人都不如的；若知好歹，必定还是把投胎的好去处首先送给那些富贵人。因此这世间，富贵人总是富贵，贫穷人总是贫穷。"张骥鸿听他说得似乎有理，又觉得也不是全盘有理，只是想驳又没处下嘴，于是扯开话题："兄弟，你说的话有理，但我现在最懊恼处，便是如何得完成霍小娘子的心愿。"遂把自家如何答应霍小玉的事说了。赵炼不知哪里扯了一条草茎，在嘴里啮着，道："大郎，此事恐怕难成，据说李十郎得到圣人青睐了，不日要知制诰呢。所谓三项愿望，已经差不多达成两样，那剩下一样是高低跑不掉的。这等是真正的贵人，咱们不要去惹。"

张骥鸿苦恼道："可我实在忘不了霍家小娘子。"

"等李十郎娶了崔氏，霍家小娘子终究会知道，到时你再去拜会她，她能不答应跟你？"

"说得容易，以霍家小娘子那样貌，为何只能答应跟我，难道我有多大官威。况且我曾向洪州婆夸下海口，一定能让李十郎去见她；若做不到，如何还有颜面见她。"

赵炼把嘴里咬的草茎吐了出去："看来还真是冤孽。"两人扯了半天主意，又一一推翻。正在苦恼，眼见水漏空了半池，忽然老仆来报："外面有人来拜见郎君，看样子是贵人，后面跟着好几辆大车呢。"说着递上名刺。

张骥鸿奇怪："我在寺庙暂住，没告诉过人，如何有人来拜。"把名刺展开看了，更是惊讶："成德进奏院进奏官赵行德，我不认识此人，因何来见？"

赵炼也吃了一惊："成德节帅王庭凑一向跋扈，圣人都对他畏惧三分，他的邸将怎么会来拜你？"又拍腿道，"我明白了，各藩镇一向广罗人才，往日进士及第在京师等待守选的才士，节帅往往会打听到，派人下厚礼聘请，再向朝廷为其请官。是以那些不耐烦等候守选的穷前进士，往往就愿意受聘。至于勇武之士，也是他们网罗的对象。我兄以武力著称，现在又擅长书判，可谓文武双全，自然被他们看中了。"

张骥鸿一听也豁然开朗。不过王庭凑这人，他印象不好。十几年前，他还只有十来岁，当时京畿突然扰攘，说是成德镇反叛，朝廷要大征兵去讨伐。闹得百姓惊恐，不少青壮弃家逃亡，生怕被征了上前线去。那反叛首脑便是王庭凑，当时官为成德镇衙内兵马使，煽动牙兵,黉夜作乱,杀死了朝廷任命的成德节度使田弘正及其官属三百多人,要求朝廷承认他为节度留后。朝廷不肯,下诏让河东节度使裴度、魏博节度使田布等数镇将发兵进攻王庭凑。王庭凑也发兵反击,同时派人私下联络幽州节度使朱克融,一起对抗朝廷军。幽州和成德两镇是天下精锐,几场战事下来,朝廷军大败。穆皇无奈,派兵部侍郎韩愈亲自到镇州安存,承认王庭凑的成德节度使身份,还加授王庭凑太子太傅,封太原郡公,食邑二千户。张骥鸿想,被王庭凑看上,可不是好事。何况我现在也不是寻常官健,正得神策军中尉青睐呢,何必去投靠藩镇。去藩镇做官虽是捷径,却非正道,否则哪还有及第进士愿意守选。但对方既然来了,又岂敢得罪,于是赶紧穿好官服,出外迎接。走到廊下,见庭中站着一位身材高大的人,穿着裘衣,里面露着绿色袍子,眉目粗犷,器宇轩昂,张骥鸿赶紧上前:"卑吏张骥鸿,不知邸帅枉驾而来,有何教诲,如不嫌弃,请进去说话。"

那人道:"镇州赵行德,奉命而来,办完就走,不敢耽搁。有骏马两匹,缣帛五百段,奉赠足下。"

张骥鸿倒是一愣,看来对方无心结交,只是奉命行事,似乎也没有请他去成德做官之意,心下反而有些失落,于是道:"在下不才,虽然匮乏,却不受无功之禄。敢问赠主为谁,若不说明,在下怎敢领受。"

赵行德嘴角弯了一下:"足下果然君子,且请放心,在下身在成德进奏院供事,奉命来敬献薄礼,赠主自然是成德节帅王太傅。足下请放心,奉赠薄礼,绝不附带任何条件。至于具体因由,在下也不知晓。若足下不肯收,等于让在下辱了使命。太傅治军严峻,在下只能拔剑自裁了,足下其忍之乎?"

张骥鸿赶紧道:"邸帅言重了。"还要寻思言辞拒绝,赵行德一挥手,一群仆隶已经牵马过来,搬送绸缎入内。知事僧也跟在后面,张骥鸿见那两匹马双耳似尖筒,双瞳似彗星,双颊如明月,腿长毛细,瘦骨锋棱,果然一等一的好马。但无功不受禄,怎能贪此非分之物,欲待拦阻,赵行德笑道:"外间寒冷,足下岂无待客之道乎?"张骥鸿见他这么说,赶紧请他进去奉茶。赵炼见状,也起来拜礼,赵行德不卑不亢,温言答礼,双方互通了姓名,赵行德对赵炼道:"原来是当家,不想有幸识得,还请日后关照。"赵炼道:"不知贵使的郡望是?"赵炼道:"宗谱丢了很久,不敢妄自揄扬,生来就是镇州人。"赵炼唯唯,也不说话。张骥鸿听来却有些羞惭,想这人倒是朴实,自家实不如他。

这时知事僧也赶紧唤小沙弥上茶,赵行德问起张骥鸿父母平善,张骥鸿道:"老母早已不在人世,老父目前住在蓝田。"又担心赵行德问郡望,好在赵行德并无此意,反道:"冒昧询问,惹足下伤心,请恕唐突。"又聊些家长里短,不多时有押官来报,礼物全部搬运完毕。赵行德起身道:"还要回去复命,不敢久留,今日有幸识荆,三生有幸,他日有缘,希望能和张尉一起畅饮。"张骥鸿晕乎乎地出去送,走到廊下,赵行德看着檐下的鸽笼,忽然饶有兴趣:"张尉也养信鸽吗?"

张骥鸿道:"其实不养,这是一位朋友送的。"但也不好意思说那位朋友是女子。赵行德道:"在下略识此道,这只鸽子似乎不是凡物,若碰到懂行的豪家,只怕肯出几斤黄金。张尉若想换钱,在下可居间引荐。"张骥鸿道:"贵使果然博洽,不过此物乃朋友所赠,相当珍惜,多少钱都不会卖的。"赵行德笑了笑:"张尉是忠厚人。"随即拱手告辞,率傔从络绎离去。

二十三　知事僧解惑

张骥鸿如梦幻般将其送出坊门外，等回来时，廊下早围满了僧人，个个向他道喜。领头的知事僧道："少府前时向寒寺所借钱，不敢再要抵押。他日若一时周转不利，直接告诉贫道，万勿见外。"张骥鸿哭笑不得："这怎么可以，俗话说亲兄弟还明算账哩。"知事僧又道："成德镇的邸将，连宰相见了也敬重三分，竟对少府如此恭敬，少府平日把我等瞒得好苦啊。"张骥鸿漫应道："些许小事，怎可挂在嘴边。"也不敢多说。把寺僧打发了，留下知巡押衙赵炼商量。

赵炼搓着手道："常听人说菩萨显灵的故事，终是不信。是以向日见大郎拜菩萨虔诚，嘴上不说，心中暗笑。现在看来，大郎这事或者是拜菩萨之功。"

张骥鸿道："三兄说得可能有道理，我几个月前去盩屋上任的路上，路过紫云村，那是个乡聚，有一座菩提寺，据说很灵。我在菩萨前许了愿，难道应在这里？但我许的愿是娶霍小玉为妻，从未想过发财致富。"

赵炼笑道："若想娶得美貌娇娘，没有财帛怎行？想来这就是天意。我看大郎可以在长安买个宅子了，要成家，就得有宅子。总不成在寺庙娶亲？"

张骥鸿道："我听说白乐天到四十几岁才在京师买了房子，我一介寒门武夫出身，还不到三十岁就在上都置业，恐怕祸事闻着味道就要找来了。"

赵炼忍不住笑："大郎说的也是，咱们暂时不用那么张扬，赁居一阵也好。"

又聊了一阵，张骥鸿把赵炼送走，走到廊下，赵炼忽然道："又想到个事，不知该不该提醒大郎。"张骥鸿道："我们兄弟之间，有什么不可说的。"赵炼道："成德镇一向桀骜不驯，大郎还是慎重结交为好，以免被人构陷。"张骥鸿顿时心中一怒，也不知怒气从何而起，只好强笑："三兄提醒得是，我从不想结交藩镇。改日还是去问一下，是否他们送错人了。"

送了赵炼回来，张骥鸿望着堆积满屋的绫罗绸缎，越发感觉这些钱来得蹊跷，不知能不能花，敢不敢花。一会老仆进来，满脸喜气："真是两匹好马，比官府配给的两匹马强多了，只有河朔才能出这样的好马。"

"这到底怎么回事？"张骥鸿道，"丈人帮我分析分析。今晚还说破财呢，谁知反发达了几倍。"

老仆道："要说是菩萨恩赐，老奴总是不信。但老奴确实也想不出原因，不过郎君风范，一向慷慨好施，没准是当年受过郎君施舍的人，发了财来报答了。"

张骥鸿想，确实自家一向舍得花钱布施，但也实在想不出哪个就正好发了财，也想不出世上真有施恩图报的。自家施舍，主要是聆听菩萨教诲，为来世积德，也没想到过报答。

"算了，我就不信这钱会白白给我，也许明天就有分晓。"张骥鸿也不想了，默念了一遍经卷，又在院里练了一阵刀术，也就洗了睡觉。

第二天早上，张骥鸿被晨鼓叫醒，知事僧来了，身边小沙弥提着一篮子瓜果，说："这是宫里贵人供奉在佛前的东西，暗火培育的，既新鲜，又沾了佛气，贫道一早对着念了几遍经，特意从佛前请来，给少府君尝鲜。"

张骥鸿既觉得知事僧势利，但对这种谄媚又不能拒绝，何况是佛祖前供奉的，听了都觉得舒坦，赶紧施礼感谢。知事僧又掏出前天的贷款契约，说："以少府现在的名望，这些东西，全是多余。少府自家收了，废弃即可。"张骥鸿道："昨天说了不可，钱财往来必须郑重，还是照契约来较好。其实成德镇这些馈赠，在下至今莫名其妙，只怕留在手上也是棘手，不敢花，也不敢还。想是邸帅送错了人，来日便要来讨回的。"

知事僧道："不是贫道夸口，这种事情，少府须不如贫道看得清。送错是绝对不能的。"

"何以见得？"

"少府在京师也非一日，可曾听说过成德节帅怕过谁？会给谁送礼物？"

张骥鸿想，河朔三镇自天宝之乱以来，从来都是不纳版籍，不输贡赋，匹帛粒米不敬献朝廷，且自择官吏，不接受朝廷委派；反而是朝廷对他们屡加赏赐，圣人也拿他们无可奈何，确实不曾听说他们畏惧谁，要去拍谁的马屁，就说，"没听说过。"

知事僧道："我只听过一次，说前朝的宰相元载，有一亲戚来投奔他，他觉得这亲戚没有什么才干，无法排备官职，就给了他一封信，让他北上投奔幽州节帅。那亲戚到了幽州，心中不宁，偷偷先把信函拆开，竟然空无一字，只有元载一个签名。懊恼不已，但来都来了，只能硬着头皮投递。幽州官署接待，说，既是长安宰相派来，宜有书信。那人说有。官署中的所由官立刻报告节度判官，判官大惊，又赶紧上报节帅。节帅立刻派押衙带着箱子来请书信，虽然上面没有写一个字的请托，还是招待元载这位亲戚吃喝玩乐了一个月，临走又送了一千匹绢。"

张骥鸿道："那看来还是有。"

知事僧笑道："只怕也是文人宰相的自伐，不可考实。三镇都自行设置文武官员，自行增补属吏，偶尔答应朝廷派遣几位，往往都被将士驱逐。总之，三镇从不向朝廷输纳贡物，这无可置疑。贞元年间，成德节帅王士真是最敬顺朝廷的一任了，但给圣人送礼，却也从不以贡赋的名义，只说是私人敬奉。以免坏了规矩，让其它两镇愤怒。"

张骥鸿慨叹："本来向国家输税赋，天经地义。如今却闹得想送不敢送，怕坏了规矩，真是匪夷所思。"

知事僧掩耳道："朝廷大事，少府可不敢轻议，少府敢说，贫道也不敢听。总之贫道以为，送错万万不能。若他不愿时，皇宫尚不能得其一物，这样的骏马缣帛，如何能误送到资圣寺？"

张骥鸿笑道："的确不能。"

"因此，这个馈赠，绝对不会错，至于原因，贫道不知道。但贫道知道，少府君会日渐发达。"知事僧笑容满面。

张骥鸿就索性拉知事僧坐下来："大师，在下目前有一件难事，想请大师出主意。"遂把自家的苦恼一说。

知事僧道："若是少府昨天跟贫道说，贫道只能劝少府收了这个想法，殊不知李十郎新近攀上了郑御史，正要热起来呢，如何请得他动？但现在贫道倒有一个主意，昨天成德邸帅来拜访少府的事，不妨找些儿童，每人给个十几钱，让他们到处传扬。少府再去赁一个大宅，临时雇些奴仆，请霍小娘子暂住。后日李十郎会来寺庙烧香，到时贫道通知少府，少府带着童仆，号称慕名而来，再请他去宅中一聚，不就见到霍小娘子了吗？"

张骥鸿大喜，道："和尚真是智囊，但仓促之间，可有如此宅院暂时租赁？"

知事僧道："这个好办，都包在贫道身上，要雇豪仆，贫道也认识一些专门做这行的。只要肯花财帛，何物不成？少府先去置办一身华丽些的衣饰，再给那骏马配上好些的鞍鞯，到时光彩照路，美姿英发，谁敢不来巴结。"

张骥鸿喜不自禁，吩咐老仆："先给大师拿十匹帛，陪大师去办。我吃过早餐，就去一趟西市。"遂请香积厨中要了一碗馎饦，其他零星素点心，也要了一些。没多久东西送来，都是精致上好的配料，远过前些日子的供给，不禁又慨叹钱能通神。本来心下有些惴惴，不知道这个钱到底使得还是使不得,现在知事僧说使得,这般老奸巨猾之人,他的话怎可不听?况且这缣帛骏马也不是自家偷的抢的,他日实在要讨回,自家不妨到处告贷还他就是,且帮忙渡过这劫再说。

二十四　西市逢故人

　　说着让老仆到厩房牵出骏马,见两匹马肌肤如缎,光泽熠熠,筋肉丰匀,腿长鬃繁,正是河朔百里挑一的良马。张骥鸿骑上去,稍微一夹马腹,骏马就跃跃欲试,四蹄仿佛生风,只待他一声令下,就要绝尘而去,比之有司配发的马,天上人间。张骥鸿也忍不住,拍了一下马脖子,骏马立刻闪电般驰出。此时正是清晨,冬阳烂漫,路边的雪正在潺潺融化,汇成小溪,沿着街边的沟槽,汇向朱雀门大街的方向。朱雀大街两边的槐树落尽了枝叶,只剩光秃秃的枝丫伸向灰色的天空。野草连绵,泥淖遍地,路人都穿着灰褐色的厚重外袍,也有些小孩,却光着屁股在枯萎昏黄的草地上追逐。

　　不一会就驰到了西市,长安的西市多胡商,有胡商见了,喝一声彩:"好骏的河北马,好俊的后生。"也有人指指点点:"这位公子可来头不小,据说昨日下午,成德邸帅特意上门拜访,赠送宝马金帛呢。"然后是一片惊叹和附和之声。张骥鸿只当不知,心中却颇是得意。商人们惯会见风使舵,见他下马,立刻像苍蝇见血一样扑上,询问要买什么。

不多久,张骥鸿从西市出来,全身打扮焕然一新,玉带锦衫,轻黄纻袍,鞍上装饰灿烂,宝珠缀满,揽辔游观,俊逸街市。身后跟着一位少年胡人,也是风神俊美,衣饰华鲜。原来刚才张骥鸿进肆试衣,见一胡人少年风神俊美,问其父亲:"令郎长相不凡,可否借我一用。"胡商道:"公子发话,何所不可,以后还望公子照顾一二。"张骥鸿大喜,说好雇佣费用,先在肆前展示一番,又惹得一阵喝彩。张骥鸿下马,让少年在家候着,约定明日来接。正要走时,忽然和一人撞个满怀,张骥鸿心中快乐,见谁都觉亲切,赶紧扶住对方,问:"可撞伤了公子?"那人二十岁左右,定睛看了张骥鸿几眼,忽然道:"郎君可是姓张?"张骥鸿道:"你怎知道?"那人道:"以前在下在神策军院看望家父,曾见过郎君。记得家父曾教郎君歌诗,不知在下是否记错?"张骥鸿忙拉他到路边檐下无人处说话,看他眉眼,确实面熟,道:"难道你就是何书记的幼子,是不是叫蟋蟀儿的,喜欢学蟋蟀叫。"

那人笑:"的确是我。"张骥鸿说:"此处冷,不如找个酒馆叙旧。"蟋蟀儿道:"我这正帮家父抓药,忙遽着回去。"张骥鸿道:"哎呀,我怎的如此糊涂。令尊是我的老师,前年忽然弃官不做,要回家乡灵武养老,我当时奉命戍守河阳半年,没来得及见到,一直遗憾。难道老师还在长安吗?这是有恙吗?是否要紧?"蟋蟀儿道:"本来回了灵武,不想家兄去年忽然进士及第,家父一时高兴,也随即赶来了。现在光德坊赁居,这几日新正,一时高兴,多吃了些,小小积食,不算大恙。"张骥鸿大喜:"一直想念老师,不想天教我撞着,怎可不去拜见？不知老师现在有空否，觉打扰否？"蟋蟀儿道："打扰什么，家父几次念叨郎君，见了郎君必然高兴，只怕病就立刻好了。"张骥鸿寻思要买些礼物，又不好让蟋蟀儿久等，就说："你且把门牌告诉我，我把这边事情很快完毕，即去拜见。"蟋蟀儿欢喜说了地址，作别而去。

张骥鸿当即带着老仆回西市，又购置了重礼。他一向手松，如今新得了横财，更不像前时拘谨，不觉间又费了百缗，买了些精巧礼品，驮在马上，就往光德坊而去。那光德坊即在西市东，是以很快就到了。从西坊门进去，人群如织，两边房屋旗帜飘扬，彩胜盈目，新正气息犹浓，上元即在不远。来往路人，见了张骥鸿主仆衣饰华美，坐骑神骏，无不注目。张骥鸿道："来往这些人，可知我心中的喜欢。"老仆道："老奴不懂歌诗，但觉郎君这想法饶有诗意，不妨就此做一首。"张骥鸿道："惶恐，从未做过诗，如何能够。"老仆道："以前在旁边侧听许县尉说诗，诗最难的是巧思，文辞其次。郎君如今有巧思，文辞也已有些基础，如何不能作诗？况且霍小娘子就爱这口哩。"张骥鸿想起霍小玉，登时鼓足了勇气，放缓了衔辔："让我想想。"遂凝神苦思，不多时说："还真有了。你听，'走马过街巷，春风逐络缨。纷纷回首者，谁识我心情'。"老仆喜道："老奴不懂歌诗，但听着比那些酒席上应酬的不差哩，不信到时给许十一郎看看。"张骥鸿道："听你这么说，我似无畏惧了。"

走不多久，前面是一座桥，如彩虹般跨在水上，桥身漆得彤红，桥下水波粼粼，一路向东流去。张骥鸿驻马桥上，道："这里倒没来过，想是通到务本坊的。"老仆道："不但通到务本坊，还流入内苑呢。"张骥鸿笑道:"曾听王司马讲御沟红叶的故事,说有宫女思春,在红叶上题诗,借水流飘出,恰被宫外才子顾况拾到,由此成了一段佳话,真是缱绻动人。"老仆道:"别人的事羡慕它作甚,只盼郎君也赶紧成就良缘。"张骥鸿笑上眉头,也不说什么。

过桥南折,十字街东南是一座府廨,张骥鸿看着门前牌匾失笑:"竟是京兆尹府廨,我前日晚上差点被捉到这里来了。"又说,"不知为何,又突然一小兵来传话,将我放了,这两天的事情真是越来越古怪。今日又无意中遇到恩师,仿佛天降机遇。"心想正逢自家诸事走得顺,拜见恩师,才更长脸,若还是个官健,也买不起赞敬,怎会巴巴的赶来。老仆听他这么说,也笑了:"倒像是厌胜,郎君命中注定要来这京兆府廨;但郎君现在运命正盛,京兆府廨奈何郎君不得,只好强请郎君门前一过,便算应差。"主仆两人大笑,挥鞭而前,很快就见一座旧宅,看上去也颇有些排场,只是久未修葺,略有些黯淡。敲门进去,是位苍头,张骥鸿一报名字,苍头道:"小郎君回家,就奏禀了家主。家主大喜,连午觉也不睡。小郎君陪着家主,在庭院徘徊恭候呢。"张骥鸿道:"惶恐,怎敢让老师下堂。"随即牵了马,和老仆前后进去。

只见一老者正站在回廊下,挂着一根木杖,盯着一株梨树看,嘴里吟着文字,蟋蟀儿站在旁边侍候。张骥鸿不敢打扰,就打手势给苍头,要他静默,表示自家想听。只听得音调铿锵,平仄相间,但字句错落,不像是近体诗;词语密实,也不像是歌行;还隔句押韵,又不似四六文,随即悟到,是一篇骈赋。至于具体吟什么,自是半懂不懂。从能听懂的部分来看,好像说眼前这株梨树孤独,"尔生何为？零丁若斯"，接着又说它正卧病，"修干罕双，枯条每只，叶病多紫，花凋少白"。张骥鸿再看看那株梨树，梨树极老，长在一条人工挖掘的小沟壕之旁，树干委曲盘陀，臃肿族累，根如蹲虬，枝如交戟，戟上却点缀着小小的花苞，有几朵甚至开了，可见新正之后，日日向暖，花期已见征兆。

张骥鸿看老师吟完，才奔过去拜倒，口称何书记。何书记喜笑颜开："不如叫我老师，我这辈子，最喜欢的就是做老师，得天下英才而教育之，才是人生之乐啊。"张骥鸿唯唯称是，偷眼扫了一眼四周，见石灯半颓，苔藓墁地，畦间几簇短小的灌木，光秃秃的，大约是牡丹，其他也看不出什么，但显见也是经过设计的，虽然荒芜，却存气象，就说："好院子，只怕也住过不少名士吧？"

何书记笑道："你倒猜得准，你看这株梨树，据说是孙思邈种下的，距今已经有一百五十年了。"

"难道这院子曾是药王故居吗？"张骥鸿道，"那还真是令人遐想了。"

何书记道："你不知道，这里曾为高宗皇帝鄱阳公主邑司所在，不过只是部分庭院。这株梨树，不但孙思邈见过，宋令文、卢照邻也见过，还特意为它写过诗赋呢。"

张骥鸿惶恐道："卢照邻学生知道，老师教过他的歌诗。"何书记道："那么考你一考，他有一首写新正的诗，是怎样的？"张骥鸿道："这个没有忘，适才路上还想起呢，真是有神似的。"于是吟道："筮仕无中秩，归耕有外臣。人歌小岁酒，花舞大唐春。草色迷三径，风光动四邻。愿得长如此，年年物候新。"何书记道："不错，人歌小岁酒,花舞大唐春,这联看似温驯,其实气象博大,真希望我大唐人永远有酒饮,有花看。"张骥鸿道:"没想到卢才子还跟这个宅子有渊源。至于宋令文这个名字,倒是第一次知道。"

何书记道:"你知我刚才念的是什么吗?就是卢才子的《病梨树赋》。当年他也赁居此地,与孙思邈为邻。他只有三十多岁,孙思邈却八十几了。可是孙药王比他看着壮健,他那时患病,对药王艳羡不已,求教养生之道。后来药王奉诏去山上采药,他一个人卧居此宅,越发神伤。宅子的主人鄱阳公主其实青年早夭,一生并未嫁人。院中梨树,也是'高才数仞,围仅盈尺',才子同病相怜,写了这一篇赋概叹,以为自家与梨树俱不得长年。后来才子难忍病痛之苦,自尽而亡,这株病梨树,却活了一百五十年,至今还在开花呢。"

张骥鸿微微颔首。何书记对蟋蟀儿笑道:"骥鸿青年壮健,一拳打得死一头牛,我为何跟他说这些,定是听不明白的。"张骥鸿不好意思:"所谓顽石不解风韵。"蟋蟀儿道:"阿爷,才喝了药,何必久站庭中,且请张尉进去说话。"何书记笑道:"倒是忘了。"拉着张骥鸿走。张骥鸿让老仆从马背上卸礼物,说:"仓促间在西市购置,也不知老师喜欢否。"何书记睁大眼睛道:"这么多物品,怕要上百缗吧,这如何使得?我绝对不能收。虽说你做了县尉,薪俸难道很高吗?"

张骥鸿道:"县尉虽然薪俸不高,也不至于抽不出一点来孝敬老师。当年若非老师教学生歌诗,学生只怕难以处理政事,如何胜任官职?想孝敬也有心无力呢。"何书记道:"你这么说,且再理会。"拉着张骥鸿上堂坐定,堂上燃着炭炉,也算温暖。炭炉边坐着一位少女,穿着杏黄的布裙,梳着堕马髻子,正趴在几上写着大字,见了客人，赶紧回头，张骥鸿见她面色白皙，不施粉黛，从眉目来看，顶多十六七岁，虽不是十分标致，却也有七分颜色。何书记道："素儿，给客人斟茶。"少女立刻站起去了后堂。何书记道："这是我长兄的女儿，你不是外人，是以我也不让她回避。"张骥鸿感动道："极知老师把骥鸿当亲人，是以上次戍守河阳回来，再不见老师，起码有半年不快。"何书记莞尔："不值半年，有一月我心足矣。"

二十五　与老师叙旧

继续攀谈,自然是老师关心学生近况,张骥鸿遂把和许浑交往的事一说。何书记大喜:"许烟雨也是才子,说起来县尉真是好职务,得了它,就等于有了阶梯,能结识并世才子了。"张骥鸿道:"这就要感谢王中尉。"说到这个,本想追溯到李益和霍小玉,又怕被老师看出自家迷恋烟花,干脆不讲,只含糊说是因为机缘,使得自家的勇力得了王中尉赏识。但也不说死,假如他日深谈,至少也有回旋余地。何书记慨叹:"士人都说宦官如何可恶,其实宦官也有好的。像王中尉这样,文能欣赏王建王司马,武能擢拔你张骥鸿,岂不算识人?尤其你,并非世家出身,王中尉图得什么来?岂不单为国家选拔人才?那些士人平日好发高论,往往也是挟朋树党罢了,并不公允。"

张骥鸿一拍腿:"老师说得太对了。比如许十一郎,绝对是好人,但初次见学生,相当傲慢,就因为听说学生是王中尉擢拔的。学生的上司崔令,还对掾属扬言要雇一位假尉来代替学生做事,说那武夫怎么写得了判词。"

何书记笑道："这些俗人，不知有文武双全这回事。说起这个，就如我刚才提到的宋令文，这人就如你一般，文能书画，武能扛鼎。据说他在做太学生的时候，为了逗弄同学，竟把讲堂的房柱抱起，把同学的衣服放在下，再把房柱复原。"

张骥鸿道："抱起房柱？不可思议，难以相信是真的，真让人景仰。"

"或者也有夸张。你不知道他，倒也不奇怪，他不以歌诗闻名，但他的儿子宋之问，却是则天皇后时的才子，可惜品行不佳。"

张骥鸿道："原来就是宋之问的父亲，宋之问的歌诗，老师教过我的，'楼观沧海日，门对浙江潮'一联极生动，让学生一直想去杭州看看。"

何书记鼻子里吐了两道气，道："我每想起此人，想到的却是他那句"缓缓从头说，教人眼暂明"，真是可怜可鄙。贪图富贵，丢了良心，最终会遭报应。唉，不说此人也罢。还是说说你，在螯屋还好否？哦，你刚刚说了，崔令比较傲慢，还当你是贼一般。其实有甚了不起，须知现在不比从前了，五姓七望又如何，最终是我们科举士人的天下。骥鸿，我觉得你将来也可以去参加礼部试的，虽然你已是县尉，按部就班升级，也不是不可以，但不由科举仕进的人，将来做不了宰相。"

张骥鸿哭笑不得："学生是什么人，将来能穿上绯袍，就已经心满意足了，岂敢望做宰相。"就连蟋蟀儿在旁边，也忍不住笑了一下："阿爷想得太远了吧。"

"此言差矣。"何书记道，"骥鸿我知道，有悟性，心胸又广，是宰相的材料。当然，人做到什么官位，不全凭才华，也要看命。对了，你说还未娶妻，刚才那位沏茶的女子，我长兄的女儿，你看如何？我长兄前年在同州户曹参军的任上亡故，不多久我长嫂也去世了，留下这个女儿，托我照顾，将来帮忙找个好人家。你若不嫌弃，我来做主，成就这份因缘。"

这时厢房传来一阵什物落地的声响。张骥鸿又是一惊，那位侄女开始出来奉茶后，就进了厢房，或许她无意中听到了。张骥鸿也不好跟老师说自家喜欢上了一位烟花女子，只能婉言推辞："老师厚意，铭感五中，但学生出身卑贱，怎敢高攀。"

何书记道："与其把侄女嫁给那些纨绔子弟，不如嫁给你实在。当然，你要是无意，此事便罢。"张骥鸿只好说："学生怎敢看不上，若让家父知道，不晓得多惊喜哩。只是学生确实出身低贱，令侄女或者不乐；而学生又一向不愿强人所难，是以迟疑。"何书记笑道："若如此，就回去和令尊商量一下。"

张骥鸿想，假如真能与老师家族结亲，的确是高攀了。但不知怎的，一想起霍小玉，就仿佛夏日看见柳荫下一泓清潭，难以自已。曾听许浑说，他少年时代，被邻家少女吸引，家里给他提亲，一个也瞧不上。后来拗不过母命，娶了陆家的娘子，隔了几年再看邻家少女，已经嫁人，臃肿不堪，一点也不见其好。所以，他觉得所谓情窦初开，以为眼前意中人无可代替，其实在外人看来，只觉好笑。若假以时日，自家也会后悔。但张骥鸿无论怎么想到霍小玉，都不相信许浑的话，岂有此理，能娶到霍小玉，怎么可能后悔？

他只能虚应道："感谢老师。"他望望窗外，冬日的阳光渐渐西垂，想着是否告辞，但和老师好久不见，又委实有些依恋。忽听得庭中有马嘶声，蟋蟀儿道："想是长兄回来了。"说着走到门口，伸着脖子朝外看，不多时，一位三十来岁的男子进来，穿着裘袍，何书记叫他："大郎，家里来了贵客。"张骥鸿赶紧站起来，何书记道："这是我家长郎，名莫邪，去年进士及第，正在准备书判拔萃科考试。"张骥鸿道："看气度便是文曲星模样。"上前拜礼，何莫邪回拜，笑道："以前曾听家父提起，也算是熟人了。"何书记道："我这学生比你出息，他已经是鳌屋县尉了。"张骥鸿赶紧解释："纯属运气，其实是不堪胜任的。"何莫邪听完始末，脸色呆了一呆，又笑道："张尉虽说有些运气，但自身的才华也无法掩盖。刚才在马厩里看见两匹骏马，就想来了哪里的贵客，不想是张尉。那马不同凡俗，不像是尚书省给官员配备的。"

张骥鸿道："说起这事，倒真是有些奇。驾部郎当时给我分配的其实是两匹寻常的马，其中一匹还死在鳌屋球场上。学生这回来上都，还是借了许十一郎的马。谁知昨日晚间，成德节度进奏院的掾属突然登门，送给学生五百匹缣帛，两匹骏马，今天就用上了。"

何书记惊讶道："难道成德镇要聘你去作官，但你现在是京畿县尉，朝廷正途，他们怎好意思下聘？"

张骥鸿道："一句也未提下聘的事，只是说奉命行事，其他不曾多说。"

何莫邪插嘴道："成德节度使王庭凑可不是好人，张尉不跟他来往为佳。"何书记也道："张尉是否不清楚成德史事。"张骥鸿道："略有耳闻，但也不甚清楚，外间颇多传言，也不尽确实。老师精通故事，可否讲讲。"

何书记道："那好，我们干脆来点酒菜，边吃边说。"

没多久点起灯来，仆人把酒菜往上端，刚才那黄衫女子素儿奉着一位老妇出来了，何书记说："这是拙荆，我把骥鸿当成家里人，就不避了。"张骥鸿忙遽上前叩拜行礼，老妇对张骥鸿左看看，右看看，微微点头，张骥鸿有点窘，疑心她是在相女婿。也偷偷瞧了素儿一眼，长得也颇可人，大约和崔五娘年纪相仿，只娴静羞涩，没有崔五娘眉宇间那股活泼之气。似乎发现张骥鸿在偷瞧她，她借口去厨房帮忙，又转身离去。

一时你来我往，觥筹相错。何书记道："我曾经随神策军在李愬军中做过掌书记，当时李愬在徐州，都督各路兵马，进攻反叛的淄青节度使李师道。当时成德节度使是王承宗，和李师道勾结，对抗朝廷。"张骥鸿略微惊讶，没想到何书记还去过徐州，上次听许十一郎说，李愬做武宁军节度使时，监军使正是王中尉，看来老师对郑注那些人，也是很熟悉的。

这时家里的童仆都围上来，故事总是都爱听的，何媪却打了个呵欠："我不喜欢这些打打杀杀的故事，你们坐吧，我和孩儿还是回后院戏耍。"素儿似乎也想听，但也无奈，只好也起来。何媪对她说："你一个女孩家，想听就听，知道一些阴暗可怕的事，究竟明智些。若以后嫁了糊涂郎君，关键时知道劝阻。"素儿低头不语，何书记道："听不听倒不打紧，有些郎君真要打定了主意，便是十头牛也拉不回的，是以择婿最是要紧。"何媪道："那就算了，陪我去吧。"

二十六　何书记道河朔

何书记看她们进去，继续道："其实要讲清楚这些事，需要知道河朔三镇的始末，一般人都不清楚，骥鸿你问我，是问对人了。其实自天宝之乱以来，河朔三镇节度使一向都是父死子继，只名义接受中央任命。而在宪皇元和时，曾有一个机会，彻底将三镇收归朝廷，这个契机，就是河朔三镇的魏博镇。"

张骥鸿也知道，魏博镇的力量曾经在河朔三镇中最强，号称天雄军镇，其牙兵凶悍无比，以至于有一句俗语，叫"长安天子，魏博牙兵"，帐下能人异士甚多。以前和许浑闲聊，曾听说上任节度使田季安身边养了很多刺客，最有名的竟是一位女子，叫聂隐娘，能在峭壁上奔走，杀人于无知觉之中，也不知真假，听起来荒诞不羁。但大约可估量魏博镇的实力，所以说三镇归顺朝廷的关键是魏博镇，倒也不假。何书记道："最早的魏博节度使名叫田承嗣，曾经是安禄山部将，安禄山起兵反唐时，田承嗣是前锋的一支，骁勇善战，深得安禄山器重。后来安禄山内讧溃败，田承嗣见风使舵，归降了朝廷。

朝廷为了笼络,授他为魏博节度使。名为节度使,实为诸侯。双方心照不宣,你承认我为天子,我承认你世袭。"

"田承嗣死后,其侄子田悦袭位。之后魏博镇又经历了田绪、田季安相继执政。田季安骁勇,残暴好杀,十八岁就继位,死得也早,只有三十二岁,儿子田怀谏还不到十岁,怎堪就任?这时牙兵就商量,改奉田季安的堂弟田兴为主帅。田兴当时官为魏博镇都知兵马使,但这人很有意思,他不愿继续在魏博当诸侯,想把版籍奉还朝廷。宪皇大喜过望,决定利用田兴归顺的机会,大肆宣传,给其他藩镇做个表率。于是将田兴赐名田弘正,派使者带重金去魏博犒劳,并为田弘正在长安建造家庙,追赠其父祖爵位,优宠有加,这是元和七年的事。也就是说,魏博镇在脱离王化七八十年之后,终于重返朝廷。"

张骥鸿道:"原来是这样。田弘正归顺朝廷的时候,学生才几岁,依稀记得里正给每个村民发了一面小红旗,率领他们一起到县邑游行庆贺,一连好几天。村里很多老人不知魏晋的,提到过去年月,总说是在'为田大夫游行那年'的前后。后来学生长大了,回想起来,还记得那年坐在木桶里,呆呆看着父老们聚在一起,用红色绢帛缝制小旗。"

何书记道:"唉,是啊,那真是我们大唐的一件大事,当时我明经及第不久,在京城守选,每次碰到同门,都眉飞色舞,以为太平可致,尧舜可期。很多朝臣都写歌诗,称颂这件盛事。"又看着蟋蟀儿:"张水部的《田司空入朝》,王司马《朝天词十首寄上魏博田侍中》,你记得吗?"

蟋蟀儿道："都是阿爷经常诵读的，不敢忘却。"

"那你背诵一下。"

蟋蟀儿背诵起来："'西来将相位兼雄，不与诸君觐礼同。早变山东知顺命，新收济上立殊功。朝官叙谒趋门外，恩使喧迎满路中。闾阖晓开铜漏静，身当受册大明宫。'这是张水部的。'相感君臣总泪流，恩深舞蹈不知休。初从战地来无物，唯奏新添十八州。'这是王司马的。"

何书记叹气："背得一点情感都没有，称颂如此盛事，你的语调却蔫蔫的，看来还是悟性不够。'闾阖晓开铜漏静，身当受册大明宫'，这是何等富丽的场景！'初从战地来无物，唯奏新添十八州'，这是何等恢宏的气象！本来我大唐，眼看就要恢复祖宗的荣光了。"

蟋蟀儿俯首道："阿爷教训的是，孩儿还当努力。"

张骥鸿发现何书记眼角泪流，看来是真的动了感情，自家却没发现到底怎么好，不觉惭愧。何书记回头看他："田尚书那次入朝，还带来了四十一位将军。圣人让白乐天亲自做敕书，一一优宠，封拜显职。谁知后来形势急转直下，让我们期待的一切都化为梦幻泡影。"

张骥鸿见何书记痛心的样子，也不知说什么好，就随便扯道："刚才听到王司马的诗，也颇感慨。学生有幸，前不久和王司马见过。"遂把在神策军院的事说了一遍。何书记又长叹："你大概不知，除夕那夜，王司马就去世了。"张骥鸿吃了一惊："怎会这样，倒也是，那日他已经有病，看来是强撑病体去见王中尉。但王中尉特意请郑注为其诊视，郑注号称有秘方，竟也不能救他。"

何书记道："郑注懂什么医药，那就是个骗子。此人不提也罢。"

张骥鸿不敢再说:"请老师继续讲魏博的故事。"

何书记喝了一杯:"话说魏博镇这一归附,其他两个河朔军镇,开始惶惶不可终日。其实三镇土地百姓都不算多,完全靠着地势之利,互相救助,才能和朝廷抗衡。魏博一归顺,首先恐慌的就是夹在中间的成德。而在田司空归附朝廷之前两年,成德节度使王武俊去世,其子王承宗想继位。但宪皇已经想对河朔用兵,不肯。王承宗大怒,干脆宣布反叛。宪皇征发二十万大军去征讨,成德士卒凶悍善战,尤其是骑兵冠绝天下,当时魏博节度使还是田季安,他表面上尊崇朝廷命令,实际和王承宗私下勾搭。两年过去,朝廷军征战无功。好在田季安突然暴死,田司空主动归附,魏博士卒这才真正夹攻王承宗,它的兵马不愧为天下之雄,竟然屡败成德军。但也打了四五年,王承宗才被迫献地请罪,并把儿子送到长安为人质。朝廷知道成德镇还有余力,也见好就收,承认王承宗为成德节度使。谁知两年后,王承宗也死了,其弟王承元继任,也像田大夫一样,决定奉还版籍,彻底归顺朝廷。当时宪皇才驾崩,穆皇初即位,闻讯大喜,认为终于彻底解决河朔三镇了,让魏博节度使田弘正移任成德节度使,武宁节度使李愬调任魏博节度使,王承元则调任为义成节度使。河朔三镇割据历史正式结束。"

张骥鸿道:"不是还有幽州呢?"

何书记道:"幽州也很有意思。在王承元向朝廷归顺的前一年,就率先归顺了。这又是何道理呢?原来当时幽州节度使刘总,是前幽州节度使刘济的次子,本来是没资格继承的。他在十年前,采用奸计弑杀了父亲刘济和长兄刘缉,夺了节度使的位置。但他是个没福消受的，此后近十年，每天梦见父兄向他索命。后听人建议，供养了僧人数百，昼夜为他祈禳。他夜里在祈禳的地方睡觉，才不会做噩梦；一旦回到自家衙署，父兄的鬼魂又来了。最后他决定把版籍奉还朝廷，出家当和尚去。也就是说，在穆皇即位的第一年，河朔三镇都回归朝廷，眼看可恢复祖宗的荣光，谁知这时候成德忽生变故。"

"话说穆皇把田弘正调任成德镇后，特意让度支使调拨一百万钱，供田弘正赏赐成德士卒。但田弘正深知成德士卒不可靠，成德在王氏治下几十年，魏博近两年又和成德交兵，杀了不少成德士卒，双方父兄有仇，田弘正哪敢不提防。为此，他带了自家的亲兵两千人去上任，安置在衙内，昼夜护卫。本来也可万无一失，只要时间一长，成德人习惯了田弘正的治理，也就平善无事了。可惜朝廷主管官吏行事略有瑕疵，让王庭凑找到机会。"

何莫邪又插嘴道："最蠢的是度支使崔倰，若不是他，绝不至此。"张骥鸿脱口道："崔倰是谁？"何莫邪说："崔倰，出自博陵崔氏，其父崔祐甫做过宰相。崔倰号称刚直不阿，居官清严，看见贪污的，就像看见仇人一样。"张骥鸿心想，又是博陵崔氏，朝廷的官都让他们家给包了，别人哪还有活路，嘴上道："那不是好人吗。"何莫邪道："做官不识大体，光是个人品德好，有什么用？再说他姓崔的世代簪缨，家财万贯，一生从未贫困，对他而言，廉洁算什么优点？我们何家是细族，布衣蔬食，如果还能廉洁，这才算品节如竹哩。"

何书记呵斥何莫邪道："无知小子，妄论宰臣，你懂什么。"声色俱厉。何莫邪赶紧请罪："儿子也是道听途说，大人恕罪。"张骥鸿倒有些尴尬，何书记道："崔倰是当时的度支使，他有他的原则，也不能说他做得不对。那时他确实接到田司空的请求，说希望朝廷给他从魏博带去的两千牙兵发薪俸。"

张骥鸿道："为何要朝廷发俸？"

何书记道："因为那两千牙兵是魏博人，在成德没有名籍，不好出账。而田司空本人已离任魏博节度使，不可能从魏博府库拿钱给牙兵发薪俸，这才向朝廷请求。其实节度使带亲信牙兵转任它镇，也不是没有，薪俸一样能在新军镇发放。问题是成德镇桀骜不驯，需要时间过渡，朝廷暂时支出一下，按说是应该的。可崔俊先后六次驳回田司空的请求，说这笔薪俸不是少数，由我来给你发，将来如何平账？田司空又上书请求圣人恩准。圣人跟宰相商议，宰相也说，假如各镇都这么要求，朝廷如何供得起？且这次为了让田司空得到成德人欢心，还特意让度支给了他一百万贯钱，掌管内库的宦官们也不高兴，说给得多了。却不知省下的这点钱，还不到日后军费的零头。"

"那边田司空得不到朝廷的资助，只好让二千亲兵回魏博镇，都被王庭凑看在眼里。那王庭凑原是王承宗属下的骑将，回鹘人，也不知姓甚么，曾祖因勇武善战，被老成德节度使王武俊收为养子，由此改姓王氏。他生在行伍之家，也擅长骑射，和王武俊家族关系亲密，不愿朝廷派一个陌生人来成德当家，就动了取而代之的念头。正好这时朝廷承诺赏赐成德镇的一百万赏钱也迟迟不能运到，王庭凑就故意煽动将士：'这是拿我们当猴耍哩，朝廷给的钱，只怕已经被田弘正截留在长安，供应他的父兄子弟了。'成德牙兵当即群情愤慨。"

二十七　何书记道河朔（续）

张骥鸿道："田司空宁愿放弃世袭的军镇，可见其品格高洁，成德镇兵为何那么轻信谣言？"

何莫邪说："这事我倒也知道，田司空自从归顺后，依旧做魏博节度使，朝廷给予了莫大荣宠。他的兄弟姊妹全部排备在长安做官，由国家赐给甲第豪宅，真正花钱如流水。据说整个田氏家族每天的花费加起来，要二十万贯。"

张骥鸿大惊："天啊，学生自小家里，父母加上我三口，每月花费不过一贯。我那村里也有个富人，村里土地一半是他家的，他家有二十多口人，一年也不过花费一百贯，平均一天还远远不到半贯哩。田司空家族一天消耗二十万贯，也难怪成德士卒愤怒了。"

何莫邪道："张尉一家三口，自家做饭。而田司空家光厨子就有一百多个，张尉想想。不提这也罢，总之他们这项花费，光靠薪俸和职分田的收入，是供不起的。怎么办？都靠田司空从魏博镇大车小车往长安送。"

张骥鸿一拍案："那这不是肥了田家，害了魏州人吗？"

何书记道："不能这么简单看问题。毕竟田司空识大体，肯归顺朝廷。人非圣贤，孰能无过啊？奢侈一些而已，又能怎样？总比割据好吧。"

张骥鸿勉强表示同意，心里不以为然。田弘正归顺朝廷，倒真是自家不吃亏。当然，割据世袭，对任何人都是巨大的诱惑。田弘正的选择，对他自家而言，到底利弊如何，张骥鸿一时也无法判定，只是觉得这奢侈确实天怒人怨，难道一个人仅仅因为"忠"就可以为所欲为吗？在"忠"之上大概还有一个天道吧？成德镇人何辜，辛勤劳作供田家淫乐。田家原先都住在成德镇，多少要考虑舆论；且田氏花钱时，镇人多少能从中获些余沥。这回是什么都没有，还要自家服徭役帮人家把钱送到长安，确实有点说不过去。

何书记道："田司空既然从度支讨不到军饷，只好把两千魏博牙兵遣还魏博。但他们前脚刚离开成德，王庭凑就率领成德牙兵攻进了田司空的衙署，把田司空一家和其僚属各自家眷三百多人杀得干干净净。那是长庆元年七月的一个夜间。"

这事张骥鸿倒从未听说，大概对于朝廷来说是件丑事，绝不会像田弘正归顺时那样，征发百姓游行庆贺的。此刻张骥鸿听在耳里，心惊肉跳。这该是多大的仇恨？他无法想象，但也似乎不是完全不可以理解。张骥鸿记得自家小时候，忽然换了个村正，那人跟自家父亲一起贩卖过瓜果，一起被武候殴打过，原以为他做了村正，自家有个照应。谁知这人做村正后，上门催税一点都不宽贷。后来因为某事撤了职事，回头又跟自家父亲诉苦，说虽是乡党，但催税是长安派来的县尉管的,由不得自家。成德人似乎也一样,习惯自家选择节帅,利益均沾。突然朝廷派一个邻镇的人来,这个人不但素不相识,还刚刚和成德人打过仗,又不断把成德的财帛往长安送,心中烈火般的愤怒,可以想见。莫说田弘正遣走了那两千牙兵,即使没有遣走,也就是两千牙兵而已,成德人焉能长久忍下去?那么,田弘正是不是之前早就发现了,自家虽然割据魏博,父死子继,却有种种顾忌,还不如归顺朝廷,尽情享乐来得痛快?

何书记看着张骥鸿,问:"你道这些牙兵是不是无法无天?"

张骥鸿缓缓点头。何书记道:"王庭凑杀了田司空一家后,自称节度留后、知兵马使,逼迫成德监军使宋惟澄上表,奏请朝廷颁授节钺。穆皇怎么肯?当即下诏命诸镇兵一起讨伐,购赏王庭凑的首级。成德镇有大将数人响应朝廷,想发动兵变,把王庭凑除掉,不幸被王庭凑发现,将这些忠义将领家属心腹等两千多人全部斩首。朝廷派去镇压成德的军队约十五万,云集在成德边境,王庭凑也害怕,当时河朔三镇中,幽州和魏博都已经归附朝廷,成德势单力孤,无力抵抗朝廷,这也是穆皇下诏讨伐的底气。但老天也不知道欠了王庭凑什么,再一次把命运的秤杆向他那边倾斜。幽州也发生事变了,这回是牙将朱克融囚禁了新任节度使张弘靖。"

张骥鸿脱口而出:"张弘靖这人我知道,许十一兄跟我讲过,他做过张弘靖的幕僚,亲身经历这次兵变,但我没细问。"

何书记道:"那他真是命大,当时张弘靖的僚属都被乱兵杀光,只剩张弘靖一人,带着朝廷旌节,他们没敢动手。"

张骥鸿道:"刚才老师说那刘总不是都向朝廷奉还版籍了吗?为

何又杀了张弘靖？"

何书记含糊道："那是刘总的部将朱克融干的，幽州人暴虐，反复无常，有什么奇怪。"

张骥鸿道："看来幽州究竟桀骜不驯，所谓奉还版籍，未必心甘情愿，说不定只是想骗朝廷赏赐。"

何莫邪道："其实这事也得怪当时的宰臣崔植、杜元颖，朱克融当时跟随刘总到长安求官，崔、杜二人却不理不睬，导致朱克融愤然回到幽州，终于生变。"

何书记又呵斥他："你这竖子动辄批评宰辅之臣，口齿轻薄，将来必惹祸端。"

何莫邪道："阿爷，总得讲道理吧。事发之后，崔植也被降职处分了。"

何书记道："那也不是你该议论的，难道主要过错不在于朱克融吗？就好像有一人向你勒索钱财，你不肯，吃他打了。最后你悟到的是，当初我该给他钱，这打是我自找的，天下岂有此理？"

何莫邪道："国家大事，往往要懂得妥协，委曲求全，怎可随便拿个人冲突来作比方。何况官府小吏向百姓勒索的多了，百姓还不是大多委曲求全？张尉是有经验的，问问他，在鳌屋任上，是不是经常为收取赋税鞭笞百姓？"

张骥鸿没想到扯到自家头上来了，正要辩解，忽然听得何书记怒喝一声："该死的畜生，滚出去。"手杖已经打了过去，何莫邪猝不及防，挨了一杖，抱头鼠窜，跑到堂前还摔了一跤。何书记道："不孝的东西，才挨得一下打就跑，这就不知道妥协和委曲求全了？"

何莫邪愣了一下，跪倒道："儿子也是及第的进士，很快要选官的，若被阿爷打坏了，只怕阿爷落个不慈的恶名。"

何书记嘴角略露笑容，一闪而过，对张骥鸿道："都是这孽子扫了我们的兴致。我是为他好，想把官做大，第一要积口德。他刚才也是自相矛盾，自家说妥协，批评宰臣却疾言厉色，想一蹴而就。宰臣难道就是泥人，你批评他，他寻你一个过错，把你治了，最终你的批评落空，自家还倒霉，国家又受害，这不也是不知妥协委曲求全之过。"

何莫邪叩头道："儿子这是在家里率尔之言，在外面当然还是谨慎的。"

何书记道："但愿你能牢记在心，我行将就木，倒也没什么，只怕祸从口出，连累你弟弟。"指了蟋蟀儿一指。

随即张骥鸿听何书记讲完后面的事，朱克融杀死张弘靖属吏后，派人和王庭凑接洽，合力抵抗朝廷军队。王庭凑三代为成德骑将，本人沉勇寡言，雄猜有断，精通兵事，屡发奇兵截获朝廷度支署转运粮草，终于，朝廷十五万大军嗷嗷待哺，不战自溃。加之各镇军中的监军宦官贪生怕死，专挑选骁勇健壮的士兵作为自家的亲兵，只驱赶瘦弱怯懦的上阵，因此屡战屡败。朝廷最终认清现实，下诏承认王庭凑为成德军节度使，为了安存田司空，又专门派宦官杨再昌到镇州，要求运回田司空骸骨，王庭凑却回复：'实在抱歉，当时太乱，忘了收拾，现在已经找不到了。'假装派使者入朝请罪，朝廷也只好装傻，又给王庭凑加官。"

张骥鸿说："那魏博镇呢？田司空被杀，魏博人气愤吗？"

何书记道："田司空调离魏博后，接任者为李愬将军，我作为李将军的巡官，跟随他去上任。谁知李将军不久就病逝。朝廷派田司空的儿子田布去魏博接任节度使，以为靠他可以率领魏博人报仇，谁知魏博人真是凉薄，竟然不肯奉命。田布伤心绝望，给朝廷上书一封阐述忠心，随即自杀。我当时跟随李愬就在魏博军中，知道得清清楚楚。"

张骥鸿心想，田弘正大车小车把魏博的财帛运往长安，是出卖了魏博人，魏博人若还为他卖命，岂不都是傻子。转眼窗外，见天色不早，起身告辞："一会就该响夜鼓了，学生借住在资圣寺，还得赶路。"何书记道："怕什么，实在不行，我这里也够你下榻的。"张骥鸿想着还得办霍小玉那边的事，免得虚掷不多的假日，就说："明日一早约了友人，只怕耽搁。"何书记道："那我就不留你了。今天言谈未尽兴，等你春日有假，何妨再来？我起首说的事，不是戏耍。"张骥鸿道："今天听老师讲古，学生眼界大开，真是舍不得走，若能回长安任职，就可经常来受教了。"

何书记道："都是因为你，说了些成德镇的事，反误了话平生之欢。不过说到这里，我提醒你一句，千万不要和王庭凑来往，他送你的礼品，最好退掉。"

听得这句，张骥鸿不知怎的又有些恼怒，心想，你说退就退，我给你送的礼物价值百缗，若没有那馈赠，去哪找钱？但也只能点头。何莫邪也道："张尉，这点我阿爷说的对，你将来考课升职，被人告一状，说你交通藩镇以自重，恐怕百口莫辩。"

张骥鸿道："不至于此吧？王庭凑现在是朝廷检校仆射，太子太傅,封太原郡公,圣人礼敬,为何在下接收他的礼物,便是交通藩镇以自重呢?"

何书记道:"圣人那么做,是为了笼络,权宜之计,一般朝臣怎可比附。"

张骥鸿本想说,藩镇不也常聘前进士为幕僚吗?但那股愠怒又忽然萌生,于是不说了,只是口里说"省得",随即下到院子里,老仆牵了马来,何书记看着那马摇着脑袋,浑身清峻,也不由得赞一声:"确实好马!"张骥鸿牵马到门外,跨上马,和老仆疾驰而去。一路上想刚才愠怒的原因,却也想不明白。

二十八　迁居靖安坊

驰出坊门，夕晖已经销尽，春寒越发料峭起来，径直回到资圣寺，奉天门上的鼓声已经敲响，张骥鸿再去见知事僧，知事僧见了他，老远就道："少府，贫道找你一下午，怎的现在才来。"张骥鸿忙遽道歉："中午在西市无意碰到失散已久的恩师少子，跟着他去拜访。恩师留我酒食，推辞不得。"知事僧道："那也应当。贫道之所以着急，是因为昨日少府吩咐后，贫道就四处奔走，打探到靖安坊有一座空宅可以租赁，是原同中书门下平章事、武昌军节度使元稹相公的宅院。元相公前两年才殁，其家人一直想卖宅子，只是要卖五百万，少有人出得起价，故此一直挂着，目下只有几个老仆看管。若少府愿意，贫道立刻吩咐人去打扫装饰，明日早上便可请霍小娘子移步过去。少府君的任务也就完成一半了。"

张骥鸿道："太好了，不过最重要的还是另一半，能请得李十郎才行。"知事僧道："少府这是不信任贫道。"张骥鸿喜道："看来和尚早有把握。"知事僧笑道："虽无十成，九成九也是有的。"张骥鸿大喜："事情若成，定要好好感谢和尚。"忽然想到一事，"元相公的宅子不是在安仁坊吗？依稀记得有一次去安仁坊球场打球，路过一宅第，门前有戟架，门内古木参天，伙伴说是元相公的宅子。"知事僧有些忸怩，道："像元相公这样的，哪会只有一处宅子。安仁坊那座，是他做武昌军节度使时购置的别墅，平日主要还是住在靖安坊，白乐天的诗歌里，是经常写到的。"张骥鸿笑道："这倒无妨，只要宅子够气派，能完成霍小娘子的嘱托便行。"

这一夜人逢喜事精神爽，老仆在檐下放鸽子，哗啦啦的从夜幕中扑下来，落到屋檐的椽子上。张骥鸿道："听赵怀德说，这鸽子要用黄金来换，到底那新妇是何人？"老仆道："不甚简单，但看她对郎君无恶意，也许是菩萨来帮助郎君的。"张骥鸿道："下次路过，要去探访。"

第二日一早，西市雇佣的胡人少年也来了，穿着翻领的袍服，戴着尖顶皮帽，蹬着一双乌皮靴子，面色白里透红。张骥鸿说："昨日倒忘了问你姓名。"那少年道："我姓康，叫康日新。"张骥鸿笑了笑："五百年狐，姓白姓康。"康日新脸色一红，张骥鸿忙遽道："可忘了我姓张么。"康日新又笑了："还是少府法力更高。"一会知事僧来，看见胡人少年，笑道："这就更妥帖了。"

于是张骥鸿随着知事僧去了靖安坊，向南经过几个坊，从东门进，门前立着一块碑，上书"武元衡相公遇难处"。张骥鸿停下马道："以前也曾经过，倒没注意这个。"知事僧道："元相公是相公，这位武相公也是相公，这个坊内，住过好几位相公，可知它有贵气。"张骥鸿笑道："人家立这个碑，不是想表达贵气的。"知事僧道："总之是名人，想着也令人起怀古之思。"又指着进东门的道说："这条路，是白乐天也经常走的，当年白乐天就住在对面的永崇坊，和元相公天天会面的。"张骥鸿不由得感叹："好在是我们，现下元相公已殁，白乐天虽还健在，也垂垂老矣。若现在来这故地重游，不知该多伤心哩。"知事僧道："少府是多情人。"

嗟叹着进了坊门，左侧便是元家宅院，果然是个好院子，门口也残留棨戟架座，可以看出当年元稹居住时的煊赫。走进大门，阍者房的房门窗户紧闭，门前到处是经冬枯草，显见得很久不见人住了。知事僧笑道："当年哪怕是数九寒天，也不知多少穿绯着绿的人在这排队，等待宰相唤入呢。"再看路侧的马厩房，硕大的棚子里空空荡荡，连一丝马粪的气味都没有，可见也好久不再有人在此养马。

虽然荒凉，但假山绿水池廊高树，依旧应有尽有。张骥鸿看着旁边一棵孤傲兀立的楸树，枝干上光秃秃的，却坐落着一个鸟巢，非常惹眼。想想夏天在这树下，绿荫遍地，蝉噪蜂鸣，小桥流水，不知是多美的景色。别说这三百万的宅子本身了，光凭这几棵树木，每棵就得额外加十万，自家哪里买得起。到得廊下，早看见有管家在堂上等着，看年纪有六十了，一张胖脸。寒暄完毕，就慨叹当年元相公做宰相时的盛貌，唏嘘不已。张骥鸿道："听老丈这番话，倒让不才想起元相公的诗，'白头宫女在，闲坐说玄宗。'颇有相近之处。"老管家泣道："被少府一说，倒是越发伤感了。"

随即管家提起，月租三万，又一个劲自伐："我们这个坊，是京城诸坊内最清净的，其他坊都东西南北四个门，我们这个坊只两个，少了很多车马喧嚣。还有这邻居，都是清贵人家，史册能留名的。

少府请看，东头那座宅子，有尖塔的，是玄皇的女儿咸宜公主后人居住；南边那座，曾经住着门下侍郎同中书门下平章事武元衡，现在也是他的后人住着。郎君若不在意达官贵人，也很容易，那边门前两株大榆树的，是吏部侍郎韩愈的旧宅；旁边的则是水部郎中张籍的旧宅，和我们这元相公的旧宅一样，一花一草，都沾着文气哩。千年之后，都会让人寻访的。我们这个宅子，除了白乐天之外，现任浙东观察使的李绅，曾经也是常客，他的《悯农》诗，怕不天下妇孺皆知？"

张骥鸿也没犹豫，一口答应，说："老丈说得好，我非常喜欢，今日就要搬进。"

二话不说，随即就在堂上把契约签了，由资圣寺知事僧做担保。随即张骥鸿驰马去了胜业坊，一路春风得意，门口的青衣小童看见，早飞快跑进去禀报，一会洪州婆就出来，满面春风，把张骥鸿迎了进去。才落座，水还没喝上一口，张骥鸿就一股脑把进展告知，洪州婆还有些拿糖，说："我家的宅子，只怕并不输于他的，何苦搬来搬去。"张骥鸿正要解释那个院落的好处，霍小玉已经下楼，接过话催促："阿母，只要能见到李十郎来，又何必计较这些？就听张少府的，立刻就搬。"

洪州婆也不敢说什么，只好命令奴仆整理箱笼。张骥鸿怕她不高兴，又寻了个空隙道："本来昨日就要来的，谁知碰到成德军节度使王太傅赠送财帛骏马，不得已应付了半日。"洪州婆一听，果然脸色舒展："少府竟然认识成德节帅？"张骥鸿道："其实并不认识，忽然送此厚礼，我也不知原因。倒是寺僧对我客气了很多。"洪州婆喜道："看来少府的才干惊动了节帅，前程似锦，那些和尚都是鬼精鬼精的，最会察言观色。"张骥鸿见她喜悦，赶紧许诺："这番兴师动众劳烦夫人，实在情非得已。"洪州婆道："省得省得，老身也不是不晓事的。"

那边知事僧也早排备了大车，把一些箱笼器具搬上去，络绎不绝，引得路人都来看热闹，纷纷议论，说霍小玉这又傍上了哪位贵官，有那些闲来无事的，干脆跟着车队一直走到靖安坊，回来添油加醋一说，大家更是艳羡得不行。洪州婆嘟哝道："老身刚才不愿搬迁，不为别的，就是担心这些闲人的口舌。否则别说住一个月，就算住几天，搬来搬去又有什么打紧？只是到时搬回来，又惹得这些人说三道四。"张骥鸿也不好说什么，只是一个劲说软话："夫人若住得舒心，便多住到一年也无妨。"心内却是打鼓，自家获赠的缣帛虽有五百匹，折算为钱，最少也有五六十万；但这番折腾花费，被知事僧分去的就不少，剩下的钱，只怕还不够一年的租金。自家月俸不过三万，不吃不喝，才勉强交得起这个房租呢。洪州婆倒也乖巧："少府说哪里来，就算家有亿万贯，也不值得这样花费。只盼你将来对我母子两人好，就受用不尽了。"张骥鸿明知她一生混在风月场中，嘴里就没几句真话，却也听得眼睛潮湿了一下，发誓道："这个但请夫人放心，在下虽然不算豪贵，但人品如何，可以去到处打听，是绝对说得嘴响的。"

洪州婆笑道："当日那个李十郎也这么说，如何？"

张骥鸿道："人和人不一样。"心想，李益是陇西李氏大族出身，这些人本就不可能和穷门小户的女子结婚，哪怕你是天仙，这情况你也不是不知,倒拿这话来套我。

一路没多久,到了靖安坊,七手八脚布置安顿。张骥鸿见老仆首先抱着鸽笼,在檐下放鸽,笑道:"那鸽子比什么都重要哩。"老仆道:"现在换了新居处,郎君元日必要回鏊屋,还有几日时间,我不训好它,怎生为郎君和小娘子传递青信?"张骥鸿喜道:"还是丈人想得周到,这几日你尽训你的,别的事不要管。"

到得傍晚,所有搬迁都已弄得妥帖。知事僧道:"所需健仆和伎乐,贫道也已经排备好,看着已经到了。"张骥鸿深喜知事僧思虑周到,赞道:"大和尚才干,世所罕见,何不还俗做官?若做了一方刺史甚至观察使、节度使,岂不是当地百姓之福。"知事僧笑道:"贫道毕生自愿侍奉菩萨,岂能去作官祸害百姓。"张骥鸿遂想起在鏊屋时,所见百姓贫苦交不起租税挨打的样子,不觉微微脸红,但又知道知事僧似乎也没有那么高境界,不过此刻要求他办事,怎敢得罪,便也一笑了之。

没多时所雇佣的健仆和乐伎都到了,张骥鸿看着他们男的脸庞俊俏,神采奕奕;女的服饰奢华,妖娆可人。那些乐伎们怀里各自抱着琵琶、笛子、箫管、笙箫等乐器,一看便知道应该是官家乐府的,心想这些人的佣费肯定不菲,也不知到时钱还够不够,颇有些忧虑。又着人去东市揭了三桌酒席,两桌给奴仆佣人,一桌自家享用。知事僧只肯吃些素斋,洪州婆笑话他:"你一个出家人,既不吃荤,又不饮酒,也不近色,攒得那么多钱何用?"知事僧合掌道:"钱财我一文不存,都是敬奉菩萨的,既为圣人祈福,也为自家积功德,阿弥陀佛。"洪州婆笑道:"和尚这话,诳那些青年雏儿尚可,在我面前打什么诳语。"知事僧也不恼,只是笑,大家听了,也跟着欢笑。

不知不觉,禁夜鼓声敲响,知事僧对张骥鸿道:"少府今晚可歇宿在此?贫道这就回寺,记得明日一早须来寺中,千万不要错过。"张骥鸿送他出了坊门,只见街上车马行人匆促,巨大的城邑荡漾在鼓声之中,耳中似乎还响起吱呀吱呀的门轴声,好像一座巨大的洞穴即将关闭,大洞穴中又有小洞穴,纷纷插上门闩。仰望天空,一轮挽了一半弓也似的上弦月已经隐隐看见轮廓,不几日行将拉满。他一边往回走,一边想:这是个吉兆,也许自家的命运就像即将到来的满月。他进了宅邸的院子,望见屋甍上参差蹲着的鸱鸮,想到美人已经在宅中,虽然暂时还不属于自家,却依旧喜意满怀。

第二天一早,张骥鸿早就醒来,穿上杏黄的苎麻袍子,系上玉带,粘上假须。老仆也早把少年胡人打扮好,贵人俊仆,个个不凡。各骑一匹骏马,奔向资圣寺。知事僧已经派了人在门前等候,说李益已经在里面进香,等知会后,立刻进去。

张骥鸿和仆人在院子里等了一会,小沙弥进来报:"请少府君移步。"张骥鸿当即跨马出去,见方丈僧和几位纲纪僧正和李益在堂前说话,知事僧也在其列,当即上前,对李益作揖,道:"李十郎,幸会幸会。"知事僧假装吃惊:"张公子竟也来了。"又对李益道:"这位张公子,就是现在街市所传的贵胄,成德节帅王太傅对其十分景仰,前天专门派邸帅来致送钱帛骏马。"李益一听,也赶紧下阶,作揖道:"在下李益,排行第十,得见公子,幸何如之。"

知事僧提议:"不如到雅室说话。"

张骥鸿道:"无需打扰,在下河东张氏,与朝中卿相颇有联姻,乃是公子的崇敬者，一直爱读公子的歌诗，常盼能有幸见到公子一面，今天得见，岂能错过。在下有间寒宅，就离此间不远，也有伎乐，足以娱乐情怀。另有美貌娇娘八九个，骏马十几匹，希望公子不弃，步玉趾一过，定能使蓬荜生辉。"

李益看张骥鸿举止样貌，早已敬服，二话不说答应了："既然公子不弃，怎敢推辞。"又给他介绍旁边一位士人："这位是我的挚友，京兆韦夏卿。"张骥鸿赶紧拜礼："城南韦杜，去天尺五，久仰大名，敢不敬拜，韦公子若不嫌弃，请千万同行。"韦夏卿道："盛情难却，敢不从命。"于是叫上仆人，跨上骏马，一起和张骥鸿策马同行。里坊中百姓见两人气度雍闲，都立在路旁注目。出了坊门，走马大街之上，就连站在沙袋旁看守要道的候卫，也不觉站起来肃立。李益也自觉有脸，和张骥鸿攀谈甚乐。张骥鸿在鳌屋经过数月训练，于官场交接之道也颇在行，李益听他谈吐，仿佛几世贵胄，更无疑虑，一路满面春风。

二十九　靖安坊斗诗

不一会就到了靖安坊，李益道："此宅似是元相公的旧宅，不意竟被公子买下。"张骥鸿道："院子残破，本欲修葺，但遥想庭木花草，到处有元相公的手泽，就不忍涂抹。"李益叹道："公子真是重情之人。"

一时到了堂前下马，胡人俊奴大叫："有贵客李十郎到，奏乐。"随即堂上丝竹咿呀呕哑。张骥鸿把李益请上堂去，只见伎乐陈列，美人满榻。李益当即眼睛放光，张骥鸿道："这些美人，都是公子的崇拜者，平日经常说最爱唱李十郎的歌诗，待会让她们唱几首，便知不虚。若公子今日肯为她们再作几首新歌，够她们一生吹嘘了。"

李益喜道："这有何难。"目不转睛扫视那些歌姬，那些歌姬都是花了大价钱请来的，自然都是一时之选，价格也自是不菲。张骥鸿吩咐摆上酒菜，不多时，侍女就陆续上传盘碟，李益惊叹："公子这里真如仙境一般，没见过厨房有这么神速的。"

当即坐下，对坐畅饮，屋内温暖如春，才饮得几杯，李益狂态渐现，失了矜持，在管弦呕哑中站起来，摇摇晃晃牵出伎乐列中一位美女，道："这个不当归我乎？"

众歌姬忍不住笑了起来。张骥鸿也谩应道："十郎真有眼光，如此美貌娇娃，十郎不该为她们写一首歌诗吗？"

李益大笑："笔墨拿来。"

仆人赶紧奉上毛笔，李益在砚台上蘸了一下，就着雪白的屏风，写了四句歌诗：

绮罗弦管响琤琮，韶齿稚颜色淡浓。
嬴质娇姿看不尽，李郎魂已入花丛。

吟完将笔扔下，抱着那歌姬就是一阵啃，那歌姬低笑，欲避不避。其他歌姬叽叽喳喳，调笑怂恿。随即乐器轻薄，曲声响起，立刻唱起了这首新词。张骥鸿想，这田舍奴果然有才，出口清华，怨不得把霍小玉迷得神魂颠倒。李益又对韦夏卿、张骥鸿说："两位仁兄，请恕在下狂奴故态，但人生苦短，何必拘谨，请各自题诗，且将金樽倾尽。"

众歌姬纷纷鼓掌，韦夏卿指着屏风，看着张骥鸿："请公子先题。"张骥鸿颇窘，强作自然："足下为客，当然先请。"韦夏卿道："那在下就抛砖引玉了。"说着提笔在屏风上也写了四句：

故相庭前花未红，春暄已在绿窗中。
满堂娇语齐声劝，千盏醉时看玉容。

众歌姬又是大声喝彩，随即又奏曲唱了起来。张骥鸿一惊，这人也是才子，我可怎么办？好在前几日老仆鼓励，顺口占了一首，略有了信心。于是趁着歌姬们欢呼歌唱之际，自家在屋里踱起步来，大约踱了十几个来回，看着窗间罗帷被风掀起，屏风轻摇，不觉心动，再想起霍小玉的雪肤花貌，光明厅堂，心头一亮，说："两位公子都写了，在下也只好附一下骥尾，拿笔墨来。"

老仆赶紧拿笔奉上，看着张骥鸿："郎君想好了？"张骥鸿含笑点头，低声道："好像能够勉强应付。"说着走到屏风前，道："李十郎、韦公子两位的字都是名家风范，我的字可不大好，请诸位担待。"随即在屏风书了一首七绝：

画屏罗幌未胜风，回首明君丽色浓。
从此五陵行迹杳，高唐云雨不从容。

张骥鸿虽然读书不多，字却是练过的，王羲之、欧阳询的字帖临过千回，何书记也说过得去。众歌姬大叫："这篇最佳。"韦夏卿也笑道："公子果然高才，无怪乎也是五陵常客。"张骥鸿心里得意，说："写诗而已，未免夸诞。"李益则抱着那最美的歌姬，在对方的颈子上嗅来嗅去，正在情热之际，忽听楼上一女声叫道："十郎，是妾身托这位张公子请你来的。"

李益听到霍小玉的声音，当即一怔，转头看去，见霍小玉站在楼梯上，梳着堕马髻子，贴着月花黄，下身着石榴裙，上身穿紫柯裆，肩上披着红绿帔子，手里抱着一个洁白丝囊，正如自家刚才诗中所写，嬴质娇姿，如不胜致。众歌姬闻声，也纷纷回头看去，张骥鸿感觉她们霎时间脸色羞赧，毕竟和霍小玉比，她们的姿色又算得什么。忽然又想，这李益甚是奇怪，连霍小玉这样的绝色犹且抛弃，为何见了那些伎乐女子，又狂态大发？

此刻李益的酒也似乎吓醒了，指着霍小玉道："小玉，你怎的在这？"随即转眼看张骥鸿，看来他还没有醉得厉害。张骥鸿不好意思："请恕在下隐瞒之罪，实在是可怜霍小娘子，不惜使诈，请十郎来见一面。不过十郎之前也使诈，骗了霍小娘子，所以两下也算扯平了。不管怎么说，在下对十郎才华的景仰，并无半分作假。"李益面色迅速恢复正常，笑道："此乃私隐，何不让那些人下去，传出去不甚好听。"

张骥鸿吩咐男女伎乐下去，仆人也都到门外等候，韦夏卿摇摇头，也跟着下去了。张骥鸿又说："十郎，若不方便，在下也可以出去。"李益说："不必，既然公子已经介入我们两人的私人恩怨，如今两造具备，师听五辞，也该公平一点，听我李十郎也说说苦衷。"

三人坐下来，霍小玉只是流泪："十郎，你对我许了诺言，怎能偷偷一走了之。可怜我把你在胜业坊写的歌诗，全部收集为一编，反复抄写了无数份，每日含泪诵读。"说着把手上抱着的丝囊打开，原来都是一卷卷越姬乌丝栏素缣，上书细文小楷，抄着一首首歌诗，整整齐齐。她一边摊开素缣，一边眼泪零落，吧嗒吧嗒滴在卷子上，发出轻微的脆响。又举起纤细如白脂玉般的手掌，轻轻将泪珠抹去，但才抹毕，随即又是一滴眼泪吧嗒落下。她呜咽说："这些卷子中，其实已浸透了我无数的泪珠，把丝线都浇得皱了，把墨迹都浇得淡了。"

李益咳嗽一声，语气温和平缓："我知道你一片苦心，可是当初我们认识不久时，某一日你就说过：'你我一生欢爱，愿毕此期。'还祝我妙选高门，以谐秦晋；并声称你将舍弃人事，剪发披缁，遁入空门。其实你当初并非不知道，我的家族决不能容许我娶你为妻。"

霍小玉泣道："妾当时的确为你考虑，可你当时立刻指皎日发誓，要死生以之，与我偕老。难道那些话，都是妾逼你说的吗？须知神明在上，誓言不可轻易出口。"

李益哈哈大笑："欢乐易逝，人生易老。在那种时刻，我不那么说，还能怎的说？难道说些实话，让你难过。我还以为我们都心照不宣，都知道盛筵难再，且贪眼前之欢。"

霍小玉又是一阵眼泪泉涌，道："只道君是例外，是真正的多情儿郎，谁知也是个俗人。"

李益依旧满面笑容："我是俗人，这世上有谁不俗，你告诉我，我去验证。假如能找到一个，我就算娶不了你，也愿与你双双殉情。"

霍小玉语塞。李益又道："当初我们一起看元相公的《莺莺传》，你还说张生所为，在情理之中。你与张生素不相识，能理解他的苦处；我们同床共枕数月，你却反不能理解我，怎能厚彼薄此呢，是不是？"霍小玉呆呆看着李益，道："十郎，十郎，是的，我不能理解，我无法忍受原来你终究是个俗人。"

李益道："此乃天道。崔莺莺是倡家女，张生却不如我李十郎。我出身陇西李氏，与当朝皇帝同姓，祖父官礼部侍郎，父亲官浙西观察使，我本人进士及第。你也当知道，对于我们男子来说，人生若得三事，则为圆满：一为进士及第，二为娶得五姓七望之女，三入翰林为知制诰。我年不过三十，已然进士及第；前月家母来信，说为我聘得博陵崔氏之女为妻；我目前为校书郎，职在台省，不日将召署翰林，判知制诰。此为三光圆满，你何忍阻我？你无非想要财帛，好，我答应你，现在就可给你写一纸欠约，一年之内，送你一百缗，从此我们两无亏欠，行了吧？"

霍小玉惨笑道："君当日在胜业坊中，资材耗尽，想卖马匹奴仆，妾没有同意，反拿出自家多年的积蓄来帮衬，光妾身帮衬君的花费，就远远超过一百缗了，这些污浊的话，君何忍出口？"

李益低下头道："不是我吝啬，我现在也只是九品官员，薪俸低，没有多少现钱。如果我现在手中有一万缗，哪怕给你五千，也绝无二话。"又对张骥鸿道，"看足下举止排场，也是大族，怎不能理解我的苦衷？我与霍小娘子两人之间的闺中絮语，微妙难言，并非黑白分明，望足下体谅。其实在下当初也曾隐约向家母说起此事，家母大怒，当即派了奴仆专门来京师传话，说若娶了霍小玉，宗族将我除名，她也没有腆颜求生之理。请教足下，人生在世，孝顺岂非人伦大节？在下是要为天子牧民的人，若自家不孝，如何为百姓表率？这世间美色与人伦，孰轻孰重，请足下告知。"

张骥鸿虽然觉得悲凉，但也知李益所言并非毫无道理，霍小玉刚才也承认了，她认识之初就没抱希望，不过是情不忍舍，一意欺瞒自家罢了。忽然想到，自家无意中租赁到元相公的旧宅，而元相公正是写《莺莺传》的人，眼前这两人的恩怨，极似张生与崔莺莺，这一切仿佛早有天意。想来那崔莺莺后来也终须嫁人，或许就嫁了一位县尉也未可知。他看着李益，微微点头，又立刻去看霍小玉，霍小玉面容既可怜，又妖娆不胜，她唇角含着怒色，说："罢了罢了。

君刚才说,当时我们都知盛筵难再,且贪眼前之欢;但我霍小玉如果当初只想贪眼前之欢,何不去选个潘安宋玉,哪怕是这位张公子,也算是玉琢似的郎君。我为何却找了一位列精子高?我也活该受辱,现下真是罪有应得。"

李益听到"列精子高"四个字,脸色陡然变得铁青,但也一闪而过,又恢复了悠然:"娘子哭也哭了,骂也骂了,讥讽也讥讽了,可知足否?娘子如此缥缈妖娆,却最终被列精子高抛弃,又凭什么去找潘安宋玉呢?难道潘安宋玉,可能娶一位倡家之女为妻吗?"

霍小玉身子一阵颤抖,抬袖擦了一下眼泪鼻涕,手指着张骥鸿,道:"这位便是我的潘安宋玉,不知比十郎体貌如何?"又看着张骥鸿,"公子愿意娶妾身为妻吗?"

张骥鸿不知列精子高是谁,但仿佛很有杀伤力,霍小玉一说,李益立刻变色,虽只有一瞬,也不容易。正在思想之次,见霍小玉问他,喜不自禁,赶紧下拜:"当然千愿万愿,在下粉身碎骨,不敢辜负。"

李益在堂上转了一圈,对张骥鸿淡淡笑道:"足下原来与霍小娘子不但认识,而且早有婚约,只是瞒了在下一人。天色不早,在下也不打扰了。"走到堂前唤道,"田业,田业,备马来。"廊下有人答道:"小人在,这就牵马来,请郎君稍候。"李益又回头对霍小玉道:"这田舍奴说得好听,但看他这家业,只怕也不能娶你,到时又别落得笑话一场。"说着长笑往堂下走去。张骥鸿不由自主跟到堂前,在廊下等候的韦夏卿看着张骥鸿,手从袖子里伸出来,微微露出拇指,嘴上却说:"张公子这番过分了。"笑了一笑,也转身离开。

霍小玉见李益远去，又哭倒在榻上，发髻散乱，肩头耸动，哭到伤心处，咳嗽连连，好像喘不过气来。张骥鸿回来望着，想上前拥抱安存，又不敢。樱桃和浣纱两个丫鬟倒是上前劝说，霍小玉只是不理。洪州婆见状，上前把她搀着，一径上楼去，回头给张骥鸿丢个眼色。

三十　再进右神策军院

张骥鸿在楼下坐着，神魂不属，廊下伎乐班子也面面相觑，不知如何是好。张骥鸿叫来老仆，让他把伎乐班子遣走，酬劳付清。一时酒阑歌散，堂上顿时一空。张骥鸿望着那墨迹未干的屏风发呆，坐了良久，樱桃、浣纱两个青衣年纪尚小，倒不知愁，在炭炉边对坐玩双陆，张骥鸿看她们欢乐无邪的样子，又觉温馨，同时遐想，这两婢倒是幸福，每天都能出入霍小娘子卧内，一颦一笑都能看到。可惜她们并无丝毫珍惜，所谓"东家丘"，大概也与此相仿。可知世上道理，往往相通。转而又自笑，她们是女子，霍小娘子也是女子，便纵是天仙，也不会在意的。随即又想，那"我见犹怜，何况老奴"的说法就不真了吗？胡思乱想好一会，才见洪州婆姗姗下楼，张骥鸿忙遽站起拜礼问候，洪州婆道："张尉免礼。"骂婢子道，"娘子如此伤心，你们两个小贱婢倒没心没肺，自顾玩天杀的双陆。也不知侍候张尉，还不快倒茶来。"两个婢子一惊，收起双陆，赶紧上前奉茶。洪州婆坐定喝了一口，说："唇焦口燥说了半天，总算劝得有些眉目了。她答应跟县尉好好过，只问县尉是否真心，需要契约为证，写明此生只宠她一人，永不变心。"

张骥鸿大喜："当真？这个容易，在下立刻就写。"

洪州婆道："老身岂敢蒙骗少府。"随即让人磨墨铺纸。张骥鸿喜之不胜，一连声催促，生怕丫鬟力不够大，墨磨不浓。洪州婆在旁只管絮絮叨叨："其实老身跟女孩儿说，契约有什么用，还得看人品。李十郎当初不是给你写了那么多情意绵绵的歌诗，满纸山盟海誓，连山海都要感动流泪，不比一纸契约更情深义重？可人要是变了心，都一钱不值。世间那结婚了的，还能离婚呢，何况只是一纸契约。少府这样的，我看得准，既有本事，又仁厚，虽然文辞不是那么擅长，可擅长文辞的，哪个是好人？就连白乐天，号称仁厚人，也蓄了好些歌姬在家，当孙女都嫌小哦，真是造孽……他肯只爱一个么……"

张骥鸿边写边附和，写完交给洪州婆，说："多谢夫人援助，我张骥鸿只要活着一天，南山可移，此心绝不会改。"洪州婆捧着契约看了一遍，笑道："有了这个，我看她还有什么话说，现在还哭哭啼啼，过得几日，保管也就淡了。"张骥鸿道："还得几日么？我上元日后，便要回鳌屋，若不把这事定下就走了，终究难安。"洪州婆笑道："鳌屋离上都骑马也不过一日路程，你有了那骏马，只怕还要不了一日，急什么？"张骥鸿道："夜长梦多，怎能不急。"

谁知这时霍小玉突然站在楼上叫："母亲，还是跟张尉说，我们搬回去吧。这赁金不弱，何苦教张尉破财，我母子怎能安心。"

张骥鸿一惊，刚才洪州婆不是劝好了吗？这可不像好的样子。自家宛如重金行贿，对方拒收，说不出的失意。他看着洪州婆，洪州婆讪笑着。张骥鸿心里酸涩，嘴上说："娘子但住无妨，这些租金，在下还出得起。何苦着急搬来搬去。"霍小玉道："张尉的赤诚，妾心领了，但实在无功不受禄。"张骥鸿又失意又羞恼，这是什么话来？说了让我请李十郎来见了就死心，我费尽心思做到了，看来还是一场空。再一想，人家确实也没亲口答应自家，都是洪州婆居中许诺，鬼知道几分实几分虚。刚才霍小玉堂上对李益说的那番话，明显也是气李益的，做不得数。一时之间，也没有好声气，就说："既如此，听凭娘子自便。"话一出口，又颇后悔，正不知如何是好，此时老仆来报："郎君，资圣寺的小沙弥来找。"张骥鸿就趁势道："在下有事，就先走一步。若有用得上在下的，上元日之前，去资圣寺寻我便是。"说完转身就走。

洪州婆急着追上去，把他送到门口，一个劲陪笑："张尉的心情，老身省得。若无意外，上元前能定，这几日不要急，等我慢慢劝慰。"张骥鸿也舒缓语气："有劳夫人。"

走到廊下，见小沙弥正在等候，张骥鸿问何事，小沙弥说："王中尉差人来寺庙找少府，师父令我来这禀报。"张骥鸿问："他说了什么事吗？"小沙弥说不知。张骥鸿也不敢怠慢，当即跨上骏马，路上想起霍小玉，心中焦躁，就像炉膛被火苗点燃，却久不透气，烧得不甚畅快。跑回寺庙，知事僧已经等在那里，说："少府可害死我了。"张骥鸿一惊："在下前日从王中尉院中出来，并未冒犯他老人家。就算有事，又何至于连累大和尚。"

知事僧道："我说的还不是这件事，是李十郎派人来责怪贫道，怀疑贫道伙同你做局，让他不好过。"张骥鸿赶紧致歉："这是真连累了大和尚，不过可以解释清楚，大和尚应该告诉他，并不知道我有这番举措。"知事僧道："只怕他不肯信。也罢，他薄情男辜负多情女，这段孽缘，总得有人来解。既是孽缘，我佛门中人，怎可置之事外。"

张骥鸿道："定要厚谢和尚。"

"不用厚谢我，厚谢菩萨即可。"

又说起王中尉来召的事，知事僧道："这也不奇，少府获得成德节帅厚赐，恐怕已传遍周围里坊，王中尉想必也已闻知，此番召少府去，可能是问这事。"

"但中尉若问起，我总不好说完全不知获赐原因吧？"

"只要说实话就无妨，中尉虽然位高权重，也不敢轻视河朔三节帅，一定会觉得少府君果然有才，反倒自豪自家的眼光了。"

张骥鸿道："和尚认为成德节帅也想请我去作牙将吗？"

"似乎不像，三镇节帅都自辟掾属，其牙将多在衙内担保护之责，所选皆是亲近之人，不会无端聘请像少府这样的陌生客将置于衙内。其中必有别的原因。先置之不理，若有事，他们自会找少府，何必杞人忧天。"

张骥鸿也就放下心，打马去了右神策军衙院，通报进去，不多时召见。上得堂去，见依旧是两人，不过其中一位不再是王建，而是一个四十多岁的中年人，长相不敢恭维，穿着一身似乎是鹿皮缝制的衣服，握着一把羽扇，遂想起王司马已经不在人世，不由暗暗垂涕。王守澄对那人道："郑公，这位年轻人，是我提拔上来的，听说成德邸帅都去看他了，不是凡俗之辈啊。"又对张骥鸿道，"我的军中判官郑公,你是知道的。"张骥鸿道:"郑判官大名如雷贯耳,卑吏怎能不知。"

王守澄道:"你的名字也够响亮哩,郑判官今天也听闻了。你不妨说说,怎么认识的王太傅。"

张骥鸿知道他说的王太傅就是成德军节度使王庭凑,道:"此事说来奇怪,卑吏从来不认识王太傅。卑吏籍贯就在蓝田,家里贫穷,年长后投军,作为神策军右军的一名官健,职位低微。蒙中尉破格擢拔,突然得为县尉,每天高兴得睡不着。也从未踏进过成德镇一步,完全不知道为什么会获赐于王太傅。"

王守澄对郑注道:"这孩儿我虽然接触不多,但见过两次,听他几句话,就知道是实诚人,绝对忠诚可靠。不是我一个人这么说,我的同乡兼当家王司马也这么说,郑公,你有什么看法。"又道,"唉,可惜王司马忽然物故,今后再也读不到他的新作了。"

郑注道:"王太尉的物故,都怪卑吏医术不精。"王守澄道:"须知世上有病有命,判官的医术,我是领教过的,王司马未能度过灾厄,只能说禄命如此。"郑注道:"谢中尉宽容。"又看着张骥鸿,道:"刚才说起成德邸帅的事,不知张尉是否去成德邸回拜过,问了什么原因?"

张骥鸿俯身:"本来今天要去,不料寺院中沙弥说中尉召卑吏,赶紧就来了。回头即去回拜,若有消息,定来禀告中尉、判官。"

郑注想了想,对王守澄道:"问也问不出什么。卑吏以为,这是王庭凑转弯抹角来巴结中尉哩。"

王守澄本来身体靠在隐囊上,不觉坐了起来:"此话怎讲?"郑注道:"中尉也说了,这孩儿忠厚老实,不会说谎。那么唯一的可能,就是王庭凑的耳目打听到中尉宠爱这孩儿，是以厚赐这孩儿，来向中尉示好。"

"真的吗？"王守澄喜形于色，"我看王庭凑一向跋扈，从来没听说他巴结过谁呢。南衙的那些相公们，在圣人面前说起他，都是没一句好话。"

郑注不屑道："那些文士，除了会写点文章，哪个能干实事？自天宝乱后，朝廷靠什么威慑诸藩镇？靠神策军。神策军最强的是哪支？右军。右军奉谁为帅，奉中尉。神策军一出，王庭凑怎不会害怕？他也知道朝廷息事宁人，不是因为他成德军多么善战，而是朝廷不愿烦扰百姓；但若做得太过，朝廷震怒，神策军一出，他又有何胜算？不过，王庭凑这等老兵，个个油滑，即便是曲意巴结中尉，也不会直说的，只是私下烧灶，待他日有急，方才派上用场。因此，卑吏才说这孩儿即便去问，也问不出什么。"

张骥鸿听郑注开始说那句，还老大不以为然，但越听越有道理，这才相信郑注的确有见识，同时也生了好感：这人其貌不扬，身材矮小，看着手无缚鸡之力，且出身贫苦，也不是进士及第，论起来，各种状况比自家还差，若是寻常人，岂有出头之日？却让李愬、王守澄、韦见素、圣人都心悦诚服，对他器重有加，乃至官运亨通，真也不是没有原因的。

王守澄此刻眉开眼笑："此事也就罢了。郑公，这孩儿现在盩厔任县尉，我看过本军的考课记录，这孩儿的武艺之前就屡次全军第一，也不争功，是以历久不迁。我因当日听了李十郎的歌诗，知道他的名字，就叫到院里来，擢拔了他。这样人才和人品双全的孩儿，不是那么好找。不如把他调回本军，做个子将，如今多事之秋，有这样贲获一样的人在跟前使用，才放得下心呢。"

郑注沉吟了一下，道："中尉爱才如命，卑吏敬仰不已。不过升得太快，惹人嫉妒，反而对这孩儿不利。若要爱护他，不妨让他在盩厔再历练一下，将来考课上等，再调回来，才能服众呢。盩厔位处京畿边缘，常被吐蕃骑兵骚扰，正是立功的好去处啊，若在本院中，哪有立功机会？现在调这孩儿回来，当个子将只怕还有人不服；若立了功劳，直接拜为大将，谁又敢说三道四？"

王守澄道："郑公说得是。盩厔那地方有咱们的一支兵马，由我的兵马使宋孩儿充当镇遏使，不如就让这孩儿做他的副将，若有军功，立刻擢拔。"

张骥鸿早就听说郑注有口辩，王中尉对他言听计从，现在亲耳听到，才知传言不虚。听到王中尉说调自家回神策右军做子将，心头痒痒；听郑注阻扰，起初有些不悦，但听他后面的理由，又觉更有道理，于是伏地拜谢。

三十一　寻访成德进奏院

一时谈话完毕，拜辞了出来，心情舒畅，免不了踏马长安，留意风景。说来在长安也曾久住，但地无一垄，屋无一檩，总感觉不是自家的；现在不同了，崇仁坊以前来得不多，碰上心情好，不妨就仔细看看。张骥鸿带着老仆，从皇城景风门边穿过，经过尚书省选院附近，从北门进去，依次逛了逛礼会院、宝刹寺，有些高门大院，门前还可见棨戟架的痕迹，虽在冬日，依旧绿叶纷披，也不知是什么树，只知道以前都不是一般人居住。老仆说："郎君不知，老奴以前是拉车的，常拉外州士子去各坊名胜游览，这些地方，大多知道些端倪，现在还未忘光。"

张骥鸿喜道："那就请丈人讲解。"老仆于是依次解说："这栋宅子，曾是尚书左仆射苏瓌的旧宅，后来被东市贩卖香料的商人苏万福买了，倒都姓苏。那栋则是原右散骑常侍褚无量的旧宅，也早败落了，据说也是卖给了商人。"又过了一阵，说："那边三个宅子，并排的，都曾经是公主的旧宅。最边上的那个，是太华公主的；中间那个，是义阳公主的；再旁边的，是岐阳公主的。太华公主的母亲是玄皇的宠妃武惠妃，嫁的是杨国忠家的人，自然都被杀了。贵家觉得不祥，不敢住，现在里面住的，都是些八九品的小官，图租金便宜，又靠近银台街，上朝方便。义阳公主原先嫁的是老成德节度使王武俊的儿子，名字我忘了，据说这位驸马都尉脾气大，公主却也是个骄悍的，一不小心，就夫妻反目了。德宗皇帝大怒，让他们分居，各自禁锢。"

张骥鸿笑道："这事我倒也听说过，我在神策军时，别的事伙伴不一定有兴趣，涉及公主和驸马，总有话题。说是这位驸马叫王士平，后来宰相武元衡被刺杀，朝廷寻找凶手，这位驸马就出来告发说，是他的侄子，也就是继任的成德节度使王承宗派的刺客。因为这个功劳，他就被升了官，解除了禁锢。"

老仆道："这个老奴却不知，倒是个识时务的。"又走了一段，路边有一所宅子门漆斑驳，却依稀能看见当年的华丽痕迹，老仆说："这个郎君知道么，是玄皇时名将哥舒翰的爱妾裴六娘旧宅。"

张骥鸿道："这也听说过，只不知在这里。那故事好像很恐怖，但具体我也忘了，只记得一鳞半爪。丈人可记得全么？"

老仆道："当然记得。还记得有一回，拉了个剑川来的举子，专爱听这些跟女子有关的轶事，叫我带着到处寻访。至今还记得那人的样子，高高瘦瘦，说听了我的故事，晚上不敢一人睡觉了。我问他为何又要我讲，他说天性就是爱听，越怕越爱。"

张骥鸿赞道："丈人真是长安通啊。"

老仆道："也无需刻意去记，听得多，路过多，就记得了。说是哥舒翰年轻时，住在新昌坊，但在这崇仁坊养了裴六娘为小妾。后来哥舒翰有事出门,几个月之后回长安,首先就来了这,谁知一进门,院庭挂满白幡,原来裴六娘竟然暴病而死。哥舒翰很伤心,正好日暮,就直接在这住下。当时裴六娘的棺材还停泊在堂上的角落,屋子小,也没有别的房间。哥舒翰就想:小妾是我平生之爱,虽然已死,陪伴她睡一夜,也显得我赤诚。于是晚上一个人独宿在棺材外的穗帐中。那天正是满月,夜半之后,月光皓然,哥舒翰想起小妾生前种种,唏嘘感叹,不能成寐,忽见门外有一黑影,趴在门缝间往里窥视,犹犹豫豫,又却回庭院之中。哥舒翰年壮,血气方刚,遂至窗前偷看,却见庭院中一个夜叉,身长一丈有余,穿豹皮内裤,披头散发,牙齿像锯子一样。哥舒翰正在惊恐,忽然又从外跳进来三个鬼,手上各自挥舞一条赤色绳索,在月下载舞载歌,还问夜叉:'床上那贵人怎么样了?'夜叉说:'睡着了。'三个鬼说:'那就好。'当即跳进屋里,把棺材抬到院子打开,取出尸体,斩成数块,环坐共食。哥舒翰心疼爱妾,想:这几个鬼之前叫我贵人,估计不敢把我怎么样。当即取了一根竹竿扔过去,大叫打鬼,鬼当即四散逃窜。哥舒翰追出,有一个鬼跑在最后,从墙上跌下去,被哥舒翰按住,一顿乱揍,血色四溅。这时爱妾家人听到叫声,点烛查看,堂上棺材好好的,根本没被动过。哥舒翰怀疑是自家做了个噩梦,但墙上却有鬼攀爬的痕迹,还有血迹。不知怎么回事呢,不过哥舒翰后来果然显赫,成了贵人,可知都是天意。"

张骥鸿笑道:"怪道我记不住,这故事离奇,却不合常理。恐怖的故事,若一味离奇,不家常,便减了味道。只不知这院落还有谁人敢住。"张骥鸿忍不住打马靠近院墙,两手一攀,攀在院墙上往里观看，只见冬日斜阳之下，枯草连绵，隐隐透出斑驳陆离的窗棂，窗棂下贴着一些红纸剪成的神荼郁垒图样，衬着那破败和灰尘，不但显不出新正的喜气，反而越发诡异。但看旁边开阔之处，有两架秋千，木质踏板也已经朽败。秋千之间，牵着一条绳子，上面晾着些洗过的衣物，看上去也不像是有钱人家穿的。也许那两架秋千，哥舒翰和裴六娘曾经坐过？但也太过久远了。现在这个院庭，也不过是普通人家。

老仆叫道："郎君，郎君究竟是少府，这样须不好看。若被巡逻的武候看见，只怕还会有误会哩。"张骥鸿跳下来，笑道："安知不为雅事乎。"主仆两人相视而笑，老仆道："郎君是个有趣的人，其实老奴非常理解。"张骥鸿道："有丈人日日在身边协助，实为幸事。"望着苔藓斑驳的院墙，感叹而去。

再走过一条街，门牌鳞次栉比，都是各镇和州进奏院所在，张骥鸿道："适才郑判官问我，是否曾去成德邸回拜过，我却没想到，不如现在就去拜访。"遂到旁边一客店，借了笔墨，写了名刺，问成德镇进奏院所在。店主指了路，张骥鸿和老仆一路寻去，淄青、淮南、河东、幽州、天德、荆南、魏博节度进奏院都看见，甚至连宣歙、江西、福建、广州、桂管、安南等观察使进奏院都见到，却不见成德。只好再问人，却告知："成德院恰好不在本坊，在邻近的平康坊哩。"张骥鸿看天色晚了，也就作罢："不寻也罢，他若有求于我，还会再来。"

三十二　上元节前的焦虑

回了资圣寺，张骥鸿坐卧不安，一心又想去靖安坊霍小玉处打听，看洪州婆那边的游说情况。眼看假期剩不了几日，有些焦躁。其实这几天也没多少空，接连有人来拜访，有朝廷的官吏，也有城里的富人，还有些外地的文士。官吏一般对坐相谈，神情庄重，大半日嘘寒问暖，言不及意，却也不是完全客套，最后总会提到，可否引荐王中尉。富人则坦率，直接送上厚礼，请求结交，以后有个照应。文士有正常的，有不太正常的。正常的穿戴整齐，称颂张骥鸿的侠义；不正常的穿得邋遢，自述才高运蹇，希望张骥鸿相助，推荐到成德镇去作幕僚，征伐契丹，扬名青史。张骥鸿都不敢慢待，那有钱的，给张骥鸿送钱；没钱的，张骥鸿给他们资助。资圣寺是名刹，还住了不少外国的僧人，有天竺的，有狮子国的，有日本的，有高丽的，客人一天天来访，引逗得他们也坐不住，找机会过来攀谈。有些人唐语说得流利，有些人不行，但能写，就和张骥鸿笔谈，说要记载他的事迹，而且隐约暗示，现在朝廷不比以前，以前每年要给他们这些外国留学僧人发几十匹绢,衣服纸笔零钱若干,现在减至不到三分之一,大大影响了修习佛法的热情。张骥鸿也不吝啬,随手把别人送的礼物转赠,心中着实有点愤懑:我们这么大的国家,就算再贫困,也不能裁减留学僧人的费用,若传到外国,岂不堕了我大唐上国的声名。随即又想起王守澄佛堂中的华丽,又感觉国家不至于那么穷困,于是少不得安稳那些僧人,将来见到宰相,一定劝谏修正。那些僧人于是欣喜说:"都知道少府君深得中尉信任,有少府君说话,还不是轻而易举。"张骥鸿感觉既受用,又不安。

晚上知事僧又来,见张骥鸿春风满面,又是贺喜。张骥鸿不置可否,对他说:"我的假期将满,这几日就要回到盩厔。这里的事,还请和尚帮忙处理。那个元相公的宅子,我买是买不起的,霍小娘子瞧我不上,也未必在那住,月底还烦请帮我退租。"知事僧满口答应,又说霍小娘子不至于,应该再加点柴。张骥鸿赌气道:"看她样子,李益的柴塞进去,她才受用,旁人的柴再好,也不行哩。"知事僧嬉笑:"再塞一塞,或许就进了,少府这把柴,须不比李十郎的差,到时她只怕舍不得少府抽出哩。"张骥鸿感觉味道有些不对,遂笑道:"这和尚只怕是风月的。"知事僧笑:"谁未经过风,赏过月。"随即正经道,"少府放心,等贫道明日去打探一下,再做打算。"

知事僧又问去到王中尉那边端的,张骥鸿道:"的确是问成德进奏院的事,郑判官也在场,郑判官说,成德节帅送礼物给我,是知道王中尉青睐我,想巴结王中尉的缘故。"知事僧又贺喜道:"贫道说了肯定不是坏事。"又道,"说句很难让人信服的话,少府能见到那位郑判官,只怕比见到王中尉还让人艳羡哩。只是也有风险。"

"难道郑判官能高过王中尉?"张骥鸿道:"再说了,和尚,怎么又有风险。"

知事僧支吾道:"这个风险嘛,就是被人嫉妒。"张骥鸿说:"和尚不妨说透些。"知事僧道:"贫道也就是信口胡说,什么说透不说透的,自身还不透哩。"又指指窗外,"今天是正月十三,少府看那月亮,当真是美。"说着走到门外。廊外就是一个庭院,院子里有一株高大的楸树,光秃的枝干还未生出新芽,月光如水泻地,楸树的枝干下映,则像浸在水中,若隐若现,只差几尾游鱼,否则就是野塘夜景。知事僧道:"这地方再过一阵,便是满树紫花参差,宛如仙境。"说着走到庭中。张骥鸿讪笑道:"树如果不长叶子,我往往认不得,敢问这是什么树?"知事僧道:"这可是好树,叫楸。"张骥鸿笑道:"原来如此,神策军营中也有,确实是紫花,不过我更喜欢夏日时节,这楸树的树叶密不透风,所谓'仰视何青青,上不见纤穿'是也。"和尚笑道:"少府做县尉半年,如今已是出口成章,可见天资隆厚,不去应进士试可惜了。"张骥鸿正要回答,忽听得啪嗒一声,有水样的东西摔在知事僧的秃头上,知事僧跳了起来:"今日晦气,被乌鸦戏弄。"张骥鸿忙唤老仆拿巾子来擦拭,又说:"取我的弓弹来。"

老仆赶紧拿了巾子和弓弹过来,先给和尚擦了,张骥鸿就着月光,弯弓发弹,只听啪的一声,一只乌鸦沙哑着鸣叫倒栽下来,和尚道:"唉,少府怎可在佛院杀生。"张骥鸿道:"只想为和尚报怨,顺势练习一下弓弹武艺。"知事僧道:"这样的暗夜,少府竟能射中飞翔的乌鸦,着实好功夫,怪道中尉要抬举你。贫道突然想,或者是少府哪天在外显露了这手功夫,被成德进奏院的人看到,才来结交的不成？"张骥鸿道："些许记忆，如何在成德节帅眼里，何况那位赵押衙又矢口否认。"知事僧道："张尉这就嫩了，供养侠客，怎可能像菜场买菜一样？贫道也读过太史公《刺客列传》，想那严仲子想请聂政为自家报仇，也是亲自登门，献千金祝寿，丝毫不说来意。太子丹养荆轲，也不曾立刻说请他去刺秦王，而是酒肉美人，让其享用个尽兴。到受惠者觉得不安，实在无法还那人情债，就只好答应为其赴死了。"张骥鸿一惊："果然如此的话，和尚竟然贺我？分明是条死路啊。"知事僧道："少府莫恼，其实刚才也是灵光乍现，忽然想到的，初不及此。"张骥鸿道："若真的如此呢？"知事僧道："若请少府去刺杀人，想来对少府也不为难。只是，贫道再也不想听这些残忍的事了，阿弥陀佛。"说着掩耳而去。

张骥鸿闷闷不乐回到馆舍，老仆道："那和尚也是多虑了，假若郎君是无业游士，三餐难继，居无定所，那成德节帅想让郎君去作刺客，倒也情有可原。但郎君已经贵为少府，名在台省，连圣人都曾寓目，怎可能一点小恩小惠，就能请到郎君去为其行刺。老奴听说，那成德节帅王太傅，也是上天照拂的，岂能如此没眼力。"张骥鸿道："王庭凑如何个受上天照拂？"老仆道："老奴也是听来的，说是二十年前，王太傅还只是个押衙，奉节帅命出使凤翔，归途中酒劲发作，睡在道上。有一位和尚路过，看着他，说：'不过五年，贵当裂土。'后五年，成德镇乱兵杀田弘正，果然拥立王太傅为留后。后来王太傅还派人去找那和尚，也不知找着没有。只知道他原本不信佛，后来就信了。"张骥鸿道："竟有这样神，那真不是凡人了。"不觉艳羡起来。

老仆道："是啊，老奴还从未见过有请县尉去做刺客的，假如郎君被那和尚说得不安，明日无事，就再去平康坊找找成德进奏院，问问端的，一了百了。"张骥鸿想起霍小玉，焦躁起来，又看着窗外的圆月叹气。老仆道："郎君可是想霍小娘子？"张骥鸿道："想又如何，落花有意，流水无情。"老仆道："老奴老了，当初娶妻也没那么多讲究，只是三媒六聘，稀里糊涂就在一起生儿育女。那能像郎君这样，和心上人欲拒还迎，这些微妙的心思，就算不成，其实也是享受哩。"张骥鸿拍掌道："好一个欲拒还迎，丈人要是年轻些，不知是怎样的调情好手。说起来，这相思虽苦，的确也有快乐。"忽然想到一事，又说，"来长安这么久，都没去丈人家里拜望过，令郎是住在丰邑坊吧？明天我们就去。"老仆道："惶恐，是我那不成器的儿子住着，老奴前几天已经去看过了，怎敢劳烦郎君再去。邋邋遢遢，都没个坐处。"

三十三　作客老仆家

张骥鸿道："丈人跟我这么说，就见外了。我什么家境，丈人难道不知？明天就去。"老仆喜道："那真是蓬荜生辉。"又说，"看郎君每天垂头丧气的，又何必自苦？人哪能跟心曲斗？舍不下的东西，就不要舍。"张骥鸿道："人哪能跟心曲斗，说的是啊。"仰天看着明月，心头飞起几句歌诗："'心曲千万端，悲来却难说。别后唯所思，天涯共明月。'后天就是上元节，我打算硬着头皮再去拜见霍小娘子。"老仆道："这就对了，刚才这诗是谁做的。"张骥鸿道："孟郊的《古怨别》。"老仆道："不比郎君那日做的好。"张骥鸿颇喜："丈人这话，我可就不信了。我那是胡诌的四句，哪能说好。"老仆道："老奴不懂诗，但孟郊这首也不过说的平常心情，我们农人不得已赴徭役兵役，赶夜路，遇上有月亮的夜晚，有时也会想，家中那老婆子，此刻看到的也是一样的明月吧？只是我们不知道怎么写下来，而且写得合拍押韵，意思其实是平常的。但郎君那句'纷纷回首者，谁识我心情'，想象别人不知道郎君的快乐，既得意，又略有些遗憾的样子，这是真的诗，老奴不知道前人有没有写过，但老奴倒真没想到有伙伴曾经说过。"张骥鸿喜道："没想到丈人剖析歌诗如此有情致，可惜了。若丈人生在仕宦人家，没准也是个进士及第。"老仆道："正如许尉所言，那时便县府洒扫的，也得是进士及第了。"主仆两人相视大笑。

笑过，张骥鸿又怨恨道："我对霍小娘子的殷勤也算多了，她寡情倒也罢了，那洪州婆竟然也毫不来个音信，未免过分。"老仆道："按说那婆子该懂点礼数。但乐户中有这一等机巧，若先来找郎君，就泄了气，怕不得郎君珍重，是以怎么也得硬撑的。"张骥鸿道："便不怕我翻脸？"老仆道："那婆子平生在风月场上见过多少人，郎君的性格，早被其吃定了。不要说他，便是老奴也知道郎君重情，万万割舍不下。"张骥鸿笑道："倒也是如此。"

第二日一早，张骥鸿和老仆去了平康曲，这次也懒得找了，北门边有个门亭，坊门长正坐在那里，见张骥鸿过来，说："这位郎君，南曲、中曲往那边过去，曲口有株梅树的便是。"说着伸手一指。张骥鸿回头看去，见不远处飞檐间隐隐伸出一枝梅花。张骥鸿突然想到了什么，说："我不是去南曲、中曲，我要找成德镇进奏院。"那坊门长才明白过来："郎君切勿怪罪，像郎君这样骑骏马、穿轻裘的人，一般都是去南曲、中曲的。"又指指东南，"成德进奏院在街东南，早先是权相李林甫的旧宅，废蛮院边上。"

张骥鸿谢了一声，和老仆打马朝东南方过去，老仆道："这个坊老奴从不来的，是以不熟悉。"张骥鸿道："为何不来，丈人年轻时这么谨饬么？"老仆道："刚才所言有些漏洞，倒也不是从不来，还是来过的。只是南曲、中曲从未去过，都是王孙公子去的地方，老奴哪敢去。北曲嘛，年轻时认识一位喜欢的，谁知后来她上吊死了，也不知道什么缘故。她之前约了老奴去菩提寺见面，而老奴那天却喝醉了，没有赴约，悔之何及。后来老奴尽量不再饮酒。"张骥鸿黯然道："原来丈人也有伤心事。"

不多时走到了南坊门，往左转，走到尽处，才见到挂着一块柏木牌子，写着"成德镇进奏院邸"字样。张骥鸿下马，阍者上前询问，张骥鸿说要拜见邸将。名刺递进去，出来一位官吏，把张骥鸿请进署中说："邸将出外办事，要几个月后才能回来。"张骥鸿就把始末说了，道："无端承蒙厚赐，心中疑惑，昼夜难寝，思之再三，还是前来探问缘故。在下官小位卑，并不能对大镇有所裨益，尤为不安。"

那官吏道："张尉不必介意，世上万法皆空，唯有因果不空。在下可以告诉张尉的就是，此事对张尉绝无困扰，就当是老友馈赠，绝无功利之心。也可以视为一梦，在下常听人说，曾经在林中山间被人引去，见一大宅，里面华贵异常，于是欢乐一夜，等早上告辞出门，回首一望，皆为松林古冢。"

张骥鸿笑道："押衙所言，颇为瘆人。难道在下是见了鬼神不成，但明明是邸将亲自到舍下见赐了礼物。"

"也许有人假借邸将名义，奉天行事呢。"那官吏诡谲一笑，又扯了一通，张骥鸿见对方来来回回就是那些套话，也没有请他再去庭内堂上奉茶长谈之意，只好告辞了出来，心里也安定了，想我已经尽意，既然你死活咬定那财帛没送错，又说绝不会对我造成困扰，那就算了，让时日去解决吧。

出了门，老仆说："刚问了阍者，说坊内有菩提寺，有阳化寺，有万安观，还说其中多有壁画，皆为名手所作，吴道子和王维的都有，值得一看，郎君有无这样的打算。"张骥鸿仰头看天，道："现在还早，就去丰邑坊吧。"老仆道："郎君真去？"张骥鸿道："为何不真，先去东市，买些贽敬，总不成空手上门。"

去东市买了礼物，很快也就到了丰邑坊。老仆家在清虚观旁，虽是穷街陋巷，倒也整洁。见了张骥鸿上门，全家四五口人，都像鸭儿鹅儿一样，喧腾个不止，掩不住的快乐。张骥鸿表示歉意："一直在长安，却忘了丈人家就在长安，该回家尽天伦之乐，只是每日跟着我到处奔波。"老仆的妻子说："老头子上次一回来，带回很多缣帛，说这回跟了一位好主人，却没想到少府竟如此客气。"张骥鸿见老仆的儿子不善言辞，和自家年纪相仿，看上去颇忠厚，道："这才像丈人的家风，等我升迁了，要请你帮我做事。"那后生唯唯称谢，其妻带着一个三四岁的孩子过来拜礼，手里抱着一个，肚子还是隆起的，显见得有孕在身。张骥鸿摸出一块金子，约莫三四两重，直接赏了孩子，搞得那妇人一迭声道谢。老仆道："郎君这样慷慨，教老奴怎么报答呢。"张骥鸿道："丈人为我做的够多了。"说着看看四周，觉得冷清。因问道："怎么偌大庭院，就你们一户人家，和我见的那几个坊相比，真是大不相同。"老仆道："不瞒郎君说，犬子贪图自在，专门在此为人守灵。那后院中，停着百十副棺木，有的是客居长安而死的，要等着家乡来人把棺木运回安葬；有的是富贵人家，想等着吉日再卜葬南山；还有的就是等待隔壁的道长来做法事超度的。"张骥鸿感觉背脊一阵凉，强笑道："怪道有些阴气哩，令郎也真是胆大。"老仆道:"起首不愿郎君来,也是怕阴气冲了郎君。"张骥鸿道:"令郎长年居此都不怕,我怕什么。"那儿子也说:"旁边就是道观,每日都做法事的,那道人说,道观周围三十丈内都罡气纵横,就算有冤魂,也尽镇得住。郎君是朝廷品官,贵气无比,鬼神更是无可奈何了。"张骥鸿被他说得豪气顿起,干脆说留下来吃饭,一直坐到日光西斜,才尽欢而去。

三十四　又会霍小玉

第二天就是上元。张骥鸿想,今天可不能辜负了,也不再犹豫,一大早跑到靖安坊。前一天,各个街坊就已经搭起了彩楼,鳌山凤辇,莲花浮屠,美不胜收。一路上,见有些坊门前已经放着糕点,祭祀蚕神。一进门,见洪州婆正在院里设置瓜果,祭祀紫姑。见张骥鸿来,责备道:"郎君怎么这几天都不见露面,想是心被别的小娘子给牵去了。"

张骥鸿却不是怄气,只道:"夫人说得哪里话来,没有的事。一直是想来,只这几天拜客太多,抽不开身。等到今日上元,大家各自回家团聚,才得了闲空。"

洪州婆笑:"莫怪老身苛刻,昨日郎君可是去了平康坊。"

张骥鸿一惊:"是去了,不想夫人就知道,难道派人跟踪在下。"

洪州婆道:"惶恐,岂敢叫人跟踪郎君。只在郎君丰神俊朗,见了的无不注目。老身前日差小婢去平康坊买脂粉,那婢子独自到了街曲,怎不贪看美少年?不想正好看见。"

张骥鸿笑道:"这是误会,在下是去拜见成德镇邸帅。各节度使进奏院大多在崇仁坊,不想偏成德镇进奏院在平康坊,真是古怪。"遂把当时的情形一说,本来也是长脸的事,不在乎让人知晓,果然洪州婆喜道:"郎君不是凡客,但愿不辜负我家孩儿。"又说,"既来了,正好,也亲自祭拜一下紫姑,有什么高不可攀的心愿,趁此便可偿了。"

张骥鸿笑:"高不可攀的心愿,便是这个了。"于是对着紫姑神的牌位拜了几拜,道:"愿紫姑慈悲,让霍小娘子对在下有意,从此结成夫妻,白头偕老。"浣纱和樱桃两个丫鬟却掩口笑,洪州婆抬袖擦擦眼睛,道:"少府是忠厚人,老身这回是真信了。我家孩儿算是命好,碰到少府这样的贵人,还有什么不足。你们这两个贱婢,笑个什么,看着明年就该来了月信,到时只怕夜里做梦也会想男人抱着睡哩。"两丫鬟更是掩口,乐不可支,却眼波流转,顾盼生辉。张骥鸿想,这两丫鬟并无多少姿色,此刻却也动人,不知何故,大概人动情时,会自增光彩,超越平时。

拜完,于是往堂上去,张骥鸿四下看:"怎得邻家都彩灯高挂,我们家这等冷清。"遂对老仆说,"麻烦丈人,去东市找些佣工,买些灯来,搭个彩楼。四下里披红挂彩,搞得喜庆些。"

老仆答应道:"这些老奴在行,这就去办。"

张骥鸿和洪州婆上堂去,堂上炉子烧得暖烘烘的,于是把外面的皮袍脱了。洪州婆道:"少府先坐着,我去泡茶来。小娘子不知起没起来,我待会去叫她。"张骥鸿道:"且不忙遽叫她,高低我今天又不出去,晚上也不宵禁哩,有的是空。"洪州婆道:"难得这样疼人。

当年李十郎在时……"说到这里,又赶紧道歉,"呸,我便不该说那田舍奴,他怎么能跟少府比,便是一根汗毛都比不上哩。"

"但说无妨。"张骥鸿道,"我不忌讳这个,有个比较,我便知道怎样方能更讨她喜欢。"

洪州婆略略叹气:"老身这女儿,也是被惯坏了。若非让她从小读那些歌诗,怎会被那种华而不实的措大迷住。"

张骥鸿笑道:"这话却说差了,不读歌诗又能读什么?除非不教她弹琴鼓瑟,只是打柴放猪。但说来好笑,我去秋在鏊屋不远的紫云村中见了三个泼皮,每人背上都札了三首歌诗呢,何况小娘子。便是我这样的武人,也一样喜欢歌诗,可惜我只能读,不能作。我知小娘子喜欢这个,正每日苦学,和我一起做县尉的许十一郎,常教我写诗,我想总有一日也能写它。"

"你上次那篇已经压过田舍奴了。"洪州婆道,"若再继续做下去,怕迟早圣人都会知道哩。许十一郎大名叫什么,也是进士及第吗?"

张骥鸿道:"大名许浑,也是世家大族出身呢。他的名句'溪云初起日沉阁,山雨欲来风满楼',夫人可听说过?"

洪州婆一拍膝盖,道:"听过,太听过了,原来就是许烟雨,他是以写烟雨擅长的。少府有他这样的朋友,难怪这样精进。少府听说过韦苏州吗?"

张骥鸿想,这些烟花行的人,对各类歌诗,还真是知道不少,遂说:"听说过,我会诵他的一首《滁州西涧》:'独怜幽草涧边生,上有黄鹂深树鸣。春潮带雨晚来急,野渡无人舟自横。'"

"这就对了,韦苏州出身名门,所谓'城南韦杜,去天尺五'。

他早先在宫中任武职，纨绔子弟一个，碰上天宝之乱，颠沛流离，从此改了心性，二十二岁起，才折节读书。老身记得少府今年才二十六，正是读书之时。老身虽然不会作诗，却唱过不少，多少知些好坏，看少府上回作的那歌诗，真是有才的，说不定将来又是一个韦苏州哩。"

张骥鸿被她说得心中十分受用，趁势许愿："那就请妇人转告小娘子，在下不单是武人，总要刻苦攻读，将来满足她心愿。这一世跟了我，弹琴唱诗，必不会寂寞的。"

洪州婆喜道："少府是有心人，知道我那孩儿喜欢来往酬唱，若得不到时，便觉寂寞。"又道，"少府何不自家去跟她说。"

"不瞒夫人说，见了她，便有些忸怩。"

洪州婆笑道："少府是真正动了心，才会如此。那李十郎脸皮厚得像灶膛，没有什么不敢说的，怎会动真心？我那孩儿却吃这套。"

饮了一回茶，吃了饭菜。老仆已经把佣工叫来了："今天全城都抢雇工，好不容易抢了一个，大家一听是阔绰的张公子，当即扔下别人，跟我来了。价格都没谈，知道公子不悭吝，少不了他们好处。"

张骥鸿道："那就赶紧搭吧。天寒日短，不要耽搁了。"心想，自家算哪门子的阔绰公子，时间久了，只怕显露原形。但此刻听着，心里还是受用。

一会霍小玉下来，头发披散，松松地挽着，肌肤如雪似冰。一条素色的旧棉袍，穿在别的女子身上，多半显得寒碜，穿在她身上，却有别样的韵味。所谓荆钗布裙，不掩国色。张骥鸿看着心情也佳，问道："可睡够了不曾。"膝盖不自禁也弯了一弯。

霍小玉不答他的话，道："少府在县家，也是这样拘谨的吗，如何服人。"

张骥鸿举了举拳头："在县家怎会如此，只是不知怎的，到了娘子面前就免不了局促。"

霍小玉笑了笑："适才你跟妈妈的讲话，我也略听了些，难为你为了我，竟去学作诗。"

"也不完全为了娘子，我天性就喜欢。"

"倒也好。不过诗有别才，万不可勉强了自家。"

张骥鸿道："我也会有些想法与人不同的。譬如见了他人，我游刃有余；见了娘子，却无端害怕，这也许就是别才。"

"那可否把这感受作成诗呢？"霍小玉微微一笑，"前日见公子所作之诗尚可，已经抄给姐妹们谱新曲了，也许已经在各驿抄录，若多作些，或者也能成名，如李十郎那样。"

张骥鸿道："容在下想想。"心想，这娘子老拿我与李十郎比，须不知人的运命不同，禀赋有异。李十郎家世好，我怎么能比；但他相貌还不如我呢，你怎么就不恶心？可是也无奈，《莺莺传》里红娘对张生道，她主人崔莺莺"贞慎自保，虽所尊，不可以非语犯之"，一般人的进言，更是听不进去；但她喜欢诗赋文章，自家也常常沉吟辞句，看到写得好的，恨不能马上结识，这是个薄弱处。因此劝张生，写几首情诗，让她送过去，怎不能搅乱崔莺莺的心曲？张生会作诗，才能得崔莺莺心意。这霍小娘子不重相貌，就重歌诗，我也只能迎合她，否则终究得不到她的心。好在已经做了两首，觉得作诗也不甚难，于是说"稍待，容在下想想"，又在堂上踱起步来，想着昨夜自家坐在僧寮东轩，看窗外月色皎洁，如银盘一样，若自家能与眼前这娘子团圆如月，死亦不恨。于是也有了，说："我就写写昨夜自家独居的心情如何？"霍小玉道："正想窥探张尉心中委曲。"

三十五　上元歌诗

侍女立刻推过一架屏风，上面题过诗的丝帛早已被换过，又是新崭崭的。张骥鸿道："让小娘子见笑。"随即在屏风上书了八句，都是口语，也不用考虑平仄：

　　天上蟾光满，人间灯火繁。
　　谁知失意者，寥落在东轩。
　　东轩月影流不息，素帷如雪浑一色。
　　眼前景物剧伤心，徒思美人不能得。

霍小玉吟诵了两遍，道："少府这回写古风了，上次那篇，我最近读得熟了，本道少府是正派人，却也是五陵常客啊。"

张骥鸿道："其实有些夸张。李太白云，'白发三千丈'，难道真有三千丈的瀑布吗？"

霍小玉道："说笑而已，少府君长进如此，非复吴下阿蒙，教人刮目相看。"洪州婆也赞道："老身自小就唱名家的诗词长大，白乐天都是晚的。老身自小唱的是王昌龄、李太白，也是有些眼光的。私下就常说，张少府有天分，再学个三年五年，去考个进士都未必不中。"

霍小玉道："考进士还要考策论赋颂，诗倒是小事。"

张骥鸿一时豪气上来，伐耀道："十一兄告诉我，赋也难不到哪去，多背多诵，也就出口成章。我刚任职时，那判词可难倒我了，现在骈四俪六，我也能写几句，大多不过是些废话套话，老生常谈而已，有何难哉。我只吃亏在家世不高，从小不能请老师来教。"

霍小玉不答，又盯着屏风，来回念了两遍，叹道："君视妾为昭君毛嫱，人弃妾如敝屣破袜。世间总是这样不公。"

张骥鸿道："人各有所爱，提那些不快作甚。"

霍小玉道："也是。妈妈，布下酒菜，为少府庆贺。"

张骥鸿道："别忙，我腹中还有一首歌诗，再请娘子指教。"霍小玉啊了一声，喜道："张郎如此捷才？快写来我看。"张骥鸿听她呼自家为张郎，心神震荡，都忘了接浣纱递来的笔，望着霍小玉，霍小玉低下头，莞尔一笑，避过他的眼光，叫他越发喜悦。浣纱叫他："郎君。"他才醒来，又接过笔，在屏风上写了一首五律：

  走马过街曲，和风逐络缨。
  黄衫徒映路，青鸟不传情。
  永夜思芳草，流光忆早莺。
  行人皆注目，谁识我中诚。

其实这篇是宿构,就是把前日在路上口占的五绝,加了四句,改成五律。霍小玉这回吟后,惊讶道:"张尉,你可曾在书肆上买着了哪位名士的文战行卷?"

张骥鸿听她又从张郎换成了张尉,诧异道:"娘子此话怎讲?"

霍小玉期期艾艾:"算了,此话不提也罢。"

张骥鸿看她颜色,似乎有深意,心中不耐:"请娘子开示,不然在下辗转难寐。"

洪州婆见状,也劝道:"女儿,张少府是爽利人,心胸再磊落不过。人家最在意你,你何必支支吾吾,教他不安。"

霍小玉道:"刚才只是略想到,并不肯定,怕贸然说了,反惹张尉不快。"

张骥鸿道:"娘子若不说,在下反而不快。也不算那种不快,就是心头冤结不舒的那种不快,不是针对娘子本人的。"

"我若说了,张尉真的不会生气?"

"在下愿指天发誓。"

霍小玉捻着自家的裙带,好像下了决心,道:"好吧,那妾就说了?"

"但说无妨。"张骥鸿道。

霍小玉语调缓缓:"是这样,妾听说贞元年间,有才子名李播者,官拜郎中,授蕲州刺史。某日,一李姓书生带着自家的歌诗谒见。李播读后惊讶,对儿子说:'这是我进士未及第时准备的行卷啊,丢失好久,怎么被这人得到了。'李播的儿子就去见那李姓书生,说:'那卷歌诗,真是秀才的作品吗?'那李秀才还发誓:'确实是在下呕心沥血之作。'李播的儿子道:'可家父说,这是他当年文战前的行卷,纸张和笔迹都还记得,请秀才说实话。'那李秀才这才脸红:'实不相瞒,这是二十年前,小生在京师花了一镪钱买的,不想竟是郎中的旧作,惭愧无地。'李播的儿子把话传给父亲,李播说:'一个无能之辈,拿别人的诗赋充脸面,也没什么奇怪。看他那么贫困,实在可怜,不妨周济一下。'送李秀才缣帛,特意接见,那秀才说:'在下拿着郎中的歌诗,在江淮间游宦了二十年,颇得人高看,能否就把署名也送给在下?反正郎中也用不上了。'李播大度,竟答应了,说:'这当年的行卷,不值一提,秀才若觉得有用,就拿去吧。'"

张骥鸿有些恼怒,但还是强行抑制:"娘子的意思,是说在下剽窃了他人的歌诗?"

霍小玉赶紧拜倒:"惶恐,张尉说了不生气的。"

张骥鸿看她慌张之态,又心柔似水,道:"在下也谈不上生气,只是拳拳之心,被娘子误解甚深,免不了悲伤。"

"那么说,这两首歌诗真是你所做?"霍小玉反而喜悦起来。

"千真万确。"张骥鸿道,"愿剖赤心以鉴,假如他日娘子发现在下所做的诗,曾经是某位前辈的行卷,在下愿自杀谢罪。在场的诸位都可作证,在下也可立刻写下誓词,让苍头到市集广为张贴,若有人证明在下这两首歌诗乃是剽窃,在下自杀之前,所剩财物全归他。"

霍小玉见张骥鸿脸色铁青,眼中噙泪,泣道:"张郎何出此言,张郎有才,妾怎能不欢喜;张郎有才,日久相处,便可知晓,何须费这周折?"命婢子斟酒,劝张骥鸿道:"妾刚才言辞无状,敢以此谢。"张骥鸿见她容止婉娈,怒气渐消,遂也举酒畅饮。洪州婆见状,也说些打趣话，气氛顿时和煦起来，不多时间，已经饮得半醉。张骥鸿见霍小玉雪白的脸蛋也现出酡红，愈发艳丽，心想如此佳人，别说娶到家中，便是能时时来她席上，多看几眼，也是好的，还求什么？又怕她喝伤了，口中道："且饮慢些，以免伤了脾胃。"霍小玉浅笑道："张郎小瞧妾的酒量，就这点酒，算得什么。"又看着墙上挂的一张忽雷，伸手摘了下来，"妾请为君弹唱一首，以见未醉。"说着抱着琴，轻拢慢捻，弹了起来。乐声缱绻，霍小玉一边弹奏，一边时时游目张骥鸿，张骥鸿见她虽然眉眼纵意，脸色酡红，却是不自觉露出忧色，心想，不知为何仍有忧色，想是忆起与李益的过往，情感依旧恋恋不舍。如此重情，于我而言，固然略有遗憾；但正因如此，一旦与我欢好，便也不易变心。于是既喜欢，又忐忑。霍小玉弹着，便唱了起来，唱的正是张骥鸿之前写的歌诗："画屏罗幌未胜风，回首明君丽色浓。从此五陵行迹杳，高唐云雨不从容。"唱完半屈手掌，在弦上一划，琤琮响个不绝，余音未歇，又曼声问道："敢问张郎，适才这篇歌诗取什么题名？"张骥鸿正沉浸在琴声中，思绪联翩，忽然心里又油然生出几句歌诗。霍小玉推他一下："张郎睁着眼睛就睡了吗？"说着抬袖掩口浅笑。张骥鸿醒过神来，道："娘子琵琶弹得大妙，杜子美云，'此曲只应天上有，人间能得几回闻'便是也，是以完全沉浸于其中，想着如何表达心情，并非走神。至于适才这篇拙作，就叫《观美人抚琴》吧。"霍小玉微笑道："谢郎君厚意，不过当时郎君作这篇时，妾并未在抚琴，要么郎君再作一篇，可行得？"张骥鸿道："忽然又有了四句，敢为芹献。"霍小玉有些忸怩："只怕适才妾冒犯之言，教张郎还未释怀。"张骥鸿道："绝对不会，刚才

的确因娘子琴音,忽有所感,也请娘子解虑。"说罢又走到屏风前,提笔写了四句:

玉指素丝酒意浓,眉山底事黯云重。
殷勤更问琵琶语,密雨可能换景风。

霍小玉笑道:"张郎放心,妾这里无黯云,倒是庆云集,只待君甘露降。"张骥鸿喜之不禁:"蒙娘子不弃,这回放心了。"霍小玉对洪州婆说:"还得劳烦母亲,准备酒宴,款待张郎。"

三十六　并辔朱雀街

洪州婆大喜，说："老身这就去排备，今天这个日子，可不能轻轻放过。东市西市肯定挤得人不透风，酒菜买现成的也难，少不得要自家动手。幸好早买了很多酒肉菜蔬，埋在后院的雪堆里，刨出来还是新鲜的。"

霍小玉对张骥鸿道："酒菜一下也不能准备齐全。不知少府腹饥否，若不甚饥，不如陪妾骑马朱雀街，去看看装花灯吧，可否。"

张骥鸿大喜："娘子有兴，怎么会不可，在下等娘子更衣。"

霍小玉上楼更衣，洪州婆拉过张骥鸿，窃语道："去年八月十五，那李十郎曾带她看花灯，又是那文艺的情性犯了，少府多在这方面迎合她。"张骥鸿满脸只是笑："省得。"

一会霍小玉下来，身穿狐狸皮毛的大氅，戴着帷帽，又是一番别样的艳丽。两人出门，仆人早把马牵出，张骥鸿把自家的马给霍小玉，扶她上去，自家跨上老仆骑的马，一人一匹，哒哒哒向坊东门走去。马虽神骏，却指挥如意，霍小玉抚摸着马鬃，道："你这马真好。"

张骥鸿道："再好的马也配你不上。"

霍小玉回颜一笑："你快要比得上那些文士的嘴舌了。"张骥鸿也笑望她，感觉自家的心已经化了，虽寒风扑面，却说不出的温暖喜悦。

马轻轻离开坊东门，穿过人群，向西走向朱雀门大街。还好是个晴天，冬日的暖阳照在身上，积雪正在融化，街道两边的排水沟流水潺潺，叮叮当当作响。各个里坊前都张灯结彩，但朱雀门大街上那才是豪华。宰相每天必行的路上，用来防御刺客的沙袋也铺上了青葱的装饰，靠近朱雀门的主路上，往常就是细沙铺成的道路，白莹莹的。大道两旁，一边立着一只巨大的凤凰彩灯，人站在它身边，就像儿童站在巨人面前。前面波涛汹涌的蓝色彩灯上，又垒起六只巨大的海鳌，每只海鳌的背上，都背着云雾缭绕的青山。又有白鹭、黄龙、金凫、银燕，浮光洞，攒星阁，等一系列装饰。霍小玉道："今年的彩灯要好过往年，你知道为什么吗？"张骥鸿感觉她说话的神态语气像孩子一样，笑问："为了什么？"

"因为萧太后找到了亲弟弟。"

张骥鸿印象中隐约有这事，萧太后是穆皇的皇后，今上是她的亲生儿子。萧太后据说是福建那一带的人，幼时家遭离乱，被没入宫廷，她只记得有一幼弟。太后现在年近四十，特别想念那个失散的幼弟，屡次让皇帝下诏寻找。看来是找着了，按说这事会昭告天下，想是盩厔也接到过诏书，只是和自家勾当的公事无关，所以没有注意，于是说："太好了，终于找着了，是该好好庆祝一番。"

霍小玉道："不过据说天宝时，哪一年的灯也比现在华丽五倍。"

张骥鸿道："咱们福薄，没赶上那好时候。"

"还好没生在那时。"

张骥鸿纳闷:"为什么?"

"若生在那时,咱们就算没死,现在也九十岁了。"

张骥鸿忍俊不禁:"没想到你也会说笑。"霍小玉不答,张骥鸿沉默了一下,又没话找话,"等天黑了来看,才见光彩。"霍小玉道:"那你刚才怎么不说。"张骥鸿道:"娘子说出来看灯,我怎敢反对。"霍小玉道:"其实灯也没什么好看,我想看的只是人。这些灯,每年都可以看的。也就是灯而已,若空悬了这些灯,一样点起来,一样辉煌华丽,而道上死寂,空无一人,你道会怎样?"张骥鸿笑道:"娘子说得这个场景,让人汗毛竖起。如不要热闹,点灯干什么。"

霍小玉道:"假如没有这些灯,入夜时大街上满是人,不是也好?"

张骥鸿想了一想,说:"确实也很好。我宁愿生活在有人无灯的场景,不愿反之。"

正在絮语当中,忽然见一队骑士从银台街冲出,大叫:"回避,回避。"

当中冲出一个官吏,手里拿着黄色纸卷,叫:"奉皇帝陛下诏书,罢中书侍郎、集贤殿大学士、同中书门下平章事李德裕,出任兴元节度使,即日启程,不得留驻。"

随即一列马车牛车从安邑坊的方向慢慢驰来,张骥鸿平日并不关心谁任丞相,横竖跟自家无关,只觉得上元节把人从长安赶走,有点凉薄。说是去做兴元节度使,却好像被贬职的待遇。他和霍小玉把马勒到道旁,看着马车牛车缓缓驰过,车马中当是李德裕家眷,都是有帘子遮着,最后是一些男性奴仆和披甲骑卒,簇拥着一位紫衣老者，那老者骑在马上，不怒而威。旁边民众有的喝彩，有的起哄。喝彩的大概是喜欢李德裕的，起哄的自然是讨厌他的。霍小玉问："少府是什么感受。"张骥鸿道："我没有什么感受，不甚关心。"霍小玉道："李益不喜欢此人，说不是进士及第出身的，便不该做宰相。"

张骥鸿道："这是什么话。李仆射我虽然不关注，但听十一兄说他熟读经史，尤其精通《汉书》，考个进士及第，也是易如反掌。十一兄本人也是进士及第，便没有那么狭隘。"心中却想，十一兄说李仆射治理国家有一套，却在上元节之日被赶走，看来朝廷又发生了什么变故。不过记到中尉似乎也不喜欢李德裕，也就懒得再想。

霍小玉道："忽然一下子感觉心情不好，咱们别看灯了。我听阿母说，她小时候的灯，比现在热闹多了。但她的阿母也告诉她，最盛的时期还是玄宗时期，如果说玄宗时期的灯叫灯，现在只能算暗夜的蜡烛。"

两人缓缓往回走，又见涌来一群士卒，把安邑坊到朱雀门的沙路全部挖掉。这沙路是宰相专用，既然李德裕已经罢相，便没有这个资格了。连一天也不等，真是势利。张骥鸿看着叹气。霍小玉道："也不一定纯是势利，朝廷罢一旧相公，便要拔擢一新相公。这些沙子难得，自然要赶紧把新相公的路铺好，免得明日上朝，以为朝廷轻薄冢宰。"张骥鸿道："还是娘子宽厚。"路过东市，见里面热闹，霍小玉又忍不住说进去看看，见到好吃的，就坐下来吃一些。不觉日光西斜，两人并辔回到靖安坊，工匠们把灯都装好了。张骥鸿给了他们每个人工钱之外，再加了五镪钱，佣工们欢天喜地致谢去了。

三十七　靖安坊温情夜

上得堂去，烧涌汤，各自洗了个澡，坐在堂前，佣人们把酒菜摆上，天色渐渐暗了下来。洪州婆吩咐点灯，院子里顿时也喜庆洋洋。霍小玉道："我不去看灯了，今晚在家吃喝玩乐，我适才路上想了几段新曲，约莫可以配少府的歌诗。待我慢慢记来。"说着要了笔墨，用记音谱把曲子记下。又叫人拿过琵琶，说要一试新声。

她手指轻拨，玎玎琮琮的声音从指间流出，看似轻车简从，却蕴含无限丰润。张骥鸿恍然看到鲜花绽放，甚至能听见其绽放时发出的唰唰声。旖旎缠绵的音乐，衬托出生活的荒淫。这荒淫的感觉太好了，一个音符接一个音符的敲击，仿佛有一只手，伸到了心底，抚摸到了不知道隐藏在哪里的快乐之处。外面寒气四溢，里面淫荡恣肆，春光迤逗。随即她曼转歌喉，吟唱起来：

画屏罗幌未胜风，回首明君丽色浓。
从此五陵行迹杳，高唐云雨不从容。

张骥鸿感觉自家灵魂的湖面不断泛起涟漪，一圈未散，一圈又来，生活顿时变得如此醺醺有味。他从未想过，在夜晚听歌曲，会有这样美好的荒淫感。荒淫总和夜色相配。

一曲听了，张骥鸿感觉幸福盈胸，无限美意，竞相喷涌。随即霍小玉又唱起第二首：

玉指素丝酒意浓，眉山那见黯云重。
殷勤勿问琵琶语，庆云端能配景风。

张骥鸿喜道："娘子改得好，适才黯云确实再未见了。"

一夜丝竹，张骥鸿都忘了夜宴是什么时候结束的，只知道他没有再回资圣寺。顺理成章，他和霍小玉上了楼阁。

霍小玉道："你对我是真心？"

"这还用说。"

"若果是真心，就等娶我时，再行好事。妾虽已非清白之身，但蒙君看重，从此洁身自好。往日被李十郎骗，心死如灰。知道世间男子，只想得到妾的身体，而一旦得到，即抛之脑后。今日亦然。君为了妾，费了这么多财帛和功夫。妾身如今在此，君欲取即取，妾终不悔。若君以妾为世间最珍异之物，留待他日，如今虽在目前，能取亦不愿取，则妾以为君一定是真心，不会再负妾了。不知君读过《莺莺传》否，元相公始乱终弃，犹腼颜把那些轻薄经历写下来，真是厚颜。"

张骥鸿见美人玉体横卧在床，胯下那话早就竖起，坚刚如柱。

听她这番话，似句句在理，顿时好像被冷水浇醒，一阵阴凉，脑子也不那么热了，就说："娘子，你说什么就是什么，你这世间珍宝，我愿意留待新婚再采。记得小时候遇上节日，便有肉食，我总是把菜吃光，再慢慢吃肉。"霍小玉就抱着他的脖子道："你真想要，也不用憋着。"张骥鸿也抱着她，闻着她的肌肤和发香，说："我张骥鸿说话算话，就这样便满足了。要知道，就算隔一年前，哪敢想有今日，目前一身，全拜娘子所赐。"霍小玉伏在他肩头，张骥鸿感到肩膀逐渐洇湿。

于是躺在床上，说了一堆软语情话，也不知道最后是怎么各自睡着的。第二天早上起床，暮色四散，张骥鸿感到，昨夜那种很浓郁的荒淫感，仿佛春天归去一样，再也无处追寻。

过了上元，张骥鸿必须回盩厔县了，隔日一早，张骥鸿起床，和霍小玉告别，且偷偷把喜事告诉她："王中尉答应升我的官，不过还要在盩厔熬一阵，等熬完就调回长安，那时我们好好办个婚礼。这只信鸽便留给你，一定要经常给我写信。"

霍小玉道："妾昨晚也糊涂了，大郎，你搞错了，你是官，妾在贱籍，你怎么也不可能明媒正娶我。"

张骥鸿道："你真这么想吗？"

"妾是心有不甘，但早就认命。"

张骥鸿道："我说一句直白的话，盼娘子勿怪。娘子既如此想，那前回李益薄情躲开娘子，娘子又为何伤心呢？假如娘子不指望他明媒正娶，并无伤心之理呀？娘子尽可以做他的侍妾，以娘子才貌，我就不信他会不愿。"

霍小玉低首不语,半晌道:"妾也不知,只是觉得失去了他,内心就像被狸儿不停抓挠一般,说不出的难受。不过,这都是以前的事了,妾已经平复了。现在既然打定心意跟随郎君,妾对郎君,又会像对他一样,只盼郎君不会再让妾被狸儿抓挠一回。"她托着腮,对着窗口,蹙着眉,头发披散下来,无比忧伤。

张骥鸿看着心疼,伸手去揽她:"去年我在胜业坊,一仰头看到娘子在站在窗前,宛如神仙,就好像遭了雷击一般。那时绝没奢望能娶到你,但心里已是念念不忘。秋天去鳌屋上任时,还特意在紫云村菩提寺祈祷,乞求能达成梦想,其实心里并不曾真的相信。但没想到,现在竟然美梦成真。娘子不但是美人,更是我的菩萨,我的贵人。没有娘子,我做不到县尉。也许这就是上天的排备,好不教人欢喜哩,怎敢想三想四。说来不怕娘子笑话,年前和十一兄饮酒,嘴里提过此事,他当时也说我和娘子难成夫妻,我告诉他娘子的诸般好处,他说也有办法,律令虽说良贱不能通婚,但若女子对男子有大恩,则可准许。礼义屈从于道义。十一郎擅长判词,经他妙笔生花渲染,无事不成。"

霍小玉喃喃道:"那是最好不过?"

张骥鸿指着自家的胸脯:"愿剖赤心相待。"

霍小玉道:"好了,我不喜欢你说这些打打杀杀的话。"

"对不起娘子,以后改过。"张骥鸿突然抱着她,在她脸上狠狠亲了一口,感觉滑腻无比,心已是醉了,又指着信鸽,嘱咐道:"若娘子不弃,就吩咐它,给我传递鱼书。"又对两位婢女说了怎么收放鸽子的方法,确保她们都听明白了,这才告别。

有了骏马，主仆两人倒是极快，虽然贪看路边景色，一路走走歇歇，日仄时分，也便到了紫云村，驻马看西边，晚霞蔽天，无比绚丽，寒气却上来了。张骥鸿勒住马，对老仆道："受了那位新妇的鸽子，一直没去拜谢，心中有些不安，不如去见见。只是男女有别，不知以什么理由才好？"

老仆道："此刻回了盩厔升火做饭也甚是不便，正好进去歇歇，叫些饭菜，喝两盏酒。那新妇若在馆中，当可见到。也不须郎君问，老奴顺口打听就是了。"

张骥鸿道："倒是好主意。"随即圈马奔驰过去。进了门，院子里插着一列殷红的旗帜，尚存新正喜庆。老仆大叫："有人否。"一小厮进来，正是上次带张骥鸿游玩菩提寺的，张骥鸿问："还记得我否？"那小厮看看："可是去年秋天路过的张尉，怎么又来？"张骥鸿道："这次回上都过新正，今天才回。"说着扔了十几枚钱过去，小厮接了，欢天喜地，又说："此刻离盩厔很近，郎君想是不必住宿吧？"张骥鸿道："不住宿，只是有些饥渴，略作歇息。"小厮过来牵马，赞道："好骏的马，怕只有我才识得。"张骥鸿道："你才识得？"小厮一怔，笑道："少府莫怪，小人职在逆旅侍候，来往客人多，不乏豪贵，他们的马也很少能赶得上少府的。记得郎君上次来，看上去还精神，实际上是两匹驽马。"老仆道："我家郎君这回在上都碰到贵人，赠了他两匹骏马。"小厮道："原来如此，少府真是英雄，便驽马也没人也赠小人一匹。"嘻嘻笑着把骏马牵过去，拴在厩里，用草料喂上。又带着张骥鸿两人上楼。

那婆子依旧在楼上经营，见了张骥鸿，也是一番惊叹："今日耗磨日，正好饮酒，尤喜得见少府。"张骥鸿道："一心赶回来应公事，倒忘了此事。"婆子道："耗磨日公府都不视事，赶回来作甚，何不在此痛饮，过了夜再走。"又问是否要叫伎乐。张骥鸿道："不必，我稍歇歇就走，回头还要赶回县家收拾。"婆子于是叫了一声，吩咐厨房赶紧做菜，张骥鸿随口问："又是令郎掌厨？"婆子道："少府来，自然让他亲自侍候。"张骥鸿想问新妇，又不知怎么开口。倒是老仆从旁道："令郎如此能干，夫人倒可以放心含饴弄孙了。"婆子道："老身倒是想，可哪来的孙儿。"老仆假装惊诧："令郎不是早娶妻了吗，上回还曾见新妇。"婆子叹气："快三年了，也不见开怀。"老仆道："可以请医工看看，老奴认识一位妇科医工，惯治不孕，人称送子菩萨，比寺庙里的菩萨还管用些。"婆子脸有喜色："真的？那要劳烦丈人。"老仆道："不知娘子几时方便？"婆子道："不巧今日不在。其实年前就被上都亲戚接去了。这三年每次过新正，皆是如此。"老仆道："令郎不跟着去吗？"婆子道："说起来她那家亲戚在上都有些势力，虽说言辞是客气，却总有一点凛凛气息，老身有些惊惶，不知有什么古怪。"

老仆再问什么古怪，婆子却不再说了，只说等她回来，试着问问。张骥鸿在旁听着，也觉古怪。于是吃完毕罗，立刻告辞启程。不多时就回到盩厔，天已经全黑，阍者披着绵袍来开门，嘴里嘟嘟囔囔，看见是张骥鸿，又赶紧改容而拜。张骥鸿笑着递给他一锾钱，他欢天喜地接了，特意打着灯笼在前引路。张骥鸿进门，和老仆收拾了一下，也就睡了。

三十八　骏马赠许浑

第二天一早，就去见了许浑。许浑大喜，道："甚时回来的，这十几天不见，想念得紧。"张骥鸿道："昨晚到，也没敢打扰十一兄。"许浑说着叫自家婆娘，"大郎回来了，快来泡茶。"许浑的妻子陆氏应了一声："这就去。"

张骥鸿奉上丰厚礼品，不少是在长安东市买的玩具，有木制的环刀、漂亮的偶人、精美的绸缎。许浑一双儿女见了各种玩具，兴奋得大叫，说阿爷舍不得给他们买。陆氏接过绸缎，也摩挲个不停。许浑假装呵斥孩子："不是阿爷舍不得，考虑生活紧要。"张骥鸿道："十一兄月俸三万，还嫌没钱花。"许浑道："到时县尉任满，还得去长安守选，总不能一家人再赁居寺庙吧？攒点钱，准备买所宅子，哪怕昌化坊以南也行啊。"

张骥鸿不觉惭愧，人家才高八斗，还比自家大十多岁，犹且为房子发愁；倒是自家，已花得起三万租赁大宅了，世道真个不公。但又想，不知别的人像自家一样走运时，会不会像自家这么自省，嘴上说:"十一兄一定行的,若不够时,弟还可借你一些。反正弟单身一人,这么多月俸,根本花不完。"

许浑拍拍他的肩膀:"兄弟,你真是厚道人。对了,我看你春风满面,有什么好事,一发说来听听。"这时茶端上来,张骥鸿忽然想起乡里长老的抱怨,道:"哪有什么好事,坏事倒听了不少。我家的邻居吴叔,小时候对我很好的,说被王涯坑惨了。"遂把乡民的抱怨复述了一遍。许浑说:"说到王涯,倒也巧,你去长安探亲办事,我这里也来了一位朋友叫张周封的,来紫云峰看雪,也跟我也提到王涯的事,说王涯碌碌无能,只是个伴食宰相。偶尔出一个主意,却是逢迎上意,搜刮百姓的,言毕一迭声叹气。"

张骥鸿说:"这等说来,倒也没冤枉他。不谈这些恼人的事了,十一兄就不奇怪,谁都有礼品,偏没给你。"许浑道:"岂有此理,我的妻儿收你礼品,就已经羞赧了,怎么还能单独要你礼物。"张骥鸿道:"真不要?兴许后悔。"许浑四下瞧瞧:"被你这么一说,有点动心。在哪呢?"张骥鸿道:"就在门外,只怕十一兄看了,什么忧愁都没了。"许浑道:"是吗,那让我猜猜。"张骥鸿道:"你猜。"许浑道:"莫不是给我捎来了曲江的甲鱼。"张骥鸿噗嗤一声,差点把茶吐了出来:"当着大嫂的面,十一兄也不嫌害臊。"

许浑也笑:"那便猜不到了,因为我唯一的弱点就是甲鱼,被你知道了。"张骥鸿便拉着许浑到门口,许浑低头左右张望,张骥鸿道:"又没叫十一兄带铲子来,怎会在地上。"走到廊下,指着不远处的栏杆说,"看那里。"许浑见廊下栏杆上系着一匹骏马,全身缎子似的,赞道:"真是一匹好马,你买的?"张骥鸿不答,说:"十一兄喜欢否?"

许浑有点迟疑:"这不会是你送给我的礼物吧?"

张骥鸿道:"千真万确,就是小弟特意送给十一兄的。"

许浑惊讶:"大郎,这我可受不起,少来戏弄。"

张骥鸿笑道:"十一兄,我何时戏弄过你?"

许浑看着张骥鸿不像在戏耍,道:"难道是真的?我不敢相信。我在幽州节帅幕府做过,便是幽州,这样的好马也不是人人可骑的。运到长安,每匹怕不至少要卖十几万,能为军镇积攒多少财赋。这样的骏马,我怎禁受得起。"

张骥鸿道:"我没花钱。"

"啊。"许浑惊讶道,"还是你门路宽,什么好东西弄来都不费吹灰之力一样。"

张骥鸿道:"十一兄高看我了。我自小到大,也没骑过这样的好马。我那老仆五十多了,常在骡马行当混,也说从未骑过。所以这次回来,比起去时,起码节省了两个时辰的旅途呢。"

"那到底哪来的?"

"待会告诉你。"

许浑忍不住走到廊下,抚摸着马鬃:"这马真送给我?"

"其实不是送,是我们换,十一兄,你借我骑去上都的那匹,被我弄丢了。"

许浑小心翼翼道:"你少跟我扯,我能试着骑骑吗?"

"是你的马,怎么还问我。"

许浑大喜:"哎。"解下缰绳,踏着马镫跨了上去。那马仿佛天生爱跑的,当即四蹄轻踏,跃跃欲试。许浑两腿一夹,纵马出了院子,只听得马蹄声响亮，一刹那间就听不见了。陆氏带着孩子早跑出来看了，孩子们惊叹："阿爷跑得真快。"

这一等，就等了起码小半个时辰，听到外面许浑大呼小叫的声音，张骥鸿几个才又出去。见许浑坐在马上，幞头歪斜，浑身好像刚从蒸笼里出来，大叫："太舒服了，太快乐了。"张骥鸿笑道："真是有瘾。"许浑道："'平生无限意，驱马任尘埃'，我当年进士及第，在曲江纵马看杏花时，都没有这样快乐。大郎，这么好的马，可舍不得用来打球，你下次再去打球，骑别的马吧。"

张骥鸿道："骑这样的马打球，那才叫畅快啊。"

许浑下马，把缰绳系上，道："此言差矣，打球非正业。宁不闻韩愈诗：'此诚习战非为剧，岂若安坐行良图？当今忠臣不可得，公马莫走须杀贼'，韩愈曾做过武宁军节度使推官，当时武宁军节度使是张建封，喜欢打马球，每次球赛，都要累死一两匹骏马，韩愈看着心痛，劝张建封说，要是普通的马，倒也不心痛，像这样的马，是驰骋疆场的，关键时候能救命。打球纯属消耗，就像去赴良宵，须穿薄纨；去掏粪，只能穿粗麻。若掏粪穿薄纨，难道不比粗麻轻快？不值得罢了。对了，我刚才在马上，突然想清楚了一件事，就是所谓骥服盐车，白汗交流，其实骏马那么神骏，岂能拉不动盐车？只是旁观者觉得可惜，才那么写罢了。"

"十一兄说得有理。"张骥鸿鼓掌笑道："我送十一兄马送得值，要不然如何听到这精辟的见解。我好好想想。说起这个，我有个记忆，少时见邻家有一头壮牛，常叫它拉车去集市，有一次我砍柴回来，见他父子两个赶着这头壮牛，在路上奔驰如飞，我站在坡上往下望，见它奔了十几道坂都没停歇,当时心里忽生惊恐,感觉那牛太惨了,太累了,我不忍心看下去。我想,韩退之看见骏马被累死,是不是也有类似原因,不完全因为骏马就该驰骋疆场。"

许浑惊讶道:"大郎真是仁人,若韩退之还在,没准引大郎为自家。"

张骥鸿笑道:"又得十一兄首肯,不免骄傲。现在先吃酒吧,酒都冷了。"

许浑和张骥鸿进屋,吩咐仆人添柴烫酒,道:"我以前在幽州节度的时候,写过一首诗,你听:'夜吟关月静,秋望塞云高。去去从军乐,雕飞代马豪。'可笑的是,如刚才所言,我其实没乘过什么好马。"

张骥鸿道:"说起幽州,这回在长安,正巧碰到老师,他跟我讲了幽州节度使张弘靖的事,才知道十一兄曾经历那样的凶险。"

许浑道:"他怎么说的。"张骥鸿便把何书记的话略略复述了一遍。

许浑道:"唉,可见人带有立场,是不能客观的了。我亲身经历,和他所说有很大差别。"

张骥鸿道:"我很喜欢听这类事,十一兄既然亲历,不妨讲讲。"

三十九　许浑话幽州

许浑道:"说起这事,又是宰相们的错。当时刘总奉还版籍时,曾请求将幽州一分为三,三地各派一节度使,朝廷竟然没有答应,直接让张弘靖去幽州接任。他是文人,去幽州做节帅,起先是很受欢迎的。到任那天,幽州街上挤满了老幼男女,想看看长安朝廷风物。河朔藩镇,和王庭隔绝太久了,都免不得有些好奇。谁知一看之下,大为失望。你道为什么?原来幽州节度使不论寒暑,出门都是骑马,和士卒混在一起。从来都不坐车,也无人在旁打伞,若他不穿官服,和士卒简直分不清彼此。张弘靖久处富贵,不知风土人情,他坐在轿子里,旁边簇拥着自家从长安带来的亲兵,浩浩荡荡,一路喝道回避,根本就不露面。这还怎么看?幽州百姓既惊讶又愤懑,是以大失所望。"

张骥鸿感叹:"与士卒同甘共苦,倒是好品质,怪不得幽州士卒勇悍善战,都有李广之风。"又隐隐觉得有些不对,"这样的话,岂不是显得长期事实割据的幽州,自有其道理了,这我可实在想不明白。"

许浑左右看看，对妻子说："你带孩子去别的屋子玩耍，我们兄弟两个好久不见，想说点体己话，清静清静。"陆氏应了一声，带着孩子去了，又说："你们茶不够了再叫我。"许浑走到门前，说："我自家会煮。"关上门，回来说："咱们兄弟说家国大事，还是小心些为好。在幽州的事，是我平生最可怕的经历，有时做梦还会梦见。"

张骥鸿道："生死之间，哪有不怕的，十一兄慢慢讲。"

许浑道："幽州百姓虽然对张弘靖失望，本来也还可以将就下去。可是他接下来做的一系列事，件件都不让百姓满意。幽州有一座悯忠寺，是太宗皇帝时下令建的。当年太宗皇帝亲征高丽，徒劳无功，折损了不少士兵，最后只好退兵。为了祭奠阵亡士兵，专门建这座悯忠寺，费工很多，一直到则天皇后时才建好。当时悯忠寺内有一座高阁，极高，幽州百姓有一句谚语，叫'悯忠高阁，去天一握'，可见其高。后来安禄山坐镇幽州，他把悯忠寺改名为'顺天寺'，还在寺东南隅建了一座木塔，高达十丈，要与悯忠高阁争辉，希冀叛乱成功。孰料攻陷长安不久，他就被自家的儿子安庆绪弑了。不久，安庆绪又死在史思明的手中。

"大约是至德二年，自以为得势的史思明，在悯忠寺的西南隅也建造了一座高十丈的塔，取名无垢净光宝塔。史思明之所以建塔立碑，本来是为安禄山称帝定都幽州祈福，哪知事态突变，安禄山被杀，他措手不及，屡战屡败，只好暂时降唐，并赶紧找人磨改已经刻好的碑文，宣称此塔是为唐肃宗李亨继位所建。然而不久，他又重新起兵，但也旋即被自家的儿子史朝义弑了。他们虽然死了，但悯忠高阁及东西两座十丈高塔一直屹立，成了幽州百姓的朝拜圣地。"

张骥鸿大吃一惊："幽州百姓竟然把两个反贼建的塔视为圣地吗？"

许浑缓缓点头："大郎，你不要不信，我若没有去过幽州，也不信哩。为什么？这事不用深思，所谓不食马肝，不可谓不知马味是也。"

张骥鸿明白了，之前听许浑说《汉书》，知道汉景帝时，曾经有两位儒生在廷议时争论，议汤武革命对不对。一个儒生说对，一个儒生说不对。说不对的那个，认为这是臣杀君，子弑父；说对的那个急了，以本朝为例，说汉高祖刘邦伐无道，诛暴秦，难道也是臣杀君吗？汉景帝一看，这争论下去不行。无论赞同哪方，都对自家不利，就打断说："有些东西何必穷究？就如不吃马肝，难道就不知马味？"于是张骥鸿道："看来这块马肝，会是争论的祸端，搞不好就会因此断头，避开为好。"

许浑道："以后碰到对某事争论不休时，都可以大叫一句马肝，让大家停止，不然最终伤和气。本来世间有些事，就不是黑白分明的，争论起来永无结果。我们说正事，这张弘靖到了幽州，首先就要废除旧俗，发掘安禄山的墓，毁坏他的棺椁，拆了寺庙那两座高塔，让幽州百姓十分失望。他带去的属吏，掌书记韦雍、张宗厚数人，经常酗酒，常常在晚上喝醉了回府，烛火布满街道，大声喧哗，这种作威作福，都是幽州百姓不能接受的事。他们觉得，这些外乡人与我们素不相识，凭什么突然派了来管我们？"

"而且韦雍等人经常侮辱和责骂士卒，多次嘲笑他们，称他们为反虏，说：'当今天下无事，你们能挽两石弓，有什么用？还不如去识一个字。'另外当时刘总去长安前，为了安抚士卒，特意从府库中拿出一百万缗钱赏赐军士，张弘靖却截留了二十万缗，供自家在府中零用。这种种小事，每一件都看似涓涓细流，但合在一起，终于汇成洪波巨澜。我现在还记得，那是七月初七的傍晚，天气还热，我们一群节度使的僚属正坐在庭院里陪伴张帅，分韵写诗，以织女和牛郎为题，当众评判，优胜者有彩头。当时院里池中，绿荷如盖，蜻蜓翩飞，我就是蹲在池边苦思冥想，写了一篇自以为尚可的歌诗，当时张帅捧着我的诗稿，连连点头，正要开口诵读，我也激动得心脏剧跳之时，突然从院门一侧跑来一个亲兵，他跌跌撞撞，七歪八倒，好像喝醉了似的，把庭院中的帷幕撞翻了一架。张帅正要发怒，谁知那亲兵一头栽倒在地，死了，原来背上插着一支雕翎箭。众人正在惊异，随即闯进一大群幽州兵，个个握刀露刃。张帅问干什么，那群兵道：'杀贪污的官吏'。冲上来把庭院里的几案、帷幕、笔墨砚台统统踢翻砍倒，张帅大怒，吩咐牙兵来收捕。那伙兵丝毫不惧，反把张帅反绑，拉了出去。剩下座上的韦雍、张宗厚、崔仲卿、郑塤，还有我，也全部被拉到廊下。一牙将笑对韦雍说，本以为你们读圣贤书，行良善事，谁知都是鱼肉百姓，自以为是的畜生，穷措大，还敢嘲笑我们吗？韦雍籔籔求饶。牙将毫不理会，一个个讯问，问一个，就拉出去一个。问到我，我说自家叫许浑，暗叹命丧于此，尿都差点吓出来了。谁知旁有一牙兵说：'这位许秀才不错，今天下午那姓韦的畜生要打我时，他还帮我说了一句好话。'是这样，当天我跟韦雍出去，路上突然窜出一个骑马的牙兵，韦雍大怒，下令亲兵把那幽州牙兵从马上扯下，按倒就打屁股。为我说话的牙兵，就是下午差点被打的那个。"

张骥鸿听到这，想起自家新正时在长安冲撞了京兆尹贾𬶍的车马，差点被打了板子，羞辱不胜，就说："那韦雍煞是可恶，还是十一兄仁厚，肯为那牙兵求情？"

"也非我有多仁厚，其实怕惹祸。自到幽州，我闲时常去当地名胜游玩，走街串巷，颇知了一些当地风俗，知道河朔不服王化已久，从未有过当街杖责的规矩，哪怕是张帅，也不能对牙兵轻易如此，何况韦雍只是个掌书记。"

张骥鸿道："我忽然想到，幽州人有节气有尊严哩。我上回差点被贾𬶍的亲兵打，却不敢抗拒，想来不胜愧怍。"

许浑道："可不能外面乱说，若被人片言只语断章取义告上去，只怕惹祸。我继续说那事，韦雍起初并不听我的劝，还对我瞪眼，说：'这里没有你说话的份。'好在那时逐渐围上来很多人，那牙兵也叫：'救命啊，这么大的官道，他走得，我走不得，咱们幽州有这样的规矩吗？'百姓大叫：'没有。'还有些谩骂起哄声。韦雍见状，也有些害怕，不敢当场杖责，但还是命亲兵将牙兵绑了，说要找张帅发落。带到衙里，张帅也没有当回事，命令先把那牙兵押着，改日处置，今天有正事，先聚会作诗。我自然也没料到幽州人那么直接，连请愿也没有，直接就披甲露刃，闯进节度使衙了。"

张骥鸿催许浑说下去，许浑道："那牙将听后，就挥一挥手，命令将我松绑。其他人都被牵到院角，立刻斩首。院子里当即号哭一片，韦雍是最遭牙兵痛恨的，首先被牵到院角，正好动刀。谁知他妻子萧氏闻讯赶来了，跪在地上苦苦哀求，乱兵不理，拉开她，她不舍，一只手死死拽住韦雍的手不放，说要跟丈夫共生死，请求牙兵先斩了她。牙兵使劲拉她也拉不开,那牙将焦躁,拔刀过去,挥起一刀,就将萧氏的一条胳膊斩下。那萧氏捧着一只断臂,宛转哀嚎,听得我全身毛发直耸。牙兵早已将韦雍拉了去,按倒斩了首级。接下来则是掌书记张宗厚、崔仲卿、郑埙,都虞侯刘操、押牙张抱元等,牙将敲一下案,就是一个,头颅都堆在一起。再也没有什么蜻蜓,只见苍蝇嗡嗡而至,趴在一堆头颅上吮血,等闲赶不走。那断臂的萧氏也躺在院子里哀嚎到晚上,终于死去。

"杀完人后,那些军士并不走,坐在院里畅饮,对韦雍那真是恨极,每个人都去吐一口唾沫。大郎,说真的,很奇怪,看他们的神色,我忽然理解了。你说那是凶暴野蛮吧,当然也是的。但能让一群人愤怒成那样,也可知韦雍平时过于骄横。他们边饮酒边骂,骂贪官,骂着骂着,就搭起帐篷,钻进去横七竖八睡了。没人管我,蚊子苍蝇密集如织,那些幸存的童仆们,跟我一样,坐着瑟瑟不敢动,遭蚊子围攻叮咬,低声抽泣,当然也有害怕,生怕那些牙兵突然变卦,把我们也一刀剁了。但最后我还是睡着了,人困了就不管那么多,蚊子和恐惧都似乎不存在。所以人是很受不起苦的,单单一个不让你睡觉,就足以让你连恐惧都忘了。第二天醒来,满臂满腿都是红包。最奇怪的是那些牙兵,从帐篷里爬出来,看着满地血迹,又很慌张的样子,七嘴八舌讨论怎么收场。那牙将说:'不如向张相公赔罪,继续请他做节度使,我们愿意在佛前发誓悔过。'这帮牙兵简直像顽劣的儿童,好像没有心似的,须知张弘靖就算接受,也无权赦免他们。他们相继出外请求了三次回来,都说张弘靖一声不吭,所谓一声不吭,自然也不是真的一声不吭,只是无法答应牙兵的条件罢了。后来牙将说：'相公不说话，肯定不想赦免我们，我们也不能等死。'语气一点都不凶暴，反倒像是自家一片丹心，不被上官理解。最后说，不如一起去找幽州老将朱洄。随即呼啦一声全散了，好像蝗虫过境。我倒是额手称庆，感觉才确定捡了条命。后来听说朱洄推辞，说自家老了，推荐自家的儿子朱克融统管军务，军士答应了。朱克融此前曾经去过长安求官，宰相没有理他，只好怏怏回到幽州，也正是满腹怨气，当即答应，自称幽州节度留后。朝廷不得已，授予符节，承认朱克融为幽州节度使，还加授检校司空。"

张骥鸿心中惨然："这又何苦，人都白白死了。"

"可不是嘛。朱克融当政后，把张弘靖等人礼送回长安。但我们这些幸存的部属可没有那么便宜放过，叫了去甄别，轮到我时，我说无官无职，一寥落文人，来幽州混生活而已。还念了自家几句诗，没想到他读过，竟然说：'这人是才士，也不参与枢机，没杀甚好。'还送了我几匹缣。这是啼笑皆非。"

张骥鸿道："十一兄，看来有才华到哪都有吃喝，还能保命。"

"毕竟朱克融在长安住过，如果当时的宰相懂点事，给他们各授个官职，养在长安，何至于此。"

张骥鸿道："由此可见，长安的相公们太傲慢了，无事生非。"

许浑叹气："就这样养尊处优，不恤士卒，将来还会出事。"

四十　县家闲情

张骥鸿道:"为十一兄的才华祝贺。这次我去长安,跟不少人提起过你,可谓无人不知。"遂把在长安的事略说了一遍。

许浑道:"讲了半天,还是不知道谁送了你马?"

"我也不知道。"张骥鸿见他奇怪,"是真的不知道,不是真的不知道谁送的,而是知道谁送的,但又不知道谁送的。"

"你这话都把我绕晕了。"

"说来话长,待会吃酒时,我跟十一兄好好聊这事。"看炭火将冷,张骥鸿打开门,"让我家丈人添点炭来。"走到外面唤了一声。许浑妻子道:"在我家怎敢劳动贵仆。"赶紧来加炭,老仆已经拾掇了木炭进来。许浑又道:"那骏马,大郎真的送我?"张骥鸿道:"说了是跟你换的,你借给我的那匹,我弄丢了。"老仆在旁笑:"哪是弄丢了,是丢在长安了。我们没法两人骑行,再牵着一匹马回来。"

许浑也笑:"我知道你主人的脾气,他要给别人好处,还得照顾别人自尊。这竖子未来不可限量。不过,你送我这么好的马,却不送给崔令,他若知道,岂不怨恨。"

"崔令又没借马给我。"张骥鸿一肚子气,"还防我像防贼,以为我哭着喊着要做他女婿。"又说,"说到崔令,还是不敢得罪,干脆我现在就去拜谒一下,起码礼数还是要的。这边酒煮着,他也不会请我吃饭,等我回来就吃,还要请教十一兄很多事呢。"

许浑道:"你去吧,我家婆娘吩咐人预备些菜也要费些功夫。"

张骥鸿转头,带着老仆就去了县令府中拜谒。很快叫了进去,奉上厚礼。崔令见张骥鸿满面春风,有点摸不准,也客气了许多,说了些勉励的话,说要留张骥鸿吃饭。张骥鸿知道都是虚应礼数,也按照礼数推辞,说和许浑约好了。崔令说:"张尉,你是个非常能干的人,四年后考课,一定是上上。"张骥鸿知道他在释放善意,也说:"明府客气了。卑吏才来几个月,离一年的小考还差得远,别说四年的大考了。不过明府勉励,卑吏感激无似。"心里却想,之前还好,现在有了嫌疑,在你手下度日如年呢。若是以前,我不知道要痛苦成什么样,但有王中尉许诺,也许一月半月之后,新的告身就到了,从此再也不受你白眼,你能奈我何。

辞别了崔令,踏着残雪回来,老远就闻到酒菜香味。许浑的娘子陆氏擅长做菜,身边一个仆妇,也调教得手艺精湛,烩羊肉、清蒸鱼、抓羊排、莼菜汤、鳖羹……摆满了几案,张骥鸿道:"走到院子里,就食指大动,不道还真有鳖啊。"陆氏道:"吴中鳖羹,这可是我们陆家的招牌菜。"张骥鸿道:"这莼菜汤最好,是我们张家的招牌菜。"陆氏道:"哪个张家。"张骥鸿笑:"自然是张翰张季鹰。"

许浑娘子浅笑:"张大郎现在说话,引经据典越发多了。"许浑道:

"我这兄弟乃天下奇才,他是没像我们这样从小有机会学习诗词歌赋,否则以他的聪慧,我们这种人哪有活路。"

张骥鸿听着心下喜欢,嘴上却道:"大嫂别听他的。十一兄我太了解了,他要是得了别人的礼物,就会疯狂夸奖别人,也不管真实与否。大嫂不知道,我刚才送了他一匹马。"

许浑道:"你这是侮辱我的人品嘛,再说,那马是跟我换的,不是送的。"两人相视大笑。

陆氏道:"大郎刚才说起张翰,倒真是我们吴中人。我们吴中的美味也是真多,可惜在这里没有材料。吴兴的连带鲊,连王羲之都喜欢得不得了。"许浑道:"我最喜欢吃的一道,叫遍地锦装,就是用太湖鳖、羊脂、鸭卵一起烹饪的,吃一回,保你三月不知乐味。"

张骥鸿笑道:"十一兄总是忘不了鳖,还唐突圣人,该罚一大白。"

许浑道:"若有那道菜啊,怎么罚我都成。可惜这里缺吴中的水,就算有食材,也总是差那么一点味道。对了,还有红罗钉,是鸭血做的,也属极品。另有卵羹,用的是兔肉,加上莼菜,别有一番风味。今年是兔年,该吃这个。"

张骥鸿挑起莼菜汤:"忽然想到,这季节哪来的莼菜?"

这时陆氏端上两碗馎饦汤:"这是我特意带来的干莼菜,用汤一泡,就开了。虽不如新鲜的味美,也差强人意。"张骥鸿见馎饦汤里一小片一小片韭菜叶子似的面片静静躺着,雪白雪白,又一些葱花姜丝浮在汤上,黄绿相间,煞是可爱。汤里还卧着两片卤肉,看着就让人流口水。许浑道:"酒还没开喝呢,就上这个。"陆氏说:"张尉昨天空着肚子一路,今早估计也没怎么吃,就被茶水给灌满了。

先吃点这个填填,要不待会饮酒容易醉。"

张骥鸿说:"这个看上去就是绝品,要说吃,还得服你们江南人。"尝了一口,一迭声称赞:"假如弟不再做县尉了,别的没什么,最舍不得的还是十一兄,和十一兄相处虽只有短短的几个月,其中的温馨恐怕一生都不能忘。"

许浑听他话里有话,慨叹:"你这田舍奴,倒真有福气。我相信天命了。"又说,"我叫你田舍奴,你不生气吧。"

张骥鸿道:"刚一听到,还真的有些不快。十一兄,你道是为何?是不是我还没把十一兄当成兄长看待?"

许浑拍拍他的肩膀:"大郎,你看,你又展露赤子之心了。若是别人不快,也不会说出来。不过,我是把你当成兄弟了,是你见外。"

"刚才我想,如果是换了东市的卖菜佣这样叫我,我可能会毫不介意。"

许浑道:"你就把我当成东市的卖菜佣好了,你叫我一声卖菜佣,这事就算扯平。"

张骥鸿笑:"没有必要,我这么叫你,你肯定不介意。叫一个六世祖做过宰相,至今家世绵延不绝的人为卖菜佣,谁会在乎?"

许浑又拍拍张骥鸿的肩:"大郎,你这话也很有深意。人若是自卑,就会这样敏感。但这也说明大郎的步子在往上走,若是那街市上真的卖菜佣,你这么叫他,他会不在乎吗?"张骥鸿又高兴起来:"倒也是。"

吃了一阵酒,张骥鸿说起李益,说李益要娶的,竟然就是崔令的女儿五娘。许浑也吃惊:"这也太巧了,霍小娘子那边怎么样?"

张骥鸿马上兴致勃勃,把这次在长安的经过一说,又从怀里掏出自家写的歌诗,许浑大奇:"你把自家这经历也写下来,当作行卷之作,献给知贡举的侍郎,说不定会当场给你许诺一个及第的名次。"又读了歌诗,拍案说,"娘子,过来。"陆氏凑过去,许浑把歌诗给她看:"我没说错吧,大郎是有天赋的人。"陆氏读了出来,也拍案道:"是好。"许浑道:"哪篇最好?"陆氏道:"最喜欢'玉指素丝酒意浓,眉山底事黡云重?殷勤更问琵琶语,黡云可否换春风',写活了一个痴情男子的心。"许浑笑道:"我最喜这两句'从此五陵行迹杳,高唐云雨不从容'。"张骥鸿有些不好意思:"其实那是虚构,我就不曾跟五陵年少厮混过,这样写是否不真诚?"许浑道:"歌诗的真诚,不等于要完全忠于自家经历。我认为写得真是不错,你那老仆,也是了不起的人,就此让你终于迈出了写诗的步子——对了,那马是谁送的,还没有说呢。"

张骥鸿于是说了成德邸帅的事,许浑尤其惊讶:"大郎,你莫不是被王庭凑的女儿看上了?"张骥鸿大笑:"我倒是该有这魅力,可惜从未去过成德一次,如何见他的千金。"又赶紧说,"这真是醉话了,以弟这种卑微身份,哪会有节帅的女儿看上我。至少也得进士及第,南苑放榜之日,曲江宴饮之时,方有宰相节帅的管家在旁窥视着,专取那年轻英俊的召为女婿。"

许浑大笑:"如果哪天谜底揭晓,我要你不管我们相隔多少里,都要放一只信鸽来给我解谜。"又道,"但这事于大郎而言,也有风险。假如哪天成德镇又发生反叛,贤弟命不保矣。朝廷镇压不了王庭凑,还镇压不了你吗?"

类似的意思，以前赵炼和何莫邪都说过，当时张骥鸿听在耳里，感觉很不舒服，甚至有些愠怒。但此番许浑说出来，却又没有那些感觉。张骥鸿想，可知同样的话，在不同的人嘴里用不同的语气说出来，听的人感受是不同的，遂叹道："可我也是清白的，人家无端来送礼，我拒收不获许。再三去问，对方再三回复不需回报，想多问几句，直接赶我出门。此后又从无往来，如何嫁祸于我？"

　　"那险诐的人要治你，便一口咬定你与成德有奸，你又能怎样。真到了那地步，那还给你说理的地方。安禄山反叛，其堂弟安思顺不但反对，而且早早提醒玄皇，最后不也被诬陷而死了？我知大郎性情豪爽，阔略大度，又小心翼翼，尽量不得罪人。但这世上的人，是你小心谨慎就能避免的吗？就如崔令，你对他够恭敬，够谨小慎微，够曲意奉承了吧，他却怀疑你想勾引他女儿。还有些失意的，看你总是风光，怎能不嫉妒呢？"

　　张骥鸿又生愤懑："崔令真是——，我对五娘毫无非分之想。"忽然又想，难道真的一点都没有吗？可能也有一点吧？只是远不如对霍小玉那么强烈而已。

　　许浑道："说真的大郎，你说没有，我是真相信。你就是那种情痴，你认准了一个人，会暂时忘却一切利害。但除了这事，你的表现都是常人。你也想升官，也想发财，你也会讨好上司，但你心底里不计利害这点，不了解的人不会相信。假如说那些擅长钻营的俗人都是七窍玲珑心，你独缺一窍。也许你将来回想起来，会说'哎呀，当初崔家五娘子对我有意，我怎么就辜负了呢，如果娶了她，少奋发多少年啊'，可你身当其时，却永远会塞了那一窍。只是，除了我，说出去谁信呢？崔家名门世族，你寒门小吏，谁肯相信其实是五娘喜欢你，而非你觊觎她。"

张骥鸿道："唉，十一兄，你真是看到我的心了。且不说将来我回想时会不会后悔，其实我也后悔不着，就算是五娘喜欢我，我也喜欢她，这事本也没有可能。也许我心里知道这些，所以丝毫不敢动心，所以并非我多么有赤子之心，而是更加懂得盘算利害，更加奸诈。不提这些了，既然我已经打动霍小娘子，上次跟十一兄说了，十一兄答应帮我写判词上呈，获取结婚恩准，这事可不能反悔。"

许浑大笑："这是真的好事，我怎会不尽力？不过，这事也不能抵消流言，人家会说你是高攀崔氏不得，只好娶个烟花女子。"张骥鸿道："这事理会不得，由闲人们去说吧。"忽然想起信鸽，随即又不免想起新妇，遂说了昨天来时，经过紫云村特意去打听的事。许浑正要说话，张骥鸿又补充道："我把信鸽带到资圣寺，那成德邸将说，那鸽子值几斤黄金，还说要给我介绍豪富买家，我没有答应。"许浑两眼发光："为何不卖？换了钱，可以直接在长安买屋了。"又一拍腿，"我又俗了，自罚一杯。"遂添了一杯饮下，又说，"那新妇绝非常人，大郎，你这是有奇遇啊，改天派个老成的人去打听一下。"

一顿酒喝到日光西斜，最后说的是看见李德裕在上元夜里被遣为兴元节度使，许浑道："这事可比任何一件事都大多了。大郎，我说实话，我不喜欢你的王中尉，还有和他一伙的郑注、牛僧孺、李宗闵、王涯等人，我很敬佩李德裕。他以前就被陷害，外放为官。这回好不容易回京拜相，有中兴气象，忽然又被贬到兴元，我担心朝廷要出什么变故。你有所察觉吗？"

提到这个,张骥鸿有点失意:"我不懂这些,也不想掺和进去。我希望朝廷宰辅都以国家社稷为重,以天下苍生为重,那些宰辅重臣们,都荷国厚恩,不要再互相攻讦,争权夺利了。"

"人家哪会随你的愿望来,真要闹出什么后果,我们只能被动接受,但在这之前,要好好分析,死也要死个明白。免得将来到了阎王殿,被问怎么死的,说不知道,哪行?若知道的话,阎王觉得你是个乖巧的,都会给你授个官呢。"

张骥鸿笑道:"不知阎王殿是否也有进士明经之试,也有吏部选官。"

"或许有。对了,上次说贾京兆接替杨虞卿的事,是不是因为杨虞卿泄露了什么秘密,让圣人生气。"

张骥鸿道:"差点忘了此事,在京十来日,陪老父守岁,几次见霍小娘子,两次见王中尉,还要去拜见成德邸帅,忙遽得不可开交,倒忘了贾京兆的故事。但我不打听他,却还是被他缠上,差点被他的侍从打了一通屁股。"遂把雪地里冲撞了贾𬲲的车马事一说。许浑大叹:"竟有此事。其实这也是我不愿去求贾京兆的原因,他是不好相与的,我混得这样差,他必然瞧我不起。当然,这是关上门跟大郎你说,走到外面,我是一个字都不能吐露的。若传出去,我这余生就毁了。"张骥鸿道:"省得,士人谁说座师的不是,一定会被骂人品有问题。十一兄你还是胆大,难道我就这么可靠?"许浑道:"你不忌讳跟我说这丢脸的事,我知你是赤子之心。不过,我也公平说一句。我那座师的确傲慢些,可朝廷也给了京兆尹这权威,可知宪皇时,神策军军士不小心冲撞了京兆尹柳公绰的车马,都被柳公绰下令当场杖杀了。如此看来,我那座师还不算太嚣张。"张骥鸿道:"倒也是，只当时满心惭愧，想要是被霍小娘子看去，如何有面皮见她。"

许浑道："有甚不能见的，大鱼吃小鱼，小鱼还可以吃虾米，霍家小娘子难道不懂？她向日深爱的李益，见了贵人不也要胁肩谄笑吗？世间就是这样。"又道，"总之我知大郎为人。还有，刚才也是完全被你诱导，你不说被打，我也不会为你激愤，不为你激愤，就不会说贾京兆。可知你在我心中的地位，还高于座师哩。"

张骥鸿道："十一兄，小弟真的很感动。"又忽然想起一事，叫老仆，"去我行囊中，把周进士的那卷诗赋拿来。"老仆答应一声，很快把诗卷送到。张骥鸿递给许浑："十一兄，看看这些诗赋如何。"

许浑问："哪里来的。"靠在隐枕上，拿在手里略翻一翻，顿时坐起来，"的确堪称佳作，这是谁的手笔。"遂翻到前头，"洪州南昌周松，此人我倒没听说过？"

张骥鸿道："是我差点被打板子的那天，和这位周进士偶然在酒楼相逢，聊了起来，他赠给我这卷歌赋。我当时看了一下，说如此才学，今年必中。现在十一兄也这么说，可知弟眼光不差。"

许浑道："早说了你眼光好，只是没投胎个好人家，耽误了聪明。如果我知贡举，或取此人为状头，不过今年知贡举者为工部侍郎崔郸，此人懦弱，恐怕不敢违背贵人请托。但即便如此，这位周进士，无论如何能中一第，否则就没天理了。总之此人才士，值得结交。若有机会，我也想一见。南昌人我也颇认识几个，却不曾听他们说过这位周松。"

张骥鸿倒想起来："哦，对了，他说南昌人奸诈好利，他在长安，见了南昌人都是退避三舍的。"

许浑倒是奇怪："如此痛恨家乡？怕不是个好相与的人，怪不得没人提他，只怕真难中了。他能被解送到长安来应举，已是奇事，怕是碰到了一位心胸阔大的参军。"

张骥鸿道："有才华的人往往倨傲，也是难免。"忽然想起那日在酒楼的话，踌躇再三，忍不住道："他日见了这前进士，只怕不好意思。"许浑道为何？张骥鸿遂把当日说话复述了一遍，又说："他推断我出自河东张氏，夸我门第高贵，我一时虚荣，没好意思否定，真不配做他的朋友。"许浑大笑："大郎，你的赤子心又露出来了。"张骥鸿面色赪红，纳闷道："弟刚才硬着头皮才敢说出这件丑事，如此虚荣，哪能叫赤子？"许浑道："别以为赤子就无机心，只是展现不同罢了。赤子惯会察言观色，就如我那女儿，小的时候被她母亲教训，立刻就跑到我书房门前嚎哭，显然是希望我庇护。但我也不敢劝她母亲，否则她定会说：'那你来管好了，一天到晚就知道读书，也没读出个宰相来。'所以见了女儿嚎哭，虽是心疼，却无可奈何。她见我并无庇护她的能力，以后也就再不来找我了。后来她妈妈指责我，她也在旁帮腔。别看她小，知道在这屋里，谁的权力最大。"张骥鸿乐不可支："这我倒没想到，他日我要是有了儿女，当好好观察。"许浑道："所以嘛，赤子也有机心，但赤子有机心，却无害人之心，而且那种小伎俩，一眼就看得破。无妨，不是什么大事。"又叹气，"每每想起她还对我有期待时，特意跑到我书房门前来哭诉的样子，真是怜爱不置。后来做官了，看到百姓来求我伸冤，也是这种表情。但有些冤我能帮，绝大多数是帮不了的，每每碰到这类帮不了的，就会想起女儿幼时，我们普通人真是力量渺小。"

四十一 开春即征年中税

就这样一顿酒吃到夜晚,张骥鸿想起明天就要正式坐厅视事,也就回去睡了。一觉醒来,已是早上。老仆见他窸窸窣窣起床,进来侍候,吃饭之次,一边摆放餐具,一边唠叨:"郎君醒来了,老奴看着早衙的鼓就要敲响,正要唤郎君哩。"又说,"有件喜事,今早老奴起来,看到檐下笼子里,那只信鸽已经飞回来了。似乎脚上还绑着什么,老奴不敢擅动,给它喂了食物,等郎君自家处置。"张骥鸿大喜:"我去看看。"衣服不着就到廊下,看见鸽子果然在笼子里,当即上前抓起,解下它脚上绑着的竹筒,抽出一张卷着的素笺,展开一看,正是霍小玉写的:"年来感君殷勤,抚爱过深。回忆前因,且悲且喜。迩来常思君厚意,又自伤贱质鄙陋,恐不足以配君玉体,恐一时偷欢,永以遐弃。虽知君品质温厚,不至如此;顾情势或有逼迫,不得不尔,故恒思之,通宵难寐,常忽忽如有所失。于喧哗之下,或勉为笑语,闲宵自处,无不泪零。本欲以身边物相赠,奈青鸟体轻,不堪重负,惟能达一笺耳。待他日长安再会,方展素怀。

春风多厉,强饭为嘉。临纸伤怀,千万珍重,珍重千万!此数物不足见珍,意者欲君子如玉之真,弊志如环不解。泪痕在竹,愁绪萦丝,因物达情,永以为好耳。"张骥鸿看完一遍又看一遍,看完一遍又看一遍,把信笺放在鼻前,嗅了又嗅,听得早衙鼓声,方折叠起来,放入怀中袋内,对老仆说:"那鸽子真是神鸟,怪道成德邸将说其抵得数斤黄金,丈人帮我好好喂它。"连早餐也没吃,出了馆舍门,去县家西厅视事。

此时正是新正过后,案上公牍成堆,张骥鸿忙遽得寝食俱废,但觉得胸前藏着一团蜜,时不时又掏出信笺看看,眼见墨迹都被手指磨淡了。晚上睡前,斟酌很久,写了一封回信,恨不能马上系上鸽足,放回长安;又怕黑夜中鸽子不识路,左思右想,还是等明晨放。躺在枕上,又把被子一掀,自家打着火,把信笺再重写一遍。一连数次,把老仆也惊醒了,问他什么事。

第二日一早,亲手将鸽子放向蓝天,直到看不见了,再应着早衙的鼓点往西厅奔去。

正新春过后,县家开始对农耕进行排备,首先是祭祀农神,还要排备人打磨农具,总之,里里外外的事一大堆。转眼就是月底,长安来了诏书,宣布大赦,免除今年部分租税。原因是皇帝去年生病,得了良药之后,病体痊愈,趁着新年刚过,大赦天下。这天早衙完毕,张骥鸿横穿院庭,去东厅找许浑说:"奇怪,这郑注所献的良药仿佛有用,但上次给王司马诊病,王司马还是去世了。"许浑道:"医者能治病,不能治命。郑注屡屡以医术打动李愬和王中尉,不是假的,这人如果专注行医,倒是不错的,可惜野心太大。"张骥鸿道:

"古人云，不为良相，便为良医。但良医只能治有限的人，良相却可以治天下疾苦。如果郑注真有才华，为何不可专注仕途？凭什么说我们寒门子弟就没有才华？所以我和十一兄的看法不同。我愿意看见郑注先生成功，为我们寒门增彩。"

许浑拍拍脑袋，道："大郎说得也有理，郑注是否五姓七望，关陇八姓，都没关系。假如他真能为百姓造福，若能当上宰相，那才好哩。人之秉性不同，同出一母，也有贤愚之别。五姓七望当中，能人既多，草包也不少。我想起宗室子弟的李愬，何等才华，他的兄弟李愿，也做过几处节度使的，却是十足的草包。那李愿做宣武军节度使时，大肆聚敛，结果引发兵变，遂抛妻弃子，自家带着几个心腹，用绳子从城楼上缒下去，徒步逃跑，在路上碰到骑驴的百姓，还抢了人家的驴子，自家是保住命了。妻子内兄却都被乱军杀死，可不是人中鼠辈？"

张骥鸿道："能抛弃妻子，只顾自家活命的人，我实在无法理解。"许浑道："我也是，所以你我仕途恐怕都只能止于绿袍。"张骥鸿听这话，心中有些遗憾，但也不以为意。

吃完午饭，休憩了一回，张骥鸿看着檐下空荡荡的鸽子笼，心里盼着霍小玉的来信，不知不觉睡了过去，睡到晚衙时分，又去西厅，谁知有仆役来，说县家召集官属聚会，商议政事。张骥鸿忙遽束带穿衣，到了县令官廨，等了一会，崔令出来，说："诏书大赦的事，我想诸位都知道了。不过午间又收到京兆尹贾公的密令，说诏书不许向百姓公布。并重点关照许、张二尉，要开始征收今年的赋税。许尉负责登记、下达文书，有不缴纳的，张尉必须配合，该捉的捉，该打的打。"

张骥鸿知道朝廷每年收税两次，夏季六月前一次，冬季十一月前一次。去年一来就任，就赶上收税，真是造孽。张骥鸿出身农家，深知痛苦，好在自从十年前被选拔为神策军官健以来，家里就免了租税，日子好过了很多，渐渐竟到了不知民生疾苦的地步。就任之后才知道，这租税种类繁多，除了正规的外，还有其他加税，什么科配、间架、除陌、和籴、折籴、榷酤、延资库钱、诸司税草等等，一时半刻，等闲都背不下来。等于随便立个名目，就去各里坊村落抢钱，比市井无赖少年敲诈勒索好不了太多。有时也明知对方赤贫，榨不出油水，还是不得不逼迫，不得不鞭笞。这番听到崔令说又要收税，就上前道："卑吏去年来时，才协助许尉收完赋税，亲眼见有些百姓家赤贫，甚至不得不拆了大屋，卖了大梁，改成小屋居住，才能勉强缴税。这才过去两三个月，又要开征，只怕不妥。且百姓都知道，今年赋税应该五六月才收，我们如何说得理过。"说完看看许浑，谁知许浑默然不言。崔令沉默了一下，突然笑了，道："张尉虽非生长于兰麝玉庭，却有王孙公子那样的赤子之心啊。"

在场的人都附和着笑了起来，张骥鸿四下看看，有些尴尬："不知明府所言何意？"

崔令道："我们盩厔虽在京畿，却是兵家必争之地，有两支军队驻扎，需要我们供给，供给不上，轻则贬官，重则断头。若真依敕诏，不肯收税，供应不上钱粮，不要等朝廷处罚，没几天那帮骄兵都会打上门来，把我们的脑袋割去。"

张骥鸿不敢再说什么，散了会，许浑拉着他道："莫怪我刚才不说话,其实说了无益。赋税提前征收,早就是常事。前些天我给你讲的《政论》你忘了,'州郡记,如霹雳;得诏书,但挂壁。'诏书不接地气,净说些好听的,要求州郡的供给,却是一样不减。所以州郡的长官接到天子诏书,都只是挂起来供奉,实际行事,还是以州郡的命令为主。我倒惊奇大郎天真。县尉这个官,心善的人做不了;但不如让我辈来勉强做下去,百姓究竟受害浅些。"

张骥鸿颇为不平:"我辈做,百姓怎么就受害浅些了,该收的钱,不是都收上来了吗?我只觉得,就算是收,也不用这么着急嘛。我收过一次税,知道一些端的。又知目前青黄不接之时,民家蚕事方兴,耕作才起,哪来的缣帛可输?哪来的粮食可敛?不过逼着百姓到处举债,卖田卖屋,如此下去,百姓岂能长久?若无百姓,朝廷安处?现在就连恩诏也成了一纸空文,以前《汉书》里还有'亏损君恩'的罪名哩,怎的现在反而不如。"

许浑道:"你这话我可一句没听见,你在别人面前可别瞎说。我说我辈做,百姓受害浅些,是指我们至少不会又额外勒索,你以为其他的县尉都像我们这么廉洁?说起前朝,也不要高看,汉代固然有'亏损君恩'的罪名,但也都是舞文弄法时才用得着,寻常时候,大家都心照不宣,知道怎么回事。"

张骥鸿道:"怎能如此,'王言如丝,其出如纶'。陛下既然发了赦令,就不该收。"

许浑道:"那些劝皇帝下恩诏的文人,并不直接从度支向两军发放钱粮,只图个嘴巴舒服,心中自快,言辞好听,又能解决什么实际问题呢?这诏书本身就是做样子的。"

张骥鸿倒为他担心了:"十一兄,这些话我可一句没听见,这可是非议诏书啊。"

许浑道:"放心,我朝还没有那么虚弱,让你抱怨两句的度量还是有的,何况这是事实嘛。你刚才说不该收,却不知你不收的后果,诏书却不帮你承担。你难道不知道那个词'口惠而实不至？'"

张骥鸿叹气:"那十一兄就着手征收吧,反正十一兄是司户的左尉,我是司狱的右尉。公文由你发下去,恶人主要是你做。"许浑道:"那可不一定,捕人打人,主要还是靠你。"

收税不但在城里坊市,还得下乡村。许浑已经制定好了收税项目,接下来一个月,张骥鸿跟着许浑,带着一群狱吏下乡。虽然已是春天,杏花都开了,乡下还是春寒料峭。农人已经开始准备耕种,家家户户把养蚕的蚕薄等物也拿出来清洗,两人一边督促农桑,一边催促税赋。张骥鸿骑在马上,想起小时候和父亲坐在田头,看着蓝田县尉下来视察,身边扈从杂沓,旗帜飘荡,威风凛凛。当时绝想不到,自家也能享受这个排场。但似乎也不完全是享受,打人捕人,都是良心负担。张骥鸿想,当年那些蓝田县的县尉和县吏,逼着自家乡邻缴纳赋税,抢东西打人的时候,会不会也有良心负担,也许没有,至少当时自家看不出来。人和人是不一样的。

张骥鸿每到一户,都先温言晓谕,表示不得已。多数百姓听张骥鸿诉说无奈,也有些感触,说邻县收税更凶,竟有一些在盩厔县没有听过的税种,叫作"加派"。所以,大多数乡民倒也不怪许浑和张骥鸿两人,有时两人在田头巡视,也常有乡民告状,多是些鸡毛蒜皮的小事。现在张骥鸿写判词越发熟练了,都是些万能的套话。

只是每次看到田间的百姓个个羸瘦，总免不了难受，特别希望自家马上能接到新的告身，赶紧离开这个县尉的职位，虽然想着和许浑分开，还有些不舍。

这天回城休假，崔令突然让人把群吏都招了去，宣布说："我家五娘准备下月出嫁，夫婿是陇西李训李十郎。"群吏一片惊呼，随着又是一阵颂扬，说些什么天作之合、鸾凤和鸣之类的陈词滥调。随即崔令又说，新女婿本名叫李益，是前年进士及第的才子，最近其歌诗被圣人激赏，拜为四门博士，每周一次入内，给圣人讲《易经》，同时以知制诰的身份为圣人撰写诏书。上个月用《易经》占了一卦，说为了应此吉兆，必须改名，圣人为其改名，还特意赐了紫金鱼袋。

张骥鸿心中虽然如疾风骤雨下的芦苇一般摇荡，同时坐卧不安，但还是装作毫无表情，跟着大家一起欢呼祝贺。仿佛瞥见崔令还特意看了看他，越发如坐针毡。好不容易等到聚会散了，又有人提议，大家一起集钱，给崔令送一份厚礼。张骥鸿也没什么说的，附了一份。回到家坐在案前温习书卷，时不时想起李益的飞黄腾达，不觉焦躁。随即又总笑自家贪心，人家门第才学远过于你，那些荣耀好处都是他该得的，你焦躁什么？然而依旧还是不平似的，书卷也看不进去。忽然见老仆从外回来，脸上有欣欣之色，就随口道："李益那人发达了，幸好我计赚他去见霍小娘子时，没有泄露身份，否则不免被他报复。"老仆变了颜色，欲言又止："老奴刚才正有喜事要向郎君禀报，这么一来，又未必是喜事。"张骥鸿道："什么事能忽然从喜事变成祸事？"老仆道："祸事倒也不一定。"张骥鸿催他快讲，老仆道："老奴刚才路过驿馆，听得驿吏唤我，一个劲贺喜。老奴问喜从何来,他说适才有过路文士传抄长安新近流布的歌诗名作,有郎君的那篇,也有李十郎和韦夏卿的,都说三篇中郎君的最好呢。"

虽然张骥鸿知道时人写了诗,想要流布,都会带到驿站去张贴。驿站是人来往最密集之地,在驿站张贴,传播最速,往往被拿来做疾速的比方,所谓"德之流行,速于置邮传命"是也。当年史思明写了一首《樱桃诗》,自诩得意,立刻命人张贴到境内各驿站。白乐天等人到了驿站就题诗,其他不会写诗的人到了驿站就抄诗,也是这般道理。但没想到自家的歌诗也被传抄得这样快,又窘又喜道:"这些传抄的,怎会知道我的名字,这倒奇怪。"老仆道:"那些传抄歌诗的,肯定是在场的歌姬乐人,堪比顺风耳,没有他们不知道的。老奴一时未敢认领,先回来告诉郎君。无论如何,总是喜事。现在听郎君一说,倒不知如何是好了。"

张骥鸿问:"丈人觉得这是福是祸呢?"老仆道:"依老奴来看,这未必是坏事。但若李益质问,郎君就可说自家并不知情,想是他人冒名。若不相干的人来贺喜,则既不肯定也不否定。总之,这事不坏。那些文人墨客,也许不一定能写好歌诗,鉴别能力还是有的,此番郎君的诗拔得头筹,恐怕还会天下传唱,岂不美哉。"张骥鸿又心痒痒,想自家后来在霍小娘子处写的三首歌诗,不知如何能传到驿馆,也让人评判一下,若都是好评,传到霍小娘子耳中,怕不是挣脸,就说:"丈人说的有理,由它去吧。"

四十二　李德裕视察

转眼就到了月底,这一日晚衙前,忽然崔令又把人都叫去府厅聚会,说三月三拔禊日那天,新任兴元节度使李德裕要来盩厔,巡视闽越兵马使军营。这样一来,盩厔县令必得接待宴请,到时所有僚属都必须出席。崔令说:"李节帅是曾经做过宰相的人,崔、卢、李、郑,天下望族,赵郡李氏,就是其中之一,这一门,出过好些宰相呢。天后朝的李巨山,是有名的诗人;宪皇朝的李弘宪,就是这位李相公的父亲,还有李深之——"忽然好像说错了什么似的,"这些事不提它了,诸位在宴会上也不要提,否则治罪。总之,能见到他,这是诸君的幸运。"众人都纷纷答应,有人说:"可以就近领略李相公的风采,回家向妻子和亲友夸耀,只怕能神气好些天哩。"惹得众人一阵大笑,也都觉得有理。随即散会,各去衙署视事。

张骥鸿的官署和许浑近,两人也走在一路,就问许浑:"十一兄,为何刚才崔令说到李深之,欲言又止,犯了什么忌讳吗?"

许浑说:"大概因为这李深之,大名叫李绛,同样出身赵郡李氏,和李德裕是同族，也做过山南西道节度使，但结局并不好之故吧。"张骥鸿本来不好奇，但做官后，深知这些朝廷故事知道得越多越好，就问怎么个不好。许浑道："因为他最后是在山南西道节度使任上被杀的。其实他人不错的，宪皇很宠幸他，白乐天写诗得罪神策军中尉，都是他向皇帝求情赦免。当今圣人在位初年，他以检校司空的身份出任兴元尹、山南西道节度使，第二年，碰到蜀地发生战事，他奉诏率兵救援。山南西道是个弱镇，兵很少，下属闽越卒还驻守盩厔，于是他就在本镇募兵一千，奔赴蜀地，走到半路，却接到文告，说战乱已平，就率领所募新兵回到兴元。这些新兵是临时招募的，司户处无法供应他们的粮饷，当然就得立刻解散。但那些兵被招来，以为从此能长久吃公家廪给，听到解散，一肚子气，去向监军使杨叔元辞行。杨叔元正好和李绛有矛盾，就挑拨说，罢兵也应该有厚赐，若没得到，肯定被李绛贪污了。那些兵大怒，立刻哗变，抢夺武库兵器，奔向节度使衙。李绛正和群僚宴会，听到兵变，下属劝他逃，他不肯，结果和牙将、判官、推官全家都被杀死。杨叔元还上书，说李绛贪污导致兵变。圣人还差点信了，后来才悟到。杨叔元你应该知道吧？"

张骥鸿摇头："我在神策军只是一个官健，这样的大人物，怎能个个知道。"

许浑道："横竖也是神策军的。圣人悟到之后，派尚书右丞温造出任山南西道节度使，温造偷偷带着闽越行营兵，以及一部分神策军、河中镇兵，一共一千三百人。其中八百人跟随自家殿后，五百人为先锋。先锋队一到使衙，就把四门把住。温造随后率人进衙，声言要大办宴会犒劳士卒,等乱兵到齐,假意温言抚慰,说我想知道你们赶走旧节度使的原因,都上来讲讲,又让人赐酒。那些作乱的新兵还以为杨叔元蒙蔽圣人成功,纷纷上前领酒,也有些新兵发现情况不妙,想逃,可哪里逃得掉,一声令下,乱兵都被围住,共杀了八百多人,把首级祭祀后,尸身全部投进汉江。但温造却没有杀杨叔元,只是送到长安,圣人下诏流放康州而已。大郎,士人恨宦官,也是有道理的。死了那么多无辜,都因杨叔元而起,他却只是流放。"

张骥鸿也咬牙道:"这杨叔元该杀,王中尉也不会喜欢这样的人。"聊了一会,各回自家官署视事。

傍晚时分,罢了晚衙,回到自家院中,张骥鸿看着西方夕烧云彩,像火一样。庭院中绿竹猗猗,松树苍翠,地上绿草幂离,点缀着无数的野生兰花,在春风中摇曳。张骥鸿见状,忽然觉得不胜凄楚,有一种很难过又很享受的感觉。他想,若把这感受写成歌诗,给霍小玉寄去,岂不是好。于是坐在亭子里,苦思冥想起来。还没想到周全,忽见典狱迤逦而来,身后跟着几个仆役,拉着几车炭,给各家分发。见张骥鸿在亭子里,上前施礼:"张尉好兴致,可在吟诗?"张骥鸿道:"我是武人,懂什么诗。"典狱道:"若张尉前些天这么说,我还会被骗过,现在驿馆都传唱张尉的诗哩。"张骥鸿一惊,连他都知道,典狱见状,又悄悄道:"听说和张尉一起唱和的人叫李益,不知道是哪个李益?"张骥鸿道:"我是新正在京城时,有几个伙伴叫去一家豪客宅里饮酒,酒意上来,就胡诌了几句,早担心被好事人传出去,臊得没处可钻,不曾想还是传唱到这里来了。但当时堂上才子甚多，不知道有叫李益的公子。"忽然想到，老仆都说别人若问起，要既不肯定也不否定，自家却说这么多，还是虚荣之故。若让崔令知道那计赚他女婿的就是自家，不知道会怎样哩？又赶紧住嘴。随即想那李益现在做了宠臣，肯定也想否认自家和倡家有瓜葛，这事崔令怕也不会知道。其他就由那些市人去猜吧。歌诗传唱出去，固然有名，但要出名，就不会只有好处，奈何奈何。

典狱诚恳道："张尉这般才华，该去考个进士，虽说进士及第也未必就能授县尉，却升迁得快，且不被人看轻。"张骥鸿心想，这竖子倒坦率，看他神情，并无恶意，就说："胡诌几句歌诗行得，考进士一句用一个典，须熟读经史的，我哪里做得到。"又想着自家刚才要作诗，被他打乱了思绪，实不想再纠缠下去，就指着木炭说，"已经早春，气候暖了多时，不必烧炭火了，还发这作甚。"典狱道："张尉壮实，其他人家多妇孺，扛不住这早春的寒哩。"张骥鸿道："怎么由你来做这个？"典狱道："这事的确不该我做，不过主动做它，可多领一份辛苦钱。家里婆娘生的儿女多，都要张口吃呢，不得已。"张骥鸿道："这样，我这大半月都在长安，去年发的炭还没用多少，你去那厨房中留小部分，其他全拿去，并这些新发给我的，我都不要，送给你，也可贴补些。"又吩咐老仆，"从上都带来的果子饼子，给典狱君拿一份，五个孩子，每人给两镊钱，也算是新正的意思。"典狱说："张尉，新正都过去这么久了，那怎么好意思。"张骥鸿说："过去了才要补，总不能装作不见。应该的，等日后我有了儿女，你也可以赐他们几个钱，主要还是为了喜庆。"

送走典狱，张骥鸿重新坐在案前写诗，刚才的诗情却怎么也找不回来。只恍惚记得坐在亭子里，看见兰草绽放，有些伤心，又有一些享受，但胸臆间那种浪潮般，又想哭又想笑的感觉却消失了。他颓然把笔放下，等着开饭。

隔天早上，张骥鸿早早到了县家门前等候，自县令以下，县丞、主簿、录事、县尉等大小官吏各就其职，守捉兵、不良人等各类县吏举着仪仗，更是一丝不敢怠慢。过了不久，一队卫士簇拥着李德裕过来，和他并肩而行的，是瓯越都知兵马使耿知俊，其他还有一些随从，一片青绿的墙似的跟着，张骥鸿则不认识。

崔令赶紧率人上前拜见，迎进府堂。节帅和瓯越都知兵马使当然是主客，作陪的除了崔令和重要僚佐，还有澄照和尚等名宿。许浑看见一个熟人，悄声对张骥鸿说："李德裕身后那位僚佐，是我朋友，如今兴元镇的掌书记张周封，我前时跟你提过他的。"张骥鸿见那人身体丰肥，心想，倒像个世家子弟，不免多看两眼。

随即大家各自落座，李德裕不到五十岁，须发还是黑的，身材高大，颇有一股轩敞气度。他坐下后，说："感谢款待，螯屋名县，俊采星驰，敢请诸位自我介绍一下。"

座中骚动起来，有人在崔令身边耳语，崔令向李德裕笑道："诸位僚佐都是粗人，怕犯了令公家讳，待他们把名册交卑吏先看了再说。"

李德裕说："这就算了，我没想到这个，恼乱了诸位，只是想认识一下诸位杰俊。"崔令看着名册，说："令公谦逊，卑吏看过了，无人姓名犯讳。"

于是自崔令以下，各自报姓名官位出身籍贯，这期间也看不出李德裕有什么表情,只见他频频点头。听到许浑,笑道:"是写'溪云初起日沉阁,山雨欲来风满楼'的许浑吗?"

许浑很高兴:"正是卑吏。"

"许尉今年贵庚?"

"四十三了。"

"哪年进士及第?"

"三年前,杜元尚榜第三名。"

"唉,可惜了,我常对圣人说,科举虽能选拔良才,却也误人。很多青年杰俊,蹉跎考场,忽然就白发如丝了。逝者如斯夫啊,白头及第,就算百般想为国效力,奈精力不济何?且科举并不公正,有些人天生治国之才,却因无人引荐,或人数限制,总不能及第,只好累年再战。但才华乃天赋,并不会随岁月增长,等于在场屋空耗才华,治民经验却无法积累,实在是浪费啊,像许尉这样的,难道不该及早重用吗?"

张骥鸿有些恻然,许浑比李德裕年轻不了几岁,而李德裕都做上尚书左仆射、节度使了,许浑还是一小小县尉,细思确实不公。且这几句话有些深意,李德裕自家无科举名第,却做了宰相,他能瞧得起许浑吗?他又何以肯定许浑有治国之才呢?见李德裕又看到澄照,笑道:"崔令也供养僧人吗?"

崔令道:"岂敢说供养,能请得高僧在家,朝夕亲炙佛法,是卑吏的福分。"

李德裕笑道:"德裕也一向敬佛,和尚的法号,闻名已久。"又说,"看到和尚,突然想起了当日任浙西观察使之时,有一日,润州甘露寺的和尚去县府控告，说移交寺院固定器物财帛时，发现前任主事僧圆光偷用了黄金若干两。县令就把往前几任主事僧都叫来讯问，说是每次更替主事僧，移交财物时都有清单，记载分明，如今清单对不上，自然是圆光偷偷把黄金用掉了。县令又讯问圆光，他唯唯伏罪，又说不出把金子花在哪了，县令还是照法律判决圆光有罪。不过狱状到我手上时，我却不信，亲自讯问圆光，示以好意，他果然喊冤，说寺庙的惯例，交割清单，都是虚写财帛，其实并无黄金，前后主事僧对此都心知肚明，为何到小僧手中就出恼乱，实在因为小僧平日只是独自诵经，不与他们杂洽相混，因此想乘机打压小僧，言罢唏嘘流涕。我就抚慰他：'这事容易搞清。'随即令人找来几架轿子，把相关僧人都打发进轿子，帘子打下，各发一团黄泥，让他们把以前交割的黄金形状捏出，以为凭证。那些僧人根本没见过黄金，如何能捏出形状？最后个个伏罪，承认是陷害圆光。"

众人都赶紧谄媚，称颂李德裕明察秋毫。李德裕摆手道："我说这个故事，不是自诩才干，而是悟到一件事，可知这世上，空门之中并不空，像澄照大师这样品德的，估计少之又少。德裕曾经听说澄照大师擅长占卜，可否为德裕占一卦？"

张骥鸿常听说李德裕不信佛祖，做浙西观察使时，裁撤了很多寺庙；做宰相时，劝皇帝陛下抑制僧侣；这番说话，其实就是瞧不起僧人。但这人看似风光，其实不乏忧虑，毕竟上元夜被赶出京城，不是什么吉兆，所以见了澄照，又急于问卜，仿佛病急乱投医似的。

澄照笑道："仆射不必忧虑，我观仆射面相，命中注定要吃够一万只羊，现在才吃了一半，前程还有得是。"李德裕沉默了一会，脸上颇有喜色,喃喃道:"看来世上真有高僧。我很早以前做过一个梦,梦中走到晋山,见满山都是羊群,几十个牧羊人围上来对我说,这是给侍御吃的羊啊!那时我正好官殿中侍御史,这个梦我从未告诉过人!近来一直在想,我还能吃多少只羊呢,早知道,应该把以前吃的羊都记下来。和尚真是高僧啊。"众人又奉扬了澄照一番,良久才歇。

李德裕又看着张骥鸿:"这位张尉很年轻,当年白乐天二十八岁中进士,春风得意,作诗道'慈恩塔下题名处,十七人中最少年',其实韩退之、柳子厚、刘梦得都是二十左右就中进士,如今看来,张尉也比白乐天早,有何值得称道。"

张骥鸿当即面上发烧:"仆射高看了,卑吏是武人出身,并非进士及第,惭愧惭愧。"

李德裕反而有了兴致:"哦,那是因何得了县尉?"

张骥鸿也听说李德裕一向与宦官有隙,正不知如何开口,倒是崔令代他回答:"是神策军王中尉保举,张尉虽然年轻,功伐却是累累,不比进士及第的差。"

李德裕皱了皱眉头,没说话。张骥鸿心里一沉,正觉尴尬,谁知李德裕身边的瓯越都知兵马使耿知俊插嘴道:"这位张尉,就是卑吏适才在路上向仆射提起的,在球场上大震宋镇将的那位,不是凡庸之才啊。"李德裕"哦"了一声:"就是他吗?"脸上又浮现笑容:"我一向对人说,好骡马不入行,人有才华,自会脱颖而出,何必进士及第?我看很多进士及第的,只是衣以纹绣的木偶,有的甚至连纹绣都谈不上。科举所重,竟是诗赋,属于最华而不实的东西。我常劝陛下看重策论，却为竖子所阻。"

李德裕所说的竖子，自然是李宗闵那一拨人，如今正是当轴权臣，谁敢轻易得罪？席上顿时默然，就连耿知俊等人也不说话，满堂好像夜间坟地一样。李德裕左右看看，叹了口气。崔令打岔说："今日喜庆，何不请乐伎来表演歌舞？"李德裕道："不必了，我还要去行营视察士卒，今日多谢明府款待。"话中似乎带着气，众人越发惶遽，好在崔令的陪客中颇有几位不冷场的，插科打诨了一阵，才把席上气息重新炙热。李德裕似乎也意识到什么，逐渐脸色转平。不多时酒阑宴罢，李德裕吩咐撤宴告别。

崔令率僚佐欢送，远远看着李德裕的车马离去，那张周封却驰马回转了来，径直奔向许浑，说："我跟仆射说了，暂缓一步去行营，特来和兄叙叙旧。"又向崔令拜了拜，崔令喜笑道："张书记，请便。"许浑要拉张周封到自家官署，又给他介绍张骥鸿，还叫住澄照："和尚怎么能走，一起喝茶。"澄照笑道："张书记是当今名士，你便不唤，贫道也要吃这盏茶的。但贫道要去崔令宅里说些事，待会再去找你。"

四十三　闲论李德裕

许浑就拉着张周封一起去了西厅。寒暄一阵，张骥鸿道："好巧，上元日我在长安，亲眼见李仆射一家离开长安，车马连绵不绝，问旁人，知道是左迁兴元节度使，不知为何那么着急。"

张周封道："还不是当朝宰相李宗闵。"看看许浑，欲言又止。许浑道："我这位张兄弟是敦厚木强人，世上再没有比他更可靠的活人了。"张周封笑了笑，接着说，"不过，他离倒霉也不远了。"许浑不由得往前凑近："此话怎讲？"张周封道："只是感觉。"许浑笑："原来只是感觉啊。"张周封讪笑："其实也不完全是。"许浑劝他讲，他忸怩道："上次新正别后，我就回了长安。其实这次是才到兴元来的，来之前生了一场闷气。你知不知道有一幅画，叫《清夜游西园图》？"许浑道："当然知道，顾恺之的名画，这和李宗闵有关吗？"张周封道："你别急，听我慢慢讲来，这幅画一度在我手里。"

许浑惊讶道："那可是价值连城，你怎么得到的，我听说它在我原先的主君张弘靖手里。"张周封丧气道："你只知其一不知其二。

这画一度藏在内府，天宝之乱时散落民间，被河东节度使张弘靖收得。但在宪皇时，宦官魏弘简跟张弘靖不合，就密奏宪皇，说张骥鸿私藏了很多内府书画。宪皇一听，派人问张弘靖讨要。张弘靖怎敢拒绝？只好选了一批珍品献上，钟繇、张芝、卫瓘、索靖、王羲之、王献之等人的真迹，顾恺之、展子虔等人的手笔，应有尽有，其中自然包括这幅画。当时李仆射就是张弘靖的掌书记，贡献事宜都是李仆射亲自赴长安去办的。后来这幅画又被另一位宦官崔潭峻偷出去卖掉了，再次流落民间。我去岁在长安时，有一天，有人拿了这幅画来问我要不要，当时此画装帧破旧，卖的人似乎也不识货，我因此不动声色，只花了几匹绢就换下了。可是就在上月底的一天，我正在午睡，忽然有人上门，自称受飞龙使仇士良委托，说我如今赋闲在家，家用想也拮据，愿以三百匹绢的价格买我的《清夜游西园图》。我一听大惊，说并无这幅画。那人说，莫要骗仇将军，仇将军既然派我来，就知你一定有。我见瞒不过，赶忙谢罪，但实在舍不得，就顺口说王宰相前些日要借观，我都没舍得出借，何况李仆射也想要。那人说，莫说离任的李仆射，便是当朝宰相李宗闵，这东西他也接不住。至于什么王宰相，那人不过是在中书省伴食的，更不用提了。我一听大惊，怪不得听传言说，圣人可能要提拔仇士良为左神策军中尉。"

张骥鸿心中忐忑，仇士良一向和王中尉不和，现在如此咄咄逼人，到底是何用意？王中尉当初说要调我回神策军任将军，一直不见文符来，也许就是出了变故。想到这不觉丧气，许浑看了他一眼，问张周封："那王中尉能许吗？"张周封道："王中尉老了，据说圣人对他的跋扈也有些愤懑,想借仇将军来抗衡他。总之,我听他这么说,不敢惹祸,只好把画交出。他倒也守信,第二天,三百匹绢也送来了。我固然怏怏,但仅从财帛上来说,是大赚了一笔。不想几天后有人告诉我,那人并不是仇士良派的,而是一个富人,想做江淮大盐院的官,就去求盐铁使兼宰相王涯,王涯是爱书画的,他托人来说要买我的画,我没有答应,他也就算了。现在见有人求他,就直接告诉那人,你给我拿画来,我马上给你官。这富人也是深知朝中虚实的,就伪装成仇将军的人,你们想想,现在大概除了圣人,就数仇中尉最大了。"

许浑又看看张骥鸿,张周封也意识到了:"张尉,刚才在宴席上,听到你是王中尉保举的。虽说圣人想提拔仇士良,但王中尉的地位,还是固若金汤的。我听说圣人想让王中尉做观军容使,这可是鱼朝恩当年坐过的席位,在品级上,还要高出神策军中尉一头哩。"

张骥鸿心里顿时一松,又说:"那书记刚才为何说仇将军最大?"

张周封道:"只是就威势而言,有人位高权重,但性格温和;有人略逊一筹,却气势凶悍。仇士良乃是后一种。"许浑道:"大概就像汉代的宁成,做都尉时,往往却气势凌驾于太守之上。"张骥鸿听了心下稍安,但一会儿又萌生忐忑。正说着,澄照来了,许浑问崔令找他何事。澄照说:"此事涉及崔令私人,不能相告。"又喝了一阵茶,张周封看看天色,说要告辞:"仆射在行营等我拔禊,不能久留。"于是四人一起出去,张骥鸿跟着澄照,问道:"大师怎的这么神,能猜到李仆射做梦吃羊,可否为骥鸿也占一卦?"

澄照看看张周封,笑道:"书记在此,莫教他泄了机密去,就不灵了。"张周封笑道："大师便是想说，我也不能听。"直到把张周封送走，张骥鸿才道："这下可以说了吧。"澄照道："李德裕志在宰辅，所以患得患失，多思虑，急欲知未来。大郎你也有那么高的志向吗？"

张骥鸿道："我哪有那么大的志向？只是随便问问。"许浑道："大约刚才那位张兄，说了王中尉现在风头不敌仇士良，让大郎有些担忧。"澄照道："人生皆有运数，我就不必虚应故事了。其实我们礼佛的人，从来又不习周易占卜那些奇技淫巧。"张骥鸿道："那大师为何正好说中其隐秘呢？"

澄照道："大郎，我们寻常吃得最多的，是什么肉？"

张骥鸿道："自然是羊肉。长安附近多牧羊人，羊是我们常见之物。"

澄照笑道："这就对了，不是我神算，而是以吃羊作譬，他无论如何都逃不脱。"又问，"你这一生，有没有做过跟羊有关的梦？"

张骥鸿想了一下，老实道："确实做过，羊肉也是我们眼馋的东西，如何能不梦见。"

"这也对了。他想听好话，为何不满足他？在佛家看来，这也是行善。不过，这位李仆射还不到五十岁，身体看上去也好，自然的确也是有前程的。看他忧虑朝事，也是一位贤才。"

许浑道："只是不知他为何呛我一下。他那番话，说是奖掖我吧，却像怜悯，说是怜悯吧，又像是嘲弄，还反驳不得。"

澄照道："李仆射不是科举出身，据说他父亲曾劝他去应科举，他却说'好骡马不入行'，不屑科举，执意要走门荫入仕。"

张骥鸿道:"他瞧不起科举也情有可原,赵郡李氏嘛,门第高贵,就像崔令。"

许浑道:"不然,大凡这类人,往往内心踌躇焦灼,据说李宗闵曾想给他一个知贡举的位置,他听后大喜过望,当即表态要和李宗闵重修旧好。谁知李宗闵是放风戏弄他的,从此两人积怨更深。李宗闵、令狐楚、牛僧孺等人都是进士出身,知晓知贡举的好处,怎肯让与他?所以李德裕既心中不甘,又希望有人说科第无用。你看他对大郎就和颜悦色,连他是中尉的人,都不在乎呢。"张骥鸿道:"哪里和颜悦色,要不是那位耿将军为我说句话,只怕危殆,从他起先的脸色看,可知他内心又是重科第的。耿将军真是好人,有机会要去拜望。"又说,"知贡举也就是为朝廷选拔人才,能有什么大好处吗?"

许浑道:"大郎,如我与你不熟,一定以为你在装乔作态。岂不知及第的进士,都得奉考官为座师。曾有一礼部侍郎升门下侍郎,大家都向他贺喜,他却快快说,'我再无新的田庄进项了,诸位贺什么?'"

澄照大笑,张骥鸿却说:"这我还是不懂。"

许浑道:"大郎虽是在禁中当差的,果然和文场也有些隔。其实知贡举的好处无人不晓,每录一位进士,就相当得了一个田庄,须知那些进士将来都是要做官的。座师、同年互相帮衬,端的是一张网呢。这网上,座师居中,谁敢忘却?若你忘了,非但同年,连他科的进士都会责怪你忘本哩。一旦舆论给你标注个人品'不堪',谁人还敢用你?就算是蔡邕、司马相如再生,也无济于事。所谓'用之则为虎,不用则为鼠',即为此也。而官做大了,自然要回报座师的。是以每录一位进士,就等同获了一座田庄。"

张骥鸿低头叹道："原来如此，这也实在太污浊了。"澄照也感慨："张尉在神策军多年，竟然入淤泥而不染，也是难得。"

许浑道："和尚，大郎是纯净人，故此在军中也多年不得志，若非机缘巧合，哪能做到县尉。说到李仆射遗憾不得知贡举，不知道是否也觊觎田庄；但说句良心话，李仆射在朝廷算是廉洁的人，又是世家子弟，家里不缺钱。大概还是怄气，觉得自家虽不是进士出身，若能收一些进士为门生，也算有所弥补。其实以他的才学，考一个进士又有何难，何必为此终生芥蒂。"

张骥鸿道："他是世家子弟，当初瞧不起科举的想法，恐怕也是真的；只是后来目睹进士及第越发为世人所重，不免略微后悔。"

"大郎这猜测允当。"澄照笑道，"这就是贪嗔痴啊。"

四十四　耿知俊劝仕途

院子里各种花次第开放，先是杏花，接着是连翘，再是桃花，樱花，海棠，还有各种说不清楚名目的花，潮水一样，一浪接一浪。张骥鸿感觉，虽然僻在蛰屋，过得却舒服极了。长安这个季节虽然也好，但去年这时还在神策军当差，地位低下，被人呼来喝去，累得像癞皮狗。一眨眼，自家成了县尉。由此他深信，霍小玉和王中尉是他的贵人，若能娶到霍小玉，也许富贵如芝麻开花，节节向上。他这番心思，除了许浑，知道的人并不多。于是往往有人上门，要给他执柯作伐，这些人都是县家官署院庭内住的官吏眷属。他总是婉言谢绝，终有一位婆子不高兴了，翻起白眼，说："老身推荐的这位柳姓娘子，是京兆郑县的望族，父亲也是做过县令的，除了姓族，其他都不比崔令家差。张尉啊，咱们也别太挑了。"张骥鸿听她提起崔令，感觉不怀好意，心里顿时冒起火来，但想到都是同僚眷属，还是忍住气，越发和颜悦色："阿媪，不是这等说，实在是在下有位老师，前日在长安时，说已经给在下物色了一位女子，等过些时日休假去长安就下聘,在下怎敢拂老师的意?望阿媪理解。"婆子说:"怎么从来没听过,莫不是故意找言辞来推托。"张骥鸿只好把新正时见何书记的情景说了,本来也不想说,但总不能提霍小玉,加之何书记当时说的事有细节,不用临时编,免了穿帮之嫌。婆子听了,这才略略收起白眼,道:"不是老身对尊师不敬,其实论门第官品,尊师的侄女须比不得柳娘子贵重,不过老身也不敢勉强张尉,姻缘自有天定,希望张尉有造化。"说着站起来,出门驻在檐下,仰头看着鸽笼:"我道怎么一股怪味,原来养了个雀,这东西是最脏的。"说着掏出一块帕子掩住鼻子。张骥鸿笑道:"莫小看它,向日在长安,有豪家出几斤黄金,我也没卖。"婆子道:"又来诳老身,什么雀儿,须比不得龙肝凤胆,吃了难道长生不老?"张骥鸿道:"不是吃的,而是它能送信。"婆子道:"我还道能做媒呢,张尉难道指望它给你找个妻子,那洞庭的龙女也许柳毅才能传书哩。"说着不屑地喷出一口气,一扭一扭走了。张骥鸿赔笑跟着,送她出院子,回来看着屋檐下的空鸽笼,自言自语:"那信使怎么好久没回来了。"

老仆正在檐下砍柴,接口道:"老奴也想着,莫非有什么变故。"

张骥鸿心下无端有些焦躁:"丈人你说,我总是拒绝媒人,是否明智?或许错过些好的,也未可知。"

老仆道:"若论样貌,老奴不信有超过霍小娘子的,其他还看大郎自家的想法。"

张骥鸿道:"不瞒丈人说,我之钟情霍小娘子,样貌固然是原因,但非唯一,我是深信她能给我带来造化;你也知道,我这县尉固然靠王中尉,但能靠上王中尉,又源于霍小娘子,这岂非天意?天意安可违。"一边说一边进屋，脱了上衣，取出弓弹。

老仆对着屋里道："既是天命，老奴不敢妄言。"

张骥鸿出来，左手握弓，右手拈着一颗铜弹丸，呆呆看着："上都五坊使，里巷中游侠少年甚多，会不会被它们射下来做菜了。"

老仆道："不会吧，那是送军书的鸽，百里挑一的。老奴听说送军书的鸽子，都知道好歹凶险，那身经百战的河北军士，等闲也射它不下，何况那些华而不实的五坊使，中看不中用的游侠少年。"

张骥鸿道："话是这么说，却为何许久不给我回书。"想着上次霍小玉来信，说听洪州婆的话，把家搬回了胜业坊，省些花费。他回信劝，说如果喜欢，就先住着。寻思这时不能省钱，给霍小玉看低了去。虽然每月赁金三万，有些昂贵，但自家每月薪俸正好也有三万，全拿出去就能应付。至于自家日常花费，大多数县府有实物供应，柴、炭、茶、盐，都是不花钱的。走到市上去，常有人巴结请饭，并不需要自家做什么违律的事交换，只是平常光顾货肆，站在肆前说几句话，那肆主便欢天喜地。张骥鸿也知晓，以自家县尉的身份，只这么往那站两站，就再也无人敢欺负肆主，邻里对肆主也会另眼相看。自家刚来时，曾向一胡人老者问讯，现在也熟悉了，老者姓米，原先在长安西市开肆铺的，嫌长安城池广，春来风沙大，干脆来这盩厔小城，倒也清净。张骥鸿常找他聊，各种机巧了解甚多。就这些明里暗里的进项，不花薪俸，也足够维持生计。就等着长安的文符来，立刻打好行李，风光地和崔令告别。谁知两个月过去，一点动静也没有。当时向霍小玉吹得天花乱坠，现在老不见人去，生气也是正常的。老仆好像看懂他的心思，道："郎君莫急，只要郎君能尽快调回上都，霍小娘子怕不立刻改颜相迎。这隔得久了，免不了焦躁。老奴年轻时，在外替人赶车，许久不归家，也会落得婆娘埋怨哩。"张骥鸿听了，心下稍安，想着改天通过官邮向赵炼打听一下，究竟王中尉那边如何。

隔天，张骥鸿带着一个县吏，骑马在田间巡行，忽然迎面驰来两个人，一个穿青袍，一个傔从打扮。那穿青袍的见了张骥鸿，当即下马，说："张县尉，在下是瓯越都知兵马使耿将军派来的，邀请县尉去商量公事。"

张骥鸿刚才碰到一个百姓喊冤，对方确实有冤，但涉及大局，自家无力为之伸张，正感心烦，听到公事，顿时不快，什么公事，不过又是催钱粮供给罢了。正是青黄不接的时候，也不必催得这么急嘛，于是假装不知，说："耿将军于卑吏不相统属，为何召卑吏去见？"

"在下不知，只是奉命通告，这有耿将军的亲笔书信。"那青袍说着，递上一封书信。

张骥鸿拆开一看，是一封信笺，写得很客气，说早在球场见过张骥鸿的才能，尤其敬服他的豪气，一直想结识。上巳那日有幸在县府见了，对张骥鸿的风姿尤为倾倒，可惜当时公务繁忙，竟未专门结识。今日春暖花开，行营中花朵甚是茂盛，于是摆下春宴，酒肉毕具，请他去赏花，顺便谈些无关紧要的公事。

看来主要是请他去赴宴，张骥鸿这才放下心来，又想起当日宴会上，耿知俊还为自家说过好话，心头不快也就烟消云散，于是道："我这衣服上全是灰尘，待我回去换套衣装。"那青袍人带着傔从，跟着张骥鸿回去换衣，再往闽越军行营驰骋，一路上攀谈，那青袍人自我介绍："在下是耿将军麾下子将，姓王，名越，福州人，在这边服役也多年了，那日在球场，也深慕张尉风采。"张骥鸿自然也是一阵客气，说："好地方，福州人在长安势大权重，往日我在神策军时，听到外放到福州做团练防御使的，一到就去陵园拜谒，不久就能升官。"王子将笑道："福州出阉宦，在下并不以为荣。"张骥鸿倒不知怎么接嘴好。

不多久到了，早有人在门口候着，进了院厅，都知兵马使耿知俊和判官、主簿、孔目官等下属正坐一院子，头上是一株巨大的樟树，春阳纯净，透过树叶在庭院洒下树影，起伏如轻浪连绵，摇曳不止，着实舒爽。张骥鸿上前拜谒，耿知俊站起来回礼，道："张尉，今日邀请，主要不是为了公事。适才聊天，又和诸营将说起你那日的勇猛，神旺久之，所以特地发书请君来见，勿嫌唐突。"

张骥鸿赔笑道："将军青睐，卑吏受宠若惊，怎敢说唐突。卑吏来时，还真怕是将军逼卑吏催租，心中忐忑呢。"

耿知俊道："知道催租艰难，颇考验人良知。我不催你，六月前钱粮能到就行。"张骥鸿大喜："那这些天，我可睡个安稳觉了。"耿知俊也笑："若宋镇将那边催你，我可不承担责任。"张骥鸿道："到时拿将军来作比，宋镇将见贤思齐，只怕也不好急催。"遂相视大笑。于是排宴畅饮，院子里桃花开得正艳，墙角则满是踯躅花，红粉交错。墙檐上黄色的蔷薇也正迷人，太阳暖暖的，天上云彩变换，日光在云间奔走，时不时透过云层，向地面投下斑斓的影子。忽然耿知俊喊："让歌姬来唱几曲助兴。"于是一排红粉抱着乐器下场，耿知俊对张骥鸿道："这是同僚特意凑钱从市集雇来助兴的。"又对歌姬说：

"有什么时新的曲子,可一一唱来。"

那为首的歌姬道:"上都新传来几首曲子,有一篇流行歌诗,据说是当今圣人身边的宠臣李十郎的作品,还有一首是其朋友韦夏卿的,另一首则据说是盩厔县尉张骥鸿的大作。"她话音一落,众人齐齐拍手,耿知俊大笑道:"张尉原来文武双全,以前单知道球打得好,箭射得准,却不知诗艺也佳,瞒得大家好苦,可否给我等讲讲当时的场景。"张骥鸿心中有些得意,嘴上却说:"不值一提,就是新正时在上都,被几位伙伴拉去聚饮,没想到中途来了几位贵人,要求每人题一首歌诗在屏风上,让歌姬们唱。在下硬着头皮和了一首,没想到也传出来了,所谓苍蝇附骥尾,就是说的我了。"耿知俊摊手笑道:"这张尉说得轻描淡写,更是打了我们这些粗人的脸。还是听唱吧。"

于是歌姬个个动作起来,一时间琵琶、箫管、笙篥齐声响起。领头歌姬曼声起唱,耿知俊那些下属个个忘形号呼,站起来回旋,邀请张骥鸿对舞。张骥鸿被乐声也挑得兴致勃勃,随舞了几曲。回到座位,耿知俊对张骥鸿道:"今天我请张尉来,是想聊点体己话,这帮竖子聒噪,我们去后院散散步,聊一聊如何。"

张骥鸿说:"有何不可。"耿知俊就拉着张骥鸿的胳膊,沿着樟树下的小道,走到后院。后院有一小潭,看上去并不清澈,上落满桃花绿叶,还有各种树皮木屑,在水上纹丝不动,仿佛水已冻结,亘古以来便是如此。耿知俊站在潭边,道:"前日李仆射来我行营中拔禊,谈起张尉,李仆射对张尉印象很深。"张骥鸿赶忙谦让:"李仆射错爱。"

耿知俊摆一摆手，笑了笑："还有更重要的，仆射前日已接到诏令，不日将调任浙西观察使，要重回润州了。"张骥鸿道："啊，那太可惜了。卑吏还以为李仆射来了，从此兴元百姓有福呢，谁知空喜一场。李仆射也难，席不暇暖，又有劳顿之苦。不过总的来说，对仆射倒是好事。润州有鱼盐之利，又不似梁州闭塞，更可一展襟怀。也可见陛下何等器重仆射。"

耿知俊道："张尉去过润州吗？"

"很惭愧，卑吏至今从未出过关中。"

耿知俊点头："张尉是否愿去润州？"

张骥鸿惊讶："此话何意？"

耿知俊看着池塘，说："实不相瞒，仆射很欣赏张尉的才华，想辟请张尉为僚佐，保证不久能为足下请得比县尉高一品级的官职。所以我特意请张尉来，征求张尉意见。"

张骥鸿赶紧拜倒："卑吏门第寒微，一无所能，不想竟能得蒙仆射垂青，是不是耳朵听差了？"

耿知俊道："张尉谦逊了。"张骥鸿赶紧致谢："定是将军推荐，记得那日在宴席上，就多亏将军为卑吏说项，否则差点窘死。"耿知俊道："李仆射一向不拘门第出身，唯才是举，只厌恶靠请托上去的俗吏，所以我顺势解释两句，以免仆射误解，他后来对我致谢，说若不是我，差点错怪了贤吏。"张骥鸿惊喜道："仆射真这么说吗？卑吏可以自矜一世了。"耿知俊又笑了笑："外间传言，说李仆射自诩门第高贵，看不起寒族，其实都是妄言。李仆射常跟我说，门族可以靠门荫入仕，多出来的名额，就可让给贫寒士子，李仆射虽然没有知贡举,但向来礼部新进举子的录取名单,按例要交宰相过目审定。仆射在相位时,大大增加了录取名额。往年都只录取二十名左右,他做宰相两年,每年都是翻倍。谁知那些恨他的,从来不提这些,反而到处宣扬,说李仆射瞧不起科举之士。可怜那些得了好处的前进士,不知底里,也为这些谣言张目。"

张骥鸿说:"卑吏是一介武人,不关心科举,未知孰是。但真的很反感那类传谣滋事的人,他们为何要这么做呢?"

"这世上自诩才士的人太多,只要没中第,就怨恨有司不识人。是以无论录取名额增加多少,只要他们不在列,都说有诈。其实朝中那些进士出身的宰相,是最不想多录取的,说录得多了,进士及第就不值钱了。那些中了第的,做官嫌升迁慢,也会被人引导去谩骂李仆射,说李仆射光提拔大族子弟。其实只要稍微调查一下数字,就知道根本子虚乌有。至于他们为何会那么做,原因很多,大体还是挑唆仇恨,打压政敌,以便自家上位吧。不管这些,还是谈我们的事,只是为足下解释李仆射的为人。"

张骥鸿这时已经冷静下来,知道不能答应。自家这官是中尉给的,而李德裕一向不喜欢宦官,况且正逢此刻中尉要提拔我去长安,回神策军任职,从此可以和霍小娘子团聚,若答应去了润州,不但王中尉会震怒,霍小娘子也未必愿意离开京城繁华之地,去润州居住,那时岂不是天汉相隔?于是委婉道:"在下上次在长安,拜谒大才子许州王司马,承其赠在下一卷歌诗,其中有一篇在下特别喜欢,觉得很适合在下现在的心情。"

耿知俊道:"请说。"

张骥鸿于是诵道："君知妾有夫，赠妾双明珠。感君缠绵意，系在红罗襦。妾家高楼连苑起，良人执戟明光里。知君用心如日月，事夫誓拟同生死。还君明珠双泪垂，恨不相逢未嫁时。"

耿知俊眼睛明亮，喃喃道："'还君明珠双泪垂，恨不相逢未嫁时。'这两句写得太好了。"又沉默了一下，道："我明白张尉的意思，不过职责所在，还是想劝张尉。"

"仆射青睐，在下铭感五中，但卑吏是神策军王中尉擢拔的，于仆射而言，也难称美事。"耿知俊看着他的神情，道："张尉，不妨回去再考虑考虑，三日内若是愿意，派仆人来传一信。"张骥鸿想，何必呢，反正不会去，老让仆人传话，被人看见，反生事端，遂干脆道，"适才已经熟虑，还是辞谢仆射好意，不必再考虑了。"

"为何如此着急，想想也好。"

张骥鸿没好意思说霍小玉的事，只说："在下是俗人，并无大志，只怕世人有背恩之讥。"耿知俊一愣，缓缓道："的确是我的过错，早该想到张尉为人。不过，仆射想请张尉入幕府，倒不是想引诱中尉属下的贤才，还有别的考虑。此事仆射虽然说得不是很清楚，但我也感觉到仆射的言外之意。现在朝廷看似无事，其实暗流汹涌，只怕张尉被卷进去。仆射深惜张尉之才，才有冒昧之请。仆射之所以请求离开兴元去润州，也是因为兴元靠近京师，一旦有事，难以转身。"张骥鸿心中又是一沉："将军可否说明白些，如何个暗流汹涌。"

"此事我也不能说得太明白。仆射为人醇厚，虽然不喜交接宫掖，却并不极端。而王中尉的为人，仆射也很清楚。王中尉虽擅权，究竟久在宫廷，老于事，知分寸，且年长倦怠，等闲不肯兴起波澜。最怕的是那种新近少年儿郎，一旦得势，便非搞得天翻地覆不可。张尉可能不知道，仆射是怎么突然来兴元任职的。"

张骥鸿道："不瞒将军说，上元之日，卑吏正在长安，亲眼见仆射的车马驰出京城。"耿知俊道："这也太巧了。可知张尉和仆射有缘，还是考虑一下吧。当然，仆射绝不会勉强。"张骥鸿道："卑吏何德何能，能被仆射相中，只怕这几日都要高兴得睡不着。但没有中尉，卑吏不能见到仆射，又怎能得仆射厚爱。卑吏这番坚决，是知自家并非义士，怕经不起诱惑，不如立刻给自家断了后路。"

耿知俊叹道："此话我很喜欢，果然磊落男子。我想仆射知道，会更加敬重张尉，将来还有机会相见。"

张骥鸿拜谢，又问："刚才将军说的少年儿郎，是不是指李训？卑吏其实很景仰李训的才华，他的诗写得真好。"

耿知俊道："无才的坏人不可怕，顶多就是朝廷多花点钱财帛米，怕的就是他这种佞人，非要搅得波翻云涌不行。陛下遣送仆射来梁州的同一天，就拜李益为翰林侍讲学士，还任命郑注为守太仆卿，兼御史大夫。对了，其实我召你来谈这事，仆射并不知情，只是他跟我提起，说如果身边有张尉这样的傔从就好了。仆射对我有恩，所以我记在心上，贸然找你。此事你知我知，请勿告诉他人，以免传出去，给仆射带来困扰。我与张尉虽然素无交情，第一次见面也只是在球场，可是当时真的很为张尉的义气敬服，当时我偷偷跟属下士卒说，如果神策军敢上去打你，你们也跟我上，不要教张尉吃亏。就那一次，我就大约知道张尉的为人了，不知我看得对不对呢？"

张骥鸿赶紧拜倒:"将军这么说,卑吏如何担当得起?将军放心,此事绝不向任何人透露半字。"

"包括那位许尉吗?"耿知俊似笑非笑。

"那是自然。"

"好,我肯定没看错人。许尉人也正直,可惜也算蹉跎官场。张尉的官运一定强过他。"

张骥鸿道:"谢谢将军。"望着潭面凝滞不动的桃花,心中空荡荡的,不知道刚才的选择是否绝对正确。

四十五　春光骀荡春情涌

回了县舍，张骥鸿自然也没向许浑提起半个字，感觉近来似乎很顺，老被贵人青睐，但又听人常说"物禁太盛，运怕盈满"，并非好事。于是跟许浑隐去此事，但请教这两句话的内涵，许浑说："所谓运怕盈满，其实和运无关，而和人有关。你老是顺，难免惹人嫉妒，那各种暗箭自然都会飞向你，就算老天爷给你的运气一直好，却经不住人事的消磨。"张骥鸿忍不住说："新正在长安时，王中尉答应给我换个位置，却一直没有消息。前日听十一兄的挚友张书记说起仇士良现在风头甚健，颇为焦虑。我现在不想升官调职，只要能保住县尉这个职位，就心满意足。"又忍不住叹气，"只是这样一来，不知何时能见到小玉。"

许浑道："王中尉在神策军经营多年，枝繁叶茂，谁能夺他的位。只怕那赚画的也是虚张声势，狐假虎威，焦虑它什么。"张骥鸿心下略宽，但还是犹疑："那为何那人不自称王中尉所遣呢？"许浑道："这也简单，想是王中尉虽然位尊势重，却较温和，雅不愿做这欺男霸女之事，一般人不怕他呢。仇士良则一向霸道有名的，谁也不敢得罪。"张骥鸿的心又宽了一些，坐在那默想，好像那日张周封就这么解释过，十一兄说的也没什么新意，便又沮丧起来，但也不好意思再问。倒是许浑说："大郎，我倒是刚听说我的座师贾公升迁了，现在是中书侍郎、同平章事，还进金紫，封姑臧男，食邑三百户哩。依我看，很快就可以监修国史了，也不知他怎么突然升这么快。"

张骥鸿喜道："啊，恭贺十一兄，要发迹了。十一兄若升了官去长安，可要记得我，也不知换一个什么县尉来，恐怕再也不能和十一兄这么相得了。"许浑笑道："你想哪去了。贾公当年知礼部贡举，一共三年。三年中，进士及第的有七十五人，我只是其中的一个。"

"也就是说，贾公已经暗中储下七十五个田庄了。"

许浑叹道："你看为兄像是一座田庄的样子吗？顶多是个马厩吧。"

"哎，还不到时候。再过十年，就不一样了。"

许浑道："我今年都四十六了，才是个县尉，依大唐吏制，积劳升迁，十年后，又能升到什么官。今晨照镜，鬓已二毛，不怕说与你笑话，连性事都提不起劲来。人生苦短，也不想什么田庄了。反正座师当年，也没指望学生个个是田庄吧，他肯定也不知我是谁。"

"不一定，学生的名录，他肯定时时放在身边的。十一兄若有意上进，当然该主动登门，难道还让座师来求学生不成？"

"这东西是学不来的。"许浑道，"我就是这个命。除非他有朝一日落难，那些平日在他面前阿谀奉承的人都跑了，他孤苦伶仃，我才会上前问候，绝对尽心。"

张骥鸿长长叹了口气："十一兄，我非常敬佩你这种人，但我不知道对不对。我觉得假如我们是好人，为什么要在旁边坐着清高，任由那些卑劣的人抢得头彩呢？"

许浑道："你怎么还不明白，这不是坐着清高，而是天性如此。你别把你的十一兄想得那么高洁，他做梦都想升迁呢，只是没那能力。所以，你去拜谒王中尉，我一点都不鄙夷。假如你发迹了，肯定不要我求你，一定会主动提拔我的，是吧？"

"那是肯定的。"张骥鸿道，"我应该不会忘，毕竟盩厔县尉是我的第一个官位，我应该不会忘。"说着眼中不知不觉滴下泪来。

许浑递给他一块巾子："好好的，怎么哭了，想起了霍小娘子？"

张骥鸿道："不是，十一兄应该知道，人有时伤感，可能并不为了某个具体的事。"

许浑说："你说的也是啊。对了，上次见的李德裕，他就非常讨厌贾公。"

张骥鸿满头乱麻，回到自家的寝舍，又看到檐下空荡荡的鸽子笼，恨不能立刻骑马飞驰到长安，找霍小玉亲口问个究竟。又盘算着寒食节快要到了，到时再跟崔令请个假，应该能准。寒食有七天的假期，跟新正几乎一样，但比新年舒服的是天空洁净明丽，触目鲜花烂漫。寒食请假，理由也充分，就说去蓝田给祖先上坟。张骥鸿最喜欢长安的寒食节，那是一年中风景最好的日子，走在街上，时时传来里坊中女眷们的惊笑，那一定是在荡秋千，可惜不能攀到墙头去看。东市狗脊岭边，斗鸡盛会，连续数天。胜业坊的球场上，一场又一场蹴鞠比赛，看都看不过来。寺庙仕女云集，虽都戴着帷帽，看那娉婷身影，也足以怡怀。郊外草色葱蒨，河边的垂柳都快被拔秃了，变成了手上或者头上的装饰。过了寒食，就是清明，家家户户都要改火，大街上到处是官家的车马，宦官们举着槐树枝点燃的新火，分头奔赴各个高官的宅邸，代表圣人颁赐，那种场景，即便与自家无关，看了也有莫大快意，不知道是为了什么。

　　春天的日子好像凭空得来的钱，花得极快，很快就到了寒食的前两天。这天下午，从长安来的邮车送来诏书，声称朝臣职位有重大变更。张骥鸿也在官署，和县家其他僚属围着邮吏，看新来的诏书讲什么，竟然是拜飞龙使、右领军将军仇士良为左神策军中尉，原左神策军中尉韦元素、枢密使杨承和、王践言全部罢免，杨承和出为剑南西川监军、韦元素出为淮南监军、王践言出为河东监军。飞龙使仇士良为左神策军中尉。

　　这真是件大事，其他僚属也有不了然的，只是看个热闹。大多也不关心，做个京畿边县小吏而已，谁上谁下，和自家有什么关系？张骥鸿却暗暗心惊，韦元素是和郑注有仇的，差点杀了郑注，贬了他，倒也说得过去。但杨承和曾经为左枢密使，王践言曾经为右枢密使，与王中尉一起在九年前拥立了今上为帝，怎么说也与王中尉有交情，假如正如传言所云，郑注和李训一手遮天，那就是完全不看王中尉的面子了，这不是好兆头。至于仇士良，虽然凶暴，资历和才干倒都够，他二十多年前，就随当时的左神策军中尉吐突承璀出征成德军节度使王承宗，后来还做过平卢军监军使、凤翔军监军使、淮西行宣慰使，并参与讨平淮西节度使吴元济的叛乱，被提拔为左神策军中尉，的确没什么问题。

　　张骥鸿当日在宫中，曾听人悄悄说王中尉和仇将军不和，说今上之所以能即帝位，主要是因为王守澄，但仇士良当时为右领军将军，也有功劳，却被王中尉压着，一直郁郁不得志。如今仇士良做左神策军中尉，与王中尉分庭抗礼，明显对王中尉不利。仇士良底子也厚，几代都是宫中宦官，有一帮亲信人马，他被提拔，中尉会是什么感受呢？

去京城打听一下，就知道了。张骥鸿早把请假文书递上去了，就等县令批复，却隔几天都没回音，这下更有些忐忑，难道县令知道王中尉要失势？真是怕什么来什么，听完诏书，他闷闷不乐，回到自家的官署，谁知崔令派人来了，叫他去见。他抛洒了一路的惊慌，到了县令官廨，崔令倒还和气，让仆人奉茶，喝了两回，这才说："张尉，不是我不肯，你的假，京兆尹没批复。"张骥鸿觉得奇怪："卑吏听说，这是程式，没有不批的道理啊。"崔令瞧了他一眼，道："这次就怪了，接到京兆文书，说现在主上新得两位股肱之臣，要与群臣励精图治，京畿近地的各类绿衣青袍官员，都不可擅离职守。"话虽然说得严厉，脸上却笑眯眯的，说不出的喜庆。张骥鸿心头明白了，祝贺道："听说主上非常器重李翰林和郑先生，两位股肱之臣，一定就是他们了。"

崔令谦虚道："我那位女婿升迁太快，只怕惹来物议，我也不好劝他。毕竟只是半子，说话不得不有分寸。"张骥鸿心想，这却有些装了，嘴上还是说："卑吏听说就在这个月内便要成婚？可喜可贺啊。"话一说出，当即有些后悔，怎么提起这个。谁知崔令并无不悦，看着他，仿佛还有些内疚，说："张尉，你是我很器重的人，你来本县虽然不久，但名声真的相当好。将来京兆下来考课，我是必然推荐你为上上等的。"

张骥鸿心中懒懒的，但还是强打精神，隆重致谢。辞别后回到自家官署，郁郁寡欢，做事怎么也提不起劲头，好容易熬到晚衙结束，立刻打发了下属和仆役，关上门回去。一路缓缓骑行，也无心看那一路的春光，路边那些聚在树下玩六博和围棋的老者及围观的闲人，看见他骑马过来，倒是纷纷上前问好。张骥鸿看见他们浑浊的眼珠里仿佛有艳羡的光，想这些人劳碌一世，熬到这个年纪，便有龙肝凤胆吃，也没那牙口；就有妙龄女子投怀送抱，也没那气劲，何况什么都没有，只看着前面，过一日算一日；而自家年纪轻轻，浑身力气，愁它做什么，这才心情略微好些。

回到自家，看着檐下笼子里的空鸽子笼，陡然又是悲从中来，心里暗骂：娘的，本以为官运妻运俱来，谁知两样都要落空的样子。便把马拴在门前松树下，走到屋里，倒头躺在窗前床上发呆。

老仆见他不快，也不敢问，先把马喂了，牵到厩里安歇，回来做事，只是轻手轻脚。张骥鸿突然坐起来："丈人，你就不问问我的心情？"老仆说："郎君自家不说，老奴怎敢打搅。"张骥鸿遂把不许请假的事说了一遍，老仆道："不能去上都，固然遗憾，但也不算没处可耍，正好趁暇去周围看看，拜拜菩萨，求点福报。仙游寺不是没去过吗？还有司竹园，关中竹海坐在，听说真好景致。紫云村离这也不过二十里，京兆只说寒食长假不许去长安，没说不能去紫云村。郎君上次说，在菩提寺许愿，要和霍小娘子交好，按说如今也差似得偿所愿，正好前去赛祷。寒食清明这些天，也就一起打发了。"

张骥鸿更是闷闷："我本打算正式娶了霍小娘子再去还愿，现在你看,音信皆无,哪像是得偿所愿的样子。"

老仆道:"按元夜那日的情状,霍小娘子也不至于变心。虽然许久不见来书,也许正如郎君所言,信鸽被五坊使射落了,霍小娘子并不知晓,恐怕还在怨恨郎君不去书信呢。不如托官家的邮吏打听一下。"

张骥鸿道:"邮吏只走一段,这里求他,哪能驿驿都求到?且他们每日行路都有员程,即便最后一驿答应帮我去问,又如何有赴胜业坊寻访的功夫?少不得还须我自家亲自去一趟。"又说,"说起这邮书,刚才得了不好的消息。圣人突然提拔仇士良为左神策军首领,不知什么想法。"

老仆道:"郎君都不知,老奴就更不敢妄言了。听起来像是要分王中尉的权哩。"

张骥鸿又坐起来:"你真这么认为?"

老仆道:"只是猜想。这些年一直有传言,说仇将军和王中尉不和。"

张骥鸿又躺倒,想了想,说:"不过王中尉和左军中尉韦元素的关系也不好,让仇将军替换韦元素,对王中尉来说,有什么不同呢?"

老仆道:"韦元素性格略温和,不似仇士良暴虐。我们做百姓的,谁不讨厌仇士良?他做五坊使的时候,就把那些狗儿雕儿的到处乱放,放到富人家里,就说是人家偷的,非敲诈一大笔,不能罢手。若是做饮食的商家,叫一伙人去那吃饭,吃完留下一袋蛇,说是没带钱,先用蛇做抵押,要人家好好养着。谁人敢收毒蛇在家?撇去自家儿女安危且不说,弄丢了,对方出个天价,卖儿卖女也赔不起,也只好奉上钱帛,苦求放过。那富人商人是榨得出油的,这样倒也罢了，他连穷的也不放过哩，把捕鸟雀的网挂在人的门上，或者坊中的井口，闹得人家不敢出入，也不敢汲水。只能户户凑钱，求其宽免。这仇士良啊，是蚊子腿上的血都吸，百姓恨，却拿他们没奈何。这样的人，又把住了左神策军，百姓的日子更没盼头了。不过老奴也是妄猜，不一定对。"老仆看着张骥鸿的脸色不好，赶紧住嘴。

张骥鸿阴沉着脸，喃喃道："看来不是好事。"

老仆说："这都是老奴瞎猜。不过假如韦元素真的有罪，论资历，是该轮到仇士良为中尉了。或者就是正常的升迁，以王中尉的才干，仇士良又能奈他何？"

"真的吗？"张骥鸿又感觉心情好些了，虽然知道老仆的话明显有安存的成分。

老仆说："老奴越来越觉得，应该就是这样，就视为正常升迁好了。"

张骥鸿这才起身，拿着自家的弓弹去院内习练。

四十六　寒食节的美餐

隔日就是寒食，城邑里家家户户都不动炊烟。许浑倒是派仆人来，请张骥鸿去吃酒。张骥鸿说："冷酒有什么好喝。"但闷在屋里更加无聊，也就答应了。老仆说："前段时间老奴碰到几个东宫田卒，在市场上卖鹅蛋，老奴见那鹅蛋漂亮，买了一些，早已腌好，昨天又涂了红，放进五彩丝线囊，郎君可带些过去，分发给许尉的孩儿。"张骥鸿见那硕大的鹅蛋，比鸡蛋鸭蛋大一轮，颇有些富贵气象，赞他想得周到，提了一网袋鹅蛋去，才进了门，两个孩子欢呼雀跃，抱着张骥鸿一个劲疯，问张叔为何好久不来了。许浑道："唉，你看，我的两个孩子跟你亲，我看着只有嫉妒。"陆氏笑道："莫怪张尉，是你自家不陪孩子玩。原先隔着千里，好不容易团聚了，要找你玩，你就推说要读书写诗。这清明时节，家家户户有秋千荡，孩子求你做两个秋千在院子里，你前些天答应得倒好，今天都寒食了，你做的秋千在哪里？孩子说池塘边捉鳝鱼的很神奇，东瞧瞧西看看，那干燥板结的滩上，都能发现鳝鱼洞。一挖，就是一条。你又吹嘘说那个不难,改天带他们去抓,我且问你,鳝鱼呢?"

许浑支支吾吾:"我好像是答应了,可是这些天忙遽得昏天黑地,忘了,下次一定不忘。"陆氏道:"老是下次下次,下次是哪次?我可不可以让孩子们下次再喜欢你。"张骥鸿忍不住大笑,打圆场道:"阿嫂,十一兄是蟾宫折桂之手,就不是做这个的。这个简单,小弟从小便做,后来在神策军当官健时,也常被吩咐去做些木工活。抓鳝鱼也不难,我打小住在蓝田池边,不是靠着经常弄些鱼虾吃,长不到这么高大哩。"陆氏有些欣喜:"便能做个秋千就行,恐怕要费些功夫,劳动大郎也不好意思。"张骥鸿道:"这个简单,做好再吃酒,不费多大功夫。"许浑大喜,当即吩咐自家仆人去准备斧凿等工具,再找了木板和铁链出来。院子里春光骀荡,张骥鸿叮叮当当,一个时辰过去,秋千就基本做好,又在门前装好,两个孩子欢呼雀跃,跑去抢着玩。其他院落里县丞、主簿等官吏的孩子,听到欢呼,也跑来看热闹。许浑对张骥鸿伸出大拇指道:"大郎,你将来作了父亲,比我合格。"

两人坐在春阳下喝冷酒,吃咸鹅蛋、葱醋鸡、腌鱼脍、通花软牛肠,还有一种清凉碎,是用狸肉做成汤羹,冷却后切碎凉食的,被切成一个个方形透明的肉冻,入口即化。张骥鸿惊喜:"没想到阿嫂有这手艺。"许浑道:"我家娘子家族盛时,家里的厨子也有二三十个,便是烧尾宴,也做得出,这不算什么。"张骥鸿叹道:"十一兄,我现在才真正觉得,能和十一兄坐在一起饮酒,真是祖坟冒青烟哩。"陆氏又捧出一捧樱桃来,说:"这是第一摘的新樱桃,你的十一兄舍不得买呢。"张骥鸿道:"十一兄也是为了攒钱在长安买房子。"一边吃，一边夸赞："正愁着清明吃冷的，还要吃三天，吃不惯。若有阿嫂这样的菜，三十天吃冷的也好度过。"遂又说起崔令不准假的事，颇为不解。许浑道："圣人励精图治，也是好事。虽然，延误了大郎的好事。"

张骥鸿道："十一兄真的认为仅此而已吗？不会有什么事情发生吧。"

许浑道："能发生什么呢？都说李益和郑注擅权，但这两人都是王中尉推荐的呀。这番仇士良又被擢拔，假如也是李益和郑注推荐的，就更是好事了，说明王中尉有可能和仇中尉握手言欢，左右神策军首领握手言欢，相当于将相和，对国家难道不是好事吗？王中尉做事稳重，不会有什么大事，我等就好好享受这七日的春光罢了。"

张骥鸿听他一说，这才高兴起来："真的吗，那就太好了。"看着满院春草，落花成阵，那种伤心而又快乐的感受又忽然萌生。许浑问他想什么，他便说了这种感受。许浑道："日间听闻驿站在传抄你的歌诗，可喜可贺。"张骥鸿也欣喜："十一兄，有时候想，文人肩不能扛，手不能担，却有一样最大的力量，便是不管你住在哪里，只要会写，写得标致，便能传唱至数千里外，无人不知。据说李太白被流放夜郎，一路都是素不相识之人接待，宛如夜夜笙歌，哪像流放的犯人。若无文辞，何以臻此。又想到少时乡民满腹辛苦，却不能写出来，只好见了下乡催租的胥吏，才忍不住哭诉几句，又能传到多远？"

许浑笑道："说得是。但文辞既能带来光宠，也能带来祸患，白乐天不写《秦中吟》《新乐府》，又何至于遭贬。这还是小事，为了这点文辞，丢命的又何在少数？"

张骥鸿一拍头："却也是，有利便有弊。不去想它也罢。"

许浑道："且说回本题，作诗这事，最忌懈怠，若要真以歌诗留名后世,必得手勤。你现下这种感受,何妨就写一篇？那世间的好诗,尽来自这种感受，旁人都没有的，我也不常有。"张骥鸿道："那我想想，今天非写出来不可，还请十一兄帮我修改。"许浑道："我不是谦虚，若说真正改诗，我真无能力。我说能帮你改的，只有个别语词，是纯粹技巧性的小道。比如你上回那篇'画屏罗幌未胜风'，起句是很好的，末句'高唐云雨不从容'，意思也好。但两句一个'未'，一个'不'，意思相同，便显得句式呆板，要是我写，第一句会改，比如改成'画屏罗幌舞春风'，意思不变，句式却不单调了。"张骥鸿道："我本来不觉察，十一兄这么一说，还真是，这么一改，就好多了。"

许浑道："谈不上好多了，其实你原句意思节奏甚好，只遗憾重复。那现在就写一首新的吧。"

张骥鸿道："以前从未想过，自家这样没读过几本书的人，也能写诗。现在不但能写，还得到十一兄这般鼓励，总感觉好似做梦。"

许浑道："歌诗这个东西写得好不好，跟学问没有关系，主要看你的心里是不是蛰伏着一群诗歌的种子，如果蛰伏着，只要你肯催发，它们就会纷纷发芽，一篇一篇蹦出来。人心中若怀有诗歌的种子，就像女人的月信，长到一定阶段，就会喷发出来。诗人的天性，在于他的心与众不同，比如我，目前可以算个二三等的诗人，为什么呢？因为我对烟雨有感觉，只要看到烟雨，就有描绘的冲动，而且我的角度与大家都不一样。很多人没有这种感觉，又得作诗，怎么办呢？只好堆砌一些典故，这不叫诗人。他们写的只是一种形式上叫作歌诗的东西，却不是真正的歌诗。只要读书到一定程度的人，想作几篇歌诗，就未必比他们作得差。你不一样，我觉得你的性格中有一些倔强的成分，这种成分如果能恰如其分表达出来，就是极好的歌诗。"

张骥鸿喜道："那十一兄稍待，我踱几步试试。"因站起，向那院中亭阁处走去，春草如绿毯，淹没了他的脚背，远处传来杜鹃的哀鸣。转了七八个圈，忽然心动，有了。走回许浑身边，许浑早命人准备了几案笔墨素笺。张骥鸿抓起笔，一气写了八句：

杜鹃啼血处，余响不胜悲。
髣髴摧肝胆，依稀悦肺脾。
春花撩月夜，繁筅动人时。
人世有哀乐，参差难尽窥。

许浑看后赞道："大郎，写得真是不错。"张骥鸿心中略有得意，却并不全自信，问："十一兄之美我者，爱我也。"许浑道："十一兄最不爱说假话。你这首诗，写出了一般人没有写过的那种感觉，旁人写杜鹃，只是写杜鹃的哀鸣，引发了他胸中的惆怅。但认真想想，也有很多人从杜鹃的泣血中，得到的是愉悦。这愉悦来自哪里？还真不好说清楚。是对春光美景的欣赏和眷恋？还是因为被杜鹃引发的这种悲伤，其实本身也是一种微妙难言的快乐，因为不是所有人都有。你问问田头老农，他就领略不到。但之所以有这快乐，大概也是因为我们听到的是悲声，实际上却没有任何悲伤的事降临到我们头上,我们只是旁观者。你这篇歌诗中,最好的是'春花撩月夜,繁筦动人时。'把听到杜鹃悲鸣的那种感受,比附成在春天烂漫的月夜,听那美妙的音乐,这种快乐,我也是有过的,很贴切,又仿佛如画……"

张骥鸿被许浑这么一赞,自然喜欢,又说:"我有这种感受,其实和刚才听到的杜鹃声无关。"许浑道:"这就是起兴吧,诗三百之所以有起兴,大概由于此。人心中有感受,不一定要起兴。但文艺需要明丽的东西做引导,以山川风物和鸟兽作起兴,会让人亲切。你之所以会想到写'春花撩月夜,繁筦动人时'以此起兴,应该就是因为这个场景你经历过。"张骥鸿鼻子一酸,差点滴泪,正欲低头掩饰,忽然见墙外飞来一个黑影,张骥鸿还以为是一只燕子或是黄鹂,那鸟飞得甚高,在空中盘旋,随即俯冲下来,竟然就是自家久违的信鸽。它轻收双翼,落到张骥鸿肩头。张骥鸿大喜:"这东西已经失踪好久,没想到又回来了,也算聪明。"许浑拍掌道:"恭喜大郎,这回可以放心了。"张骥鸿解下鸽子腿上的竹筒,打开蜜蜡,抽出一封细绢,上面写着密密麻麻的字,忽然觉得心跳不已,就说:"还是待会再看。"又卷起来,塞回竹筒。许浑笑:"大郎有些腼腆了。"张骥鸿陪着笑,又聊了一会,许浑说:"撤了吧,回去睡个春觉。要是还没吃够,晚上再来。"张骥鸿巴不得,嘴上还说:"那我不打扰许兄春眠了。"挥手告别。

四十七　痴情梦断淡荡天

一回到自家屋内,张骥鸿急急脱了袍带,舒舒服服坐在床上,将丝绢从竹筒里抽出展开,心怦怦直跳,一口气读下去,却越读越觉心凉,等到读完,整颗心沉到了地底。原来这是一封委婉的绝情书,主要是说她深知张骥鸿对她的至情,但思来想去,总觉得自家无法对张骥鸿产生魂牵梦绕的情感,"虽君之深爱妾,奈妾不能同等报之,因是独夜操琴,愁弄凄恻;思量误君良匹,何以弥缝。积日逾长,妾罪逾深,故忍把弱翰,强抒厉怀",总之,她无法爱上张骥鸿,对张骥鸿不公平,希望张骥鸿忘了她,"妾自幼时,夙夕所望者,即他年得一郎君,必念念望之,不忍其一步须臾离妾者,然妾于君,竟不能有此念,亦甚怅恨矣",所欠张骥鸿的,都会折算财帛报答。假如张骥鸿肯告诉一个数目,无任感激。

张骥鸿此刻心中的难过无法形容,活到这么大,还从来没有经历过这种感受。这是一种真正的痛苦,而不是那种听见了林表杜鹃在啼血时,装腔作势的悲愁。不过他也没有哭,他呆呆看着檐下的鸽子，老仆正在兴高采烈地喂它。他回思着往日的一切，胜业坊的拜望，靖安坊的赋诗，朱雀门大街的并辔，以及近数月来甜蜜的期盼，都显得可笑至极。他听见自家突然暴叫了一声："别喂了。"老仆吓一跳，手中的小米撒了一地。张骥鸿按捺不住悲愤，突然跳起来，上前抓住鸽子笼就往外扔。老仆赶紧上前捡起。张骥鸿看着老仆忙乱惊恐的样子，顿时心又软了，道："丈人，请别在意。"眼泪却涌了出来。

老仆道："郎君，请勿烦恼，身子是自家的，即便有什么变故，也不值得如此。请恕老奴说句不中听的，其实霍小娘子并非郎君之匹，郎君身为青袍品官，应该与官宦人家结亲。当初老奴也是看郎君深陷其中，才为郎君出谋划策，其实要求良配，霍小娘子怎算得上？这回更好，郎君正可清凉心目，寻那真正的良配。"

张骥鸿道："你真的觉得她并非我的良配？那她为何还对我挑三拣四？也许她已经找到了更好的。"

老仆道："我料她也找不到更好的。凭什么？即使有比郎君家世好的人收她，也肯定不是做正房。以她那姿色，怕不几日就会被大妇打个臭死。若传出她的脸被大妇画成花，也不奇怪。"

张骥鸿忽然也感觉一阵快意，想象霍小玉将来的后悔，心潮略微有些平复。但躺到床上，又觉百般不舒服，嗓子里有一种焦渴的感觉，却并不想饮水，总之起坐难平。一会想，再也不理会那个妇人；一会又想，我还是写封信去，表示理解霍小玉的选择。一会再想，又觉好笑，被人断绝，人要你理解吗？完全是没话找话，显得自家一副贱样，还会被视为不肯死心。再过一会又想，她不是问我要多少财帛赔偿吗？我就告诉她不要赔偿，叫她良心自愧，这真是一个回信的理由。于是躺在床上，寻思怎么措辞，可以既表达自家的悲伤，又不显得猥琐，同时最好让对方羞愧，或者因此立刻悔改，回信涕泪滂沱，承认一时猪油蒙心，希望我不计前嫌，肯重归于好，那就是最美妙的了。一时间心中各种念头像秋千一样晃荡，清词丽句纷至沓来。当即走到案前，铺开纸，一刻不停地写起来，洋洋洒洒，可谓下笔不能自休。一时间就是几百行，纸张根本不能卷入竹筒，自家又看了几遍，一会觉得冗长，一会觉得一字不能删削，心中委曲，必须让霍小玉尽知，才可以打动她。最后清醒下来，又知道全是妄想，却还是难以自解，最后换了细笺，密密麻麻誊录一遍，将书信卷入竹筒，蜜蜡封口，系在鸽子脚上。往空中一扔，看着鸽子哗啦啦射向碧空，霎时变成一个黑点。又想自家的回应是否太急，那点不甘不愿的心思，只怕要被霍小玉耻笑。但此前在长安的种种，已经是卑辱到九泉之下，她也不是不知，如今这些又算什么呢？只是怅怅。

眼看日光西斜，暮色如雾，天空逐渐暗下来。这时许浑的仆人又登门，说主人问张骥鸿是否有兴，再去对饮。张骥鸿想了想，说去。遂穿好袍带，慢慢踱去许浑的院子。这回酒筵设在屋内，暮春的夜晚，还有些倒春寒，屋内竟燃着炭火，颇见暖意。张骥鸿一惊，脱了鞋上堂，刚要发话，却见许浑抱着一把忽雷，摇头晃脑，正在边弹边唱："春城无处不飞花，寒食东风御柳斜。日暮汉宫传蜡烛，轻烟散入五侯家。"张骥鸿知道他唱的是天宝年间才子韩翃的名作《寒食》，这诗连神策军的将士都无人不知，写得也确是好，也很应当前的节令。

张骥鸿等他唱完，这才说："十一兄，今日可是寒食，怎敢点火。"

许浑笑道:"不见我刚才唱的,'日暮汉宫传蜡烛',蜡烛都传来了,怎不能吃热的。"张骥鸿道:"十一兄休要戏耍。"许浑还笑:"大郎可曾读过这几句诗?"遂又拨弦念道:"初过寒食一百六,店舍无烟宫树绿。夜半月高弦索鸣,贺老琵琶定场屋。力士传呼觅念奴,念奴潜伴诸郎宿。须臾觅得又连催,特敕街中许燃烛。"张骥鸿道:"好像有些耳熟。"许浑道:"这是元相公的《连昌宫词》,你看后两句:'须臾觅得又连催,特敕街中许燃烛。'"张骥鸿道:"十一兄,圣人做得,我们却做不得。"许浑这才把忽雷放下,道:"嗨,你不知道,那崔令也偷着吃热的,他肠胃不好,连吃三天冷的,受不了。连他的主簿也偷着吃热的。"张骥鸿道:"还有此事,我当日在上都,寒食都严禁热食。"许浑道:"我们在偏僻小县,哪能那么当真。再说上都权贵门深似海,他们吃不吃热的,你大郎就那么清楚?——去查探过?"张骥鸿道:"那奉天门上,不都专门着人眺望城中炊烟的吗?"许浑笑:"烧柴草的烟大,能见着炊烟;烧木炭的,能有多少烟?你看我们这木炭还非良品,就不需要那烟囱排烟。那上都豪门家,燃的尽是精美的兽炭,加之重门深院,树木葱茏,躲在里面炖肉温酒,鬼才知道。什么禁令,都是整普通百姓的,真以为权贵也陪着百姓受罪呢?吃吧,有事崔令顶着呢。"张骥鸿也释然:"既然有他顶着,那弟也就不客气了。"端起酒盅,喝了一口,暖洋洋的,慨叹,"还是饮热的舒服。"

自然会聊起信鸽传书的事,许浑瞅着张骥鸿脸色,并没有问,张骥鸿主动坦白,许浑道:"大郎你也别难过,那霍小玉真有些过了,枉我替她把倡家德才卓异,申请特嫁县尉的判词都写好了,她竟然拒绝你这位县尉,莫不是得了失心疯?她到底要嫁什么人才心满意足?"张骥鸿心中酸溜溜道:"也许要嫁侍郎宰相。"许浑哼道:"那不是做梦。不过她这么拒绝你,或许有什么内情。"张骥鸿眼睛一亮:"是被人逼迫?"许浑道:"大郎,你别以为这样就能挽回,她既然这么绝情,不给自家留后路,前面一定是有莫大诱惑等着,或者是莫大权势候着。大郎,若是前者,你竞争不过;若是后者,你惹不起。"

张骥鸿道:"莫不是被哪个大人物掳去了,莫非就是李益,现在改名李训的那个。"

许浑道:"这样想固然也对,只是李训即刻要新婚,还能做这样的事吗?我跟他无过往,不了解其为人,大郎你自家斟酌。"

张骥鸿道:"此人其他我不知,但脸皮厚,则让我叹为观止。所以,他能做出任何无耻的事。但她娶的毕竟是崔家女,只不知道他敢不敢这么做。"

"这么说的话,可能就是他。"许浑道,"他以前可能不敢,但现在突然被圣人恩宠,又和郑注勾结,何人敢惹呢?崔令这个家族,恐怕已经不在他眼里了。"

一时间无话,陆氏过来安存:"大郎,别放在心上,我陆家也有些看得过去的女子,倘若你不嫌弃,我写信去,帮你物色物色。"张骥鸿道:"大嫂你是名族,大郎如何高攀得上。"陆氏道:"什么名族寒族,早就不是贞观开元了,有才是最要紧的。大郎愿意,我这就写封书信去润州。"张骥鸿道:"大嫂千万别这么说,弟哪敢说什么愿意不愿意,的确有些自卑。"许浑笑道:"我这婆娘总说些天真事,你家在江南，在这嶅屋城中，一时半刻，却找谁给你送信去？等终于托到人，过两月那边收到信，再托人带回信来，半年都过去了。大郎，上次听你提起，正月在上都，你的老师何书记不是也想把侄女嫁给你吗，其实这也是极好的选择。"张骥鸿道："老师说是说了，可我当时因惦记着霍小玉，默然无回应，另外，他那位公子何莫邪，是新近进士及第的，似乎并不想和我攀上关系。"遂把当日具体情景一说，许浑道："改日回京，再去拜访何书记，若他下令，何莫邪又怎敢说什么。量他一个小小前进士，九品告身都没拿到，在家中也没什么权威。"张骥鸿叹道："被人鄙视，日后如何见面？总不想领受那种高攀的感觉。"陆氏道："什么高攀低攀，难道成了亲，还跟他们一起住不成。等日后大郎你辉煌腾达，只怕都会主动拜倒你脚下哩。"

经过一番聊，张骥鸿喝得烂醉，借着酒劲，一通发泄，许浑也喝醉了，信马由缰扯起来："大郎，我告诉你，今年要出大事。你知道我的座师贾公是怎么升任宰相的吗？说三月三日上巳节那天，圣人在曲江宴请百官。贾公是京兆尹，朝廷惯例，御史监察百官仪容，百官到了外门就要下马，对着御史作揖，宰相也不例外。而贾公一向骄傲，骑马直入，被殿中侍御史杨俭、苏特两人拦住，他竟疯了似的，破口大骂：'哪来的黄脸儿，竟敢拦我？'侍御史当然不服，争执到圣人面前，最后贾公被判有错，罚了薪俸。他自觉耻辱，不想在朝中待了，寻求去作外官。于是当日下午圣人下诏，让他去做浙西观察使。"

张骥鸿脱口而出："不是李仆射要迁任浙西观察使吗？"

许浑道："有这事？你从哪听来的？"

张骥鸿也忘了耿知俊的叮嘱："实不相瞒，是瓯越都知兵马使耿知俊说的，还叫我不要外传呢。"

许浑道："那就不知道了，总之最后贾公还没出发，突然朝廷又发下诏书，任命他为中书侍郎、同平章事。"

张骥鸿拍案道："十一兄，你说这他娘的什么世道。你的座师嚣张跋扈，犯了那么大的错，按理应该贬官，外放为观察使，都算是便宜他，却反而升了宰相，这样的朝廷，怎么能好？那李益才进士及第，就被提拔为翰林知制诰，哪来的天理？你说，十一兄，你说。"

许浑竟也不以为忤，说："还不是那个郑注帮他说话了，郑注现在想托谁，谁就能升天；想按谁，谁就要入地，他娘的，这世道。"

陆氏早把门关得死死的，吩咐仆人："都是醉人妄语，可不要外面乱说。"那家仆也老，说："自进了郎君家，就指望依托郎君过这一世，怎能去乱说，不但负不义之名，自家也得不到什么好处，难道我目不识丁，还能提拔为官不成。"陆氏笑道："只怕丈人在外喝醉妄言。"仆人说："现在不比往日，若是则天皇后时，娘子这担心还有道理，现在妄言几句，哪个衙门会来受理。"陆氏略微心安："倒也是，那些喜欢告密状的小人，虽然心恶，但若朝廷清明，不给他们作恶的机会，本身其实也掀不起什么浪来。不过还是要小心，世道多变哩。"老仆道："娘子放心，吃了几十年米麦，这等还是知晓。"

那边张骥鸿聊得快活，心情略好些了。看窗外天色漆黑，摇摇晃晃回去睡觉，一路上忍不住歌哭，仍是感觉心中有些空落落的难受。回到屋里，趴在床上一动不动，老仆烧了涌汤给他泡脚。他借着酒劲，迷迷糊糊睡了。

四十八　仙游寺赏牡丹

第二天一早，张骧鸿在黄莺声中起床，想起昨晚的事，依旧闷闷的难受。坐在窗前，抓过两卷歌诗来读，一个字也读不进去。只是寻思，不知道霍小玉看了自家的回信，作何感想。是耻笑还是感动？枯坐到日上三竿，却见许浑风风火火闯进来，道："刚才碰到一个相识邮吏，是经常来往上都的，问他上都近来有何风流异闻。邮吏说：'倒是听了一事，说是新近得宠的李翰林不日举行大婚，但上都人又风传他前不久赁了一宅院，偷藏了一美妾。'"

张骧鸿嗒焉如丧："看来昨日的猜想颇准，真想立刻驰往上都，亲自去质问那贱——"说到"贱"字，想起霍小玉的样貌，又委实难以出口，吞了回去。许浑道："大郎，你还是看不透，便真要去问时，也不急在这一刻，特惹懊恼。等你调职，回到上都再问不迟。只怕你那时有了高门宅眷，还要额手称庆，幸亏当初被她抛弃了哩。"张骧鸿道："等回到上都再问，便铁匠的炉膛也凉了，有何意思。"许浑道："等的就是这没意思。我且问你，此刻若真是李益纳了霍小玉，你又如何能与他较力？况且你不知大凡乐户人家，最爱的是门第，便给李益做妾，也会欢喜，你去问她，她也不能跟你说真话，只是虚与委蛇，岂不徒增懊恼。我今天想着，目下春阳正好，何必在家枯坐辜负韶光，不如明日去仙游寺散心，澄照和尚这几日驻锡仙游寺讲经，远近百里之内，不少名士去听呢。就是不听讲经，那里风景也是绝佳，黑龙潭下，众卉竞芳，潭水清碧，宛如仙境，你跟我去了便知。"张骥鸿望望窗外，见青空如洗，花间飞荡着晴丝，春光仿佛在耳旁嗡嗡作响，便道："十一兄说得也是，早就说去黑龙潭，每次收租路过附近，却总不得闲，屡屡辜负美景，如此好天气，正好适愿。"

于是做一番准备，第二天一早，朝阳正好，两人带着各自的家人和仆人，骑马乘车，驰往仙游乡任袁村所在的仙游寺。一路上果菜丰蔚，林木扶疏，坂道起伏，视域明灭。间或骅骝嘶叫，鹧鸪嗷鸣，令人耳不暇听，目不及视。许浑的两个孩子都兴奋得大喊大叫，张骥鸿也觉得好，只胸臆间却依旧被丝绵堵住了一般，心里思忖：我胯下这匹马，便是当时霍小玉骑过的，当初和她一起雪夜同游朱雀大街，场景历历在目，自以为百全必取，谁知结果竟是这样。

许浑仿佛洞见他的心思，说："这种事就是夜长梦多，你也是，天与不取，乃受其咎。不过塞翁失马，焉知非福，静候数月再看。"

说话间，就到了县东南的黑龙潭畔，两山之间一道素白瀑流奔驰而下，虽水势不大不急，隔着百十步远，也足生清泠。瀑布下不远处，一泓碧水，深不见底。潭边碧桃成阵，但大多已经开败了，剩下也有依旧盛开的几株，大约是不同品类，花瓣如粉色丝帛，重重叠叠。间或微风吹去，花瓣纷飞，洒满了湖面，又顺着流水，向连接潭水的小溪飘去。山壁上凿有很多祭祀的神龛，相传潭中有龙，当地百姓每逢节日都要前来祭祀。

两人下令暂时停泊，仆人施起步障，在湖边耽游了好一会，又把带来的野餐吃了，才继续上路，不多久到了黑水峪，仙游寺近在咫尺。一行人下马进了山门，面前一栋黄色墙壁，写着欧体的三个大字：仙游寺。

许浑道："这是隋文帝建的，明皇时修缮过，藏有佛指骨舍利七枚。旁边那条山涧，叫蔷薇涧。那边山上的阁楼看到没有，叫云居阁。白乐天的诗：'楼观水潺潺，龙潭花漠漠'，就是写这里的。站在那阁上，可以远观终南紫阁峰，此刻依旧白雪皑皑啊。"

张骥鸿道："看这景致，我心中也略好些。"

进了山门，有小沙弥过来拜问，听到是澄照邀请的，就说："师傅白天要讲经，让小僧给两位及家人排备了床榻，可以歇宿。"许浑道："为何不让我们去听。"小沙弥道："师傅说，和两位官人是多年好友，坛上讲的，两位早就听过了，何必虚掷时光，到了场上，反惹他不自在。两位且自家玩耍，等师傅这两天讲完经，就带两位去游览内外。"

许浑笑道："大和尚说得有理，我若讲歌诗，碰到熟人来听，也会尴尬。他不让我们去倒好，我们自家玩耍。"一行人跟着小沙弥到后院，只听得满院梵呗，但跟着走到廊间深处，声音越来越微，只如仙乐，缥缈云间了。廊下两边绿竹猗猗，翠色照地。黄墙黑瓦，阒寂无声，只能听到自家的跫声。许浑狂态大发，说："大和尚有这么好的地方住，还要崔令那俗人供养作甚，真不知道享福。"张骥鸿道："俗话说，破家的县令，不和俗人结交。这地方便也住不成了。"许浑笑道："这也有理。"

走了不多时，小沙弥推开两间禅房，门前各自挂着一块木牌，分别镌着"冲玄""虚白"。张骥鸿分得"虚白"那间，推门进去，床褥整洁，几案景致，更兼翠色印窗，光影斑驳，令人神飞，不觉自言自语："'秦妃卷帘北窗晓，窗前植桐青凤小'，这地方，如果飞来一只凤凰，我是不会奇怪的。"又想，可惜没有秦妃卷帘，若能共霍小玉在此几夜，岂不销魂。想到此处，又是一阵惆怅。

许浑也在隔壁下榻，至于各自的仆人，另有排备。许浑一会过来，见张骥鸿倚在床头发呆，就说："起来起来，叫你出来玩耍，就是想让你转一下思绪，别老想着那事。你看这窗外，都是牡丹，开了不少哩。"张骥鸿起来往窗外窥视，果然不远处就是花园，于是和许浑出去，沿着走廊没几步，假山之外，曲径通幽，果然别有洞天，各种花草开得正艳。最可喜的就是一丛丛木芍药，粉红、淡黄、深赤、暗紫，应有尽有。张骥鸿惊叹道："怪道人说名刹里藏有黄金白玉，就如这一院牡丹，运到长安去，怕不就换了千金回来。所谓'一丛深色花，十户中人赋'是也，这些花，起码值五百户的赋税吧。这大和尚，就是五百户侯啊。"许浑则手舞足蹈，吟诵起文章来："暮春气极，绿苞如珠。清露宵偃。韶光晓驱。动荡支节，如解凝结。百脉融畅，气不可遏。兀然盛怒，如将愤泄。淑色披开，照曜酷烈。美肤腻体，万状皆绝。赤者如日，白者如月。淡者如赭，殷者如血……"

张骥鸿等他吟完，问："十一兄，吟诵的是什么文章，怪好听的。"

许浑道："我有一友，名舒元舆，与我同龄，科名却比我早得多了。"

元和年间，我第一次进京应省试，与他在崇文坊酒楼上认识。当年他中式，我落第。我是大和六年进士及第，比他晚了整整十九年，羞愧莫当啊。他现在官左司郎中，五品官，我倒不嫉妒他，他文采好，人也挺正直的，当年裴度为兴元节度使，召他为掌书记，他就写文章大骂阉宦。"说到这里，看了一眼张骥鸿，"我没有说宦官都不好，王中尉还算不错的。"

张骥鸿默不作声。许浑道："我是说真的，就凭王中尉提拔你，至少是干了一件好事。你跟他非亲非故，也没钱贿赂他。"张骥鸿道："十一兄，我确实把王中尉看成菩萨，不管别人怎么看他，总之对我有恩。所以，我不喜欢听到说他不好的话。"许浑道："我知道，所以向你致歉。我们继续说别的。不管什么时代，神策军中尉都是炙手可热，舒元舆却敢骂他们，至少说明他不畏强御，对不对？比那些阿谀奉承的人，至少有品节，对不对？"张骥鸿说："对。不过怎么提起他来了。"

许浑指着花，道："就因为这个牡丹。舒元舆写过一篇《牡丹赋》，写的真是好，我读过好多遍，都背下来了。你知道文人相轻，想让一个文人去夸奖另一个文人，比登天还难。对，是有互相夸奖的，但多半有共同利益。这世道就这样，黄金轿子人抬人，朋友之间，你有了名气，说话有分量，捧捧我，我很快也能成名；我成名后，也可以反过来给你揄扬，如双方都是无名之辈，怎么捧都没人听，几时才能出头？互相捧，其实并不一定真心觉得对方写得好。但我对《牡丹赋》是真心喜欢，当然，我可以说他写得不算完美，有些啰唆，我喜欢的是其中那股忧伤的情绪。你可知道，在我们大唐以前，牡丹并非什么名花。在此之前,没人喜欢牡丹的。所谓'遁乎深山,自幽而著'。直到天后时期,才把这种本来生长在山谷里的野花,移种到长安,从此价格疯涨,很多百姓甚至抛弃田亩,去深山采撷它卖到长安为生。大郎,其实你也同这牡丹一样啊。"

张骥鸿茫然看着许浑:"我和牡丹一样?"

许浑道:"难道不是吗?大郎你本来也是生长在乡间,后来去了长安,遇到贵人赏识,一跃而成了大唐的八品官。论才华,你比那些生长在通都大邑的公卿世家子弟毫不逊色,我相信大郎你将来也和牡丹一样,会'拔类迈伦,国香欺兰'的。"

"'拔类迈伦,国香欺兰',这是那位舒相公写的吗?"张骥鸿道,"我想读读全篇,十一兄有没有全篇?"

许浑道:"刚才我没诵完,最好的还是另外一段,'初胧胧而下上,次鳞鳞而重叠。锦衾相覆,绣帐连接'。世上的花,再也没有比牡丹的花瓣更丰润更繁密的,这些花瓣,真的是重重叠叠,柔柔软软,像锦衾叠在一起啊。全篇就在我的肚子里,等回了鳌屋,抄了给你。"

张骥鸿道:"也不须等你回去,干脆回头就借笔砚,你诵我写。"

许浑笑道:"你这人有趣,听到有好文章,就是一刻也等不得的。"张骥鸿道:"我也不知为什么,的确如此,若听到了好东西,恨不能马上就要。"许浑道:"那你在元夜,怎么没要了霍小娘子,至今遗恨。"张骥鸿道:"那不一样,别问我,我也不知道为什么不一样。"两人又绕着园子转了几圈,还没等把每一处景致都看个清楚,忽然天色转暗,不知什么时候,天上已经飞来一重乌云,随即颈上一凉,有微微小小的雨点下落,感觉像针尖一样细。许浑道:"真不巧,明日还怎么出去游玩。"

张骥鸿道:"有什么不好?'霭霭停云,濛濛时雨。八表同昏,平路无阻。'"许浑笑:"随便改诗,不伦不类。"张骥鸿待要辩解,随即感到颈上雨点逐渐粗大,随即啪嗒啪嗒,像泪滴一样,只是不热。两人只好回到屋里,向小沙弥借来笔墨。许浑诵一句,张骥鸿写一句,把《牡丹赋》写下,等到写完,又过了半个时辰。张骥鸿一句句读下去,道:"果然好赋。"又隔着窗口,眼见雨越下越大,起首还盼着是暴雨,很快能停,谁知没见着暴,只是不紧不慢,下个不停。许浑有些急了:"这雨再下下去,田要涝了,今年没有收成,可怎么收租。"

张骥鸿也忧虑起来:"可千万别这样,这个县尉,真是要缺了天良才做得。"

"若明日止得住还好,止不住,庄稼就要淹坏。"许浑说着,跪下来哀求,"佛祖啊佛祖,为何不怜悯苍生。若能不成灾,夏日收成后,当为佛祖重塑金身。"

他们走到廊上看,廊上地势高,越过院墙,正对着黑龙潭,见雨雾中,许多百姓络绎打着伞,披着蓑衣,跪在潭前祭祀。潭边那仅剩的几株碧桃,花瓣被雨水打得光秃秃的,好不狼狈。许浑道:"和他们相比,我们自家一点忧愁又算什么呢?"张骥鸿被他感染,也豪气顿生:"是啊,忽然觉得失了小玉,也没有那么难过。我再可怜,也正如白乐天所云'今我何功德,曾不事农桑。吏禄三百石,岁晏有馀粮'。我这点愁苦,实在有些矫情了。"

小沙弥忽然过来,道:"这雨也是留客,上天还怕两位少府不留居呢。师傅已经讲完了，被几位居士拉着请教，一时过不来，若两位觉得疲累了，用完晚膳就自家安寝。师傅说，明天就可以全身陪两位了。"

四十九　偶遇崔五娘

许浑道："这大和尚，请了我们来，自家又不接待。"

小沙弥合掌致礼："师傅不是不接待，的确是走不开。还说和两位是老友，这才不拘泥这些客套礼数。"许浑笑道："请勿在意，我只是调笑罢了。"张骥鸿忽然觉得尿急，便问厕所在何处。小沙弥说："请少府随我来。"张骥鸿跟着他去，走了十来步，忽听到廊庑对面有女子的声音，听起来似乎还有些耳熟，就问："想是哪家贵眷来此敬佛。"

小沙弥道："是本县崔令家的千金崔五娘，本寺菩萨甚灵，去年崔令一家曾来许愿，此番出嫁之前，特意遣五娘来报赛，本来即来即去，不巧碰到下雨，也只好在本寺住宿一夜了。"

张骥鸿心中一震，颇有些酸，随口道："看来是报赛嫁了好郎君。"

小沙弥道："县家的事，少府已经知道啊，的确传闻，说不日将赴上都嫁与贵人。"

张骥鸿道："这不是传闻，邑中尽人皆知，我自然也不例外。"

走到尽头，小沙弥给张骥鸿指了路，就出去了，张骥鸿折身，沿着廊庑过去，忽然被一个声音叫住："张尉，是你吗？"张骥鸿回头望，见一女子婷婷立在面前，头上戴着帷帽，身穿牡丹团花的裙襦，肩上披着浅绿的披肩，却不是五娘是谁。身后不远处，站着她的青衣侍女荔枝。微风吹来，张骥鸿随即闻到一阵香气馥郁，沁人心魄，张骥鸿心忽的跳起来，道："是我。"透过帷幔下垂的细纱，能看见崔五娘雪白的面庞，美目流盼，黑白分明。张骥鸿忽然叹了口气，也不知道是为了什么。

五娘静静站着，柔声低语："怎的这样巧，在这偏僻处所，竟也碰到故人。"

张骥鸿忙遽解释："是许尉说澄照和尚要讲经，邀我来听，顺便赏赏黑龙潭美景。"

"别着急，我没说你特意来的。"五娘低笑道，又沉默片刻，张骥鸿正要托辞告退，忽听得五娘语带幽怨，"我不知道说什么好，只不知怎的，心中一直忘不了张尉。不意又在此相见，仿佛天意。"

张骥鸿看着荔枝，低声道："都要婚嫁了，还说这些。"

五娘道："荔枝尽可放心，她不是舌长的人，你也知道。你宿哪里？"

张骥鸿朝自家禅房方向指了指："说来好笑，名字叫虚白。"五娘说："不远。"突然摘下帷帽，怔怔看着他，脸上毛孔历历可数。隔了三四个月没见，张骥鸿感觉有点陌生，仿佛五娘又长开了一些，也不像球场上那种似乎什么都不在乎的样子。看她梳着时兴高髻，画着远山淡眉，双唇晕染朱红，由唇中起晕，渐离渐淡，额上画着彩色水滴形的花钿。端庄中透着失意,美艳异常。张骥鸿忍不住夸了一句:"五娘比以前漂亮了。"五娘说:"以前就不漂亮吗?"张骥鸿道:"也漂亮,但往往像孩子。"五娘道:"都是要做新妇的人了,也不能再像孩子了。"张骥鸿道:"你的夫君我知道,是大才子,现在又入了翰林,前程似锦,你真好命。"五娘道:"我们崔家,站在楼上,随便用石头扔向庭院,就能打中一个才子,一个翰林,但是,没有一个像你这样的。"张骥鸿道:"我怎样的?"五娘道:"与众不同,出类拔萃。"张骥鸿强笑:"你这是看遍山珍海味,肠满脂肥,想吃点藜藿之羹尝新。你知道,一个像我这样的普通人,无论多么辛苦,也换不了你这样的生活。"五娘左右看了看,他们站立的地方,是一个廊上伸出去的看台,面前青竹深密,三面无人。五娘突然上前抱住张骥鸿:"你喜欢的霍小玉,据说曾是他的妾,你要是个男人,就应该报复他。你如果不是,我会很失望。"张骥鸿道:"怎么报复?"五娘道:"人生苦短,我那些姊妹,多少人红颜早逝,我司空见惯,就觉得富贵无常,享受自家喜爱的更重要。"张骥鸿脑子一阵热,道:"那么,我是个男人。不过,即使我要你,也不是为了报复他,而是因为你的美貌。"五娘低声道:"我就喜欢你这样说话。晚上等我。"说完推开张骥鸿,转身就走。张骥鸿晕头转向回到僧寮,心中一直在想:真的要这样吗?她又真的敢这样吗?

　　许浑还候在廊上,道:"怎的去如许久?"张骥鸿这才悟到,自家并没有去撒尿,还憋在腹下,就说:"我一碰到下雨就多尿,哪怕没喝什么水,大概是天人感应?现在又想尿了。"许浑道:"你神不守舍,好像碰到了美艳妖狐,小心被她把精血吸光。"张骥鸿以为被他看破，慌乱回应："这数百年古刹，菩萨坐镇，哪来的妖狐。若真的来时，谁吸谁还不知道呢。别忘了我姓张，生来就有千年的道行。"许浑道："看你这等胡言乱语，越发像中了妖邪了。"张骥鸿心噗噗直跳："不跟你啰唆，我去撒尿。"

一会禅房送餐来，都是素餐，两个孩子嚷嚷没味道，吃不下，张骥鸿也觉得寡淡。好在最后上的蒸饼好吃，个个小巧玲珑，看去不起眼，却甜香有味。孩子也不嚷了。送饭的小沙弥说："敝寺的蒸饼，是方圆几十里内有名的，邻近百姓，有时直接把敝寺称为蒸饼寺，来寺里敬佛，用斋饭就为了吃这蒸饼。"许浑道："既如此，这蒸饼的方子也该告诉大家，省得大家特意跋涉来寺里。和尚是百姓供养的，也算报答百姓。"小沙弥道："并无秘方，想是菩萨保佑，寺庙中井华水独有，若不用这井华水溲面，便蒸不出这味道。"许浑道："那便无奈了。"

用完斋饭，张骥鸿回到自家禅房，许浑在后叫："若嫌寺庙寂寞，我便去陪你夜话。"张骥鸿忙遽道："不必不必，不然阿嫂该咒我了。你享受你的琴瑟和谐，我在房中静待妖狐。"最后一句故作轻松，语音中似乎略带颤抖，好在许浑不觉，只笑道："我们老夫老妻，什么琴瑟和谐。也好，明天去看你是否精血枯干。"

雨水还在淅淅沥沥下着，随着晚钟响起，整个寺庙的灯火日渐熄灭。张骥鸿还点着灯，看着蜡烛灯芯爆裂，鬼花一样闪烁又消失，也不知坐了多久，心中绿油油的苗正在变得灰黄，陡然间面前一个人影窜入，果然是五娘推门进来了。她反手把门锁上，背靠门上，喘着粗气。张骥鸿惊喜："你真来了。"说着拜了一拜。五娘似笑非笑看着张骥鸿，道："还以为你会栓门，若真栓门，那就是天意，我也就走了。"她这回穿着家常衣服，素颜无饰，脸蛋好像鹅蛋那么白，头上不再梳着高髻，秀发下垂，只松松绾在脑后，颜色艳异，光辉动人。张骥鸿觉得，她只比霍小玉差一点点，很小的一点点，他忽然觉得口干舌燥："天予不取，反受其咎。我不想受咎。"

五十　仙游寺云雨

　　五娘上前一扑，抱住了张骥鸿："有此一夕，死也不枉。而且，我倒希望此刻有人来杀我呢，我知道你不会让我一个人死的，那我们就真的死也在一起了。"
　　张骥鸿眼睛有些湿润："真要杀了我们，他们肯定会将我的尸骨锉成灰烬，哪里还能和你一起。"同时将她抱紧在怀里，软软的温温的，又闻到她身上的香味，也不知道是脂粉的香，还是别的什么香，只觉自家腹内一阵热气升起，越发将她抱得紧了，嘴唇在她脸上摩擦，低声说："是的，不会，但在我面前，要杀了你，可不那么容易。"五娘仰首向梁，任他轻薄，忽抿嘴笑道："你不怀疑我可能是狐狸和鬼魂，把你的阳气吸走？"
　　"是就是吧。"张骥鸿道，"我的阳气也不值什么钱。"
　　五娘低头，找到张骥鸿的嘴唇，咂摸得清脆有声。张骥鸿把她抱上床，顺手灭了灯，就将其压在身下，亲了好一会，宽衣解带，就在那铺着绫罗的床上，两人裸裎绞合，初进去的时候，张骥鸿哼了一声："太畅快了。"五娘蹙眉笑道："终究摆不脱粗鄙。"张骥鸿略带讥讽："想要文雅，往后在李十郎床上有的是。"黑暗中，张骥鸿仍能看见五娘的眼睛盈盈看着他，五娘道："不要提那田舍奴。"又低低地说，"我还怕他是银样镴枪头呢。"张骥鸿埋头吻她，下面随着焦渴细细耕耘，直到最后一刻，像早上的太阳一样喷薄而出。犹且不满足，聊了一会，又想再来一次，这次耕耘得更久，好久才抱着睡去。但中夜时分，张骥鸿醒了，抚摸着旁边的五娘，五娘突然睁大眼睛，说："你还没睡。"张骥鸿看着她亮晶晶的眸子："难道你一直没睡？"

"我睡了一会，又醒了，却再睡不着了。"

"那干脆说话吧，良宵苦短，睡掉了可惜。"

"但要小心。这里太静了。"

"你怎么避开侍女的？"

"你现在才问？"

"开始问来有何必要。"

"告诉你也不打紧，我那丫鬟，也是崇敬你的，我们心照不宣哩。"张骥鸿嘻嘻笑道："何不叫她来，一起享受。"

五娘手指一点他的额头："你也学那纨绔子弟的样子。"

"说笑而已，对了，若是泄露出来，岂不连累她？"

"怎么泄露？就算被我阿爷知道，他也不会自家到处宣扬吧？我们崔家，怎能容许出这样的事，顶多把我悄悄勒死，说是暴毙。"

张骥鸿又搂紧她，吻她的唇，间歇时说："这我绝不能允许。"

"那又能怎样？张郎，你虽然武力超群，却毕竟势单力孤，还能打得过他们不成。"

张骥鸿道："我愿和你一起死，这是真的。"张骥鸿知道自家没说谎，至少此刻，他真是这么想的，他感觉眼睛又潮湿起来，不知是自怜还是自伤。五娘认真看着他，伸手抹他的脸，长叹了一口气，低低地说："放心吧，发现不了，与其勒死我，还不如当作联姻的器具。李十郎又怎么知道？他便是知道，也须舍不得我家那丰厚的嫁妆。"张骥鸿叹了口气："你这话倒说得有理，虽然我永远无法理解，嫁妆就那么重要？"

"这正是我喜欢你的地方。"五娘道，"我知道你。"沉默了一下，又道，"还有，你一直自信，你真的以为，靠自家的能力，就能过得不错。"

"李十郎能力比我大那么多，为什么还贪嫁妆。"

五娘叹道："你貌似也到处讨好人，也想升迁，但你本质却是个欲望不多的人，所以跟你说了，你也还是不懂。"

张骥鸿道："好吧，不说这些，这个时候，我想起了元相公的《会真记》。'更深人悄悄，晨会雨濛濛。鸳鸯交颈舞，翡翠合欢笼。'"

五娘接口道："眉黛羞频聚，唇朱暖更融。气清兰蕊馥，肤润玉肌丰。无力慵移腕，多娇爱敛躬。"

张骥鸿惊讶道："你也这么熟？"

"我熟不奇怪啊，我家世代高门，倒是你一介武夫，怎么熟的？"

"此文坊间传抄甚广，我是爱歌诗的，又是男子，怎能不知；倒是你这种人家的女子，也准看这种书？"

五娘道："别把我们家想得多干净，多整饬。不跟你说这些，你不懂。"

张骥鸿想起靖安坊的事,是从那以后,他托人到处找,找来《会真记》,来回诵读。只是原以为和霍小玉是天意,谁知竹篮打水一场空。五娘听他说罢,也叹气道:"我看那霍小玉真是没福的,大郎,你也别难过,你的前程好着呢,将来定有良配,但要记得我们的今夜哦。哎呀,我想撒尿。"张骥鸿忍不住笑:"你也不会用点文雅词吗?"五娘道:"就图跟你在一起轻松,想说什么就说什么。"张骥鸿笑道:"我也有点想撒,不如一起去如厕。"

两人悄悄打开门,外面依旧雨声潺潺,四处黑漆漆的,什么也瞧不见。五娘走到廊上,翻过栏杆,蹲下来就撒。张骥鸿惊道:"怎么在这里。"五娘道:"什么这里那里,天上下雨,我也帮忙,还能做肥料哩。你也来。"张骥鸿于是也跨过栏杆,握着下面那物事站着撒,淅淅沥沥的声音被雨水盖过,倒也不显。两人撒完,张骥鸿把五娘抱起来,跨过栏杆,回到房里,闩上门,倚在门上,摸着五娘的身体:"美肤腻体,万状皆绝。不如再来一次。"五娘摸他下体一回,果然硬了,遂轻笑道:"来就来。"

张骥鸿抱着她上床,压在身下,挺身就想进去。五娘捉住他的物事,阻止进入,说:"这回我在上面。"张骥鸿道:"那倒真好。"

窗外漆黑一片,除了淅淅沥沥的雨声,和偶尔传来的蛙叫,万籁无声,这对男女复抱在一起亲嘴抚摸,忘我野合,做那一星半点事。一会又云散雨收,窗户似乎隐隐透出亮光,其实还是黑的。五娘光着身子,见案上的文字,就点着灯光看,看了一回,说:"这是谁的文章,写的是牡丹,却有幽怨之气。"

张骥鸿道："不愧出身崔家,你真是懂得文章的。"遂把许浑的解释一说,五娘道："许尉说得好,你就是那牡丹,本来僻在深山,被人采摘到上都,顿时把那些纨绔子弟比了下去。'我案花品,此花第一。脱落群类,独占春日。其大盈尺,其香满室。叶如翠羽,拥抱栉比。蕊如金屑,妆饰淑质。玫瑰羞死,芍药自失。夭桃敛迹,秾李惭出。踯躅宵溃,木兰潜逸。朱槿灰心,紫薇屈膝,皆让其先,敢怀愤嫉?'你正是'其大盈尺'。"说完吃吃地笑。张骥鸿道："你笑什么。"五娘道："没笑什么。总之,'此花第一',说的就是你了。"

"那你是其香满室了。"张骥鸿悟过来,笑道,"说起此花第一,你也第一。我是雄花,你是雌花。"

"雌花不是霍小娘子吗?"五娘又笑。

张骥鸿叹口气："你也是雌花第一,她也是雌花第一。"

"你想坐拥两朵第一的雌花,倒想得美呢。"

正调着情,忽然隐隐听到门外有人轻轻敲门,五娘赤身裸体跳下去,趴在门上,低声道："荔枝。"门外也低声回复："是我,五娘子,五更了,该走了。"五娘低声道："我马上去,你快回,可别让人看见。"晨曦中,张骥鸿只见面前一片惨白,那玉体说罢就回到床前,径直穿衣整带,两个乳房不小,好像风吹稻浪,在面前微微颤动。张骥鸿呆呆看着她,一动不动。五娘穿戴好,笑道："弃置今何道,当时且自亲。还将旧来意,怜取眼前人。"张骥鸿叹道："别说弃置,我哪有资格弃置谁。"五娘站在他面前,收了笑容,眼泪扑簌簌下流:"大郎大郎,就此作别,只愿来世我们都投生在门当户对的人家,不拘富贵贫穷,只要能再为夫妇。"随即抬手果断一擦,又拢住张骥鸿的脖子,在他唇上使劲亲了一下,拉开门,迅速不见。张骥鸿立刻跳下去,打开门,看着五娘背影,五娘转首回望,挥了挥手,随即迅疾跑向走廊的另一端,倏忽消失,再也不见。

张骥鸿关上门,心里又是空荡荡的,好似比前日看了霍小玉的来信还要难受。他转身伏在床上,看看自家的手脚,怀疑是南柯一梦,眼泪落在枕上,朦胧中看见清晨的阳光照在面前的粉墙上,心想真是奇怪,晚上一直淅淅沥沥下着雨,怎么又出太阳了,难道真是梦境?但闻闻枕头,"衣香犹染麝,枕腻尚残红",分明还有脂粉的香气,又摸摸自家的下体,滑腻滑腻的,和平日自有不同。他坐起来,穿上衣服,再推开窗户,窗前的树叶还不住地往下滴水,显然是雨刚停不久,但肯定不是梦境。

五十一　难忘云雨情

穿戴好，见许浑已经在廊上弯腰踢腿，做着五禽戏。见了张骥鸿，许浑端详道："大郎，你眼窝发青，昨夜难道真的被狐狸吸了精血？"

张骥鸿道："哪里发青，我睡得很好，从来没有这么好过。"

许浑道："不像啊，看你眼睛还有些红，想是做了春梦，梦中哭过。我昨晚睡梦中依稀听见隔壁有动静，怕是你和雌狐狸在鏖战哩，我想起来帮你，却好像被什么东西压住了一般，怎么也醒不来。"

张骥鸿道："十一兄，你是梦魇了。我没事，适才有一只苍蝇还是蚊子，我不知道，扑面撞来，我赶紧闭眼，结果反而把它夹在眼睛里了。想来恶心，忍不住揉搓了半天。"

许浑松了一口气："你说的这种情况，我倒是常遇到。不过我看这里清净凉爽，一只蚊子和苍蝇都没见到。"张骥鸿道："有的，我早上见到好几只。"

正说着话，见小沙弥从走廊那边过来，道："两位少府，师傅现在香积厨用斋饭，请你们去，一起用餐哩。"许浑当即叫了妻子孩子,和张骥鸿一起过去。到了香积厨,旁边有个大屋子,便是斋饭堂,见澄照果然坐在那,见了他们,起来笑道:"昨天讲经完,又被几个施主缠住,分不得身。后来看天已经黑了,又下着雨,想你们劳累一天,恐熬不得夜,干脆早点安歇,就未打扰。昨晚那么大的雨,还以为这几天都不得停,谁知一早竟停了。今天倒是无事,贫道可以陪两位一起四处登览。"

张骥鸿道:"是啊,昨天那个雨势,我还担心涝了庄稼。许尉竟急得跪下拜佛了。"

澄照道:"两位都是民之父母,现在像你们这样的官不多了。其实撇开庄稼旱涝不谈,我是喜欢下雨的,下雨天可是读经的好时光。"

许浑道:"急什么,每年坐夏三个月,有的是雨水等你。大和尚只想着参佛,不似我们挂念百姓,有违佛祖精义啊。"

澄照道:"阿弥陀佛,这是我的境界差了。"忽然一小沙弥来,对澄照说:"师傅,崔令家五娘这就要出发了,说不吃斋饭,知道师傅有客,不再面辞。"张骥鸿一阵难受,晕晕的,听到许浑问:"崔令家的五娘也来了,和尚就不怕大郎见了伤心。"

澄照道:"大郎喜欢的人又不是她,有什么伤心。"

许浑道:"那可不一定,人是会变的。"张骥鸿强作笑颜:"十一兄又在说笑。"澄照也看着张骥鸿:"张尉似有忧容,最近有什么烦心事吗?"许浑道:"那位他喜欢的霍小娘子,年初见面时还好好的,不知发了什么癫,忽然变脸了,来一封书,说从此恩绝。"澄照的目光中立刻有一些怜悯,让张骥鸿颇觉温暖。澄照道:"由她去吧,据贫道看,一两年之内,张尉会有更好的姻缘。"许浑拍拍张骥鸿的肩膀道："听到没有，和尚说了，不会假。"张骥鸿半喜半悲，喜不必说，悲的是霍小玉必须彻底忘却了。一时心潮起伏，也不知道说什么，谢了澄照，坐下来吃斋饭。

吃完斋饭，一行人骑马出游，往仙游寺附近的名胜进发。下了一晚上的雨，早上的泥土还是软塌塌的，容易陷住马足，但三月的阳光已经不甚柔嫩，到了中午，泥泞基本都干了。树叶上的雨水只剩下一抹残迹，被打残的花树下，一地的粉色花瓣躺在刚刚烘干的土地上，显得颇为凄美。三人纵马在前，几位仆人伴着许浑妻儿的坐车在后。张骥鸿驻马在黑龙峪的山坡上，纵目远处风景，忽见一行华丽的马车正缓缓通过黑龙峪的峡谷，向鳌屋方向驶去。他知道，那是五娘家族的马车。她回了鳌屋，很快就要去长安，与李训新婚燕尔，过那奢华艳丽的日子。也许哪天，他会在长安的街道上碰到她，但多半看不到她。她只会坐在马车里，透过帷幔望着街上的风景，也许看到他时，心里会咯噔一下，却绝不敢再叫住他，说一句话。长安的规矩比鳌屋多得多，鳌屋的规矩又比仙游寺多得多。仙游寺也不是没有规矩，只是静谧的雨夜和五娘出乎寻常的勇气暂时压制了那些规矩。张骥鸿承认，在这些方面，他远不如五娘。他感觉自家似乎已经移情别恋，强烈的思念从霍小玉转到了五娘身上，那等于几天之间，就失去了两位爱人。他真是依依不舍，可是再不舍又能怎样？前者瞧他不上，后者不是一个阶层的人。于是越发怨恨霍小玉，不是她，他不会如此怅恨。

他们把仙游寺周围玩了个遍，傍晚回到寺中休息，吃完斋饭，又是回到"虚白"睡觉，枕头上还残存有五娘的香味，登时又觉得特别失落，心被剜走了一般，昨晚的事一幕幕涌上心头，整个胸中，仿佛被什么吸干了，有点窒息的感觉。他想，要是再下一天雨就好了，她走不了，就还得在这住一夜，那就还可以再会。他觉得一个人难熬，就走出去，到了老仆住的地方，说："丈人，我忽然觉得一个人睡在屋子里，有些孤单，可否过去陪我说些话？"老仆道："郎君要老奴陪着说话，有甚客气。"说着卷了铺盖就走。

虚白室有前后两间，老仆在前室打好地铺，张骥鸿躺在后室，瞪眼看着屋梁。与昨夜不同，今夜晴朗，才知道竟然是满月，照着屋梁，好像撒了一层银。忽然想起上元的月夜，在霍小玉面前写的诗："东轩月影流不息，素帏如雪浑一色。眼前景物剧伤心，徒思美人不能得。"和眼前景物约略相似，但仿佛对其不再介怀了，嘴里只是说："要是再下一天雨就好了。"

老仆奇怪道："郎君昨天还担心下雨浇坏庄稼，怎么今天就渴望下雨了？"

张骥鸿沉默了一会，说："昨夜里听着雨声睡觉，仿佛回到了童年的雨夜，和妈妈在破旧的蚊帐里，相当温暖，睡得很好，竟未想起霍小玉。丈人，我想问你，你在少年时，有没有这般经历，就是爱上一个女子，却被那女子抛弃了，或者因为各种原因，只能和那女子分别，那是一种什么样的感受？"

老仆说："当然有。老奴十七八时，喜欢上了村里的阿仙，她长得真好看，一双大白腿粉嫩粉嫩的，每天都想着，如果能抱着她睡觉，赛过活神仙哩。"张骥鸿忍不住喷笑："丈人说她长得真好看，我以为该描绘她眉眼怎样怎样，谁知一下跳到大腿去了。"老仆也呵呵：

"老奴粗鄙，须比不得翰林院的才子，讲究眉眼，有一双大白腿便是美貌了。"张骥鸿大笑，略觉好过些："丈人继续说。"老仆道："老奴虽是喜欢阿仙，可惜家贫，阿仙父母瞧不上，把她嫁给了邻村的富家司马金龙，她出嫁那天，老奴心里那种难过，说不清楚。老奴不识之无，不会描摹，总之就是做什么都提不起劲来，好像是那种挨饿的感受，肚里空空的。也不完全像，或者是那种本来有一百万缗钱，突然全部丢了，肠子顿时被人扯去了一块。我没有一百万缗钱可以丢，只记得小时候，把多年攒下的一缗钱弄丢了，我心里就那个难受啊，对，就是那样。阿仙出嫁那天，我肚里的感受就是那样……其他的感受，就是一天到晚，时时刻刻都想哭，还想找个人，当场哭给他看，但又不能真的哭……不过，郎君，霍家小娘子既然那么薄情，郎君也不必难过。她这种女子，就是娶了，也不会真心善待郎君，徒惹麻烦。"

张骥鸿想说，这个痛苦已经不是霍家小娘子带给她的，而是崔五娘。他只觉得不幸，极短的时间遭遇两次痛苦。当然，假如在这里没有遇到崔五娘，也不会好太多。

"一下子忘记，是办不到的。"张骥鸿说，又想，崔五娘的事，跟谁都不能说，好在可以借霍小玉，让我有个理由抒泄悲伤，他觉得老仆的描述很贴切，"丈人说得不错，我小时候，阿爷跟着商人去外地帮佣，一去就去一个月，我阿母身体又不好，没法照顾我，就给了我一镪钱，让我每天早上可以去村头买点心吃。但是几天后我就把剩下的钱全弄丢了，当时的确也是这种难受的感觉。丈人，你还真有描摹的才能。"老仆笑道："这说明女子也就等于一镪钱，丢了嘛,是很痛苦,可是钱是可以挣回来的,也没有那么重要。"张骥鸿一怔:"那可不对了,我便是丢了五百匹绢,也不会有这等难受。"老仆笑:"那是因为郎君现在不缺钱了,丢了就没什么。等郎君穿上绯袍紫袍,便也会不缺妻妾,丢了霍小玉,便也会像丢了钱一样了。"张骥鸿道:"丈人这么解释,又似乎有理。"两人絮絮叨叨扯了一通,张骥鸿更觉得好些了,这一晚睡得还算香甜。

五十二　周松和裴休

　　第二日早上，又到附近游了游，到了中午，觉得差不多，也就决定打道回盩厔。一路倒也顺畅，傍晚时分，就进了城。到得县尉的院子里，阍者说："张尉回来了，有一位上都来的士子，说是张尉的故人，特来寻访。小人跟他说张尉去了仙游寺，过两日才能回来。他就说，暂时在城里找一家逆旅住着，给了我一个地址，说等张尉回来，再去告知他。"张骥鸿觉得奇怪，就问："那士子有没有留下名刺。"阍者说："有的。"随即从屋里拿了名刺出来。张骥鸿一看，喜道："原来是周公子。"回头对老仆说，"恼乱丈人去逆旅寻他来，十一兄也说此人是个才子，想要认识。"老仆答应了一声，问阍者要了地址，一径去了。

　　张骥鸿立刻先去许浑那，把这事说了。许浑说："起首读他的歌诗时，我觉得这人有才，后来听你说他从来不跟家乡人来往，又有些忐忑，只怕不好相处。不过他既来了，自然要善加接待。看他那般样子，此番春闱是落第了呀，否则怎得有空来盩厔。"又问，"你上次说，未给他留下名刺，他怎知道你任盩厔县尉的呢？"张骥鸿这才感到奇怪："对啊，我并未跟他说过自家是盩厔县尉。"

但还是让仆人去市场酒馆揭了一席酒菜，不一会，老仆果然带着周松来了，衣衫陈旧，看上去是有些落魄。周松抢上来，一通拜礼："再次见到公子，真如梦里一般。"张骥鸿见他满脸惊喜，也有些感动，叉手回拜。一通寒暄之后，大家落座吃酒。周松道："自从崇仁坊酒馆一别，时刻记挂张公子，所谓'天上张公子，宫中汉客星'，当时相聚虽短，风采难忘，只恨未记下公子府邸里巷所在。后来在驿馆，无意中看到传唱公子的歌诗，无任钦佩，问了人，才知道公子官为盩厔县尉，新正时回长安度假的。因立刻整装，取道来拜，请千万恕弟冒昧唐突之罪。"

张骥鸿有些忐忑，希望他别提什么"河东张氏"才好，谁知周松偏提起了："听驿馆人说，公子不屑科第。科第对我等寒门子弟来说，不可或缺；在公子这等河东世家子弟眼中，却不值一钱。以公子诗才，必留名后世。试问，那些中科第的人，有几个能作出这样的歌诗。"说着就吟了那篇"从此五陵行迹杳，高唐云雨不从容"，说，"此等歌诗，非世代簪缨无此豪迈，非满腹诗书无此婉约。世人作诗，要么堆砌辞藻，满篇板滞；要么长吁短叹，酸气扑鼻。如公子这种，方得中庸，所谓好色而不淫，怨诽而不乱是也。"张骥鸿只觉满耳根发烫，眼看噗的一声，要烧起来，正欲坦白，许浑却岔开了话头，问："周公子这番科考不利吗，有何打算？"周松随即悲伤起来，长叹了一声："驽马难入伯乐之眼，奈何，只好再勤修一年，明年再考。"许浑道："找到担保人否？"周松叹气："在京举目无亲，正想请人相助。"许浑沉吟一下："我和大郎的品级不足为公子担保,我有一位老友,叫舒元舆,现官为左司郎中,若倩他担保,品级足够。"周松大喜:"太好了,多谢许少府。这位舒郎中可是名人,正得郑仆射的赏识,郑仆射已将他推荐给圣人,据说还要升哩。"

于是三人吃得畅快,张骥鸿想问周松,有没有听见王中尉的传闻,又怕周松奇怪他为什么专门问王中尉,反倒把自家的底细漏出来,强忍住没提。酒足饭饱,带着周松来到自家宅中,让老仆打扫了一间客房,排备周松住下。

整个假期还剩下两天,张骥鸿哪儿也不想去,就躺在家里。起先跟周松聊,小心翼翼的,聊多了也没有太多的话。于是周松自坐在屋里温书,张骥鸿也预备自家的公务。院子里犹自春花怒放,时不时有黄莺的影子掠过,哗啦啦一下子就不见了,只看见蔷薇花丛像水波那样荡漾了一下,大概是被黄莺的翅膀扫到。往院子那边看,时时传来稚嫩的欢声笑语,是孩子们在荡秋千。天气确实舒服,张骥鸿只穿着单衫,三月的春光透过单衫抚摸着肌肤,说不出的惬意,但也更觉春愁难遣,对霍小玉渐渐的淡了,倒是思念五娘的时候多些。

好在假期结束,每日忙遽着上官厅视事,越发麻木起来。晚衙归来,总和周松一起吃饭,聊些歌诗文辞,周松也不拘谨,大大咧咧,老仆给张骥鸿递的酒、盛的饭,抢过就先享用,剩下老仆一脸愕然,私下对张骥鸿说:"郎君,这位周公子,不是好相与的。"张骥鸿道:"你是说他不知谦让吗?大概就是性情中人,跟我熟了不见外的缘故。"老仆道:"还曾偷偷套我的话,打听公子的家世呢。"张骥鸿这才有些愠怒,说:"有什么话,直接问我就是了,何必曲折打听?"老仆道:

"老奴没怎么搭理，他也讪讪的。大凡在人家里做客，没有无端长住的道理。"张骥鸿想了一想，刚才愠怒，又何苦来，皆因自家虚荣所致，如何能怨人家，于是道："只为省些花费，一个人在上都不易啊。"

这天早上，是个浣日，午后时分，张骥鸿习完刀术，正在后院洗浴，忽听老仆说外面有人找，似有急事。张骥鸿赶紧擦干身体，穿好袍服出去，见一中年人，看上去面生，问是何事。那人笑道："在下神策行营的判官，姓裴，名休。今日是浣日，镇遏使宋将军在营中宴请部属，还有斗鸡大赛。宋将军看见斗鸡，忽尔想起张尉，即遣在下来请张尉去吃酒，同时带了些许礼品，给张尉奉上。"随即吩咐仆人将礼品从马上卸下，大约有二三十匹缣帛、一些面粉、粳米、果品等物事。张骥鸿赶紧推辞："宋将军若要见卑吏，遣个下人来叫一声便了，却劳动裴判官亲自登门。在下一介小吏，怎敢让宋将军破费。"

裴休道："张尉休要推辞，宋将军一直念叨，说张尉是个了不起的人。况且张尉上次给宋将军送的斗鸡相当神勇，宋将军喜欢得不行。这点礼物，值得什么。不知张尉可有空与宋将军会面？"

张骥鸿堆笑道："宋将军特意来叫，卑吏喜出望外，怎敢不去。只是白白受宋将军馈赠，怎好空手上门？但一时之间，却也怕置办不下像样的礼物。"裴休道："张尉何须多礼，宋将军请张尉去吃酒，我临行前专门嘱咐，不许张尉带礼物。若让别人听见，还以为宋将军故意找个名目收礼。宋将军一向爱惜羽毛，张尉可不要让宋将军难堪啊。"

张骥鸿说："宋将军如此谦恭待下，卑吏真是佩服得五体投地。"

心中却暗暗奇怪，给宋楚送斗鸡的事过去那么久，怎的他今天才好像如梦初醒，记起我来了，就说，"将军召唤，卑吏不敢耽搁，那这就跟裴判官过去。"从案上拿了五匹缣，装在囊里，递给裴休，说："劳烦裴判官跑这一趟，过意不去，这尺寸之缣，敬奉给判官儿女做件新衣。"

裴休猝不及防，赶紧推托："这说得哪里话来，传命是在下的职事，怎敢说劳累。"张骥鸿硬塞给他："些许薄礼，不成敬意，若真的不收，卑吏恐怕睡也睡不着了。"说着把缣囊系在裴休马上。裴休也只好作罢，道："张尉如此多礼，在下却之不恭。宋将军一直记得张尉，而张尉是王中尉最器重的人，有他老人家坐镇，张尉前途无量。"

老仆这时牵了马来，裴休看着马，赞道："好骏的马。"张骥鸿又谦逊了几句，两人骑着马，裴休的仆人跟在后，老仆也想去，张骥鸿道："你走了，周进士不知去哪吃饭。"老仆嘟着嘴，只好作罢。

五十三　见召宋镇将

张骥鸿打马跟着裴休，没多久就到了神策军行营，穿过几层门进去，到了中厅，果然热闹非凡，宋楚坐在堂上正中，身边一群僚佐，主簿、虞候、孔目官、牙将，围成一个半月吃茶，有的穿青，有的着绯，甚至还有披紫的，也不知从哪弄来的恩遇，总之姹紫嫣红，好不繁盛。堂下场地上，两只鸡正在缠斗，势均力敌，双方都蓬头垢面，相当吃力，看上去不是什么像样的品种。裴休带着张骥鸿一进来，就有人高叫："裴判官带着客人回了。"宋楚远远看见，自家先站起来，身边的部属也随即站起，叉手行礼。张骥鸿赶紧小跑上前参拜："行走仓促，一时不曾预备像样礼物，望将军海涵。"宋楚道："哪里话来，我真不是爱财的，你若送我一只好的斗鸡，我就不说你什么。"张骥鸿想，一只上好的斗鸡，怕不比几斤黄金还贵。便是一般的好斗鸡，难道是天上掉下来的？或者自家养的？自家养便没有人工，不花力气？但假装道："自从知道将军爱好，卑吏便经常去集市察看，却总也找不到更好的斗鸡。卑吏的心，是一直惦记将军的。"

宋楚笑道："我知道你的醇厚，不然王中尉也不能如此喜欢你。你上次送我的那鸡，实在太好，屡战屡胜，便它给我赢的彩头，足可以当半年薪俸。可惜前几日突然发瘟病死了，气得我把那看鸡的奴仆也鞭了一顿。今日碰上浣日，大家好不容易聚在一起喝口热茶，却没有好鸡斗。我这里就是这样，我没有好鸡，这些人便也没有，好像怕我眼红他们的。"众僚属一阵哄笑："将军，卑吏等是真的没有好鸡，若有的话，岂敢不拿出来孝敬。"

张骥鸿想，原来专门唤我来，便为了再找我去弄鸡，哪里那么好弄？嘴上还是说："这事包在卑吏身上，卑吏就不信，整个盩厔县邑，找不到一只配得上将军的鸡。实在不行，卑吏下乡时去农家四处找找，非找到不可。"

宋楚道："张尉真是个可人，我要是能请到张尉做押衙，不晓得几高兴呢。据说张尉新正去长安度假时，借住资圣寺，每天来拜望的人络绎不绝，多是名公钜卿。还听说前些天耿知俊那卖菜佣也想请张尉去做事，但我想张尉是王中尉的人，放着大好前程不要，怎会跟他。"又翻着眼皮，看看身边的僚佐，"你们这些人，陪我玩乐是够了，可不如张尉那样，还能陪我谈《汉书》哩？"

张骥鸿又是一惊，原来不但在长安的事，就连前不久去见耿知俊，他也知道。神策军的眼线真多，还好当时并未答应耿知俊，不然被他奏报给王中尉，岂不立刻坐实我是背恩忘义之人，遂忙遽道："卑吏是个武人，须比不得将军童子功，那些《汉书》，都是这几个月来跟许尉现学的，怎敢在将军面前卖弄。"

宋楚笑道："我就爱你直爽，不客套了。叫人来把茶撤了，换酒，今天不醉无归。"

张骥鸿也坐下，陪着说笑，看那些三流的公鸡互相啄来啄去，半天不见输赢，又偷觑宋楚身边那些僚属，可不也是三流的人。又想，怕连自家也是三流的，只配看这个。一面陪着说笑，一面闻到煎炒烹煮菜肴的香味，想是行营的厨房开火了。又过了片刻，仆人上来撤下茶，酒菜便陆续端了上来，主菜是两头烤乳羊，肌肤烤得金灿灿的，上面撒着花椒豆豉等调味料。又给每人面前放一盘黄酱、一盘黑酱，蘸着吃。张骥鸿抓住一条肋排，送进嘴里，说不出的酥嫩，连连赞道："从未吃过这等上好的羊肉。"宋楚笑道："张尉真有眼力，这厨子是我十年前在邠宁做官时物色来的，走到哪便带到哪。这番跟我在这偏僻地方混，也是委屈。"张骥鸿吹捧道："将军说的哪里话来。他也是碰到将军，才能在神策军中谋得一个职事，任谁见了都尊重，再不必侍候本贯那班庸奴乡吏，他还图什么？"宋楚大喜："张尉会说话。"

一时间吃得酒足肉饱，宋楚摸摸自家的肚子，说："喝多了，先去更衣。"站起来，对张骥鸿道，"张尉若有兴的话，我带你看看我的花园，虽然小，却也有些韵致。"张骥鸿自然赶紧站起来："能让将军亲自领着赏游，幸何如之。"心里也颇高兴。

宋楚说："那就走。"带着张骥鸿走过一道月牙门，里面别有洞天，是个幽静的花园。只见小桥朱红，横跨春水，一泓春潭之中，层波明媚，幽鸟鸣啭，野鸭徜徉。岸边菰蒲葱翠，柳荫四合，碧梗红菱，湛然可爱。湖中一座两层楼阁，檐牙明丽，窗棂玲珑。风动幔帷，似藏佳冶。张骥鸿赞不绝口："这定是将军自家亲自规划的，寻常武夫们,怎有这等雅致。"宋楚也有些得色:"我自小进宫,在宫中住惯了,多少有些熏陶。后来辗转各道做节度监军,但凡时间略长,总要亲自开辟一个花园,以娱闲日。如今年纪大了,很想回长安做个清闲的官。张尉哪天若再见到王中尉,可否向他顺口提提。"

张骥鸿想,真是误会大了,连堂堂的镇遏使,做过几任节度监军的品官,都开始向自家求助,这可怎么是好?但也不能推托,只是受宠若惊道:"能为将军办事,赴汤蹈火,在所不辞。只是卑吏对中尉也是仰之在天,能让中尉赐见的机会并不多,但若下次去上都,只要有幸被中尉赐见,一定会提起此事。"

"那就先谢过张尉了。"宋楚道,"我本也可以自家向他老人家奏报,但又恐他误会。"

"省得省得。"张骥鸿道,"越是中尉器重的人,越是怕中尉失望。"

宋楚拍在张骥鸿肩膀上,尖声笑道:"你说得极对。"

在池边又絮絮叨叨说了些话,大多是些官腔。转了一圈,宋楚顺便如厕完毕,张骥鸿跟着他回席,盛赞花园之美,继续吃酒,不觉日影下跌,杜鹃暮啼,耳边都是四个字的哀声。张骥鸿想着应该告辞,忽然见掌书记捧着一封书来,递给宋楚,又在宋楚耳边说了些什么。宋楚接过书来看下去,脸色顿时凝重起来,把身体坐直了,缓缓道:"诸位,刚才看抄送的状报,朝廷有了新任命了。"

众僚佐也赶紧坐直身体,齐齐看着宋楚:"请将军示下。"宋楚道:"圣人诏命,擢升神策右军王中尉为神策军观军容使。"

张骥鸿一惊,正寻思其深意,旁边的行军司马问:"将军,只是观军容使?知神策军兵马事吗?"

宋楚道："不知。"

"啊，那神策右军中尉是谁？"有一绯袍僚属惊叫。

宋楚道："枢密使鱼弘志兼任神策军右军中尉，拜骠骑大将军。"

张骥鸿刚才本来已是一惊，现在更是一惊，王中尉竟然罢了右神策军中尉一职，真是难以想象之事，又升了神策左右军观军容使，到底什么意思？听起来好像是升职，却不知兵马事，似丢了兵权？张骥鸿顿时好像跌下了悬崖，只听宋楚吸了一口气，嘴里像蛇一样发出嘶嘶的声音，道："这事极有意思，诸位不知道，观军容使，全称观军容宣慰处置使，是肃宗皇帝时设置的，当时朝廷讨伐河北乱军，下令九道节度兵马并进，那些节度使却自行其是，谁也不服谁。肃宗皇帝一看不行，就任命内侍鱼朝恩为观军容使，总监九军，统一协调九军进攻敌军。后来鱼朝恩专权，获罪赐死，这个职位就废弃了，现在怎么又突然启用了呢？"

行军司马道："会不会是圣人又要发兵攻打河北，因此让王中尉都护诸道兵马，以免军令混乱。"

宋楚道："这些年好几处旱灾，收成不好，圣人为此减免了许多州县的赋税，连供给遣唐使的礼赠都一再减损，哪有钱去打仗。再说最近河北几镇都风平浪静，他们不擅起刀兵，朝廷何必去惹他们。"

诸人沉默。宋楚望着张骥鸿："张尉，你说说看。"

张骥鸿这时全身是汗，感觉燥热异常，心中充溢着不祥之兆，原先鱼朝恩获得这个职位，是为了总揽九军，现在又不打仗，王守澄并无机会掌控各军镇的兵马，却丢了神策军右军。鱼朝恩的职位全称是"观军容宣慰处置使知神策军兵马事"，前面的"观军容宣慰处置使"相当于虚名,"知神策军兵马事"才是实权,没有这个职位,就相当于让王守澄荣耀致仕了。身在朝廷秉政多年,忽然丢了军队,是最凶险不过的事。记得在军中时,就听伙伴说,当年德宗皇帝赐死鱼朝恩前,惊惧不已,虽然事先已收买鱼朝恩的亲信,却不敢稍微懈怠,趁着寒食节那天宫中饮宴,让大臣们拖住鱼朝恩谈天说地,不让他回军中,同时密令司农卿白志贞为新中尉,立刻驰马去军中接任,今上对王中尉,可能也是这样?然在宋楚面前,也不能过于沮丧,于是笑道:"有可能是圣人认为王中尉年高德劭,让他全面监护左右军,权柄似乎更大了。"

诸人纷纷道:"这说法似有些牵强。"一起看着宋楚,宋楚道:"管他谁做右军中尉,咱们还不是在这破地方守边。来,有酒就醉,有饭就饱。"

之后依旧饮酒看斗鸡,还有人玩起六博来,但不像刚才那样总招呼张骥鸿参与,各人只顾玩自家的,真是世态炎凉。张骥鸿觉得无聊,因向宋楚告退。宋楚从棋盘上抬起头:"也好,张尉,今天你肯来,我很高兴。这天也晚了,你是县尉,公务繁剧,我也不敢留你,以后有空常来,珍重珍重。"脸上笑容不但有,比刚才来时还繁盛些。张骥鸿却看出了乔装作态,道:"卑吏过几天下乡,就去为将军搜罗好鸡。"宋楚伸手拍拍他的肩膀:"张尉真是厚道人。"又是一番大笑。

依旧是让裴休送出去,张骥鸿有些不安,道:"宋将军今日送我的礼物,我是不是改天给他送回来。"

裴休不置可否,只说:"张尉看起脚下,营中到处是马粪,一不小心便是满脚。"到得营门,厩吏牵了张骥鸿的马来,却是另一匹,毛长体瘦，色暗神疲，活脱脱一匹驽马。张骥鸿道："牵错了，这不是我的马。"那厩吏翻了翻眼皮，道："我刚收到的便是这匹。裴判官，你跟我一起来的，须是清楚。"裴休假意凑近看了看："都是白马，也看不出差别。"又对那厩吏说，"张县尉是镇将最爱的，你怎敢偷换他的马？"

那厩吏赶紧肃立叉手行礼："裴判官，小人刚才收的就是这匹马啊。"

裴休道："还敢胡说，我这就禀告将军，把你拉出去打死。"身子却是不动。

张骥鸿见状，知道马是要不回来了，反去劝裴休："算了，这匹就这匹吧。"伸手就去牵马，心里气鼓鼓的，本来还想还他礼物，现在便不还了。那厩吏却把手一甩，对张骥鸿说："这话不对，什么叫算了这匹就这匹，我刚才接手的便是这匹，还喂了它半斗精黑豆，谁知反遭血口诬陷。张尉这番说，莫不是醉眼昏花，连自家马也不认得。苍天无眼，小人一向勤恳做事，竟也会惹来祸端。"

听他这么说，张骥鸿听得心里焦躁，不自禁握紧了拳头，旋即又松开了，说："这位押官，是我看差了，这就赔罪。"揖了一揖，握住缰绳上马，那马一个趔趄，差点栽倒。张骥鸿的酒也吓醒了一半，稳住马步，对裴休道："谢裴判官，后会有期。"

裴休突然一把握住缰绳，仰脸看着张骥鸿，眼神中仿佛有些歉疚。张骥鸿感觉自家看懂了，但也没把握，道："裴判官，多谢。"说着缓辔而行，向县家方向而去。

五十四　骏马被人赚

起先还好，走到半路被风一激，这才清醒，叫了一声："戳他老母。"想起那匹马是霍小玉骑过的，心中更痛，立刻拨转马头，准备去营中要回来。跑得几步，又踌躇了，明摆着入了宋楚的套，怎要得回。宋楚是神策军大将，自家得罪不起，只能吃个暗亏。遂又拨回马头，向原路而去；可想起霍小玉，又是一阵阵绞痛，不由得再次拨转马头。就这么来来回回几次，最后选定了前进方向，仍是盩厔县邑南门。这一段段路程，心情起起伏伏，像在沟坎里行走，回到县家，夕阳已经下落，晚霞漫天，许浑正陪两个孩子在院庭中玩耍，见张骥鸿进门，许浑道："酒喝得怎样？咦，你怎的骑一匹这么老的马？牙齿都快掉没了。"张骥鸿突然大吼了一声："我戳他老母的。"许浑吓一跳，两个孩子也一惊，张骥鸿又自知失态，赶紧强笑："刚才被蝎子蛰了一下，痛得叫了一声。"两个孩子又是一惊："蝎子，我怕蝎子。"张骥鸿假装凌空一弹手指，道："已经弄死了。"老仆听到话语声，早从院子东头跑来，牵过那匹老马，想说什么，看着张骥鸿的脸色，又不敢说。张骥鸿道:"丈人,待会跟你细述。"过来靠近许浑,说:"十一兄,今天的事不吐不快。"遂把许浑拉到一边,将这天发生的事说了一遍。

许浑皱皱眉头:"宋楚那样的人,也太没人格了。不过大郎确实得罪他不起,只能忍气吞声,继续观望。"

张骥鸿道:"他让裴判官来唤时,还带来了二十多匹缣,和一些米麦,我还道他好心。"

"这点东西也换不来那匹马,犹是他占便宜。算了,你送我的那匹,我还给你。"

张骥鸿一怔:"十一兄,你也不去长安神策军院里问问,我张骥鸿送出去的东西,可有收回去的。"

许浑叹口气:"你以前不过在神策军做官健,能送什么值钱的东西与人?不收回有甚奇怪。而那匹马,却不是寻常价格,否则宋楚也不必赚走你的。他便要换,也该给你一匹像点样的,这匹老马,行将就木,哪里骑得,下乡都不成,只怕随时倒毙在田坎,回不来家。送我的马,你实在不肯拿回去,就自家再买一匹年轻的。"

张骥鸿道:"肯定要买一匹的。"

正说着,周松走了过来,穿着齐楚,手上把着一卷书,边走边吟哦的样子,远远问道:"十一兄、大郎。"走进来,又说,"刚才见丈人牵着一匹老驽马,不知怎么回事,问他也不说。"张骥鸿遂把事情一说,周松道:"好好的一个镇将,竟做这事?会不会是厩吏狐假虎威,从中捣鬼,镇将并不知晓。"张骥鸿望着许浑:"十一兄,你说呢。"许浑道:"一个厩吏,敢如此大胆吗。且裴判官也虚张声势,我不相信是厩吏所为。"周松道:"也有理。那驽马大郎怎骑得,不如给了我,每日骑了去觅诗思。这种老马形象凄苦,有些别致,怕是很激发诗思。"张骥鸿有些不悦,但还是说:"周公子若不嫌弃,就拿去骑吧。"许浑道:"其实这老马负张尉有些困窘,周兄这个体格,却正合适。便是骑了回长安,怕也行得。"周松道:"我来时,租了一头驴子,这沿途官道,倒也方便。却终究不如自家有马匹方便。"张骥鸿道:"也不值几个钱,周兄回长安时,就骑着它无妨。"

聊了一会,散了。张骥鸿回到屋里,气稍微平复,又对周松说:"这事不要告诉别人,要是传到宋镇将耳里,只怕他怪我小气。而且正如你所言,若是厩吏私下贪我的马,罪名却冠到宋镇将头上,反而惹他不快。"周松道:"大郎说得也是,他是军将,我们文士惹他不起,只能自认倒霉。"

第二天,张骥鸿又到市上买了一匹马,虽然远不如自家原先那匹神骏,究竟年轻,骑着也不打晃。隔日又有公事,张骥鸿下乡巡视,想着去寻访一只好的斗鸡,再巴结一下宋楚,也不图他擢拔,至少不来害自家。但人就是这样,骑过真正的好马,换了一般的马就觉得不快,忍不住吟元稹的歌诗《离思》:"曾经沧海难为水,除却巫山不是云。取次花丛懒回顾,半缘修道半缘君。"忽然又想到,这是写男女情爱的,自家那宝贝坐骑是霍小玉骑过的,别人怎配骑它?对宋楚越发添了一份厌恶。

寻斗鸡的事也不利,方知好的斗鸡要看缘分,上次轻易得了,就以为这次也不难。谁知找了几个平日喜欢斗鸡走狗的乡村泼皮来问,皆说好久都不见好鸡。怕张骥鸿不信,又各自抱出自家的斗鸡,张骥鸿一看那窝囊样,确实不成器。怏怏地回了城,再去找原先买第一只鸡的场所,那汉子嬉笑说:"张尉,这什么节令,哪来的好鸡。现时田里的禾苗都还是青的,我们普通百姓肚里都缺谷子,还舍得喂鸡不成。那真正的好鸡,都是孟夏季选的,一路养到秋季便成了。张尉的事,小人会记着,等秋季定能培育出一两只。"

张骥鸿失望回来,躺在馆舍中唉声叹气,方知做百姓难,做官也不易。起先一直比较顺,虽然不敢以为是自家的人品好,才华高,但也没想到全是运气。

倏忽又过了半个月,四望花落叶繁,满庭碧绿,就将是孟夏了。这天下午,张骥鸿正坐在屋里背《书判拔萃》,忽然典狱来了,说崔令召唤。张骥鸿见典狱面色不佳,问什么事。典狱低声道:"张尉是仁厚人,卑吏初时不服,后来见张尉的为人,早就服了。不瞒张尉说,我那曾经得罪过张尉的表亲,在京兆尹府中做事的孔目官,前不久给卑吏送信来,说张尉或有麻烦。"张骥鸿霎时心里又一惊,前些天来,常常如此,总以为久了有些麻木,谁知这番一听到耳里,还是支不住。只听典狱说,"这麻烦在,王中尉不但失了右神策军中尉之职,就此离了宫廷,回家养老了,据说还老病交加。而朝中炙手可热的李翰林,深恨少府。"

"你那亲戚怎的知道?"张骥鸿道。

"原京兆贾公升了宰相,把他带到身边,做了录事。有一回李翰林去见他,两人在座上聊天,他听到了一些。我跟他说,别的咱们也没办法,但请不要刻意去害少府。当日虽然和少府发生了些许龃龉,少府所做,也不算过分。后来打球,我差点被神策军那伙人打死,还是少府救了我。获了彩头,少府自家都不要,全给了一帮兄弟。从上都来,见了我们这些兄弟,也是个个送一份礼品,如此厚待小吏，哪位品官能做到？且少府对百姓怜悯，我等虽是县吏，平日里打人骂人，是不免的，但说实话，那些百姓都是见人善的欺负，见人恶的屈服。我等要是太善，完不成上面指定的员程，也是死路一条。当然我等也不是毫无愧疚，人都知道什么是对，什么不对，在菩萨面前，未必没有愧疚。只能说人在公门，身不由己……"

张骥鸿听得心中失魂落魄，想起当时的事，愧疚加忧恐，道："当日把贵亲戚孔目官摔得不轻，希望贵亲戚能担待一二，将来报答。不知这回县令找我何事？"

典狱道："实不相瞒，我那亲戚对少府一直有怨，这回来信告诉我这事，其实是幸灾乐祸。不过他那人我了解，并无城府，做不来什么真正的坏事，况且我会慢慢劝他，就改变不了他的想法，也不许他落井下石。至于明府找少府做什么，我的确不知，但看他脸色，似非好事。"

张骥鸿心想，这回怕是要沉底了，但伸头缩头都是一刀，又能奈何，就说："贵戚的事，我日后有机会，一定备礼谢罪，现在先去见崔令。"一路上越想越憋屈，本以为运命越来越好，谁知一下子坠落悬崖，连那猥琐的孔目官，自家都要去巴结了，有些不服；可"尺蠖之屈，以求伸也"，成就大事的人，谁不曾隐忍？也就释然。典狱又跟他说些别的事："那位周进士，据说投奔少府已经一个月了。"张骥鸿道："为何提到他。"典狱道："实不相瞒，此人风流自喜，常常梳妆得别致齐楚，就到各院子里窜，见了官吏家眷，越发乔装作态，有些同僚已经啧有烦言，只是看少府面皮，不好直说。"张骥鸿道："人天性不同，他若没勾搭别人家眷，倒不好直接说他。不过我会委婉劝告。"

五十五　屋漏偏逢连夜雨

到了县家，崔令等在那里，身边主簿、县丞、录事都在，场面郑重，张骥鸿的心更是一沉。崔令语气严肃，从案上拿起一份文告，说："中书门下文符，说君所任县尉一职，乃是王军容使一手遮天操办，如今王军容已经致仕，有人因此告发君，经查访，此事确实不合规矩，故发来文符，免去君县尉之职。君须在十天内交还职分田，马和仆人，搬出县家馆舍。上都已经派出了新司狱县尉，不日即将到县，君可略作准备，到时办好交接。"随即把文符递给主簿，主簿把文符交给张骥鸿。

张骥鸿脑子里轰然作响，感觉自家的脸色一定跟铁一样，没想到会是这样的处罚。似乎是怕张骥鸿控制不住发威，此刻廊外忽然站满了士卒，大约是崔令早做好了准备。张骥鸿看着文符，货真价实。只听得崔令说："张君，希望你想开点，虽然免官，但究竟在尚书处有名录，将来还有起复的可能。君来螯屋虽只有半年多，但对我们县家的贡献，我和诸位同僚无不知晓。"张骥鸿也只能说："谢明府安存。"

崔令的脸色转为和蔼:"君几时回家乡,我与同僚为君饯行。"

张骥鸿心里略好受些,但也有限,虚应道:"等新县尉来,交接完后,就只好回乡。"

也不知怎么告辞的,晕晕沉沉中回去馆舍,一路上黑云压胸,愁肠百转。尤其想起老父,才为自家扬眉吐气,谁知竹篮打水。还有那些投奔自家的庄户,自家再也庇护不得,只好重新找新主人了。再想到自家做县尉以来,大手大脚,若不是从天而降得到一笔赠金,如今已是负债累累。又想到霍小玉,以及新正时在上都的那些事,简直哭笑不得,自家什么出身,竟也学世家公子一掷千金,做狭邪游,宁不愧煞。也许被霍小玉拒绝了是好事,不然此刻如何面对她?

回到院子,路过许浑的宅子,见许浑坐在窗前写字,立刻跳下马,敲他的窗棂。许浑停下笔出来,问:"适才从哪里回来?"

张骥鸿道:"是县令唤我去,一到堂上,坐满了县令下属,独独没有你,大概是怕你听了难过。"说着把文符递给许浑看。许浑一瞥之下,大惊:"这世道真是黑白颠倒,鱼龙混杂。"张骥鸿道:"说来我这个官得来确实不正,被夺职也是应该。"许浑道:"什么该不该的,有几个官得来又是正的。"张骥鸿道:"比如十一兄,便是正得不能再正。"

许浑使劲捶了捶房柱,长长叹气,想了一想:"既然如此,也无可挽回。大郎有何打算?"

张骥鸿道:"暂时想不了那么长,先把东西收拾了,把公务交接了,还得赶紧回蓝田的家,把职分田的事处理掉。家父一生艰辛,从未与官家打过交道,只怕吓着。"

许浑也一屁股坐在堂前台阶上,张骥鸿也和他并肩坐着,半晌无言。

回去把这事跟老仆一说,鼻中酸楚,差点哭了出来。老仆也抹眼泪,安存他:"王中尉看来是被小人害了,但或许还能再起,郎君先回了上都候着,未必不能翻身。"张骥鸿吩咐他整理箱笼,自家也把文书收拾一下,等候交接。又到周松屋内,把事情说了,周松也是破口大骂了一番世道,又说了一番抚慰的话,张骥鸿见他为自家激愤,也颇感动。

第二天一大早,天还蒙蒙亮,周松就起来找张骥鸿,道:"张兄这几日事物繁剧,我在此打扰也不好,不如先一步去上都,物色个宅子住下,等张兄一起来住,共谋他日排备。"张骥鸿说:"倒也是好事,我方寸已乱,照顾难周,今日起得这样早,是即刻要走吗?"周松道:"今日好天气,不如即刻就走了方便。"张骥鸿又从箱笼里找出十段绢送了他,他推辞了两回,收在囊内。张骥鸿亲自送他到了驿站,老仆倒是不忿,道:"此人吃郎君的喝郎君的一个多月,见郎君有难,就马上要走,是个凉薄的人。怪道他说不和家乡人来往,只怕家乡人都知他底细,不愿与他相与。"张骥鸿道:"丈人说话刻薄了,他一介书生,为人处世不甚熟练,何必苛责。此番要走,也是知我这几日事多,怕愈发搅动我心情。"老仆道:"郎君此刻失意,最需友人宽慰,何来搅动。"张骥鸿道:"固然如此,但宽慰确实也无济于事。"

回头走到路上,早衙鼓声才响,张骥鸿想到自家再不能去官署,闷闷不乐。走到市场,早市已开,路边都是卖胡饼、馒头和毕罗的,觉得腹中饥饿，就和老仆找了一个铺子坐下。铺主赶紧来招呼："貌似张少府，小人这是看花眼了吗。"面露惊喜。张骥鸿欲待隐瞒，但想已到这步田地，何必打肿脸充胖子，就道："我这两天就卸任了，今天送朋友去上都，路过贵肆，受不了你这胡饼的香气，且来几个。"铺主惊讶道："少府就要卸任吗？一般都要任满四年的，莫非要超迁？"张骥鸿话到嘴边，却含糊道："具体还要回京等待。"铺主一边烤胡饼，一边叹气："要说县尉，小人活了四十年，一直在本邑，少府是最好的一任，谁知说走就走。"张骥鸿也没兴致听，只是应付两句，闷头吃饼饮汤。忽然来了几个少年，排成一排，躬身向张骥鸿施礼。张骥鸿看认识，是盩厔邑中平康坊青楼的仆役，这邑中的妓院效仿上都，也取名叫平康坊，就问有什么事，那领头的便说："本来不好开口，但家主吩咐，不敢不说。"张骥鸿道："但说无妨。"那少年道："有位上都来的周进士，常来白嫖，声称是少府的朋友。现今楼里的姊姊们不干了，告诉了家主，家主就派小人等来交涉，不说全部，多少收回些本钱。"张骥鸿听得愕然，又忍不住气："你那姊姊们干这行的，闲着也是闲着，要什么本钱。"那少年嬉笑道："爷娘给的身子，用一次就损一次，这也是本钱。"张骥鸿道："不用难道便一直嫩着不成。"但也不想纠缠，"欠贵处多少财帛，不妨说说，可别讹我。"那少年掏出一卷纸，道："都在上面记着，请少府过目。"张骥鸿有些厌恶，道："不用我看，你计算了告诉我便是。"那少年道："周进士一个月零十天，共四十天，总共嫖了二十七次，六个姊姊，平均侍候他四次有余。只三次给了钱，其余全部欠着。我等看少府面子，也不好来讨。"张骥鸿没好声气："你们耳朵甚尖，也未免过于势利。我这里也没带钱，回头跟我去院里取便了。"

吃完胡饼，张骥鸿起身，对那群少年道："你们不用都跟着老子，我要真不给，你们再来十个也不够我打的。况且本不是我嫖了你家姊姊，找我作甚。只能来一个。"那几个少年见张骥鸿脸色不善，赶紧拜礼致歉。老仆叹着气，也不敢说什么，到了县府的院宅内，让少年在门外等着，自家拿了十匹绢来，把少年打发走了。回头见张骥鸿半躺在床上，说："郎君这回真是遇人不淑了。"张骥鸿陡然火起："你也来教训我。"老仆不敢说话，讪讪退下了。张骥鸿躺了一会，想起老仆刚才畏缩的样子，心中免不了怜悯，又去向老仆道歉，老仆道："知道郎君心情不好，不是真的对老奴有怨。"张骥鸿哽咽道："丈人，我本想这辈子好好照顾你的晚年，看来做不到了。"老仆道："这点挫折郎君就气馁了？还早着呢。"

过得两天，箱笼也都打了包，看上去颇有些丰厚。张骥鸿道："来时只有两个箱笼，不到一年，就多了四五个。"也有些惭愧，自家虽然力求清廉，这半年多也积攒了一些财物。最后只剩床上还要睡的被褥尚未整理，环顾屋内，看着墙上白乐天留下的墨宝，尤觉凄凉。半年多前刚来时，秋阳斜照，满院萧瑟，自家却一直处在履新的快乐之中，看什么都新鲜；现在春色满园，黄莺还在蔷薇上啼叫，竹林清翠，松柏青葱，自家的心却像枯草一般。又艳羡树木，它们如果有智有识，怎会过得这么油光水滑。

五十六　寡义薄情何莫邪

正在想着，忽然许浑过来，说："大郎，一起过来吃饭。"张骥鸿有些怏怏的，说不想吃。许浑道："有位你的熟人也在，不妨过去瞧瞧。"张骥鸿有些好奇，问是什么熟人。许浑道："你来看了便知。"

张骥鸿跟着他过去，一进门，见堂上果然坐着一男子，身着青袍，背对庭院。张骥鸿脱了鞋袜上堂，那人回头一看，张骥鸿吃了一惊："是你，何兄。"那人正是何莫邪，他笑道："是我，才考过'才识兼茂明于体用科'，还以为起码要等半年选官，谁知——"大约感觉说到这里，也有些不妥，又改口道，"我实在不想来，可是——"张骥鸿接话道："何兄，我被夺职，与你无关，你来，我反而高兴多了。"许浑道："我也想见了何少府，大郎会好受些。"

于是坐下来吃饭。何莫邪起首还说些安存的话，慢慢就放开了，说："我早就说过，本朝的问题在于宦官专权和藩镇跋扈，谁要是跟这两者扯上关系，出事是迟早的。"张骥鸿本来还好，一听这话，心头怒火腾的就升将起来，借着酒劲笑道："我老师何书记当年就在神策军做过书记,王中尉还挺关照他,薪俸优厚,他老人家可没骂过什么宦官专权。看看朝中那些高官,贾𫗧,出个门骑吏清道,呵道呵到几个坊之外,作威作福,好像他是圣人,百姓一个来不及避开,就被打得满地翻滚,这不跋扈?原先幽州节帅和士卒同甘苦,共霜露,那张弘靖去后,自家坐在轿子里,士卒在两旁像奴仆一样跟随。手下小小书记官,一个不痛快,就拘系士卒,非打即骂,这不叫跋扈?要我说,幽州士卒后来杀了这伙狗官,就是清君侧……"

何莫邪当即站起来,脸色铁青,指着张骥鸿的鼻子骂道:"你这小子,是不是找死,敢这样胡说八道。我告诉你,你这些话若我奏上去,判个斩首都绰绰有余。"许浑也赶紧劝:"大郎你怎醉得这么快,且出去散散,我这就吩咐厨下弄一碗醒酒汤。"张骥鸿肚里像炉膛的火似的,啪啪作响,哪里按捺得下去,道:"十一郎,你听他说话,像人说的。我因为王中尉贵显得了县尉,又因为王中尉失势丢了县尉,是,我是不冤。可我在神策军多年,我敢这么说,你们这些进士及第的所谓清流名士,我也见得多了,连王中尉一根汗毛也抵不上。你看看那李益,巧取豪夺,谄媚逢迎,是什么东西?那王涯官为宰相,正事干不了,盘剥百姓倒有高招,一个茶榷,搞得无数人倾家荡产。要我说,还好他们管不到河北三镇,否则三镇的百姓也遭了殃了。"

许浑大急,想按住张骥鸿的嘴,张骥鸿挣脱他:"许兄,今天让我说个痛快,死了也罢。"何莫邪面色阴冷,对许浑说:"这事不能就算了,必须得告诉崔令,将其绑了,否则我们也有知奸不告之罪。这样的狂徒,竟然还当了大半年县尉,还说王守澄无罪。"说着抓住张骥鸿的袖子,"跟我去见崔令。你不但狂悖,人品也有问题,起先众人热心，要给你介绍妻眷，你嫌人家门第差，想和崔令攀亲，后来不成，又谎称家父欲把侄女许配给你……"张骥鸿闻言大怒，伸臂一甩，何莫邪往后一跌，摔了个趔趄，张骥鸿想冲上去，扇了几个嘴巴，忽然想到不妥，但一肚子怒火无法发泄，挥拳砸向几案，那几案顿时坍塌。也不知怎么辩，只觉得遍身是嘴也说不清，只能道："十一兄，抱歉。"朝门外奔去，走在院庭中，清风吹来，略略消了些酒气，当即有些后悔，转而想起何莫邪的嘴脸，怒火又在肚膛里烧将起来，没想到自家恩师竟有如此自以为是的儿子，欲擦擦脸上泪水，手指都有些发抖。遂走向坡上的亭子，坐了下来，逐渐有些清醒。

亭子四围黑魆魆的，只有各家屋子里透出一些火光。张骥鸿坐在春风中，抬头看见月亮皎洁，悬在枝上，如此良夜，无心自爱，酸楚不遑，惟余惊恐。正不知如何是好，忽见一人影疾速而来，正是许浑，心中颇有些欣慰。许浑站在他面前，道："大郎，我知你内心忧苦，但你这些话跟我说说就行了，怎能跟陌生人说。何莫邪是陌生人，你难道不知？别以为他是令师的儿子，就天然认作一家人。"张骥鸿鼻子一酸："十一兄，我没叫错你，如今真关心我的，也只有你了。"许浑道："何止，还有你那位老仆，我相信还会有很多人，只是我不认识。真正了解你品格的正派人，都会怜惜你，为你不平。"张骥鸿感觉自家的眼泪又一大滴一大滴地掉："十一兄，我现在可怎么办？"

许浑道："什么怎么办？不就是免个官吗，还不是一样自由自在？你想想那些被贬到天涯海角的，想归家隐居都不得。每日押解小吏呵斥着，往那瘴气四塞之地奔。而且走着走着，随时可能被一纸诏书追上，就地赐死。你不比他们好？跟你说个故事，先帝在时，有位姓萧的侍郎，平生看地图，从不敢看建州、广州、端州、崖州、峰州那些地方，很忌讳。仆人给他拿地图，都要特意遮住那些州县，生怕主人不小心扫到了一眼，就会沾上晦气。但还是有一天被贬了，正是崖州。临行前他哭着说，是有一次看地图时，新仆人一时疏忽，忘了给他遮蔽地图的下端，他本来也可不看，却抑制不住，自家扫了一眼，结果那些可怕的州县，就被余光就扫到了。他也不怪仆人，以前旧仆帮他遮住时，他就经常暗祷，把手拿开，让我看一眼何妨。是他自家的错，不怪仆人。"

张骥鸿诧异道："这倒奇怪，自家知道不能看，又想看。"又一想，隐约自家也有过类似的念头，不让看的东西越发好奇，遂轻叹了一声，道，"难道这看地图，也跟见鬼似的，见到了便有祸，不见便无祸。最后他怎么样？"

"怎么样？死在了崖州。那地方，真不是中原人能活的，走在林中，地上几尺厚的腐枝烂叶，白气升腾，吸进肚子里就要患病。你比他总要好多了吧？大郎，提起气势来，你有天赋，或者从文，或者从武，都能出头。"

张骥鸿道："做官其实也很凶险啊，拼死拼活爬上去，做到侍郎宰相，最后或被贬到端州崖州，或者赐死，又是何苦。"

许浑道："毕竟只是一种可能性嘛，但做官的好处多大，你不是不知道。就算被贬官，也有一份薪俸，仆人车马田宅，该有的还有，百姓什么时候能有这命？至于被赐死的，寥若晨星，不是侍郎宰相，不曾风光一时，还没有赐死的命哩。此外，做官只是可能没命，做百姓却会随时没命。走吧，跟我回去，向何莫邪道个歉，我刚才劝他很久，就是希望他别把你这番醉话告上去，你也给他点面子，这事就过去了。你刚才说的那番话，若被罗织罪名，不是玩的。换在武后朝，命肯定保不住了。你骂王涯、李益、仇士良，无论怎么都还有人帮你说话；但你说幽州那事，是无人敢帮你说话的。对了，刚才何莫邪说，刚调任浙西的李德裕也被贬了。"

张骥鸿惊道："怎么回事？"

"还就是我说的，他犯了更大的忌讳。"许浑道，"浙西润州，也就是我的家乡，住着一位叫杜秋娘的老妇，她本是漳王李凑的养母，几年前，漳王被奸人诬陷谋反，导致她被牵连。她本是润州人，由此遣归故乡闲居。李德裕这回到浙西就职后，奉诏将她安置在道观。谁知尚书左丞王璠与户部侍郎李汉忽然联名上奏，称李德裕和杜秋娘勾结，欲图不轨。圣人遂召重臣王涯、路随、王璠、李汉、郑注等人到蓬莱殿，当面质问，几位重臣中，只有路随一人为李德裕说话。圣人遂将李德裕贬为太子宾客，分司东都，路随也被免去宰相之职。那些人还不甘心，又再次告发李德裕，说他任西川节度使时，曾征收三十万缗悬钱，导致百姓困苦，圣人因此将李德裕贬为袁州长史。郑注则飞黄腾达，已经升御史大夫了。"

张骥鸿也曾听过李凑的事，据说是跟王守澄打压有关，以前自家只是看客，谁直谁曲并不关心，如今自家受了王守澄厚恩，自然不信王守澄不直，因长叹："连李仆射这样做过宰相的人，都被贬到袁州，我还有什么愤懑的。今年看来是大变故之年，王中尉若在位，何至于此？何莫邪说什么王中尉擅权，王涯、王璠、李汉、郑注这些人，又算什么？十一兄，我曾有一事未告诉你，现在说来想也无妨，两个月前，耿知俊曾找我，说李仆射曾经想召我去为押衙，前两天我还想，要是答应了李仆射去作押衙，可能不至于像如今这样狼狈；但听十一兄这么说，哪里都不安稳。"

许浑道："大郎今年运命不好，也许来年就时来运转了，先去赔罪吧，可别让他等久了焦躁。"拉着张骥鸿便走，张骥鸿上堂，伏倒在何莫邪面前拜礼："骥鸿辜负了老师的教诲，罪该万死，刚才借着酒力又出言不逊，狂悖妄言，望少府海涵。"何莫邪沉默了一会，说："张公子，你也算跟家父有旧，今年新正在长安，我们也相谈甚欢，今天的事，我不会再提。不过我劝张公子一句，要改了动辄暴怒的脾气，否则吃亏在即。"张骥鸿想辩解，但眼下已知道了何莫邪为人褊狭自负，也就不再说什么，只道："少府说得是，骥鸿一定面壁改过。"许浑也打圆场："大郎平时不这样，我跟他一起相处大半年，从未见他发火。今天主要还是多事不顺，积蕴在胸，一时失态。"何莫邪道："俗话说疾风知劲草，危难见心胸。平时能制得住心头之怒不是本事，逆境中依旧恬然方见涵养。"张骥鸿只是一个劲说"是"，想到再也不会被他告发，心中窃喜。

这顿酒吃得十分不快，也只能强作笑颜。盩厔小城，并无宵禁，喝到天黑告别。张骥鸿特意讨好何莫邪道："少府如今何处下榻？在下会尽快交接公务，腾出馆舍给少府居住。"何莫邪道："暂住城中逆旅，不必着急，五日之内交接完毕即可。"

第二日，张骥鸿再次去了县尉西厅，何莫邪已经等在那里。张骥鸿把所有文书一一给何莫邪交代，到了下午，要务基本都交割完毕。张骥鸿道："我尽量后天就搬出馆舍。"点头哈腰出去，回到馆舍，吩咐老仆把所有的物品最后拾掇起来，两三日间便要回长安。想到将给父亲带去羞辱惊吓，不知道怎么才好，只是长吁短叹，又问老仆道："丈人有何打算？"老仆道："前日说了，若郎君不弃，老奴还愿一直在郎君身边侍候，并不贪图工钱，有口吃的就行。"张骥鸿道："我也舍不得你，只是无田无产，跟我收不到什么肥润。"老仆道："郎君休要如此说，像老奴这样的，便是换个新主人作佣，又能得到多少肥润？只怕再过十年，老得不能动了，就被逐走，饿死沟边。但老奴深知郎君的品格，不管多么困苦，郎君有一口吃的，定会分一半给老奴。老奴死了，郎君一定会给老奴送葬。"张骥鸿鼻子又是一酸，忙遽擦了擦："丈人如果不弃，那我们就相依为命。"老仆道："说起来，其实也没这么惨。郎君难道忘了，在资圣寺里，还存着几十万钱哩，足够买些田地过活的，"张骥鸿也略微一振："倒也是，亏丈人还想着。"

正说着，外面有人叫："张尉可在。"

五十七　典狱通消息

张骥鸿出去一看，又是典狱，以为是被临时派来收房的，就说："我最快明天就腾出馆舍，最慢也会是后天。"典狱低声道："请借一步说话。"张骥鸿就请他进来，让老仆出去，道："不知足下有何见教？不是崔令让足下来的吗？"典狱道："公子对在下有恩，在下也是有良心的，所以来和公子告别。"张骥鸿一怔，漫应道："多谢多谢。"却也不知道有什么可说。典狱又凑近，耳语道："在下也不客套了，其实是无意中又得到一些消息，生怕对公子不利，左思右想，还是来说一声。"张骥鸿又是一惊："我都这么倒霉了，竟还有新的倒霉事。"

典狱道："通化坊的车匠张承福，说公子去年冬至除日，曾勒索了他一只羊，现到县家告状哩。"

张骥鸿霍的一声站起来："岂有此理，那羊是我向他买的，专门买来烤了请许尉和另外几位仆役，过冬至节的。当时他确实不肯要钱，还说跟我是当家，五百年前是亲戚。但最后还是拿了我两匹缣去，抵羊价是绰绰有余了。怎敢如此诬蔑，我找他论理去。"

典狱赶紧拦住他："公子小点声，你这是把在下放在火上烤啊。再说公子去找那张承福，可有买羊凭证，他说没拿公子的缣，公子能自证吗？"

张骥鸿怒道："买卖凭的是互信，一手交钱，一手交货，难道我去市上买什么东西，都要立个契约文书不成？"

典狱笑道："公子，你也在公门做过，怎的有些迂了。这类事情，谁在乎事实如何？况且要治你，人家也有依据，律令上写着，官吏不能接受所管辖地区百姓的任何馈赠，虽然大家都知道，有些馈赠是相互人情，并不是有什么勒索。何况法令往往定严苛些，要的就是不近人情，平日无人当真，若要治人时，就能派上用场。其实这事还好，至少无凭无据，并不能治公子的重罪，但我听说公子老家有一人，好像叫吴大春的，告公子不孝，说公子的母亲就是被公子气死的。"

张骥鸿差点跳起来："这更是胡扯了，我常常慨叹母亲去世早，每一想起，痛彻心脾，怎肯气死母亲？我母亲还是宪皇时候，因为长年为官府织造草沙袋，积劳去世的，此事我们邻里无人不晓。记得那是因为武元衡相公在长安遇刺，朝廷因此要求在上都各要道以沙袋堆积甬道，下令从各畿县强征，这事年纪稍微大些的人都知道。"又想到诬告自家的竟是大春，越发气恨，将来有机会，真要整死这田舍奴。又想吴叔会怎么看，吴叔对自家那么好，应该不会同意大春这么干。再一想威逼利诱之下，人都扛不住，像大春那样天天盼着攒钱娶娘子的，也不要多，十匹绢足以让他放弃良知了。

"但吴大春,不知道是不是叫吴大春,反正是公子的近邻,他的说辞很具体,比如说公子十二岁时的新年,母亲生病,公子却不管不顾,丢下母亲自家去舅舅家吃饭,满脸喜气洋洋,简直毫无心肝。"

张骥鸿流下了眼泪:"这事诚然有,但年幼时缺衣少食,新年间确实馋美食,去了舅舅家做客。回来时,见母亲还在床上呻吟,心痛如割,常常为此愧悔。"

典狱叹道:"我们年少时,谁不曾犯下如是错误,若都吹毛求瘢,天下人个个可杀。公子肯坦然承认这个,也可见公子是厚道人。只是人人都心照不宣的事,放到公开场合来评判,必然会有一些歹人趁机高悬鹄的,自我标榜,以道德杀人。在下以前常看古今案卷,这类事情多了。明明有些事,大家都做不到,非但不敢非议,还竞相指摘人。就如那贫苦百姓,父母生病,常常难致医药,只能任父母就死。大家也心知肚明,知道其人并非想父母死,只是无力救治。但若有人吹毛求疵,专门将其揭出来责罚,则就算生了百张嘴,也难为自家辩解。"

张骥鸿拍腿道:"说的是,这件事足下比我看得透彻。"又忧虑道,"若是不孝,那罪行就重了,但家母去世多年,也不可能凭邻居一句说辞,就给我定罪吧?没想到他们竟然找到吴大春那去了,当真用心。你没记错,确实叫吴大春,那是我从小玩到大的伙伴啊。"

"只要上头有密令,便掘地三尺也要找出你的错来。从亲戚近邻上挖掘,自然最是首选。只有从小玩到大的,才知道公子的隐私啊。"

张骥鸿道:"还有别人吗?"

典狱掏出一张纸条,道:"我生怕忘了,看完后回家就在纸上写了条目。"说着看了看纸条,"对了,还有一件,有个上都通善坊杏园的养蜂工人,说公子在今年新正的某日,打伤了他的父亲,把脚都打断了。当时慑于公子官为县尉,不敢声张。幸得坊中邻居不服,围住了公子,不畏强御,讨求公道。公子见犯了众怒,才不情不愿赔了些钱。谁曾想,没几天公子便找了他右街使的朋友,把公子赔的钱又都要了回去。还说公子这番罪行暴露,可谓天道好还。"

张骥鸿哭笑不得:"找大春还不难,这事他们竟然也知道?我一个外县的县尉,那些杏园的佣工有内府撑腰,哪里会怕我来?须知那杏园是个名胜,也归宫中管辖,每年采蜜敬献给陛下。春闱放榜,新科进士都打马去那赏花,其中做事的工匠并非寻常百姓。尤其他父亲是吃京兆尹的骑从打了,只怪我不识人心险恶,好意送他回家,却诬赖我,揪住我赔钱,我当时忙于它事,不想横生枝节,被他们讹了几万,当时自认倒霉,根本没有找官家的朋友去把钱要回来的事。"

典狱道:"想是公子跟人随口说过,被有心人记下。去通善坊找养蜂工人并不难,若要陷害公子,自然是舍得下功夫的。不瞒公子说,还曾有人来劝诱我,说公子曾揍过我的表亲,现下正可报仇。我委婉推脱了,说我表亲自家承认是一场误会。"

"感谢足下。我没想到,竟然有人如此恶毒。"张骥鸿拳头捏得格格作响。

典狱把纸条卷成一团,站起来,说:"文书我只偷扫了一眼,现在告诉公子的不过十分之一。公子得赶紧拿些主意,我猜这几日官家便会遣人来为难公子。"

"不想死的便来。"张骥鸿目眦欲裂,"我张骥鸿在神策军混了近十年，习得一身武艺，能飞腾上屋，也能徒手毙牛，不是好惹的。"

典狱道："公子何必与一些卑吏拼死，他们也是可怜人。公子才华世上少有，自然是先走了为上，等待他日大赦。"

"那些县家的卑吏，我对他们也大多不薄，怎的如此不要脸来陷害我？"

"有些也是无法，毕竟有软肋被上司捏着；有些，自然是纯粹无耻。对了，又想起一件，起先都忘了记下。是有一锻匠，平日爱斗鸡的，说公子抢了他的斗鸡，那是他的养家之物。被你抢去后，回家告诉母亲，母亲当场气死。"

张骥鸿反而笑了起来："这世道。那人可是收了我三十匹缣啊，买一只斗鸡还不够吗。"

典狱道："这些事，就都别想了，总之知道了就是。以公子的才干，何止做个县尉。不如即刻远走，去投了哪位节帅幕下，做个幕僚师友或者牙将，或许即刻飞黄腾达，胜了在这苦熬。就算此番不免职，见了谁都逢迎拜谢，也不知几时才能出头哩。若不走，现在紧要事物，便是想法子化解这些诬告。我想大多是难成定谳的，但毁掉公子的名声绰绰有余，不可忽视。"

张骥鸿忽然就想起成德节度使，于是道："寻常节帅知道我负劾在身，岂敢收留。"

典狱迟疑了一下，道："有些不敢，但总有些节帅敢。"

张骥鸿道："足下是说河朔三镇？但他们又都不服王化，我怎能去投？"

典狱忙遽道："我不是这个意思。"

张骥鸿拍拍他的肩膀："有件事一直想问君，当初为何打我的老仆。我知道有些滑头小吏想通过这来揣测长官的宽严，但感觉君为人还算不错，不该如此。"典狱说："公子这么说，倒是羞杀我了。在公门做久了，哪能不滑头，想做好人，难啊。但打公子的老仆，确实不是我的想法，只是当时顺口跟那位表亲提起，正好又碰到尊仆，那位表亲就擅自干了那事，我很后悔没有拉住他。他后来吃公子打了，实是活该。"张骥鸿道："我没有责怪君的意思，只是想多了解些人情。多谢君的建议，也许哪天真的就去投奔某位节帅了。"

典狱说："说真的，我这回来见公子，下了很大狠心。公子对我有恩，这都不是我胆大的缘由，主要还是因我信佛，信因果报应，否则不敢来的。要被人知道，不知什么后果哩。"说着就辞别，站在门前左右看看，见四下无人，迅速跑了出去。

张骥鸿满腹愤懑，也不知该找谁来商量，总觉得多一个人知道，就多连累一个人，越想越焦躁，好像肚里是一口锅，正在煮着汤一般，只是翻滚。当即从墙上拔出自家的陌刀，在院子里舞将起来。院子里这几天海棠花开得正艳，一地的落花花瓣被他的刀风带起，绕缭身侧。月亮上了树梢，天色渐渐暗下去，初夏的风景和暮春相仿，带着忧伤之气，正契合张骥鸿此刻的心情。舞完陌刀，又把弓拿出来检查了一遍，把铜弹丸擦拭了一番，想到刚才典狱所言，手指犹自发抖。

老仆做好了饭，摆上几案，唤张骥鸿来吃。张骥鸿收好弓弹，见屋内如洗，到处是包裹，不免又是神伤，坐下来吃了两口，也没什么胃口。老仆道："想是老奴饭菜做得不合口味。"张骥鸿道："饭菜一如既往,是我自家心中不快。"老仆道:"郎君还是勉强饭食,珍重玉体,才有出头之日。"张骥鸿转头看见架上还放着《书判拔萃从脞》及歌诗卷子,叹道:"舞文弄墨有个屁用。"说着一把抓过,在掌心揉皱,正待撕烂,老仆见状,赶紧上来抢:"郎君,使不得。"抢了回去。

张骥鸿胡乱吃了些,坐在案前发呆,过了一会,又出去,见老仆坐在月下砍柴,道:"还砍这些作甚,眼看要离开了。"老仆道:"习惯了找事做,倒忘了这层。"张骥鸿道:"刚才有些急躁,休要见怪。"老仆道:"知道郎君心中不快,哪能不发泄出来,更伤身子哩。"张骥鸿道:"适才典狱说,我可以投奔藩镇节帅,或许能谋个好出身。我想成德邸帅曾送我重礼,必有缘故,若回长安投他,怎见得他不收留?只是一向听十一兄等人说河朔三镇的不是,若真走了这条路,将来如何回头?"老仆道:"这事老奴不敢为郎君做主,但郎君不管定了什么念头,老奴都会跟随。"

主仆聊了一阵,也无头绪,径直洗刷一番,各自睡了。张骥鸿做了一梦,梦见自家前夜酒醉,误了早衙,被县令呵责。当即就醒了,耳畔正响起早衙的鼓声,张骥鸿一看窗外,天色大亮,心说糟了,这番要受处分。正要怪老仆不唤醒自家,又立刻想到已被褫夺了官职,哪里还要管什么早衙。看着屋内大包小包,正想着不如今天就走。随即听得窗外鸟声啼叫,倒是清脆。就趴在窗前观看,一阵早风徐来,片片粉色花瓣从庭院中飞入,屋内凄清的景色仿佛也生动起来。于是爬起,决定先去跟十一兄告辞。但走到一问,陆氏娘子说,许浑已经赴早衙了,喊他坐坐。他愈发惆怅,本来这时自家也在官署视事，碰到什么疑难，几步就踱到东厅，向许浑请教，现在跟许浑隔壁的则是何莫邪。他婉谢了陆氏，回自家馆舍等，等到早衙散了，许浑还没回来。眼看日到中天，若今天走的话，一天也到不了长安，只能等明天了。

耽搁到下午，许浑才回来，说："今天下了早衙，正待回来，却被崔令召去，一起聚饮，说是为何莫邪接风，没奈何也只好去了。若是知道大郎等我，怎么也会回来的。"张骥鸿道："我当初来就职时，却不曾享受这样的待遇。"许浑道："崔令那人势利，跟他计较不值。大郎，我是真舍不得你。夏至时有三天假，我再请几日，看看能不能去长安看你。"张骥鸿道："期盼十一兄来。"又想到自家不知到时在哪存身，又是烦闷。早知道倒不如不当这个县尉，至少在神策军中，还有一个吃饭的员额。许浑道："晚衙过后来家，我叫老妻做下酒菜，为你饯行。"这时许浑两个孩子也过来，抱住张骥鸿，许浑道："这些天实在难受。我告诉两个孩子，他们都舍不得你。"张骥鸿眼中含泪，偷偷背过身，擦了干净，抱起两个孩子："张叔以后还会来的。"

随即作别，回到自家屋里，在屋里看来看去，恋恋不舍。又让老仆准备好车马，把马从马厩里牵出，系在旁边树上，省得一早去马厩开门，打扰看护者。一会，晚衙鼓声响起，许浑就去上衙。张骥鸿站在院里练射弹子，忽听一人道："好本事。"张骥鸿回头一看，认出来，道："裴判官，是你。"

裴休道："张尉还记得在下。"

张骥鸿想，真是屁话，前不久才见，还因此丢了匹马，没好气道：

"你难道不知,我已被褫夺了官职,明天就要回家乡吗?"

裴休惊讶道:"竟有此事,到底什么原因。"

张骥鸿道:"还能什么原因,说我是王中尉所提拔,不合规矩。"

裴休愣了片刻,方道:"这等看来,王中尉那边可能出了大问题。"

张骥鸿还以为裴休会假装说点安慰话,谁知只是淡淡的这么一句,一时无语,只好扯别的话题:"裴判官怎么有空来此?是路过吗?"

裴休道:"哪里是路过,其实是专程来找张尉。"张骥鸿道:"我已是一介白衣,就不要叫张尉了。"裴休笑道:"张尉何乃太过,那些落职闲居的宰相,旁人还不一样叫他们相公。李仆射现在被贬为袁州长史,难道旁人改叫他李长史不成。李太白不做翰林学士了,旁人难道不叫他李翰林?张尉你毕竟是做过官,在尚书省有名录的,须比不得普通百姓,等哪天圣人或者贵人想起你,转眼就可赐给绯袍,那些新进的举子,做梦也梦不到,可别自暴自弃啊。"

这番话倒是让张骥鸿听得比较舒服,顿时好感上涨:"多谢裴判官劝慰,不知判官此番来找在下何事?若晚得一天,我就不在这了。"裴休道:"这就是所谓的天意啊,我是奉镇将之命来的,若他老人家知道张尉遭受不公,恐怕会亲自来请张尉吃酒。不如这样,今日我请张尉喝几杯,谈谈将来,顺便说说我今天的来意。"

张骥鸿精神一振,落魄到这田地,还有人特意来找我,为我计划将来,这世道倒也有些值得留恋,遂赶紧请裴休进去。

五十八　死里逃生

到得屋内落座,张骥鸿道:"实不相瞒,因为明天一早就要离开,给新县尉腾出居处,木炭灶膛已经封存,做不来酒菜。还剩晚上一顿,许县尉说为我饯行。"裴休道:"这好办,许县尉是大诗人,我与他有一面之交,正想深交,不如一起畅饮此夜。我吩咐仆人去市上揭一席菜来就是,不过,倘若张兄并不欢迎,那在下说完事情便告辞。"张骥鸿忙遽道:"裴判官赐酒,在下怎敢托大?不过,裴判官亲自上门,应该由在下请客才是。"裴休道:"若是平日,我也不和你争。但这回说好了是饯别,自然由我来,若张尉还是不肯,定是瞧不起在下。"张骥鸿也只好说:"就依裴判官排备,不过市集酒楼我家老仆熟,由他带路最好。"

裴休于是吩咐自家傔从过来,张骥鸿一看,长得结实高大,似乎有些眼熟,正一愣,那傔从已然上前叉手行礼:"张尉是小人见过的。"张骥鸿道:"是看着眼熟,在哪里见过。"那傔从道:"小人曾落发为僧,跟随澄照师傅,今年因故还俗,遂投了镇将做官健。"张骥鸿拍腿道:"我想起来了,你是常寂。"傔从道:"正是小人。"张骥鸿也不好问他始末,只随口道:"没想到你不做和尚了,我也不做县尉。看你身材,又壮了许多。"裴休笑道:"他是我们军中数一数二的勇士,深得镇将青眼。你们有旧,待会再叙。"打发了常寂跟着张骥鸿老仆去集市,自家站在阶下,看着两匹拴在树上的马,对张骥鸿道:"事情是这样的,上次宋镇将派我请张兄去,后来那厩吏给你牵马,你说那马不是你的。厩吏死活不承认。那厩吏是跟随镇将十几年的人,我其时虽然犹疑,也不敢当面质问他。前几天他偷了镇将的物什去卖了还赌债,才被镇将发现。我因此在镇将耳边说了你那事,镇将大恨,说若被张尉误会为贪财,那宁愿死了,因此要我先来向你致歉。你那马已被那厩吏卖了,待追讨回来,立刻还你。"

张骥鸿喜道:"那太好了。我不是吝啬一匹马,而是觉得委屈,好像我要讹诈镇将的好马似的。镇将如此公义,真让在下感佩。"裴休道:"张兄的为人,我们都很敬佩。我这番回去时,劝镇将费心,能让你重新回到神策军中找个职位最好。兄文武双全,可是难得的人才,可惜朝中那帮书生宰辅一窍不通,专一胶柱鼓瑟,其实无非是挟私报复。"张骥鸿道:"也怪我自家,得位不正,现在说不得嘴响。对了,宋镇将也和王中尉有旧,只怕他们连宋镇将也不放过,该如何是好。"裴休道:"这个就难了,宋镇将在宫中旧交甚多,盘根错节,要动宋镇将不易。"张骥鸿怅然道:"那最好不过。"

蓥屋城邑小,老仆和常寂不多时就押着两个酒家佣保回来了,一个个方盒,打开一格格的,都是不同的酒菜,热腾腾的。还有一个炭炉,炖着羹汤,两个佣保手脚快捷,把酒菜一一摆上几案。裴休道:"真是快。"那年纪大些的佣保说:"张尉要酒菜,怎敢不快。

并非畏惧张尉,小人前后在此活了二十年,就没见过张尉这样和气的少府。平时受他恩惠多,有机会怎能不报答?"张骥鸿心中悲伤,给了他们一人一镁钱。佣保不肯接,道:"看张尉脸色,今日来了朋友,却无喜气,敢是有什么心事。"又赶紧道歉,"请恕小人多嘴,这些原不该小人问的,只是一时关切。"张骥鸿拍拍他们的肩膀:"你们关心我,能有甚罪过。要说心事,确实也有,只是你们也无能为力。"两个佣保诺诺连声,慨叹着去了。

这时遥遥传来晚衙散归的鼓声,张骥鸿一看天色,已然暗了下来,停了片刻,就让老仆去探看许浑是否回来,老仆去了一趟,回报说:"陆家娘子说还没回来。"张骥鸿说:"劳烦丈人去问问衙里的阍者。"老仆去了,过了一会回来,说:"听说崔令召集群吏聚会,商讨公事,一时不得散。"张骥鸿略有些不快,那崔令到底有什么事,早晚两次召群吏聚会,也罢,不如与裴休先饮着,于是两人对坐,常寂在旁作陪。裴休先给张骥鸿斟酒:"我们先边饮边等。"两人聊了一会,一时酒意渐浓,张骥鸿看看窗外,月上柳梢,想许浑恐怕赶不来了。好在裴休指天画地,给他许诺:"我回去就告诉镇将,或者张兄明天不必走,也许镇将早给张兄有些排备。"张骥鸿喜道:"真的?不过我这馆舍必须腾出,这仓促之间,去何处落脚?"裴休道:"这个有甚难处,且去城中逆旅暂住一两日,若能在神策行营为张兄找到一个职事,就直接搬到行营馆舍之中。在行营中,得镇将尊重,比在这做县尉还自在呢。只是品级暂时要不到,要看时机,薪俸虽不多,但行营军吏各种杂给、赏赐,也足以过得体面,和品官相比,只是没有职分田罢了。"张骥鸿道:"若能获此,不啻再造之恩,生死以之。"裴休又给他斟满:

"饮尽方显赤诚。"张骥鸿毫不犹豫,一口接一口饮尽,大呼快活。

一时觉得腹中鼓胀,说去后院如厕。裴休道:"张兄喝得多,似乎醉了,不如我陪兄去。"张骥鸿道:"我酒量尚可,这些许酒怎能醉我。"说着起身,摇摇晃晃穿过北堂,踏着月光去了后院。找到溷藩,站在厕洞前,掏出那话,淅淅沥沥洒了起来,突然觉得酒意翻涌,眼睛发花,有些恶心,嘟囔道:"这酒劲够烈,从未饮过如许烈的酒。"正是奇怪,忽听到背后有人笑道:"张兄果然酒量大,喝了那么大杯莨菪酒,竟然还站得住。"张骥鸿一惊,回头一看:"裴兄,你——"裴休和他那个傔从常寂已经双双上前,死死按住张骥鸿,就想把他往粪池里送。张骥鸿这时四肢酸软,眼睛越发模糊,心中怒不可遏,四肢死死抵住厕阑:"为何要杀我?"裴休道:"张兄勿怪,上都贵人给了宋镇将密令,留你不得。"张骥鸿被粪池涌上来的粪气一熏,再也忍不住,一张嘴好似腹泻的肛门,忽然排山倒海似的泻出来,吐了一多半,反而有些清醒了,当即奋臂一振,裴休和常寂都是十分健壮之人,本想两人按住一中毒的醉汉,无论如何也不会落了下风,谁知却没按住,双双向后摔了个趔趄。张骥鸿回身挥起一拳,击在裴休的脖子上,裴休像一只挨了弹丸的鸡一样,脖子软了下来,歪倒在厕池边。常寂喊一声:"好竖子。"掏出一柄匕首刺来,若是平常,张骥鸿可以准确抓住他手腕,扭断他手臂,但此刻眼睛发花,伸手过去,竟然抓了个空,当即被其匕首刺入左肩胛,约有数寸之深。张骥鸿痛极,好在当年在神策军中苦练,那些技击招数极为熟练,当即略微转身,右手肘猛撞常寂肋下,只听常寂沉闷地哼了一声,摔倒在墙角。张骥鸿使劲晃了晃头,感觉眼睛还是发花,不敢恋战,立刻跑出去,穿过前堂,大声呼唤自家的老仆。

五十九　月下逃亡

老仆忙遽跑来，见张骥鸿模样，大惊，张骥鸿道："那两人是来杀我的，酒里有毒，给我解开马缰绳。我要先走一步，你自家也赶紧藏起来。"老仆拽住他："郎君，老奴跟你一起走。"张骥鸿推开他："你跟着我，只是给我添累，我问你，若你遭了危险，我是救还是不救。"老仆泣道："老奴省得。"跑到堂下解了马缰绳，张骥鸿已经抓过自家的行李包裹，里面装着一柄短刀，一张弓，一袋弹子，一翻身上马。但马刚驰出院庭，却从斜刺里冲出一人，竟是常寂追了出来，这竖子确实健壮，中了张骥鸿一肘，竟然很快爬起，手里还握着一张弓。张骥鸿打马向前冲，听到背后弓弦声响，一箭破空射来，赶紧伏在马上，抽出短刀，回手一掷，短刀飞出去，随即听得后面一声惨叫，似乎掷中了那恶仆。张骥鸿感觉头脑昏乱，也不敢回头，不管不顾，催马跑向城邑中一角某处，那里有一条小道，可以就近驰上驿道。往常张骥鸿若要下乡，往往不由城门，只走这条小道。他晕晕乎乎任马驮着，往前驰骋，但好像驰了一会，突然马往前一栽,把他颠了下来。他看看马,原来后臀中了一箭,早已是忍痛驰驱。张骥鸿见状,只能放弃,跌跌撞撞徒步往驿道旁边的树丛跑去。

此刻天上挂着一轮满月,金黄金黄的,驿道上白茫茫一片,仿佛镀上了一层银色。两边的稻田里蛙声聒噪,中间时不时响起春虫的唧唧声,张骥鸿心里混沌似的,却无端想起童年时候听邻舍老吴说,这是春虫们在交配的声音,老吴当时那意味深长的脸仿佛在眼前。又想此刻为何回忆及此,煞是古怪,忍不住一阵悲伤。走了一阵,见萤火虫忽上忽下,在道上漂浮。张骥鸿不想走空旷的驿道,怕太惹眼。驿道旁边是一条河,月光照在上面,被荡漾的水波分割得不成片段。张骥鸿想,这满月是好事,也是坏事,平时可以玩赏,现在却是发奸摘伏的烛照。又想自家奉公守法,怎么就成了奸人,真是天道不公啊。瞥见道旁树丛,倒是可以略微遮蔽。他摇晃跑去,沿途一丛丛野生踯躅花开得正艳,空气中仿佛弥漫着花的甜香。树丛旁边,是一片绿草萋萋的河床,清亮的河水触手可及,水面顶着银辉,默默无声向前流淌,却总也带银辉不走。真是一个再好不过的良夜。

张骥鸿找了一棵被灌木围住的大树坐下,喘息了一会,肩头的伤口还在汩汩冒血,常寂的确有劲,那一刀刺得甚深。他撕下一块衣襟,把伤口裹住。在神策军中,这类自我救助的方法,倒是学过不少。他又趴在河岸,使劲抠自家的喉咙,但再也呕不出什么了,反而搞得胸腹之间的肌肉痉挛,非常难受。不过他知道,茛菪酒虽然药性很烈,主要却是让人昏迷,不易致死,得趁着自家挺不住昏迷之前,赶紧找到一个安全的地方,再作打算。可是如今没有坐骑,该如何是好。

他摸摸包裹,摸到一些黄金细软,老仆曾经告诉他:"之前积攒的俸钱和缣帛,最近都去市场偷偷换了黄金,放在囊内。主要觉得郎君花钱过于大方,只怕有不时之需,来不及兑换。"张骥鸿深叹一声,强行忍住晕眩,又浇了些河水在自家头上,略微清醒了些。心想,若非自家贪婪,听到裴休说宋镇将会给自家找个职事就喜出望外,也不至于遭他暗算。他说朝中有贵人密令要杀自家,除了李益,还能有谁呢?还好,他不能明目张胆杀我,只好下密令暗杀,否则调了几十个弓弩手来,也不用给我喂药,我怎能抵挡乱箭?即便有幸逃脱,沿途下令逻卒拦截,我也很难幸免。也不知我最后陌刀那一掷,杀死了常寂没有,否则他回去报告,宋楚肯定会立刻派人在驿道上追逐。也许他们没有那么快动作,但我得赶紧离开。想着想着,又头晕起来,赶紧再浇了些河水到头上,又略微好些。

正在懊恼之际,忽然听得驿道的远处有马蹄声响,还跑得很快,听声音是两骑。张骥鸿立即从包裹里摸出弓弹,往驿道上观望。那马蹄声越来越近,张骥鸿发现并不是马,而是两头骡子。每头骡子上各骑着一个青年,从衣饰来看,穿着还颇华丽。忽然想起老仆曾跟他说过,这类人都是新鲜杀了人,租了骡子亡命的。也不管那么多,将铜弹丸包在弓弦皮囊里,一丸弹去,正中第一人头颅,那人闷哼一声,从骡子上翻下来,骡子发狂似的,顺着驿道狂奔。另一人吓了一跳,勒住骡子,叫道:"大兄,你怎么了。"随即从骡子上翻身下来,张骥鸿早从树后跳出,那人顿时后退了一步,看着张骥鸿,脸上露出凶狠之色:"是你暗算了我大兄?"张骥鸿闷声道:"是我。"那人吼道:"老子今晚才杀了一家九口,谢谢你来凑上十的整数。"脚步却缓缓后退,张骥鸿知他畏怯,刚才所言,不过是给自家壮胆,因张开双臂:"我

377

赤手空拳，你都害怕？"那人好像被唤醒了似的，当即怪叫一声，冲上来挥刀就砍。张骥鸿避过，反手一拳，击中那人的后颈，那人扑通一声栽倒，爬不起来。张骥鸿俯身扯住他身体，也不管他呻吟，拎起来一甩，甩进了河里。又察看那个被弹丸打中的，额间一个凹陷，想了一想，也扔进河里。然后跳上先前那人的骡子，策骡奔去。

那骡子跑得着实快，在银色的驿道上，两旁用来计算道路的榆树哗啦哗啦从耳边掠过，道上一个人也没有，天地之间静得像坟墓一样，到处是春虫细微的鸣奏。张骥鸿却越来越觉得眼皮耷拉，怎么也支撑不住，心中暗想，好在起首在溷藩里呕出了一些毒酒，否则早就死在溷藩了。也庆幸县家院庭中的溷藩极臭，当年在宫禁中，厕所里每天都要燃香驱臭，那样自家便不会呕吐了。他迷迷糊糊，忽然感觉骡子似乎在飞跑过一段参天古树包围的小径，有些熟悉，去秋似乎就是在这里遇到新妇赠鸽，不觉泪涌。恍惚中骡子鼻息粗重了起来，而且减缓了速度，他有些着急，两腿使劲夹着骡子的腹部，却使不上力气，想用手去拍骡子的屁股，感觉手很短，怎么也伸不出去，甚至想叫唤，也叫唤不出。心想，是不是要死了，不如睡了算了，这样撑着很辛苦。什么父亲、霍小玉、崔五娘、许浑……，都对不住了，来生再看看，有没有机会再见。

等他醒来，已经不知道过了多久，只觉肩胛上的创口奇痛。恍惚间见面前有人，本能地一手伸出，抓住那人的手臂。那人疼得大叫："舅父，舅父，是我。"张骥鸿睁大眼睛，感觉眼睛没那么花了，见眼前那人满面虬髯，遂喝问道："你是李益派来杀我的吗？你怎杀得了我。"

六十　白大三兄弟

正叫着，这时外面又跑进来两人，一人看着脸型瘦长，身材较高，二十三四岁的年纪；一人中等身材，颇为结实，脸上肌肉饱满，看上去只有二十出头。他们齐齐叫道："舅父，是我们。"

张骥鸿诧异："我并无姊妹，哪来的外甥。"

虬髯汉子说："舅父可能不记得了，去年秋天，舅父路过紫云村逆旅，见我们举止不当，揍了我们几下，但又没有真的责罚。"张骥鸿略微松了松手，那虬髯汉子面上堆笑："舅父，你不记得的话，外甥再提醒一下，你当时也给我们背上札诗，我们说各自都札了歌诗，不想劳烦舅父。"

张骥鸿这才记起："有这么回事，让我看看你们的脊背。"说着松了手。那虬髯汉子立刻把上衣一扒，露出一身肌肉，随即向后跪倒，把脊背露给张骥鸿看。张骥鸿见他背上札着一副画，一湾春水，旁边杨柳依依，但空中又是一行大雁，虬髯汉子道："这是白乐天的诗歌'织为云外秋雁行，染作江南春水色'。"张骥鸿明白了，道，"你是那白乐天？"

"舅父，正是大外甥我。"

另外两人也赶紧撩起衣服跪下，那瘦长的一个道："小人札的是元相公的诗。"他背上札着一条山泉，弯弯绕绕，旁边一座小楼，楼旁色彩斑斓，一片红云，原来是桃花灿烂。张骥鸿完全记起了："这是元稹的'山泉散漫绕阶流，万树桃花映小楼。'"又看第三人，背上札着一棵桂树，树叶之间，花瓣颗粒像金粟一样，密密麻麻，又历历可数。仰望中天，皓月一轮，夜凉如水。树旁檐牙雕啄，院墙高耸，如曲曲屏山，幽深寂寥。张骥鸿道："我记得，这是王司马的歌诗，我今年新正时，在长安右神策军院，曾见过王司马，还蒙他教诲了一个多时辰，可惜他已不在人世。"

那人道："王司马今年才去世吗？我以为早就是古人了。"一边把衣服放下。张骥鸿看着虬髯客道："刚才对不住，我以为是来杀我的。"虬髯客道："我说舅舅不知好歹哩。舅舅中的那刀，刀口颇深，得尽快用药，若掐死了外甥，舅舅只怕真的死路一条。"

张骥鸿道："这点伤口，未必就让我死了。"虬髯客道："你自家头上滚烫，却不知道，若不用药降服住，也难免死的。"张骥鸿也觉得脑袋发昏，道："你们怎得救了我？"虬髯客道："昨晚我们在外行走，忽见一头骡子飞快跑来，骡子上并没有人。我们把这头骡子收好，过了一会，又见一头骡子驮着舅父跑来。舅父不省人事，肩上不断渗着血。我们起初也没有认出是舅父，但见乘着我们的骡子，按照规矩，应该救助，结果抬了进来，竟然是舅父。"张骥鸿道："骡子是你们的？"

虬髯客道:"也不能这么说,骡子是贵人从百姓家雇来的,集中交付我们,租给那些驿道上需要的客人。"

张骥鸿道:"我知道了。当日我老仆说,这驿道上租骡子的,但凡是少年后生,鲜衣凶服的,都是逃亡的不法无赖,有些就是新鲜杀了人的,想逃到东边去躲藏。"

虬髯客道:"这些我等一概不管,只收钱,到预定的驿点,给他们换骡,赁金可不低。舅父花多少钱租的?"

"我没花钱。"张骥鸿道,"当时我的马被射中,倒毙在路上。我在树后躲藏,见两少年策骡而来,也顾不了那么多,一弹击毙了一人,他乘的骡子便是空跑的那匹;另一人下骡来杀我,被我一拳击昏,两具尸体都扔进了河里。"

虬髯客道:"舅父真是神勇,伤成这个样子也轻松击杀两人。"

张骥鸿叹气道:"我并不想杀人,当时情非得已。你们不用害怕,我不会对你们不利。"

"我知道舅舅的人品,不会无缘无故杀人。"虬髯客道,"舅父杀的那两人,定非良人,杀死他们,又不算枉杀无辜。不过舅父到底怎么了,县尉做得好好的,怎么就这样?"

张骥鸿遂把前因后果一说,虬髯客道:"怪道呢,听说舅舅在鳌屋官声还好,不是那等凶残的,才知是站错了队伍。舅舅这是要逃去东都呢,还是去江南,或者就躲在这左近,等待大赦?"张骥鸿寻思东都也没有熟人,江南更是陌生地界,吃住也不惯,还是关中最好,就说:"若躲在左近,一切熟悉,当然最好。"虬髯客道:"这样的话,让外甥们排备,暂且先歇息几天。"又对张骥鸿说,"我这两位兄弟,老二也是半个进士,平日也颇读些书,足智多谋。老三勇武,寻常人三四个,近不了他身。当然跟舅父没法比。以后舅父就叫我们白大、元二、王三吧。我们在外,就是用这个名头。"张骥鸿道:"三个外甥,姓氏都不一样,就当我有了三个姊姊,分别嫁给了白、元、王三家罢了。"众人皆笑。

白大引张骥鸿到了后边,见墙角摆着一张床,床褥黯淡,像是许久未曾洗濯。张骥鸿虽然自小也贫苦,但母亲一向爱净,家里往往窗明几净。母亲累死后,父亲经常被雇去帮人贩运,将他托给姑姑照看。姑姑虽不如母亲勤快,但也不至于邋遢。后来做禁军,虽然乱些,却也不脏。看到这场景,忍不住掩住鼻子。

白大笑道:"舅父恐住不惯,但总胜过出去丢命。我等待会去市集上,给舅父买一床新被褥,顺便也去弄点药来,给舅父把伤口清理,舅父虽壮勇,硬挺也是有些风险的。"

张骥鸿听得前半句,有些不服:"难道我出去便一定丢命?十几个士卒,还真不够我打的。"

"这个外甥相信。"白大道,"但万一失手呢。何况不必跟那些军士打,他们也是贫苦人,杀了他们又能怎的?那真正害舅父的,还不一样享用富贵。"

张骥鸿道:"这说得有理,上次见你时,你欺负妇人,我忍不住揍了你几下。不过你也有个好处,就是打不过便服气,并不太凶恶。"

"舅父此言差矣,哪里是打不过便服气,实在是我等自家也知道自家做的是坏事。假如舅父当日是奉哪位大族的命令,来拆我家的宅子,那便是被舅父打死,也不能服气的。我们三人,当时是真的心服口服。"

正说着，外面传来马蹄杂沓声，张骥鸿道："想是来追捕我的。"

白大把他往后面推："这里有个地道，且到里面躲藏。"

张骥鸿道："地道狭窄，若你引他们来捕我，便施展不开，只是束手就缚了。"

"舅父，外甥指天发誓，外甥虽是个泼皮，既做了这行，便不能干砸招牌的事。"白大一边说，一边把盖板盖上，张骥鸿也没得选，也就听之任之。白大盖上盖板，径直去了。

张骥鸿伏在地道中不动，不多久，听到外面甲叶相碰的声音，有人拍门呼喊。又听得白大三位假装刚刚睡醒，揉着眼皮，开门出去。有人问："昨日夜间有没有见一人，二十六七左右，身材较高，壮实，问你雇过骡子。"白大说："没有的事，小人这才睡醒，不知外面发生了何事。"

"你给主家干活，怎敢如此懈怠，如何挣得到钱？"

"押衙息怒，小人三个分班睡觉，并不曾懈怠。从昨晚到今日，只有两人租了骡子，看上去是两个二十左右的后生，不见有押衙说的那人。"这是元二的声音。又听得白大补充："这是官驴，小人只知道在此守候驿卒，完全遵从录事参军的吩咐。"

有一人问道："屋里还有人吗？"

元二道："押衙知道，这驿只有我们兄弟三个。"

"娘的。"那人道，"这驿道上，大海捞针，镇将何不直接发个文书名捕，害我等受累。"说着骂骂咧咧，似要离去。张骥鸿松一口气，推开盖板出来，坐回床上，忽然呼啦啦，不知从房梁下飞过来几只东西,漆黑漆黑的,发出吧嗒吧嗒的声音,绕着张骥鸿一圈,张骥鸿才看出是蝙蝠。他虽然神勇,但最怕毛虫、蛇、蝙蝠之类,登时就有些惶悚,谁知这些蝙蝠还哗啦啦排泄出一片东西,顿时将张骥鸿淋了个满头,张骥鸿没忍住,本能叫起来。他知道糟了,果然听到外间有人道:"你怎敢骗我,里面分明有人。"说着门就开了,一青袍官吏站在门前,张骥鸿一看,却是王越,当日曾请他去赴耿知俊宴会的王子将。

王越看着张骥鸿,默不作声。白大惶悚道:"押衙,这是我家阿舅,前日来看我,不想病倒了,怕说不清楚,干脆隐了未言。"说着从口袋里掏出一些物事,要塞给王越。王越推开他,从腰中拔出刀。张骥鸿看着他,王越到了床前,半晌没说话,突然笑了,还刀入鞘,回头对白大道:"好好照顾令舅。"说完蹲下来,拍拍张骥鸿的肩膀,转头就走,白大三人跟着出去,好像在外面停了一阵,才听到士卒相继上马,马蹄声逐渐远去。

过了半晌,元二和王三从外面回来,元二满面喜色:"原来王押衙也仰慕舅舅,这太好了。"把张骥鸿搀扶出来,元二道:"听那押衙说话,他们闽越行营是螯屋县府请求派人拦截舅舅的,舅舅被他们找名目罢了官,但尚未罗织成罪,至少很难断成死罪,感觉舅舅是跟当道的某位有私仇,他密令镇将暗杀舅舅,却不好发文书天下名捕。"

"但我杀了裴休,现在可以名捕了。"张骥鸿遂把裴休给自家下毒,以及自家和李益的纠葛略说了一说,元二惶悚道:"原来舅舅竟得罪了李益,这李益我们都知道,现在改名李训,圣人对他言听计从，炙手可热，比那郑注还受宠哩。舅舅此番逃得性命，着实命大。"白大道："老二想个办法。我先去给舅父讨药，免得耽误大事。"说着忙遽出去了。元二道："舅父先歇歇，有我等三人在，保舅舅无事。若真有事，我等三人愿意与舅舅同死。何况刚才王押衙说，舅舅得想办法换个身份，让我们这几日去行营找他。"张骥鸿感慨不已："我与诸位并无恩义，甚至当初还打过诸位，诸位叫我舅舅，其实愧不敢当，为何肯拼命救我？不瞒诸位说，委实不合情理。"

元二道："舅舅说哪里话来，去年秋天，蒙舅舅教训，那原是我等有错，该打。你道我们做贼的，就不知道什么是对，什么是错？只是看到这世上做的对的，往往穷困潦倒，没有好下场；而那作奸犯科的，往往飞黄腾达，就想也许天道就该如此。我等既不想穷困潦倒，便不愿去做那对的事。"

张骥鸿失笑："岂有此理，难道那做好事的，便没有现在过得好的？我看白乐天白少傅就过得很好。"

元二道："我说的是一般情况，白少傅那等人，都是天下的星星下凡，不可拿来作比。便是白少傅这样的星星，不也是让握军要者切齿吗？若白少傅后来不谨言慎行，只怕现在一样穷愁潦倒哩。"

张骥鸿一想也是，又说："但因此就选择做坏人，是否良心过意不去？"

元二道："我等三人，并无能力作大恶，这就算是有良心的哩。舅父，我们平时倒恨自家天生的有些良心，所以无能作大恶，否则岂不也能拖金纡紫？坐在庙堂上，随便征个茶榷，就给朝廷收上金山银山，哪管百姓鬻儿卖女？即如舅父这样，不也经常带着悍吏，叫嚣东西，隳突南北，逼着百姓交租缴税吗？不过我等的确听闻舅父算是良县尉，总是尽量向上面求恳，不愿催租。是以舅父打过我等，我等方不记仇，所以，请舅父放心，我等三人真的是敬佩舅父人品，绝无歹意。"

张骥鸿道："你说的这番话，真有些道理，当初万没想到，你的见识不比普通官吏差的。还有那位王押衙，其实我跟他也就是认识，并无交情。那么多受过我好处的都没帮我，他却肯帮我，这世间真是一言难尽。"

六十一　白大三兄弟（续）

　　正说着话，又听见推开院门的声音，白大走了进来，手里攥着一个瓷瓶，说："我刚去医工那里讨来的金创药，赶紧给舅父敷上。"说着就给张骥鸿敷药，张骥鸿虽不能说全无戒心，但想到对方若要害自家，不须等到此刻，也就释然。药物抹在伤口上，一阵清凉，不由得奇怪："你哪弄来的药？我在神策军时，那里的医工说，军中的金创药是天下最好的，似乎也不过如此。"白大道："这也是军中弄来的。"张骥鸿奇道："哪个军中？"白大道："舅父，我向贵人讨来，他并未告诉我是哪个军中，我也不敢多问。"又叫元二，"舅父肯定饿了，你和老三去弄些酒饭来。"元二道："早该赶去。"

　　白大陪着张骥鸿说些话，不多时，元二和王三两个就回来了，提着两个圆食盒，打开一看，也是热腾腾的，有毕罗，有羊肉，有鲈鱼，有葵菜，虽说不上太丰盛，也不算粗劣。张骥鸿道："你们这究竟是什么地方，怎能叫饭菜如此方便。"元二笑道："等舅舅伤好了，出去便知。"张骥鸿也的确饿了，吃完后，沉沉睡去。这次睡得并不踏实,噩梦频仍,一会看见老仆逃跑,被坏人追上,一刀砍翻;一会梦见一群县吏去蓝田,捉走了自家的父亲,并当众宣布职分田收回。邻舍们包括吴叔哈哈大笑,揶揄父亲,说他生了一个无赖儿子,竟然混成了县尉,但天网恢恢,终究还是现了原形。父亲被县吏捉到官里去,蓝田县吏发下文书,张骥鸿若不出来受缚,就一天拷打一次。他看见县吏用竹夹子夹住父亲的双手,两边一拉,痛得父亲呼爹叫娘。不许父亲睡觉,刚把眼帘垂下,狱吏就一个耳光扇去,扇得父亲跪在地上哀求:"就让小人睡一会儿吧……"张骥鸿在梦中大叫起来:"畜生,畜生,我要杀光你们……"

白大立刻跑了进来:"舅父醒了,做噩梦了吧。"张骥鸿叫道:"我要去救我父亲。"白大按住他:"舅父,你现在身上有伤,怎么去?便要去的话,也得让我等打听一下外面的情况。天都黑了,明天再说。或者我明天去蓝田一趟,打听一下,料想不会有什么事,"

张骥鸿看窗口,已经是乌黑,原来到了晚上。白大又说:"已经买了新棉被,这就给舅父换上。舅父若又饿了,随时到灶下把菜热了吃。"张骥鸿忽然想到:"你们救下我时,有没有看见我身边那个布袋,里面装了弓弹和一些财帛。"白大道:"看到了,并未打开。"把袋子找出来,递给张骥鸿。张骥鸿掏出一块黄金,约莫有二两,说:"不能白吃三位的饭菜,还有被褥,都要花钱。"白大道:"饭菜值得什么?舅父若真想用钱,还有用的地方,我等三人刚才就在思量,为舅父找什么去处躲藏呢。"

王三很少说话,也说道:"适才去外面,发现街上果然贴了文符,要缉拿舅父,说舅父贪污公帑,欺压良民,害死母亲,不孝,且怙恶不悛，竟然击杀搜捕官吏出逃，有发现者，赏钱十五缗哩。"

张骥鸿大怒："都是诬陷。"白大道："那陷害舅父的狗官太可恶，况且舅父才值十五缗吗？"元二道："虽然是侮辱舅舅，却也是件好事，只得十五缗，为此动心思的就不会太多。"

又讨论张骥鸿如何躲藏的事，元二道："我倒有个主意，本村的菩提寺，似乎有贵人护着，县吏等闲不敢进去骚扰，舅父若愿意，不如暂且做个和尚，比一直躲在屋里不见天日的好，不知舅父意下何如。"张骥鸿失笑，又感伤道："以前万没想过要出家，还想着娶个妻子，生一堆孩子好好享受天伦哩。"遂想到一事，"你说的菩提寺，难道就是紫云村的那个？"元二说正是。张骥鸿道："不瞒三位说，我去年曾在菩提寺求菩萨把上都美人霍小玉赐给我做妻子，不想菩萨反要我自家舍身与他。"三人听了大笑，白大道："天下名山，都被僧人占尽，我看那佛祖，就是个贪的。不向他求恳还好，若向他求恳，就被他认得了，不但不赐予你什么，便要把你有的也拿去。我不大会说话，不知道舅父省得不省得。"元二笑道："老大说的这番话，其实涵义极深，和《道德真经》里的一句话相似：'天之道，有余者损之，不足者补之。人之道则不然，损不足以奉有余。'这菩萨啊，行的并非天道，而是人道，怎值得供奉？"

张骥鸿遂想起一事，不觉垂泪："王中尉那么敬佛，依旧被小人害了，可知这菩萨的确无益。那诸位又让我做和尚，每天敬佛，岂不矛盾？"

白大道："菩萨我们打他不过，也只好暂时依附他，再做计较。也不一定要舅舅做真和尚，守那十种重戒，若打熬不住时，这村里也有些妓户，随去泻火便了；若嫌不好看，就假借云游，去通都大邑找那好的。"张骥鸿道："胡说，那子孙后嗣，妓女也能给你生么？"白大嘻嘻笑："这多半不能，舅舅此番去做和尚，只是权宜之计，等到大赦，再还俗做官，娶房正妻生子也不难，舅舅还不到三十，怕怎的。"

"我还能挑三拣四不成。算了，做和尚就做和尚吧。"张骥鸿忽然想，做一阵和尚也好，清净，再也不用那么疲累了，省了每天不是上堂趋走逢迎长吏，就是下乡恐吓鞭笞黎民，就问，"我能做哪种和尚？我平日虽信佛，却不知道些佛经皮毛，只怕做不像。"

"又不是要舅舅做方丈，做讲经僧，怕怎的。那佛门之中，到底有几人懂得讲经？还不跟朝廷上一样，起码一大半是混饭吃的吗？我还听说佛门中有一派禅宗，无需读什么佛典，只要顿悟。什么'但能无心，便是究竟''即心即佛''以心印心，心心不异'，那禅宗六祖慧能，别说读佛经，连字都不识得几个哩。"

张骥鸿道："元二，没想到你懂得这么多，我以前真是看走眼了。"

白大道："舅父看低了我们，我们三兄弟各有所长。我年长，敢做，能主事；老二喜欢琢磨些主意；老三见死不回，是真正的勇士。"

张骥鸿道："看来每具肉身，都是活生生的个体，上天都赐予了其独特才能，轻忽不得。这个和尚我能做，只是还有一难，今上即位以来，生憎寺庙隐藏纳税人口，剃度比以前难多了，这度牒可怎么弄？"

白大道："是不好弄。"张骥鸿道："那你们三人不就说笑吗？"

元二道:"倒也不是。不瞒舅舅说,你外甥的确没这本事,但既干了这行,上面自然有人,只要给足财帛。"

张骥鸿把随身那个袋子给他们,说:"我所有的钱都在此处,你们要用就拿,若是不够,我却没法。"白大摸摸张骥鸿额头,还是滚烫,道:"只怕还要一天。"又商定明日就让元二带着王三去蓝田,寻访张骥鸿的父亲。扯到半夜,三人给张骥鸿换了新买的被褥,看他睡着,才要出去。张骥鸿突然睁开眼道:"会不会等我睡醒,发现四肢已被缚住?"三人面面相觑,白大道:"糟糕,被他识破。"张骥鸿忽地一把抓住白大,白大大叫:"舅父,跟你开玩笑的。"元二也叫:"舅父,莫听他胡说。"张骥鸿额头渗汗,松开白大,仿佛清醒了些,道:"我平生还算磊落,今日怎的这样。"白大道:"想是舅父所中的毒还未全解,加之刀伤热毒攻心,也怪外甥喜好玩笑。舅父若怕时,把我等三个手脚缚住再睡。"张骥鸿摇头:"我也没有那般胆小。"又歪倒睡了。

再次醒来,已是第二天下午。张骥鸿这次睡得还好,未有噩梦,醒来时饥肠辘辘,叫了一声,白大进来,说:"老二老三一早就去了蓝田,这会恐怕快到了。舅父且放心,一定将舅爷打理好。"张骥鸿道:"多谢三位。"接下来几天时睡时醒,好在有白大照顾,额头上热毒终于散去。这一天起床后,霍然神清气爽,就决定坐起来,到外面看看。这才知道,自家所住是一间很破的房子,院子里有个马厩,系着几头骡子。白大叮嘱张骥鸿:"外面还贴着捕捉舅父的文符,不可过于懈怠。"张骥鸿说省得,戴着一个斗篷出去。

屋子建在驿道旁的山坡上,张骥鸿沿着屋后曲折的小道,登上了山丘,四下张望,发现不远处竟然就是紫云村逆旅。逆旅的后面,就是紫云村的城邑,那座菩提寺后的琉璃塔兀然屹立。他在小丘上站了许久,纵目四方,远处苍山连绵,近处鳞次栉比,只觉自身如沧海一粟,何等渺小,不觉吟起屈子的歌诗:"惟天地之无穷兮,哀人生之长勤。往者余弗及兮,来者吾不闻。"抱树泣下,好一阵,才缓缓下来,回到屋内,问白大:"老二老三还没回来吗?"

白大的目光有些畏缩,张骥鸿顿起疑心,一把抓住白大:"是不是我阿爷那边不好?"白大一屁股坐在门槛上:"我也不瞒舅父,昨晚老二回来,说去得蓝田,蓝田县令得了上面的命令,带着县吏去收田,又要捕捉舅爷去拷问,走到半路,舅爷瞅了个空子,跳下悬崖了。元二正在外间草丛坐着,不知怎么跟舅父说。"

张骥鸿当即也坐在门槛上,哭了起来。哭了一会,又叹了口气:"这都是我害的,可知道是哪处崖壁吗?"白大道:"我去叫元二来问问。"一会元二和王三进来,元二首先跪倒:"辜负了舅舅的嘱托。"张骥鸿道:"也不能怪你们。"就问了一些详细。元二道:"那地方叫长秋坂,县吏叫了几个百姓下去,把舅爷草草藁葬了。我和老三也不敢声张,假装过路商贩,说只想打听些异闻。打听到之后,就去祭拜了。等他日大赦,舅父有了出头之日,再亲自前去祭拜。"张骥鸿听了,又掩面抽泣了半晌,想想现在回去也是受辱,不妨听元二的,将来时来运转,再去不迟,最重要找到陷害自家的人,比如李益、宋楚,一并杀了报仇。只是这两人都官高位重,一时之间如何杀得到,也只好暂时隐忍在心。

六十二　菩提寺落发

又过了几天，这日午后，元二欣欣然从外来，手里拿着一卷纸，道："终于办妥。"张骥鸿展开一看，正是出家的度牒文告，上写着：

僧广运，年二十七岁，十一夏。

深州陆泽县宁昌乡正道里户王僧孺男，为长庆三年四月十五日度，计今。

诵《金刚经》五卷。

叹道："原来我法号叫广运，希望将来真的能广来运气，运途宽广。"又看了看，惊诧道："怎么是在深州出家，我可从未去过深州。"

元二道："舅舅莫怪，造次之间，只能找到深州的旧度牒改造。未去过深州无妨，难道他们还专门派人去深州查访舅舅不成。"

"但若没有深州口音，如何能让人相信。"

"只说虽是深州人，但自小随父客籍京畿，长大后才回本贯落发，取得度牒不就行了。"

张骥鸿道："暂且如此，《金刚经》我倒也读过，现今只记得'一切有为法，如梦幻泡影'那几句偈子，要说出些道理，更无可能。若有高僧问起，岂不立刻露了马脚？"

元二笑道："经书高深，哪是片刻就读得会的。若片刻能会，我也去作高僧，每周坐坛讲经，善男信女布施无数，几世也花不完。舅父才二十七岁，不比那高僧大德，便读了经书，说不出道理有甚奇怪，难道是神童不成。"

张骥鸿又颓然道："好吧，我落到这般田地，也不能挑拣。"忽然又悲伤起来，"我在县家做县尉时，善待了许多人，结果临到落难，几乎个个落井下石。倒是你们三个虽吃我打了一顿，却不计旧怨，非但不把我捆了报官，反而对我精心料理，这世间人情是何道理？"

白大率尔道："其实还有一个重要缘故——"但元二打断了他，道："就是我等兄弟三人无妻无子，也不渴求富贵。"张骥鸿说："富贵人人渴求，你们三个为何例外？"元二道："想是没有正经求富贵的本钱，又不愿过于伤天害理，因此也就不求了。"白大笑道："正是求不到，才干脆心灰意冷。"张骥鸿道："如此看来，一定要伤天害理才能求得富贵吗？"元二道："依我们小小的见识来看，不伤天害理，只怕不行。"张骥鸿喃喃道："就我的遭遇来看，你们说得倒也有理。"白大道："这么说来其实也惭愧，我等骂他人伤天害理，好像自家就是一等良人，其实原也不是，这样想也是糟心，既做不到伤天害理，又做不了一等良人。不上不下，着实尴尬哩。"

张骥鸿倒被他说得失笑："照你看来，若上天可以让你拣选，你是想做一等良善之人,还是干脆做伤天害理之人呢?"白大使劲摇头:"之前说了,我等见那良善的反而一生困苦,是以并不愿做好人;至于做不做伤天害理之人,我确实还不能马上回答。"张骥鸿道:"还好上天没有赋予你们极恶的品质,否则我命休矣。"

王三插嘴:"舅父放心,舅父又不是谋反,又无家财万贯,便出卖了舅父,也得不到太多好处。"白大骂他:"你瞎说什么,便是有再大好处,也不能出卖舅父。"又对张骥鸿笑道,"我等为了生计,欺压良善也是免不了的。比如见人有钱,便使出手段用赌博赢他。若被他识穿,不依不饶,少不得还要用力气将他压下去。若一点坏事不做,也只好去种地,如何能在此帮助舅父?那些县宰令尉不也一样?每年催命似的拍门催税,且并无定准,说加派就加派,不交就捉回去打。说实话,我等讹人钱财,尽管是讹,若他们不肯来赌,我们也不强迫的。比起做官的,岂不是好一些?因此想,能把官坐稳,且一直能升上去的,其实大多已经伤天害理了吧?"

张骥鸿还未辩解,元二又道:"说来好气。我家世贯万年县灵泉乡,我阿爷是庄稼汉,农闲了就烧炭换钱,一刻不歇的。攒了钱,要我去跟塾师念书,每天起早贪黑,相当辛苦,时不时有了些零钱,自家舍不得吃喝,找村东的私塾先生,送点财帛,要他格外督促我读书。照规矩,我家每年须向官府输炭,或纳现钱。有一次,里长来收新征的炭丁钱,我阿爷把辛苦积蓄数出来,交付了,以为今年内总算无事,又轻松得一岁。结果没过多久,那腌臜里长又来收钱,我阿爷懵了,说上月已经交过,怎么还来。那里长竟说,你交过给谁了?把文抄来我看?我阿爷是不识字的,上回交了炭丁钱,竟不知要取文抄,当即气得跌倒。那里长也无一丝怜悯,声称奉司户县尉命令,收不上税便拆屋子。我阿爷苦苦求恳不应,一怒之下,夺得一把柴刀将其砍死,须臾县尉带人来,把我阿爷绑去,不几日判个绞刑,我便只有做贼了。可怜我阿爷临死前还跟我说,小子,阿爷对不住你,再也不能挣钱供你读书了。尤其把你孤单一人留在世间,这是怎样的罪过,阿爷死不瞑目啊。清明冬至,你不用给阿爷烧纸上坟,阿爷不配。其实当初节衣缩食供你读书,也没指望你读个进士及第,只望肚里有些诗书,将来有机会投奔镇帅,做个书记,也有出头之日,但不必侍弄庄稼便行,谁知这等惨哩,却不知你将来如何度日,阿爷对你不住。说着,他自家哭得昏天黑地……"

说着元二眼泪落下,又赶紧擦了,笑道:"这些早该忘却,不想今天又突然记起。"

张骥鸿也忍不住,眼睛也红了,大滴大滴的泪水掉下,拍拍元二的肩膀:"我做县尉大半年,已经伤天害理了,想是前世罪孽深重,这回做了和尚,要好好念经,为自家赎罪,只待下半生过个好日子。"元二说:"做和尚能赎何罪?我前些时读了韩退之的文章,他说和尚尽是不生产的,皆靠人供养,这供养本身就是有罪了,哪能替人赎罪。"

"说这些作甚。"白大对王三道,"你这就给舅舅落发,舅舅这头秀发不错,可以换糖吃哩。"

张骥鸿失笑:"休要油腔滑调。"

王三掏出剃刀,边给张骥鸿剃发,边说:"外面风传舅舅因为贪赃逃罪,还有各种不孝之行,被许多人告发,才畏罪而走,到底真假。"

张骥鸿说："当然是假。我张骥鸿敢作敢当，做了没什么不敢承认的。刚来时就说杀了两个骑骡恶少年，可有隐瞒？"又详细说了在鳌屋的一些事，白大道："舅父做不到伤天害理，是以官做不长。虽然受王中尉牵连，但难道王中尉的人，都会被牵连不成。那郑注就不但没受影响，还升了御史大夫哩。"张骥鸿嗨了一声："倒也是。"又对王三道："没想到你剃发手法娴熟，似乎习过。"

王三道："我家阿爷早年是给人剃发的，所以我也会一些。"张骥鸿道："你阿爷难道也受了官府冤屈？"王三道："这倒没有。我阿爷做过里正，却也是个忠厚人。在我们那里，里正常要去乡县开会，又不给路费，也不给米麦，若税钱收不上，还得首先责罚他，是以没人肯做。上头见我阿爷忠厚，就强行教他做。有一次奉令去里坊，征发一高姓百姓家里的丁壮去戍守泾源，高家人不肯去，阿爷就与他争吵，他们怒了，一拥而上，把我家阿爷打得鼻青脸肿，抬回去没多久，连伤带气，就去世了。县尉来我家吊唁，说当时应该回县家奏报，他自会带兵丁去绑人，何必亲自跟那些顽劣百姓争吵？须知百姓都是欺善怕恶，不能光以理服人的。"

张骥鸿一怔，心想，这却与元二家的冤屈不同，只怕说出去，没多少人会同情哩，但道："叫你这么一说，我心情又略好些。"拿着铜镜照了照，忍不住又叹口气。

王三收起剃刀："舅父，刚才我给你剃头时，你没有想过，我这锋利的剃刀一偏，你纵然武艺再高，也来不及躲闪？"

张骥鸿一怔："你怎会这样做？"

"舅父这样的，难怪官做不大。"王三笑道，"那能做大官的，多半会防备呢。"

张骥鸿道:"可能我心里缺点什么,的确没往那上面想。不过听你这么一说,若再给我剃一次,我多半会害怕的。倒也不是不信任你,只是心里有些疙瘩。"

元二插嘴道:"舅父是个实诚人,若狡猾些的,就会说,这有什么好怕,死生有命,富贵在天。甚至还会自吹自擂,说什么臧人之子能奈我何?"

白大道:"嗨,知道你小时候读过一些诗书,你跟舅父拽文可以,但总不能当我们不在。你最后那句什么意思?"

张骥鸿笑道:"我也是武夫出身,又懂多少,这句我也没读过的,讲讲吧。"

元二就约略说了典故的来源,看着张骥鸿:"在舅父面前献丑了。"

张骥鸿笑道:"原来如此,只有大儒才敢这么说,我岂敢托大。不过,我又想,孟子这么说,其实是为了掩饰鲁国国君的颜面,其实是鲁国国君自家不想召见孟子,就拿臧仓来做搪塞。"

元二拍掌道:"舅父说得对,我怎么就想不到。国君哪会受一嬖人左右,所以那世上的昏君,多半是自家昏,却总诿过于奸臣。"

张骥鸿道:"但的确也有不是自家昏,被阉宦劫持的。"

元二笑道:"倒也是,不过鲁君不至于。舅父,我们不说这些,说也无用,且先打发眼前的事。这度牒载明舅舅是在深州临济寺出家,你就说云游过来,暂时驻锡菩提寺;若不愿与那些僧人打交道,便说自家是禅宗临济宗一派,修头陀苦行道,平日修道,喜欢独自一人,便可免去很多恼乱。"

白大道:"二弟说的什么话来,那些修头陀苦行的人,戒律繁多,只能乞食,还得节食,穿一身破衣烂衫,常愿在坟冢间歇宿,只能坐,不能卧。舅父怎受得如许苦楚?"

张骥鸿也说:"白大说得是,我是个懒散人,受不得这束缚。"

元二道:"只要单身一人苦修,想卧就卧,别人又怎么看得着。"几人又扯了些别的,白大道:"舅父可知道,这几天驿道上来来往往,好不热闹。数不清的官吏,都是被贬去外郡做刺史、司马的,据说朝堂上已经半空了。"

张骥鸿惊讶道:"这要出事啊。"白大笑道:"舅父别惊,这事是好是坏,并不知道。娘的,这天下太沉闷了,也需要一些变革了,不然非憋出病来不可,我倒巴不得朝堂全空才好哩。"张骥鸿道:"你便说得轻巧,可知世道真乱起来,人命如蝼蚁,你我只怕死在前头哩。"白大道:"天意若如此,我们不想又能怎的?像我等干这样营生的人,每天只是憋闷,恨不能马上来个天翻地覆,哪管它后果。"张骥鸿也不知怎么反驳,忽然想起一事:"逆旅那位新妇,好像叫阿琼的,你可经常见?"

白大一愣,又笑道:"那位新妇,当然常见,舅父怎么问起她来,是不是看上她了,竟连她的名字都知道。"

张骥鸿看他笑容古怪,说:"一时想到,随便问问。我的记性还行,去年在逆旅,听她阿姑叫她阿琼,想是她的名字了。人家有夫之妇,哪能随便胡说。"

白大道:"这新妇阿琼可不是一般人。"

张骥鸿来了兴趣:"怎么个不一般?"

白大笑道："我也说不清楚，说不定舅父以后有机会领略。"张骥鸿发现元二、王三两人也在笑，就道："我真没有别的意思，只是随便问问。"又想起她送给自家的信鸽，最后一次送书信到长安，后来还会飞回县家院庭吗？若去了院庭，我再也不住在那里，若被何莫邪看到书信，会怎么想？假如正巧许浑也在，也许会阻止何莫邪，帮自家把书信收起来。但随即又一想，所有这些都是瞎想。霍小玉既然写了那么一封绝情书信，自然不会回信。假如她真的已被李益养为外室，李益也不许她回信的。可惜了那只鸽子。他忽然觉得脸颊火辣辣的，新妇送给他的鸽子，却被他用来传递情书。但新妇为何有这样的鸽子呢？他是真想知道。于是说："我只是好奇，新妇怎么个不寻常了？"

元二道："舅父要落发的寺庙，新妇也是常去的，到时或者会见到，当面问了便知。"说得张骥鸿一阵忐忑。

六十三　滥竽充数

隔日，白大说带张骥鸿去菩提寺，张骥鸿从包裹里摸出两锭金子给他："去寺庙寻求庇护，钱财是少不了的。"白大接了，又还给张骥鸿一锭，说："这黄澄澄的金子，我看了眼红，实在不想施舍给那帮秃驴。当然，舅父这番光着身子去，要寺里供舅父吃喝，寺里肯定也不甚情愿，若一点财帛不纳，便会给舅父脸色。想长久住下去，只怕还得请人扮作士绅，假装供养你，时不时布施一点给寺庙。否则像舅父这样豪气惯了的人，那帮秃驴嘴脸看不了几天，便要闷死。"张骥鸿道："我落到这田地，便给我什么脸色，也只能看着。就纳给他们一锭，另一锭你拿着，也不值什么，实在熬不住，买些酒肉给我送去。"

三人大笑。白大道："我们怎能让舅舅受这等苦，不但还让舅舅吃饱，还必须吃好哩。隔三岔五，必给舅舅送些酒肉。只有一个请求，若舅父闲时，教我三人一些武艺如何？"

张骥鸿道："这个容易。"

三人喜道："舅父爽快，等学到舅父这般功夫，做事也方便些。"张骥鸿道："不过我问你们一个问题，那进士及第，是不是人人都能考取的？"

三人齐声道："不能。"

张骥鸿道："那些高门大族子孙，有钱请来最好的塾师，每日勤奋攻读，还是不能吗？"

"还是不能。"

"为什么？"

白大道："人各有才性，天资不同。若天资不佳，再努力也考不上。便如我们三人，从小有机会读书的话，老二或者真能考个进士，我们二人是万万不能的了。我也是读过几天私塾的，但坐在书斋里，总想打瞌睡，老三你只怕也一样。"王三腼腆笑道："我学剃头，便精神抖擞，看到认字，也立刻想睡。"

张骥鸿道："这就是了。你只道考进士不是人人能成，习武就行？其实一样要天资。我这浑身力气，也是上天赐予的，他人再辛苦，也不一定练得出来。你们莫要小看了。"

白大笑道："舅舅，这武还没习，为何先灭了我们的心气。"

张骥鸿道："只怕你们重看文艺，便轻看了武艺。记得当初打你时，你怎么说的？"

白大道："外甥怎么说的？全忘了。"

张骥鸿道："我说要给你胸前札字，你问我是何等少府，若是司户的少府，情愿付钱给我札；若是司狱的少府，情愿付钱求我不札。我都记着哩。"

白大叉手拜了一拜，道："都是信口胡说的，舅父只当听了个屁响。"

张骥鸿也笑："我只告诉你们，习武也靠天资，莫要好高骛远。但和文艺相仿，若勤学苦练，有些力气，再学些拳脚技巧，对付普通汉子，三个五个，还是不在话下。假如再习些刀法弹丸箭术，早早准备，对付十个二十个，其实也不难。总之，只要你们肯学，我无不倾囊相授。"

三人大喜，再次伏在席上拜谢："但能学得舅父功夫一成，能打赢三个五个普通汉子，就是快事。"元二又从囊里拿出一件百衲僧衣，说："舅父只怕要脱了身上这件袍子。"张骥鸿就把身上黄袍脱下，这袍子是新正时在西市买的，当时为了赚李益去见霍小玉，极要体面，花钱不菲。后来回盩厔，又一直穿深绿官袍。等到免官，只好把官袍叠起，偷藏起来，重新换上这件黄袍。又碰上逃亡奔跑，黄袍已经脏污不堪了。但等穿上百衲衣，又觉得哪怕是脏污的黄袍，也比百衲衣舒服，又不免骂道："这黑得锅底一样的世道，我戳他娘的。"

说完跟着白大出门，沿着山坡小路下去，进了城前。守门的兵丁本来偷懒，各自偷带一具胡椅，展开坐着，懒懒散散，见了和尚，倒也礼敬，立刻站起来作揖。不多时到了菩提寺，到偏殿找到管事僧，管事僧看了张骥鸿的度牒、公验，合掌请入："贫道早已通知下去，请全寺僧众都来见面。"白大赶紧奉上黄澄澄一锭金子，管事僧接了，在手上掂了掂，面上含笑，吩咐小沙弥敲了钟，随即来了一群僧人，有老有少。听管事僧介绍完毕，一一上前，合掌致意。管事僧问张骥鸿："和尚此前驻锡在哪座宝刹？"张骥鸿说："就是不远的仙游寺。"又说了寺庙的风景，提到澄照大师的教诲，寺僧无不肃然。方丈僧道："仙游寺后禅房那一丛竹林，翠色逼人，虚室生白。贫道此前去过，印象殊深。"

张骥鸿听到"虚室生白"四字，不觉耳热，想到和五娘交欢那夜，是这些日子最欢乐最惆怅的事了。惆怅也是一种享受，若非意态舒闲，哪来的惆怅；像现在这样疲于奔命，只有愁苦。方知愁苦和惆怅，并不是一样的东西，虽然有时感受相仿。因说："竹林甚佳，那一庭牡丹，更是夺人目精。仙游寺离此不远，大师尽可随时再去。"方丈道："若从鳌屋县邑中出发，骑马尚需半天呢，从这里走，只怕要费一天，哪能随便说去就去的。"

方丈僧一一给张骥鸿介绍在场僧人，或者是精通胎藏的，或者是精通金刚界佛法的，或者是精通戒律的，张骥鸿只是听着，插不得话，只怕他跟自家探讨金刚经佛法。方丈还是问了："不知法师苦修什么？"张骥鸿赶忙道："别无他志，只想祛除烦恼污垢，弃除对衣、食、住等事贪著，修炼身心，力求澄净。"听得自家声音都有些颤抖，方丈倒不为意，恍然道："原来法师是修苦行头陀的。"于是从僧众中引出一老僧，对张骥鸿说："这位法师修行与法师相似，他佛号圆通，法师可与其常切磋。"

张骥鸿一看，原来就是去秋自家在菩提寺门前叫住，请求将飞廉玉佩转施给寺内的僧人，怪不得当时感觉他样貌有些古怪，原来也是修苦行的。一时惶惑，也不知他是否还能认识自家，想当时自家头面光滑，衣装甚丽，现在蓬头垢面，鹑衣百结，按说不能认出，何况只是一面，没说几句话。因是也不躲闪，上前致礼，圆通也面不变色，颔首答礼。

是夜就住在寺庙中，后院一很小的屋子，好像窟室。引路的小沙弥道："听闻法师是修苦行的头陀，故尔未专门拣那高敞的房室，以免坏了头陀的苦修。"张骥鸿一听，暗暗叫苦。待开门一看室内，更是心沉海底。室内不但狭窄，竟连一张床都没有，只靠墙铺着一层藁席，藁席上蒙着积尘，席前但搁一个粗陋灯盏，依旧蒙着厚厚的灰尘。再抬头看，满梁蛛网，还似有一片殷红之色，也不知以前住这个房间的人，是死是活。张骥鸿心里暗骂，那锭黄金都喂了狗了，嘴上还是谦逊："有劳。"又回头看了白大一眼，白大伸伸舌头。小沙弥道："室内久未住人，灰尘甚多，例当遣杂工先行打扫。但前年寺中来了一修苦行头陀的，坚拒杂工相助，说打扫房室，正是自家苦修的好机会，若劳烦他人，怎显得自家心诚？从此寺中高僧定了新规，凡修苦行头陀者，都听其自家打扫房室。"

张骥鸿气得把那些定新规的和尚们骂了个狗血淋头，白大嚷道："这规矩定的甚坏，虽修苦行，究竟是新来的客僧，多少要礼敬些。"小沙弥赔笑道："这等，小僧不敢妄言。"

等小沙弥一走，张骥鸿对白大说："这日子只怕难熬，比我少年时蓝田家中的房间还要粗陋呢。"白大道："这个容易，舅父每天去林中苦修，教我们武艺，我们兄弟三个，给舅父带好吃的。至于这里的藁席灯盏，还是不要换了，免得那些秃驴生疑。待外甥去借些洗刷器具，为叔父清扫一下即可。"

白大倒也尽心，把房梁草席洗刷得干干净净。晚间，张骥鸿躺在席上，想起仙游寺内的"虚白"精舍，和这相比，真是天上人间，不觉暗自泫然。翻来覆去好一会，好在没妨碍睡意，晚钟未响，依旧沉沉睡去。

第二日早上起来，浑身瘙痒，一摸，发现到处是凸起的小疙瘩，再一掀席子，眼前顿时掠过几个细小的虫子，一闪而没。张骥鸿知道是跳蚤，只叫得一声苦也。昨日虽然洗刷了席子，却对跳蚤无济于事，大概得用滚水冲刷几遍，再晾到太阳底下暴晒才行。正在懊恼，听得食钟敲响，只好先忙遽穿上衣服，去堂头吃饭。

整个寺庙的僧人共四十多个，一起入饭堂，次第列坐。周围则坐着一些俗家男女，穿着都很花哨体面，想是来看仪式的。一僧人作《斋叹文》，一僧人站在堂前肃立，一僧人敲击犍槌，另有一僧唱梵音。这些张骥鸿在寺庙中听过，知道唱的是："云何于此经，究竟到彼岸。戒香、定香、悲香、解脱香，解脱知见香，光明云台遍法界，供养十方无量佛，见闻普熏证寂灭。愿佛开微密，广为众生说。"乃是《大般涅槃经》前面的发愿文。音声旋律优美，听着很放松，也有一种异样的感觉。一边唱，一边有僧人分发经卷，唱完之后，众僧又齐声念经，张骥鸿觉得自家有点像南郭先生，只能滥竽充数，一边闭目做打坐样，一边嘴里开开合合。心想这个和尚做得辛苦，到底还是长久不得。犍槌敲击完毕，又有一僧唱敬礼常住三宝，张骥鸿在寺庙中也听过，闭目跟着唱，起首还觉得有些好笑，但看场上气氛，又转觉严肃起来。唱完，众僧随即都站立起来，跟着前面那个和尚唱梵音，唱的是《胜鬘经》里的："如来色无尽，智慧亦复然。一切法常住，是故我归依。"随即纲维僧让张骥鸿出列，到佛前行香，再向旁边观仪式的俗家男女致意,读斋文,唱念"释迦牟尼佛"。最后在监寺僧、纲维僧的带领下去,去库头吃斋饭。

斋饭全是素菜,吃得张骥鸿心中只叫一声苦也,想着将就打发一下,回头再想办法弄点好的找补。谁知结束时,一僧高喊:"檀越施衬钱。"随即一小沙弥捧着一个竹龉出来要钱,张骥鸿没听清,只道个个都要缴饭钱,一摸身上,一枚钱也没有,心中一惊,这下要出个大丑。谁知那小沙弥只依次到那些俗家男女面前,口称"檀越",随即每位俗家男女都往里投铜钱,或多或少,张骥鸿这才醒悟,自家可不是什么檀越,而是光头和尚一个。随即又在监寺僧带领下,去水池边漱口。

折折腾腾,终于过了大半日,到了正午时分,张骥鸿去找白大,烧了几壶涌汤,把席子清洗了几遍,晾在太阳底下。回到自家小禅房,席地而坐,心想,还得补课才行,遂顺手取《金刚经》来看,但每个字都认得,连起来就不知意思,哪里看得下去。又站到门前,看庭院里开着艳红的石榴花,不由得想起女子穿的石榴裙来,越发烦恼。忽而想起布囊内还有从鳌屋县带来的歌诗,以及许浑那卷《书判拔萃》,本来一怒之下扔掉了的,却被老仆捡起来收进了囊中。遂摸了出来,就着向晚的余光看,间断想起老仆,也不知他怎么样了?不禁又是一阵伤感,一阵愤懑。等看了几篇歌诗,津津有味,才知自家平日虽然礼佛,却是叶公好龙,也知道为什么王公贵戚,只是礼佛,绝少真的出家。

正读着,忽然昨日那小沙弥又来了,喊张骥鸿的法号。张骥鸿开始还不省,等小沙弥对着他喊"广运法师",才忽然悟到,忙遽把歌诗藏起,合掌问何事,小沙弥道:"今日斋仪,檀越布施钱分出来了,这是广运法师的,共六十枚钱。"说着递给张骥鸿一个小布袋,看形状装着半镪多钱的样子。张骥鸿讶道:"还有钱发?"小沙弥笑道:"法师驻锡仙游寺,未曾分过钱么?本寺一月数次的法会,檀越都会布施,所得布施聚拢,除大德高僧另有规格,其余都平均分配。"张骥鸿道:"不愧名刹,才能吸引得诸多施主,贫道能在此驻修,实在有幸。"小沙弥笑了笑,转身走了。张骥鸿握着钱,想,怪不得大家要做和尚,每日没事动动嘴巴,就能吃上白食,风吹不着,雨淋不着,日晒不着,还时不时有钱拿,天下哪还有这样好的事做。

六十四　乔装苦行僧

第二日上午，去香积厨吃过粥饭，大概看得那锭黄金份上，方丈僧又将张骥鸿叫到自家的寝居，慰劳一番。张骥鸿担心他这回认真要跟自家讨论佛学经义，如坐针毡，还好方丈僧只是又问了些家世籍贯之类，张骥鸿背得精熟，一一回答。忽然见其腰间袈裟卷起处挂着一块玉佩，雕琢成飞廉的形状，忍不住问道："这块玉佩做工精湛，真配得起方丈。"方丈僧笑道："这是前宰相牛相公路过敝寺时，特地见赠的。牛相公和贫道算是诗友，因这层关系，贫道这块玉佩顷刻不离身。否则，早该供奉给我佛了。"

张骥鸿一惊："贫道芜陋，不知是哪位牛相公。"

方丈僧道："便是做过宰相的牛思黯，讳称僧儒的，现为山南东道节度使哩。"

张骥鸿张大了嘴巴，好久都没合上，不知道说什么好，终于又道："这就知道了，牛相公天下名臣，据说才貌俱佳，气度不凡。"

方丈僧道："那是，牛相公当时贪和老衲谈经说艺，数日流连敝寺，不肯动身。其人身高八尺,玉树临风,想那前汉的宰相王商,不过如此。"

张骥鸿幸好跟许浑粗粗读过一遍《汉书》,知道王商,顿觉脸上火辣辣起来,尴尬得想找个地洞钻进去,好像说这番话的是自家。当年牛僧孺把自家叫到身边,亲手赐给自家那枚玉佩,其人看上去身高不过七尺,相貌也普通,谈不上相貌堂堂。又想了一想,大约世间规则就是如此,你若清高,便做哪样行当都爬不上去,佛祖也不青睐那脸皮薄的,于是怒火也就慢慢消了下去。又寒暄了一番,告辞出去,虽然想通了,依旧把夙来对高僧的敬畏之心,渐渐收了起来。

下午看天气极好,去了后山,练了一阵拳脚,觉腹中饥饿,思量得唤白大送些酒肉来,才有气力。遂一路怏怏回寺,恰在门前碰到苦行的老僧圆通,赶紧上去施礼。圆通问他感受如何,是否习惯。张骥鸿自然一切说好,又说:"听法师口音,不是本地人。"那老僧道:"贫道深州陆泽人,自小在镇州的开元寺出家,前两年才来本寺苦修。"张骥鸿一惊,自家度牒上写的本贯便是深州陆泽,这头陀自然是知道的,却不跟自家攀同里乡党,想是知道些什么,却不揭破。看他脸色,面如止水,看不出任何异样,遂想,他也许并未看过我度牒,就脱口而出:"深州陆泽,可是出人才之地,张文远、魏好古,都是人杰。"说完又觉失言,本是没话找话,但作为苦修头陀,怎能对文士那么熟悉呢?其实魏好古他是不喜欢的,却很喜欢张文成的《游仙窟》,当初跟许浑说起《会真记》,许浑却说《游仙窟》也好,还从囊橐里找出来给张骥鸿。张骥鸿读了,也甚为叹服,只是奇怪:"深州在河北,一向知道他们士卒勇猛,所在的成德军,以桀骜不服朝廷著称,以为只产武夫，没想到也产一流文士。"许浑说："各地才智之士，都是相当的。至于产不产文士，只看当地是否盛行文教。河北未乱时，大族甚多，也户户尚文，和关中相似。天宝乱后，衣冠之族播迁，才显得粗鄙了。"

谁知老僧一笑："头陀说得是，张文远和魏好古，都是桑梓的骄傲。武后朝时，朝廷和突厥默啜可汗冲突，宦官中贵人马仙童被突厥人捕获，默啜可汗问他：'张文成还活着吗？'马仙童说：'最近刚从侍御史的位置上贬去。'默啜可汗叹气：'你们唐国有这样的才子却不肯用，还有什么前景。'当年新罗、日本的使者到了大唐，也到处打听张文成，要出重金买他的文章，可惜他一生郁郁不得志，去世的时候才是个司门员外郎，从六品上。"

张骥鸿想，从六品上，也不小了，至少比我大得多，也叹息一声："不想法师如此精通文艺。"

圆通笑道："文艺和苦修两不相妨。"

张骥鸿好奇："何以这么说？"

圆通道："因为文艺正是披肝沥胆的事业，贫道少时在寺庙长大，寺中住持却爱读文章，我曾奇怪。他说，生于世间，你道是食不饱，衣不完，栖息于冢墓间方为苦？其实作文章最苦。中国山川形胜，物华天宝，过去一千年来，才孕育出几个大文章家？寥寥可数，不易啊。当年扬雄《甘泉赋》才杀青，梦见自家五脏流地，醒来大病，好久才恢复。佛家何尝不需要文艺？若佛典不优美，又有谁读？那些流行最广的经典，都是前代高僧呕心沥血译出来的哩。"

张骥鸿合掌道："小僧生平修道苦行，衣食都可将就，独独常以不能尽弃追慕文艺之心为愧，如今听法师教诲，若大梦方觉。此番来宝刹，真是悟道了，不虚此行。"心想，若方丈是这个人做，倒也不辱佛门。圆通又说："不过文艺好的人，不要让他做大官。"张骥鸿又是一惊："为何？"老僧道："文艺是披肝沥胆的事业，而人精力有限，花了时间在文艺上，政事多半就不上心了。当今相公王涯，那也是才子啊，可是成什么样呢？"张骥鸿再拜："小僧常以为能口吐清华，舌绽芳润，方才做得宰相，听法师一言，又是醍醐灌顶。"

两人走到大殿，看见那卢舍那大佛，张骥鸿道："小僧在外云游，一向听紫云村菩提寺此佛灵验，有求必应，法师以为如何？"圆通笑道："贫道不妨给头陀讲一个故事。"张骥鸿见圆通脸色转为严肃，赶紧道："法师请讲。"

圆通望着大佛，道："大约二十年前，有一深州军吏奉命办差，路过此地，听说本寺大佛甚灵，特意赶来祭拜，许愿说，假如日后飞黄腾达，当舍身为僧三年，以报赛大德。若不得已，自身难来，恰巧妻子已有孕在身，就让那腹内孩儿代他来此，侍奉佛祖三年。"

张骥鸿道："这位军吏后来发迹了吗？"

苦行僧笑道："那位军吏后来升了骑将，不久又做到都知兵马使，最后因缘际会，做到了节度使，朝廷赐予旌节，封国公，赐第宅，儿子尚公主，上都建家庙，你道是灵也不灵。"

"那真是太灵了。"张骥鸿，心中一动，遂道，"但我记得不久前在蓝田，见一人落拓，眉宇间有豪气，对小僧布施甚多。自称曾经为神策军官健，后升至子将，也说起本寺，说当年去蓥屋办差，路过本寺拜祭，许愿报答，最后不但愿望没达成，反而被奸人陷害，闹得把官也丢了，如今到处亡命。"

苦行僧面露微笑："若那人还在，怎敢妄言菩萨不灵呢？只有盖棺之后，才敢断言吧？"

张骥鸿心中登时燃起一阵火苗，看来菩萨甚灵，自家还有出头之日，遂俯首道："谢师傅指点，假如下次路过蓝田，再有机会见到那位施主，定要将大师之言转告。"

两人边聊边行，行到后院，方才告别，各回自家禅房安歇。张骥鸿心中欢喜，此后便假装在寺庙苦修，背地还是读歌诗书判，佛经虽也想看，却依旧是怎么看都没兴趣。既然是苦行头陀，免不得时时装作到后山僻静苦修，看到那历代僧人留下的墓塔林，越看又越是沮丧。人生一世，草木一秋，真是没多少光景。想这些塔中之人，当年也曾活泼泼在这庙宇中来来去去，唱着梵音，敲着木鱼钟鼓。他们曾见过大唐最繁华的风景，而今安在哉？后来也就不去了，更多是去山的深处砍柴，背到香积厨去作柴火。经常也是和白大几个约了，在某处碰面，教他们武艺。每次白大都是提着一提肉菜，让张骥鸿大快朵颐。这日，张骥鸿临着溪水自窥，不禁笑道："万没想到，老子竟然成了酒肉和尚。"

白大道："酒肉和尚又怎样？我就不信世间和尚都不吃肉。"

张骥鸿道："和尚吃肉，也能辩解吗？"

白大语塞，元二却道："能，外甥曾在开元寺听和尚讲经，说起一事，至今难忘。说是北齐时有个禅师，幼年就落发做沙弥，因为长得瘦小羸弱，常被其他小沙弥欺负。有一次，他实在受不了，就跑入殿中，抱着大力金刚像的脚求恳，说你是金刚，以多力闻名，我现在决定，抱着你的脚祈祷七天，请你赐我力量，若到期不显灵，我即自杀在你脚下。说完，就诵经祈祷，一刻不停。众僧都笑他蠢，也不来劝，只等看他笑话。谁知坚持到第六天天刚亮之时，金刚显形了，他手里持着一个大钵，里面盛满了牛筋肉，对小沙弥说，吃过这个没有？小沙弥说，没有，佛门不许吃肉。金刚说，怪道瘦小，给我吃了它。又挥起金刚杵，道，不吃就将你一杵杵死。小沙弥不得已就吃了，吃完，金刚消失。小沙弥发现自家浑身肌肉坟起，脚下更是不耐，一耸身，就上了房梁，再轻轻落下。一弯腰，竟把殿柱抱离了石础，弄得屋梁震动，瓦片乱飞。那些在前殿打坐的和尚以为地震了，惊往后院躲避，见是小沙弥抱着殿柱，吓得全部跪倒。"

张骥鸿喜道："阿二，你不去做掌书记，可惜了。"又问，"名捕我的文符还在附近的驿站贴着吗？"白大说："倒还贴着，只是不见有吏卒来往追问，估计也是虚应故事。"张骥鸿心情大好："看来在他们眼里，我还算不上元恶大憝。等风声松了，我想去蓝田拜祭父亲坟墓。"白大道："这个容易，到时我等陪你一起去便了。"

接下来一心一意教三人拳脚，张骥鸿道："刚才一说，我倒忽视了。你们三个拳脚架势技巧其实不错，想也是有人指教过的，只是筋骨不坚。见了常人，一个打他们两个三个也算够了；若碰到练过筋骨的，就怕没有伤害。我在鳌屋时，每日除了公务背书，至少也得投石、超距、攀墙头、扛铁锤、锻炼筋骨，所以一拳出去，对方多半扛不住，你们也得如此练才行。"于是指示如何锻炼筋骨。三人倒是不怕苦,个个发愤,皆道:"这番把救得舅父的辛苦,都换回来了。其实那陷害舅父的奸贼,舅父恨他,我等三人实在恨不起来。"

张骥鸿道:"这话听着不好受,倒也真率,我们四人互称舅甥,算是相当亲近了,悲欢却也不相通,何况路人。"

六十五　再见新妇

这日，张骥鸿又去后山深处打柴回来，见一女子也背着一篓柴火，在香积厨下，细细垒得整整齐齐。张骥鸿远远看见，就认出似乎是新妇阿琼，吓得赶紧躲进厨房，低头帮火头僧烧火，不敢出来。等新妇走了，又后悔不该躲避，应找她攀谈，解掉心中许多疑问。想到这里，遂大胆出来，想去追寻，却见一个穿着俗家衣袍的居士，正在帮垒柴垛，就问："敢问刚才那女子是谁？为何来寺庙送柴。"居士道："那是村头逆旅家的新妇，也很佞佛，是以隔日便要给这里送柴火，分文不取，说是专门侍候菩萨的。"张骥鸿道："她家人许吗？"居士诧异道："怎的不许？敬献佛祖，可是积攒大功德，谁家舅姑不喜？况且逆旅主人又不是贫家，有好几个仆人，又不须她料理中馈。"又看看张骥鸿，道，"法师好似有些奇怪，问她作甚？"张骥鸿说："看着有些面熟，像我出家前幼时老家的邻居，不知怎么到了这里，是以请教。"居士道："这么说，倒是对应得上，不过敢问法师本贯是哪里？"张骥鸿随口道："贫道本贯是潞州，不过母亲是关中人,是以口音都是关中的。"那居士道:"那女子的口音,确实与关中有差,但在下浅陋,并未出过远门,也不知道是哪里的口音。难道真是法师幼时的邻居?"张骥鸿道:"此话怎说?难道女子是外地嫁来的?"居士道:"说来有意思,那女子是她丈夫捡来的,原以为是捡来一口箱子,谁知打开箱子一看,竟是一女子。说是被强盗掳来,情愿嫁给救她的男子。"

张骥鸿想,这事倒和逆旅那小奚奴的说法一致,便说:"这倒是奇怪,她难道自家不愿还乡吗?"

"说是家人都被掳她的贼人杀害了。"

张骥鸿假装伤心:"没想到会这样,小僧希望她并非幼时邻居。"

居士道:"何不直接向她问讯。"

"我是出家人,不当理会俗家事。何况男女授受不亲,怎好问她,问又何益?"

居士道:"这也有道理,只是僧人也重桑梓之情。想当年玄奘法师十三岁出家为僧,五十八岁时,还特地回到洛州缑氏故乡,隆重给父母迁坟扫墓呢,当时各地前去围观者有两万多人,何等庄重啊。以前这寺庙里也有日本学问僧,常对着藏经阁前的樱树发呆流泪,思念故国。"

张骥鸿说:"那为什么不回故国?"

居士道:"禅师有所不知,去日本国,要渡波涛汹涌的大海,乘很大很大的船只,寻常的船被浪一拍就散了,所以须要等本国来的大船,而遣唐使的大船,往往十几年一来。后来终于来了一列新船队,长安鸿胪寺主管官员倒还好,查得本寺有日本僧人,发了文符来通知,即刻去长安集合。他兴奋得手舞足蹈，谁知第二天正准备启程的时候，忽然一跤跌倒，话也说不出来。抬到床上，只管流泪，不几天就去世了，最后就葬在寺后。"

张骥鸿也有点悲伤："怪道小僧有一日在山后打柴，看见有一墓塔，上书有日本国字样。听居士如此说来，我等僧人，也是不可全然忘掉世俗之情的，等下次见了那新妇，倒是可以问问她，究竟是否桑梓旧邻。"

居士道："这是自然。她几乎天天要来送柴火，后日问了便是。"

张骥鸿既下决心，隔日遂干脆守在香积厨后，中午时分，果然见新妇身穿荆钗布裙，背着一捆柴，穿过一片绿荫，走到香积厨的后院，就叫了一声："阿弥陀佛，那位女施主，好生面熟。"

新妇抬头，看着张骥鸿，微笑道："是张少府，幸会幸会。"

张骥鸿奇怪道："你一眼便知我是谁？"他当初去盩厔县时，衣服光鲜，也颇留了些胡须。现在破衣烂衫，胡须头发刮得精光，按说不是很熟的人，等闲难以认出，却不料她不但认出，且面上并无惊讶神色。她将背上的柴火放下，说："少府君混成这样，自家也没想到吧？我的鸽子呢？好久不见驮来你的骈文判词了。"说着似乎忍不住，又笑了起来。张骥鸿这才感觉，这新妇好像还是个少女，虽比崔五娘大三四岁，性情却有相近之处，忙左右看看："女檀越积些口德，张头陀如今正处于难中，不想被人知道底细。"又忽然发现，自家对新妇竟然无比信任，好像一只刚孵出的小鸡，信任身旁的母鸡。

新妇仍是微笑："被人知道又怎的？张少府如此武艺，难道还有县吏拿得住不成？"张骥鸿又四下望望："这位小娘子，我张头陀求你了，武艺再好，人家来二十个三十个，头陀也抵挡不住啊。"新妇转而严肃道："原来也是苗而不秀，高看你了。我的鸽子在哪，你还没说呢。"张骥鸿有些羞惭："那鸽子有一日飞出去，便没有飞回，我还道偷偷回了原主人家，沮丧了几天。适才正想问你，却被你先问了。"

"做了和尚，依旧满嘴诳语。"新妇旋即又笑："我那鸽子并非凡俗之物，若告诉它职责，比郭令公对朝廷还忠心，怎会偷偷飞回，此话明显有假。"

张骥鸿忍不住笑："看来你那鸽子竟是君子，那为何不辞而别呢。"也不好意思说实情，遂岔开话头："敢问新妇，你一逆旅家的普通女子，怎会有这么好的鸽子呢？必定也有虚假，听说新妇是外乡人，可否告知实情。"

新妇看着张骥鸿："原来少府还专门打听过我阿琼啊。便告诉你也无妨，我家世代便是给潞州节度使喂养信鸽的，我喂养的信鸽恪尽职守，又有什么奇怪。"

张骥鸿随手折了段柳枝捻着玩："可是我听说，新妇是被人装在箱子里，掳到此地来的，难道还顺便掳来了一只信鸽？"

阿琼自顾堆柴垛，把柴垛堆好，拍拍手："那自有原因，不过现在我还不能告诉你。"

张骥鸿见她并不回避，越发好奇，道："为何现在不能说。"

阿琼道："这个为何，我也不能回答。等到了该告诉你的时候，我自会告诉。"

"假如该告诉我的时候,我又不在此处怎办?"

"我总找得着你,"阿琼嘻嘻一笑,"你放心,鸽子我也不会要你赔,顾左右而言他作甚?"

张骥鸿看她的表情,仿佛一切尽在其掌中的感觉,不免心波搅动,这女子有意思,不似砍柴的,而似贵人,但也不是那种深宫中的贵妃公主,狐假虎威;而像一位屡战屡胜的将帅,自有豪气,遂道:"我和你在此说话,恐怕被人议论,对你不好。我之前跟香积厨的伙工居士说,你是我幼年俗家时的邻居,可不要说破了。"

阿琼道:"说话又怎的,那些卖菜佣,爱议论也由它,又能如何。倒是张少府,如今是伏窜的罪囚,肯定不敢声张,你无须担忧,我会帮你圆谎。"说着乐不可支,再揽了揽自家的头发,"少府,改日再见。"转身就走。张骥鸿忽然想戏弄一下,就说:"新妇其实容貌颇美,为何穿成这样。若稍加修饰,只怕当初可以嫁得更好。"新妇回眸一粲,眼中光芒流转:"少府变成和尚,还有拈花问柳的心思吗?"张骥鸿猝不及防,心波激荡,遂也作半真半假状:"假如我还俗,小娘子可否改嫁随我?"新妇忽转为严肃:"假如我大叫一声淫僧,只怕少府身败名裂。"

张骥鸿吓了一跳,道:"明是故人,相互知道是戏弄之言,何必当真。"阿琼头一歪,道:"果然是戏弄吗?我不肯定。"

正说的当口,远远见居士从坡下上来了,新妇道:"不跟你饶舌了。"迤逦而去。张骥鸿不敢应声,目待居士走近,道:"刚才问了一下,那位新妇果然是我幼时邻居,谁知命运如此,思来真是不胜伤悼。"

居士睁大眼睛:"果真吗？这便是佛法缘分了,你们可好好叙旧。"

张骥鸿道:"正是这样想,贫道欲过去再叙几句。"说着快步追上新妇,道:"以后女施主砍柴,可以叫上头陀,碰到困窘,头陀或许能提供小助。"心想,你恐怕不是砍柴的人,却到底是什么人呢？新妇道:"若和尚方便,我是无可无不可的。只是和尚刚才还怕惹人闲话哩。"张骥鸿道:"你一女子尚且不怕,我怕什么。"阿琼道:"被我夫家捉住,我要受罚,你也要流放,走得掉吗？"张骥鸿道:"这倒不怕,县吏等闲捉我不住。何况张头陀我光明磊落,又怕什么。"

阿琼道:"那明天辰时初起,去那碰头就是。"说着朝山上指了一指,"就是那些死和尚们躺着的地方。"

张骥鸿愈发好奇:"寻常人家的新妇,哪敢跟和尚私约的,你真的出身寻常人家？"

阿琼吃吃笑道:"你不知道,那去寺庙里求子的,多是寻常人家女子,哪有贵家——"但好像发现自家说漏了嘴,赶紧止住,脸色红到了脖子,把脸扭了过去。张骥鸿看她的表情,又是一番心神荡漾,原来女子羞涩的样子,是这样好看的,以前霍小玉千娇百媚,袅袅婷婷,仿佛也显得羞涩,现在看来,多少有些作乔；阿琼这种羞涩,才纯出天然,不假雕饰,真是言语难以形容。张骥鸿倒只顾看,都忘了接话。阿琼说:"不跟你瞎扯了,这回我真要走了。"

六十六　林中伏野猪

回头往寺里走时,张骥鸿只感觉心中弥漫着一种异样的快乐,和当初刚赁下元稹的宅子,等待霍小玉搬入时相仿,脚上也像踏了风一般也轻快。见面前一株古树的枝柯斜伸,忍不住向前一跃,双手攀住枝柯,身体绷直,缓缓翻上去,直到头朝下,脚朝上,忽见下面似有人,却像是白大,遂旋转了几圈,从枝上跳下,见果然是白大。白大提着一个包裹,舌抃不下,道:"舅父真是飞人,今天碰到什么喜事,有这般兴致。"

张骥鸿把他拉到旁边:"也不怕告诉你,刚才我和那位新妇阿琼说上话了,约了明天一起到后山打柴,我也不知为何就高兴起来。"白大道:"怎么个高兴,是不是想到霍小娘子的那种?"张骥鸿一怔:"你怎知道我和霍小娘子的事?"白大笑道:"你上次受伤晕睡时提过几句,想是自家也忘了。"看看张骥鸿的脸色,又道,"其实也不瞒舅父,舅父的歌诗,左近的驿站都贴满了,前不久舅父犯了事,才多被铲掉。那东来西往的客人,口舌都长的,都说过舅父歌诗的本事，本来就是为霍家小娘子而作。其实我等兄弟三人，对舅父的了解，比舅父想象的多得多哩。"张骥鸿略有些失望："原来如此，那你说说，我既得罪了李益，是否就是他要杀我？"白大道："大约如此。"又打开包裹，是半只烤好的鸡。张骥鸿大喜，抓过就啃，喃喃道："我这番高兴，和当初眷恋霍小娘子似略有不同。眷恋霍小娘子时，好像是一个人焦神苦思，对着墙壁说话，却无任何回应，因此总是自责；目前这番高兴，却感觉到了自家也是有价值的。"白大笑道："舅父，这明显是陷入慕恋了，那新妇当也是喜欢舅父的。"张骥鸿道："真的？这等可如何了得，她是有郎君的。"白大道："我大唐是可以离婚的，让她离了嫁你，有何不可。"张骥鸿叹道："你舅父现在鹑衣百结，一个苦头陀，如何娶妻。"白大道："似舅父这等人才，本身就值万金，鹑衣百结怕怎的，掩不住真金之躯。舅父莫要把自家看低了。"张骥鸿听得高兴，神往了一回，道："这只鸡烤得不错，多谢了，你们三个弓弹练得如何？可不能偷懒。"白大道："哪肯偷懒，这可是吃饭的手艺。"

一时话毕，和白大作别，张骥鸿把嘴上的油光抹净，往自家禅房走，心里寻思刚才说得不透，对霍小娘子的慕恋虽得不到回应，却自有一种受虐似的快乐，就和那看见春景的惆怅相似；和新妇说话，则仿佛在相互试探，有隔层轻纱抚摸的暧昧感，虽不能说完全压倒前一种快乐，却是心旌摇曳，难以自已；又若宁静的湖面被投入一颗石子，涟漪波荡，久久难平，其要眇情状，委实难以名状。至于她究竟是何人，且不管她，只享受这一刻虚欢好了。

第二日一早，吃过斋粥，张骥鸿也提着斧头上了山，到了墓塔处，见新妇已在那忙着。其实林间还有其他人，却都是寻常人家的打柴男女，布衣麻鞋，讲究不得。张骥鸿穿得破衣烂衫，那些人见了，知道是苦修的头陀，什么活都做，也不奇怪。张骥鸿起初假装和新妇离得较远，一步步踱近，边干活计边问："昨晚辗转反侧，一直在想，檀越家若以喂信鸽为业，何不多养一些？据说那样的信鸽，一只就可以卖几斤黄金。"

阿琼应道："正是，所以张少府，你欠我几斤黄金哩。"张骥鸿道："这可不对，你当初说了是送我的，便是我的财物，我想怎么处置就怎么处置，岂能出尔反尔，也显得施主悭吝了。"阿琼看他一眼，含笑道："说不过少府，在盩厔大半年，究竟还是有些长进。"

张骥鸿看阿琼神色，似并不真诚，感觉自家像被当成了童子逗弄，大不甘心，遂道："施主说自家原先是给昭义节度使喂信鸽的，但看施主形容举止，并不像小户人家。"

"是吗？"阿琼诧异道，"想是经常侍奉节度使家的娘子郎君，多少受些熏陶。"

张骥鸿无奈："我说不过你，但……总之我不大信。"

阿琼笑："算是各胜一局。不过张少府不该啊，连我一个打柴的妇人都说不过，怪道做不成县尉。"

"你应当知道我被夺职，不是因为不胜任。"

新妇又笑："那至少不用被逼得做和尚嘛。"

"此话怎讲？"

"你被长安文符，褫夺县尉的职位，说明朝中有人嫉恨你。这点，你确实没办法。但是，你却弄得县令找了一帮无赖泼皮来告发你，最后竟连做一个布衣都不可能了，这说明什么？说明你一味懦弱，不能教人畏惧。俗话说，鬼怕恶人，假如那些鼠辈知道诬陷你的后果，就会掂量掂量了。以你的武艺，他们怎敢不惧怕你？你却让他们对你毫无畏惧，说明你日常为人处事是失败的。"

张骥鸿讷讷道："难道一定要做恶人才行吗？"

"有时是必须的。"

"事情真的越来越有意思，我实在想知道，你是做什么的。我现在只知道，绝对不是什么喂养信鸽的。"

新妇忽然停下动作，凝视着张骥鸿，声音很柔和："那就是你幼时的邻居。"张骥鸿忸怩道："休要取笑。"阿琼摸出块巾子，擦了擦脖子上的汗，又递给张骥鸿："看你这么窘，想是也一身汗，要不要。"

张骥鸿惊喜道："要。"一把接过，擦了擦脸，闻到一丝淡香，遂塞回自家口袋。阿琼也不问他讨还，只是笑了笑，道："给你讲个故事，要不要听？"张骥鸿道："当然要听。"阿琼遂坐到旁边一块大石上，缓缓道："小时候，我有个邻居，他们家有一个小男孩，也是侍候潞州节度使的，不过他家是给节度使养马的，我家是喂鸽的。我们青梅竹马，后来不知怎的，有一天啊，他们一家突然失踪了，门户萧然，不久窗前就爬满杂草。我好伤心，我阿爷偷偷跟我说，那家人啊，趁着潞州老节度使去世，境内比较混乱的时候，跑去了邻近的镇州。"

张骥鸿脱口道："这有些可惜了。为什么要去镇州，那是个不服王化的地带，哪有潞州好。"

阿琼眉毛一扬："你倒是服王化，怎落到这般下场？"

张骥鸿有些讪讪:"我是说,难道他去了镇州,就能比在潞州过得好?在潞州,究竟他没有犯事,帮节度使家喂马,强似在田垄耕种多矣,何必冒着危险跑到镇州。"

阿琼道:"你做过县尉,每次上门催赋税时,心情如何?"张骥鸿道:"有时倒真是不忍,那交不起赋税的,我也只能狠心抢走他屋里家什。"阿琼道:"朝廷到底有多少税?"张骥鸿道:"十几二十种是有的。"阿琼道:"收取的赋税,都做什么用了?"张骥鸿道:"有的输送到上都,有的拨给神策军行营,还要留一部分县府使用。"阿琼道:"这就是了,在潞州做百姓,要向上都献贡赋;在镇州却不要,你说哪里好?"

张骥鸿语塞:"可我听说,当年李愬攻下淮西镇,生擒吴元济,朝廷派裴度去接任淮西节度使。说是之前吴元济割据淮西,禁止百姓在路上说话,晚上不许点蜡烛,有聚在一起喝酒吃肉的,皆处死刑。裴度去后,下令说,今后除了盗贼、斗杀之外,其他一概不禁,从此蔡州百姓路上相逢可以交谈,天黑可以点灯夜话,嫁娶往来可以不限时辰,才发现做人原来也有许多快乐。这岂不比吴元济时好?"

"别人说什么,你就信什么?"阿琼说,"你的十一兄可是去过幽州的,他没跟你讲过张弘靖是怎么差点死在幽州的?"

张骥鸿一惊:"你连十一兄都知道?"

阿琼道:"是有一回,你给我写信,说起十一兄教你写四六文,你们那么亲密,自然无话不说。"说着嘴角笑容荡漾。

"我说过吗?"张骥鸿道,"好吧,不说这些,你继续讲,他全家跑去了镇州,又怎样了。"

阿琼笑嘻嘻道:"怎么样了,我怎知道,我们一家一直还在潞州啊。"

"那你怎么来了这里。"张骥鸿不放过机会。阿琼却没上当:"别想骗我告诉你,你若真想知道,还要等半年,因为一个暂时还不能说的原因。总之我三年之内,对外人只能括囊不言。三年之后,诸事完毕。现在还有不到半年啦。"

张骥鸿想,这人究竟是年轻女子,跟我说话,好像哄孩子似的,道:"那倒也不用等太久,我等得起。"又聊了几句,看看四周人渐多起来,遂依旧各自砍柴。砍完柴,阿琼悄悄道:"我要去给香积厨送柴了,你不用跟着。"张骥鸿道:"我还要去那边林中苦修。"其实是约了白大三人,教他们习武。

见了三人,张骥鸿边教边思索,对阿琼的好奇愈发炽烈,屡次忍不住想跟三人聊聊,排遣排遣,又不知从何说起。勉强教完武艺,太阳正要落山,吃了三人带来的酒饭,张骥鸿回了自家逼仄的房室。近来天气逐渐变暖,室内开始出现蚊子,张骥鸿时不时感觉大腿一阵锐痛,手掌不免拍下去,打得大腿啪啪有声,心想明日要去弄顶蚊帐。不多时天全黑了,张骥鸿又点起油灯,望着渐浓的夜色,天上清凉入水,一钩弯月悬在半空,心中忽然好像有什么从半空里卸下来一般,一时间满心里都是阿琼,因坐在席上,沉思良久,等到再被蚊子叮痛,遂晃晃头,抓起枕旁的佛经读,还是觉得生涩,心想:这和尚几时才能做完,我就不是这个习性,不如做个供养人自在。又从箧中翻出一卷六朝歌诗读了起来。

此后就经常去砍柴,不觉间就过了半个月,其中或者能见到阿琼,或者见不到。因为山上总有人,见到时,能像第一日那样畅聊的机会也不多。天气也越发热起来，眨眼就到了端午节。这日，寺里又举行法会，善男信女来了一堆，张骥鸿跟着众僧唱梵呗，这段时间以来，也硬着头皮背诵了一些经文和偈子，不再需要滥竽充数了。只是穿着齐整的僧衣，还大半时间站着，不免汗流浃背。熬了一早上，想着原来做和尚虽然白吃白喝，却也有不得已的苦处。又想，也是佳节，去年此刻在神策军中，和众僚友一起饮酒玩握槊，无忧无虑，谁知隔一年，竟会这样。又听说附近的湖里有人赛龙舟，不如去看看解闷。谁知才走出山门，忽见枝叶掩映中，现出阿琼背着一捆柴往香积厨方向去的背影，也不假思索，急忙下了高高的台阶，追上去问："今日端午节，怎么也这么苦干，阿姑没要你在家布置果馔，招待宾客吗？"

新妇道："除了佛祖，谁配让我招待。"似乎想岔开话题，遂扬起手臂，其圆润的手腕上，系着一串五彩丝线，问："和尚系不系这个避灾？"

张骥鸿笑道："头陀信的是佛祖，怎能系这个，你却是不虔敬。"阿琼道："菩萨哪有你这般小气。"这时路上很是静谧，所有的人似乎都去看龙舟了。两人默默行走，张骥鸿总想找点话说，又实在不知说什么，心中却是浓浓的喜欢。走到香积厨不远的坡上，坡下是个池塘，坡上正盛开着一丛丛蔷薇，朱红、粉白、淡黄、鹅黄、五彩，应有尽有。午后的天气忽然变得阴阴的，阳光不甚猛烈，阿琼看着花道："两天不来，竟开得这么艳。"停下来看着坡下，张骥鸿心中暗笑，到底是年轻女子，忽然想起昨夜背诵的歌诗，正好与此场景甚为贴切，就吟道："新花临曲池，佳丽复相随。鲜红同映水，轻香共逐吹。"

阿琼回望他："张尉啊张尉，你落到今天这般田地，岂不知多半是被这吟诗作对的恶习害了。"张骥鸿道："难道做野人便好？"阿琼道："但至少要留点野性。"张骥鸿道："我可不止一点，否则早死在鳌厔县家的涸藩了。"阿琼失笑道："倒也真不容易。"遂背着柴缓缓下坡，眼睛盯着那些花，左顾右盼，欲摘未摘。张骥鸿又忍不住吟道："绕架寻多处，窥丛见好枝。矜新犹恨少，将故复嫌萎。"阿琼道："臭张尉，有这个酸措大的功夫，不如给我摘一朵。"回望着张骥鸿，又是欲笑未笑。张骥鸿心中仿佛轻雨坠落池塘，涟漪阵阵，连忙下坡，道："是贫道的错，竟忘了，这就帮你摘一朵。"他挑了一朵鹅黄，一朵粉白，避开花刺，将花摘下，大胆道："要不要贫道亲手给你戴上。"阿琼道："你倒试试。"张骥鸿当即过去，把花给她簪在发髻上，阿琼一动不动，张骥鸿感觉她的肩头似在微微颤抖，仿佛知道了什么似的，不免自家心中又是一番喜悦，大概舍不得将这喜悦立即用尽，急欲将其延迟，又吟了一句："钗边烂熳插，无处不相宜。"

阿琼回首仰看他，脸上赧红，道："我给你补一句：穷卒成措大，思之令人悲。不知合律否？"张骥鸿道："此话听来有些伤人，可是我也不怪你。"阿琼低下头："你敢怪我。"

两人坐在坡上的灌木丛中，不远处柳树硕大密集的枝条下垂，好像帷幄一样，悬在他们的身旁头顶，好一个阴凉宁静的所在。阿琼一时无话，张骥鸿更不知道说什么，只希望这时光不要急着过去，一边兴奋着，一边又忐忑，怕有人来。但人世之事，仿佛总是越怕越有，不多时，就听见坡上林间深处传来一阵喧哗声。

张骥鸿站起来，循声望去，望见山中林表灰尘滚滚，好似里面隐藏了一支军队，或者如六朝谢灵运，酒足饭饱，无事消遣，正带着一帮家仆在林中伐木开道，总之一刹那间，大群野兽从林子里窜出来，朝坡下狂奔，野兔、臭鼬倒无所谓，但有几匹豺狗也呲着牙往这边没头没脑地跑，张骥鸿思量着不对，对阿琼道："好多野兽奔来，奇怪，难道有班子在后追不成？"颇有些慌张，他再神力，自忖也不敢跟老虎较量，但在阿琼面前，又只能强撑。阿琼笑："哪来的班子，即便真有班子来，凭少府的神力，大约也能对付吧？"张骥鸿虽好面子，却不善撒谎，正思量怎么回答，随即又看见几头硕大的野猪，呲着两颗大獠牙，气势汹汹，没命似的奔来，越发慌乱，能叫野猪吓成这样，不是班子是什么，遂道："我虽不怕班子，却怕难保护你周全，不如先送你去殿中躲躲。"

阿琼倒是淡然："算了吧，想是哪家贵公子，带着奴仆射猎，把野兽惊了。"张骥鸿听她这么说，但还是劝："有野猪，就奔过来了，还是先躲躲。"阿琼也是一惊："真的有野猪？这可得赶紧跑。"张骥鸿看她惊慌模样，倒是得意起来，拍胸道："也不必太怕，有我这个邋遢头陀在呢，一两头野猪算得什么。"

这时节，那几头野猪已经冲下坡来，仿佛知道张骥鸿和阿琼是贫苦砍柴人，不足一惧。张骥鸿抓住阿琼的胳膊就跑，阿琼却被蔷薇的花刺牵住了裙子，挣脱不得。张骥鸿只好说："你慢慢解，不用怕。"说着手上提了两条木柴，挡在阿琼面前。忽见远处追来几骑，手上张弓搭箭，喝道："诸人闪开，射着勿怪。"阿琼这时解开了荆棘，张骥鸿也不好再拉她手臂，就说："躲到树后。"那骑马的几人已围住野猪,嗖嗖放箭,有的射中,有的未射中。最大的一头野猪肩上中了一箭,顿时发狂,回首奔突。它身材壮硕,看上去足以三四百斤,其中一骑被它顶了一下,惊慌失措,发狂奔跑,把主人摔了下来。野猪是仇人见面分外眼红,几步赶上,朝那人身上漫踏,犹不解气,又低下头,用两根尖利的獠牙拱过去,好在那人也算灵活,滚爬着避开。其他人不敢射箭,只是围过来惊呼:"郎君受伤,小心救助。"原来那摔下来的,是这几个人的主君。

那受了箭伤的野猪早已红了眼,见众仆围上,愈发狂怒,转身冲撞过去,那几个奴仆虽有提防,也不敌野猪蛮力,又被顶翻一个。有人惊恐道:"这野猪疯了,快多唤人来救。"

张骥鸿观那野猪身量,自忖还能对付,遂大步冲上去,窜到野猪后边,一矮身,双手摁住它的脖子,使劲往土里压。那野猪被他压住,下巴陷在土里,四蹄狂抓,在身下刨出一个小坑,却怎么也摆不脱。但它也真是力大,那几个奴仆上来帮忙,想按住它的蹄子,都被它踢得往后倒撞出去。张骥鸿见状,腾出一只手,挥拳猛击,一拳一拳,击在它头顶。它虽然壮硕,却怎经得起张骥鸿这一顿拳?不多时就口吐白沫,昏死过去。那几个仆人惊魂稍定,将他们的主人扶起来。

那主人年约三十岁,身穿皮甲,面色白净,下颌微微有须,看着张骥鸿,一瘸一拐上前,赞道:"好禅师,竟有如此神力。"张骥鸿合掌道:"阿弥陀佛,公子受惊了。"只觉两臂酸麻,肌肉控制不住颤抖,面上却装作毫不费力。

男子也合掌道:"感谢法师救命之恩。"

张骥鸿笑道："公子言重了，那野猪已被公子一箭射成重伤，贫道只是捡了个便宜。"

"法师有涵养。"男子笑道，又看了一看，"法师似乎面生，敢问法号，在哪个寺庙驻锡，。"

张骥鸿把度牒上的法号报了一下，说："贫道上月云游到此处，见菩提宝刹高僧如云，故请求寺主，容许在此暂住半载，得从诸高僧问道，苦修佛法。贫道是个粗人，平时除了替寺庙打柴，便是在寺内苦修，很少在街市抛头露面，公子感觉面生，也不为怪。"

那男子道："想来也是在菩提寺，刚才就疑是否新来的游方僧，只不敢遽定。在下姓萧，名耀卿，祖籍兰陵，现随父亲在此避隐，家父乃本寺施主，敢请法师到寒宅一聚。"又拜了两拜，张骥鸿早知道本地最富贵的就是萧家，不由暗喜，赶紧回礼："贫道一身邋遢，怎敢叨扰公子。"萧耀卿道："法师过谦了。"又看着野猪，"可惜佛门不茹荤腥，否则这头野猪倒是在下和法师的好菜。在下刚才摔了，腿脚不便，就先回去，改日再到寺院拜会致谢。法师一身泥泞，都是在下的过错，在下即刻让人给法师送几套僧衣来。"张骥鸿道："贫道是苦行头陀，穿不得好衣，何需麻烦公子。"萧耀卿笑道："那改日再说。"在仆人搀扶下去了。

六十七　萧家供养

张骥鸿目送他离去，回头去找阿琼，却早已不见，大概见了生人，觉得不太方便。张骥鸿想也好，看看自家，一身泥泞，闻闻身上，好像尽是野猪的骚味，便下到池中，洗刷了一回，上坡看到刚才和阿琼并坐之处，不禁神驰，却并不遗憾，来日方长，只这少许亲近的经历，就足以回味几天了，多了反而受不起。一边想着，一边独自回寺庙去。走到后院，迎面碰到圆通。圆通诧异道："法师怎的一身泥泞？"张骥鸿遂把刚才所遇说了，独隐了和阿琼在一起的事。圆通道："原来如此，法师身材秀雅，宛如儒生文士，竟有如此神力，倒是看不出来。"张骥鸿赶紧道："当时只顾救人，不及多想。其实那猪被射伤许久，已是奄奄一息，不然怎压得它住。萧公子跟我客气，倒是小僧贪天之功以为己力了。"

圆通道："想来也颇危险。"张骥鸿欲岔开话头，加之自家也好奇，就问："敢问那萧公子是何人？"圆通道："大唐凡姓萧的，多是南齐南梁的皇家后裔，在大唐，不能和五姓七望作比，便比起上都城南韦杜也差了半分,却究竟是煌煌贵胄。这位萧公子的父亲做过侍郎,险些拜相,后忽心灰意冷,就选了此处小邑隐居。尽管如此,住的也是雕梁画栋,吃的也是玉粒红鲜,家里童仆数百,妻妾成群。萧公子既然说要邀请法师去家里,自然都会告诉法师的。他说的不差,本寺僧中的尊贵者,都是他家供养。俗话说萧寺萧寺,在本邑倒真是相应哩,可不等于是他家开的么?"

张骥鸿道:"不想是这等人家,于本寺有恩的,贫道在此叨扰许久,此番也算有些报答。"又虚聊了几句,就回自家禅房歇息了。

隔日,那萧耀卿果然着人来请,张骥鸿本来也在寺庙里呆着气闷,客气了两句,欣然应邀。城邑不大,穿过两条街,便到了萧宅,朱门嵯峨,槃戟满架,一看就不是寻常人家。透过围墙,可以望见里面楼阁孑立,绿窗如云。萧耀卿早在门前迎接,道:"家父听说我被新来的头陀救了,且头陀有神力,特意命我来请。此刻正在堂上恭候。"

张骥鸿受宠若惊,谦逊了几句,跟着萧耀卿进去,穿过两重院门,见迎面一堂,四面竹帘卷起,白色纱幔下垂,看不见里面如何。堂下大丛青竹森森,映得满庭清凉宜人。张骥鸿登阶上堂,见一老者弯腰,正在一座硕大的木案上写字。萧耀卿轻声道:"家父酷爱札翰,平日未曾一日废书,朝中诸老,也往往给他寄来手书札翰,求其品别。若得家父一赞,身价倍增。佛法和札翰,是他人生最大爱好。"张骥鸿当即有些惴惴:"贫道只是苦修头陀,并不通佛法,也不通札翰,怎敢来见令尊?"

萧耀卿笑道:"家父不妄请人见面,若是请人,那人必是天下俊杰。"

张骥鸿道:"贫道只是无名头陀,何谈俊杰。"

"法师勿过谦,家父自有道理。请在此稍待。"萧耀卿说,随即蹑手蹑脚过去,站在老者身后,俯身察看,老者当他不存在,继续凝神书写。萧耀卿站了一会,又回到门前,对张骥鸿道歉:"请恕慢待之罪,家父恐怕还要写三幅或者七幅,我们先到门边暖阁说话。"

下了台阶,张骥鸿奇怪道:"为何是三幅或者七幅?"

萧耀卿道:"家父有个癖好,以七与十一为吉利数。说是当年试进士时,每每想不到妥帖文辞,便默念七声佛号,不多时,文辞滚滚涌入心中。念其他次数则无用。当日试完已是天明,一身疲惫出了场屋,回到崇圣坊的逆旅,请店家打涌汤洗浴,洗浴前默念,若我舀十一勺水入桶内,木桶正好到刻度线,则此试必中。于是十一勺水舀进去,果然涌汤正停于刻度线所在,不差分毫。不久南院张榜,家父名在第二。从此若作书,必写满七张或者十一张方罢手,随当时心意。家中常备马也必为七或十一匹,楼阁必七或十一座,每院内种树必七或十一株,即便供养僧人文士,也是七或十一位。"

张骥鸿啊了一声,果然奇士,性情丰富多彩,不然怎能省试第二,怎能做到侍郎,遂道:"令尊果非恒人,若是庸人,心思怎能如此委曲。"又想起自家,也常会为某事不顺暗暗自解:路过某门时,在门上敲三下,则此不痛快即可忘却,不再记起。因把这隐秘一说,萧耀卿惊讶道:"我便说了,家父若想见的人,一定不是凡人。法师先到旁边凉阁略坐,等家父召唤。"

走进凉阁,有小奴正在揉搓一只猫儿,那猫毛色雪白,睁着两只圆圆的眼睛，煞是可爱。小奴见了萧耀卿，赶紧跪拜。萧耀卿叫他出去外面侍候，告诫道："阿爷快写完时叫我。"小奴应了一声去了。萧耀卿请张骥鸿坐下，不多时有侍女奉上茶来。萧耀卿道："家父有意供养禅师，不知禅师可否应允？"张骥鸿不置可否，又疑惑道："刚才听公子言，令尊想必已经供养了七或十一位僧人，若加上小僧，岂不超了数字。"

萧耀卿道："无妨，说来正是巧处，昨日家庙中一僧人忽然要辞别归乡，说自此不再来了，故家里僧人现在只有六位。想是知道法师要来，惭愧避让。"

张骥鸿听在耳里，颇为受用，只是担心拘束，本想推辞，但思量在菩提寺中，跟诸僧相处并不融洽，每次去香积厨吃斋，诸僧都交头接耳，好像是讥讽他蹭饭似的，倒不如在萧家住得自在，却也有别的顾虑，就说："实不相瞒，小僧内典不通，只怕不配教侍郎供养。"

萧耀卿摇头，笑道："无妨，当年禅宗六祖慧能，还一字不识呢。前年我在成都，恰逢剑南节度使和南诏征战，苦于兵力和财货不足，想迫一些僧人还俗劳作，就下了一道令，对本道所有寺庙的和尚们进行考课，凡不通佛经者，一切还俗。有一老僧急了，知道成都少尹是好佛的，就找他求情，说自家习的是禅宗顿悟，不喜佛经，若因此被令还俗，一生修为就此化为露电泡影，恳请哀怜。少尹大笑，赠了他一首诗道：'南宗尚许通方便，何处心中更有经。好去苾刍云水畔，何山松柏不青青。'老僧看罢，才放下心来。总之佛学高深者，不必精通内典，师傅既非凡人，家父怎会拘泥。"

张骥鸿哭笑不得，遂宛转致谢。一会小奴来报，说阿爷已经写完字。萧耀卿遂带张骥鸿上堂，那老者注目张骥鸿，远远就笑道："这位便是广运大师？如此年轻，了得了得。老夫姓萧名遇，做过几任小官，后厌于仕宦，见此地草木秀美，因筑几间茅屋卜居，萧散烟霞，以娱晚景。"张骥鸿忙逊道："侍郎这等见礼，如何敢当。小僧粗鄙无文，不料得见侍郎，三生有幸。"萧遇笑道："法师过谦了，听犬子说，法师徒手制服野猪，仿佛毗沙门天王下凡，只差掌中那一座塔了。观法师衣着，似乎苦行，一直茹素，不知如何有此神力。"张骥鸿道："其实小僧出家不久，以前昧于大道，两三年前，方才得闻菩萨召唤。"

"此殆天授。"萧遇感叹道，"寒家僻陋，不堪接待尊客。但老夫不自量力，还是想求法师驻锡，以便虔心供养，随时请教，不知法师可否俯允。"

张骥鸿本来已经心安，听得"随时请教"四字，又不安起来，道："侍郎赐爱，小僧何敢推却，只是小僧不学无术，内典荒疏，不堪侍坐，还请侍郎明察三思。"萧遇道："世间佛典，老夫也算尽窥，然夙缺慧根，难证大道。尝闻慧能大师一字不识，却是佛家宗祖。所谓一切般若智，皆从自性而生，不从外入。法师何遽非慧能大师一类？老夫敬慕法师，正意诚心，请勿推辞。"张骥鸿又放下心来，道："本来自惭谫陋，不堪受侍郎赐养，侍郎厚谊，却之不恭。"萧遇喜道："那就这么决定了，回头就让犬子为法师排备禅室。"又寒暄一会，萧遇吩咐萧耀卿说："你这就带法师去禅室，并家中其他法师文士，都引荐法师认识。"萧耀卿唯唯答应，拉着张骥鸿告辞。萧遇究竟是做过侍郎的，虽言语蔼蔼，却自有一种威严，张骥鸿坐久了，只觉不自在，巴不得离了，赶紧拜了两拜，随着萧耀卿出去。

萧耀卿走到门口，吩咐童仆："去把东院空的那间阁子清扫干净，我和法师去见客，若见完客还未清扫完毕，小心屁股。"童仆答应一声，飞也似的跑去了。萧耀卿领着张骥鸿先去了西院："这边住的都是文士，大多颇有诗名，有两位还是今年落第的举子，不过据我看，都应该登第的。"说着穿过一道挂满藤萝的门，跨进西院，院子的墙根下立着几株芭蕉，张骥鸿道："关中少见芭蕉，小僧只在汉中见过。"萧耀卿道："汉中地暖，芭蕉多些。关中以前尚暖，冬日亦无雪，近些年寒冷些，曾冻死过好十几株。但家父极爱此物，又从关中买了十几株，冬日若寒，就令人刨出，移到地窖保暖，春日再取出来重栽。"张骥鸿感叹道："不是公子这样的人家，欣赏不到这样的美景。"

又有几株楝树，几株青桐，萧耀卿道："这些树，皆家父精心挑选移种于此，说是凤凰、鹓鶵、焦明之类的鸟才肯栖的，庄子所谓'非梧桐不栖，非练实不食'，就是指这个了。"张骥鸿赞道："'嘉树满中园，氛氲罗秀色'，与这院子自是相配。"萧耀卿诧道："法师出口锦绣，怎说自家不学无术？"张骥鸿讪笑道："只略知些歌诗文辞，昧于大道。"萧耀卿拍掌笑道："那这西院更适合法师。"说着走到一株楝树边。

楝树之旁，是几栋屋子，最前的一栋，廊上坐着一人，正在低声吟哦，张骥鸿遥遥看那身影，似有几分眼熟，萧耀卿道："那位是周公子，我读过他的歌诗，确有才学，去年由洪州解送应进士科，本该及第的，崔郸可谓不识才。"张骥鸿惊得差点叫出声来，果然是认识的，当即停住，萧耀卿道："法师怎么了？"张骥鸿低声道："实不相瞒，小僧虽知些歌诗文辞，却有自知之明，常渴慕真正的饱学文士，恨不能结识，但真见到时，总不免羞惭，逡巡再三，不敢上前。"萧耀卿笑道："家父有癖，不想法师也有，有癖者必有才，我看法师绝不逊色于周公子。"张骥鸿道："小僧岂敢和令尊相比。"这时周松闻声，已经过来了，望见萧耀卿，拜了两拜："郎君怎地有空来此。"张骥鸿忙将头低下。萧耀卿道："家父新请了一位高僧来家修法，特绍介给各位才子认识，这位法师不但佛法高深，还兼通歌诗文辞，出口锦绣。"

周松赶紧致谢，又窥看张骥鸿："这位法师有些面熟。"凑近来端视，张骥鸿不得已抬头，正对着周松，周松顿时一怔，面色阴晴不定。张骥鸿注目他，微微摇头，周松又笑道："看差了，还以为是上都名刹来的法师，在下认识的。"萧耀卿道："这位法师兼通文武，神力惊人，前几日救了我一命。"周松遂对着张骥鸿拜了两拜道："大德高僧，失敬失敬。"张骥鸿也赶紧回礼。

六十八　李商隐

寒暄了几句，萧耀卿又领着张骥鸿，相继拜访其他六位文士，前五个都不认识，出来后，萧耀卿悄声道："这几位才学都不如周公子。"随即让仆人请最后一位，对张骥鸿道："这位才子是怀州河内人，姓李，名商隐，据说白少傅也器重他，当朝令狐仆射曾让他陪自家儿子读书。"正说着，屋内有人出来，此人只有二十出头，面容憔悴，目光却纯净如水，仿佛刚睡醒一般，见了萧耀卿，上前拜礼："郎君请进去坐。"萧耀卿道："暂时不坐，这位法师是家父刚请来的高僧，特请来拜会诸位。"李商隐也赶紧朝张骥鸿拜了两拜："怀州李商隐，见过禅师。"张骥鸿也合掌道："小僧广运，幸会李公子。"

和李商隐攀谈了几句，萧耀卿又带着张骥鸿去了东院，东院住着六位僧人，张骥鸿觉得个个面目呆板，俗不可耐，不像澄照那般的高僧模样，心想，文士俗的固俗，却远不及和尚中俗的令人生厌。文士之俗，满脸酒色财气势利，但本就穿着俗人衣冠，对他们也没什么期待，因此看去犹存几分人形；和尚俗起来，却让人觉得他们总是不甘,时刻有非分之想,其猥琐真是不堪入目。那位李商隐公子,真是表里澄澈,若能与他为邻就好了。随即又想起周松,感觉周松不认自家虽是好事,但看他神色,只是想与自家撇清关系,又隐隐不快。原以为这人辞别自家,就去了长安,没想到东西打听,竟被他觅到了萧家。此处衣食无忧,又院宇清净,在此温书预备明春省试,岂不比跟自家一起挤在县家宿舍的好。想了一想,对萧耀卿道:"刚才几位才子,当有诗卷,小僧也不好意思问他们,若郎君处有,可否借阅。"萧耀卿大笑道:"家父若非读过他们的诗赋,也等闲不会招纳,这等容易,回头就让童仆给法师送来。"张骥鸿赶紧谢过。

见过诸位客人,张骥鸿遂和萧耀卿去自家的屋子。一踏进去,大吃一惊,只见文木雕床,桃枝细簟;螺钿玉几,连琐绮窗。又兼绛帐如烟,绿茵似草,春满与庭花同丽,秋淡共月色竞辉。与那间菩提寺的破禅房相比,真是人间天上。这哪像给苦修头陀住的地方?张骥鸿大喜,嘴上却说:"公子,小僧修苦行道,俭朴惯了,哪惯得这般奢靡,只怕日久离大道愈发远了?"萧耀卿笑道:"法师不必拘泥,若有心苦修,外物何能撄其虑,若执着于衣衫褴褛,草荐藻食,反而是偏离大道了。"张骥鸿赶紧顺坡下驴:"公子所言有理,是小僧狭隘。"

这夜,张骥鸿躺在滑溜溜的桃枝竹凉席上,说不出的舒服。那细丝蚊帐,孔眼细密,一个蚊子也休想钻进去。何况入夜时,早有仆人来,点上一炉香,清香袅袅,便坐在帐外,也听不到蚊子在耳畔嗡嗡,更别说什么跳蚤了。这夜睡得浑体通泰,春梦绵连,霍小玉、崔五娘、阿琼个个皆在梦中,曲意承欢,喜得他魂不知南北。谁知早晨在鸟鸣中醒来,原来还是南柯一梦,自然也免不了怅惘,又想,也该，你何德何能，竟想三美陪伴，这本来就是做梦么。

起得床来，随即有仆人引去食堂进餐，萧家的素斋，也远比菩提寺内的要精巧，连豆腐都有几十种花样，好几天也吃不腻。张骥鸿想，就这样做和尚过一生，倒也自在，当然，思来想去，又觉得还是不如做县尉的快活。且想起老父惨死，老仆不知下落，又往往愤懑。再想起阿琼，想她这两天见不到自家去砍柴，是否会奇怪。等明日出去树林给白大三人授艺，或许能见到她。正想着，萧家童仆又来，带了几卷歌诗。张骥鸿撇下周松的不看，其他五人的都一一读来，大多确实平平无奇，还不如周松，心想这些人若也是要参加省试的，及第也可得，下第也行得，所谓鸡肋，只看他们能否找到关节。待翻到李商隐的卷子，开首就惊住了，写的是：

八岁偷照镜，长眉已能画。
十岁去踏青，芙蓉作裙衩。
十二学弹筝，银甲不曾卸。
十四藏六亲，悬知犹未嫁。
十五泣春风，背面秋千下。

一时感叹，想这人看似单纯，却对女子心思知道得如此详细，到底是臆想，还是专门询问过？且不论实情如何，就这词句的意态，宛如明溪，可知心胸不俗。再翻一页，写的是：

锦瑟无端五十弦。一弦一柱思华年。

庄生晓梦迷蝴蝶,望帝春心托杜鹃。
沧海月明珠有泪,蓝田日暖玉生烟。
此情可待成追忆,只是当时已惘然。

当即神情惝恍,把诗稿放在一边痴想。这人写的什么事?年纪轻轻的,有甚么华年可思?人若未到中年,何能生如此委曲念头?转念一想,我亦不老,读来不照样心波荡漾?可知人心是否委曲,原不取决于年龄。这歌诗中间四句似未说甚么具体事,却仿佛展开了四卷画,卷卷烟草迷离。最后两句尤佳,此情怎待将来追忆?当时已知,未来难期,早生怅惘。可我当初和霍小玉独居一室时,欲生欲死,却未曾萌生此念。人啊人,真的是有差距的呀。

张骥鸿忽然想,此人的歌诗还有一点与众不同:之前读过的许多委婉曲致的歌诗,或明如山溪,或静如春夜,多能具体说出是什么情感,独有这人写的,归并不出,而那种若有若无的情愫,芊芊绵绵,如丝如缕,无穷无极,愈加撼动心魂。

又迫不及待翻下去,下面一篇是:《宿骆氏亭寄怀崔雍崔衮》

竹坞无尘水槛清,相思迢递隔重城。
秋阴不散霜飞晚,留得枯荷听雨声。

张骥鸿又是一震,这诗境况萧瑟清旷,若用来写男女相思,岂不妙煞。可惜是写友情,若去掉诗题便好。再翻到第四篇,起首便是一篇序:

柳枝五首有序

　　柳枝,洛中里娘也。父饶好贾,风波死湖上。其母不念他儿子,独念柳枝。生十七年,涂妆绾髻,未尝竟,已复起去,吹叶嚼蕊,调丝擪管,作天海风涛之曲,幽忆怨断之音。居其傍,与其家接故往来者,闻十年尚相与,疑其醉眠梦物,断不娉。余从昆让山,与柳枝居为近。他日春曾阴,让山下马柳枝南柳下,咏余《燕台》诗。柳枝惊问:"谁人有此?谁人为是?"让山谓曰:"此吾里中少年叔耳。"柳枝手断长带,结让山为赠叔乞诗。明日,余比马出其巷,柳枝丫鬟毕妆,抱立扇下,风鄣一袖,指曰:"若叔,是?后三日,邻当去溅裙水上,以博香山待,与郎俱过。"余诺之。会所友有偕当诣京师者,戏盗余卧装以先,不果留。雪中,让山至,且曰:"为东诸侯娶去矣。"明年,让山复东,相背于戏上,因寓诗以墨其故处云。

　　张骥鸿读了数遍,略觉文风晦涩,大约夹杂了其本贯怀州方言。不过虽然晦涩,却自有一种拗折突兀的生动明丽,非摛藻娴熟的文人所能出。此人是真才子,思绪断如鸿雁,难以常理度之。

　　他废卷沉思,想象柳枝的样子,她是一位洛阳富商的女儿,十七岁的少女,不耐烦妆梳,总是半途放弃,去把玩丝竹。看似疯疯癫癫,吓得已下了聘礼的人,都找借口退婚了。但是她懂歌诗,一听邻居李让山吟诗,霍然惊喜:"谁能有如此情怀,谁能作出这样的歌诗?"李让山告诉她:"是我从弟。"柳枝当即撕下自家的衣带，系在李让山身上，要他转赠给那位才子从弟，求其作诗。第二日，早早梳妆完毕，双鬟鸦鬓，抱臂立于门边，春风吹起她一只衣袖，遮住了半边脸庞，看见李商隐骑马出来，她指道："你就是那位从弟？三日后是上巳节，众人皆要去水边湔裙，我在家燃上博山炉等你，共度佳日。"李商隐满口答应，但当年他要去上都，和友人约好了日子。本来也不用那么早，可是那友人却戏弄似的，把他的行李先带走了。他只能去追赶，不然隔几天独自去，连御寒的被褥都没有，由此错过佳约。他一定很遗憾，也可能当时并不觉得，以为下次回来，还有机会见面。但当年年暮大雪纷飞之日，让山也到了京师。他问让山，柳枝现在何如，让山说："已被一位节帅娶走了。"第二年，也许又是一个上巳节，灞桥的柳树含烟，李让山要回去，李商隐送他到戏水边，看着那些烟柳，突然惆怅无限，折下柳枝，又写了五首诗，对让山说："帮我把这诗，抄写在她的旧居处。"

  长叹一声。张骥鸿认定李商隐心中充塞着遗憾，只因为当时视若平常。那种视若平常，既有少年儿郎的粗疏，又有羞涩和矜持；等真的失去后，他才会意识到那是何等珍贵。经历了这一次，他应该会成熟吧？假若再遇到类似的场景，他应该会告诫自家：眼下的怅惘不要再成为他日的追忆，在当前就该意识到，这是一段永远难忘的艳情，他享受了欢愉，再也不用去托人去那女子的门扇上题诗以抒发悔恨，寄托惆怅。张骥鸿放下诗卷，早已想起了仙游寺的销魂一夜，随即又想起了阿琼，希望再也不会辜负眼前之人。他比李商隐幸福，因为他不用沉浸在长久的怅惘之中。当然，他也因此写不了这样的诗。

这个二十出头的青年，比他的十一兄还要厉害。不该这么说，应该说，根本不该把两人放在一起去对比，十一兄是位才子，可在这位青年面前，十一兄什么才子都不是。

张骥鸿决定立刻去找李商隐，想尽快认识他，遂翻出萧耀卿赠送的一套整洁僧衣，去了西院，径直就踏上了台阶，对着门内叫了一声："义山公子可在？"李商隐还是像昨日一样，惺忪着双眼出来，叉手拜道："敢问法师有何见教？"张骥鸿直截了当："小僧就是前几日随着郎君来拜访过公子的。"李商隐拍了一下自家额头："记起来了，法师请进奉茶。"张骥鸿也不客气，径直走进去，里面有位童子，正坐在地上逗弄猫儿。李商隐吩咐他："去给法师泡茶。"张骥鸿说："不必客气，小僧此来不为饮茶。"

遂对坐相谈。张骥鸿直接说明来意："小僧喜爱歌诗，公子大作令小僧震惊，没想到在这偏僻地方，竟藏有公子这样的才人。可曾应礼部试？"

李商隐道："愚生自第一次获得乡贡起，连续三年进京应试，都被当时知贡举的贾相国黜落了。去年生病，未能参加省试。今年又来，是第五次了，可叹还是下第。"

张骥鸿一惊："那贾𫟲真是有眼无珠。"贾𫟲虽然是十一兄的座师，张骥鸿却对他极无好感，且不说当日被他的骑从拉下去差点打了板子，值此朝政混乱之时，他竟还升了宰相，这样的人，能好到哪里去？他黜落李商隐，若是一次，还可以说疏忽，连续三次黜落，骂他一句有眼无珠，也不冤枉了，又道，"这朝廷的考官真是个个瞎眼，今年知贡举的崔郸，也不例外。"

李商隐倒有些局促，略带羞涩道："不想法师如此熟知朝政。"

张骥鸿道："佛家慈悲，小僧自然也关心万民。万民之命，在于宰辅。若宰辅选择非人，国家岂不危殆。"

"或许不是他们没有眼光，而是愚生文章的确不佳。"

张骥鸿想说，我的十一兄是贾𬱖手中中第的，你比十一兄强得太多，于是道："正如公子歌诗中所言：'鸾皇期一举，燕雀不相饶。'现在朝堂之上，多为燕雀，公子自是鸾凤，贾、崔之辈，自是燕雀，这点毋庸置疑。燕雀见了鸾凤，自然是要排斥的。"李商隐道："法师过奖，愚生愧不敢当。"张骥鸿见他羞涩，遂问："小僧曾在长安资圣寺住过，靠近银台街，来往举子甚多。每年夏季，落第举子都会到寺中借住温书，以备来年再考，称为过夏。举子聚在一起，既可交流文辞，也可互传礼部消息，还可同游解闷，公子却为何来了这里。"

李商隐腼腆一笑："其实愚生来此，是因为一位好友。愚生今春省试又落第，在京城烦闷。刑部萧侍郎是此院院主的从弟，见愚生烦闷，便假托我带些物品来，其实想让我在此地温书，以备明年再考。愚生本来打算去王屋山学道的。"

张骥鸿这才发现，李商隐貌似腼腆，一旦起了话头，其实也算健谈，遂接口道："公子今年贵庚？"

"二十三岁。"

张骥鸿感叹："小僧比公子虚长四岁，读了公子的歌诗，可谓俯首贴地。以公子高才，竟不能中式，愤懑不已，还好当朝和致仕的两位侍郎都青睐公子，也可知明珠之光，自不能掩盖。"

李商隐又有点不好意思："愚生认识萧侍郎时，他还不是侍郎，而在郑州刺史任上。郑州是愚生的家乡，遂能得到机会觐见。"

张骥鸿道："若无才华，便有机会又有何用。"又想起一事，"最喜欢公子写的柳枝诗序，其人活泼之态，宛在目前。其实在下落发前，也喜欢过一伎户女子。"李商隐脸上略惊："法师如何看出其为伎户？"张骥鸿道："常听说长安平康曲中，往往有贫家女子，养到及笄之年，就等人下聘。柳枝十七岁无人下聘，后又被一东道诸侯娶走，伎户人家女儿多如此。"李商隐忸怩道："本想隐去本真，不想依旧被法师看破。"张骥鸿道："公子此文虽好，似有瑕疵，除隐晦本事，故作省文之外，是否有其他缘故？比如风障一袖，小僧只觉新鲜，却不解其意。想来是指'以一袖障风'？却从不见此文法。又如柳枝见公子，问'若叔是'，当指'若是叔耶'，却把'叔'字置前，'是'字放后，是否为出人意表而故意求新，或者柳枝口语，本支离破碎，更显其天真可爱。"李商隐道："又被法师看破，其实是少年心性，故作拗句，所以旁人读得吃力，愚生却不免自喜，以为尖新。不过，当初柳枝见我，的确亦支离其句，径直问'你，让山所说的少年叔，是'？她说话拗，我书来自然也拗。"

张骥鸿笑道："看来小僧也不算妄言。"李商隐道："法师真乃才人，若还俗应试，怕已早得科名。适才法师说喜欢过一伎户女子，是真是假？"张骥鸿便把和霍小玉来往经过大略说了，但隐去真名及李益诸事。李商隐慨叹："法师竟是如此重情之人，我实在不如。其实愚生在文章中所言理由，皆为诳语，假若愚生真像法师这样重情，怎么也不会失约的。对了，法师眷恋那伎户家小娘子，父母、族中长老竟肯答应吗?"张骥鸿道:"小僧出身寒门,止有一父。"李商隐点头:"这就是了。愚生虽家道中落,昆弟姻亲尚多在宦途,如愚生等,哪能自由。"张骥鸿道:"的是如此。"

六十九　小人作梗

正说着，门外闯进一人，张骥鸿一看，却是周松，李商隐道："周兄，你来得正好，愚生给你介绍一位新来的法师。"周松脱口道："前日见过了，李兄有客，在下就不打扰了。"李商隐道："法师也是郎君供养的，不算外人，不妨一起交流说话。"周松道："的确正好有事，有空再来。"急急拱手而退。

张骥鸿不觉一阵恶心，原来这周松之前说南昌人奸诈好利，他在外头，见了乡人都是退避三舍，其实是说他自家。李商隐似有歉意，安慰道："这位周兄倒是奇怪，平时都还颇爽快的。"张骥鸿顺口道："公子和他是旧交吗？"李商隐道："其实并非旧交，只是愚生来时，某日在逆旅歇宿，碰上他也投宿。骑着一匹老马，颇为狼狈。攀谈之下，原来也是今年落第，去鳌屋访友未遇，又折回长安的。愚生听他说再无去处，遂邀请他一路同行。本拟办完事同回上都，赁屋为邻，谁知萧侍郎一听愚生乃族人推荐，一定要留愚生在此暂住，于是这位周公子也只好留下陪我。"张骥鸿道："他反正也无去处,倒是沾了公子的光了。"李商隐道:"不能这么说,萧侍郎看了他的歌诗,也赞叹不绝,说是要向当道推荐。"张骥鸿心想,娘的,这小子命倒不差,终于攀到了高枝。一时气闷,话也不想说了,真所谓"悲火烧心曲,愁霜侵鬓根",又聊了几句,说:"今日打扰公子太久,改日再来讨教。"李商隐道:"法师何言之谦也,今日与法师见面,一言如见故人,请多来走动。"

回到自家卧室,张骥鸿犹自心气难平。看看日历,又是当和白大等人见面之日,于是假借苦修,出了萧家院门,径直往后山去,却见一棵桑树上,阿琼正坐在树枝间,吃着桑葚,满嘴乌黑。原来这几日,桑葚也熟了,树下落了一地,泥地里还好,供路人行走的石板上,尽是黑色的污迹。新妇叫道:"和尚这几日为何不见?"张骥鸿陡然心开,左右看看,笑道:"一位良家女子,这样高声呼唤别的男人,成何体统。"新妇笑道:"和尚六根清净,哪算男人。"张骥鸿不防她这一出,差点喷饭,遂也顺势挑逗:"但有一根未净,随时可以还俗。"阿琼笑得伏倒在树枝上,略抬起头,面色又是赪红:"好你个淫僧,只是个捉野猪在行的粗鄙人。"却说不出气势来,语低声怯,分明和调情相仿。张骥鸿心中又是一番波荡,也低下声来:"你那日怎得独自走了?"新妇道:"倒有意思,我若不走,等着那萧公子怪讶我为何与你在一起吗?"

张骥鸿笑道:"倒也是此理。"遂说起自家因此被萧家供养,假装有点不情不愿:"贫僧实在不愿,怎奈才华在身,避不开也。"新妇又是笑得伏倒在树枝上:"好个淫僧,还要装腔作势,你那巴不得三字都写在脸上了呢。"张骥鸿假装局促:"一点浅薄心思,都被你猜透。"新妇道："不通佛书的假和尚，常住在寺庙，终究露馅。倒不如借住萧家，可以滥竽充数，且是作为萧家小郎君的救命恩人，多少要善待的。"张骥鸿笑："萧家还供奉有另外六僧，久了依旧会暴露。不知这个和尚要当得几时，教人气闷。"

阿琼道："依我看，你这和尚再混不到半年。"

张骥鸿道："莫非你告诉我自家秘密之日，便是小僧解脱缁衣之时，看来小僧注定要为娘子还俗哩。"说道这里又想，这不仅是暧昧，简直是赤裸裸挑逗了，不知她怎么应付，谁知阿琼浅笑："你若愿意，便是如此。"张骥鸿心中顿时孤帆颠簸，目不转睛望着她，许久才道："你若换了这身荆钗布裙，一定面貌一新。"

阿琼道："到时可不要把你吓跑。"眼波流转，似情意无限。张骥鸿想，当初读歌诗，读到"微睇转横波""美人醉灯下，左右流横波"，不知什么样貌，原来便是如此。女子的这类表情，最为动人。眼下仿佛在两人之间横着一道黎明前的夜幕，将破未破，仿佛是心照不宣，又仿佛是心领神会。论姿色，阿琼不如崔五娘，也不如霍小玉，但她性格中那份自信，平添了一种崔、霍没有的魅力，像看不见丝线一样牵着他。真想不明白，她的自信来自哪里？要说来自世家高门，崔五娘也出自世家高门。她的门第，还能高过清河崔氏？可崔五娘那么喜欢自家，也只能洒泪与自家作别。在阿琼面前，张骥鸿感觉自家既没有面对霍小玉时的怜弱之心，也没有面对崔五娘时的莫名强势。他有些纳闷：分明我是一赳赳武夫，一只手也举得她起，为何却没有那份自信？他讷讷道："你太神秘了，我真希望现在就是半年之后。"阿琼笑道："我也希望。"

眼看时日不早，张骥鸿又扯了几句，和阿琼分别，见了白大他们，兀自神不守舍，因说了刚才的感受，三人只是笑。张骥鸿又说起李商隐，盛赞他的才华，吟诵了他几篇歌诗。又想说周松的猥琐，又觉得没意思。白大道："这位李公子便是考上了进士，官也做不大。"张骥鸿问为何？白大道："外甥也说不清，只是觉得能写出好诗的，都缺些心眼。"元二也道："我大兄说得对。"张骥鸿道："白太傅歌诗写得那么好，不也做了太傅。元相公歌诗写得那么好，不也做了宰相。"元二道："舅父你看，元相公写得没有白太傅好，官就比白太傅做得高。这位李公子的歌诗，和白太傅还不同。白太傅的歌诗是好，还是人间的好。这位李公子的歌诗，则带点幽邃，好像镇日生活在梦里，是梦里的好。成天在梦里，自然是很摇曳多姿的，却如何能做官呢？做官是睡觉都要睁着一只眼的人才能做好的。"张骥鸿想想，似有道理，喜道："老二你说的真是好，我明白你的意思，不过还是希望他能做大官。"

天气渐渐越发热起来，池子里的荷花出现了花苞，林子里的野花也越来越少，所有树的枝叶都越发浓密，树枝之间，能看见果子繁茂，累累垂着，就不想吃它，看着也欢喜。只是究竟寄人篱下，虽然萧家待以客礼，屋舍高敞，供奉殷勤，却终非长久之策。再说做和尚要茹素，委实难耐，总不能让白大一辈子给自家偷送肉食？这一日忽然自家也有些诗思，忍不住又去西院找李商隐，敲门之后，李商隐依旧客气将其请入，却似乎上次未曾攀谈过，又是新识一般。张骥鸿问："李公子似乎心情不好，其实小僧也一样。但小僧平庸，只怕一生也通不得佛法，白白枯度时光，公子明年必中，又何必忧愁。"

李商隐看着张骥鸿，表情生硬，终于好像横下一条心似的："敢问法师俗家可是姓张，号称河东张氏？"

张骥鸿猝不及防，羞得差点钻入地缝："公子怎得知道——其中有些误会。"心中一转，立刻想到是周松告诉他的，不知还编排了什么。然自家虚荣，曾默认为河东张氏，也怪不得别人嘲笑。李商隐道："愚生也不会说谎，是周公子说的，他说和足下曾经认识，足下做过县尉，竟是阉宦王守澄提拔的，隐去不提，却一意自伐门第。"张骥鸿听到"阉宦"两字大怒，脸上变了色："王中尉一心为国，公子怎能这样说他。"李商隐一怔："是在下无礼，不该在足下面前如此直率，只是在下一向认为，我大唐之所以国势衰微，一是因为宦官专权，二是因为藩镇跋扈。此乃士林公论，足下岂能不知。前日足下自称关心民瘼，自不该护短啊。"张骥鸿道："李公子，在下也非不讲理的人。试问公子，王中尉如何专权，若是专权，又怎能一纸诏书，便立刻致仕归家？圣人也奖其劳勋，赠他为观军容使。王中尉已经致仕，国事就好了吗，如今当朝的贾餗，不就是三次黜落公子的燕雀吗？榷茶的王涯，不让百姓切齿吗？掌神策军的仇士良，曾经在驿舍争屋子，鞭伤元相国。不管内侍还是朝官，可有一个好的。倒是在下拜见过数次王中尉，他对士人并不排挤，以《宫词》名满天下的王建王司马，十数年来，一直是他座上宾，曾酒醉出言不逊，王中尉爱才，也不以为忤。在下与王中尉素不相识，也无人引荐，只因他听了一首赞我的歌诗，便召我去，问我想做什么？我不知天高地厚，说了想做县尉，竟因此得成功。虽然我做这个县尉非由正途,却也算勤勤恳恳,做得并不比任何一位进士及第的县尉差。鳌坻离此不远,李公子若有心,就去查访,问问我张骥鸿是否不称职。汉代选官不由科举,宰相必起于州部,猛将必发于卒伍,却称强汉,在下只是生不逢时罢了。另外,公子说什么士林公论,士林就一定对?当年后汉桓灵年间,袁绍、刘表、袁术这些人,哪个不出身士林?甚至皆为士林领袖,又哪个不对皇位虎视眈眈?孔子曰,'君子不以言举人',那些嘴巴上满口忠义的人,哪个真的靠得住。"

李商隐默然半晌,道:"足下所言,似乎也有道理,容愚生再思。"但语气生冷,显见的只是不愿直接冲突,并不真正认为张骥鸿所言有理。

张骥鸿顿觉毫无意思,道:"这世道哪能黑白分明,哪有一群体完全好,哪一群体完全坏。在下虚长几岁,总算略有感悟;公子还年轻,将来或许能明白。"说完转身告辞,李商隐循例送到门前,并无歉意,张骥鸿也不再理会,大步奔出。

七十　再逢郑注

此刻虽是仲夏,却不知何时阴风骤起,池面上红莲亭亭袅袅,绿荷童童如盖,随风迻迤。张骥鸿无心欣赏这些,倒是一眼看见门边棨戟,心中烦闷,遂拔起一支,在手中掂量一下,也就是一根木棒轻重,当即舞将起来。想象对面是周松、仇士良等人,越发舞得虎虎生风,每一戟扫去,都思量击在他们身上,啪啪有声。正是舞得兴起,将手中棨戟掷出,棨戟疾飞,不偏不倚,正落到戟架上,连颤都不怎么颤动。张骥鸿长吐一口气,郁愤少减,忽听得身后一人喝彩:"好身手。"遂回头一看,见一个矮小的身影站在白墙藤蔓下,那人身着葛衫,一副焦黄的面孔,下颌长着稀稀疏疏的胡须,怀里抱着一只橘黄色的猫儿。张骥鸿当即一惊,原来这人认识,竟是郑注。在他身边,不是别人,正是萧遇,也不知两人什么时候来的。张骥鸿赶紧上前对萧遇拜礼:"小僧适才烦闷,未得郎君允许,借了门前棨戟一用,请恕亵慢之罪。"又叉手对郑注拜了拜,假装不识,也不说话。

萧遇道："无妨。"又转头对郑注说："郑公，这位禅师前不久赤手按住一头五百斤的野猪，救了犬子性命，可谓神力过人，直是毗沙门天王的化身。刚才这手掷棨戟的巧劲，只怕也练过数载。"郑注连连点头："的确勇壮。"萧遇又对张骥鸿道："这位郑公是我好友，刚被诏书，任为凤翔陇右节度观察处置使、凤翔尹，勾当吐蕃回鹘二藩事，检校尚书左仆射，此番去凤翔上任，路过紫云村，听说我在此隐居，特来相见。"

张骥鸿赶紧道声"惶恐"，低头再拜："竟是凤翔节帅，小僧适才不知，失敬失敬。仆射乃是贵官，小僧一介平民，理当回避，请许小僧拜别。"郑注微笑："法师多礼，注向来简易，喜与烟霞之士交游，法师何须回避。"

萧遇笑道："郑公乃是世间高人，晚上我摆了宴席迎接郑公，禅师也来。届时老夫叫仆隶去相请。"

张骥鸿答应一声，赶紧拜别，一路上都惴惴，要被郑注认出来可怎么办？不过俗语云，贵贱两人若曾见过，无论时隔多久，贱犹能识得贵，贵则难识得贱，他猜郑注没这么好的记性，自家只与他见过一面，而且在王守澄宅中，那日又是阴天，又没有与他对坐交谈。加之自家现在秃头无须，改穿了僧袍，寻常人等闲认不出来。何况一个苦行头陀，想也不值得郑注留意，于是也就释然。等到夜色渐至，果然有童仆来请。跟着去了中院，只见蜜炬惊鸦，庭燎散马，炉香侵幔，夜氛恼人。伎乐班子已经到齐，丝竹管弦，尽皆在抱，在庭下等候传召。众客云集，有的着紫，有的穿深绯，有的服浅绯，恍若紫茄红桃粉蕊；有的着深绿，有的披浅绿，有的服深青，有的穿浅青，似一汪汪深浅不同的潭水。张骥鸿心中气闷，想自家本来也是那潭水中的一泓，现在只能远远望着，潭边也不敢过去。

一会乐声响起，宾客们都坐到了堂上，坐得邻近的，不免相互攀谈。本来就认识的，表情随意雍容；才认识的，表情带着夸张的热切。张骥鸿也看到了李商隐、周松，他们坐在一起，时时倾耳笑语，于是越发沮丧，深悔前些日子不该主动去找李商隐，此刻被他小看了去。张骥鸿想，这人虽然有才，却不料和周松一样，缺陷良多。周松的缺陷是势利巧佞，忘恩负义，不知愧怍；这人的缺陷是自以为正直，执拗刚愎，他什么都对，别人什么都错。貌似很有原则，但也许利益在前，又不管不顾了。他如今年少气盛，无法理喻，只待将来让他碰到更不宽容的人，让他哀苦无告，才会自省。不过这真是一个才子，他的成就会掩盖他的缺陷，后世人更多的会相信他。只是身后声名和在世荣华相比，是否更有意思呢？也不好说。

张骥鸿正想着，目光正和李商隐相碰了一下，李商隐马上把目光避开，装作没看见，又和周松笑语。张骥鸿低下头，心想，他没去告发我，已经算我幸运了。再看旁边坐的，都是萧家供养的僧人，平时并无交往，此刻也只能微微颔首，只后悔不该来参加这场宴会，如今真是无比尴尬。正在懊恼之际，忽然前面几个人惊叫起来，纷纷往后仰，张骥鸿把目光转过去，随即听到有人嚷："谁帮仆射拦住那狸儿。"张骥鸿这才看清楚，一团橘色的影子窜过来，正是下午所见郑注手上抱的猫儿，它动作奇快，好几个人想截住它，它却左右旋转，总能从缝隙里钻出，视堵截为游戏。惊呼声陆陆续续响起："这是节帅的猫。""仆射的猫儿都不同凡响。"那猫一下子窜到周松跟前，周松从座位上跳出来，向猫抓去，猫儿一跃而起，却并不飞奔，李商隐也随即站起，张开双臂，那猫叫了两声，看着李商隐，身体缓缓向前移动，众人都停止了叫唤，注视眼前这一幕。李商隐陡然向前一扑，谁知那猫忽然飞跳起来，一下跳到李商隐手臂上，又一跳，跳向李商隐头顶，在他头顶上轻轻一点，这回跳上了房梁。李商隐痛呼了一声，捂住手臂，大约被猫爪抓伤了。众人都看着房梁上的猫，无暇理会他的伤势。萧遇道："抬梯子来，准备好网罟。"

几个仆人赶紧抬来楼梯，但梯子刚架上去，猫又跳到另一头了。它站在房梁上俯视众人，悠然散步。张骥鸿实在看不下去，瞅准了一个时机，突然飞身一跃，一手攀住头顶的房梁，轻轻一荡，荡到猫儿所在之处，倏忽之间，另一只手已经抓住猫的脊背，屈身旋转一圈，轻轻跃下。众人都愣住了，好一会才醒悟过来，欢呼声连绵不绝。郑注也站起拍手道："好，这位法师不但拳棒功夫佳，只怕投石超距，也无人能敌。"张骥鸿颇有些得意，趋前把猫递给郑注，又叉手行礼。郑注抱住猫，抚摸猫的脊背，道："诸位知道注为何与这猫形影不离吗？这是注前不久进宫面圣时，圣人赏赐的。说是西域使者的贡献，共两只，圣人爱若拱璧，却割爱赐了一只给注，圣恩浩荡，难以表述啊。刚才这猫见人多，许是受惊了。"又看着张骥鸿，"这位法师，可否来我身边一坐？"

张骥鸿推托道："小僧胆怯，见了贵人容易局促。"众人大笑，萧遇道："法师乃持道之人，怎可循世俗之贵贱。"郑注也道："法师无需视注为贵人，注见圣人时，往往夏穿葛衣，冬着鹿裘，圣人不以为忤。法师与注皆为慕道之人，固不必遵从世俗之念。"张骥鸿后悔刚才不该显摆，但此刻被众人注目，又颇觉有光。转眼看看周松和李商隐，前者颇有嫉妒之色，后者也颇改容，似乎有了一些温良。张骥鸿想，没想到大才子也不脱烟火气，于是赌气般道："既然仆射不弃，小僧敢不从命。"

早有仆人搬过一几，放在郑注身边，供张骥鸿凭靠，郑注倾身问长问短，张骥鸿越发忐忑，只是胡乱回答。郑注狠狠摩了一下猫的脊背，突然几乎靠近张骥鸿耳边，低声道："注有一言相询，可否见告。"

张骥鸿略惊，不知道他想问自家什么，难道他认出了自家？或者初次相逢，难道要自家帮他看相，这可就难了。一时支吾，不知说什么好。此刻宴会当中，丝竹呕哑，大家或注目伎乐，或喁喁细语，还有些干脆拉了熟人，找了私密地方攀谈。郑注道："我们去外边说话。"当即拉了张骥鸿的衣袖，往外走去。那猫就蹲在他肩上，左右环视。走到门前，两位挎刀的押衙俯首鞠躬，意欲跟着郑注，郑注道："拿两束火把照路。"那两人当即垂手肃立："谨遵命。"去取了两束火把，一人举了一个。郑注道："去那湖心亭上。"两人当即举起火把下阶。阶下不远处是个小小的湖泊，湖心有座楼阁，和岸边复道相通。此刻天上只是一弯蛾眉，四围幽暗，虽有庭燎列炬，也不见辉彩。

郑注一直拉着张骥鸿，跟着导路的押衙火把上桥，向楼阁走去。郑注身材矮小，与张骥鸿相比，仿佛是一侏儒牵着一壮汉，张骥鸿却受宠若惊，碎步跟着。走到楼阁当中，郑注吩咐那两位押衙："你们二人在下等待。"拉了张骥鸿上楼，这才松了张骥鸿的衣袖，说："此处上不见天，下不见地，只你我两人，可以畅谈了。"

张骥鸿越发忐忑，躬身道："不知仆射想听什么？"

郑注看着张骥鸿，突然道："法师为何遮遮掩掩，不认故人。"

张骥鸿大惊，一时愣住："仆射何出此言？"郑注道："足下难道不是王中尉青睐的张少府，今年新正时，我们在右神策军院里见过。"张骥鸿感觉头皮似要炸开，不知说什么。郑注笑道："张少府不必拘谨，注对少府无害，不知道少府为何换了缁衣，想是英雄落难。"张骥鸿想，事到如今，不如承认："仆射眼锐，竟然一眼认出小人身份。小人早已不是县尉了。"

郑注道："假如少府不说话，注只是觉得眼熟，还不敢贸然相认。"

张骥鸿又是一怔，惊讶道："敢问仆射，小人说话有什么特别吗？"

郑注道："张尉说话，有些话的末尾往往有个转折的尾音，一般人听不出来，但注的耳朵天生灵敏，一听之下，就不能忘。"

张骥鸿叹道："仆射真是天生异禀，仆射说的这些微小特点，小人自家都未意识得到。"

郑注道："无妨，人各有所长，张尉不妨直说，为何落难，或许注可以相助一二。"

夜光下，看郑注面相诚恳，张骥鸿突然鼻子一酸，眼泪滚滚下落，双膝就要跪下。郑注赶紧拉住他："毋庸多礼，那边尚有人，让他们看见奇怪。"张骥鸿只好站住："既然仆射下问，小人也不敢隐瞒。小人当日错蒙王中尉擢拔，任盩厔司法尉。自到任来，一直奉公尽职，年中考课也是上上，县尉做得好好的，突然清明过后，县令崔真转来一纸中书门下文符，褫夺了小人的官职。这还没完，又找了些闲汉，指证小人做了些小人根本没做过的事，若被考实，小人就得下狱，想做田舍汉都不可得。这又罢了,更有神策军鳌屋行营镇遏使宋楚,派来两位下属,假装探望,却给小人下毒,险些将小人勒毙在溷藩。幸得小人天生有点勇力,拼命逃出,无处可去,只好窜伏乡间,苟延性命。家在蓝田的老父,也被当地官府催逼,投崖身亡……望仆射哀怜。"张骥鸿急促说完,忽然又想,这郑注原先是王中尉的节度判官,按照许浑的说法,此前也是完全靠王中尉升迁,不知为何王中尉被迫致仕,他却没事,反升为凤翔节度使。倘若他被仇士良收买了,我现在跟他说这么多,岂非送肉上砧。但刚才看他眼神,无比亲切慈祥,便是亲母对亲子,也不过如此,如果这人真是恶人,那简直就有幻术了。

郑注脸色越发慈祥:"唉,朝廷最近几个月变故甚大,一时之间说不清楚,但请放心,注对张尉并无恶意,否则也不会单独拉张尉来此说话。"

张骥鸿想,这倒也是,在这偏僻所在,我要弄死这人,就像弄死一只蚂蚁,他若真有恶意,也不会如此冒险,于是又想跪下,嘴里道:"万望节帅为小人伸冤。"又被郑注拉住,对他说:"这个自然。注有一个建议,不知张尉想不想听?"张骥鸿品味他语气,颇为激动:"仆射的话,小人能听到耳里,那是小人的福分。"

"张尉不妨先跟注去凤翔。"郑注道,"注想请张尉做注的押衙,容注日后再向圣人为张尉请求品级,注相信这事一定没有问题。张尉如果愿意,就直接脱下缁衣,几日后随注去凤翔上任。"

张骥鸿一喜:"仆射是认真么?"

郑注道:"注做事向来喜欢直截了当,不爱弯来绕去。若张尉不肯,也就罢了。"

张骥鸿自然巴不得,双膝又软,跪了下去:"小人能有机会侍奉仆射,怎不千愿万愿。"这回郑注受了他的跪拜,说:"起来吧,目前注要办大事,很高兴有张尉这样的人才为爪牙。"张骥鸿想到白大三兄弟,遂道:"能得仆射提携,小人敢不誓死。只是小人在此间有三个徒弟,都会些拳脚,小人若一去,他们必舍不得。不如仆射一并收了,让他们跟小人一起在衙前效力,更好卫护得仆射周全。"

郑注满口答应:"注此去凤翔做事,身边正缺勇士,既是张尉的高徒,求之不得,走时一并带上便了。不过,注还有个建议。目前盩厔县诬告你的狱事未了,为了免却恼乱,还是暂时隐去本名。到了凤翔,注再徐徐为你辩冤昭雪,昭雪之后,再归本宗,如何?"

张骥鸿想起当年在神策军中的上司李德余,其祖父本姓安,是安禄山的部将;后来降了唐朝,又投靠宦官骆奉仙为养子,改姓骆;再后来在德宗时,协助朝廷讨平叛将朱泚,赐姓李,官拜华州镇国军节度使、陇右节度使。当时张骥鸿还觉得这样改来改去,岂不是三姓家奴。现在想来,又有什么?能被贵人赏识,让你把姓氏改来改去,说明你还有些本事,贵人用得着你。三国时吕布,为何并州刺史丁原和相国郿侯董卓都要收他为义子,还不是因为他勇力过人。多少无才无能的人,一辈子顶着个不值一文的姓氏,镇年吃糠咽菜,在田里扒土呢。且大唐名将中,自家改姓的就不少,原凤翔泽潞节度使李抱玉,原先叫安重璋,主动请求皇帝,要求改姓李。要是改了姓氏就能富贵,还犹豫什么?谩说自家父亲已不在世,就算在世,他定也情愿跟我一起改的。于是道:"卑吏也不是什么世家大族,这次乔装为僧,就丢了俗名,改了法号,便再改一次又能如何?小人一切谨遵仆射排备。"

郑注仰头看天,似乎想了想:"这样吧,注妻子家姓魏。注姓郑,却自幼在翼县长大,翼县乃古魏地,不如你就冒姓魏。至于名字,注妻家魏氏晚辈第二字为弘。你这几个月身在困境,可能沮丧之极。但士穷乃见节义,节义必当弘扬,不如取名弘节,就叫魏弘节如何?"

张骥鸿想,这名字不错,且冠的是郑仆射妻家的姓氏,足见其重视,只是有一点,跟原先宫中的枢密使魏弘简名字太像,有出身宦官的嫌疑。但转而一想,这有什么,宦官不也有士人亲戚?且别人听到这个名字,胡乱想象,说不定对自家越发敬畏哩,于是满口答应:"谢仆射。"

郑注喜道:"那就为国家好好做事。"忽然拍了一下腿,叫道:"这里的蚊子好大。"张骥鸿赶紧问候:"可严重么,不如赶紧下去。"弯腰想做些什么,却不知道能做什么。郑注笑道:"那不如先跟我回堂上吧。"张骥鸿赶紧附和:"仆射请先行。"转而一想,又羞得脸红过耳,感觉自家刚才的样子肯定像极了一条不时吐着舌头的狗,脊梁不知怎么就丢了,心想:张骥鸿啊张骥鸿,你真的没有选择么?又立刻自己回答:确实没有。

站在楼下守候的押衙赶紧前导,两人回到堂上,又是几巡酒,眼看夜色渐深,酒阑宴罢,一起散了,各自回寝休息。

七十一　还俗做押衙

这个整晚，张骥鸿辗转反侧，无法入睡，一霎间想了许多，首先想到的是阿琼，要去向阿琼辞别，真有些舍不得。懊恼不已，干脆起来看月，却是一弯新月，也看不出什么意思。四处黑魆魆的，只隔一段时间，就听见更漏声。又一想，虽然与阿琼见面时，那情挑的朦胧暧昧很享受，她却究竟为有夫之妇，我这又是何苦。她神神秘秘，说数月后可告诉我一个秘密，可与我真有多大关系，能振拔我吗？男儿自然还是前程要紧，可以说，简直就再没有比前程要紧的事。郑注乃节度使，一方诸侯。当年他也不过是李愬的牙推，仅二十来年，就做了节度使。我这番得他提携，好好努力，二十年后，会不会也这么威风呢？越发浮想联翩，我这一去，也不知何时再能回来，但若如郑注所言，不久为我申请品级，我换了青袍绿袍，再来见阿琼，岂不挣脸？且父仇未报，安能郁郁久等？这样想着，渐渐释然，回席上睡了。

次日一早，一牙兵来，拍窗说郑仆射请他过去。张骥鸿当即跳起来，惺忪着睡眼下阶，赶紧在院角用井水冲洗了一番，精神大振，随那牙兵去，到了一个院落，见郑注坐在堂上，身边围着一群官署，穿红着绿，金带、银带、鍮石带样样齐全，有的带銙上还系着金鱼袋、银鱼袋。张骥鸿正想告罪，说说自己晚起的原因，郑注却首先道："魏押衙来得正好，这是我的官属，今天让魏押衙认识一下。"

那些官属当中，有节度副使钱可复，行军司马李敬彝，判官卢简能、萧杰，掌书记卢弘茂等。郑注先向他们介绍张骥鸿："说来诸君不信，这位小法师和我还沾亲带故，细数起来，竟是我妻家远房的侄子，自小出家，真是天赐奇缘，教我在此相逢。昨夜一问本贯，知是同乡，已是一喜，再加细问，竟为亲戚，细数里坊街巷邻里之状，合若符契，此非天意乎？他听我劝，愿意还俗，随我去凤翔，在我身边做个押衙。"众人皆贺："恭喜仆射异地认亲。"郑注大笑，又一一为张骥鸿介绍："这位钱副使，宪皇时进士及第，做过礼部郎中，其祖父做过考功郎中，赫赫有名，乃大历十才子之首，当时有谚语说：'前有沈宋，后有钱郎。'听说你也颇好歌诗，那'曲终人不见，江上数峰青'一联，你该是听过的。"张骥鸿惊喜道："当然听过，《省试湘灵鼓瑟》乃传世之作，如今天下已妇孺皆知，不想小僧今天能见到名祖之孙，三生有幸。"

郑注笑道："既已决定还俗，就不要自称小僧了。"张骥鸿赶紧改口："卑吏记得。"郑注又介绍李敬彝："这位李公，乃是赵郡赞皇人，所谓赵郡李氏是也。朝中刚以宰相出任淮南节度使的李相公，就是他的族人。赵郡李氏，乃是名副其实的大族贵胄啊。"

张骥鸿照例又是一阵恭维，李敬彝赶紧回礼，言辞颇为谦逊。

张骥鸿想，此人不错。接下来是卢简能，不待郑注开口，他自家发话道："卢简能，范阳人。不才区区，之前忝任驾部员外，检校司封郎中，尸位素餐，见笑见笑。"张骥鸿心想，范阳卢氏，一样是了不得的大姓，也赶忙唯唯，表示景仰。郑注又补充道："卢判官的祖父，也是大历十才子之一，做过户部郎中，他的'林暗草惊风，将军夜引弓。平明寻白羽，没在石棱中'，想必你也听过。"张骥鸿忙遽应道："读过读过，佩服之至，佩服之至。"卢简能倒有些不好意思，说："大父的才华，在下一点都未继承，直是不肖，愧煞先人。"郑注说："这就谦虚了，卢判官自家也是进士及第，不折不扣的才子。"

另一个瘦些的中年人见轮到他，当即自我介绍："在下萧杰，宪皇元和十七年进士，之前忝任主客员外郎，今日得见魏押衙，有幸有幸。"张骥鸿想，此人声名不彰，但主客员外郎是从六品，我就算未丢县尉，也比他差多了，他却对我客气，可能真以为我是郑注的内侄。郑注道："也太简单了些。这位萧判官，所出兰陵萧氏，是做过南朝天子的。其兄曾为穆皇时宰相，为人极为正直，曾上疏极力斥责剑南节度使王播的贪墨，反遭王播陷害。我非常敬佩其家风，这次有幸出镇凤翔，特意向圣人请求，教他以检校工部郎中的身份充凤翔陇右观察判官，可谓屈才了。"

萧杰道："仆射这么说，折煞卑吏。家兄的德声播于众口，教卑吏越发不敢懈怠，以免损了家兄的清名。"张骥鸿想，他的家兄也不知道是谁，郑注在此不便直接说他家兄名讳，他又不像钱可复、卢简能两位的祖父，都写过传诵人口的名句，自家却不好恭维了。至于王播，以前听十一兄说过，名声不佳，看来不假。郑注又道："这位萧郎中,和本宅主人萧侍郎乃是当家,若不是他,我等也不会来此拜访。"张骥鸿想,原来如此,这姓萧的亲戚个个都是富贵人,枝叶散布天下,若顶着这个姓氏出去,走遍天下,望门投止即可,都不必住逆旅了,直教人羡煞。遂感叹数声,以示歆慕。

最后还有一人,大约三十五六岁,站着堂侧,仰首望天,好像有什么眼病。郑注拉着他过来,道:"这位是我的掌书记卢弘茂,和那位卢判官同族,自然也是范阳贵胄了。他的新婚妻子可不得了,乃是当今萧太后的妹妹,尊贵无匹。卢君之前,在朝中是做右拾遗的。"

张骥鸿又赶紧上前拜礼,那卢弘茂笑道:"敢问押衙,怎么想着还俗了?"张骥鸿不想他会发问,有些惊诧,不知怎么回答。好在郑注接口道:"和尚就该还俗,下则耕作,为国家缴纳赋税;上则出仕,为主上分忧。一个大唐子民,日日在寺院中混,纯属浪费谷米。"张骥鸿见他对释教如此不敬,和王中尉的佞佛宛若两人,颇觉奇怪,也只好附和。又望望郑注那些官属,心想,这些竖子个个来头不凡,不是巨族,就是名氏,又个个进士及第,怨不得瞧不起咱。而这郑注不过游医出身,如何降服住他们?却听得郑注说:"说起诸位俊杰,注不由得想起自家幼时,不得已离开荥阳,随家父去翼县任主簿,谁知没两年,家父染疾见背,由此家道中落,每日为衣食奔走,废弃了学业,也没有机会去应科考,洵为终身遗憾。"

几位部属赶紧相劝,大意是庸人才需应进士第自我涂饰,而倜傥非常之人,自带炫目辉芒,原用不着科名以增光宠。张骥鸿自然也免不了随喜赞美。之后听郑注道:"已是仲夏,天气酷热,我们是明天走呢，还是多候两天，等个凉爽日再说？"

萧杰似乎还愿再住两天，张骥鸿想要找机会跟阿琼辞别，也想再留两日。郑注就道："萧侍郎此处宅邸乃是人间仙境，那就多呆两日，我也向萧侍郎学习学习品评札翰。"

第二天一早，张骥鸿干脆脱了僧袍，换了一身袍服，戴着幞头，去了山上林中，竟然不见阿琼，想去紫云村逆旅寻访，思来想去，又觉不妥。遂回到菩提寺香积厨，问居士："那新妇今天送柴火来没有？"居士道："这两日都没来，想是有事去了。"张骥鸿无法可想，一路茫茫然然，踱进了菩提寺内，不想在庭院中，见深州僧圆通正在洒扫。张骥鸿忙上前问候："法师年长，此等琐屑之事何必躬为。"深州僧放下笤帚，合掌致礼："年老矣，活动活动筋骨，有害无益。"张骥鸿陡然想起自家已经换了穿戴，只盼别被他认出来。也无心说什么，寒暄了几句告辞，才走下台阶，忽听深州僧在身后说："祝张少府一路高升。"

张骥鸿一惊，回头看着深州僧，深州僧微笑："去吧，此乃佛缘，只怕还有相会之时。"说完，径直转头，把大门关上。张骥鸿哎的叫了一声，门内没有回答，想，这人难道是神僧，竟然也知我姓张，到底怎么回事？这可真是眼拙不识神仙了。欲敲门再问，想到他又说有缘还会相见，不如顺其自然。遂放弃了，一步步走出山门。

这回干脆去了那曾养伤的院落，找到白大三兄弟，三人惊异道："几天不见舅父，怎地这般打扮？"张骥鸿把事情一说，道："我为你们三个讨了个前程，胜似在此做这些贼勾当。"白大脱口道："这贼勾当有甚不好，还救了你哩。"又赶紧道，"该打，怎能对舅父如此无礼。"张骥鸿脸一红,道:"是我错了,我只是舍不得你们三个,才求仆射带上你们。"三人面面相觑,都不说话。张骥鸿倒奇怪:"去了凤翔,弄得好,将来也可着绿穿青,夸耀乡里,你等有甚不愿?"三人依旧互看了一眼,元二道:"好倒是好事,没想此生竟能混进官家,也算是光宗耀祖。不过总不能说走就走,总还要交接一下,这一整条驿道,有很多兄弟的衣食都在上面,若我等随便走了,就像铁索缺了一环,兄弟都要挨饿了。"

张骥鸿道:"那赶紧交接吧,这几日便要出发。"

"只怕这大热天的,一下子找不到人接替。"白大抓抓头,元二王三也附和。张骥鸿心中着实失落,原以为自家把来意一说,三人会欢天喜地,谁知却是这等光景,但已经跟郑注提了,若三人不去,如何交代,于是道:"管它那么多,难道他们还敢跟凤翔节帅较劲吗?况且你们跟我学习武艺,还未成功,此刻离了我,便前功尽弃了。"三人这才道:"想也能办妥,只是舅父催得急了些,我等这就去跟主人商量。"

七十二　阿琼的送行

张骥鸿想向三人打听阿琼的事，看这气氛，顿时没了兴致，辞别了他们，闷闷不乐回去。才走到萧宅中郑注居住的院落，见堂下按倒一个人，扒了裤子正在打屁股，打得一个劲惨叫，也不敢问，正要避开，却见李敬彝正站在堂前，叫道："魏押衙，这是往哪里去。"张骥鸿见躲不过，遂走过去，上得堂来，免不了问："这是为何打人？"李敬彝立刻拉着他一番诉说，才知道原委。

原来适才郑注和萧遇博戏，开始郑注赢了些彩头，觉得倦了，不想再玩，却被萧遇拉住。郑注以为萧遇悭吝，就说："注把彩头还你罢了，早听说有些人，越有钱越悭吝。"萧遇道："仆射再陪老夫玩两盘，老夫再送仆射两倍彩头都行。"郑注觉得奇怪，问为什么，萧遇说："既然节帅问起来，老夫就不得不说了。老夫做事最重七和十一，刚才与仆射玩完第七局，就输了六局，老夫怕仆射累了，曾向仆射说不玩了，是也不是？"郑注道："倒的确是。"萧遇笑道："但仆射说再玩几局，结果仆射玩了两局就不玩了，离十一还差两局，这样一来，老夫晚上就睡不着了。"郑注哈哈大笑，不信，却被萧遇拉着不走，啼笑皆非。郑注身边一位押衙护主，上前喝道："你怎敢抓仆射？放手。"却反被郑注喝住了："混账东西，谁教你们这么没大没小的，我大唐就是因为一些没规矩的臣子犯上作乱，才闹成今天这个样子。"萧遇被那押衙一句喝，脸顿时变成了猪肝色，他虽曾为侍郎，见过世面，却也夙知如今各镇牙兵粗暴，自家便是现任侍郎，若无兵权，牙兵也未必给面子哩，何况早已致仕，因此气得发抖，竟不知如何才好。好在郑注立刻给了他面子，呵斥过那押衙之后，又赶紧向他躬身致歉："小奴无知，得罪侍郎，这就将其拉下去笞二十，注再陪侍郎玩两局谢罪。"说着主动开局。属下牙兵，则拖着那押衙下去行刑了。

张骥鸿听完，道："原来如此，节帅信赏必罚，不徇故旧亲戚，小僧只有敬佩。"

这时郑注走出来，笑道："别再小僧了，萧侍郎，这位法师勇力非凡，注想请为押衙，随在左右，昨日跟他说，他也同意了。知是侍郎特意请来家中供养的，还得求侍郎答应。"

萧遇皱着眉头，想说什么，却没说出来。张骥鸿看他模样，也是奇怪，难道他还对自家有感情不成。郑注道："侍郎为何欲言又止？"萧遇叹口气："和尚是自由身，按说老夫不能留他。只是刚才跟节帅说了心病，因此……"

郑注道："难道这事又犯了侍郎的心病？"

萧遇道："老夫供养僧人，也尊崇七和十一，目前家里和尚正好七位，若节帅要请走一位，只剩六位，一时之间竟找不到合适的填补，老夫又心不能安夜不能寐啊。"

郑注大奇："两条腿的蛤蟆不好找,两条腿的和尚却到处都是,侍郎再请一位来家供养就是了,只怕都巴不得哩。"

"问题就在这里。老夫供养僧人,从不随便,个个都是精选的,若仓促之间找一南郭先生填补,这心病还是不能除。"

郑注叹道:"怪道侍郎连宰相也不肯做,决意要致仕隐居,原来有此心疾。这样吧,注干脆将剩下六位高僧也一并请去,侍郎总该答应吧?"

萧遇道:"这就没问题了。不过侍郎如何安置呢?"

"凤翔虽小,名寺也有几座,不说开元寺,便是那法门寺,百门千户,还怕安置不得几个和尚吗?"

萧遇道:"倒也是,老夫是多此一问了,多谢仆射体谅。外间常说和仆射在一起,如坐春风,果然不虚啊。"

这时两军士将被打的押衙扶持上来,郑注呵斥道:"还不向侍郎叩头赔罪,本当杀了你,只怕污了侍郎的清居。"

那押衙咚咚磕头:"卑吏无知,得罪侍郎,请侍郎饶卑吏一命。"萧遇皱皱眉头,也只好为他求情:"这位押衙也是护主心切,一时失礼,打了二十板也就算了。"郑注道:"对于部属,注可以绝甘分少,吮痈吸疮,但上下尊卑,决不能乱。注尚未开口,下属就狐假虎威,尤其不可。而且作为朝廷官健,当爱护万民,就算殴打刍荛,都不允许,何况侵辱致仕的侍郎。你们都记住了没有?"

旁边侍卫齐声道:"听到了。"声音镇遏行云,张骥鸿心里激动,想这排场不输于神策军中尉,跟着他,怎会没前途?遂上前谢了萧遇和郑注。萧遇道:"以君之勇力,做和尚可惜,确实该跟随节帅,为国家出力。"又勉励了一番,各自散了。

隔日,白大找到院内,说问过主人,主人虽然不舍,但还是同意找人替代他们。张骥鸿很高兴,随即带了三人去拜见郑注。门吏进去通报,一会传召进去,经过三层门,每层都有军吏披甲守卫,盔甲闪亮,军容森严,免不了又是一番暗叹。到了内门,见郑注正在堂上写字,身边站着几位军官,其中就有昨天挨打的那位押衙,见张鸿渐上堂,郑注握着笔,对他们道:"昨天我不好直说,其实这位和尚是我内兄之子,名魏弘节,神勇过人,现在我请来做押衙,尔等不可轻忽。"那些人赶紧拜倒。张骥鸿回礼,口称昨日辛苦了,那挨打的押衙道:"节帅赐了卑吏十匹绢,这打挨得值。"张骥鸿倒不好说什么,又向郑注引荐了白大兄弟三人,三人立刻拜倒堂下。白大油嘴滑舌能说;元二则娓娓道来,夸赞张骥鸿的武功,称颂郑注的眼光;王三朴实,不发一言。拜见后出来,张骥鸿问三人,可曾见到阿琼。三人道不曾见。张骥鸿怅怅道:"明日便要出发,看来是不能告别了。"

心下虽然遗憾,究竟还是兴奋占了上风。回头即和白大三个打点行李,等着天明出发。晚上躺在床上,想起阿琼,还是有些惆怅,她怎么不出门了?一晚上睡得都不安稳,看着屋内打好的包裹,想起了春天在盩厔县尉馆舍时的情景,两相比较,感慨万千。一会听见鸡鸣,再看窗外,窗纸已经隐隐透出亮色,不多久就有仆人来唤,张骥鸿赶紧提着包裹出去,见另外六位和尚也陆续从屋里出来,齐聚在廊下,个个愁眉苦脸,其中一人对张骥鸿抱怨道:"你个假头陀,自家官迷，哭着喊着要去做押衙，却害惨了我等。"

张骥鸿差点失笑，对方倒也没说错，的确是自家给他们带来了不便。可最该怪的，不该是萧遇吗？好好的有那种莫名其妙的心疾。张骥鸿想，和尚们大概心里也在骂萧遇，遂忍住笑，低头合掌，想说点致歉的话，却真不知怎么措辞，真要硬说也可以，比如"那凤翔有法门寺，藏有佛指舍利，本朝八位皇帝都曾亲去瞻仰，藏有大量经书，多少高僧想去一观，看来尔等也并非慕道之人，不过是图萧侍郎家舒服罢了"，但又一想，人贪图逸乐，实属正常，何必揭穿，遂缄默不言。

萧府的仆人见他们到齐了，遂道："请几位法师跟小人来。"于是七人跟着仆人，鱼贯去了前庭。见郑注也在，那六位和尚互相耳语，商量着什么，最终推出一人，去郑注跟前跪拜："仆射，贫道几个年老，又习惯此处风物，不欲去凤翔，望仆射哀怜。"郑注咳嗽一声，道："诸位号称高僧，也得为国家做点好事。现凤翔各寺正缺住持，我就任之后，立刻要为寺庙重新翻修，诸位去了，一一分配到各寺做住持僧，岂不甚好？"六人一听可以做住持，遂住了口，又交头接耳，好像六个底朝天的葫芦瓢聚在一起，颇为滑稽。

郑注的随行人员众多，士卒官属加上家眷，足有两百多人，萧遇特来送行，展示殷勤挽留之意，郑注道："我这许多人，若再不走，任你再大家业，也要被我吃光。"萧遇口头上客套一番，其实巴不得送瘟神。郑注等一行人迤逦离开萧府，往外开拔。张骥鸿听说本来走驿道，但盩厔县令崔真为了巴结郑注，特意征发的船只和水牛、纤夫，已在渭水岸边等候，要用船送郑注一段，以免夏季行路苦辛。

张骥鸿望着即将升起的太阳，感觉颈窝已经开始冒汗了，心里暗骂道："这该死的崔令，又要荼毒百姓了。"

夏日时节的清晨，田里的麦子已经熟了，这几日就要收割。路边到处散发着露水的气息，青草丛中，许多红色的蜻蜓依旧停在树枝上睡觉，随手就可捉到，张骥鸿顺手就捉了一只，想，可惜了这样一幅好翅膀，随即望空一甩，那蜻蜓似乎还没睡醒，直线般坠下，快隐没在麦丛中时，方才振翅跃起，悬停在空中片刻，才倏然飞向麦田的另一方。张骥鸿又想，不知它飞的时候，是不是也像人走路一样累，是不是很快也要休息。

众人趁着凉爽的清晨赶路，颇为舒畅。不多时，离渭水岸边不远。张骥鸿四处观望，见土原的树丛中四处散落着些茅屋，顶上袅袅升起炊烟，不觉想起了自家少年时光，颇为亲切。其时虽然生计辛苦，却父母健在，也不过十几年，一切渺如云烟，真是说不出的伤感。大约听见杂沓的脚步声和车马的辚辚声，一些人头纷纷从草丛里钻出来，有大人，也有儿童，呆愣愣地站在路边观望，像节度使这种级别的卤薄，一般乡野人物何曾见过？少不得要过过眼瘾。忽然，张骥鸿在人群中发现了一个熟悉的身影，却不是阿琼是谁。她提着一把镰刀，背着一个筐，似乎要去替人割麦，张骥鸿急忙过去，叫了一声："阿琼。"

阿琼好像知道张骥鸿过来似的，毫不惊讶，看着他，笑道："不想假头陀碰到贵人，富贵了，就忘了我们贫家女子，连告别也不告别一声。"张骥鸿道："这是冤枉，我去树林和墓塔找过，不见你在，你这几天去哪里了。"阿琼道："我没去哪里，你休要骗我。"

张骥鸿急了，指天誓道："的确去找过，你就是不在。我一男子，总不能去你家那逆旅找你。"

阿琼笑道："算了，跟你闹着玩哩。你走与不走，皆为天定，我辈凡人，不可妄自阻挡。你看，还是我重情，听说之后，特来相送。"张骥鸿心中忽地一酸，道："你这么早就去割麦？还是打柴？还来送我。"阿琼看着他，道："你心疼吗？"但是自家反而低下头去。张骥鸿没想到她这么直白，猝不及防的喜乐像骤雨一样，顿时浸遍全身，免不了又愈发伤感，低声道："心疼，你真愿意改嫁吗，那等我回来。"阿琼道："你真想娶我吗？"张骥鸿道："如果可以，我想。"阿琼道："那你还走？"张骥鸿道："不要明知故问。"阿琼凝思片刻，道："好吧，不过，你若想再见到我，就看你的造化了，现在说这些还早了些。"

张骥鸿无端有些失望，但想，自家若混不到一官半职，又有何资格发火，于是道："我得走了，也许半年后，我有机会来找你。"话一出口，又想，此前不过短短数月，自家就换了面貌，谁知半年后，自家又会是怎样？凤翔是边郡，说不定去了之后碰到战事，就殒身疆场了。但也不能不去，没有选择，只能举手告别，他现在身穿官服，头戴幞头，再也不是和尚模样，对着一位女子告别，倒也不算怪异。

下面几步便是河岸。岸边竟停泊着四五艘船，一堆纤夫站在旁边，还有七八头水牛。张骥鸿远远看见崔令带着一帮官属在船边迎候，县丞、主簿、司户佐等等，大多是熟悉面孔，不禁百感交集，赶紧躲开，心里又痒痒的，怎么没见到许浑？伸长脖子，原来十一兄手里握着一柄便面，正站在岸边的柳树下，跟纤夫说着什么。张骥鸿心中怦怦直跳，挚友就在眼前，想过去攀谈，却又不敢，怕他叫出声来。转首又见崔令弯着腰，满脸堆笑，对郑注说着什么。心想，崔令一向自负门第，谁知见了没有门第的鱼儿，也只能屈膝，不知他此刻内心到底是什么感受。又见郑注向崔令介绍自家的官属，崔令面上一直堆着笑，没有收起来过，想来面上的肉也挺酸的。郑注的官属倒都是名门贵胄，崔令的内心应该不会纠结了，名门世族们相见，虽然素不相识，一报姓氏郡望，就亲切着呢。而那些蓬门荜户的纤夫们，则忙着把套在水牛身上的缆绳系到船头。水牛看着像耕牛，张骥鸿知道，乡民特别爱惜耕牛，被征发来拉纤，肯定不乐意。但俗话说，灭门的县令，破家的县尉，谁也惹不起啊。

　　张骥鸿还发现，崔令旁边站着的是何莫邪，面对郑注，竟然也是一脸谄笑。原来当初自吹的所谓刚直，都是假的。张骥鸿感觉恶心，背过身去，倚在一棵大树上，内心怏怏，只盼这场面赶紧结束，就可以安慰自家：是想见十一兄来着，可惜时机不凑巧，没赶上。好不容易等到上了船，郑注召他过去，说："刚才在岸边，那位崔县令，我怕他认得你，是以没叫你一起过去见面。"张骥鸿道："卑吏当时真担心仆射一时忘了，召卑吏过去哩，可又想仆射是何等人，岂能想不到这些。"郑注笑道："其实有我在，被他看见你也无妨，只是不想多事。他的令婿，就是现在朝廷的李相公，你可知晓。"

　　其实看见崔令，张骥鸿也早已想起了五娘，仿佛还浸润在春夜的湿润里，道："知道，我教他女儿五娘打过球，五娘曾亲口跟我说，她要嫁的就是李相公。"

郑注道："也是走运。"

张骥鸿不知他说谁走运，也不敢问。又见郑注眼睛望着东面，似乎自言自语："说来好笑，那新妇刚到上都之日，就闹了一场，说没想到他纳了一妾，还说自家未婚。"张骥鸿应道："纳妾不算结婚，那李相公倒也没说错。"郑注道："你知那李相公怎么说的，他说我身微之时，此女就在身边助我，我若不纳她为妾，别人说我忘恩负义，我还如何为百姓表率？他那个妾在长安也有名的，叫霍小玉，据说长得相当美貌，不过我也没见过真身。"张骥鸿心中顿时一震，看来风传的话都是真的，这天杀的李训，真有艳福。他们是巨浸中的大旋涡，普天下的福气就像水流一样，都被他们给吸走了。我们这样低贱的人，无论怎么卖力，都是一场梦幻泡影。

郑注道："那李训最近两年真是走了大运，像他这样的，本来十年后未必也能穿上浅绯，谁知一眨眼，就赐紫衣，挂金鱼袋了。当时还是我把他推荐给陛下的。当然，那竖子也确实有才，圣人也不是什么人都看得上眼的。崔令有此快婿，也难怪得意。"张骥鸿心里越发气闷，转而又想，就算我出身名门，和李训一起竞争，也不大可能超过他，顿时又泄了气，就道："刚才卑吏远观了一眼，见崔令在仆射面前还是很谦卑的，卑吏在鳌厔时，日常见他都是不可一世的样子，只有一次兴元节度使李仆射视察闽越行营，来县家吃了一顿饭，他略显谦恭，但腰还是直的，今天见了仆射，腰都直不起来，可见是真的对仆射服气。"郑注笑道："你也会说好听的，这是好事，只是对我不必。崔令不必巴结我，有他那位快婿，用不着巴结。"

张骥鸿感觉他话中仍有一股酸溜溜的味道，但也不能肯定。这时钱可复来，道："仆射，行李马匹一切都安顿好了，要不要开船？"郑注道："那就开吧。"又对张骥鸿道："我这边还好，你到第二船帮我看着后面几艘船，行李都在那，非常要紧。"张骥鸿答应了一声，转到第二艘船去了。

　　船只缓缓移动，忽听岸边传来笛声，悠扬婉转，在闷热的夏日清晨，显得有一种奇特的欢快，仿佛是特意为船队送行。这时白大过来，对张骥鸿道："舅父请看，那是阿琼。"张骥鸿看去，见阿琼正坐在岸边一株樟树的最高一根枝条上，吹着曲子。张骥鸿大惊："她怎能爬那么高？一不小心摔下来，命就没了。"白大叫："舅父，你把我手臂拧断了。"张骥鸿这才发现自家攥着白大的胳膊呢。这时郑注也不由得回头看了看，笑对旁边的群吏道："乡野笛声，怪好听的。这些村姑，简直比猿猴还灵活，敢爬到那样的高处。"张骥鸿心中只是祝愿："千万别掉下来才好。"白大道："想这娘子，是特意来为舅父送行，舅父日后发迹，可别辜负她呀。"张骥鸿叹了一口气，不答。

七十三　暑热的路途

笛声中，岸边崔令、许浑一伙人向着船躬身拱手送别，张骥鸿站在船头，一会看看阿琼，一会看看许浑，看着她们逐渐变成两个黑点，心头惆怅难以言传。郑注和钱可复坐在首船，张骥鸿和李敬彝、卢简能坐在次船，后面那条船则是萧杰、卢弘茂，每条船上还各有他们的家眷、奴仆和军士，虽是暑日，好在还是上午，太阳并不炽热，岸边高大的柳树连绵不绝，也多少有些垂荫罩着渡船。体量硕大的水牛沿着河岸卖力行走，站在船头的军士嫌慢，还不断呼喝："让那牛走快点，计算好了行程的，耽误了吃罪不起。"农夫也不敢拒绝，只是一个劲陪小心："押爷，这牛都是极朴实的，从不偷奸耍滑。能为节帅效力，它们快活着呢，现在已经在跑哩，只是船重，不显它们的力气。"军士骂骂咧咧："你家的牛还认得节帅，还会快活，你怎么不干脆娶了它哩。"农夫道："我倒真想娶哩，王法不许呀。"军士们哈哈大笑。张骥鸿看见水牛被驱赶得不停小跑，胸腹一起一伏，感觉很心疼。他就是这样的人，见不得牲畜被这样使用,所以上次和许浑谈到韩愈写劝谏张建封勿乘战马打球的诗,他立刻想,韩愈肯定是看见马太疲累而心疼,而不因为那些马是战马,这种心思,又有几个人懂?他想呵斥那些军士,禁止他们责骂农夫,可想到自家的身份,又不敢。

那岸边的农民心疼自家牲畜,他们将套在牛身上的缆绳分一半在自家肩头,为水牛助力。他们个个光裸着上身,下体也只兜一块布,身体倾成锐角形,皮肤黝黑似炭。李敬彝皱着眉头,摇着团扇道:"这些百姓,真不容易啊。"

卢简能道:"李兄说得是,白太傅云,'歌诗合为事而作',不如我们各写一篇歌诗,颂扬一番他们,若能传诵出去,广播于人口,后来官吏多少会体谅些。"又对后船的萧杰说:"萧兄,我这个建议如何啊。"

萧杰和卢弘茂也连连叫好:"此真我辈士人之事也。"仆人一听,马上打开橐囊,将出笔墨,铺在船头的案上。于是这几个节度僚属边饮酒边吟哦,大约半个时辰的功夫,都写出来了。隔着水相互展示,相互称扬,极尽肉麻之能事。

张骥鸿一一看过去,感觉都很平庸,无非是说拉纤辛苦,百姓不易,然而陛下圣明,洞察民间疾苦;使君仁厚,哀怜百姓饥寒,一切都会好起来的,卢弘茂的诗结尾甚至是:"幸遇明天子,劬劳得吏怜。若逢桀纣世,骸骨弃沟间。"张骥鸿心想,这算什么屁话,好像被征去拉纤,那些可怜的农民还得感激涕零。就这鬼样子,和桀纣世差很远吗?哪有什么明天子?有明天子,庙堂上怎么聚集着一群禽兽。但嘴上还是惊叹:"几位郎君写得太好了,不愧都是进士及第的俊杰。"卢弘茂道:"魏押衙,你曾经是僧人,古来许多僧人都擅长歌诗,皎然、灵一,诗多不俗,我友贾岛也是做过和尚的,不知魏押衙如何?"

张骥鸿本想自谦不通文墨,却又不想被他们看低,遂斟酌言辞道:"卑吏虽然读过一些歌诗,却都是泛泛,岂敢在各位才子面前献丑?不过说起这拉纤,倒是想起王司马的一首《水夫谣》,差不多可以比肩诸位。"

卢弘茂道:"哪位王司马?"

张骥鸿道:"就是名讳建的王司马。"

李敬彝道:"我明白了,是和张水部齐名的那位,那是我很敬佩的人,今年年初去世的。我也很想读遍他的歌诗,这篇《水夫谣》,我听说过,可惜全篇不太好找,不想押衙既然知道,不妨吟诵给我等听听如何?"

张骥鸿道:"去年有一日在龙泉寺投宿时,夜里听一僧人吟哦,在下觉得极好,竟暗背了下来,至今未忘。"李敬彝立刻叫仆夫铺纸备墨,道:"请押衙边吟哦边写下来,我等好收藏。"张骥鸿也不谦让,虽握管捻毫,往纸上写去,嘴里一边吟道:

苦哉生长当驿边,官家使我牵驿船。
辛苦日多乐日少,水宿沙行如海鸟。
逆风上水万斛重,前驿迢迢后森森。
半夜缘堤雪和雨,受他驱遣还复去。
夜寒衣湿披短蓑,臆穿足裂忍痛何!

到明辛苦无处说，齐声腾踏牵船歌。
一间茅屋何所值，父母之乡去不得。
我愿此水作平田，长使水夫不怨天。

李敬彝鼓掌叫好："不愧是王司马所作，读了这篇歌诗，才知道我刚才写的纯是浪费纸张。'我愿此水作平田，长使水夫不怨天'，写得多好，这才真是歌诗合为事而作么。观魏押衙的字，也颇可观，柔嫩妩媚，有钟繇二王之风，实在不像是武夫啊。"张骥鸿心头颇喜，想这李敬彝果然仁厚，他日有机会，倒要好好结交，只怕又多一个十一兄那样的挚友。

那边萧杰道："好倒是好，就是长了些，不够精炼，若改短些，教给乐府习唱，也许能上口。此外，这诗一味讨好农民，不顾情实，也有些迂阔。就如李司马激赏的'我愿此水作平田，长使水夫不怨天'，若天下都是水田，没有江水，如何漕运？诸州财货物产如何互通有无？生长在水边，也不是一味的苦。我曾在楚州做官，有一日经过淮水边的驿站，当地父老说，住在水边驿站旁，有几样好处，第一，每日船只来来往往，船工带来天下见闻，教人眼界开阔；第二，天下时新货物，总靠漕运，水边人得以先睹为快；第三，若农闲时，想挣点钱，随船来往，贩卖搬运货物，方便利落；第四，若长久没有肉吃，提一架网到江边，总能网上几尾鱼解馋，那些住在深山中的伧父，做梦都梦不到哩。"

张骥鸿想，这田舍奴讲得也有些道理，只是你嫌诗不精炼，就自家写一首精炼的来，何苦想删了别人的。却听卢弘茂道："萧兄好主意,那我们就帮他改短些吧。"张骥鸿一惊,这几个庸才倒是真的自高自大,当仁不让,说要改还真改。但也不敢说什么,只是好笑。

那几个人不停吟哦,张骥鸿看着船下奔腾的绿水,心情烦躁。太阳越升越高,船舱里逐渐热起来,所有人也都懒于说话。也不知过了多久,只感觉几个人的声音就像天边传过来的一样,飘飘渺渺。太阳悬得越发高了,后船的几个和尚都有五十上下,待接近中午时,纷纷抱怨说受不了这个酷热,絮叨喊苦。郑注站在船头,笑道:"诸位高僧春秋几何,老夫今年五十六。"那四位和尚见郑注问,个个满脸笑成菊花,蜷着腰,一一报年纪,却都不如郑注年长。郑注道:"和尚也不甚老,当勉力为国家做事。老夫略晓医术,若诸位高僧真有痼疾,不妨见告,老夫当倾力为诸位师傅诊治。"和尚们见郑注这么说,哪里还敢出声,纷纷拜谢。

这时太阳终于到了头顶,船行得越发慢了。这时前头有个树林,纤夫见了,都请求歇息。和尚们听说,也一并请求,说身上汗水黏腻,不如暂且停船,入林洗浴。军士们也想去水中嬉戏一番,郑注难违众意,遂令下碇。众人大喜,纷纷跳下船来,往林子里跑。树下水中有粼粼白石,水光滉漾,甚是可爱。张骥鸿早羡慕河水浼浼的诱人,这回有了机会,自然也忙遽下去洗浴解乏,一入水中,真是浑身通泰。白大三个也不例外,扑通几声跳入河中。那几个和尚到得岸边,见了张骥鸿,窃窃私语。张骥鸿也不想和他们说话,洗饱嬉足方才上岸,白大三人随后跟着,来围着张骥鸿说话。那边伙头兵也埋锅造饭,一时间林中炊烟袅袅。也没过多久,饭菜熟了,一群人各随贵贱尊卑坐了,吃了起来。张骥鸿正吃着,忽听见几声惊叫,循声望去,见几个军士们站在河边叫道:"和尚要走。"随即见波浪中,果然那六个穿衲衣的人像鸡一样在水中扑腾,一会就不见了踪影。

张骥鸿大惊,叫道:"赶快救人。"说着自家要上前,那岸边的军士们却过来簇拥他,道:"这些和尚都是属水鸭子的,押衙没见他们刚才泅水,既然不愿跟随节帅,就由他们去吧。"白大等三人跑到张骥鸿身边,面色犹疑。张骥鸿道:"刚才没注意,不知怎么回事,是和尚们想泅水走,还是不小心落水了?"白大道:"不敢判断。"张骥鸿看着水波已经平静,也觉无奈。军士道:"魏押衙,的确那几个和尚不愿去凤翔,自家要跑。我们几个拦也没拦住,只怕等会节帅怪罪下来,说我等没有好好侍候,如何是好。"张骥鸿无话可说,那几个军士见状,也就讪讪走了。张骥鸿对白大等人道:"六个人,死得那么整整齐齐,一个都不剩,也是天意。虽然我跟他们毫无交情,还是觉得不乐。"

也说不得许多,不一会太阳略微西斜,大家收拾行李,上船继续出发。午后的阳光虽然没有正午那么炽烈,暑热却没有稍减,张骥鸿昏沉沉的,看着沿岸拉纤的牛和农夫,很为他们捏把汗。又约莫行了十里,听见岸上大叫:"有人中暑,有人中暑了。"张骥鸿张开眼,发现船停了,岸上的纤夫乱成一团,看来是有纤夫中暑。卢弘茂站在船头摇着团扇,道:"今日真是晦气,只怕到不得前面驿站。"又说,"这船行走时还有些风,现在一点也无,怕要热死人。"凌乱中又听得有人接嘴:"本来就是叫水牛拉纤,又没让他们拉,现在出了事,倒显得我们做官的多么残忍似的。"

这时前面的船上有人对岸边喊:"我们节帅赶去凤翔公务,耽搁不得,你们当中留一个人照顾那中暑的,剩下的继续出发。"纤夫们道:"这个天实在太热了,休息一阵吧,等太阳落山,吃过夜饭,趁凉行船,岂不畅快。"

船上一牙将道:"才吃了午饭,就想着夜饭,这一天也太好过了。晚上行船,万一碰到滩头水急,岂不危险。不行,马上走。"

纤夫们齐刷刷跪地哀求,牙将吆喝一声,几个士卒当即弯弓对准岸上射了两箭,喊道:"这第一箭是警示,再不动身,就射死牛,还不动身,就射人了。"纤夫们有的顿时哭了,张骥鸿不忍,对士卒说:"且不要射,待我去面见仆射再说。"说着退后几步,抢过船夫的篙,一个纵身,飞腾而起,稳稳落到前面的船上,大叫:"卑吏魏弘节想见仆射。"两船之间一阵喝彩。

一会船舱里出来一仆,将张骥鸿引到郑注身边,郑注道:"刚听见喝彩,说你是从那边船上跃过来的,我想看看。"

张骥鸿道:"等事情禀报完毕,卑吏再跃回去,仆射就可以看到了。"

"好。"郑注道,"你面见我有何事?"

张骥鸿遂把刚才所见简略说了一遍,道:"仆射乃一代名臣,不可让轻率小吏射杀纤夫,坏了清名。不如暂且休憩,抚恤纤夫。他们愿望微薄,稍微得些抚恤,就会到处传扬仆射的令名,岂不是好事吗?"

郑注捋了捋颔下的鼠须,语气诚恳:"押衙还是年轻,怎知道名声越清,嫉妒者就越多。都巴不得你做赃官浊官,才暗喜哩。不过,押衙说得对,功过自有后人评说,我辈还是要做有良知的事。给我传令下去,就在此停泊一阵,等夜间再走。"又对身边仆隶说:"就船上的瓜果送些去。"仆隶们答应一声,进舱搬瓜果。郑注站起来,踱到船舱外,张骥鸿赶紧曲身跟着,千恩万谢,跟到船头,抓过那篙,对郑注道:"卑吏这就回去那船了。"说着又将篙一撑,身子飞了出去,一个跟头,再次稳稳落在那边的船上。众人又是一片喝彩,郑注也不由得叫道:"好健的身手。"张骥鸿也颇为得意,隔水拜礼:"多谢仆射!"

这时岸上又传来一阵哭声,说是那中暑的纤夫已经死了,他儿子跟他一起来拉纤,哭得死去活来。张骥鸿心中一沉,又不知怎么才好。只听着前船郑注在指派各项事宜,一会就有官吏去岸上。张骥鸿站在船头消磨,只看着阳光逐渐西斜,天色逐渐黯淡下来,哭声逐渐微弱下去,船终于又开始动了。

这回再没有停歇,船上牙将也不催促,傍晚时分,船队已经行到岐山县境,凤翔府治所天兴县在渭水北,不能再乘船。河边有一个驿舍,叫石猪驿。驿站早接到文书,是以驿站长和几个属吏带着附近百姓已经在岸边等候,个个眼睛通红,想是极累,做小吏也不容易。百姓是就近征发的,帮助搬运行李。驿舍长把行李排备得妥当,只是为难道:"驿站狭小,仆射和僚属家眷,尽可以住得下。但这么多军士,确实房间不足。寻常节帅上任,气势一般没有这么盛大。"郑注笑道:"我这里都是习惯野战的军健,自会搭建军帐,只把驿站的院子空出来就是。"随即跟着进了驿站。

七十四　石猪驿

驿舍看上去颇整洁,院子里种着几株粗大的柳树,暮色中柳枝下垂如发,垂着一些细丝,细丝尽头,是一个个枯叶卷成的虫茧。张骥鸿惊叫了一声,避开一枚虫茧,往檐下跑。少时家里院子里也有这样一株柳树,夏天也会从高高的树枝上坠下一根根丝线,系着这样的虫茧。他开始不晓事,不知道虫茧内裹的是什么,曾特意扯开一枚来看过,吓得尖叫,竟有一条黑色的毛虫探头探脑,想钻将出来。从此看到这个,全身就有些洒然。

郑注看着他笑:"你怕虫子?"张骥鸿把少时的经历说了一遍,郑注感慨道:"人永远挣脱不了自家的幼冲,我对幼冲时候的事,心中也是历历分明,好像放在一个个小抽屉里,列得整整齐齐,去年的事,却好像水渗进沙里,大多不记得了。"

院子的一角种着丝瓜,枝叶碧绿,也颇可喜。但墙角有些坍塌,郑注问驿舍长:"那墙怎么不修好?"驿舍长道:"请仆射恕罪,此处邻近吐蕃,前不久,有一伙吐蕃游寇闯来抢掠,抢走了不少财物和妇女,还点了一把火。那墙上本来有个望楼,就此被烧毁了。若不是卑吏带着百姓抢救及时,整个驿舍都保不住。若没烧毁那几间屋子,还可以多住一些官健,就不用在院子里搭军帐了。"

郑注道:"这不关你的事,是国家本身的问题。"又对部属道:"诸位听到了没有?凤翔邻近京畿,吐蕃游寇随时可来抢掠,此乃我大唐之耻。我少时曾听大父说,天宝以前,他曾在凉州做官,亲眼见上元节时凉州灯火之盛,足可与两京媲美。如今凉州早已沦陷于吐蕃,我等身为朝廷官员,要永远记住这个耻辱,时刻想着为君父分忧。好在今上春秋鼎盛,不好声色浮华,一心以振兴国家为务,我们做臣子的,只要奉公尽职,有生之年,或许可以收复河西,甚至重返西域,再次设置安西北庭都护。等到那时候,此地就是不折不扣的内郡,父老们再也不必受那游寇入侵之苦了。"

僚属和军健们也受了感染,纷纷拍掌。张骥鸿见郑注一边说,一边眼中泪光闪闪,也有些感动,看来郑注是个好人,虽说他冒充荥阳郑氏,有些虚荣,但自家不也曾冒充河东张氏吗?若是以前,张骥鸿一定会想,为虚荣而说谎的人,怎能是好人?现在明白了,一个人是不是好人,并不能简单判断。当然,出身低又怎么样,自家也出身低,难道就比那几个判官司马主簿差?郑仆射出身低,凭这番话,就远比李益、王涯那班人强。

驿站仆役和伙头兵开始做饭,夜幕虽然已经降临,太阳留下的霞光还铺在西方的边际,蚊子就像闹蝗灾一样从四面八方涌来,于是各自拍打声络绎不绝。驿舍长解释道:"家大父去年才病故,生前经常跟我说,天宝年间的蚊子没这么多,没这么大,适才听仆射这番话，想是蚊子也欺负我大唐国力衰微不成。"众人面面相觑，并不搭腔。驿舍长左右看看，遂有些惊慌："卑吏这是信口胡说，大父那么讲，只是因为过于怀念天宝盛时，其实卑吏从不相信，蚊子岂能变来变去的。"

郑注却笑道："你大父忠心可嘉，哪有什么过错。这天人确实是相互感应的，岂不闻古书言，太平盛世，往往麒麟出，凤凰游，甘露降，嘉禾生，木接连理；国势衰微时，则蝗灾炽，修蛇猖獗，若蚊子密而大，也是常理。夫子说，'知耻近乎勇。''无耻之耻，无耻矣。'知道耻辱，才会羞愧上进，才能改善，若国家有了问题，一味禁止人说，反而会鱼烂土崩哩。"驿舍长受宠若惊，下跪拜道："谢仆射嘉奖，卑吏明日回去，必向族人炫耀，说凤翔节度使郑仆射夸奖家大父了。"郑注捋捋自家的鼠须，笑："口说无凭，不如让我给你写一句赞语，钤上官印。"驿舍长喜出望外，再次叩头拜谢。郑注看他的脖子："你脖子有恙吗？"

驿舍长叹气道："蒙仆射垂问，的确有恙。两个月前，和家里婆娘吵了一架，想是气着了，第二天脖子就肿了起来，看了医工，也吃了些药，不见好处，也就随他了。"

"可有不舒服？"

"吃饭吞咽时略有胀痛，平时倒还能忍，尤其忙遽时，一发忘却，倒是闲时更觉不适。"

郑注道："你这个是急怒上攻，害了三焦。我有法子，待会给你灸治。"

那驿舍长半信半疑，却也赶紧跪下谢恩。郑注吩咐家仆："把我的银针准备好，点上蜡烛候命。"又接过家仆递过的毛笔，想了想，就着白纸写了几句："驿柳婆娑缀茧丝，夕阳沉落远山迷。可怜荒徼白头父，犹向子孙忆盛时。"众人欢呼叫好，张骥鸿也刮目相看，原以为郑注游医出身，虽然吏事明敏，肚内却并无多少文墨，没想到他写几句诗，倒也不算太差，免不得真心拍掌："仆射真好才学。"郑注摇头道："注腹笥甚简，适才见客舍主人一家忧心社稷，赤胆忠诚，颇为感动，才搜索枯肠，胡诌几句献丑，诸君可别视注为邹忌啊。"张骥鸿道："仆射所作着实不赖。前两句写景如画，后两句感念殊深，真不是一般文士能写出来的。"钱可复那些人也纷纷附和，郑注摆手道："罢了。"也禁不住喜上眉梢，签上自家的名字，又命人拿来官印，钤了上去。驿舍长跪在地下，叩头不止，泣道："可惜大父已经不在人世，否则不知欢喜成什么样呢。"

不一会开始吃饭，吃完饭，驿卒把残食收拾了去喂猪，军健们则搭建帐篷，郑注坐在柳树下，几个仆人点起火把，照得庭院中亮如白昼。郑注让驿卒按住驿舍长，猛地一针，向驿舍长的脖子上刺去，一股黑色的液体，随着针的末端流下来，原来那针是空心的。郑注早让人用小碗接住，以免溅到衣裳上。等黑色液体流完，郑注让人拿来药膏，抹在驿舍长的创口上，说："两天内不要进水。"又把剩下的药膏给了驿舍长："这是神策军内院熬制的，有效验，每天涂抹一次，七天后止。"

驿舍长摸摸脖子，咽了几口唾沫，惊喜道："真清凉，不痛了，一点都不痛了。仆射真是神技，小人从未见过仆射这样平易近人的高官。"

郑注道："医者素被视为贱业，诸君可能会奇怪，我却为何重视？"众人唯唯："请仆射开示。"郑注道："一个人有病痛，往往做什么都没有心思。记得陶靖节歌诗说：'忆我少壮时，无乐自欣豫'。少壮时没有喜事，天天劳作，为何依旧高兴？因为身体好，精力使不完。又说'负疴颓檐下，终日无一欣'。家财万贯的人，有了病坐在屋檐下乘凉，一天到晚都不会开心，为什么？病痛在身，这吃不得那喝不得，如何能欣？若是普通人，他便无法奉公尽职，难免迁怒于家人；若是官吏，因此政事不理，公牍积尘，下属劝他，他便暴怒鞭笞；若是君主，因此怠于听朝，更免不了迁怒左右，如此一来，国家还有什么盼头。且多少才华盖世之人，半生苦读，朝廷本欲大用，却一朝患疴，殒命黄泉，这是多大的损失？俗语有云，人间最不忍闻之事，有'落第后闻喜鹊''才及第便卒'。其实后一种若得良医，就能振拔，如此一来，可为国家积攒多少人才？驿舍长，你道我的看法如何？"

驿舍长连连点头："仆射真乃神人，小人说这番话，绝非谄媚。自生了这病，小人几个月来都异常烦躁，有时迁怒家人，有时迁怒下属。一个人独处，也免不了黯然神伤，自觉也许不久人世，再奉公尽职，也等不来升迁，又有什么意思。今日因为接待仆射，不得已强打精神，其实心里依旧烦躁，不想全被仆射看破。现在一身清爽，对前程又有信心了。"一边说，一边不时按着脖子，喜笑颜开。

郑注看看四周："诸君觉得呢？"钱可复、卢简能、萧杰等人都纷纷点头，郑注又属目张骥鸿："魏押衙，你年轻壮健，众人中你最无法体会，但他日衰老之次，再记起我这番话，也会有同感的。世人多瞧不起医工，韩退之说，'巫医乐师百工之人，君子不齿'，其实不是医术本身的问题，而是医工大多滥竽充数，人有疾病求医，就像占卜求佛，全凭天意，自然就不会信任了。但要我说，医术有实在的，灵验的是真灵验，而占卜求佛，则丝毫不能验证。将来天下清明之后，注要恳请圣人，征天下有良验的真医工到长安，设立医工院，让他们天天切磋，庶几能发扬医术，解百姓疾苦，免得百姓把财帛浪费在求神拜佛之上。注每思晋朝的殷浩，身有精湛医术，却羞于见人，何等可惜？"

张骥鸿听得似懂非懂，但看郑注的神态语气，庄严肃穆，虽是其貌不扬，却熠熠生光，不由得肃然起敬。想起许浑说的郑注坏话，什么"那条鱼"，暗道，一个人究竟什么样，还得亲身接触，别人的话，哪怕是正直无比的挚友，也当不得真的，十一兄无疑也是道听途说。又问："卑吏读书不多，敢问节帅说的这个殷浩，具体是什么典？"

郑注笑道："魏押衙，这里大约只有你不知道。"张骥鸿正要脸红，驿舍长也抢言："除了节帅身边数位才子，想是知道的人不多。小人也不知。"郑注道："那注就解释一下，说是东晋时，中军将军殷浩精通医术，却从不显露。他身边有一贴身仆人，有一日忽然给他磕头，磕到流血。他问什么原因，那仆人道：'事关人命，却不敢说。'殷浩好奇，追问良久，仆人才答：'家母年近百岁，抱病已久，求医无效，若能请主君诊一次脉，使母亲得救，虽死无恨。'殷浩很感动，命其将母亲抬来，为其母诊脉开方。其母才服了一剂汤药，病就痊愈。

但殷浩反而把收藏的药方都烧了。你道为何？就是怕被人知道他通晓贱业。这就是有小聪明，却昧于大道，后来他北伐兵败，见废为庶人，良有以也。"

张骥鸿拜道："仆射真是饱览群书，博学多闻，尤其这番道理，真如发蒙一样，卑吏从来没听过这样的妙理，可谓五体投地。"

七十五　凤翔镇

一夜无话，第二日一早，车队出发，下午时分，就到了离凤翔邑只有二十里的一个驿站，横水驿。一大帮凤翔府和天兴县的官吏已列队在那里等候，为首的是凤翔节度监军使张仲清，及凤翔节度大将贾克中、押衙李叔和。张仲清四十六七岁，身材矮小，和郑注对搭，也是般配，只是郑注有胡须，张仲清无。贾克中、李叔和正是壮年，身材高大，一看就勇力过人。

凤翔镇下辖凤翔府和陇州，因此节度使兼陇右度支营田观察使。全镇以凤翔府为主体，凤翔府下辖九县，府治在天兴县。郑注一行人被簇拥着前进，不多时进了天兴县城邑，县邑房屋不多，街道却很宽敞，城墙也宏伟，一会就到了使府，很快分头安置下来。张骥鸿被排备到一个院子，陈设却甚是简陋，比紫云村里的萧家大宅差得多，自言自语："怪道那六个和尚不愿来，想是早就有预料，就算做住持僧，又能比在萧家舒适到哪里去？"不过想着自家是奔前程来的，怎能贪图逸乐，也就淡然起来。

隔天，郑注把张骥鸿召去道："凤翔府西临吐蕃，为长安藩屏，圣人授我节度使节钺时，就叮嘱我说，其他事还好，独独军事方面绝不可轻忽。我就趁机请求扩充兵力，圣人慨然应允，即下诏让度支拨给凤翔巨量财帛，专门用来招募勇士。你出身神策军，想也知道，现在神策军中，冒籍的士卒很多，其中不少是长安无赖子弟、商人小贩，在上都城里作威作福倒还行，真要拉出去和吐蕃野战，只怕一触即溃。像你这样身手的，已不多见。我就把这事宜委托给你，十天半月之内，为我招够五百个官健，要精挑细选，滥竽充数的一个不要。当然，若照着你的水准去选，悬得太高，恐怕难以招到，但至少要你看得过去才行。"

张骥鸿大喜，这明显是重任，看来此趟来得不虚，遂赶紧拜道："遵命。仆射如此重用卑吏，卑吏敢不尽心。其实卑吏当年在神策军为军吏，负责过招募事宜，从不收受贿赂，鱼目混珠。卑吏招募的官健，常常在考课中获隽，只是因为阻挡了有势者的财路，反遭排挤。"

郑注笑道："这些我当然知道，所以在萧侍郎家见了你，大喜过望。"又说了些凤翔镇的财库情况，"我们凤翔别看只有十三个城邑，却不缺钱，你道为何？"张骥鸿道："原以为凤翔偏僻，谁知昨天进城之后，发现城墙宏大，走在街道上，街市也比想象的繁荣，正不知为何？"郑注道："我们凤翔周围的岐山、吴山，林木深美，出产各类巨木，都是椽栎柱栋之材啊，除了给上都宫里供奉一些，其他全归本镇支配，各地商人，可谓趋之若鹜。至于出产的其它散木还可烧炭，加上牲畜必需的刍藁之类，光这个进项，就足以供给全镇日常用度。此外，我们还产马，本地马可与河朔三镇的战马媲美，你们明日就可以去马场挑选骏骑。这里随便一匹马，拉到上都都是神骏，价值不菲哩。还有，凤翔地当东西来往孔道，那些波斯、西域胡商，若要去上都买卖，凤翔乃必经之路，光通关赋税，每年都如山海般富饶。加上吐蕃、回鹘也要和我们大唐交易，是以此地专门设置了榷场，收榷场税，又是一大笔钱。所以，不愁无钱养兵，你们尽管下去挑选，只要能给我练出一支精锐亲兵，不愁花费。"

张骥鸿唯唯称是，告退后找来白大三个，去马场挑马，果然匹匹神骏。心想，宋楚那竖子也真是没见过世面，若有本事做得凤翔节度使，何至于昧我一匹马去，再次想到那匹马乃是霍小玉骑过的，心里又是刺痛了一下，但随即使劲晃晃脑袋，心想，那薄情冷漠的妇人，还思念她作甚。又想着自家现在总算重新起步，或许很快又能出头，不禁踌躇满志。

领了马匹，骑着去库房领了钱粮，张骥鸿带着白大三个，又调了几十个士卒仆役，立刻驰去了凤翔府九县和陇州下辖四县，一路上马蹄得得，好不得意，想那每年新科进士骑马赴琼林宴，也不过如此。每到一处，立刻去当地官府知会，随即就带着人张贴招募告示，有应募的，都去当地官府接受初选，选中了，送到天兴县终选，还被选中，赐给优渥，每月绢五匹，若出征时，再加两匹，免除家中赋税。果然应征者云集，张骥鸿才回到天兴，各县就络绎送来了一批，加起来也有七八百人。张骥鸿让他们负重奔跑，投石超距，十天内再选出了五百人，向郑注报告。郑注说："我不必去看，相信你一定能做好。只想问你，三个月之内，能训练到何种程度？"

三个月，张骥鸿一愣，道："敢问仆射主要想训练他们哪类技能？若攻城野战，斩将搴旗，三个月不足成事；若近身格斗，街市交锋，三个月可粗成。"郑注道："我要的就是他们近身格斗之能。三个月既可以粗成，那五个月当能更进一步。"张骥鸿道："五个月后，仆射有什么计划吗？"郑注道："此事你暂时不须细问，也不用告诉士卒。"张骥鸿道："仆射放心，卑吏不是多言的人。"看郑注不应，遂又道："卑吏也略读过一点《孙子兵法》。孙子云，'将军之事，能愚士卒之耳目，使之无知。若驱群羊，驱而往，驱而来，莫知所之'。让他们无知无识，打起仗来更勇猛。"郑注笑道："我没有看错你。我这几天就上奏圣人，为你求一袭深绿。"张骥鸿心喜，道："惶恐，卑吏怎敢冀望绿袍，能得深青于愿已足。"郑注道："押衙之志小乎哉！若无求绯袍的志向，怎能在我身边做事。"张骥鸿拜道："仆射真是卑吏再生父母。"郑注道："生子当如孙仲谋，我有两个儿子，可惜都不成器，若有你这样的儿子就好了。"张骥鸿不假思索，当即稽首再拜："若仆射不弃，卑吏愿拜仆射为义父。"

郑注道："你若真有此心，那我喜从天降。不过，为了防人说闲话，此事暂时不宜公开。等我办完这件大事，再面告圣人。想当日鱼承恩一区区阉宦，就能为其子求紫袍金章，我郑注何独不能？"张骥鸿知其讲的是鱼令徽的事，因道："义父，儿子并不要徇私超迁，只需考课公平，儿子凭自家本事，总有一日也能获赐紫衣金章。这样的话，义父也不会引来物议。"郑注喜道："像你这么忠厚的孩儿不多了，怪道王中尉那么喜欢你。"张骥鸿见郑注颜色和悦，遂大胆道："敢问王中尉到底犯了何事，竟被圣人摒弃？义父一直深受圣人宠幸，不能为中尉分雪吗?"郑注沉默不语,张骥鸿当即后悔不该提这事,好在郑注接着道:"圣人担心王中尉势大,是以假借仇士良夺了他的兵权,这点无关是非,只是平衡朝臣势力需要。"张骥鸿道:"王中尉虽然擅权,其实官健中无不赞他仁厚,行事有分有寸。倒是那仇士良第一跋扈,圣人黜落王中尉,却拔擢仇士良,只怕将来真的尾大不掉,又是一个鱼朝恩。"郑注道:"朝堂犹如江海,表面一团和气,底下却暗潮汹涌,极为凶险,你不要考虑太多,卷进去没有好处,只练好兵,哪个得势都要倚重。"张骥鸿唯唯称是,又道:"义父刚才说的,儿子还有疑惑,凤翔近吐蕃,若要对付吐蕃,应该重在攻城野战才是,为何重在近身肉搏?"

郑注道:"攻城野战讲究阵法、配合,五百精兵,上了旷野,结不起大阵,各自为战,于事无补。凤翔早有野战兵,那是他们的长处。我训练这五百精兵,别有用处,到时你就知道了。我要的亲兵,强调每个人单独的勇力,近身肉搏,陌刀不如短斧,所以,你要让他们每个人都配备一柄短斧,短兵相接,勇者胜。我在李愬将军营中做过推官。李将军带兵,天下无敌,身边却也特意训练了一支五百人的牙兵,擅长近身肉搏,有战事时,可潜入对方城池取敌将首级;若无战事,只在衙内护卫,又能借助亭台楼阁,以一敌十,平息内部骚乱。你从未在节度使帐下做过事,殊不知如今的镇兵都暴虐无比,他们当兵,都是为了赏赐,一旦官长不能满足,就会反噬。所以,我们身边不得不有一支亲兵藩卫。"

张骥鸿道:"儿子懂了,请义父放心,儿子一定尽心训练。"说着辞别。

郑注送他到门前，再次叮嘱："我对你寄予厚望，所以在萧府看到你，立刻想这是上天特意送我做大事的。好好为圣人做事，很快会有出头之日。另外，我看你尚未娶妻，我有个侄女，年纪堪与你匹配。到时结了亲，那我们两人，就更可无间了。"

张骥鸿再拜致谢，出门之后，忽然觉得不是滋味，刚才跪拜叫义父，大概丑态百出，也不知怎的，自己突然就没了面皮。但当时郑注已然说出那句话，自己不能不接，若不接，如何显得对他忠心耿耿。一路走一路想，他明白自己并非觉得拜郑注为义父有多可耻，而是不能接受自己刚才那种奴颜婢膝的样子。他忽然明白，自己并不比以前自己鄙视的人高尚。至于郑注说把侄女嫁给他，他反而没有多想，都是梦幻泡影，想多了反而失落。他回到自家住处，召集白大兄弟三人，传达了郑注的指示，当然没说拜义父的事。三人听说郑注能给张骥鸿弄到深绿来穿，无不欢欣鼓舞。从此几人选了一片树林的空旷之地，成天训练士卒。张骥鸿也向那些新选的牙兵许了一番肥诺，都是些贫家子弟，平时衣食不继，得了这个机会，哪能不珍惜？因此每日都练得热火朝天，不敢惜力。

七十六　中元节宴会

时间过得很快,眼看过了乞巧节,池塘里的荷花就凋谢了;随即又到了七月十五,是道家的中元节。天兴县城里顿时热闹起来,家家户户都在举行祭祖的仪式。前天,监军使张仲清就下了帖子,邀请镇中诸官属到他的监军使院厅赴宴,顺便观看水陆道场。郑注虽是一镇主帅,但张仲清相当于天子派遣来驻扎镇中的使者,自然也要给面子,遂按时带着自家一班官属去了。

张仲清见诸人到齐,遂请来客各报姓名,一一温言慰劳,之后又向诸僚属介绍自家的贴身侍卫,张骥鸿一惊,发现侍卫中有一张熟悉的面孔,竟是原先在神策军的伙伴,曾做过左街功德院巡押衙的赵炼。年初在京中,对他多有麻烦,不知怎么来了这,但马上想到各军镇监军使向来由宦官出任,凤翔镇也不例外。张仲清出任凤翔军节度使,已经好几年了,按照规矩,出发前都会选拔神策军士卒为护卫,还有一些京城的游侠,也会趁机缴纳投名状,跟随他去军镇,混个履历,谋求前程。作为神策军出身的赵炼,去年冬天还是左街功德院巡押衙,大概是王中尉出事后,新调来的。张骥鸿自报"魏弘节"这个名字时,偷窥了赵炼一眼,发现他好像无动于衷,心中稍安,但也并不能放心,又想,得找个机会邀他出来,好好聊聊,都是往日兄弟,把话敞开来说最好。

介绍完毕,大家各自落座。张仲清先说了一番宴请大家的殷勤之意,然后是郑注说话。郑注道:"久闻张内侍礼爱宾客,平日除了召儒生讲书,就是召道士治药,身边旧部将校,多禁军子弟。但这些子弟出入城邑里坊时,皆俯首谦让,毫无骄横之气。我郑注来此不过一月,每次去里坊巡视,父老无不对我称道内侍的贤良。今日蒙内侍赐酒招待诸宾,郑注敢敬一觞为寿。"

众将领也纷纷称觞祝贺。张仲清道:"今天中元,是孝敬父母之日,可惜仲清家乡在建州,离此千里,且父母早亡。早先还不觉什么,如今年老,每次想起少年时在家,依附父母之天伦乐事,通宵难寐,痛断肝肠,这才知古人叶落归根之言,人情况味,尽在其中。可惜家乡路遥,恐怕再也无归去之日了。"说着竟有些哽咽。

郑注道:"这有何难,以内侍之受圣人恩宠,只要向圣人请求告老还乡,岂有不允的。若内侍不方便,郑注愿意帮内侍开口。对了,还有一件重要的事,注听说内侍监军凤翔不过数年,镇中已是祥瑞频仍,计有五色祥云见于法门寺,有白兔见于开元寺,有白雉见于西城墙,内侍官厅前又有树木连理,这些祥瑞,皆为内侍的功劳,而前任节度使竟不上奏,注实在难以理解。注昨日已经上奏陛下,请求对内侍嘉奖。"

张仲清大喜,道:"仆射为朝廷所重,若能为仲清讲一句话,自然再好不过。说句实情,仲清在天平、河阳、淄青都做过监军,所辅佐的节帅,没有像仆射这样德高望重的。且凤翔镇非同小可,号称'宰相回翔之地',做了凤翔节帅,转眼间拜相的比比皆是。前年京兆杜永裕在此待了一年,立刻调回京师拜相。另有裴休、白敏中、令狐绹,也皆是曾做过凤翔节帅的名臣,仆射比那些前贤,不遑多让啊。"

郑注笑道:"内侍此言过奖了,郑注不过山野之人,一向慕仙求道,不喜世事。蒙圣人看重,屡次拔擢,其实不堪吏事,每日战战兢兢,唯恐叫圣人失望,因屡屡请辞,期盼圣人将郑注放诸郊野,悠游余生。怎奈圣人过听郑注的微能,总是不许,乃至至今尸位。内侍之赞,实不敢当。"

张仲清道:"仆射过谦了。仲清不说别的,光仆射这回上任,带来的僚属,非但个个进士及第,才名广播;还个个都是衣冠名族,奕世簪缨。这些,仲清在以前监护的军镇中从未见过。很显然,只有仆射才能笼络到这样多的杰俊。仲清这个使院厅堂,今日真是群星灿烂,熠熠生辉哩。"

张骥鸿偷偷瞧了瞧旁边的钱可复、李敬彝、萧杰、卢弘茂等人。李敬彝最谦逊,脸上一直挂着礼节的微笑。卢弘茂则眉飞色舞,得意之色溢于言表。其他三人也都左顾右盼,自命不凡。那边张仲清又指指两边的墙壁,墙壁上抄写着很多文字,除了历代长官的履历之外,还有些是赞颂几位著名长官功绩的。张骥鸿知道,那些新就任的节帅和监军使,如果好名,往往会借口修缮厅堂,找个文人写一篇厅壁记歌颂自家,那文人自然越有才名越好。果然,只听张仲清道:"厅堂破旧,失于补缮,仲清一直想鸠工重修,不知在座哪位才子愿意作一篇厅壁记,为之增添光彩。"

张骥鸿颇觉艳羡,这是一个扬名且巴结上司的好机会,可惜自己没有机会。郑注指着卢弘茂:"我这位掌书记卢君,文采馥郁,不但出身范阳名族,还是太后的妹婿,尊贵无比,若让他来作这篇文章,内侍足可扬名千载。"

张仲清含笑看着卢弘茂,卢弘茂当即站起来,笑道:"区区不才,愿效微命。"随即堂上掌声一片,有人欢呼"万岁,万岁",张骥鸿想,估计钱可复那几人不服气,正恼恨郑注偏心呢。张仲清大喜:"那就拜托卢书记,期待卢书记启用五彩妙笔了。"张骥鸿又想,大唐真是崇尚文辞,连一向和文士不愉快的宦官也不能免。王中尉因为喜爱文辞,才会那么欣赏王建;他还有个下属崔潭峻,更是疯了。崔潭峻曾做过荆南节度使监军,当时正巧右拾遗元稹得罪了权阉,被贬到江陵,做士曹参军,郁郁不乐。崔潭峻却是大喜过望,他一直喜爱元稹的歌诗,只恨找不到机会亲近,这回可以交好了。他让人给元稹安排最好的住宅,给予最高的照顾,三天两人派人嘘寒问暖,顺便求睹元稹的新作。有崔潭峻的青睐,元稹在江陵过得非常快活。后来崔潭峻任满回京,特意把元稹的新作《连昌宫词》献给穆皇,穆皇读了也很喜欢,立刻将元稹调回京师,拜为祠部郎中,知制诰,不多久就升了宰相。这张仲清内侍,说不定也是崔潭峻一流,只是这卢弘茂比元稹的文名差多了,张仲清怕也有一丝遗憾吧?

诸人宴饮完毕,张仲清说:"诸位,先随仲清去看看嘉木。"院厅前有几株大树,不远处就是一个湖泊,连着渭水。众人跟着张仲清步到院庭一侧,见两株树上挂着彩帛,上书"连理木"三字。张骥鸿凑近看,也不过是两棵树靠得太紧,枝条纠缠在一起,就像藤蔓缠树,久而相互契合。他幼时在蓝田的山中常见,算不上什么祥瑞,但在众人欢呼声中,也只能跟着赞颂张仲清。看完连理木,张仲清说:"那岸边就停着船,诸君请上船,随仲清往开元寺去看盂兰盆会,今日寺里的高僧们要做水陆道场,一直做到晚上。那满湖的莲花灯,跟漫天的繁星一样,浩瀚无垠,等闲难得看到哩。"郑注对张仲清道:"内侍,这事注就要缺席了,请内侍和诸位僚属尽兴,注有些紧急公务需要处理。"张仲清笑道:"仆射不比我这个闲人,自然忙国家公务要紧。"郑注谢了张仲清,又对张骥鸿道:"魏押衙,你跟我来。"

张骥鸿本来想跟着去看看水陆道场,趁空往湖里放个莲花灯,祭奠父亲的亡灵。听郑注唤他,也只好留下。两人看着画舫载着张仲清等人离去,转身回衙,郑注对张骥鸿道:"很扫孩儿的兴致,往常孩儿你忙于训练士卒,我竟不得太多机会与你畅谈。今日士卒多归家祭祀,你也闲着,正是难得。"张骥鸿忙遑道:"义父,孩儿虽想跟着去看个热闹,但也仅此而已。义父有公事说,自然公事要紧。"

七十七　衙内密谈

跟随郑注回到节度内衙，才到庭前，那只橘黄色的猫已经跑了出来，一下跳到郑注背上。郑注抱着它进了屋内，轻轻摩挲，爱不释手，侍从吩咐婢女上茶，郑注对侍从说："你也去外面把手，告诉外面，没有我的允许，不得让任何人进来。"又叫张骥鸿坐下："今日叫你来，是想介绍你认识一贵人。"

张骥鸿跪倒："孩儿受宠若惊。"郑注抱着猫，出去了一下，不多时回来，身后已跟了一人，大约三十来岁的样子，身穿深绿色官服。郑注道："这位舒元舆判官，现在昭义节度使刘从谏使相幕中做事，今日因公务潜来凤翔。舒判官是刘使相器重的人，文采儒学都是上佳。"又向舒元舆介绍了张骥鸿，两人相互拜礼，分别落座。

郑注依旧抚着猫，问张骥鸿道："适才堂上宴会，押衙有什么想法？"

张骥鸿一怔，答道："自然是盛会，张内侍和蔼可亲，是厚道人，仆射有这样的搭档，正可放手做事，一展宏图。"

郑注道:"张内侍固然是个不错的厚道人,但他手下神策军大将贾克中、子将李叔和两人,却不是好相与的。魏押衙当日就是把人想得太好,才会被崔县令那帮人玩弄。这些且不说,我想问押衙,你觉得目前朝廷气象,是清爽呢,还是浊暗呢?"

"这。"张骥鸿迟疑了一下,"自然是清爽。"

郑注不语,把猫放下,那猫"喵"的一声,跳了出去。郑注从架上拿出一饼茶来,说:"这茶可贵重呢,就是这位舒判官的从兄,当朝舒相公送我的,舒相公讳元舆,想必你也知道。"张骥鸿惊了一下,赶紧再拜:"没想到舒判官是舒相公的从弟,刚才听到令名,早该想到的,失敬了。"舒元轨笑道:"魏押衙不必多礼,我们舒家的祖训是'落魄时不趋炎附势,得势时也不趾高气扬'。"张骥鸿肃然起敬:"这是真好品格。"又对郑注道:"仆射,舒相公我何止知道,实在还算熟悉哩。"遂背诵了几句《牡丹赋》,"我案花品,此花第一。脱落群类,独占春日。其大盈尺,其香满室……"一边念诵,一边自然想起当日和崔五娘的欢会,一时间有些神驰。

舒元轨惊喜道:"原以为押衙只是位武人,不想竟然饱读诗赋,对家兄的赋竟也这么熟悉,该轮到元轨说失敬了。"张骥鸿笑道:"其实凑巧,卑吏之所以会背诵这篇赋,乃是一位朋友许十一兄的推荐,他说元和年间,第一次进京应省试,与舒相公在崇文坊酒楼上认识,不过最后他的科名比舒相公晚得多。"舒元轨道:"押衙说的是许浑吧,元轨也读过他的歌诗,非常之好,单就歌诗而言,家兄比之不如。"张骥鸿赞道:"舒判官当真公道。"

郑注笑道:"你们两人讨论歌诗,以后有的是机会。现在我们说些正事。"一边说一边碾茶煮茶，张骥鸿和舒元舆都赶紧道："岂敢让仆射为卑吏沏茶，请让卑吏自家来。"郑注道："你们不用客气，我喜欢干这个。"他碾茶煮茶的手法娴熟，"舒相公是浙江东道兰溪人，那里盛产好茶，这两年他官运好，浙东观察使每年都会特意给他寄家乡好茶。郑注不才，蒙舒相公看顾，来时特意送了两饼，正要请押衙品尝。舒判官按说是经常喝的，但身在潞州，恐怕也不好说了。"舒元舆道："的确好久没喝到了，非常渴念。"张骥鸿则奉承道："茶是舒相公送的，又是仆射亲手煮的，这喝进肚内，肠胃怎生消受得起；说出去，怕不要羡煞旁人。"

郑注对舒元舆道："我这押衙会说话，但饶是这样，却被仇士良的人逼得深夜逃走，差点丢了性命，连父亲也被逼得自杀了。舒判官想，这是什么世道，他却说很清爽。孩儿，你把前因后果说说。"

张骥鸿不知郑注用意，遂奉命说了一遍，当然，涉及霍小玉的部分全部隐去。但说的过程中，免不了时时想起，也免不了伤心，最后竟有些悲恨哽咽。舒元舆安慰道："魏判官不必难过，很快便有报仇的一天。"

郑注对张骥鸿道："舒判官这回来，就是商量怎么廓清海内，顺便为你报仇的。我问你这天下清爽与否，你也不许对我虚言，有什么想法，都须直言不讳。我在朝中时，每次圣人召见，都是直言不讳的。有时圣人听了不喜，默然半晌，之后却总说：'卿言虽不入耳，细思起来，却是真爱我大唐社稷。'连圣人都容受直言，你更不必顾忌。"

舒元舆道："仆射说得对。刘使相在昭义，每日都挂念圣人的安危，就想着怎么为国尽忠。坐卧之间，提起国家政事，对仇士良那些阉宦总是恨得咬牙切齿。"

张骥鸿道："卑吏以为，圣人当时不该听仇士良谗言驱逐王中尉，否则不至于此。"郑注道："这是圣人考虑不周，人无完人，自古英主也要良臣去配，便是太宗皇帝那样英才盖世，若非有魏征那些良臣，怕也免不了做错事。为今之计，帮圣人铲除妖孽为重。"张骥鸿唯唯称是："其实刚才卑吏说清爽，确实有些口不应心。若一年前，甚至半年前，任何人问卑吏，卑吏都会真心说朝廷气象甚为清爽。卑吏在盩厔时，就跟十一兄这么说过，十一兄笑说那是因为你近来事事顺，卑吏当时还不以为然，但不久之后，卑吏便遭受无妄之灾，家破人亡，走投无路，才知道其实朝中早已是奸人当道。卑吏为盩厔县尉时，奉公尽职，与人为善，见人困窘，总是慷慨相助，谁知一旦落难，那些受过卑吏恩惠的人，也齐齐反目，无中生有，落井下石。这半年来，卑吏真是看透世道炎凉。听说三代之民忠厚仁义，当今之民却倾险狡狯，大约真是朝廷黑暗，上行下效的缘故。"

郑注呷了一口茶，道："这就对了。如今朝廷气象很不清爽，那仇士良执掌左神策军后，靠着资历老，右神策军中尉就是他的傀儡，以前王中尉提拔的人，都被褫夺职位，而且密令有神策军驻扎的军镇，都须把王中尉提拔的人杀掉。你靠勇力逃过一劫，实属万幸。所以，要想国家清爽，仇士良不得不除，可惜阉宦势大，盘根错节，本来我在朝也深受圣人宠幸，仇士良认为我是个障碍，就逼迫圣人将我外放到凤翔。"

张骥鸿道："当年王中尉掌握神策军时，为何不将他除掉？"

舒元舆道:"王中尉掌控的只是神策右军,左军在韦见素手中,韦见素也是元老,难以撼动。"

张骥鸿低头不语,舒元舆说得不错,左神策军兵马不弱于右神策军,只怕还要过之,上都以北的各军镇也驻扎有不少神策行营,大多归左神策军统辖,凭王守澄一人之力,并无压倒性优势。郑注见他沉默,道:"有一件事,如果魏押衙不理清,恐怕会坏大事。王中尉对你有恩,这我知道。但我们吃的是李家的饭,而不是王家的饭,是不是?"张骥鸿赶紧道:"这是自然。"郑注道:"只是王中尉暗度陈仓,把皇帝的权柄转移到了自家手上,对不对?"张骥鸿有些迟疑,但还是应了一声:"对。"郑注继续道:"但王中尉也深知,这并不合法,对不对?他要颁发命令,还得通过中书门下钤印,以及皇帝画诺,对不对?"张骥鸿觉得这样说对王守澄不公,但一时也不知怎么辩。郑注见状,又道:"我打个比方,就像一个大家族,父亲是一家之主,却因为各种原因,被奴仆劫持。奴仆对外发号施令,怕外面的其他奴仆不听,因在这位父亲的腰间顶着一把匕首,逼他出面。他不得已,只好答应,好像一切都是自家的意思,对不对?"张骥鸿想,适才我已经辩白王中尉并非仇士良,怎么也这样对他?但看郑注面色严肃,赶紧低下头,强应道:"对。"

郑注脸色略平:"这样的话,这位父亲的发号施令,肯定不会有利于他的妻子儿女,只会对挟持他的几个奴仆有利,对不对?若他家的亲族有觉得不对的,来质疑,那几个奴仆会怎么做?一般都会把那父亲的家产贿赂其家的亲族,让他们不来质疑,对不对?"

一连几个急促的"对不对",像暴雨一样敲在张骥鸿头顶,张骥鸿不暇细思，应道："好像的确如此。卑吏在做县尉时，看过一件狱事，有一奴仆毒杀了主人，用主人的家产贿赂县令，县令听了他的谗言，反赶走了那主人的其他忠仆。"

舒元轲拍腿道："所以，如果没有奴仆威胁，主人绝不会把钱无端送给别人，所有的财物都会用在家中每个人身上，不是吗？同样，我大唐如果不是宦官专权，百姓怎可能如此穷困潦倒。"

舒元轲走到墙上悬挂的山川地势图面前，指着地图说："你看天宝之前，没有宦官专权，我们大唐的疆土在哪。在这个地方，在这离长安有五六千里的地方，设置了安西都护，北庭都护；在离长安两千多里的凉州，大街上摩肩接踵，上元灯节，和长安一样繁盛。我大唐皇帝陛下出自陇西，但你看现在，这龙兴之地，现在都归了吐蕃。凤翔府离长安不过几百里，竟然成了边郡，想起这个，我们做臣子的，难道不羞愧吗？"

张骥鸿道："卑吏非常羞愧。"但一回思，似乎也没什么可羞愧的，我朝不坐，宴不与，好不容易混个县尉，屁股还没坐热就差点丢了命，我羞愧什么？不过看目前的样子，不说羞愧只怕也不行。

七十八　衙内密谈（续）

舒元舆又指着地图："天宝之前，河朔三镇对朝廷卑躬屈膝，不敢二话。那个时候，天下普通百姓都家给人足。杜子美的歌诗《忆昔》，魏押衙肯定读过：'忆昔开元全盛日，小邑犹藏万家室。稻米流脂粟米白，公私仓廪俱丰实。'那时候我们大唐的百姓，是何等扬眉吐气啊。现在呢，'致使岐雍防西羌，犬戎直来坐御床，百官跣足随天王。'魏押衙，你难道不想跟我们一起，助圣人恢复大唐的无上荣光吗？"

张骥鸿吃了一惊："卑吏只是一个小小的押衙，哪有这种气魄和本事。"

郑注道："魏押衙此言差矣，人最怕的，就是不敢想，自家把自家局限了。想我郑注，当年也不过是翼县的一个小人物，以行医勉强糊口，绝没想到现在能成为门下左仆射、凤翔节度使，统领一个强大的军镇。你才华胜我百倍，为什么不行？"

张骥鸿赶紧拜道："仆射此话折煞卑吏。仆射毕竟出自荥阳郑氏，门第高贵，虽然幼年时家道中落，也只是龙落浅滩，天下人一听仆射的姓氏郡望，就知是贵种，卑吏怎敢相比啊。"

郑注笑了笑："什么贵种，贵家自然有不少才士，但寒家就都是废物？当年刘邦也不过是一田舍奴，却扫清豪杰，建立汉朝。只是为了慑服那些愚氓，才自称出自晋国正卿范氏。英雄不问出处，王侯将相宁有种乎？你现在是我养子，就是贵种，将来辅佐圣人，铲除了奸臣，你穿紫袍，服金带，恢复张姓，也可以号称出自周朝的张仲，汉朝的张良，又有谁敢不信？"

张骥鸿心中一阵搅动，感觉自家脸都热了："真的吗，卑吏想都不敢想这事。"郑注盯着他，笑道："现在国家有两蠹，一蠹为宦官，二蠹就在藩镇。那河朔三镇，不服王化久矣，影响到淮西、淄青、徐州、汴州都一度反叛，幸好天不弃我大唐，皆被王师讨平。但三镇始终不动如山，若不拿下三镇，我大唐终究难以恢复盛世，宦官依旧不会尊王。"张骥鸿忽想起一事，说："仆射，常听人说，天宝之后，京师之所以能保全，多亏神策军。而神策军一向归宦官掌管，这么看来，宦官似乎也不是一无是处啊。"

郑注道："此言差矣。你只知其一，不知其二。当年李愬将军在徐州行营时，我是他的推官，目睹他都护七镇节度使进攻反贼李师道，却屡屡战事不利。他觉得奇怪，七镇兵力加起来有十几万人，比淄青的兵马强大多了，为何不胜？原来是七镇监军宦官各自把本镇最精锐的兵马选出来，作为自家的亲兵，保护自家去了，剩下的老弱病残，才驱赶上阵，自然屡战屡败。李愬急得怒火攻心，一病不起，军中差点要发丧，都靠我的药救活，否则他怎可能那么信任我？我不但医他身体，更医他心病，我劝他上书圣人，要圣人必须暂时撤回监军，才能确保胜利。圣人不得已答应，七监军才走，李将军即亲率七镇精锐进攻李师道，果然一战将其生擒。我当时目睹这情况，就暗暗发誓，总有一天，要为大唐摧折阉宦，重启太平。"

张骥鸿喃喃道："竟然如此吗？卑吏当日在神策军中，每每听那些监军宦官回来说，'多亏我亲冒矢石，才能激励士卒死战'，原来都是假的。"

郑注道："如果我当时不在徐州，他们说什么，我也会信什么。藩镇之所以跋扈，多因为有宦官和他们暗通款曲。所以，只有除掉宦官，把神策军收回给皇帝陛下，政令才会畅通，国家才能富强。一旦国强兵利，藩镇还敢跋扈吗？这也是圣人对我寄予的厚望，魏押衙，你勇力过人，跟我一起勤王，将来上凌烟阁，也不是什么难事。那篇赞颂你的歌诗：'秋雨霖霖坊陌灾，香帝偶睹霸王才。当时有幸逢高帝，会画云台壁上来。'我看就是一个预言啊。"

张骥鸿内心陡然炽热似火，他想：这是不是野心的火焰在熊熊燃烧，他一向相信神佛谶语，假如这篇歌诗真的是谶语，那自家就没有理由逃避。况且自家还有别的选择吗？郑注对自家如此交心，肯定也有后着，不答应他，未必能全身而退。再说，不答应他的理由是什么呢？根本没有。仇士良害得自家家破人亡，自家难道还要客气吗？只要能报仇，哪怕是和恶鬼结盟，也该毫不犹豫。当即顿首道："仆射一番话，让卑吏茅塞顿开。卑吏自然唯仆射之命是从。"

郑注对舒元舆道："我说了吧，我郑注不会看错人，这孩儿忠厚，即使不为我所用，也会是熊宜僚。"张骥鸿道："惭愧，卑吏是个武人，不知道熊宜僚是做什么的。"

舒元舆道:"是春秋时的一个人物,当时楚国王族子孙白公胜要谋反,石乞向他推荐市场杀猪的熊宜僚,说如果他肯来,顶得上五百勇士。白公胜一听大喜,当即和石乞去了市场,找到熊宜僚一交谈,发现确实不俗,就说明来意,谁知熊宜僚说,'不干,我更爱杀猪。'白公胜大怒,当即拔剑拟在熊宜僚的脖子上,熊宜僚却面不变色,斜视着白公胜,不发一言。石乞就劝白公胜,'主公,这样的壮士,即使不答应我们,也不会出卖我们。'"

张骥鸿豪气顿生:"真让人神旺,卑吏想自家也做得到。"

郑注喜道:"那就说好了,大家一起奉公勤王。你好好训练那五百牙兵,也许明年后年,就要派大用场呢。"

张骥鸿忽想起一事:"卑吏以前听说,现昭义节度使刘使相,也是父死子继,当初朝廷执意不肯,最后却同意了。这是否说明昭义也和河朔三镇一样跋扈,为何仆射又信任昭义呢?"

郑注道:"问题就在这里,昭义刘使相当初被部将拥立,朝廷本来不许,外间风传是王中尉收了他的贿赂,压服当时的几位宰相李宗闵等一起画行了。仇士良也正是以此事为借口,说王中尉勾结藩镇,图谋不轨,把李宗闵贬到外州,趁机褫夺王中尉右神策军中尉一职。其实昭义节度使之所以要求世袭,是想保留挽救朝廷的机会。"

舒元舆道:"这我可以作证,我在刘使相幕中多年,深知刘使相对朝廷忠心耿耿,无一日不挂念圣人。其实即便刘使相像仇士良说的那样,是为了一己私心,但人孰能无过,过而能改,善莫大焉。何况刘使相当年被部将拥立,实不得已。假如坚决不允,那骄兵悍将可能会杀了刘使相，另拥立一凶暴之人，那岂不是更糟。"

张骥鸿道："仆射这么一说，卑吏就毫无疑惑了。"

郑注笑道："这孩儿笃厚，否则就算有疑问，也不肯当面质问。"又饮了一口茶，道："好茶，这么好的东西，是能够让人富裕的，以前国家却很少能从中取利，好在我以前跟王涯相公说，应该行榷茶之策，王涯就奏上去了。后来圣人问我，有何富民之术，我就说榷茶。让全天下各道州县都设置茶官，统一管理茶叶，在百姓的土地上种茶，给予土地改种补偿。有了利润，百姓留一部分，其他尽输官府，这样百姓也富裕了，国家府库也充实了。圣人听从了我的建议，这才下诏，让王涯做榷茶使。"

张骥鸿心中倒是一惊，想了想，还是说："今年除夕时，卑吏在蓝田，和老父一起守岁，邻家父老多来聚，说榷茶让他们受损，不知怎么回事。"

郑注道："肯定是乡里小吏没有严格执行圣人的诏书，所谓亏损君恩是也。为何朝廷的话不当数呢？还是因为阉宦当政，专权独断之故啊。所以，为今之计，必须先除掉阉宦。"

那只橘黄色的猫趴在窗棂上，"喵呜"叫了一声。郑注笑道："你看，狸儿都赞同我呢。"

张骥鸿无话可说，聊了一会，正要告辞，忽然想到起先看到赵炼的事，想着该告诉郑注，以免被动。但一转念，只怕反而引来麻烦，遂忍住不说，自己先处理一下试试。

七十九　凤翔镇的中秋

天气逐渐凉起来，树叶开始时不时凋谢一两片，不经意间，又到了八月十五。张骥鸿想起去年这时候，正准备去盩厔上任县尉，免不了又萌感伤。过去短短一年中，经历的事情太多，目不暇接，超过了前面二十几年的总和。且跌宕起伏，好像在荡秋千一般。不管怎样，每次想到仇士良，就咬牙切齿，本来疲惫的身体，也立刻精神起来了。每日引弓射物，都想成是仇士良的面孔，可惜的是，他没贴身近看过仇士良，仇士良到底长什么样，心中总是有些模糊。远看倒是看过几次，好像身材很矮小，比王守澄还要矮小一些。这样的阉人，若被自家拿住，怕不像拿阉鸡一样？可是人间的事就是奇怪，那只矮矮小小的阉鸡，却能指挥千军万马，自家根本近身不得。这世间，就像一座用砖块垒成的巨大山峰，每个人都是一枚砖块，被嵌在某个固定位置。仇士良位于山巅，而自己位于山底，仇士良便从上面随意掷几枚砖块下来，其势能自家就无可抵挡。这山峰是如何形成的，委实教人难以理解。

训练完毕,张骥鸿打发士卒休息,自家坐在球场发呆。一轮金黄的圆月已经从东方升起,挂在枯涩的柳枝上。仲秋到来,说明一年已经过去大半。

白大祖露着胸脯凑过来,说:"舅父,眼下这场景,可真应了外甥背上的札青,每年这个夜晚,都有些难受,总会想起小时候,想起妈妈还活着的时候。"

张骥鸿道:"你这小子平日看上去无忧无虑,没想到却有孝心。"又说:"不如弄些酒肉来,我等几个就在那楼上赏月。"元二连说甚好,让王三立刻出去传令,为押衙弄些酒肉。也没多久,几个小兵提了些酒肉进来,热腾腾的摆上。一时月亮升得越发高了起来,夜色愈发显得晶莹,张骥鸿招呼白大三人坐下,正在一起吃喝,忽然听到守门老兵来报:"魏押衙、卢判官、萧判官等来请见。"张骥鸿愣了一下,道:"他们来作甚。"和白大三人面面相觑,又说:"请让他们稍待,就说我在家穿着随便,换了衣服即去迎接。"老兵告退。张骥鸿对白大三人道:"这几位都是高门大族人物,平日都不和我搭讪的,怎的今日都来找我,甚搅我等兴致,还得换上官服,好不拘束。"

按照规矩,除非特许,无官职的白衣不能见贵人。白大三兄弟都是普通士卒,纷纷道:"这等我们须得回避。"又各自抱怨:"如此良夜,本来和舅父痛饮畅谈,被这伙不速之客打搅了,真不是吉人。"

张骥鸿虽也觉得不尽兴,心中又似乎隐隐有所期待,这些贵胄公子郎君,今夜为何要来拜会我呢?遂打发白大等离去,自家穿上官服到了门廊,见四个穿着绯袍的人物齐齐站在门口,像四只煮熟的螃蟹,正是行军司马李敬彝,判官卢简能、萧杰,掌书记卢弘茂。旁边跟着几个奴仆,各自提着硕大的圆盒。张骥鸿赶紧满脸堆笑,殷勤致意,李敬彝道:"仲秋良夜,特来找押衙饮酒赏月,请恕唐突之罪。"其它三人也含笑附和,张骥鸿顿时受宠若惊,低头哈腰:"四位才子陡然光临,卑吏门庭灿烂,把明月也衬得羞愧了。"李敬彝道:"凡夫俗子,怎堪比明月,魏押衙这么说,我等不好意思进去了。"张骥鸿道:"卑吏是真心实意。"将他们请进门去,引上阁楼。四人寒暄,各各坐定,卢简能看着案上,说:"押衙有客人吗?"张骥鸿道:"我那几个贴身军士,见如此良夜,特意留下伴我饮酒赏月。"卢简能道:"都怪我等唐突,扫了押衙的雅兴。"张骥鸿道:"诸位官长,卑吏怎当得如此高看。我等粗人,又能有什么雅兴,不过是找个缘由聚饮罢了。"

萧杰道:"我等也特意准备了酒菜,来伴押衙痛饮。"

随即一干仆隶全部上来,打开漆得铮亮的圆盘,像一些酒馆的盒子一样,里面也分成数格,最下一层,装有滚水,蒸汽蒸着,故拿出来,酒菜都是热的,比刚才小兵送来的酒肉精致多了,一霎间就摆满了席面。张骥鸿想,还是这帮小子会享受。嘴上连连称谢,心里却寻思:他们葫芦里卖的什么药?又不好问。陪他们四人坐定,李敬彝道:"日前大家公事繁忙,难得凑在一起,今夜良辰,我刚下署时,仆射说,'你们要多和魏押衙亲近,魏押衙文武双全,不可小觑。'我等曾听外面到处传扬,说魏押衙日日在球场训练牙兵,颇见成效。为人也谦恭,礼贤下士。有魏押衙训练的牙兵为屏障,我们凤翔镇还怕它吐蕃何来。"

他说得字斟句酌,颇为诚挚,张骥鸿之前就觉得郑注僚属中,唯有他没有名族公子的傲慢,此刻更添好感。再偷窥卢简能、萧杰,还是从容模样；卢弘茂则左顾右盼，好像坐不稳当。不过张骥鸿也听懂了，是郑注叫他们来的，大概这就相当于皇帝想宠幸某大臣，因特意下诏，要群臣都要去那大臣的府邸聚会，为其添加光宠。虽然张骥鸿觉得强行逼人来，殊无意思，然也知道郑注究竟是一番好意，对他的确上心，真把他当儿子看待，他想，值得为这样的官长效死。

于是大家举杯，卢弘茂道："弘茂在淄青节度使衙前做过推官，青州地带，有很多新罗人，他们把八月十五这日视为隆重日子，家家户户要饮酒吃饼，载歌载舞庆祝。可惜他们不懂赏月，如此良夜，对月饮酒，才是风雅。"

萧杰道："如此良夜，该设个节日，假如卢兄将来入了翰林，判了知制诰，当向陛下建议才是。"

卢弘茂把头摇了几摇，道："唉，说不定萧兄比我先入翰林呢，萧兄当以身作则啊。"

萧杰道："甚好，那我们商定，苟富贵，无忘此诺。"

众人鼓掌呼"万岁"，张骥鸿也跟着鼓掌，心中苦涩，这帮竖子，眼瞅着入翰林，面奏圣人是件寻常事，跟自家哪里是一个阶层的，自家连他们的边都摸不到。倒是李敬彝突然道："刚才押衙说有几位军士本来在一起饮酒，奈何因我们不速而来，就把他们赶走了，不如叫来同饮？"

张骥鸿一怔，不敢说话，其他三人也仿佛冻住了，一时间阒寂无声。李敬彝也有点尴尬，咳嗽了两声，顾左右而言他："既然都说是良夜，诸君何不各作一篇歌诗纪念？"

这回卢弘茂首先附和："李二好建议，写什么题目？"

卢简能道:"自然是跟月亮有关,不如就以'三五明月满'为题吧?"

众人又是欢呼,张骥鸿想反对,又找不到理由,心里暗暗叫苦。虽在鳌屋时,和许浑苦学写诗,也颇见效果。但后来落难,早没有了写诗的兴致,技艺也就生疏了,于是道:"卑吏来时在船上,就欣赏过诸位公子的歌诗,当时卑吏只能背诵一篇王司马的诗作应景,现在要卑吏亲作,只怕作不出来。"

卢弘茂道:"只是戏乐,我们对押衙并无期望,押衙随便吟几句即可,王梵志那类诗总会吧。"

张骥鸿懵然:"王梵志是何人?卑吏从未听过。"

卢弘茂大笑:"按说押衙该知道的。这王梵志也是一位僧人,我大唐立国之初尚在世,已归去两百来年了。我念两首他的诗给你听,你便知晓了。"遂仰头吟诵道:"'梵志翻着袜,人皆道是错。乍可刺你眼,不可隐我脚。'再来一篇:'城外土馒头,馅草在城里。一人吃一个,莫嫌没滋味。'诸位,看这诗如何。"萧杰等人都掩口笑。

张骥鸿听着,起初觉愕然,看萧杰等人笑,顿时不忿,赌气似的赞道:"卑吏不学,反觉得这歌诗写得不错,那些阳春白雪,卑吏看不懂,下里巴人,正合卑吏口味。"卢弘茂哈哈大笑:"我就知道合押衙口味,押衙照这样写便成。"张骥鸿细细寻思,倒是真觉得王梵志写得好,这人也许识字不多,想法却是真有意思:你说我袜子里外颠倒了,我不这么认为。常人都爱把光滑的一面给人看,我偏把光滑的一面留给我的脚,让粗糙的一面在外。你看着不舒服,关我何事,我没有义务为了你的舒服,让我的脚受委屈。第二篇就更有意思了。哎呀，这人真的很率性，宛如赤子。长安城内富丽堂皇，人烟稠密，繁花锦绣，但趴在城墙上一看，远处坟冢累累，一个个赭黄色的土丘重重叠叠，像土做的馒头。馒头的馅是什么呢？是城里的人。那些城里的红男绿女啊，不管你是美貌还是丑陋，富贵还是贫穷，终究要被塞进土馒头里去，就像馒头馅一样。你说这土馒头不好吃，不行，吃也得吃，不吃也得吃。这人太有意思了。张骥鸿想起十一兄以前跟他说的，歌诗这个东西写得好不好，跟识字多少没有关系，主要看你的心灵里是不是埋藏着诗。那些进士及第的，满腹诗书，可大多是没趣的人，心灵里并没有诗，又得写，还喜欢写，怎么办呢？只好从前人的歌诗中生吞活剥，堆砌典故，他们不叫诗人，他们写的只是一种形式上叫作诗的东西，并不是真正的诗。

我就来看看，你们这帮人，能写出什么。张骥鸿想到这里，胆气顿壮，上次他们在船上写的那些，也不见佳处，怕怎的。

这时仆隶掌灯铺纸，磨墨以待。堂上突然安静下来，几个人各自站起，在月下踱来踱去，时不时仰天做观月状。过了一会儿，卢弘茂叫道："我有了。"首先挥笔，在纸上写道：

　　三秋皎洁月，百丈岩峣楼。
　　帐挂芙蓉带，帘垂翡翠钩。
　　倚窗情思渺，凭槛画屏幽。
　　可惜团圆夜，夫君戍渭州。

众人纷纷叫好，萧杰道："卢大代女子立言，思致婉曲，果然大家。"

卢简能说："好是好，只是卢大娇妻就在身边，因何发此闺怨啊？"李敬彝也插一嘴："更显得卢大判官富有同情心啊，自家妻子在身边，却想着那戍卫边塞的士卒，尚还是故乡春闺的梦里人。"

张骥鸿内心觉得一般，但也假装叫好。什么有同情心，虚假得很，其实大多数年轻士卒根本连妻子都没有；便有妻子的，谁又能住上百丈高楼，能住上百丈高楼的人，谁会去做戍卒。那卢弘茂却得意道："'聊将仪凤质，暂与俗人谐。'现在看诸位兄弟了。"

第二个上前写的是萧杰，他写的是：

偶然获象床，宿昔献君王。
玳瑁千金起，珊瑚七宝妆。
桂筵含柏馥，兰席拂沈香。
愿奉罗帷夜，长乘秋月光。

他写完后，自然众人又是一番称颂："萧兄真是时刻不忘君父。"张骥鸿想，真是猥琐，时时不忘谄媚，有什么意思。虽这样想，手掌却依旧没廉耻地跟着拍起来，嘴里也没良知地叫着好。接下来是卢简能，他写的是：

妙舞随裙动，行歌入扇清。
莲花依帐发，秋月鉴帷明。
云薄衣初捲，蝉飞翼转轻。
若珍三代服，同擅绮纨名。

众人轰然，像是苍蝇聚在肉上狂唼，见了人来，随即一哄而散的振翅声。张骥鸿想：写的什么东西，和眼前景致毫不相干，也就是借个秋月的名头扯艳情而已。但这番话又怎敢说出来，照例是没骨气地跟着夸。再下一个是李敬彝，他也不谦让，握笔捻毫，蘸了墨汁，略微思忖，就在纸上写了八句：

君子悲行役，永怀芳岁期。
庭花失艳丽，街柳沁尘灰。
轩外秋声碎，梦边思绪飞。
尤伤夜半觉，圆月照帘帷。

张骥鸿想：这人诗歌写得倒清丽，而且主要是实在，只勾勒自家的感受，没有装腔作势刻意代妇人立言，或谄媚君王，也就免了香艳无聊。于是首先拍掌，这回是真心道："卑吏不懂诗，但看李司马这篇，仿佛想起了小时候，父亲母亲和卑吏在庭中月下吃饼，桂花的香气袭鼻，院子里到处是蛐蛐的鸣声，真是聒噪。但不知怎么形容，李司马一个'碎'字，用得真是好。还有最后两句，也让卑吏想起少候半夜醒来，看见月亮透过窗户，照在房梁上，恬静凄美，但也同时感到伤心，只不知道为什么。"

李敬彝瞪大了眼睛："押衙自谦不懂诗，却说出了敬彝的心声。敬彝自忖最后两句写出了自家某日深夜的心境，押衙评的，却正是最后两句。"卢弘茂道："李司马写得清寒了些，不像我辈身份。比如'庭花失艳丽'，若把这个'庭花'改成'池花'；'街柳染尘灰'，若把这'街柳'改成'苑柳';还有'圆月照帘帷',若把这'帘帷'改作'罗帷',就有清贵气了,更符合我辈身份,不知李兄意下如何?"李敬彝道:"卢大兄高才,见教的固是。只是敬彝家父去世得早,家道中落,自小居处湫隘,庭院中从未有池子,窗户上总舍不得用罗做帘帷,所以一下笔,还是免不了局促酸气。"萧杰等人笑,道:"李司马说的是,都知卢大出身家族中最贵盛的一支,自小所见,无非水上楼台、窗间绮秀,却不知人间疾苦。"卢弘茂也笑:"听听,都在我面前装贫,当真以为我好骗哩。你们出身就算不是各自族里最贵盛的一支,究竟也是高门贵胄,我就不信住得能有多湫隘。况且作诗但以典雅为上,又不必完全实写。"

最后大家看着张骥鸿,张骥鸿久不锻炼诗思,心中就像野外枯草一般,只好说:"诸位都是世家公子,进士及第,在下一介武夫,不识太多的字,想了半天,只想得一些粗鄙的句子,不堪污诸位才子耳目。"

卢弘茂哈哈笑道:"粗鄙何妨,所谓《诗经》,也不少是刍荛之歌。"

"那卑吏就真的献丑了。"于是张骥鸿走到案前,握管濡毫,写了几句诗在纸上:

世间有才人,三五玩秋月。

众人议论纷纷,萧杰道:"我等皆作新体,却不知魏押衙喜欢古风。"卢弘茂道:"古风虽好,惜乎总不免一些戾气和村气。"李敬

彝道:"魏押衙用入声押韵,铿然如干戈交鸣,更显出押衙胸中峥嵘,这才叫当行本色。"张骥鸿不理会,继续写下去:

旁搜绮丽词,以饰蟾宫阙。
谁知月中仙,笑我凡俗骨。

其实"笑我凡俗骨"一句,他本想写"笑尔凡俗骨",临时改了,写到这里,接下来四句从心潮中滚滚涌来:"争啮腐鼠辈,腆颜敢矜伐。一朝孛星出,身与名俱灭。"但才写得"争啮"两字,一阵风吹过,顿时酒醒大半,知道不妥,立刻又涂掉那两个字,重写两句作结:"老卒一何愚,学人论巧拙。"

众人乍看,面面相觑,一时无人说话。倒是李敬彝拍手赞道:"太好了,这篇歌诗写我辈酸儒摇唇鼓舌,挥笔涂抹,自以为风雅;却不知月殿的仙人,根本瞧我们这些凡夫俗骨不起。我等从小苦读,千里做官,不过是为了利禄,被月宫仙人嘲笑,宜矣。魏押衙虽腹笥有限,却是有诗心的人,敬彝固然比魏押衙读书多,写来写去,却都是些常人说惯的套话,敬彝不及魏押衙多矣。"

张骥鸿写完,却有些惴惴,刚才心中瞧不起卢弘茂辈,忍不住写了两句,现在生怕他们不快,听得李敬彝夸奖,赶紧解释:"不是不是,卑吏不会写诗,只是几句大白话,有感而发,说的是见诸位才人写诗赏月,写得何等绮丽,那月宫中嫦娥、吴刚等仙人见了,必然十分受用;但我区区一个老兵,也想学东施效颦,就只能落得他们笑话,'老卒一何愚,学人论巧拙',此之谓也。"

卢弘茂道:"的确过于直白,无典故,无蕴藉之味。"卢简能道:"当家兄所言虽有理,但魏押衙一介武夫,能作诗,已经是不容易了,怎能苛求,否则就显得我等跟武人一般见识了。"萧杰道:"两位卢兄各有道理,如昆山之片玉,南巢之一枝,都是卓见。"卢弘茂道:"萧兄你自家的看法呢。"萧杰道:"我的看法就是刚才说的呀。"说罢大笑:"来,今夜良辰,痛饮此杯。"

不觉月亮已近中天,卢弘茂满饮一爵,扶案道:"诸位,在下得先告退了,家里娘子还等着呢。"

萧杰道:"我萧家女子,从不悍妒,是卢大兄自家有东邻要私会吧?"

李敬彝打圆场道:"夜也深了,的确该散,也太打扰魏押衙休息。"遂吵嚷了一阵,各自散了,在门前,李敬彝握住张骥鸿的手臂,道:"常听军士说魏押衙是忠厚君子,今日作诗,却慷慨激烈,有名将之风,希望今后常有过往。"张骥鸿感动道:"司马名门贵胄,卑吏何敢攀援。"李敬彝拍拍他的背:"押衙说的这话,就是敬彝想和押衙结交的原因所在啊。"听到萧杰在叫,随即说:"他们在唤我,以后再聊。"

张骥鸿目睹他们离去,踯躅台上,空荡荡的,案上杯盘都被四人的仆人带走,只有地上酒水淋漓纵横的痕迹,仍能看出此处适才曾有宴饮,不然真如南柯一梦。

八十　监军使张仲清

隔日张骥鸿上署视事，又老兵来唤，说郑注请他。张骥鸿赶紧去衙中，叉手就拜："昨天仆射让诸位僚属去敝处饮酒，卑吏惊慌失措，如何敢接待这许多名族贵胄。"郑注笑道："我读了你们五人的诗作，惊异差点错过一位歌诗圣手。"张骥鸿面色如赤，赶紧自谦："那四位的确是才子，卑吏可不是。"郑注摆手道，"不，我不懂诗，但我觉得你的诗是真的好，有性情，至少比那些华而不实的精致木偶好，只是'区区一老兵，学人论巧拙'两句，未免不实，你正年少，何云老兵？"张骥鸿道："论做官是年轻的，但做官健十几年了，自是算老。"郑注哈哈大笑："跟着我尽心做事，安得不富贵，你只等着便了。"张骥鸿又赶紧解释自家没有怨恨求官的意思。郑注道："我知你忠厚，并非怨恨，今天叫你来，其实已经接到文符，我为你请的检校兵部员外郎的品级已经下来了，圣人特赐深绿。"随即吩咐，"给押衙奉上官服。"

于是一婢女捧上官服，张骥鸿精神大振，呆呆站起来，让婢女给他穿上绿袍，系上银带。又有两婢女抬着一面大铜镜，让张骥鸿自照。张骥鸿顾盼镜中的自己，青袍如绿草，银带似月光，感觉自己真是相貌堂堂，威风无比，比当初穿深青袍服、系鍮石腰带的张县尉，还神气了几分。虽然这个官只是检校的，比不得县尉是实授，但一个刚刚还俗的和尚，哪还能乞求更多？张骥鸿好像醉酒一般，伏地便拜："多谢义父，儿子粉身碎骨，不足以报。"郑注道："既是父子，谈何报答。起来说话。"

张骥鸿爬起来，郑注问："马上就是九月，要举行军中大比试了，你那些士卒训练得效果如何？"张骥鸿道："还好，不过士卒都是从本道各县招募的，体质不一，有的县富些，士卒就壮健些；有的县穷些，士卒就羸弱些。不过后者更凶悍，更勇敢。另外，因为听说我们这里吃喝更好，有一些原先的镇兵也纷纷来问可否加入。凤翔镇的兵口音不一，大多是从外镇调来的精锐，本身底子就好，似乎以后可以逐渐吸纳，把牙兵增到一千。儿子有详细的训练章程，不中程者立刻沙汰。儿子现在可以肯定，这些人若用来攻城野战，数目不足；但若在宫廷和坊市间合斗，以一敌三，绝无问题。此外儿子觉得，士卒除了重金帛，也重荣誉，不如给他们拟个名号，统一衣饰甲胄，以示与众不同，如此可以激发他们的勇力。"

郑注说："此计颇佳，我听说河朔三镇之中，牙兵都有名号，却未深想名号有激发勇力的效用，可立刻施行，只是拟个什么名号，你大概已有想法，不妨说说。"

张骥鸿道："既然义父问起，儿子就斗胆说一个。我们这支牙兵，依父亲吩咐，每人都带一柄短斧，这点最不同寻常，不如就叫'银斧忠义都'？儿子听说上阵时，士卒最畏惧黑色，而我们的士卒正擅长近身肉搏，黉夜突袭，穿黑色铠甲也方便自我隐藏，不如就把甲胄都染成黑色如何？"

郑注道："甚好，这方面你最专精，都听你的。甲胄若不够，立刻加紧打造。只是有一点，过几天军中大比试，你可不能让我丢脸。"张骥鸿道："儿子一定尽力。"又聊了几句，方才告退。回到自家署中，白大三个见了，眼睛一亮："舅父，哪里弄来一套这样的衣服。"张骥鸿说了端的，三人齐齐恭喜。张骥鸿道："等军中大比试那天，成果卓著，我就请节帅也为你们上奏求官，这段时日你们千万不可懈怠。"三人也个个振奋："每日都苦练着，就等着节帅下令哩。"

隔日，张仲清派人来召张骥鸿去见，商讨军中比试适宜。张骥鸿想，凤翔镇的风气好过鳌屋，当年在鳌屋，这时商讨的该是打球比赛，此处却是真比试军械技巧器械。才走到监军使院厅门前，见站在门前的赫然便是赵炼。张骥鸿这才想起，好久并不跟监军使院厅的军士会面，都忘了赵炼在此。他心中慌张，欲转过头去，赵炼却微笑着上前，扣住他的坐骑，笑着向他微微颔首。张骥鸿略略放心，举手答谢，赵炼却伸过手，在他手心里塞过一团纸。张骥鸿会意，将手攥紧，客气道："卑吏要拜见监军使。"

赵炼说："我带魏押衙进去。"

进了院厅，厅上无人，只见雪白的墙壁上，多了十几行新墨，就站着读了起来："凤翔监军使院厅壁记：凤翔，古雍州地，今为岐州，西蔽吐蕃，有团练使；多良田，有陇右度支营田观察使。节度使为军三万人，治凤翔府，下辖凤翔府、陇州，一十三城，虽城少，却为西道府军事最重，常受兵，故命节度使皆以重臣，去即登宰相；命监军使皆以贤良勤劳，去即为神策中尉。

今上以内侍张公出监凤翔，于今六年矣，自此常有祥瑞，麟凤游于郊野，彩云见于岐山，庭树结连理，官田获嘉禾，又新得玉兔，僚佐皆欲归美内侍，讽节度使奏之，内侍曰："是圣德，吾安得有功。"遂不果奏。俄郑公代为节度使，才下车即奏之，举镇忭跃。

监军明白清净，礼爱宾客，暇日唯召儒生讲书，和尚说经而已。内侍旧部将校，多禁兵子弟，京师少侠，出入闾里间，俯首唯唯，受吏约束，百姓歌之。内侍之见召反内廷，授重任，可待也。

某谬为仆射郑公幕府掌书记，奉内侍命为厅壁记，再谢不才，不获已，乃惭惶而书。时大和九年卢弘茂七月二十一日记。"

张骥鸿一边吟诵，一边想，马屁文章，什么祥瑞，都是狗屁，前任节度使杜悰不肯上奏，其实知道所谓祥瑞都是无稽之谈；而这文章又畏首畏尾，不敢直说。现任郑仆射上奏，不过欲做大事，对张仲清曲为逢迎，你又知道什么？又看到旁边列有历代节度使、监军使姓名，一一看去，赫然看到不少熟悉的名字，原来十七年前，韩愈也做过凤翔节度副使，当年这个厅堂，他曾站立。再有一个便是崔倰，没想到这小子也做过凤翔节度使，只是这人成事不足败事有余，害死了田弘正，却不知在凤翔又做过什么。

正想着，张仲清出来了，笑道："劳押衙久等，听押衙吟诵此文，押衙亦喜文辞乎？"张骥鸿道："我大唐上国，天下子民，谁不爱文教歌诗辞赋。纯靠武力，岂能表率四夷？"张仲清道："说得好。"吩咐上茶，然后落座，对张骥鸿道："我这院厅如何？"张骥鸿道："上次中元节那日来过，还看过庭前的连理树哩。适才看到历代节度使、监军使，个个名声赫赫，无论谁看到这些名字，都以能见一面为幸，今天卑吏有幸得见内侍，在亲友面前，可炫耀一生。"

张仲清笑道："押衙是厚道人，刚才所见名字，谁最让押衙惊讶。"

张骥鸿脱口而出："崔偗。"

张仲清一怔："这位崔公做节度使一年不到，押衙为何对他惊讶。"

张骥鸿道："惭愧，向日在长安时，拜见老师，老师为我说起旧魏博节度使田太傅的事，其中提到崔偗，印象很深。"张仲清道："原来如此，崔偗这个人，其实官声还好，就是固执了些。他在凤翔时，神策军中尉、枢密使问他要木材，为圣人修建楼阁，他不肯给。因生性悭吝，所以在镇时，将士也不甚拥戴。传到圣人耳中，圣人问宰相，宰相说，还是让他离镇，到其他不甚要紧的地方做官为好。凤翔乃重镇，假如被他引发兵变，不利于国家社稷。圣人因把他调任河南尹了。押衙的尊师对他什么评价？"

张骥鸿不敢如实说，虚应道："卑吏的老师说，崔偗有理财的才干，自家也清廉，只是有时过于悭吝，不识大体。"心中想，看崔偗在凤翔竟敢拒绝神策军中尉和枢密使的索求，刚直不阿，其实品节不错啊，虽因为悭吝害死了田弘正，闹得天下不安，但追根究底，他也不是为了自家私利。看来要判断一个人的是非曲直，不是那么简单的。生性刚直的，会赞扬他；仇视河朔三镇的，会辱骂他。无可无不可的，根本不知道他是谁。忽然又想起何莫邪，何莫邪是最痛恨崔偗的，可这人又是什么好人呢？当时在鏊屋，对我那样。

张仲清道："这人，不提也罢。"张骥鸿想，你是内侍，自然也不会喜欢他，就说："没想到韩退之也来过这，刚才站在这里，想见他风采，恨不能早生十七年，见他一面。"张仲清尖着嗓子说："韩退之文章固然甚好，却也是个偏人。你当时若在，恐怕也会为他遗憾。"张骥鸿道："不知内侍所言遗憾为何？"张仲清道："韩退之来的第二年，宪皇派人来法门寺迎佛骨舍利，他却写了一篇《论佛骨表》，说迎佛骨是荒唐之举，这倒罢了，又说自古凡是迎了佛骨的皇帝，都位促寿短，这岂不等于诅咒，宪皇怎不生气？差点将其赐死，后经裴度、崔群等大臣劝谏，才免了一死，贬到潮州。"

张骥鸿道："原来去潮州的那篇名诗便是此刻写的，韩退之说来也是忠心耿耿，'欲为圣明除弊事，肯将衰朽惜残年。云横秦岭家何在，雪拥蓝关马不前'，卑吏读诗真是囫囵吞枣，不知始末，今日得内侍指教，直如发蒙，再品味这诗，果然感受不同。内侍真是饱学，刚才看厅壁记所言，内侍有空闲，只召儒生讲书，真令人感佩。凤翔庶民何幸，能得内侍监镇六年，怪道是祥瑞不绝。"

张仲清大悦："外间传闻魏押衙文武双全，果然不虚。今日召押衙来，除了公事，还有私心。听说押衙之前做过和尚，可是真的？"

张骥鸿一惊，感觉这番来之不善，知道不能否认，说："是。"

"曾在何寺驻锡，习何内典？"

"惭愧，习禅学，又慕苦行，内典荒疏，又无六祖慧能的悟性，因此自暴自弃，蒙仆射召唤，就干脆从了军。"

"那在何处出家？曾驻锡何寺呢？"张仲清追问不舍。

张骥鸿只能硬着头皮撒谎："在深州开元寺出家，曾去鳌峦龙游寺请益，师从澄照大师。"

"原来是澄照大师的弟子。"张仲清笑道："押衙勿见怪，我只是随便问问。押韵不知道，我们内侍都一心礼佛，听见做过和尚的官属，总是特别亲近。但也怕押衙因此有仁慈之心，将来战阵之上，不敢动刃。"

"那怎么会，佛家金刚杵，也是护教的。佛祖怒时，不也做狮子吼吗？"

"好一个狮子吼。"张仲清笑，"我喜欢押衙这样性格的人。"

又聊了一阵军中比试方案，张骥鸿出来，看看日色还早，取出纸条看，上面写着：城西圆觉寺外见。

八十一　故人赵炼

张骥鸿把纸条扯碎，塞进袋内。想了想，又回自家屋内，把吏服脱下，换了一件袍子，又在里面穿了一件甲，再想想，又把甲脱下，重新换了衣服，跨上马去了。圆觉寺前有一个山坡，坡上一大片竹林，竹叶潇潇，青翠可爱。张骥鸿进了竹林，远远见赵炼坐在斜坡的一块大石上，旁边拴着一匹马。张骥鸿过去下马，也把马系上，在赵炼身边坐下，道："惭愧，戴罪在身，伏窜在此，一直不敢相认。"赵炼道："我知道，也因此不敢认你。"两人相视而笑。寒暄了几句，张骥鸿道："赵兄怎么好好的功德巡院差事不做，来这做监军使院厅押衙，这里可远不如上都自在啊。"

赵炼道："这哪能自家选得。自从王中尉致仕，仇士良一直在神策军内清洗，本来我也要倒霉的，幸好找到一个关节，请贵人在仇中尉面前说了好话，才保留了神策军籍。但好差事自然不会还给我做，这次能发放到凤翔来跟张内侍，算是好命了。只是除非立了功，否则不知何年才能回上都。"

张骥鸿笑道:"把我交给仇士良,岂不就立功了。"

赵炼道:"若仇士良知道我们曾是至交,你道他会怎样看我?何况传出去,天下人说我卖友,我也是身败名裂。"

张骥鸿反倒放下心来,但也略有些失意:"原来赵兄不告发我,是怕自家落下卖友的名声啊?"

赵炼道:"你是不是很伤心?"

张骥鸿挤出一丝笑容:"有一些。"感觉自己的声音也相当不自在。

赵炼道:"我既然没打算出卖你,为何又不拣些好听的话跟你说?你还是没把我当挚友啊。"

张骥鸿道:"这等看来,你是戏言。"顿觉身心豁然开朗,"兄弟,你要是知道我这半年来的处境,便不会这样说了。"遂把何莫邪翻脸无情,周松奸诈虚伪,以及盩厔县吏的冷漠都说了一遍,"你看,真是人心靠不住啊。"赵炼道:"这么说来,的确可以理解。"张骥鸿忽想起一事,道:"盩厔的典狱说,那诬告我撞伤他父亲的杏园无赖,说我后来又派人把赔偿金要了回去,是不是你做的?"赵炼抓抓脑袋,嬉笑道:"这个的确是我,我只觉得五十缗不算少数,为何被他讹诈了去。本想等你再回上都时把钱给你的。"张骥鸿笑道:"你唯一的不好,就是钱财上看得重,这不,给我添了一个仇人。"赵炼道:"你这可别怪我,一个养蜂的,能拿你怎样,关键还是王中尉倒了。"张骥鸿道:"这倒唤起了我一个疑问,你我都是王中尉的人,仇士良也没杀你,为何非要杀我呢?"

赵炼也愣住了:"是啊,也就是夺了我的美差,至少还有口官家饭吃;却派人去杀你,说不大通。不对,你又诳我,你得罪的该是李训，殊不知他现在势焰熏天，仇士良也要让他三分哩。"

"我也这么想过。"张骥鸿道，"可宋楚是神策军行营的，李训如何指挥得动？"

赵炼有些迟疑："这话我不知道该不该说，我也是向仇中尉投诚的人了。但说也无妨，若非李训和郑注协助，仇中尉也赶不走王中尉，李训既然要杀你，仇中尉还是会帮这个忙的，举手之劳，又费不了他什么事。"

张骥鸿黯然道："我知道了。那次见到你，我本来想跟节帅说的，但想了想，还是没说。假如你真要告发我，那也任其自然。我想你不会那么干，只是，万一被仇中尉知道你在暗暗袒护我，又对你不利。"

"不不。"赵炼摆手道，"刚才说了，仇中尉并不在乎你，何必追杀你，只不要让李训知道你在这就行了。万一仇中尉知道，我也有说辞，你又没有犯谋反大罪，我凭什么要卖友？"

张骥鸿想了想："咱们兄弟俩，不如还像以前那样，就装作不太认识好了。反正分属不同院厅，平时不怎么接触，你就算没认出我，也不奇怪。你们张内侍，是哪边的？"

赵炼笑道："你怎么糊涂了，京西的军镇都归神策右军管辖，当年镇将都由王中尉派遣。但这么多人，仇中尉也不能都换掉，只好能拉拢的就拉拢，和王中尉关系过于密切的才弄掉。张内侍既然保住了这个位置，自然也是仇中尉的人了。"

"所以我还不够格被拉拢。"张骥鸿又叹气，"其实我算什么王中尉的人呢？十年来也只是一个寻常官健，最后做了几任小头目，只是因为两首歌诗，偶然被王中尉赏识，但也就是个小小县尉，哪点能跟内侍比？结果我被追杀得东躲西藏，父亲还因此遇害。真是大潮一来，拍死在岸上的都是臭鱼烂虾，那些吞舟之鱼，早就游进深海，掉尾不顾了呢。"

赵炼笑道："你虽说被王中尉擢拔是偶然，但也的确暴贵了一时。对了，我想起一事，除了王中尉，成德军镇也突然送你厚礼，却为何不送我呢？怕不是看出王中尉对你格外优宠？这些林林总总，最后都会报告给仇中尉的，李训要是抓住这点做文章，仇中尉自然会评估利害。"

"成德军邸将送我财帛时，你也在场，那赵行德根本没提到王中尉一个字，怎么是看王中尉对我格外优宠？"

"那凭什么？凭你长得英俊？"赵炼侧身看着张骥鸿，"我当然相信你，但仇中尉凭什么相信？"

张骥鸿喃喃道："其实我也曾苦苦想过原因，还是想不出，甚至当时我找到平康坊成德进奏院拜见，人家都不想让我进去。成德军的人后来也的确没找过我。"

赵炼不说话。张骥鸿道："成德军镇难道也因此被牵连了？"

"那倒不会，成德军镇，仇中尉一时还动不了，但动不了他，还动不了你？目前河朔太平还好，万一又起战事，一条交通藩镇的罪名，就足以把你打成死罪了。"

张骥鸿道："那么远的事，我也管不着了。自从那次在内侍处见到你，我一直心神不宁，今天见面，终于可以安心。赵兄，我们现在可以装着不识，但这段艰难时光，总有度过之日，希望我们苟富贵,勿相忘。"

于是两人牵着各自的马,缓缓下山,赵炼道:"仆射这么大张旗鼓招募亲兵,又让你每日艰苦训练,到底为了什么?"张骥鸿淡然道:"谁不知各镇牙兵都跋扈,一个不满意,就要克上,仆射不敢用前任的牙兵,也不奇怪吧。"赵炼道:"倒也是。"走到山下,各选了不同的道路,分驰而去。

虽然赵炼的事以前并没有太放在心上,可彻底解决之后,张骥鸿还是感到一阵喜悦轻松。细想起来也很有意思,这种喜悦,并不因得了什么好处。看来要让人喜悦也容易,只需不断给他设置一些小麻烦,然后把这些小麻烦一个个清除,喜悦就纷至沓来。一年有十二个月,假如每月都找个借口,扬言扣他一些薪俸,最后又告诉他,这些都是误会,不用扣了。那他整年都会沉浸在喜悦当中,即便一文薪俸也没有增加。

张骥鸿想到这里,又哑然失笑。也许对于赵炼来说,也是如此。不管怎样,他这一夜睡得很好。

八十二　军中比武

隔日起来，神清气爽，到了打球场，五百牙兵已经到齐。张骥鸿告诉他们，现在他们这支队伍已经有了个名号，叫"银斧忠义都"。牙兵们顿时欢呼叫"万岁"，有人问："一切都好，只是不知什么叫'都'。"张骥鸿道："现在上都禁军有个新称号，五百人一营称为'都'，说有'盛大'之义，因此，我们也效法为之。我还向仆射请求了，既有了新名号，当然要有新军服新旗帜。以后甲胄旗帜全黑，每月薪俸增半匹绢。"

又是一阵欢呼。张骥鸿道："不过，仆射说了，比武时若你等被镇兵中其他士卒击败，就会被其取代，他变成银斧忠义都的士卒，你变成普通镇兵。"

虽然这话有些石破天惊，士卒大多还是满不在乎，道："这不用押衙忧虑，我等都是精挑细选上来的，这数月来，严格遵循押衙章程训练，负重来回奔跑十里，引弓十发九中，投掷超距，都是最优良一级，碰到寻常士卒，以一敌三，不成问题。若镇兵中有超过我等的，我等主动退去，自无二话。"

张骥鸿道："这话说得磊落，我也相信诸位是最好的。另外，仆射可是出血本供养诸位，据说那边院里的人都颇有不满。诸位若训练不勤，号令不尊，该当用时疲沓无力，不惟丢了我的脸，作为须眉男子，想想是否对得起这份薪俸？对得起仆射承受的压力？那时仆射责备下来，我只有自到谢罪。我是讲节义的人，希望诸位不会让我失望。"众人也受了感染，欢呼道："若有人敢号令不遵，不需押衙动手，我等首先把他推出去斩了谢罪。"张骥鸿道："光有勇力不够，还要忠节，所以叫银斧忠义都。若无忠节，反噬主上，则一钱不值。"

众人道："仆射和押衙指哪，除了亲娘老子，我们都会毫不犹豫斩下去。"

张骥鸿笑："没人会教你们去杀亲娘老子，岂不跟禽兽一般。"随即宣布，两日后便是军中大比试的日子，诸君这就开始准备。众人齐声答应，随即散了。

隔了两日，一大早，节度使府和监军使厅的人就到场，两人并排走入场门，身边牙兵簇拥。幕府僚佐及州府诸司，红红绿绿，紧随其后。到得讲堂前砖砌的台阶下，一个向东，一个向西，各自登上东西阶，再到堂上相逢致礼坐定。堂下场上，士卒也分为东西两队，都是镇中普通士卒，他们要先相互比试，获胜者才有资格和银斧忠义都的士卒相竞，赢者各赐帛一匹，赢的科目超过一半，即可被选拔入银斧忠义都。

不一会，堂上击鼓，首先进行角力戏。两位年轻士卒光着膀子走出,场上有个低浅的木台,参与角力者,谁把对方推下木台,就算胜利。

这些士卒其实已经是事先精选过的,在小小的台面上,很快分出胜负。张仲清看了两场,对下属道:"最不爱看角抵,两人像鸡一样对峙半天,我们目不转睛,眼皮稍微眨一下,比试已经结束了。"大将贾克中、押衙李叔和道:"内侍所言极是,我等也不爱看这个,还是等会看举重物、骑射、跳跃、投掷吧。"郑注扭过脖子,对张仲清笑道:"今天我这位魏押衙还给内侍准备了一道大餐,内侍或许会喜欢。"张仲清看着张骥鸿,道:"仆射身边这位魏押衙,我前几日还见了,文武双全,的确有才。仲清真是嫉妒仆射,我监军使院就没这等人哩。他准备的戏耍,一定不赖。仲清就等着一饱眼福了。"

张骥鸿正有些尴尬,却瞥见张仲清身边的贾克中、李叔和两人扭过脸,一副轻蔑的神情,赶紧道:"内侍过奖了,内侍身边的贾、李两位将军,才干远出卑吏之上。"心想,要做事,别得罪这些人,自己这番示弱,也不知有效否。张仲清也转头看看贾、李,笑了笑,道:"魏押衙谦逊,有古君子之风。"

不多会,角抵戏结束,军镇的普通士卒中,无一人能战胜银斧忠义都士卒,郑注拍拍张骥鸿的手臂,低声道:"不错。"接下来的举重物,和前场一样,普通士卒全部败北。而在其他场地,跳跃、投掷等处传来的信息,普通士卒也都无一个胜出。那些赢了的银斧忠义都士卒上堂来接受赏赐,披红挂彩。李叔和道:"这些精选的牙兵确实过人一等,用来保护监军和节帅,可谓铜墙铁壁。"

这句话一出来,台上当即沉默。都知道郑注训练五百牙兵,是放在节度使衙内的,李叔和却当面挤兑郑注,明显是要郑注分一半士卒给张仲清。郑注笑了笑:"李押衙想得周到,其实我和僚属们商量过,总共要训练几千精兵,但不可一蹴而就,因以五百人为一批,都是攻守相配的,少了一人,都无法完美进攻防御。待会有一场展示,如果监军使看着好,这五百人都拨去监军使厅护卫,我这边等魏押衙训练的第二批就行了。"

张仲清道:"那没有必要,各镇军事调配,还得靠节帅,仲清的职责是随时向圣人传达镇内民情,调配钱帛,辅弼节帅。节帅的地位远比仲清重要,若节帅有危,凤翔道岌岌可危;若仲清有事,宫中像仲清这样的人,不知道多少哩,再遣一位来便是。"

郑注道:"内侍过谦。注来时便对圣人说了,内侍当年在神策军内时,便以厚道著称。能和内侍共事,注三生有幸。注和内侍岂分彼此?其实依注看,贾将军和李押衙都是一等一的人才,凤翔府库中财帛成堆,这次注来,圣人又专门让度支调拨了一百万缗,内侍如何不肯放开让他们去做?只怕两三个月后,就训练出一支劲旅,打遍军中无敌手呢。贾将军、李押衙,我是真的对你们有期待。"张骧鸿看看郑注脸上真诚的样子,不像说假话,又看看贾克中、李叔和,两人互相看了一眼,旋即把目光都投向张仲清,脸上充满期待和意外之喜。张仲清道:"节帅已经发话,你们还不伏谢?"于是两人伏倒:"仆射鼓励,卑吏一定努力。"

随即是骑射比赛,军士将五个射侯并列直立在球场最南的边沿,比赛的士卒则站在距离约一百二十步的位置,各射十二发。射中侯的则为"上",射中侯的外面一圈的为"次上",射中再外面一圈的,则为"次"。未射中侯，则为"负殿"，不合格。众士卒纷纷上场，一番比试之后，这回银斧忠义都的士卒没有完全占据上风，那些镇兵有的体格差些，射箭的技艺却是身经百战。看着赢者上来领受彩头，张仲清笑道："看来魏押衙训练的牙兵还不能样样如意，还有弱点。"张骥鸿躬身道："内侍所言极是，牙兵主要是衙内亲随，若要攻城野战，训练确嫌不够，目前第一阶段的训练，主要是防备城池巷陌之中的袭击，射箭之艺非其强项。"张仲清颔首道："魏押衙考虑周到。"

随即开始比试奔跑射箭和骑马射箭，这两项比赛，银斧忠义都士卒也未完全压倒镇兵，尤其骑马射箭，银斧忠义都士卒输者竟一多半。看着郑注脸色有些绷紧，张骥鸿惶恐对其耳语："我们这些士卒，很多自小家贫，家里养不起马，有的甚至从未骑过马，这是弱点。但若多从善骑射的镇兵中招人，近身肉搏又欠缺些。愚以为体格难以训练，技巧是可以补的，请内侍放心。"郑注的脸色才放松了。

接下来的科目是马枪。士卒骑在马上疾驰，用长枪刺击放置于木桩顶上的数块小木板，刺落的小木板越多，得分越高。这一项，银斧忠义都的成绩和其他镇兵相仿。不过再下一个科目是举重，一根长一丈七尺的粗铁棍放在场上，比试者双手持铁棍的后端，且后方的那只手不能超过铁棍最后端距离的一尺，这般举法要举到十下才算基本合格，这次银斧忠义都又大获全胜。张骥鸿对郑注说："向来骑马持长枪击落木板，虽然镇兵中也有获胜的，但他们气力不如我们银斧忠义都士卒，难以持久。时间一长，他们必然落败。"郑注道："若群搏，还是以速战速胜为上。"张骥鸿道："速战速决也靠力量，若敌方击中我方三下，我方能扛住，而我方力大，击中对方一次，对方就会倒地，我方必然速胜。"

郑注道："好，下面据说是好戏了。"张骥鸿说："是的。"这时堂下银斧忠义都士卒在场子四周奔跑，牵上来一张大网，张仲清问郑注道："这却是为何？"郑注道："我也不知，魏押衙说很精彩，提前说了反而意思不大了。"张仲清也来了精神："每年军中比武，仲清都要出席，倒想看看今年有什么大的不同。"

不多时，网子牵好。看台上众僚属都饶有兴致坐直，想看看到底是什么新鲜花样，突然空中雷霆般响起几声低沉的巨吼，随之两只斑斓猛虎出现在场上。而四围看台上则响起一片惊呼："班子，班子！"

两只老虎都是成年的，体长约莫在一丈多，它们摇头摆尾，缓缓踱步。紧跟着，一群黑衣士卒跑到场上，开始还杂乱无章，忽然迅疾组成了一支方阵，前面是几排长矛手，中间是几排弓箭手，后面几排都是陌刀兵。方阵缓缓向着老虎的方向前进，两只老虎犹豫了一下，随即腾跃而起，欲扑向方阵。但方阵中的长矛顿时如猬刺一般伸出，老虎立刻停住，不断后退，谁知那军阵突然又分成两队，像流水一样移动，有一队竟然移到了老虎的身后。老虎开始惊疑不定，狂吼了几声，惊天动地。这世上最强悍的猛兽声，天生会让其他动物腿软筋酥，看台上的人不禁变色。张仲清的牙齿有些打战："若是那班子冲上来怎么办，网子能罩得住它么？"

张骥鸿道："内侍放心，班子别说跳上来，它们马上就要被压成齑粉了。"贾克中不高兴："魏押衙，你敢保证？"张骥鸿道："愿以性命担保。"李叔和道："你的命值几个钱，若吓着了内侍，杀你全家也不足以塞责。"张骥鸿顿时心头火起，刚才自己还特意示弱，夸奖他们，谁知这都是不知好歹的畜生，出口就伤人，不由得把拳头捏得格格响，嘴里却嗫嚅解释："我们之前已经训练过多次，万无一失。再说这台后便是廊道，关上门，班子就算越过网也伤害不到内侍。"张仲清往后一看，松了口气，道："算了，魏押衙说得有理。"

再看台下，两只老虎每次欲扑向方阵，都会引发无数支长矛对准它，它们只好不断缓缓后退，想从两侧逃逸。但前后两支队伍又突然流水一样，分成四队，彻底把老虎围在了中间。两只老虎见势不妙，也像人一样，以背相对，各自朝着面前的士卒怒吼。但四支队伍组成的方形，依旧不断向中间压缩。老虎活动的空间越来越小，它们越发疯狂咆哮起来，坐在看台上的人听了，个个面无人色。好在下面围困老虎的队伍丝毫不动，终于，老虎退无可退，它们忽然双双飞跃而起，凌空扑向方阵。无数支长矛如影随形，朝天竖起，将它串在了如林的长矛上，吼叫声戛然而止。

场上一片欢呼："万岁，万岁。"张仲清也情不自禁站起来欢呼："万岁。"郑注突然道："吓得老子蛋蛋都缩紧了。"张骥鸿一怔，没想到郑注会这么说话，旁边有士卒忍俊不禁，但看到张仲清的脸色，笑容立刻冻住了。张骥鸿也意识到了什么，岔开话题："内侍曾经监护过好几个大镇，身经百战，这点表演怎能入内侍法眼。"张仲清有点心不在焉，随口道："押衙谦逊了，其实还过得去。"

郑注反觉不安，悄悄把张骥鸿叫到一边，道："你这个表演好倒是好，只是更让内侍那边的人嫉妒，有何办法可以消弭？"

张骥鸿想了一想，道："等会是擂台试，要不，让卑吏邀请他们下去比试，然后假装输给他们。"郑注说："这样倒也行，只是这么多人面前,堕了你的脸面。"张骥鸿道:"为了将相和睦,这算什么。"

士卒收拾场地,抬下死去的老虎。这时白大上前宣布道:下面是自由攻伐,由刚刚获胜的银斧忠义都士卒教头挑战,在场的无论将士,都可下去应战,赢者有彩头。在下不才,先来献丑。"说着下了台阶,走到台上。

李叔和长得颇健壮,当即站起来道:"我这几天乏得很,想下去活动一下筋骨。"随即脱了官服,晃晃悠悠走下看台,登上擂台。白大拜倒:"押衙,卑吏不敢接招。"李叔和道:"擂台上不分身份尊卑,你若不使出全力,我倒要发怒呢。"

白大道:"请押衙手下留情。"李叔和笑道:"还没打,怎么就泄气了。"说着上前就是一拳,白大挡住他的拳头,飞腿反击,李叔和被他踢了个趔趄,站稳后笑道:"还有些力气。"随即又甩掉一件衣服,露出一身饱满的黑肉,怕不和野猪相仿。他上前连连出拳,白大身体也不单薄,力气却是不敌,连连后退,忽然一个翻身,凌空反踢,李叔和早有准备,一把擒住他的脚踝,往外一甩,白大飞下擂台,摔在地上,顿时一个狗啃泥,半天爬不起来。好一会,才跪着叉手认输。

场上那些银斧忠义都士卒面面相觑,普通镇兵却个个欢呼雀跃。李叔和洋洋得意,举起双手大呼:"还有谁来。"这边王三已经跳上:"请让卑吏来领略李押衙的风采。"李叔和看着他,笑道:"比那个似壮实些。"挥手叫王三上前。王三趋上,连发几拳,都被李叔和接住,双方各自晃了晃。李叔和赞道:"不错。"又相继过了二十个回合,王三略略气喘,显然李叔和还是占了上风,他飞腿凌厉,王三接连被踢中,连连后退,拳法凌乱。一连打到五十个回合,也只好跪服认输。

张仲清在看台上,赞道:"我这李押衙,果然名不虚传。"张骥鸿岔开话头:"还有人没有?有没有人和李押衙对阵?"

李叔和在下面大叫:"魏押衙,有没有兴致下来跟我比试一下?"话语刚落,全场又是一阵欢呼。

张骥鸿看着郑注,郑注道:"去吧。"张骥鸿点头,缓缓走下去,说:"刚才押衙打了两场,想是累了,如今再打,显见得不公平。"李叔和一向见张骥鸿身材并不威猛,颇不信外间对他的评价,说:"其实无妨,那两人没费我多少力气。"张骥鸿道:"多少也费了几十回合,不如李押衙先歇息一阵,以免我胜之不武。"

李叔和笑道:"要不这样,刚才这打法有些狼狈,这回我们换个打法,速战速决。"张骥鸿道:"敢请明示。"李叔和道:"我们各打对方三拳,这样不费气力,你也不占便宜。看谁能赢,如何。"张骥鸿说:"甚好。一人一拳,那么,请李押衙先来。"

随即开打。接前两拳时,张骥鸿装得很痛苦的样子,对李叔和出拳则用力颇轻。李叔和越发骄傲,嘴上却说:"魏押衙似乎不肯使劲,想是没有彩头之故。"张骥鸿喘气道:"不是没有彩头,是昨夜没睡好,有些倦怠。"其实心下知道,若要较真,对方只怕当不得自家一拳。

李叔和大笑:"那么,押衙就算输了,也不是技不如人,而是没睡好之故?"张骥鸿笑道:"在下略有些护前,何必不留余地呢?"李叔和道:"懂了,注意,我发最后一拳了。"说着手臂后缩,猛然击出,张骥鸿假装向后一阵摇晃,终于跌倒,场上一片引吭欢呼,又有一片咂嘴揶揄,似隐隐听到有人嘲弄:"没想到节帅器重的押衙,这么的不中用。"李叔和站在擂台上,也看着他笑道:"恕我直言,你也配做押衙?若有危险,怕不误了节帅的大事。"

张骥鸿顿生悔恨,想即刻站起来,使出真功夫,一拳将李叔和的肋骨击断,终于还是忍住了,他狼狈爬起来,走上看台,白大三人上前慰问,李敬彝也过来道:"押衙可伤着没有,我家里正好有些金创药,颇灵验的。"张骥鸿羞惭道:"不敢叨扰。"卢弘茂略带哂笑:"刚才见银斧都官健屠了猛虎,若是换个教头,岂不是可以屠龙?"张骥鸿道:"都怪下吏无能。"心里一阵厌恶。

郑注假意生气:"看来我这押衙,不如李押衙远甚,训练的士卒好不了哪去。若是李押衙训练一批新的,不知道多厉害呢。"李叔和也一脸得色,看着张仲清,张仲清尖着嗓子笑道:"我看李押衙也是侥幸,仲清日常见他和贾将军对阵,总是输的。"李叔和道:"贾将军是神将,卑吏的确不如,但打些寻常军将,还是绰绰有余的。"贾克中在旁,将下巴扬了扬,微笑不语。

散场之后,白大悄悄道:"舅父,怎么回事?为何让他。"

张骥鸿道:"你怎知我让他?"

"我怎么不知,他虽然强过我,但也只是三分胜两分,绝不能到四分。舅父至少十分,若真发力时,他当不得舅父一拳。"

"仆射叫我让的。"张骥鸿道,"怕内侍看了你们刚才屠杀班子的演练嫉妒,坏了大事。"

白大道:"但舅父这样当众出丑,银斧忠义都的兄弟岂不沮丧?"

张骥鸿笑道:"放心,他们若不知道我的本事,也不配我教他们。"

八十三　王守澄的死讯

隔日再训练银斧忠义都牙兵，果然都有些懒懒散散，张骥鸿问："你们觉得监军使身边的李押衙，能打你们几个？"士卒说："打两个都不一定打得过。"张骥鸿道："何以见得？"士卒道："看起来差不多。"张骥鸿笑了笑。这时王三道："你们挑出两个人来跟我打。"

大家都不动。张骥鸿道："如果有两位出来，打赢了王押官，各赏绢两匹。若单独能打赢王押官，赏绢十匹。"于是士卒蠢蠢欲动，有一个膀阔腰圆的士卒上前，叉手拜道："小人想和王押官试试。"

王三认得，是银斧忠义都最精壮的士卒之一，叫啜小春，也是军中的什长，于是上前道："啜什长，你可别客气。"啜小春道："请王押官赐拳。"

随即两人打在一起，五六个回合下去，王三一个擒拿手法，将那啜小春的胳膊扭住，痛得啜小春挣脱不得，忍不住嗷叫起来。张骥鸿在紫云村时，教了三人不少擒拿手法，要他们每天勤练，要做到对方的手一沾上你，肌肉立刻能生出反应，以最简洁的途径将对方制住。啜小春虽然壮实,却不如王三手法精湛,只好悻悻讨饶。犹不服气,又连续试几次,总是很快被王三擒住,于是奇怪道:"押官昨天比试,怎么不用这手法擒住李押衙。"王三道:"他也拳法纯熟,屡次快要拿住,却未能成功。五十回合后,我气力不如他长,故此落败。"啜小春道:"他气力不但长,还悍猛,是以我们魏押衙也被他一拳击倒。"王三笑:"待会你再和魏押衙试试。"又对面前士卒道:"你们再来一两个。"

张骥鸿道:"若两人一起能打赢王押官,各自赏绢两匹。若三人才能打赢,就只能赏绢一匹。"

于是只上去一位士卒,和啜小春左右夹攻。但王三的手法太快,最终两人照样被王三擒住。王三道:"只好再来第三个。"随即第三个上前,这回才让王三左支右绌,十几个回合后,三人终于制住王三,却也累得气喘吁吁。

张骥鸿命人拿三匹绢来,一人赏一匹。王三笑道:"魏押衙偏心哉,我连打赢两个,一匹绢也得不到。"张骥鸿道:"你是押官,薪俸比他们多呀,能以一敌二,岂不应该。"

三人不意各得一匹绢,喜气洋洋抱着下去,其他士卒看着眼馋,纷纷叫:"魏押衙,我等也想要绢。"

张骥鸿笑道:"你们休息一下,等会跟我打。无论谁打赢了我,赏绢十匹。两个人打赢了我,各赏绢八匹。三个人,各赏绢六匹。四个人,各赏绢四匹。十个人之内,各赏绢两匹。如何?"士卒欢呼"万岁",说马上就比。但刚才各赢了一匹绢的三人也眼馋,啜小春说:"等我们缓口气再来。"其他人笑他们:"刚挣了绢,怎么还贪。"

但也答应等。

约莫等了一盏茶功夫，啜小春道："俺休息好了。"张骥鸿道："那就开始吧，你们先几个人上来。"

啜小春道："还是先两个试试。"张骥鸿道："好。"说着迎上去，啜小春和另外一位强壮士卒迅速出手，三四个回合，即被张骥鸿用擒拿法制住，半点也挣不动。待张骥鸿放了，啜小春按摩自家被扭痛的手腕，嘻嘻笑道："魏押衙还是厉害些，兄弟们只能再上两个了。"

于是又上来两位士卒，以为这下可以有取胜机会，谁知还是三四个回合，又一个个被张骥鸿制住，个个分别讨饶后才放开。张骥鸿道："再来两个吧。"啜小春奇怪道："刚才我们两个上场，押衙三四个回合制住我们。现在四个上场，怎么还是三四个回合就制住？"张骥鸿道："不循序渐进，别人哪有机会来获得绢呢。"啜小春道："既然这样，干脆十个人一起上吧。"

张骥鸿道："那你们注意了，会有些疼。"随即十个人上来，围成一圈，将张骥鸿围在中心，圈子越来越小。张骥鸿身体突然旋转起来，好像跳胡旋舞一般，轮廓都模糊了，首先转到啜小春身边，啜小春挥拳击去，手臂却立刻被一只手钳住，往其面前扯，啜小春想挣扎，那被钳住的手臂却好像套在铁箍里一般，不断收紧，痛彻心脾，半边也麻了，正要讨饶，身体就像一捆稻草似的被扔了出去。他摔在地上，全身痛得麻木，好像不是自家的，差点哭出来。只好趴在地上侧身看，看见张骥鸿依旧像一只陀螺似的旋转，转到哪位牙兵的身边，那牙兵便会突然被扔出去，也没过多久，另外九个人都像啜小春一样摔出圈外，个个龇牙咧嘴，挣扎不起，喉咙里不住呻吟。

啜小春摔出得早，首先从疼痛中把自家的身体收回，浑身是汗，跪倒拜道："服了，几时能学到押衙一成本事？"

张骥鸿道："其实也不难，关键是练劲道。若你一拳击中对方时力量够大，他便没有第二次机会了，人再多，又有什么害怕？"

啜小春道："以押衙的神力，怕是打那李押衙十个也打得过，为何要让他？"

张骥鸿道："李押衙是监军使的人，怎能不给他面子？你等可知道蔺相如和廉颇的故事。"众官健一阵轰响："市场说书的都要讲的，谁人不知。"张骥鸿道："蔺相如不愿与廉颇相争，乃以大局为重，我之让李押衙，亦是如此。我不是给李押衙面子，而是给张内侍面子。不过，此事绝不可外传，我以军令告诫，谁敢到处去说，皆斩。本来我也不想多事，但不让你们知道也不行。不是怕你们瞧我不起，而是怕你们以为跟我学不到功夫，从此懒懒散散，等节帅要用你们时，如何应敌？别看你们在昨天的比武中成绩还不错，其实还远远不够。据我看来，不需野战，即便在街陌之中，对方人数多你们一倍，你们并不能稳胜。但若你们个个能练到我这个程度，敌人即使多三五倍，甚至七八倍，也不见得可怕了。"

士卒齐声应了，个个回到马场苦练。

下午时分，张骥鸿正在院中练习弓弹，忽然有小兵来，说郑仆射召。张骥鸿忙遽赶去，一进门，发现气氛不同，副使、司马、判官、掌书记等重要僚属都在座。郑注见张骥鸿到，让人关上门，屏退童仆婢女，只剩钱可复、李敬彝、卢简能、萧杰、卢弘茂等人，他脸色凝重："诸位，刚接到凤翔进奏院递送的秘状，王军容被仇士良鸩杀了。"

直如晴天霹雳一般，张骥鸿心中惊怒交并，虽然王守澄倒台，他早已认命，但心中总有莫名的希冀，盼望有朝一日王守澄能东山再起，谁知再也盼不到了。想到今年年初，在右神策军院两次拜见王守澄时，还见他精神健旺，谈笑不倦，忽然就化为了异物，怎不伤心？

郑注说："我想听听诸君的看法。"

钱可复道："其实自从仆射被外放到凤翔来，卑吏就知道会是这个结果了。王守澄作恶多端，死不足惜，但方去一狼，又来一虎。王守澄当政时，还稍有遮掩；看这仇士良的做派，只怕是李辅国、陈弘志、刘克明再生。"张骥鸿知道，李辅国在肃皇时，擅自杀死了不附和自家的张皇后及两位皇子，陈弘志则杀死了宪皇，刘克明杀死了敬皇，都是社稷之耻，也难怪众人惊恐。李敬彝、卢简能、萧杰、卢弘茂也相继说了自家的看法，皆与钱可复相似，只是语气有的严厉些，有的缓和些。

郑注问张骥鸿的看法，张骥鸿听见钱可复骂王守澄，极为愤懑，但也知道无法争论，就道："卑吏是武人，说不出什么特别见解，仆射的看法就是卑吏的看法。"郑注微微颔首，说："诸位，进奏院送来的状文上说，朝廷将在一个多月后，为王军容送葬。虽然王军容是被仇士良派人鸩杀的，但明面上找不出王军容的罪状，所以对外宣称王军容是无疾而终。以王军容的身份，朝廷必得为他举办盛大葬礼。几位宰相已经请求圣人，下个月底，朝廷所有重要官吏将齐会浐水边，为王军容送葬。"

众人一怔，脸上表情复杂。郑注看着他们，突然道："诸位难道没有勤王之心吗？日前李相公给我密信，说上周进殿为圣人讲《易》时，说到后汉献帝史事，圣人突然涕泣，说：'朕尚不如汉献帝，汉献帝受制于强臣，朕却受制于家奴，朕何敢与汉献帝相比？'"郑注说到这里，当即抑制不住，嚎啕大哭起来。他哭得非常伤心，发自肺腑，在座之人无不被其感染，张骥鸿也不由得泪流满面，不过他哭的是王守澄，悲悼的是自家半年来的苦难。

郑注哭了很久，众人也都涕泣助哀，良久，他才擦干眼泪，道："此事绝不可外传，假如被仇士良知道，你我都死无葬身之地。当年李辅国、鱼承恩，就杀戮了不少衣冠士族，可谓前车之鉴。"

钱可复红肿着眼睛，道："后汉先亡于阉宦，后亡于权臣。若非张让、段珪那些阉宦，董卓怎能生乱？天下怎会土崩？若汉不灭，曹操怎能篡位，司马氏怎能夺权？若非司马氏，中原又怎会沦于夷狄达数百年之久，张让、段珪等阉宦之罪，至今思来犹让人切齿。"

卢简能也道："是啊，愚妇牧竖，在市上听书，都嘲笑后汉士大夫猪狗不如，只是尸位素餐，无半点经世救国的才干。我等作为大唐的士大夫，万不要再被后世的愚妇牧竖们嘲笑了。"

卢弘茂突然站起来，怒道："仆射，君父有难，难道我们只能偷偷哭泣而已吗？"

郑注道："卢书记有何办法？"

卢弘茂道："不如趁着送葬之机，仆射带着自家五百亲兵赶去，尽诛阉宦。"

郑注道："卢书记的计策，诸位觉得如何？"

众人面面相觑，萧杰道："我日日梦中，都恨不能杀尽阉宦，不过此事要有万全之策方可，否则我等死不足惜，圣人也会遭难。"

郑注道："事已至此，我不妨直说，仇士良这番害了王军容，反而给了我们一个机会。浐水送葬那日，北衙、南衙的所有品官都要到场，到时我们确实可以带着五百精卒出发，当下葬时，仇士良带头，一帮阉宦都会进入羡门，在最后的祭祀之后退出，这时我们可以突然关闭羡门，五百精卒闯入，用利斧将他们全部砍死，然后昭告天下，说阉宦想在下葬时图谋不轨，谋杀今上。之后请圣人下诏，让我们去接管神策两军。从此河清海晏，圣人坐朝亲政。下一步，我们辅佐圣人，荡平跋扈藩镇，扫除西域不廷，重振我大唐天威，恢复太宗皇帝的光宠，让我大唐重新成为那被四海顶礼膜拜的煌煌大邦。我等也会成为中兴名臣，垂芳千载。你们都出身名门，进士及第，文采斐然，在你们当中，肯定会再出魏征、狄仁杰、姚崇、宋璟，这位魏押衙，会上凌烟阁。至于我郑注，愿追随诸君之后，致君尧舜，共享太平。"

室内顿时骚动起来，纷纷叫道："原先仆射早有计划。"

郑注道："朝中几位宰相一直在卧薪尝胆，注不过是因人成事罢了。这次起事，除了我凤翔镇，还有邠宁镇、河东镇、昭义镇，总共四个镇的新节度使，勠力同心。几位宰相都排备好了，到时其他三镇的节帅也会带精锐牙兵去，我们要做的，就是不让他们抢了前功，这方面就看魏押衙了。"

众人看着张骥鸿，张骥鸿道："卑吏不懂太复杂的东西，只知道忠君爱国，若对社稷有利，卑吏赴汤蹈火，也不会退缩一步。"

卢弘茂看着张骥鸿，微笑道："我相信魏押衙的忠心，但对其能力有些怀疑。前不久他在场上被监军那边的李叔和一拳打倒，折了威风，据说那贾克中比李叔和还要厉害几倍，如何能敌？不知道魏押衙前番之败，会不会影响士气。"

郑注道："卢书记，这你放心，魏押衙神力过人，他的武艺胜过李叔和十倍，当时是我让他佯败麻痹张仲清的，到时你再看魏押衙轻松取走李叔和人头。"

卢弘茂惊讶道："是吗，最好如此。"颇有些悻悻之色。郑注道："既然决定，今日就把这事了了。"说着从箱子里拿出一副白练，"我们到庭院去，对天歃血为盟，然后在这白练上签名。"他的眼中闪耀着光彩，短小的身躯愈发伟岸起来。张骥鸿只觉两颊发热，心潮起伏，感觉自家正在参与一项伟大的事业，时时战栗不已。

八十四　群聚绘蓝图

盟誓完毕，郑注带着诸人回到堂上，道："各位，真的不怕吗？"

钱可复道："有三位宰相坐镇，有四位节度使为外援，可谓百全必取，还怕什么？"

李敬彝道："为了国家社稷，怕也该做。"说着摸摸自家的额头，"每次敬彝摸到额头上这个伤疤，就会想起一位故人。"众人都看着他，的确其左额头上有一个疤痕，纷纷问："哪位故人？看来颇有故事。"李敬彝道："我那位故人，大家想必也听说过，名叫刘蕡。"

众人好像恍然大悟的样子，钱可复道："原来李司马和刘蕡相识，那是一位义士，我听说他被牛相公辟为掾属了，如今正在兴元。李司马这个疤痕，又和刘蕡有什么关系？"

李敬彝道："那还是好多年前的事了，当时我和刘兄一起在资圣寺借住，准备第二年春的省试。很有意思，他是幽州推送的解头。幽州是跋扈藩镇，我起先不愿与他交谈，但有一天他跟我搭讪，就聊了起来。这才知道，他对幽州不向朝廷贡纳财赋深恶痛绝，说假如自家省试及第，就上书给圣人，力劝圣人疏远阉党，平定藩镇。那年他果然及第，守选期间，朝廷又开直言极谏制科，他也参加了应试，写了一篇六千多字的对策，指斥阉宦误国，藩镇跋扈，且一条条列举了解决办法。当时考官三人，分别是左散骑常侍冯宿、太常寺少卿贾餗、库部郎中庞严，他们都很欣赏刘兄的文章，但又恐惧阉宦，只好把刘兄的文章压下，没有上奏；但又舍不得扔掉，就带出去偷偷给人看。谁知看过的人无不激动，纷纷传抄，不几天就传遍了整个上都。有很多谏官、御史都看到了，啧啧称奇，纷纷上奏给圣人，说刘兄是当今的晁错和董仲舒，恳请圣人重用。当时我对刘兄说，'真嫉妒你，你现在天下皆知了，圣人很快会召你进宫。'诸位听了可能不信，那段时间我们漫步到上都的任何酒馆列肆，只要听说他是刘蕡，主人都不肯收钱，连敬彝也沾光被人仰视。"

张骥鸿忽然想起来了，李敬彝说的刘蕡，其实自家也听过，但一直以为是个无知狂生。近十年前，张骥鸿还是一个刚进神策军的官健，就在那段时间，军中的伙伴们一旦相互口角，就会指责对方："你这卖菜佣，莫不是像刘蕡一样疯了？你想当刘蕡吗？"一般听到这话，被指斥的人就会或者反骂对方是刘蕡，或者讪讪服软。张骥鸿当时稚嫩之气未除，什么都不懂，倒也没人会这么骂他，他还不配。不配有时也是好事。总之，当时神策军中提起刘蕡时，个个扼腕切齿的模样，他记忆犹新。记得有一次他在宦官刘景明身前侍候，刘景明和神策军押衙李聪明赌钱，因争博道吵起来，刘景明慢条斯理道："前日有士卒告诉我，你去年曾经放言，说刘蕡也是忠心为国。"李聪明大惊，立刻否认，且拜倒请罪。刘景明当时很得意，对着他们这群稚嫩的士卒说："孩儿们听着，刘蕡那个卖菜佣，是幽州来的。幽州是安禄山的老巢，那地方能出什么好人吗？世间有些人听他倡议扫平藩镇，以为他真这么想，其实是故意说这些话试探，看谁响应，然后偷偷汇报到幽州进奏院，方便幽州派刺客来——刺杀哩。他还蛊惑圣人，说咱们神策军在外骚扰百姓，武断乡曲，作威作福，要求圣人裁撤咱们。试问每次发生战事，哪回不是我们神策军将士不远千里披甲亲征？至今我们神策军还在京畿边境设置了一堆行营，我们的兄弟们犯晨夜、浴霜露，将军手不离桴鼓，士卒手不离干戈，保卫社稷，才赢得上都太平五六十年。他倒好，上下两片子嘴唇一碰，就把我们全否定了。上都城中有很多渣子，屁都不懂，还真信了他的屁话，跟着骂我们。却不知没有我们，他们早就被吐蕃和回鹘掠去为奴了，怎能在酒馆里吃饱喝足坐而论道。"

李聪明忙不迭表态："内侍说得太好了，国家花钱养着这帮书生，什么也不会，只会每天指天骂地。我们享受什么特权了？他们进士及第，最差的也是做县尉，立刻就有两个仆人，月俸两万，马匹草料职分田房舍应有尽有，我们士卒却挤在帐篷里，每天土里跑泥里滚，跟牛马同皂。我真希望内侍一声令下，带着咱们兄弟们出去，把他们一个个都宰了。"刘景明道："负气的话也不必说了，说起来，那帮书生也有书生的用处，奏疏文告、钱粮出纳，都还是靠他们。我只是看不得他们目中无人，好像万事都是他们天下第一，别人都是白吃饭的。"

往事如流水一样，一一在眼前流淌，张骥鸿只没想到那位刘蕡，竟然是李敬彝的同年。

只听李敬彝继续道:"我以为圣人看了刘兄的奏书,也会感动,谁知考官连递都没敢递上去哩。后来制科放榜,登科者有二十二人,刘兄自然不在榜上。我和刘兄得知噩耗,镇日以酒浇愁,有一天夜里,我们喝得烂醉,灯火不明,我上一趟厕所,不小心摔了一跤,留下额头这个疤痕。"

钱可复道:"原来如此。"郑注也感叹一声:"考官之一的贾公,如今正是宰辅,当年阉宦炙手可热时,贾公不敢抵抗,也是可以理解的,现在总算可以补过了。我倒是还知道一件诸位可能不知道的事。"

众人都纷纷恳求他讲。郑注道:"刘蕡是宝历二年朱庆余榜进士及第,那年考官是杨嗣复,我临来凤翔时,圣人召宴,杨嗣复和仇士良都在座。仇士良问杨嗣复,你做知制诰是哪年?杨嗣复说宝历二年。仇士良当即不悦,说:'宝历二年进士及第者,有一天下最疯的疯汉叫刘蕡的,你该知道。此人疯言狂语倾动天下,几危宗社。国家开科举,乃是为了选拔人才,你却把一疯汉放进来,到底有何目的?'杨嗣复当即变色道:'嗣复当年录取刘蕡时,他还没有疯,谁知道后来疯成那样。嗣复愚笨,并无先见之明倒是真的,其它目的万万没有。'当时圣人在座,也不敢说什么。"

众人纷纷怒骂:"这仇士良如此嚣张跋扈,可恶之极。"

李敬彝道:"圣人万事都好,就是仁弱些。当时状元李郃上书圣人,说'直言极谏科刘蕡不中,我们这些人却中了,太不公平。去见亲友,亲友说起,都纷纷嘲笑。我们实在羞得没脸见人,愿意把官让给刘蕡。'圣人却不敢吱声。"

卢弘茂道:"李司马此言有违人臣之道,不是圣人不敢,而是阉宦太跋扈太凶暴。"李敬彝赶忙道:"是,是敬彝言语失当。敬彝和刘兄好久没见,刚才听钱副使说他在兴元,那真离我们所在不远。"

张骥鸿突然插嘴:"其实人生就如飘蓬。在上都时也是这样,大家都做些小官,依附人过活,天南海北,身不由己。上都就仿佛一座大驿站,大家都知道彼此你来我往,每次调职,都要在上都转迁,但时候不同,总不能相见。"

李敬彝道:"魏押衙此言幼眇,颇有理致,长安对我们这些人来说,确实像驿站一般。最大的驿站,连接州郡那些小驿站,驿站之外,波浪滔天,我们每次出外就任,行在驿道上的车马,就是波涛中翻滚的小船吧。"

众人拍掌:"此言若画,历历如在目前。"

萧杰道:"所以说嘛,大家在外漂泊,往往相互知道对方来过,只是身如转蓬。白乐天当年贬谪到九江之次,好友元相公也在贬谪路上,一前一后,都在某驿站歇宿,却只能看看对方留在壁上的歌诗。'每到驿亭先下马,循墙绕柱觅君诗',每次想到这两句,就免不得感慨万千,偏巧我辈没有白乐天的诗才,就只能凭人作叹了。"

听到"白乐天"三字,张骥鸿又想起了盩厔,也颇感慨,在盩厔,他住的馆舍是白乐天旧时住过的,去的寺庙曾有王播的题字,仙游寺中、自家淫乐的地方,白乐天也去过。这些都是响当当的名字,但是,自家和他们永远不会有真的交集。

又听到李敬彝说:"这世道对刘兄最为不公,这天下闻名的才士,分明有宰相之气,却连一个九品的官都做不上,蹉跎十年,如今只能给牛相公做幕僚。灿烂星宿,落到如此下场,你道是气也不气。"

钱可复也道："不说也罢，想白乐天诗才名震天下，远播日本新罗，尚且要向阉宦低头，何况我辈。刘梦得、柳子厚，哪个科名不比我辈高？哪个文名不比我辈盛，却半辈子贬谪南州，和猿猱们为伍。我等忝列南榜之末，只是苟且谋生。人家要捏白乐天、刘梦得、柳子厚，还怕遭到物议；捏死我等，只如捏死一只蚂蚁。"

郑注道："诸君也不要太丧气了。刘蕡得罪了阉宦，得罪了仇士良，朝廷无人敢给他授官，但不还有牛相公敢辟他为幕僚吗？等这番灭了阉宦，注立刻奏明圣人，即刻将刘蕡召致朝廷，授以重职。"

众人随即欢呼："仆射此言，大张士气。"

卢弘茂道："等这回诛灭阉宦，刘蕡就有出头之日了。他的文章我没读过，听李司马这么推崇，倒真要找来一读。"

一时天色黑了下来，那只橘黄色的猫忽然从房顶跃下，跳进郑注的怀里。郑注抚摸它："诸位，就先回去歇息吧。记住，今天的事，不要向任何人透露一个字，哪怕是枕边人。"

众人唯唯称是，各自告退。

八十五　忧心大事不能成

接下来的日子,张骥鸿天天竖起耳朵倾听,看凤翔进奏院又会送来什么信息。这一天他去内衙,向郑注奏报训练进展,看见郑注的脸色似乎很落寞,没有平时那种挥斥八极的自信。把情况奏报完后,也不见郑注有所反应,堂上非常安静,只听见沙漏的声音,张骥鸿只好提醒:"仆射,不知仆射还有什么指示。"

郑注这才像梦中惊醒一般,道:"孩儿,你刚才说的,后面那部分,我都没听到。"

张骥鸿道:"那儿子再给义父说一遍。"

郑注摆手道:"不用了。这几个月来,你做的事样样贴心,我没有什么可挑剔的。你陪我说说话吧。"

张骥鸿有些惊讶:"义父有什么心事?还是最近睡眠不佳?"

"这个,我不知道要不要跟你说。"郑注道,"但不跟你说,我也没人去说。在凤翔,你是我最亲的人了。我有两个亲生儿子,留在了上都,没带来。那两个纨绔子弟,带来也帮不了我什么。最近我时常想起一些事,有些后怕。你看,我来的时候,在朝廷精挑细选,钱可复、萧杰、卢弘茂、李敬彝那些人,无论家世,还是平日言行,我都曾细细考察,很放心。我带着他们来凤翔,一路上也踌躇满志,觉得他们足堪做我的左膀右臂。但现在我却觉得,跟他们也谈不了那么深,我不敢把自家的想法一发都告诉他们,除非是好消息。对你却不一样,我什么都想跟你说。你说,要是夏天的时候,我没在萧家宅邸遇到你,我这次来凤翔,岂不是白来了?我经常会想,如果没有碰到你,或许我还会觉得,有钱可复那些僚佐就足够了呢;但如今看到你在我身边,我才后怕。我感觉如果当时没碰到你,就这么来了,真的很冒险。你明白我这个感觉吗?"

张骥鸿拜道:"儿子能遇到义父,那是儿子的福分,没想到义父如此看重儿子。儿子除了誓死报答,也没有别的想法。"

郑注道:"你应该还不能完全理解。就像我年轻的时候,有一次得到一本书,我如饥似渴地读,当时我想,如果没有得到这本书,我还以为自家每天都很充实,其实不是的,只在得到这本书之后,我才恍然大悟,在得到它之前,那些日子是多么的浑浑噩噩。"

"儿子大概能理解。"张骥鸿道,"儿子这段时间也是类似感触。做县尉的时候,儿子差点放弃了习练武艺,每日改读歌诗,以为选择这个才有未来。自经历大变故之后,这几个月来,儿子再次重拣武艺,感觉又有巨大的长进,因此这段时间老是会想,在放弃习练武艺的那段时间,是何等的蹉跎。"

郑注一拍案,道:"对,你这回说对了,就是这样,儿子,你是有悟性的人,我没有看错。"

"不知义父有何心事？"张骥鸿问。

郑注似乎想了想，道："不妨告诉你，我那个内弟魏逢，本来一直跟着我，不离身边的。我这次来时，他说自家留在上都专门和李训接洽较好，别人很难信任。凤翔进奏院抄送的状报，其实有用的消息不多，碰到关键时刻，还得靠他联络。但他最近送来的消息，却让我忧心。他感觉李训似乎想撇开我们，有别的排备。"

张骥鸿一惊："李训要背叛圣人吗，不知是什么排备？"

"背叛不至于。"郑注道，"他也是有想法的。只是状报说，他们一伙人最近在上都到处散布天降甘露的消息，不知是什么用意。我那内弟去中书门下打听浐河送葬的具体事宜时，他们也总是推诿，说还没排备好。我感觉有些不对。"

张骥鸿道："儿子愚鲁，总把人往好里想，不能体会台省官员的心思，依义父看，大概是什么用意？"

郑注道："我一向受圣人青睐，李训有些嫉妒，这也属正常，我并未往心里去。当初我和他们商量大事，他们让我来凤翔，就是看中我久在军中，杀伐果断，且懂练兵。我也听从了，其实谁愿远离上都。但看目前的消息，最乐观的推测，是他想独占大功。这我也能接受，只要能除掉仇士良，还宇内澄清，我没有功劳也没什么，就怕他还有更多的想法。目前来看，在浐河送葬时动手最为合适，这点我们早有共识；但若他想独占功劳，就有可能擅自在上都动手，那恐怕会出纰漏，神策军的力量大得很，他们一帮书生，并不懂得。"

张骥鸿道："这些事，儿子不能有什么建策，希望李训不至于那么愚蠢。"

郑注道:"我只是想倾诉一下,未必情况有那么糟。"叹了口气,"算了,不提也罢。想来他已有万全之策,总不会拿一家人的性命戏耍吧。即便发生纰漏,牵连到了我,孩儿你也没事。谁都不知道你的真实姓名,到时你首先跑。"

"儿子愿誓死保护义父。"张骥鸿道,"这是真话,儿子向来不会撒谎。"郑注认真看着他,说:"我完全相信,不过即便李训那边出了纰漏,我们在军镇还有可为。凤翔镇在西,昭义刘节帅赤胆忠心,他在北,我们成掎角之势,仇士良恐怕也拿我们无奈何。张仲清不足为虑,不过他身边的贾克中、李叔和,却有勇力,又嫉恨我们,要分外注意。"

张骥鸿道:"若主子平庸,就算身边有桓范那样的智囊,也不足为虑,最终是要向我们授首的。这位张内侍,依儿子看,倒也不算坏人。仆射刚来时,说他喜欢读书,不予外事,而且肯约束贴身士卒。就儿子去民间廉访的情况来看,也算真事。只可惜,这样的宦官太少了。至于贾克中、李叔和,若真到正面交锋之时,儿子可轻易取他们首级。"

郑注道:"这样甚好。至于张仲清,他坏不坏无甚紧要,形势所迫,到时对我们也不会有丝毫留情的。萧杰曾经说过一句话,我认为很有道理,他说,'非我族类,其心必异'。阉宦们有个特点,就是他们'仇儒恐儒',这点是刻在骨子里的,改不了的,不可轻忽。"

张骥鸿想说,王守澄似乎并不如此,但眼下最好还是避开提及王守澄,就说:"但是儿子疑惑,张内侍为什么也亲儒书呢?"

郑注大笑:"看起来是矛盾,其实也不难理解,那是因为所有的书,几乎都是儒生写的，他们如果不读，就只好做野人了。所以说，他们亲儒书，只是不得已罢了。但狼子野心，适当时机，这'仇儒恐儒'的面目就露出来了。"

张骥鸿道："这么一说，倒也似乎有些道理。"心里却还是不服，又聊了一会，张骥鸿告退，回到自家官署，心事重重，坐着半天不舒服，又叫小兵让厨房做点酒菜上来，再把白大几个人叫来说话抒泄。白大道："诸位官长中，我最不喜卢弘茂，仗着他妻子是太后的妹妹，下巴永远是仰着的。他要是得志了，那就是有蛋蛋的仇士良。"众人大笑，张骥鸿也觉心情好些，对元二道："你觉得呢？"元二道："白大兄说的对啊，但就像舅父上次引述李司马的话说，我们都是巢於苇苕，并不能主宰自家的命运，还有什么选择呢？"张骥鸿叹了一声，又道："那个萧杰有点本事，能归纳出'仇儒恐儒'这样简明的话。当年我在神策军中，常听伙伴说，那些清流怎的如此可恶，宦官和神策军干点不规矩的事，天天追着骂；他们主持科举，录用的都是自家子弟，国家公器私相授受，却绝口不提，也毫不羞愧。这帮口是心非的小子，有朝一日，要把他们全扔进黄河去喂了鱼鳖才好哩。既然他们号称清流，就偏让他们去和浊流作伴。另一伙伴说，你这话虽然有趣，却究竟稚嫩，所谓清流，也是儒生们的自称，难道他们自封清流，就真的清了不成？其实他们只是会为自家编造好称呼、好名头，我们也可以效仿的。"

白大笑道："要跟儒士斗，却斗他不过。阉宦们要自述委屈，却怎么自述？总不能叫'仇阉恐阉'吧？"元二道："内侍们身体缺了一块，天然就处于劣势了，不好办啊。假使人们听到'仇儒恐儒'，立刻会觉得不该;但若听到'仇阉恐阉',个个都会觉得有理似的。"

张骥鸿叹气:"为什么我依旧认为王中尉是好人呢?固然因为他对我有恩,但我以前在军中做官健时,远观他几次,都觉和蔼可亲。当然,斩刈杀伐是免不了的,可在神策军中,没有威严又怎能服众?哪个做大官的又仁慈?"想顺口拿王涯征茶榷来举例,又想到上次郑注说是他给王涯的主意,话到嘴边,又止住了。

谈论了半天,也说不出什么结果,最后酒阑宴散,张骥鸿醉醺醺走在庭院中,只看着四下宁静,后面院子深处,一蓬一蓬的菊花,姹紫嫣红,竟开得正艳。张骥鸿恍然感觉自己正和许浑一起,走在寺庙中,随澄照和尚赏菊,左右看看,才知道都是幻觉。那都是去年的事了,倏忽就过一年。那时何等意气风发,虽只任小小的县尉,一切却运行在正规的轨道上,只要干得好,考绩在前列,就可按部就班升迁,前途如金黄的菊花,灿烂夺目;如今在郑注麾下,虽挂着兵部员外郎的虚秩,其实只是他私人辟举的官属,名字不达南衙内省,前途和眼前紫色的菊花一样,黯黯淡淡,看不分明。也不知道许十一兄现在怎么样了?凤翔和鳌屋归属于不同的州,邮书等闲也不会有鳌屋的消息,除非发生大事。但无事就是好事,若真的有大事,对十一兄来说未必是好事。

八十六　螃蟹纷争

隔天，张骥鸿排备好了牙兵的训练，自家照旧去节度使衙院侍奉。不知什么时候，阍人进来说，天兴县令谒见，递上名刺。郑注说请进来，一会县令上堂，是个四十出头的中年人，口称"杨徽"，郑注出来接见，道："贤令郡望可是弘农。"杨徽道："天宝之乱，贼人攻略郡县，家谱散乱，已经不知端的，大概是弘农小支。"郑注道："和本帅一样。"杨徽道："久闻仆射出自荥阳，真贵胄也。"郑注指着院庭前面的官署，笑道："我那些僚属哪个不是进士及第，名门望族子弟。"

杨徽道："虎帅门下固无虚士，那是必然的。卑吏今天来，是因为从饮凤湖中新近打捞出了一批螃蟹，如今西风初起，正是蟹肥的季节，正好吃蟹饮酒赏菊，因此卑吏斗胆，专门前来敬献。饮凤湖号称仙湖，每年九月，湖中的螃蟹就成熟了。以往的节帅都对此赞不绝口，但愿郑仆射也能喜欢。"

郑注说："有多少，我那些僚属个个都是国家的凤凰，我吃不到不打紧,可不能亏待了他们。"说罢大笑。县令道:"那是自然都有的,这么大的湖,每年怕不要打捞出两三千斤。"郑注道:"张内侍那边可不要忘了。"杨徽道:"那怎么敢忘,待会就去拜问。"郑注道:"很好,不如就让内侍那边的人,都来这边分蟹吧。"

杨徽道:"卑吏这就去。"说罢忙遽告辞。

郑注让童仆把僚属召来,一会都从前院来了。郑注把事情说了一遍,道:"饮凤湖的蟹天下闻名,我在长安时,就有幸陪圣人吃过,黄多膏肥。"众僚属一阵赞美:"陪圣人吃蟹,也只有仆射才有这样的福分。"郑注笑道:"诸位将来都是要图列凌烟阁的,个个都有陪圣人吃蟹的福分。"

正在聊着,这时日影西斜,有奴仆来报:"外间内侍的人来分蟹,吵起来了。"郑注看着张骥鸿道:"魏押衙,你去外面看看。"张骥鸿忙遽下阶,到了院外,果然见两边的人在吵架,上前询问始末。监军使厅领头的就是李叔和,他说:"魏押衙无恙,上次比武,我不知轻重,出手重了些,不知道跌倒的伤好些了没有。"说罢呲开乌黑的牙。张骥鸿道:"承蒙关照,好得差不多了。都怪在下自不量力,要跟李将军比武,别说才跌一跤,便是被押衙打残了,也只能怪自家不知天高地厚。"他说到"李将军"三个字,特意加重语气。李叔和却很欢喜:"嗨,也怪我事先没有提醒。"张骥鸿道:"将军平易近人,在下感佩。适才在仆射跟前侍候,忽听外面喧哗,也不知发生了什么事,仆射叫在下来看看。"

李叔和道:"也没什么大事,大家前来分蟹,各个篓子里的蟹都是绑好的,本来按篓分了就是了。谁知你们牙院的这几个军士,却将每个篓子都打开一遍，挑挑拣拣，专拣那个大的，放在一个篓子里，小的都留给我们。我这几位军士不服，抱怨了几句，他们反倒要动手。"

张骥鸿问牙院的军士："是不是这样？"

那些军士道："没有的事，休要诬赖。"

李叔和身边一个士卒说："怎么没有，那篓子都打开了，难道是螃蟹自家爬出来的？还有这一篓，岂非只只都是大个的？空口无凭，摊开来比较一下即可。"说着从地下捡起一个篓子，把螃蟹全倾泻到一个木桶里；又拎出另一个篓子，把螃蟹倒入另一个木桶，对张骥鸿道："请魏押衙比较一下，自有明断。"

张骥鸿看着两个木桶的螃蟹，确实一个明显都是大个的，一个则有大有小，一时不知说什么好。牙院的士卒见张骥鸿不说话，气又盛了，骂道："我们押衙也看不出有大有小，偏你们看得出？你们就是在胡扯。"那监军使的士卒怒了："难道真的没理可讲吗？以前张内侍常告诫我们说，诸位都是来自神策军，而神策军是天子的从骑，一向尊贵，到了地方，人见人怕，就怕你们不讲理。若你们真的恃强凌弱，无疑有损圣人的声誉，我告诉你们，你们跟了我等，我等不许你们胡来。我等敬重内侍，无不唯唯。谁想人善被欺，你们竟敢当面说瞎话欺负我等，岂不教内侍心寒。"张骥鸿正要说话，却见萧杰过来，听了端的，低头朝两个木桶看了看，道："这么看去，似乎这篓的确实都大一些，但会不会有角度问题，换个角度看，便差不多？"

李叔和冷笑道："我等向判官和押衙讨公道，显见是自讨没趣，判官和押衙怎会说自家人有亏。"

节度使牙院的士卒也怒了:"说话阴阳怪气作甚?我们萧判官和魏押衙又没下结论。"

张骥鸿道:"各位不要吵,本来不是什么大事。若我们这边选了大的,重新换回来便是,值得什么。"

节度使牙院的士卒说:"魏押衙,我们真没有故意挑选大的,怎能受冤。"

张骥鸿道:"便没有,也可让一步,由内侍这边的兄弟分派,岂不显了谦逊。"

萧杰道:"魏押衙此言差矣,既然我们的人没做,就不能受冤枉。吃点亏事小,这回屈就了,只怕懂事的人知道我们宽厚,不懂事的则以为我们怯懦。所谓人善被人欺,马善被人骑,怯懦的名声一传出去,以后还怎么上阵打仗?"

张骥鸿默然无言。

萧杰断然道:"不要听他们无理取闹。"

监军使院厅的士卒当即鼓噪起来,有人甚至说回去披甲,李叔和也斜着眼,只是冷笑,不说话。张骥鸿感觉不是好事,就对萧杰说:"萧判官,都是自家人,各让一步就算了。"萧杰道:"这些人仗着北司权势,永不餍足,你退一步,他便进一步,闹得最后退无可退,眼睁睁看着他们弑父弑君。"

张骥鸿大惊,萧杰在这场合瞎说,传到张仲清耳中,不知怎么向宫中报告呢。他拼命向萧杰使眼色,又对李叔和说:"李将军,这次的确是我们不对,这就换回来。"李叔和昂头不答。

萧杰道："魏押衙，你说什么？我们不对，你亲眼看见了吗？"

张骥鸿指着两个桶里的螃蟹道："这两个桶里的螃蟹，似乎确实有些不同，卑吏又打开别的篓子看了，都有大有小，独独那几个篓子里几乎都是大的，恐怕不是巧合。"

"押衙，你到底站哪边的？"萧杰嘴唇发抖，看来气得不行。张骥鸿赶紧凑近他，低声赔罪："卑吏当然是站仆射这边的，但如果我们不讲理，岂不是跟阉宦一样了吗？"

萧杰突然嘶声叫了出来："滚开，别吃里扒外。"

张骥鸿大惊，没想到他会这么反应，当即一股邪火窜了上来，一双拳头捏得格格作响。旁边节度使院的士卒看着他们吵架，也开始惊慌，不知道做什么好。这时听见外面马蹄杂沓，几匹马进来了，领头的就是张仲清，后面跟着贾克中等人。萧杰和张骥鸿对视了一下，赶紧上前逢迎："卑吏拜见内侍。"

张仲清道："适才正要吃饭，忽然听见外间扰攘，有人说军士开库房取了甲胄兵器，要出去。我一听不好，赶紧就来了。路上问了军士，说是因为分螃蟹的事发生了误会，都是一家人，何必如此。事情是我们神策军的人引起的，仲清向大家表示歉意。这事就不必提了，本来有螃蟹吃是好事，大一点小一点又有什么关系？仲清说个你们可能不清楚的事，这饮凤湖的螃蟹，很早就进贡给圣人了，仲清知道不管个大个小，黄和膏分量都差不多；至于肉，大的虽然多一些，却不如小些的嫩。所以圣人反而喜欢吃小的，蠢大蠢大的，就赐给我们下面的奴婢了。你们不愿要小的，仲清还巴不得呢。"

张骥鸿听得脸庞发热，没想到张仲清能这么谦逊，看看人家的涵养气度，我们这边已经输了一个回合。他也想说点什么，但萧杰在旁边，也轮不到自家说话。正在尴尬，郑注也带着僚属也出来了，听完始末，说："内侍，我这些个官属太不懂事了，竟惊动内侍。幸得内侍宽宏大量，否则闹出内讧了，传出去让人笑话是小，说不定还会被谏官弹劾呢。"

八十七　李敬彝出走

回到官署,张骥鸿闷闷不乐,白大等人来问情由。张骥鸿简单说了一遍,提到萧杰,怒发冲冠。元二道:"那位萧判官,没想到比卢书记还不像个人。张内侍倒出乎我意料,人都说懦弱,瞧他不起,其实挺通情达理的。如果北司阉宦都像他这样谦让,大唐的天下也不至于这样吧?"

张骥鸿叹了口气,默然无言。白大道:"快去煮螃蟹吧,咱们好好吃一顿。这些事,我们不懂,也懂不了。"

这顿螃蟹,张骥鸿感觉吃得很不畅快。但更不畅快的是,第二天下午,郑注突然紧急召他去,说:"李司马给我留了一封辞呈,走了。"张骥鸿惊讶,也不知道怎么回答:"可是家中有什么急事?"郑注道:"倒不是,是他省试及第的举主路隋派人送了信来,说自家病危,怕从此起不来了,要见他最后一面。路隋你可知道?"

张骥鸿道:"路相公怎能不知道,好像七八年前吧,儿子还在神策军当差,路相公就是众宰相之一,当了好些年的宰相了。据说他父亲也是宰相,可谓奕世贵胄,令人艳羡。"

郑注道:"这人是有些才干,可惜李德裕意图不轨,他跟着李德裕朋比为奸,闹得圣人特别生气,罢了他的相位,让他去做镇海军节度使,出守浙西,谁知刚到任上,就患了重疾。但事情也怪,便是重疾,行将不起,李司马也只是他众多门生中的一位,有什么理由偏要叫他不远万里去告别?且如今正是紧要关头,李司马就算要去,也不该不告而别。"

张骥鸿知道郑注的用意,就说:"义父不必担愿,他携家带口,驾着大车,只怕也走不远,儿子追他回来如何。"郑注道:"我也不瞒你说,叫你来就是这个想法。"张骥鸿道:"追上他不难,只是追上后,他执意不肯回来呢?"郑注沉默了片刻,说:"斩了他的头来。"张骥鸿拜了拜:"儿子遵命。"随即出去,带着白大等十几个士卒,挑了几匹骏马,往驿道奔去。

正如张骥鸿所料,快要天黑的时候,他们就追到了李敬彝的车马。只见李敬彝和两位仆人骑在马上,妻子和一堆儿女则坐着大车,大车的速度快不起来。许是听到后面的马蹄杂沓,李敬彝圈马回头,迎候张骥鸿等人,脸上表情好像也不奇怪。张骥鸿驰近他,勒住马,马长长嘶鸣了一声,在空旷的野外显得异常萧瑟。

李敬彝道:"押衙奉命来杀我吗?"张骥鸿看出他虽然镇定,其实相当紧张,他垂下眼帘,答道:"仆射命卑吏劝司马回去而已,司马也知道,此刻是非常时期,白练上的盟血未干啊。"李敬彝道:"我若不回,是不是就要斩我的头去。"张骥鸿迟疑了一下,道:"在下没接到这样的命令。"李敬彝道:"那就好,敬彝必须去见路相公最后一面，否则会被天下人笑骂。"张骥鸿道："国家社稷重要，还是私人情谊重要？"李敬彝道："郑仆射少了我，不会影响再造国家；但路相公见不到我最后一面，定会含恨而没。请押衙回报仆射，敬彝心向仆射，痛恨阉宦专权，希望国家清明昌盛，敬彝会做熊宜僚。若信不过敬彝，就斩了敬彝的头去，敬彝毫无怨恨。"

此刻月色西上，山间吹起凛冽的寒风，张骥鸿背对寒风，手里握着刀，想着是不是要拔出来，若要动手，就一个都不能留。这时只见远处的大车停住了，有童声在叫："阿爷，阿爷，你怎么不跟上来。"虽在寒风中，也很有穿透力。张骥鸿见过李敬彝的儿女，和许浑的女儿年纪相仿，虽然没有那么熟，究竟也不陌生。他看了看四周，野草枯黄，一望无际，风翻卷着宿草，一团团贴地滚来，发出呜咽的声音。张骥鸿握着刀把，手上汗津津的。李敬彝道："魏押衙，我得赶路了，为我向仆射谢罪。"说完圈马，缓缓走向前面。他的声音非常干涩。张骥鸿望着他的背影，突然催马上前，前面的人影低叫了一声，从马上跌下来。他回头看着张骥鸿，满脸惊恐，眼中噙泪。张骥鸿顿时心软了，收刀下马，扶他起来，只感觉手触碰到的身体僵硬，且不住颤抖，节奏密集，仿佛要像蜜蜂振翅一样，发出嗡嗡声。张骥鸿叹口气，心想，这又是何苦来，遂悄悄说："李司马，你也知道这个时候，仆射应该怎么做。你不该怨恨仆射。"

李敬彝声音很低："敬彝不怨恨仆射，换了敬彝，也会做仆射同样的事情。"突然提高了声音，"魏押衙，你给我个痛快吧。"张骥鸿道："李司马，你能这么说，仆射也会欣慰。仆射的僚属中，我最敬重你，其它数人个个眼高于顶，只有你谦恭待下。"李敬彝沉默俄顷，道："何止眼高于顶，简直轻率躁狂，为了几只螃蟹，都能做出那般嘴脸，如何能成大事。"

张骥鸿心中一惊："我也没想到，他们会那样，为何这些文人进士，总是如此嘴脸，好像天下人都欠他们的。当然，进士中也有李司马这样谦恭知礼的人物。我当时就想，要是李司马来处理这事，何至于此。"

李敬彝道："魏押衙，谢谢你这么说。"见张骥鸿不说话，又道："天色不早了，动手吧，早死晚死，终是个死。但请看在押衙刚才说敬重敬彝的份上，留下敬彝妻子女儿的性命，他们什么都不知道。"

张骥鸿沉默了一会，长长叹了口气，道："李司马，你别真的歇宿，在前面村落买几匹骡马，换掉这几匹疲惫的，跑快一些。"说完起来，跃马回头，对部下说："李司马的座师重病，在病榻上忍死等待，要见李司马最后一面，我们不能不近情理，回去禀报仆射就是了。"

元二催马到张骥鸿身边，道："仆射难道没有直接下令，要舅父割了李司马的头回去？"

张骥鸿道："没有，仆射仁厚，不至于如此。"

元二道："仆射知道舅父为人，但或许会派别的人来做。"

张骥鸿道："那李司马就只能听天由命了。"

一行人将近半夜时分，才回到天兴县，回到官署。张骥鸿打发其他人都去休憩，自家卧在席上，也睡不着，忐忑等到天微微明亮，就洗漱了一番，换上袍服，去节度衙院拜见郑注。郑注似乎也一直等着，立刻传召。张骥鸿心里更是沉重，上堂立刻拜倒谢罪，转述了李敬彝的话。郑注静静听完，道："早知道你是这样的人。"张骥鸿赶紧叩头:"义父,儿子熟悉李司马为人,他说能做熊宜僚,若不信,就斩了他的头回去,真是神色不变。儿子想,我们正要做大事,这样刚直之士,杀了不祥。"郑注也慨叹了一声:"算了,希望李敬彝言而有信。不过,就怕万一。《孙子》有云:'厚而不能使,爱而不能令,乱而不能治,譬若骄子,不可用也。'你一时仁慈,或许会害死我们所有人。"

张骥鸿大震,向前膝行,匍匐在郑注脚下:"义父说得是,儿子甘受责罚。"

郑注低眉看着张骥鸿,道:"算了。李敬彝的为人,我也算了解,当得起你对他的评价,或许杀了他真的不祥。且他是朝廷品官,本不该轻易杀却。"

张骥鸿道:"儿子也是这么想的,观李司马为人,不宜如此,况且盟书上有他的名字,真要出事,他也逃不掉。可是,哪里能出事呢,只可惜他没福分留名青史了。"郑注站起来,在堂上踱了好几圈,许久没有说话,忽然又道:"我本该想到这点的。"张骥鸿不知他话里的意思,凛凛不敢动,只是低头蜷腰伏着。郑注停下来,看着他,说:"孩儿,没有多久了,你都准备好了吗,一旦我下令,要能够立刻出发。"张骥鸿道:"这点放心,义父现在下令,孩儿现在就可以动身。"郑注道:"那是最好,你去吧。"张骥鸿赶紧拜谢,爬起退出,一摸,额头上都是汗,心里却松快极了。心想,这又是何苦,我不杀李敬彝,石头压在我心上;我杀了李敬彝,昨晚就可睡个好觉。但是,人该积德向善,鬼神总会有所报偿。我不杀李敬彝是对的,也只是一夜睡不着而已。

这一天轻松，晚上也睡得极好。第二天清晨早起，浑身舒泰，仆役送上早餐，张骥鸿坐在厅前吃，看着厅外的院庭。这是一个深秋的清凉日子，一个露珠穰穰的清晨，墙角的菊花已经开得有点衰败，墙上趴着的青藤微微泛出红色，银杏树也变得金灿灿的，枫叶却一片也没红。张骥鸿极力回想，去年的今天，我在干什么？好像在县邑里打人？还是在乡下催租，或者是在教五娘打马球。虽然只是一年，却好像是很久以前的事了，比童年的某些记忆还要久远。他记得有一天，五娘站在窗前，就是白乐天曾经住过的那间馆舍的窗前，松树下，上着红衫，下穿绿绫裙，披着帔子，手引绣带，要找他说话。进了屋，忽然从后面抱住他。现在回想这些，有一种撞击心扉的悲痛；但在当时，他一心系着霍小玉，对五娘几无动心。而五娘在他人生最黯淡的时候，抚慰了他的身心。他吸了一下鼻涕，那样好的日子，怎么会不珍惜呢？再想起霍小玉，身影面庞似乎越来越模糊了。这真是天意，当时在元相公的宅院里，那么温暖的小阁中，和她同床共枕了一夜，竟然对她秋毫无犯，总希望最好的人要等最好的时光来品尝，却没料到从此再也没机会了。而且她，竟然还重新成了李训的小妾。这真是天意，他本来正是被他们两人送上命运巅峰的，随即又栽了下来，这只能说明一点：他毕竟无能，只是因人成事，就好像一颗马球，被人用杖挑起投掷了出去，因了投掷的那股力道，在空中飞舞，而球终究会自家掉下来。是的，他就是那颗马球。

旋即又想，如果这回大事成功了，又会怎么样？看郑仆射的意思，他和李训是同盟，假如李训看到我，又会怎么想？霍小玉肯定已经把新正的那些事跟他说过了吧，真是羞死人啊。他们肯定笑得前仰后合，没见过这么蠢的癞蛤蟆，打肿脸充胖子，明明出身贫贱，却效法人家王孙公子，追逐本来就不该属于自家的东西。张骥鸿使劲晃晃脑袋，把这羞愧驱散，又想起老仆，当年老仆还说李训长得像癞蛤蟆，列精子高，其实真相残忍，我才是癞蛤蟆和列精子高啊。虽然列精子高是个丑人，我并不丑，但人的美丑，只以相貌来评判吗？男人的相貌不完全基于面容，须加上门第、才学、财帛，根据这些标准，我站在李训面前，不是毫无疑问的丑人吗？霍小玉宁愿做他的妾，不愿做我的妻，是有道理的。

　　张骥鸿发现，自家似乎到了这个时候才开始细思这些问题，转念又一想，即使不是现在细思，又有别的选择吗？只有借郑注的力量，才可能为父亲和老仆报仇，人世间根本没有更多的选择啊！哪怕仅仅多一个。

八十八　银斧东征

天气日渐寒冷，也黑得一天比一天早，冬至日正飞驰而来。这天训练士卒完毕，白大陪着张骥鸿在堂上吃饭，说："为何王中尉的下葬日选在冬至？我现在冻得手指就挛缩了。这些天训练，舅父发现没有，很多兄弟手上都生冻疮了，肿得握不紧斧头。"张骥鸿道："冬至是一年中天黑得最早的日子，也许为此去旧迎新，应个吉兆。生冻疮也没法，到时就算把斧柄绑在手上，也得出击。"

正说着，忽见元二带着卢弘茂进来，脸色紧张，张骥鸿忙遽站起，上前叉手拜礼："卢书记怎的有空光临？"卢弘茂道："有急事，仆射让我来请你去。"张骥鸿道："派一小兵来唤我就是了，何必书记亲自来。"但看卢弘茂面色不善，也不敢说什么，赶紧站起来穿衣，卢弘茂走近他，低声道："据说上都出了大事，是留驻京中进奏院的副大使魏逢用信鸽传来的。这事不可外传，只好我亲自来了。"

张骥鸿越发不敢再问，赶紧穿戴好，跨马和卢弘茂奔向衙内。郑注正在堂上来回走动，很焦虑的样子。见了张骥鸿来，道："人都齐了吗，我们去内室聊，吩咐门卒，不许放任何人进来。"

几个人进了内室，郑注道："这信鸽是刚才到的，万分焦急。李训那竖子，可能真的会害死我们。"遂把前因后果一说，原来郑注本和李训等人约好了，数天后，也就是十一月戊辰，在浐水边送葬的地方会合，等到仇士良入羡门祭祀时，立刻关闭羡门，大开杀戒。谁知李训他们临时改变了主意，竟向圣人奏报说，左金吾衙门后院的石榴树上，昨晚发现有甘露降临，这是天大的祥瑞，请圣人驾临观赏。"还好这消息被我们进奏院探得，不然现在还蒙在鼓里。"郑注道，"圣人也不知道怎么回事，竟答应了，显然他们想提前发难……请诸君各抒己见。"

钱可复道："李相公这么做，是否觉得在左金吾衙门后院动手更易成功？浐水边乃是开阔之地，万一出现意外，不能将阉宦们都关闭在羡门之内，就不好办了。毕竟我们只有五百精兵。"

卢弘茂搓着手："若李相公能够成功，倒也是好事，免了我们的一番手脚。"

郑注道："我特意让魏押衙训练能猎杀猛虎的五百精兵，就是为这事做打算的。唉，你们不知，目前李训能倚仗的，只有南衙禁军千余人，这些人论器械锋利和技艺精熟，都不逮神策军远甚。且李训等几人的性情我都熟悉，李训和邠宁节度使郭行余虽然胆大敢干，但南衙兵统领韩约和河东节度使王璠两人则是鼠辈，在朝中虽横蛮，遇大事则懦弱，要不是实在找不到同盟，这两人根本不能用。李训又是文弱书生，若他有魏押衙这般本事，我也没有什么可以担忧的。为今之计，一不做二不休，我等赶紧带着五百精兵赶往上都，若中途换马，两天即可赶到。希望万一不成，他们能和阉宦相持一阵，我们再投入精兵，还有获胜机会，否则就等着砍头吧。"

座上顿时沉默，卢弘茂哭了出来："李相公，你害得我等好苦。"

郑注厉声道："还哭什么，赶紧整装。"

一行人立刻分头收拾起来。张骥鸿早有准备，回到自家院署下达命令，不多久，全部五百人马就收拾整齐，随时待命。谁知还没动身，不知张仲清怎么听到消息，亲自骑马来问："知道郑公要去为王军容送葬，却还有几日余裕，为何突然忙遽出发？"又看着天空，正是寒风呼啸，霰雪像粗盐粒一样洒下来，落到屋前屋后，耳边隐隐能听到啪啪洒落的声音，张仲清又道："何况天气这么差，不如等改日天晴再走。"

郑注道："内侍有所不知，注之所以提前出发，就是因为算到要下雪。注略懂点天文星历，昨夜观天象，知今日有小雪，但两日后雪会加大，而从凤翔去浐水，须费些时日，怕两日后大雪封路，就不好办，因此不得已提前出发。若到得早，就在扶风县多歇息几日。扶风离王军容长眠之地较近，就算下怒雪，也不怕了。注不才，能成为一方诸侯，全靠王军容擢拔，若不能送他最后一程，余生难以安宁。"

一阵寒风刮来，张仲清裹紧领子，说："郑公乃重情之人，仲清极为敬佩。那就祝郑公早日归来，路上多加小心，注意保暖。按说仲清出身内省，也多蒙王军容照顾，这回下葬，也该去拜祭，可惜诏书不许。"郑注道："凤翔边陲，不得内侍坐镇，只怕机阱不安，注也不放心啊。"说得张仲清眉开眼笑。于是两人告别，郑注率着军队祖道出发，五百士卒个个扛着雪白的木棒，其实怀里还各揣着一柄利斧。赶着几十辆大车，车上也载着甲胄弓箭，一路迤逦，向东北方向的驿道走去，目的地是扶风县城。

一路倒也顺利，没两日便到了扶风，雪时下时不下，到扶风时，下得弱了，扶风县县家官吏早接到邮书，带着士卒在城门口等候，个个冻得簌簌发抖，也无可奈何。只不断派出侦骑打探，好不容易侦骑回来，说已经遥遥望见节帅旗帜，顿时欢天喜地，整理好衣装前行，拦着郑注马头，上前叩拜，再转身将一行人迎进城去，设宴招待。

张骥鸿见酒席甚为简陋，正在奇怪。要知道郑注是凤翔节度使，地位极尊，出行是奉着天子节钺的，所经过之处，别说本镇下属县邑，便是他郡属县县令，也得拜谒道旁，盛情款待。郑注见状，自然也不高兴，一一问刚才迎接的官吏姓名官职，才大怒道："刚才竟忘了问，怎么不见韩县令？"县丞一副苦相："不瞒仆射说，韩县令带着主簿、曹掾和县尉，前几日就出城去了。"郑注大惊："县令一城之主，怎可随便离府？"县丞道："仆射也知道，一县之内，县令说了算，县丞只是摆设，可有可无。卑吏怎敢问他去了哪里。"郑注也知他说得不假，县丞虽说是县令之下最高品级的官员，其实并无实权，各类文书签押，都由县令属下的小吏送到官署，连内容都不让看，只翻开需要画押签名的纸面，让其签署，此事官府都心照不宣，习以为常。

张骥鸿在旁听到，心中一凛，糟了，要坏事。自家带着这五百人的队伍，每天要花费不少钱粮，县令、主簿、曹掾、县尉乃是县家的重要僚属，他们不在，就无法打开府库，只怕饭食都很难供应，怪不得酒宴简陋。强行砸开府库，倒也不是不行，却显得自家一行人像流寇了。而且县丞平时从不管事，很多办事流程都不知道，他来操办一切，不消说效率是极低的，否则也不会搞这点酒菜来招待一个堂堂的节度使。当然自家也可以去市上购物，却不免被人笑话，传出去，只怕谣言满天飞。关键那县令韩辽，怎得鬼鬼祟祟地跑了，走时竟还不忘带走所有僚属，可知是故意的，这原因可想而知。

张骥鸿自觉脸色煞白，郑注倒未说他什么。事已至此，只能暂时在县家找地方住下，五百士卒也有些泄气，本来前面的县邑都供应殷勤，个个都觉得跟着郑注出来，风光无限，谁知到扶风县竟吃了瘪子，不由得骂骂咧咧起来。张骥鸿越发担心，都知道藩镇的牙兵难缠，一个不小心，就会以下克上，以河朔三镇的魏博镇为最，其他藩镇的牙兵虽不如魏博镇暴虐，但有样学样，也逐渐有些跋扈习气。假如状况一直不得改善，什么事情都可能发生。现在也不敢随便前进，不知道长安是什么情况。出了扶风，便是京兆尹地界，万一发生变故，相当被动。而离开了凤翔，也接不到信鸽，只能派斥候去寻访。张骥鸿心事重重，遂向郑注主动请缨："还是儿子去上都打探一下，一般士卒不可靠，儿子对上都街道也熟。"

郑注看着他："我其实不想你离开，有你在身边，比较安心。但现在这种情况，也只有你去，才可能全身而归。你去吧，千万小心，我等你消息。"张骥鸿道："仆射放心，不出几天，儿子就会回来。"

八十九　永宁坊王涯

张骥鸿即刻带着白大几个人出发，此刻外面又飞雪连天，四匹河西骏马在雪中奔驰，有凤翔府发放的过所，一路上过津关倒也顺利，因此放了些心。若真的发生变故，持着凤翔镇的过所，便不能这么顺利了。

第二日就到了长安郊区，遥遥看见城楼巍峨的影子，加紧前驰，迎面却来了不少奔跑的车马。张骥鸿拦住问怎么回事，说什么的都有，有的说："风闻城里官健到处拿人，也不问话，拿到就是一刀。还有那些无赖少年，趁乱杀人，或者报旧仇，或者抢财帛。"张骥鸿心中一沉，问："杀人的官健是哪方的，是神策军还是南衙卫士？"回答是："谁晓得那么清楚，反正都是官健，赶紧逃命吧，现在进城说不定就是送死。"

元二道："舅父，我看要糟。"

张骥鸿还抱着一丝侥幸："为什么，也许是南衙卫士在捕杀宦官及其亲属门生。"

元二道："舅父，也许是李训败了，若南衙禁军在内廷就收服了仇士良等人，天子诏书一下，神策军群龙无首，大事就已平定，用不着到处捕杀人。而且假如已经诛灭神策军首领，南衙军依旧乱捕杀人，神策军便会惶恐不安，铤而走险。况且听这杀戮的架势，也只有神策军才会这么嚣张，南衙士卒岂敢如此。舅父一直在神策军供职，不知外甥说得对不对。"

张骥鸿道："颇有道理，但要知端的，还得亲自进去看看。"于是继续催马一路过去，迎着逃亡车马，依旧随见随问，大多还是回答："听说城里官健见人就杀，也不晓得是什么原因。"有精明些的则说："据说是宰相们伙同金吾大将军谋反，还牵涉到几位将赴任的节帅，被神策军察觉，现在全城搜捕，杀得血流成河哩。"张骥鸿越听心中越沉，到得城楼前，心几乎坠到裤裆了，虽然心中早有预料，还是悲不自胜，对白大等说："事情已经很清楚了，我还是决定进城去看，此去非常危险，你们不如先回去向郑仆射报告，或在某处逆旅住下等我。"三人都不答应："怎能让舅父一人涉险，我们三人在，倒有照应些。"张骥鸿道："我们四人进城，遇到大群神策军官健，也是无济于事。我一人去看，若有危急，逃起来快，倒省了牵挂。"

三人说："看来舅父是嫌我们武艺不济，跟了去只成拖累。"

张骥鸿道："你们这么说，也不算错。回去，到前面的渭城驿等我。"说着催马就跑，三个人随即策马跟上，张骥鸿转头道："回去，此乃军令。"三人只好怏怏停住。张骥鸿从西边最南的延平门进，门口士卒查看过所，看着是凤翔镇发放的，有些犹疑："现在城内有些乱，你最好不要进城。"张骥鸿说："我是凤翔镇监军使张内侍的押衙，有要事进城。"那些士卒当即改容，互相看了看："既然是内侍的人，那就放他进去无妨。"

随即驱马进城，向东奔驰，一进门，便是丰邑坊，见门前一群人坐着，几个少年正喜气洋洋燃放爆竹。张骥鸿上前问："可有喜事不成。"那几个少年哄笑："你可是外地来的，难道不知别人的丧事，就是我丰邑坊的喜事。"张骥鸿道："那究竟有何大丧？"那人中的一个就说："你莫不是装傻？门外的驿道上，不见逃亡的人吗？"张骥鸿道："见倒是见了，就是没顾得上问。"那人道："神策军捕捉反贼呢，南衙宰相们个个都是反贼，不出三日，此地尸山血海。"说着向街边一处指了一指。

这地方如此盛名，张骥鸿以前自然来过，四个里坊之间的十字路口，有一处高坡，上面矗立着一棵两人合抱的柳树，此刻枯枝缕缕下垂，了无生机。今天已经放晴，树下犹见大片残雪。一般长安处斩犯人，都在东市和西市，但如果身份特别高贵的，自天宝之变后，都押到这里来杀。过去八十年间，在这里被斩的人也不过几十个，比如投降过安禄山的陈希烈、达奚珣等十八名高官，再就是宪皇永贞元年反叛的西川节度使刘辟，镇海节度使李锜，以及被李愬擒获的淮西节度使吴元济，一般人还没有这个资格。

张骥鸿看着他们喜气洋洋的面孔，再看看周围有些孩子跑来跑去追逐，心想，孩子在这样的地方生长，每天看见自家的父母闻丧事而喜，哪能生长得正常？忽然又想到，当日老仆说他的儿子就住这个坊，可知也不见多坏，又叹，上天生人，贤愚不一，未必随境而移，真是不好解释。忽然很想去坊内找找老仆的儿子，又不敢进去，只好支吾了几句，打马而走。

"刚才说起宰相都被杀，王涯在宰相中最尊，不如先去他府邸看看，便知端的。"张骥鸿自言自语，"据说王涯在光宅坊和永宁坊各有宅子，也不知道他到底住在哪，还是先去永宁坊吧。"

王涯曾经住在离宫城最近的光宅坊，后来又在永宁坊买了大历年间京兆尹杨凭的故宅，改造得富丽堂皇，上都无人不知。张骥鸿沿着东西街道，径直往东边奔驰，这是一条上坡路。上都形势，越往东，坡度越大，也越发嘈杂，时不时能看到少年在道路上斗殴，城中若有混乱，便是少年们的节日。过了一会，张骥鸿驰入光福坊边的一条小巷，再前面就是做过集贤殿学士的刘禹锡旧宅，其实严格地说，是官为礼部尚书同平章事的权德舆旧宅，当年权德舆欣赏刘禹锡的才华，特意把自家的宅子辟了一角给刘禹锡住。旧宅前有个球场，张骥鸿曾经来此打过马球，当时是代表神策军和南衙军比赛，后又来过几次，所以知道。风景依旧，景物不殊，张骥鸿边驰马边右看，想看看球场旁边那棵桂树还在不在。记得那次比赛，正逢桂花开放，球场上暗香袭人，那种甜腻的味道，张骥鸿特别喜欢。打完球后，还特意摘了几枝桂花，带回馆舍，撸下那稀碎的金黄花瓣，铺在自家的衣物箱中，每次一打开，都神清气爽。

张骥鸿正在遐思着，忽然感觉身体好像被一股巨大的力量拽着，向前摔了出去，重重摔在硬邦邦的雪地上，痛得彻骨，再一看，原来马失前蹄，也躺倒在地上哀鸣。随即从巷子里跑出一伙精壮少年，手里提着粗大的绳索，大呼小叫："绊倒了一个田舍奴。"迅速围上来，看着张骥鸿哈哈大笑。张骥鸿依旧浑身生痛，半天爬不起来。那几个少年随即扑上，按住他就抢包裹，好几只手在他身上乱摸。张骥鸿怒道："竟是你们绊倒了我的马？"少年不理会，只一边摸，一边哈哈笑，那是一种天不怕地不怕的笑声，笑得肆无忌惮，笑得无法无天，好像大唐从来没有王法，只如在丛林之中，谁爪牙锋利，谁便拥有处置猎物的权力，理所当然，天经地义，因此对张骥鸿问出的问题根本不屑回答。张骥鸿对之也并不陌生，其中一无赖摸到他身上的过所，展开看了看，道："原来是凤翔镇来的，莫不是郑注的手下，据说郑注也参与了造反，如果属实，这回正好拿去换赏钱。"

张骥鸿听他提到郑注的名字，心惊肉跳，原来郑注已经是目标了，顿时心中起了杀心，仿佛杀了他们，便能振去晦气。他假意道："我只是凤翔镇的一个小吏，来长安办事，连郑节帅的面都望不到一眼。只知道郑节帅是皇帝宠臣，你们是什么意思？郑节帅谋反，我从凤翔来，没听过这样的说法。"

几个少年看着他，笑嘻嘻道："什么节帅，一个江湖游医，走运而已，现在要倒霉了，他和翰林学士李训合谋造反，一个在里，一个在外，现在要一个个抓去杀头哩。你还护着他，只怕也活不了，还有什么钱物，一发交出来，留在身上也是白给了狱吏。"

张骥鸿感觉适才撞击的疼痛和麻木已经逐渐消失，嘴里说："那不干我的事啊，我只是个小吏，在县家谋点微薄薪水，养家糊口而已。"手上暗暗握拳。一个少年想拿绳子来套张骥鸿，好牵了走："反正是凤翔镇来的，总该知道些郑注的消息，先拿了你去神策军营中请功再说，说不定能赏几匹帛。"张骥鸿见他把自家当骡马似的，当即大怒，再看自家手掌，皮已经擦破，血痕历历。手肘和膝盖处也是生痛，恐怕已经青紫，又望见自家的马还躺着，爬不起来，想是摔得更重，愈发火起，立刻抓住扔过来的绳子，睥睨道："你们几个都想死吗？"

这群少年愣了一下，忽然又一起爆发出大笑，好像听到了世上最好笑的事。张骥鸿也不再说话，突然纵身飞起，一拳挥出，击在最近的那少年头上，将其打得飞了出去，撞在旁边的土墙上，那土墙冻得硬了，少年单薄的身体哪扛得住？只闷哼了一声，垂头坐在墙下，一动不动。张骥鸿知道他可能头骨已经破裂，死于非命。其他几个少年大惊，叫道："这贼凶残。"个个退后几步，从怀里拔出短刀，复又围了上来。张骥鸿也从怀里掏出一柄弯刀，不管不顾，大踏步上前，以闪电般的速度在那几个少年丛中绕了一圈，停下来时，对方的喉管已经全部裂了一条口子，喷出的血洒得雪地上污迹斑斑。他们还没断气，躺在地上，按住自家的喉管，嘴里发出呼哧呼哧的声音。张骥鸿也不理会，把自家的马扶起来，还好并没有重伤，遂跨上去，两腿一夹马腹，催动马行，回望后面，几个少年各自躺在一滩殷红之中，看看周围，有人头出没，却不见来追，想是见张骥鸿杀人如此利落，吓住了，忽然又听得两边街上有人大叫："好汉，好身手。"或者有些人早就看不惯这群少年，幸灾乐祸，巴不得他们早日归西，免得贻害里坊。

张骥鸿催马促行，一时间马驰过永乐坊，墙内就是玄皇时宰相张说的故宅，故宅边有个高冈，坡度很陡，张骥鸿不忍马辛苦，遂下了马，牵着马走，走不多时，又看到李辅国旧宅前的大槭树，晓得已经到了永宁坊，时不时见到几个神策军小队徼巡，张骥鸿极力躲闪，好在虽然神策军官健骑马往来，手中都握着明晃晃的环刀，而长安城有的是闲汉，依旧簇拥着在街上，跟着官健们看热闹，张骥鸿混在其中，也不显突兀，只听见他们在议论："捉到王涯没有？""不在家，正到处找呢。""那老东西，搞个茶榷，害得老子差点倾家荡产，你也有今日。不是不报，时候未到呢。""走，去看，万一见到他，至少吐口痰赏他吃。"也纷纷跟着往永宁坊跑。张骥鸿骑马跟在后面，又有几个少年注目他，但到处是人，也没怎么样。跑到永宁坊的时候，坊门口已经挤满看热闹的民众，不多时，神策军士押着一群人出来，张骥鸿听得有人喊："没抓到王涯那个老不死的。""早就跑了吧，看老不死能跑到哪去。"也有人问："这些人是谁？"

"都是王涯的妻妾和狗崽子，现在全部要砍头啦。"一个声音高喊着。

九十　永宁坊王涯（续）

张骥鸿四下一望，忽然发现有人在远离里坊门的一角攀墙，鬼鬼祟祟的，知道他们是想趁机翻进去偷东西。永宁坊离皇城不远，住着很多达官贵戚，历朝宰相、节度使、太傅，不可胜数，肃宗时礼部侍郎徐浩，顺宗时尚书右仆射高郢，宪宗时河东节度使、同中书门下平章事王锷，以及前京兆尹杨凭等人的宅子，都在这里。虽然这些人大多已经故去，却子孙尚存，平时有官健守卫，无赖少年等闲难以混进坊门，如今王涯遭难，神策军官健到处捕人杀人，住在里坊中的贵家子弟知道非同小可，一不小心就会被牵连进去，都龟缩在屋里瑟瑟发抖，随便一些贼闯进去抢些东西，哪敢声张？若引来神策军官健趁机进去哄抢，反而因小失大。张骥鸿突然想，不如也翻墙进去看看，于是骑马偷偷靠近，把马系在一株树上，攀住墙檐，一个跟头就翻了进去。刚落地，看见里面已经有四五个少年，他们看着张骥鸿，露出警惕的神色。张骥鸿道："你们玩你们的，我不干涉你们，你们也不用干涉我。"

那四五个少年互相看了看,有一个精瘦的少年突然像疯了似的,咆哮道:"你敢这样跟大爷说话?"张骥鸿知道无赖少年都是螃蟹性格,没事还要寻衅,耍几两威风,何况如今勉强算有事。虽不想纠缠,但这些天本来就很郁闷,刚才又开了杀戒,忽然也不想忍,遂道:"我可没惹你们,不要找死。"那精瘦少年哈哈干笑一声,两手摊开,对自家的同伴道:"听到没有,这卖菜佣说我们找死哩。"说着突然从地上抄起一块石头,猛地向张骥鸿砸去。

张骥鸿早有准备,躲开石头,与此同时,精瘦少年身边其他四个少年也跟着围上来,抡起手中的木棒就打。张骥鸿恶向胆边生,一个箭步上前,当胸抓起那领头的精瘦少年,单手举在半空。那少年惊恐叫了一声,拼命挣扎,却哪里挣得脱,又不想在同伴面前倒架子,依旧辱骂不休:"戳你老母,有种放我下来,我弄死你全家。"张骥鸿二话不说,左手单拎着他后领,右手一拳使劲砸向他后脑,他闷哼一声,头颅下垂,像一只死鸡。张骥鸿将其扔到墙角,其他几个少年惊怒交加,挥棒如风,从不同方向击来,张骥鸿早红了眼,左脚踏着旁边的树干,飞跃而起,右脚将一人踢得飞向空中,跌下来撞在墙上,半趴着墙,吐出一口血,叫了一声:"好难受。"张骥鸿大步上前道:"佛祖慈悲,这就帮你解脱。"将弯刀攥在手里,挥起一刀,将其喉管割断,随即反手一拳,将后面一人打晕,再抓住最后一人,就要往墙上摔,那人仿佛魂飞魄散,哭声都悬在半空,轻重不一:"大父饶命,再也不敢了。"张骥鸿放下他,犹豫了一下,又一想,被他脱逃,反而多事,就道:"你这种畜生,留着也祸害人间。"随即又捞起他的身体,往旁边墙上使劲一撞,将其天灵盖撞塌,扔到树下。然后整整衣服，跑向里坊的深处。

整个里坊道上静悄悄的，只有王涯的宅门和坊门之间的那条道上人来人往，到处是妇女的哭嚎尖叫，满地扔着字画古玩。神策军官健们每个人的身上都塞得鼓鼓囊囊的，毕竟是宰相的府邸，不会让他们白来。不过王涯几十年官宦生涯，在京城中尤以好收集古玩字画闻名，可惜这些粗蠢的神策军官健们，都瞧不上，大部分弃置于道。

王涯的府邸门口还竖立着一排木戟，共十二支，相当气派。张骥鸿避过正门，又一个箭步，飞跃进了王涯的府邸。这个府邸太大了，比去年这个时候自家所租的元稹旧宅还要大，好在住过元稹旧宅后，张骥鸿对这类大宅邸的结构布局略有了解。不一会就找到后室，想顺便也弄点金银细软，备不时之需。谁知小道上也到处都是来往的神策军官健，才走到廊下，忽见对面几个官健押着两个人过来，头上都戴着软脚幞头，身上穿着儒服。一边走一边哭嚎："诸位押衙，我们几位不是王涯家的人啊，只是在他家借宿的。"几个官健凶神恶煞，歪斜着嘴巴呵斥："别跟你阿爷废话，认命吧，都得死。"那两人更是魂飞魄散，哭嚎倾诉，几个官健不耐烦，道："先赏他们吃一顿竹笋肉。"当即将他们按倒在雪地里，提起竹鞭七手八脚打了起来，那两人高声惨呼，连连求饶："别打了，不敢再违拗官爷。"

张骥鸿想，这儒生能借住在王涯家里，肯定也都是各州县的解头，被解来长安参加省试，虽然一时不得售，却多半是有真才华的，和那官宦人家的举子不一样，这样的人才，怎好受此荼毒？一时不忍，就走过去说："几位官爷，怎能如此殴辱斯文，他们便有罪，也该去三司审讯。"

那几个官健看了看张骥鸿,相顾笑道:"别人此刻见了,都躲闪唯恐不及哩,这蠢人还敢出来发疯,恐怕真是个疯子?你今天可要丢命了。"说着提刀过来。

张骥鸿还未回答,那地上趴着的一人叫道:"张公子,是你吗,我是周松,请公子救我一命,公子告诉他们,我和王涯没有关系。"张骥鸿一愕,再仔细一看,果然是周松,不禁心中大快,转身想走,谁知周松身边的一人却叫道:"壮士救我,在下卢仝,昨日来此间看望朋友洪州周兄,因太晚宵禁,未能回去,就留宿了一夜,不想祸从天降,求壮士救命。"张骥鸿一听卢仝这个名字,有些印象,知道此人号玉川子,是卢照邻的后人,曾受韩愈赏识,做过一首奇怪的长诗《月食诗》,韩愈很喜欢,还和了一首。可见是真有才,听其言也是真有冤,遂又止住了脚步。

那几个官健本就没打算放过张骥鸿,一直吆喝其停下,见张骥鸿止步,以为他顺服了。张骥鸿已经打定主意速战速决,他转过头,大踏步迎向官健,领头的官健见张骥鸿神色动作皆不善,有些慌张,赶紧后退,连自家手中有刀似都忘了。张骥鸿一个箭步跃上,左手抓住他手腕,往上一提,那人手腕关节断裂,刀掉到地上,惨叫起来。张骥鸿随即左手抓住他前胸,往侧面的假山上一甩,惨叫声戛然而止。后面两个神策官健卒跑上来,张骥鸿径直上前,飞跃而起,一脚踢在其中一人的下巴上,只听得清脆一声,那人下巴碎裂,倒在地上。剩下一人低声惊呼,双手握刀对张骥鸿猛砍,张骥鸿身子一矮,再次伸手抓住他手腕,使劲一拗,手腕拗折,刀头反转,插入了他自家的胸口,当即闷倒。

周松惊恐道:"张兄,你怎能杀了他们?"

张骥鸿冷冷道:"关你屁事。"这时卢仝爬起来,千恩万谢:"在下卢仝,感谢壮士救命。"张骥鸿道:"我读过你的诗,快走吧。"卢仝再次感谢,又对周松道:"周兄,我们快走吧,现在哪里是讲理的时候。"周松磨磨蹭蹭,哭着说:"杀了神策军官健,这回捉住,百口莫辩,一定是死刑了。"

这耽搁间,忽然又来了一队官健,看见地上神策军尸体,惊恐大叫:"反贼杀了我们的弟兄。"周松哭哭啼啼指着张骥鸿:"禀报官爷,是他杀的,不是我。我知道他的身份,他原先做过盩厔县尉……"卢仝拉着他大叫:"你胡说什么?"张骥鸿怔了一下,看见旁边有一座假山,飞快跑去,一个跟头翻上假山顶端,再一跃,跃过了围墙,见墙外正停着几匹马,也不管那么多,抢过一匹,骑着往北跑去。

这一路奔过长兴、崇义、务本几个里坊,路上还是那样,神策军官健来回徼巡,一些闲汉也挤在道边看热闹,官健们也不怎么管,大约是觉得有人看热闹更有气氛。到了务本坊边大道尽头,前面就是皇城,戒备森严,张骥鸿折而向右,则是他熟悉的平康坊,再转而向北,过了崇仁、永兴两坊,就看见永昌坊了,远远听见人群尖叫:"捉到了,捉到了。"就见一群盔甲鲜明的士兵,簇拥着一个老者过来。老者七十多岁,身穿紫袍,帽子已经没了,露出花白稀疏的发髻,他也骑在马上,双手被反接,嘴里嘟嘟囔囔:"我没有参与谋反,冤枉啊冤枉。我没有参与谋反,冤枉啊冤枉。"人群像海浪一样挤过去,吓吓声不绝于耳,张骥鸿感到铺天盖地都是唾沫,有人大叫:"别他娘的乱吐,隔那么远,吐得着吗?"随即又是一阵碎瓦片扔过来,张骥鸿背上也分到了一块,好在不算太痛。有人大骂:"我扔你老母,趁机打人玩是吗?"人群顿时乱了起来。那群神策军也怒了,挥起鞭子乱抽,抽得人群宛如退潮,张骥鸿被潮水挤着,感觉身体离开了鞍鞴,像浪花一样抛起来,有点心恻,本来自负一身神力,这些民众看上去都不禁自家一打,但聚在一起,竟能形成这么强劲的肉浪,着实可怖。正想着,随即脸上一阵热,伸手一摸,掌上黏糊糊的,是血。人群开始蝗虫似的往后跑着喊道:"神策军杀人啦,神策军杀人啦。"张骥鸿也随着人群后撤,身体一纵,攀住了道旁一棵榆树的树枝,翻上去居高临下,俯瞰很多人被挤到了街边的水沟里,虽然天晴着,却是寒风凛冽,那些人连呼带叫喊"冷",再看两队神策军,押着王涯和他身边几个奴仆,一路往南街走。路上横七竖八,躺着几具尸体,有武候从远处跑过来,叫:"隔着远点看会死吗?还往前挤,还吐唾沫。快来收尸。"几个闲汉被武候用弓箭指着,耷拉着脑袋过去,把尸体搬上小车,往东市方向去了。

这时呼啦啦一声,从树上跳下一群人,像猴子一样。这些树的树叶并没有掉光,还有一定的隐蔽性。只听得他们叫:"一路上肯定还要捉人,去不去看?""当然去,怕什么?"

九十一　永兴里王璠

张骥鸿怅恨自家的马被挤没了，不知便宜了哪个鬼。只能跟着人群，用两个脚板走。出了延嘉门，走过永兴里，就是崇仁里和胜业里，去年就在崇仁里酒楼上遇见周松，没想到周松的结局会是这样。至于卢仝，和自家本无交情，虽然可怜，倒也不至于过分为其伤感。走到胜业里五王宅，望着孑立的楼阁，又不免想起曾经住在这里的霍小玉，霍小玉嫁了李益做妾，也逃不脱牵连，或者会被卖为官奴。霍小玉如此，也不能完全怪她，以后来李益那样煊赫的声势，谁又能受得起诱惑？张骥鸿望着胜业坊的坊门，突然萌生了故地重游的念头，虽然知道霍小玉已不住那里，还有洪州婆，也不知道她怎样。既然霍小玉跟了李益，洪州婆自然也跟着她，却不知李益住哪个坊。忽而更想起五娘，浑身冒出冷汗，五娘才真的可怜，她是正经夫人，肯定会被李益牵连丢命。她的父亲崔真现在心情如何？然而自家现在也是如此狼狈，又做得了什么？

他暗叹，真是阴差阳错啊，自家的晋升因李益而起，自家喜欢的女子和喜欢自家的女子也都成了李益的妻妾，自家投奔郑注，等于还是间接为李益卖命，天道是何等的不公？而在这世上，没有他们，自家竟然无法存身。他忽然想，要不干脆逃了？但郑注委实对自家不错，大丈夫最怕丢了名节，要是大家知道他曾是郑注的麾下，临阵脱逃，谁还肯用？郑注说昭义节度使也准备勤王，如果昭义镇和凤翔镇一起出兵，仇士良他们或许会有所妥协？或者凤翔镇和河朔三镇一样割据，也是个好的结果。不利的是凤翔镇与昭义镇相隔较远，很难共进退。但现在还有选择吗？

就这样一路想，张骥鸿随着人群回到了刚才路过的长兴里，天已经快黑了，到处点起了灯笼，城楼上连夜禁的鼓都没敲，想是因为发生大变，敲鼓的人都离了署。他发现刚才并不怎么热闹的坊门前布满了士卒，两队神策军士卒在门外围着，门口则竖着几面大旗，写着"河东镇"字样。人群被赶得远远的，伫立在寒风中观望，张骥鸿试着问旁边的人，都不知，只是纯粹看热闹，于是找那游侠少年模样的去问，这些人喜欢显摆，张骥鸿先吹捧他们："诸位郎君见多识广，问别人多半不知，问郎君们一定不差，敢问这是抓谁呢？"其中一人说："听你口音，也是本城人，却像个怕事的卖菜佣，打听这些作甚。"张骥鸿假装恭维，道："打听了回去跟里坊伙伴们炫耀，也是郎君的恩典。"那人才笑道："却不妨跟你说，这是右神策军中尉鱼弘志的部下魏仲卿，率人在围捕反贼王璠哩。"

张骥鸿装傻："就是做过京兆尹的王璠？"

那人看看自家伙伴："这卖菜佣倒也非事事不知。"转过头去，不再搭理。张骥鸿讪讪的，随着他伸长颈子看，听到神策军士卒在外齐声喊："王节帅，王涯等人谋反，朝廷打算任命节帅为中书侍郎同平章事。右神策军鱼中尉奉诏，特命我等迎节帅进宫面圣，接受任命，拜舞谢恩。"

张骥鸿又赶紧问："不对啊，好像是请他去做宰相的。"

那少年回头看了张骥鸿一眼，有些尴尬："这，大概是使诈，没有道理的。"

"为何要使诈？"

"王璠才被任命为河东节度使，按照惯例，河东镇派士卒来迎接节帅到镇，他就让河东士卒守卫自家的里坊，神策军虽然凶悍，只是对赤手空拳的人而言，面对更加凶悍的河东镇兵，等闲不敢进攻。只有使诈，才能不伤一人，夺得胜利。"

张骥鸿想，这竖子倒还有点见识，又问："但王璠既然是反贼，河东镇士卒如何还敢护卫他？"

少年道："诏书未下，士卒怎敢确定谁是反贼？现今南衙宰相都被屠戮，中书门下一例不视事，如何发得下诏书？其实现在是最紧要的时刻，诏书发不出，可凭的唯有武力，谁赢了谁就可宣布对方是反贼。这就看王璠的能耐了。"

张骥鸿这回是由衷称赞："郎君的见解相当精湛，在下茅塞顿开。"他知神策军人多，在长安城中，真要攻打坊门，也不至于太艰难；但强攻多少会死些人，神策军士卒也不愿死。那么，趁着这相持阶段，自家何不做些努力？张骥鸿心里咚咚直跳，四下一望，赶紧跑到围墙的一侧，一个纵跃，就消失在围墙里面。环墙守卫的神策军士卒没看清楚，以为是一只大鸟，骂了一句，也就由他。张骥鸿进了院子，看见到处是士卒，个个披甲彀弩，上臂都系着红色丝带，遂上前叫道："我是凤翔镇郑节帅派来的，要见王节帅，有要事。"

士卒中有一个穿得甲胄齐全些，别人的甲裙只到大腿根，他的到膝盖，看上去至少是个什长。他上来问："有符验吗？拿来我看。"张骥鸿这回出来责任重大，当然各种文书齐全，随即掏出来，什长对着火把看了看，赶紧道："跟我来。"张骥鸿随着他走，走几十步，就到了王璠府邸前，只听到河东镇兵大叫："节帅出门了。"两壁环卫的士卒纷纷将长矛略略放斜。随即见几个灯笼，簇拥着一人出来，穿着紫衣，胖胖的，大约就是王璠。张骥鸿赶紧上前拜谒。那人一听，有些犹疑，又退回屋内，对士卒说："等会再说。"侍卫躬身答应，旋即将门关上。

王璠胖得两颊肉下垂，越过了下巴，看上去没有一点文气，不像曾是进士及第的人，身上的肉似乎要从华丽的紫衣里溢出。他看着张骥鸿，着急道："郑注派你来做什么？"

张骥鸿答："仆射听说李相公废弃原定好的计划，擅自行动，心忧如焚，特意派下吏来上都探听虚实。刚才下吏在外打探，神策军这是在诈节帅，节帅千万不可出去，目前天子未下诏书，神策军只是虚张声势。若节帅能让镇兵守住宅邸，等郑公和刘公各领镇兵来勤王，一起杀了仇士良，只要天子一纸诏书，神策军其它头目就束手就擒。节帅千万不可自投罗网。"

"你说他们要迎我去做宰相这事是假的？"王璠既紧张又愤懑。

"节帅自家信吗？"

"本帅为什么不信？"

张骥鸿道："目前凤翔、昭义两镇还在我们的人手里，节帅是河东节度使，天子不下诏书，就无人能褫夺，节帅大可发使者去河东增兵来救援。天子如今被阉宦挟持，也在观望，若天子知节帅死守，胜负未分，就不会曲从阉宦。朝中官员谁不暗恨阉宦？节帅不降，朝官也会与阉宦虚与委蛇。若节帅此刻出去，立刻被杀，明日早朝阉宦就可逼迫天子下诏，那才真是一败涂地。三族屠灭，近在顷刻。请节帅三思。"

王璠脸色惊恐，这时外面又鼓声隆隆，劝诱之声不绝于耳，王璠呆了半晌，突然道："胡说，我又没参与郑注叛乱，想诈我不成。来人，给我擒下这反贼，献给仇中尉。"

随即房门大开，一群河东镇甲士涌进来，张骥鸿叹道："可惜一个蠢货。"随即一个纵跃，从窗口飞了出去，再两手攀住房柱，手足并用，转眼就上了屋顶，展开脚步，在屋脊间飞跃。附近是有名的乾元观，屋宇华丽，他攀到乾元观主殿屋宇上，遥遥看见王璠带着人出去，刚出门，就被神策军围住了。随即听见魏仲卿用极夸张的声量向王璠祝贺："祝王相公高升。"王璠躬身回道："多谢魏将军，下面如何做，请将军示下。"但只听到神策军士卒个个发出爽朗的大笑，一浪接着一浪，随即一群子将轮流上前，个个躬身唱贺："祝王相公高升。"不绝于耳。

旁边的百姓也逐渐围上去观看，神策军不再阻拦，听凭他们观看。张骥鸿见王璠有点局促，灯笼的光照在他脸上，显得红艳艳的，不知道是因为羞愧，还是因为灯火。子将们祝贺完了，士卒们又像长龙一样上前，个个说："贺王相公高升，贺——王——相——公——

高——升。"便是傻子,也该知道是怎么回事了。张骥鸿恨不能代王璠找个地洞钻进去,他看见王璠的眼睛晶莹,泪水滚滚,那一定不是羞愧,而是悲伤。这胖子早岁科第,一生富贵,先后做过监察御史、御史中丞、京兆尹、礼部尚书、润州刺史、浙西观察使,因为李训的赏识,在今年五月又拜了户部尚书、判度支。去面见圣人谢恩之日,圣人特意在浴堂召见,锡给他锦彩,一时风光无比,举族艳羡,没想到今天落得这样下场,不仅仅他个人要送命,妻子儿女一个也保不住,他有充分的理由伤心。张骥鸿继续观望,见守护王璠的河东镇士兵也不知所措,魏仲卿大叫道:"奉圣人诏书,王璠狗贼造反,尔等河东镇兵各归进奏院,等候圣人任命新的节帅,一起归镇。"那些河东镇兵听见诏书,三三两两收了武器。神策军给他们让开一条通道,任他们列队向河东镇进奏院方向而去。

九十二　永兴里王璠（续）

张骥鸿想到自家还好，无妻子，无儿无女，死了也就死了。一时四顾彷徨，也不知去哪存身。忽然一阵寒风吹来，才想到已经是快冬至了。正要离开，又看见神策军士卒蜂拥闯进王璠的宅邸，有人还叫道："据说李训的家眷也藏在这里，他的妻妾成群，个个美貌，兄弟们，今天快活一回。"张骥鸿心中大震，好像被人重重锤了一记。想是李训为了保险，早把家眷托付给王璠，河东镇兵最是彪悍，若肯死守，其实大有生机，可惜王璠是个蠢人，让李训算盘落空。张骥鸿再不犹豫，赶紧找个僻静处跳下去，一溜烟进入后宅。

王璠的宅子楼台繁丽，假使崔五娘和霍小玉都在这，必然住在后院。张骥鸿对这类宅院结构也算熟悉，径直朝预定方向奔去，只听到整个院子尖叫声不断，多是妇女的声音，正不知具体该往何处，突然心灵有感应一般，耳畔听得有一个声音似乎熟悉，当即飞速跑去。那是一栋两层楼阁，第二层一个窗户可见灯火。张骥鸿一个腾跳，就上了楼阁，声音正从有灯火的屋内传来，他撕开窗纸往内窥视。

屋内红烛高照，几个神策军士卒已经各自抱住一个女子，压在身下。另外一女子瑟瑟蜷曲在墙角哭泣，手里握着一柄剪子，看那眉眼，却不是崔五娘是谁？张骥鸿也不再想别的，立刻推门进去，反手把门栓上。

屋内炭火未熄，相当温暖。那几个神策军官健正忙碌着，听见动静，不由自主回头来看。张骥鸿怕他们叫嚷，二话不说，早从怀里掣出弯刀，刀光闪烁，三人喉头各留下一抹鲜红，松了丫鬟，歪到地上。三个婢女躲向墙角。张骥鸿看着崔五娘道："跟我走。"

崔五娘更是往后缩："将军，将军，妾七个月身孕了，跟将军走也没有价值，请将军放过妾吧。"张骥鸿声音颤抖："五娘，是我。"顺手抓起案上红烛，凑到自家的脸前。五娘睁大眼睛，身子一抖，喘气道："是你？大郎，你是大郎，我真的不是做梦？"张骥鸿道："这是天意，假如我不来看热闹，也遇不到你。"他剥下一死去神策军官健的盔甲："五娘，穿上。"崔五娘摸着肚子道："我七个月了。"张骥鸿道："九个月也得穿。"好在这套盔甲较大，穿上比较顺利。张骥鸿对那三个婢女道："赶紧逃吧，你家女主身子不便，我要给他找个安全地方避难。"崔五娘抓住丫鬟的手，道："你们先躲躲吧，希望过几天能够相见。"哭泣而别。

张骥鸿拥着崔五娘出去，院子里停着三匹马，张骥鸿把崔五娘扶上一匹，自家上了另一匹，两人并辔走到坊门前，张骥鸿穿的那套甲衣还是军官的，徼巡的士卒见了他，躬身拜礼，张骥鸿叫："刚才有反贼家眷跑出去了，我去追来。"那些士卒一听，让开一条道，张骥鸿和崔五娘催马前进，顺利混出了坊里。

出来反而踌躇了，去哪呢？火把和喧哗渐远，远望屋甍高低错落，只露出黑魆魆的轮廓。好在天上悬挂着大半轮明月，照射在道路上，反射出惨白的光，且上都的道路都比较平整，又冻得梆硬，走起来倒是方便。张骥鸿飞速想，去找何书记帮忙？不可能。张骥鸿了解自家的老师，人虽然好，却生性胆怯，哪敢收留自家。赵炼，可惜已不在长安了。忽然想到丰邑坊，不如去看看，万一老仆还活着呢？因对崔五娘道："打马跟着我。"也不敢骑得太快，一路上不停说话："你见过霍小玉吗？"崔五娘道："你还想着她？"张骥鸿道："没有想，只是听说她后来又做了李训的妾。"崔五娘道："我没见过她，但李训的确把她养在外室。"张骥鸿道："看来李训还是忌惮你，否则就明目张胆纳了放在家里。"崔五娘不答，夜光中只听见呜咽声："大郎，我真不在梦里吗？"

张骥鸿把手伸向她，两人握在一起。张骥鸿能感觉到崔五娘手指非常用力，好像要把他的手捏扁，小手指还曲起来，轻轻挠他的掌心。他听见崔五娘道："常听说某坊某市闹鬼，有灵异，人死了，自家却不知道，我莫不是已经死了，也是自家尚不知道。"张骥鸿笑道："我的手热不热？"崔五娘道："是热的，我的手热不热？"张骥鸿道："很热，别胡思乱想，我们都还活着。"又看看旁边坊垣，道："说起梦，想起刚在长兴里，见到一家毕罗店，紧闭着门。这店我熟悉，有个故事，说是前两年，有位国子监明经生睡午觉，梦见自家在国子监门前徘徊，忽有一位背着衣囊的客来，问他姓名，他就说了。那客笑道：'你明春能及第。'他大喜，即邀请那客去长兴里这家店吃毕罗。一会毕罗端上来，他正要下箸，忽听见门外狗叫，他素来怕狗,就吓醒了。又奇怪,往日做梦总是模糊,这回却历历如在目前,忍不住叫了邻房人,说与他们听。还没说完,又见毕罗店的仆役入门道:'适才郎君与一客来敝店吃毕罗,共要了二斤,为何不付钱就走了。'他大惊,就跟着仆役去店里,见店中陈设和刚才自家梦中所见无不吻合,就对店主说:'我带来的那位客人吃了毕罗吗?'店主道:'那客人面前的毕罗一动没动,我还怀疑他是嫌蒜放得多了。'第二年春,这位明经生果然中式。"

五娘道:"啊,听着瘆人,别过后我在床上醒来,发现此刻景象真是一梦。"手上又把张骥鸿捏得更紧了。张骥鸿心中一阵悲喜,也握紧了她:"若真是梦,我少不得还得去找你,就如店仆役去找那明经生一般。五娘,你没付账,又逃得到哪里去。"五娘泣道:"那你可千万要来找我,别让我等得心焦。"又道:"不对不对,明经生是欠了店里毕罗的账,所以店仆役必须去找他。我也得欠你点什么?让你必去找我不行。可我能欠你什么呢?"张骥鸿笑道:"仙游寺的雨夜,你已经把我的魂拿走了,所以,不用担心。"五娘望着张骥鸿,重重点头:"真高兴你这么说。大郎,我们现在去哪里?你带我去哪里?你不要再离开我好不好。"

张骥鸿握着她的手:"我很想,但是,我还有重要的事要做,一句两句也说不清。但我一定会回来,一定会来找你,你该知道我的人品。"五娘又泣道:"我知道,但我这个样子,只怕不能活着等你回来。"张骥鸿看着她鼓凸的肚子,道:"你这么年轻,生产一定顺利。"忽的心里一阵酸:"李训那竖子,也真好命。"五娘忽然破涕为笑:"好命什么,我才好命,又碰到了你。你要去办什么重要的事?半年前,李训就跟我说,你早已死了。可我不信,我的大郎武艺超群,他没那么容易死。"张骥鸿道:"怪不得你一直问是不是梦,你是不是怀疑我是鬼魂?"五娘道:"其实没有,你是我真正爱的人,我不怕你,哪怕你现在是鬼魂。我刚才只是想,也许我已经死了,才见到了你。这半年来,我一直暗暗求祷佛祖,让我们死后可以团聚。每次想到李训说你死了,我总是禁不住恨,又禁不住悲伤,你在我心中一直是活的,我做过好几次梦,梦见仙游寺的雨夜。"张骥鸿泪流满面:"确实差点死了,有机会我会一一告诉你,但现在的我,是活人。"

半个时辰后,他们到了丰邑坊,丰邑坊一向不大关坊门,官署也特许,因为老有半夜死的流人,要及时抬进去收殓。监门见两个神策军军士来,知道目前城内到处抓人,怎敢盘问,战战兢兢放他们进去。张骥鸿两人径直到了老仆的儿子宅前,拍门。一会儿门开了,一老者提着灯笼站在门前,张骥鸿又惊又喜,竟然就是老仆,当即颤抖叫了一声:"丈人,还认得我吗?"老仆举起灯笼照了照,身体一颤:"是郎君吗?老奴这番不是做梦?"张骥鸿道:"丈人,不是做梦,先让我们进去了再说。"

进了屋子,一番激动,张骥鸿这才知道,当时他杀了裴休和常寂两人,县里本来要拿老仆判罪,却被许浑劝住了,典狱也帮张骥鸿说了好话,说老仆并非张家世仆,仅仅是在东市临时雇佣的,连坐他于法无征,于是最后逼迫老仆交了一大笔钱,放了出去。

"多亏了郎君的十一兄,"老仆道,"否则就算不死,在牢里也会被打残了。老奴也没钱,是许县尉替老奴交的赎金。还盼咐牢头不许打我。那典狱也是好人,时时来看望,都是托郎君的福。"

张骥鸿唏嘘感叹："有什么福，只是连累，若不是跟了我这个倒霉人，丈人怎么受这个罪。"老仆道："莫再说这事，只是天道不公。"张骥鸿道："倒是又欠十一兄的情，他想在上都买房舍，钱又不够了。"老仆唉声叹气自责："都怪老奴。"赶紧把儿子叫来拜谒。张骥鸿不敢多说，只道："我在镇州节帅手下找了个差事，现在是镇州牙将。这位是我妻子，跟我来长安游玩的，不想长安突然变乱，我怕她出去抛头露面受到惊吓，因此想找个僻静地方，让她暂居，等城中骚乱平息，再来接她。"老仆的儿子道："押衙放心，娘子尽可放心留在这里，小人不敢怠慢，一定尽心服侍。"张骥鸿又把老仆叫到一旁，说："若是平常时节，我倒也不怕，只是五娘眼看就要生产，还要拜托丈人届时找个好的医工接生，其实她腹中孩儿是我骨血。"遂简单把仙游寺那夜的事说了一番。老仆忙不迭点头："怪道郎君那时从仙游寺回来，神不守舍，原来有此缘故。郎君放心，老奴这院内，到处是棺木死人，等闲没有人来。只要五娘不害怕，住多久都行，找好医工更是不必叮嘱的事。"张骥鸿道："丈人，你也知道，五娘现在身份特殊，千万不可让令公子知道，反吓了他。"老仆又忙不迭点头："此事自然省得。"又哭了起来，"今日看到郎君无恙，如同梦寐。老奴就知道郎君武艺盖世，没那么容易便死。"张骥鸿从怀里掏出一把金片，都是从王涯府邸中顺手拿的金首饰，随手捏成了碎片："这些权当作五娘的食宿接生费用，等空时，用锤子锤成一块再用。只怕不够，我还会再送些来，此刻有公事要做，回头再说。"又找到崔五娘告别，崔五娘抱住他："大郎，你今晚就要走？到底要去哪里？"张骥鸿道："暂时不能说，但我保证不久就回来。"随即又道："我跟老仆说了,你肚里的骨血是我的,以坚其护佑之意。你别说破,他若知道是李益的,必定不喜。"崔五娘道:"若按时日掐算,说不定是你的。"张骥鸿笑道:"真的吗?"崔五娘道:"我感觉是。"张骥鸿道:"那你更要好好的,我办完事就来接你。"崔五娘道:"他们不抓到李训的妻子,只怕不会甘心,若找到这里,我只有自杀。"张骥鸿道:"如此乱世,哪会纠结你一个,或许以为你已经死在乱兵之中,尸体被毁了。"说着亲了亲崔五娘的脸。崔五娘抱住张骥鸿的脸,和自家的脸摩擦,泣道:"大郎,我害怕马上就是一梦醒来。"张骥鸿道:"说了我的魂在你这,就算梦醒了,我也会来找你。但现在我真的要走了。"

九十三　再见知事僧

好不容易洒泪告别了崔五娘和老仆等人，张骥鸿回到大街上，刚才他已经想好了，前途险恶，之前有一大笔钱存在资圣寺，不如去讨回来，送给老仆。办完此事，再赶紧去和白大等人会面，回去报告郑注。于是迎着寒风，又再向东边驰去，这一路上颇为落寞，和刚才与五娘一起并辔而行，心境有天壤之别。一直驰到永宁坊，前面又是一片火光，大堆人在殴斗。张骥鸿正要躲闪，忽见迎面三骑走来，仔细一看，竟是白大三人。张骥鸿正是孤独之际，当即大喜，忙遽上前召唤道："正想办一件事，我一人不成，还好你们来了。"白大三人见了张骥鸿，自然也是欣喜，道："舅父不怪我们就好，我等实在挂念舅父，还是偷偷进城来了。"张骥鸿道："算了，适才的确有些孤单。"遂把自家的计划一说，三人道："有金银在此处，那可不要去拿回来怎的？"

于是四人一起往崇仁坊方向奔去，好在一路无碍，已到了坊门前，因穿着神策军服饰，守里坊的也不敢问，趁势就进了，径直前往资圣寺。元二率先走到资圣寺门前拍门，不多久，有个小沙弥提着一个灯笼出来，元二首先给小沙弥塞了两锾钱，说："我们将军是镇州来的大将，当年在长安，和贵寺知事僧交好，此番来京师公干，说来拜望一下故人，另外有大宗货物，要寄存贵寺。"

小沙弥知道这是大客户，又见张骥鸿身披甲胄，器宇轩昂，三位随从也是高头大马，气势不凡，当即答应去报。不一会，知事僧出来了，手里亲自提着一个灯笼，没认出张骥鸿，张骥鸿一把拉住他，抢过他灯笼，亲热道："老友，可想杀我了。"白大三个人也围了上去，簇拥着知事僧，一起躬身拜礼。知事僧欲待挣扎，却死活挣不脱，被张骥鸿带着进了院。张骥鸿见左右无人，对知事僧道："老友连我都没认出来吗？"知事僧道："施主哪里话来，黑灯瞎火的，谁能看得分明。"

"那就到廊下去。"张骥鸿牵着他，举起灯笼照自家的脸，知事僧定睛一看，愣了："怪道有些耳熟，原来是张县尉，怎得会在这里？"又四下看看。张骥鸿道："我来取回寄存在这里的财帛，和尚没有忘吧？就是成德进奏院送给我的那批绢帛。"

知事僧脸色尴尬，张骥鸿心想，这和尚估计纳闷，听说我得罪了仇士良，早被夺职了，久不来，肯定已经死了，谁知忽然又出现。张骥鸿见他不说话，又笑道："我已经不干县尉了，今年春，成德军节度使王太傅派使者去盩厔礼聘，要我去镇州助他，还给我谋了一个检校兵部员外郎的品官，比县尉品级高，我怎舍得放弃？他急切催我上任，是以我直接去了镇州，没来得及过来拜会。这次趁冬至节，奉太傅命令，来上都给圣人致贺，输送一些财赋，却不想京城变成这样。"知事僧这才开颜，道："既是故人，张兵部，且进去说话。"

拉着张骥鸿进了一间寮舍,"恭贺张兵部升官,不过贫道不理解的是,张兵部那么迷恋霍小娘子,怎的不来见她?现在才来,岂不知太晚,害了佳人。"

张骥鸿道:"和尚有所不知,你道我为何不来?是我用信鸽给她送信,她回信却说有了新欢,我怎能找她?当时正是沮丧,忽然成德太傅来请我去作牙将,我因立刻决定离开蟄屋,免得悲伤。"

知事僧叹道:"张兵部此言也有理,也无理。"

张骥鸿道:"我怎的无理?"

知事僧道:"说有理,是因为张兵部当时去蟄屋任县尉,此为将来荣华富贵的阶梯,不得不去。若无这个官,霍小娘子别说嫁你,便是搭理也不必的;说无理,是张兵部爱慕的这位霍小娘子天姿国色,便是不出门也有人觊觎,你怎能一直将她独自晾在上都?最后接到她的绝情书,自然是被别的贵胄公子占了先机,没法抗拒的。"

张骥鸿道:"和尚,这事也别再议有理无理。我已知道,她最后还是嫁了李十郎为妾,可笑那李十郎却谋反,眼看要诛夷三族,天道好还,她又得了什么?"

知事僧连连嗟叹:"说来真是天道报应。张兵部也知道,这霍小娘子,本来就和李十郎有旧,互相爱慕都是有的。只是门第悬殊,李十郎不可能娶她。后来李十郎娶了崔家的女子,得了丰厚的嫁妆。再后来竟然火速升了宰相,镇得住崔家娘子,又把霍家小娘子迎到家中,直接纳为小妾。一个宰相要你陪床,你怎敢拒绝?因此,不可说'天道好还'这样的话哩,只能说是冤孽。谁知那李宰相又忽然犯了谋反之罪,只怕三族人头不保。贫道活了这四十几年,除了书上,再没亲眼见过升得像李十郎那么快,跌得又那么惨的,显见得'其兴也勃焉,其亡也忽焉',这古话不假。然则张兵部又得了什么?佛家有好生之德,造舌孽也不值得哩。"

张骥鸿听他说得有理,遂拜礼道歉,道:"这世事真是变幻得紧,回想一年前,我张骥鸿还能请得动李十郎喝酒,不想他一年间做了宰相,想弄死我也易如反掌,谁知又突然想做乞丐而不可得。再回想起我当时对霍小娘子的如痴如醉,只如一梦。她也很快要做鬼了,不提也罢。"

知事僧道:"你对霍小娘子便没有半分旧情吗?"

张骥鸿一愣:"有又怎样,没又怎样?"

知事僧道:"张兵部,若念旧情,还有个救处。这霍小娘子只是李训的小妾,若被神策军捉了,以她的美貌,杀了岂不浪费?肯定将去发卖。贫道有个建议,不如张兵部就将其赎了,张兵部存在敝寺的财帛大约够,若办成了,岂不了了一生心愿。"

"可我自家已有妻子。"张骥鸿嘴上说着,心里却有些蠢蠢欲动,"再说了,和尚,我这次是奉公差来的,办完了就要回去复命,哪能长住上都。而朝廷发卖罪人家属,又不知要等到哪一天。"

知事僧跌足道:"这倒也是,只可惜贫道是佛门中人,否则就替张兵部出面办了。"

张骥鸿想起往事,终究难免有些眷恋,忍不住求道:"和尚休要蒙我,就和尚的结交广泛,随便找个士人代做这事,还不易如反掌。"

知事僧笑了笑,低头沉思:"这倒也行的,既然兵部发话,贫道怎能不去找找?只是不能让人白做。"

张骥鸿道："和尚还不了解我张某，可曾是悭吝之人？事情若成，我自会重重谢他。"

知事僧道："这倒是，那贫道明日就去托人。"

张骥鸿因此趁机要求借宿一夜："现在闭了坊门，我去不得成德进奏院。身边带得随从三人，都是成德猛将，不如就在贵寺借宿一宿。"随即掏出两片金叶子，约有一两重，道："这是给和尚的谢仪，霍小娘子那事若能办成，还要重谢。"知事僧眉开眼笑，当即吩咐给张骥鸿四人找了两间寮舍，又问张骥鸿等有没有进晚餐。张骥鸿道："今日公事，本来要去南衙，谁知到处都是杀戮，一毫事都没办成，且等明日再看，若不行就先回镇去。这也是紧急事情，须早报与成德节帅知道。"

知事僧道："该当如此。贫道这就吩咐人给兵部和三位将军送几份斋饭来，再打些热水来供诸位洗沐，且早早安歇。"又寒暄几句，告辞去了。

一会，果然有两个小沙弥送了几份热腾腾的斋饭来，虽无鱼肉，豆腐青菜，倒也做得可口。张骥鸿又摸出一片金叶子，给了小沙弥："冬日夜寒，不合劳烦。"小沙弥接住，欢天喜地去了。张骥鸿和白大等三人吃完，小沙弥又抬了热水来，几人洗刷完毕，再也熬不住，往床上摊尸。等摊在床上，却又睡不着。此时外面一片凉月清冷，张骥鸿既故地重游，怎能不起悲欢？白大等又问起，遂把今年初和知事僧的交往说了，三人都笑："这和尚怕不是风月的。"

聊了一阵，听到外面万籁俱寂，张骥鸿又实在疲倦，昏昏沉沉，还是睡着了。这一睡就是大天亮，等听到敲门声，打开门，知事僧就进来了。这是个晴天,冬阳灿烂,也不见刮风。张骥鸿道:"好天气,不如晒晒太阳。"遂走到廊间,外间隐隐约约又传来马蹄杂沓的声音,以及鼓声、吆喝声,知事僧道:"外面还在到处捉人,据说王涯、王璠、舒元舆已经归案,贾餗和李十郎还不见踪影,但多半也跑不掉。此刻圣人已经上朝,必然新命宰辅,眼看就要发下诏书,宣布谋反名录,着各地关卡捕捉。张兵部须知道,这京畿四周,到处是神策军的行营,贾餗、李十郎如何跑得脱?他们如果要跑,多半是想跑到凤翔镇去。"

张骥鸿听到凤翔镇三个字,心中一震,随口说:"不会跑到昭义镇吗?据说昭义节度使刘尚书最和李训交好。"

知事僧道:"那也有可能。兵部是今天回镇州吗?"

张骥鸿道:"是的,我等用过早餐立刻就走,不打扰了,霍小娘子的事,还请和尚记得。"正说着,忽然头顶上响起乌鸦的叫声,吧嗒一声,从高树上掉下一大滩乌鸦屎,知事僧这回倒机敏,立刻躲开了,乌鸦屎摔在地上,黑的白的乱溅,知事僧摇头道:"这寺该给乌鸦奉个牌位。"张骥鸿道:"怎可姑息?"说着又从袋里拈了几枚铜丸在手,张开弹弓,啪啪几下,弹无虚发,几只乌鸦相继摔在院中,鸦毛散乱,有的还抽搐着没死,可骨头折了,飞不起来。知事僧悚然:"兵部这一年,功夫越发隽了。"张骥鸿道:"区区小技,不值一哂。年中我曾奉命去幽州,为节帅取了几个仇人的性命,我这弹丸便是击中军士头盔,也可穿透,直入脑髓;若是那光秃的头颅,没有遮护的,只怕从左进,从右出,从上入,从下出呢。"知事僧瞥了一眼弹丸,上有镌刻的"张"字,捂住耳朵:"兵部休矣,贫道不愿闻此残忍之事。"

九十四　马嵬驿杀戮夜

小沙弥络绎送来早餐，张骥鸿等吃毕，再三叮咛知事僧，方才告别，和白大等三人出了寺庙，踌躇要不要再去丰邑坊。好在昨天和五娘告别时，只说去办事，没说很快就回，于是决定还是即刻和三人回凤翔，尤其知事僧提供的信息紧要，李十郎既未抓到，也许在去凤翔的路上，正好去追。

街上比昨天清净很多，清净得有些特别。到处都是神策军的官健在巡逻，资圣寺靠近皇城，往皇城去的道路上，严格盘查，五步一岗，十步一哨。张骥鸿径直往南走，越往南，街市越宽松。闲人们坐在太阳底下，聚成一堆，口沫横飞，绘声绘色，谈论时事，依稀听得"王涯""王璠""郑注"等几个人名，张骥鸿不敢耽搁，带着三人从安化门驰了出去，折而向西又向北，又往开远门方向狂奔，路过振旅亭，跨过中渭桥，很快就到临皋驿。张骥鸿勒住马，对白大三人道："感谢诸位，看目前局势，相当不妙，我现在要立刻回扶风县，将昨日所见情况告诉郑仆射。郑仆射于我有知遇之恩，我既答应了他回去，就不能食言，至于你们三位，还是逃命去吧。"

白大说："难道真的一败涂地吗？"元二则低下头，王三不说话。

张骥鸿道："差不多吧。我只能尽我的责任，你们无须跟我一起送死。"

三人道："舅父不如跟我们一起逃了。舅父并非名人，郑仆射虽然心思缜密，却和一群废物联盟，他死便死了，舅父何必为他陪葬。他给舅父的官位，也不过就是一押衙，又有多大的恩？舅父帮他训练了五百精兵，也算对得起他了。"

"我说的恩其实不仅于此。"张骥鸿道，"郑仆射这回亲自出巡，扶风韩县令竟带着掾属跑了，光这一点就令人生疑，我问了县丞，说是前几天李司马路过扶风，见了韩县令。想是李司马对韩县令透露了点什么，不管是故意的还是无意的，都是我的过错。以仆射之精明，问题出在哪里，肯定心知肚明，却没有半句责备我，还让我来上都探查虚实，毫无芥蒂，就冲仆射这份信任，我至少得前去复命，否则天下人如何看我？目前诏书尚未下达凤翔，仆射还有机会。说起来仆射也是为了圣人，为了大唐社稷，并非犯上作乱，将来或许留名青史，我为何不能帮他做点力所能及的事？假如仆射能够控制凤翔镇，与昭义镇成掎角之势，足以成为牵制仇士良等人的力量。有两镇在，仇士良不敢加害圣人。所以，大势虽不可挽回，却仍有保全自家的机会，我想试试。"

元二对其他两人说："既然舅父这么说，我等三人还是应该跟着舅父，至少是个帮手。"

张骥鸿道："不必，你们回紫云村，干回原先的营生。我一人去扶风。"

元二道:"舅父,当初离开紫云村时,都知我们是跟郑仆射走的,现在回去,岂不被人告发?紫云村已没有我等的容身之地了。"

张骥鸿笑道:"你们三人本来就神出鬼没,专门做那作奸犯科的事,我看紫云村就没几个人认识你们,打什么要紧。"

白大摸摸头:"要不这样,我们三人送舅父一程,这一路上不比上都城内,上都城内拥挤,我们跟在舅父后面,可能反成为舅父的负担;这驿道上一望无际,假如碰到盗贼,猝不及防,需要人照应哩。"

张骥鸿见白大坚决,想了一想,道:"也好,若三位不嫌辛苦,那就陪我走一阵吧,我这一路上颇为愁苦,有人讲讲话,倒也快活。"

于是四个人并辔而行,一路上渡过渭水,望贤宫、咸阳,一起说说笑笑,确实解忧。等到达马嵬驿时,已经是黑夜了。远望马嵬驿,火光数点,倒是如常的安静,两旁寒柳光秃着,夹道而立,张骥鸿道:"夜间寒冷,马也疲累饥饿,只能在此住一夜再说。"白大道:"可惜是黑夜,若是白天,定要凭吊一下贵妃墓。"张骥鸿望着天上繁星历历,长叹道:"以前路过两次,也去凭吊过,想起夏日在萧家住时,读李商隐歌诗,有两句甚好:'此日六军同驻马,当时七夕笑牵牛',大唐繁华,就此成空。好不容易缓过来一些,劫难又来了。"元二道:"确实好诗。"四人一边说着,一边催马往驿站驰去。

进了驿站,驿长接过文牒,也无怀疑,立刻排备居住,不过小心地说:"诸位自上都来,据说上都发生了大事?"张骥鸿道:"嗯,我等在上都公干,街上到处捉反贼,衙署都关门了。好在之前公事就已办妥,本想在上都玩耍两天,这么的不行,只好提前回来。"驿长说:"都是些什么反贼?"张骥鸿道:"都是大官,宰相、节度使、金吾卫将军之类哩,平日都妻妾满堂,锦衣玉食的,他们一天的花费,就当得我们一年。这等富贵,不好好享用,却去谋反,也是活该。我等小吏,关心那个作甚。"驿长也道:"的确是这个道理。"又低声道,"几位来得不巧,半个时辰前,来了一位大官,带着十几二十个官健,正在堂上炙火哩。四位可从便门进偏房,避开他们,以免冲撞得罪。"

张骥鸿倒有些忐忑:"不知是多大的官。"

驿长道:"说起来有些吓人,乃是神策军右军鳌屋行营镇遏使宋将军,还押着一个要犯。"

张骥鸿一颗心顿时好像发足奔跑一般,跳得厉害,便是初次见霍小玉时,也没这么厉害。跳动的方式相同,其感受也相同,都是患得患失。但对霍小玉,是怕不能得美人欢心;此刻,却是怕宋楚听见自家声音,便即从后门遁了。当然,张骥鸿知道这不可能。那么此刻的患得患失,并不如见霍小玉时那么纯粹。此刻的心跳,还夹杂着愤怒、惊讶、奇怪。愤怒,自然是因为自家差点死在宋楚手里;惊讶,是惊讶为何这么巧,上天怎么突然把他送到自家手里;奇怪,是奇怪这竖子为何不镇守鳌屋,倒去上都,就问:"那要犯是什么人?"说着摸出一片金叶子,递了过去。

驿长一惊,没想到能得了这么大的进项,四下看了一眼,低声道:"这自然也不敢问,不过隐约听到他的僚佐喜笑颜开,说这番抓住了李训,肯定要受重赏。李训难道就是新近升为宰相的那位?"张骥鸿心中顿时五味杂陈,道:"或许便是。"他谢过驿长,与白大几个进了屋子,商量道:"我本想去追李训,谁知他已被宋楚拦截捉了。

我意杀了宋楚等人，把李训篡夺到凤翔，仆射见了一定高兴。"

白大道："可能天助仆射，也未可知。"遂问怎么做。张骥鸿道："十几二十个官健，倒也对付得了。不如我直接上堂，你等三人在偏屋守候，等我在里面打将起来，取个外应。"三人知道张骥鸿能耐，也无异议，各道："舅父小心。"

于是张骥鸿整理了一下衣裳，悄声上堂。见堂上倒也整洁，当中燃着一盆火炭，火炭边斜靠隐枕，坐着一人，看起侧脸，嘴尖皮厚，正是宋楚。两旁围着几个僚佐，或绯或青，还有几个披甲官健，正在火上烤着板栗，堂上袅袅飘出一阵香味。张骥鸿笑道："好香，竟然有板栗，可否匀些来吃。"

宋楚和几个僚佐抬头看着张骥鸿，有一穿绯的呵斥道："什么人，竟敢不告而上，岂不是自讨倒霉？"另外两个披甲的官健随即上来，要揪张骥鸿。张骥鸿左手迅疾抓住其中一位官健的胳膊，右手按住其肘部，往上一拗，那官健惨叫一声，嘴里不断吐气，连话也说不出来。另一位官健大惊，挥拳就打，张骥鸿斜身躲过，扬起一拳击在他肩膀上，他也疼得大叫一声，跪了下去，也不知打到哪处要害，浑身兀自颤抖，像打摆子一样。张骥鸿抚摸了一下自家的右拳，道："好个不懂礼节的东西，便吃你个板栗又如何？"说着已经到了炉子前，两指捏住一个板栗，拨开焦黄的皮，就往嘴里送。

宋楚一翻眼皮，尖叫起来："这小子好生无礼，还不快拉走。"随即响起甲叶碰撞声，旁边几个押官站起来，又听见佩刀出鞘的声音，脚步杂沓，向张骥鸿身边靠拢。

张骥鸿大喇喇坐着，丝毫不动，笑道："宋镇将，都不记得故人了吗？我还记得欠你十匹绢，一壶毒酒呢。"宋楚定睛一看，吃了一惊："你是张县尉？别来无恙。"脸上明显露出畏惧，又一挥手，强笑道："是故人，误会了。下去。"那穿绯、青的两位宋楚官属，也赶紧道："张尉是故人，当日在行营见过的，是我等眼拙，请张尉海涵。"

那几个押官见状，握着刀，停止了脚步。张骥鸿笑道："托将军洪福，还好。"又凑近火盆边，再拈起一枚栗子，剥开，扔进嘴里，赞道："好香。刚才那枚不行，想是被两个不懂事的竖子打扰，忘了滋味。"

这时又从廊下跑进来十几个神策军官健，扶起那倒下的两个官健，对宋楚道："将军，此人愚鲁无理，应当立刻捉起来打死。"宋楚不答。张骥鸿自顾自吃栗子，等到吃完，拍了拍手，笑道："就凭你们几个？"领头几位押官见他神色轻蔑，以为是什么贵人，虽然宋楚称他为县尉，但县尉的家族背景，未必不是贵戚名门，因之反倒吓住了，喏嚅不语。宋楚一挥手道："我和张尉是故交，去问下面酒菜好了没有，好了就端上来，我要和张尉痛饮，共话平生。"

那几个押官应诺，转身欲走。张骥鸿道："就这么走？把老子当什么了。"

宋楚赶紧道："还不赶紧向张县尉致歉。"

几位押官身子一抖，立刻跪伏："小人愚鲁无知，请张县尉恕罪。"

张骥鸿笑道："还好，你们识相，否则今夜就在这里给你们送葬。"

那些押官不敢吱声，倒退着出去。驿长赶紧上前，应道："将军，酒菜很快就上。"看见张骥鸿，僵住了，"你——"也不知说什么。

张骥鸿笑道："我和宋将军是故交，不必惊讶。"又笑对宋楚，"这回可不能再给我喝毒酒。"

宋楚尴尬道："张尉，其实当日楚也是奉命行事，楚只是一小小镇将，上面有令，怎敢不听？其实楚当时回文时，还替张尉说了好话，说此人勤恳忠厚，多才艺，该当重用，杀了可惜，但上面不肯。"

张骥鸿大笑："人在临死前，都会这么说。"

宋楚脸色倏然发白，身体也颤抖起来："张尉，楚固然怕死，但刚才说的话，句句属实，楚可以对天盟誓。"

张骥鸿看他脸色真诚，倒有些意外："真的？你为何肯替我说情。"

宋楚道："当然是真的。楚今日这么说，不纯为了贪生；主要平日听说张尉为人仁厚，的确找不到纰漏。又乖巧，又肯奉承，还曾千方百计为楚物色斗鸡。楚与张尉无冤无仇，杀张尉作甚。就算上面下令，见能说情，就说两句；若说不过，只好动手。事实便是如此。"

张骥鸿哈哈笑道："我真的仁厚吗？盩厔县府文告缉捕我的文书，列了我许多罪状哩，什么强行索要百姓的斗鸡，什么欺男霸女，还被邻里告不孝哩。"

宋楚道："楚怎会信那些，张尉也做过官，该知道是怎么回事。"

张骥鸿道："好吧。你说帮我求过情，我无法求证。但我生性并不爱杀人，否则刚才那两位早就死了。不过，既然你这么说，我暂时也就不计较。但我还有一位故人在将军这里，何妨请他一起出来饮酒？"

宋楚诧异道："是谁？"

"大才子李益，后来改名李训的便是。"

宋楚大惊："你怎的知道？"沉默了片刻，又道，"此人可非同一般，若丢了他，楚全家性命难保，不是戏耍。"

张骥鸿道："只是见面叙旧而已，惊惶什么？若将军不肯，我只好先杀了将军，再亲自去找。"

宋楚面色更是惊恐，嘴唇颤抖，哆嗦道："楚一直示以善意，你怎敢如此无礼，我就不能拼死吗，来啊，给我拿下。"他身边那些押官和官健在旁边听着，早就愤懑，听宋楚召唤，再忍不住，白刃纷纷出鞘，就向张骥鸿扑去。张骥鸿本来坐着，立刻双手握着隐枕，掷了出去，将近前一人的环刀撞飞，啪的一声钉在壁上。随即左手一撑地板，一个跟斗翻起，早把那环刀抢到手中，一刀挥去，将另一人手中的刀拍飞，继而左手一拳，击中他的肋下，只听得咔嚓一声，那人像被雷电劈中一般，倒在地上，脸上立刻变了颜色，仰天瞪着房梁，一句话也说不出，只看见胸腹一起一伏，看上去仿佛已到了弥留之际，正苦撑着等儿孙前来告别。

张骥鸿淡然道："我现在手上依旧留情，再上来的话，就直接送进阎罗殿了。"其它官健知道万万不敌，互相你看我，我看你，再不敢自己上前。

"停。"宋楚颤抖道，"赶快把李训提来。"

几个官健惊慌着答应了一声，去了。张骥鸿重新坐下，继续用手指钳板栗吃，宋楚在他身边，坐卧不宁，其他僚属垂头丧气，手上握着刀，不知怎么是好。张骥鸿道："还是宋将军识相，怪不得能做镇将，你们几个田舍奴，似乎仍不甘心？"宋楚道："还不快将刀扔了。"那几个僚属这才扔了刀，向后退却。

一会官健们把人押了上来。李训形状狼狈，穿着一件满是脏污的棉袍，想是为了逃命，把官袍脱下丢了，看不出来竟是一位宰相，见了宋楚，倒是慨然，说："宋将军，快点动手吧。再不杀我，到手的功劳只怕会飞。"

张骥鸿一怔，这竖子说的什么？因笑道："李十郎，别来无恙。"

李训瞪着他看："你是？"

张骥鸿道："果然贵人多忘事。在下张骥鸿，去年初秋，承蒙你赐诗，因得王中尉赏识，擢拔我为盩厔县尉，谁知一年来阴差阳错，跌宕起伏，生不如死，当初竟不如不做那县尉的好。但足下为在下作诗，究竟是好意，于在下有恩，还是要报答的。"

"原来是你，你的确命大。"李训冷笑道，"报答什么，尽快斩了我的头去，马上立功就好了。"

张骥鸿奇怪道："你竟这么想死？"

李训道："你少给我来这套。你瞧中了我的小妾，真是癞蛤蟆想吃天鹅肉呢。霍小娘子那样的美人，怎肯嫁你这个穷贱粗汉。"

张骥鸿心中愠怒，本想救他，他却出言不逊，一时之间，倒不知道说什么才好，沉默一会，才道："李十郎说得是，在下的确是癞蛤蟆想吃天鹅肉。只可惜霍小娘子也要被你牵连处斩，倒还不如跟着我这个癞蛤蟆呢。"

李训依旧冷笑："可惜你不配啊。说来有意思，今年春天，给这位宋镇将下密令要杀你的文书，就是我让仇士良下的。你知不知道是谁要杀你？可能你觉得是仇士良，可仇士良为何要杀你呢？你一个小小县尉，仇士良怎么认识你？你根本不值得他杀啊。这位宋将军，当时还为你说情呢，是我坚持要杀。"

宋楚赶紧道："张尉，你听到了吧，我老宋可曾骗你？"

张骥鸿看着宋楚："谁知你们是不是合谋骗我。"但想想，知道不可能，于是笑对李训道，"仇士良瞧不起我，倒也没什么，好在有幸让大名鼎鼎的李十郎瞧得我起，必要杀我而后快，我还有什么不满意的呢？"

李训语塞，略有惭色："我想杀你，倒不是因为瞧得起你，就好比见一只蟾蜍趴在脚背上，对我并无伤害，可想着就有些犯恶心。"

张骥鸿道："能让李十郎感觉犯恶心，至少也是一项本事啊。蟾蜍就很卑贱么？'照他几许人肠断，玉兔银蟾远不知。'那天上皓月，不也叫作蟾宫吗？"又扫了宋楚一眼。

宋楚神色复杂："原来张尉和这反贼曾经认识，张尉，总之我没骗你，李训这人实在该杀，我宋楚是冤枉的。"

张骥鸿叹了口气，望着李训，道："真是奇遇啊，没想到在这大雪纷飞的夜晚，偏僻的驿站之中，竟让我张骥鸿有这等奇遇。"突然走近李训，凑到他的耳朵边，低声说，"其实我本想救你一条性命，谁知你这么心急，把自家做的坏事都抖了出来，你教我怎生救你？"又转身问宋楚，"他为什么要求死？我实在不能明白。"

宋楚道："因为他是谋反元凶，我得到仇中尉的密令，发兵到盩厔驿道拦截，果然将其截住。这小子要是押送到京师，就很难死得痛快了，非被一寸寸磔了不可，所以他一意求死，一路上都请求我杀了他，说将他头颅砍下，带到上都，一样立功受赏，否则这一路上，可能被他人劫走，抢去功劳。我正犹豫呢。"

李训这时却嚎叫道："张尉，你骗我，你能救我去哪？"

张骥鸿又凑近他，低声道："实不相瞒，我本想救了你，带到你想去的地方。我知你想去凤翔，对不对？可惜你沉不住气，让我改变了主意。"

"带我去凤翔？你认识郑注？"

"我就是郑仆射身边的押衙，没想到吧？郑仆射去凤翔上任的路上，碰到了我。他喜欢我的勇力，许我要职。"

李训愣了，沉默一会，恳求道："我对你毕竟有恩，是不是？你应该报答我一次。"

"怎么报答？"

"上计，救我去凤翔，郑仆射有了我，如虎添翼，将来与昭义镇合兵，斩仇士良不在话下。到时重振社稷，你我都可位至三公；下计，就在这里斩下我的头颅，你拿着我的头颅去上都，或可受重赏。"

张骥鸿笑道："没有中计吗？"

李训道："干这样的事，不成功便是要成仁的，哪有什么中计。"

张骥鸿道："那我就不敢领受了。蒙你的福，我丢了县尉的职务，老父惨死，我本人也被灌了一肚子毒酒，差点死在涠藩。这么大的仇，如何化解？我希望你也受点苦。再说，跟着你做反贼，我又何必呢。"

李训道："我听说你文武双全，平日爱吟诗作赋。为天下者不计小怨，'朱鲔涉血于友于，张绣剚刃于爱子，汉主不以为疑，魏君待之若旧。'这些话都不知道吗？"

张骥鸿道："人家都是王侯将相，志在列土封疆，我一介平民，哪有那样的气魄，何况，现在是那样的时代吗？想想别的。"

"我有一个条件跟你相换。"

"什么条件。"

"你一定会接受的,附耳过来。"

张骥鸿把耳朵略略贴近,只听得李训说:"那霍小娘子,五娘不许我带进府中,其实我把她藏在永宁坊的外宅,我可以告诉你地址。"张骥鸿听得满头噙噙,李训又恢复了大声:"怎么样?"张骥鸿道:"这个条件若放在年初,你要我做什么都可以,现在只够我斩下你的头。"

李训又是一愣,随即长笑道:"可以,请赶快动手。"说罢,脸色逐渐转为悲戚,"张尉,你现在是我最羡慕的人。"

张骥鸿想,有什么可羡慕的,今日活着,明天说不定就和你一样。但在他面前,架子不能倒,何况看他悲哀之色,倒真有些不忍,遂对宋楚说:"我欠他一个人情,必须此刻就砍下他的头,劳烦宋将军,帮一下我的忙吧。"

"这个好办。"宋楚吩咐身边押官,"把他牵到院子,头颅斩下来收好。"那押官把李训拉出去,李训倒是颜色不变,对张骥鸿道:"张尉,就此告别了,下世再见。"张骥鸿道:"你我是冤家,下世还是别见了吧。"目送他被拖出去,不一会,那押官提了头进来,张骥鸿看着他手上鲜血淋漓的头颅,发髻凌乱,脖子部位皮肉参差,像烂抹布一样挂着,难以想象这是刚才还活着的人,是一位出身高贵,文采风流的公子,可怜其满腹锦绣,就此化为飞灰。宋楚对那押官道:"这屋里暖和,别热坏了这竖子的面目,到时领不到赏,先放到外面雪里冻着。"又对张骥鸿道:"白乐天有诗云:'绿蚁新醅酒,红泥小火炉。晚来天欲雪,能饮一杯无。'敢请张尉一起痛饮。"

张骥鸿道:"有酒喝大好,不过,你这些部下,我要全部绑起来过夜。明天一早离开后，让驿长放了你们。咦，我忽然想到一件事，其实我何必留下你们这些活口呢，都杀了，我拎着李训的头去领功，岂不是好？"

宋楚脸色难看："张尉是英雄，怎能不践然诺？刚才张尉也听到了，我确实为你说过好话。"

"你们能做英雄吗？"

宋楚道："不知张尉什么意思？"

张骥鸿假装跌足道："千不该万不该，你知道我的名字，那怎么能留？"

宋楚恍然道："这个绝对能。我能做英雄，绝不透露半个字。这十几个亲兵，都是我的心腹，我说的话，他们不敢不听。张尉今天留我们一命，也算是再造之恩，我们岂能背恩忘义？况且以张尉这神出鬼没的武艺，假如我背盟，张尉随时取我人头又有何难。"

张骥鸿道："这话你说得很对，假如将军忘了今天的承诺，不管将军躲到哪里，人头都保不住。"

宋楚连声道："张尉的武艺，胜过那传说中的聂隐娘、红拂女，宋楚哪敢拿自家的性命玩耍。"

于是张骥鸿把白大三人叫进来饮酒，宋楚和身边僚佐都把兵器交出，搜了一遍身，允许坐下来晚餐。之后被白大等人带着，赶进屋子里睡觉去了。堂上只剩下张骥鸿和宋楚及其贴身押官三人，张骥鸿道："宋将军，你不急着睡吧？"宋楚连连称是，于是两人继续边喝边聊，一来二去，宋楚也逐渐放松下来，道："张将军，看将军武艺，真是人中凤凰，王中尉有眼光，可惜世道太乱，你我都无能为力。不知张尉现在何处勾当？"张骥鸿道："我还能干什么，不过是做些没本钱的买卖。"宋楚道："那真是可惜了，不如跟我吧？做我的亲兵押衙，将来混个品级，岂不比做强盗杀人越货、伤天害理的好？"张骥鸿笑道："裴休当时跟着你，不也要杀人越货、伤天害理吗？"宋楚有些尴尬："刚才解释清楚了，都是李训那狗贼不依不饶，非宋楚所愿。"张骥鸿道："你为了保住这身绯袍杀人越货，我为了钱财杀人越货，又有什么不同？我杀的主要是强盗，你杀的大多是良人，我们之间，谁更伤天害理呢？"又笑，"也是，做国家强盗比做草莽强盗还是体面，宋将军，你能给我弄件什么颜色的袍子穿呢？"宋楚立刻吩咐那贴身押官："去行囊中，给我拿那件深绿来，给张尉穿上试试。"又对张尉说，"别的不敢说，我宋楚起码可以向朝廷为张将军求一件深绿。张将军当初做盩厔县尉，不过是深青，升了两级呢。"

张骥鸿笑："倒也是。"这时那位押官捧来了一件深绿官服，点头哈腰，请张骥鸿穿上。张骥鸿觉得好笑，也就张开手臂，让押官给他穿好，系上银带。张骥鸿笑："宋将军，为何随身带着新官服。"宋楚道："盩厔用兵之地，朝廷特许我紧要时刻招募将才，最高授予青绿。张尉穿这袍子相当合身。"张骥鸿心中暗笑：前几个月，郑注也给他弄了一件深绿，当时很兴奋，但仔细想想，其实就是个虚荣，没有实际意义，远不如做县尉，穿品级更低的深青。

心里正悲哀着，突然门口传来谩骂的声音，随即闯进来一人，面上无须，戴黑色幞头，穿窄袖圆领紫色长袍，佩鞶囊，蹬长筒黑靴。后面跟着两个军士，大约是护送的，也是穿着神策军的服饰。

张骥鸿当即忐忑起来，若人来得太多，自己也对付不了。只听那跟着宦官的军士道："竟敢说没有上房，不管是谁，今晚都必须给我们内侍让出一间来。"宋楚一见，惊喜道："卑吏是神策军盩厔行营兵马使宋楚，内侍这是要去哪里？"那宦官道："李训伙同几位宰相谋反，凤翔节度使郑注也在其中，今天早上朝会，仇中尉和令狐学士他们在御前确认王涯、李训带头谋反后，圣人大怒，下诏平叛，我这是奉命去凤翔宣布褫夺郑注官职，押送上都。"

宋楚看看张骥鸿，不说话。张骥鸿笑道："郑仆射在军中有威望，内侍这去宣诏，假如镇兵不听，内侍相当危险啊。"那宦官垂下头："为国家做事，也不能光怕危险。"说着凑过来，问："你是这位宋镇将的什么人？"

张骥鸿看着宋楚，宋楚支吾道："这位是盩厔县尉，出来公务。"宦官又看了看张骥鸿："盩厔县尉是八品官，该穿深青，你怎么着了深绯？"张骥鸿道："卑吏这是借绿。"宦官惊讶道："只听说过借绯，没听说过借绿，你莫不是戏耍我。"张骥鸿笑道："戏耍的就是你。"说完突然跃起，伸手捏住那宦官的后颈，使劲往案上一撞，只听得得喀嚓一声，想是头骨裂了。宦官喉咙里叫了一声，软软躺倒，再无声息。跟在那宦官后面的两位押官大惊，拔刀就冲了上来，张骥鸿左手朝房柱上一撑，斜斜飞起，掠过两位押官，左脚踢出，右手挥拳击下，两位押官也闷声倒下。

宋楚及其贴身押官缩在墙角，簌簌发抖。张骥鸿回望他："我最恨别人盘问我这个那个。"宋楚牙齿打战："张尉，你，你以前不是这样的人。"张骥鸿道："还不是被逼的。"宋楚不敢再说。张骥鸿在三具尸体上搜了几下，搜出了一封书，身体略侧，挡住宋楚等人的目光，展开看了一眼，正是去凤翔宣读郑注谋反的诏书，遂塞进怀里，恨恨道："穿着如此华丽，身上竟然没带什么金银。"把尸体塞在楼梯下，好像恍然大悟似的，对宋楚道："将军，刚才一时贪婪，忘了自家还穿着官服，强盗本性又犯了，怎么办？还能改过自新吗？要么我就自暴自弃吧。"说着就要脱掉官服。宋楚赶紧道："改过自新，能，能。千万别自暴自弃。刚才我什么也没看见，从未见过这位内侍和两个军士。张尉尽可放心。"

张骥鸿道："真的吗？你们都没看见？"

那贴身押官也赶紧表白："小人都没看见。"

张骥鸿遂依旧坐下，道："其实我也舍不得脱。"

宋楚道："不脱是对的，比起朝廷大多数人，张尉更配穿它。"

张骥鸿道："宋将军，你这句话是真正的人话。"

九十五　折返凤翔镇

第二天侵晨,张骥鸿和白大三个人早早起来,从驿站的厨房里胡乱找了些食物,让驿站仆役烧热吃了,威胁道:"你没见过我们,若多嘴,随时来取你狗命。"仆役跪下指天发誓:"别说小人,便是那宋将军躲在深宅大院,也不敢透露半句,我等蓬门小户,何必自家找死。"张骥鸿道:"那是最好,不到中午,不要进去打扰他们。"

四人吃饱了,一身温暖地上马。张骥鸿摸摸身边革囊里的东西,圆滚滚的,对白大等道:"这头颅内曾经满载诗文,这头颅上的眼睛也见过无数罗绮锦绣,这头颅曾让霍小玉如痴如醉,斩下来后,却和一个目不识丁的小兵也没什么区别。"白大笑道:"舅父说这话时,恍如弱不禁风的文人骚客,多有绮思,谁料动起手来,却是力敌万夫的勇士。"元二也感叹:"如舅父这样文武双全的,上天也造不出几个,却浪费了。"只有王三无多话,只默默跟着。

离开马嵬驿,从驿道上远望,张骥鸿道:"那便是贵妃墓,昨夜还感慨,到了马嵬驿,必然想起贵妃,顿起兴亡之感;也许五十年后,文人再路过,若知道昨夜驿站内刀光血影,也会即兴写一篇不?"元二道:"那是必然,否则宋楚等人的鬼魂也会不依不饶。"

三人一路奔驰不歇,中午到了武功县,找个客栈歇息了一夜,第三日起早继续疾行,下午才到达扶风县东的杏林店驿。张骥鸿一路上只劝白大三人走,三人总是不肯。不过两个晚上依旧在旅店夜话,倒也略有慰藉,他深知这回去凤翔,九死一生,但茫茫大地,哪有自家的容身之地。又说起在长安城,自家连哄带吓,要知事僧帮自家赎出霍小玉,不觉好笑,说:"我才知如今心中只放不下一个人,便是崔五娘。所以拜托三位一件事,我要是回不来,你们若得闲,帮我去丰邑坊照顾一下她。不必太久,她家是大族,避了这个风头,就可偷偷送她回崔家。至于霍小玉,李训说她在永宁坊,我忽然觉得,便是我能回上都,也不必找她。"又道,"五娘肚里的孩儿,也许是我的,也许不是,但也顾不得了。"

白大道:"若生了,我等去取了养大,若长得俊俏,就是舅父的;若是李训的种,一定也是鼓突着嘴,像猿猴似的。"

张骥鸿大笑:"拜托了。"说着把刻有自家姓氏的铜弹丸递给白大,"至于抚育费用,知事僧那里存了些,就算他拿去赎霍小玉,也花不完;你把这弹丸给他看,他不敢不给。"

白大接过弹丸,细细收好,说:"舅父回凤翔报了信,也算是不辱使命。若事情可为则好,若不可为,就想法子离开,去长安亲自找崔五娘,岂非美事。我等三人是粗人,照看孩子也不是长处。"

张骥鸿道:"若有机缘,我自会去。对了,那霍小玉若真被知事僧赎出来,你们也可去带回家,经历过这一番,她的心气只怕也不能高了,你们当中谁娶了她,都无所谓。"

"她是嫁过宰相的,怎瞧得我们起。"三人齐笑起来。

张骥鸿道:"一朝在青云,零落跌泥壤。嫁过宰相又如何,那时也得认命。当然,假如她又被一世家子弟娶去,那也是她的运气。"三人跌足长叹,元二说:"还是崔五娘比霍小娘子更值得喜欢呢。往常听舅父言辞,知霍小娘子对舅父并不属意,只是后来李益不要她,她才不得已和舅父假意纠缠,所以后来李益回头,哪怕是做妾,她也立刻忘了舅父。这等人,放着县尉的正牌夫人不做,偏要去做别人的小妾,须不知虽是嫁了宰相,那也一世是奴。俗话说,'宁为鸡口,不为牛后',她连这道理都不懂,如何值得去爱。"张骥鸿道:"话也不能这么说,俗话说,'人往高处走,水往低处流',趋高是人的天性,何足见怪。若以高标准要求人,得自思自家是否能做到,能做到才说得嘴响。但依我看啊,那些说得嘴响的,多半是严于待人,宽于待己的。"

白大道:"舅父这话说得在理,足见舅父人格,倒是我等俗气了。"元二又说:"不过,如果我们三人都离开,郑仆射必然疑心,反而对舅父不利。不如让我跟着舅父,可以说白大和王三都在上都遇难。"

白大道:"论聪明识见,你是我们三人中最好的;论武艺,却是最差的,郑仆射定会想,怎的我们两个都死了,你倒能活着?"

元二道:"京城之地,不比野战。要活下来,聪明比武艺更加管用,舅父你说呢?"

王三道:"二兄说得是。不过若发生战事,二兄这身子骨,帮不了舅父的大忙,不如让小弟跟随舅父。"

张骥鸿道："本来要你们都走，但说到怕郑仆射疑心，倒也有些道理，就折中一下，采纳老二的主意，让老三跟着我。"

于是四人在杏林店话别，这是一个小驿站，旁边有十几户人家，四围都是杏树，在寒风中，到处像枯枝结成的网，好不萧瑟。张骥鸿道："你们赶紧走吧，日后还有相见的机会。"说完毅然回头，班马而行。白大和元二望着张骥鸿二人的背影，直到看不见了，才怅惘离去。元二道："舅父真有古仁人之风，宁死不背恩，怪不得五娘喜欢他。"

张骥鸿带着王三，一口气驰到扶风县，见到郑注，把从宦官身上抢来的诏书拿出来。郑注看完，两眼噙泪，道："押衙，你如何肯回来？"张骥鸿道："仆射不是和骥鸿相约父子吗？难道会看错人？"郑注擦了擦眼泪，拍拍张骥鸿的背："孩儿，我平生阅人多矣，无如孩儿者。若天助大唐，剪灭奸人，你我父子都将名垂青史。"张骥鸿道："大人且不忙遽说这些，宜早下决断，火速回凤翔镇。仆射如今还有五百精兵，依旧是凤翔节帅，趁着张仲清还不知内情，星夜兼程，赶回衙内，征发所有牙兵，矫诏斩了张仲清，然后宣布勤王。凤翔是四战之地，城池坚固，仇士良的神策军在城内作威作福可以，要来攻城野战，不是凤翔镇兵的对手。我见神策军连王璠身边新招募的河东兵都不敢进攻，最后用诈才得逞。神策军能欺负的，不过是南衙那帮更不管用的弱卒罢了。"

钱可复等人也闻风赶来，听了张骥鸿的见闻，个个惊慌失措。郑注暗对张骥鸿道："诏书的事暂不告诉他们，我们先回凤翔再说，路上慢慢商量。"当即踏上回程。张骥鸿也才知道，这几日内扶风县令一直没回来，越发悔恨当初放过了李敬彝，而郑注对这事一句话不提，更让张骥鸿内疚。

扶风离凤翔八十里，一天之内就赶到了。还好诏书被张骥鸿劫夺，凤翔镇并未接到，城门安宁，见郑注回来，没觉得惊讶。郑注进了城，回到节度使衙署，惊魂稍定，道："天幸张仲清还不知道变故。"钱可复道："我们的逻卒一直在驿道上来回巡视，如果有长安来的使节，是躲不过的。"

张骥鸿道："天助仆射，此刻即可发牙兵诛杀张仲清及其党羽。"

郑注道："这一路上驰骋，我思前想后，其中有个艰难。"众人问什么艰难，郑注道："自天宝后，每个镇配监军使是常例，连河朔三镇那么跋扈的地方，也无一例外配监军使。三镇节帅虽然父死子继，可将士对监军使依旧尊敬有加，为何？因为一旦有急，还可以求监军使在长安和节度使之间斡旋，且军镇将士贪图赏赐，长安度支输送的赏赐都假监军使之手分发。若我杀监军使，将士一定惊疑不定，我来此即位不足半年，威信未足，如何压得住他们？只怕仇士良不来攻，我等就内部瓦解了。"

钱可复等人也觉有理，张骥鸿道："卑吏对张内侍也不反感，若不杀他，也须杀了他的牙将贾克中、李叔和，张内侍看起来内敛，贾克中、李叔和却对仆射颇为敌视。"

"以什么理由杀贾克中、李叔和呢？"郑注道。

"可以假装召他来议事。"张骥鸿道，"然后捏造个罪名，煽动牙兵，先杀了再说。张内侍就算事后责怪，仆射多陪小心，他也只能接受。少了贾克中、李叔和在他身边，就少了事端。贾克中、李叔和一直在凤翔做押衙，身边死士颇多。杀了他们，群龙无首，张内侍那边也就掀不起什么浪花了。到时仆射把圣人的密诏亮出来，他也不敢公然违抗。"

卢弘茂道："只怕不好，仓促之间，如何捏造过硬的罪名来杀贾克中、李叔和？我听说这两个人贪财货，不如收买说服试试。"

"能说服自然好。"张骥鸿道，"可是据卑吏看，似无可能啊。"

卢弘茂道："是你没有这口才，怎见得仆射没有。"张骥鸿被噎住，不知怎么回答。

郑注道："我想可以试试，若不能说服张内侍，终究难成大事。勤王大业，名垂青史，张内侍一向爱读儒书，我想他内心也应该有所感激。"遂对卢弘茂说："卢书记，刚来时，张内侍请你帮他写了一篇赋颂，他对你非常赏识，屡次提起。不如你代我向他致意，说上都发生变故，我不得已折回，请内侍明天一起聚会，共商良策。内侍见了你去，一定开心。"

卢弘茂道："区区小文，内侍真会挂在心上吗？"

郑注道："范阳才子亲手给他写碑文，他怎会不挂在心上？何况卢书记是太后的妹夫，皇亲国戚，将来是一定要做宰相的，他心知肚明。"

卢弘茂面有得色，道："那卑吏义无所辞。"

九十六　最后的对决

张骥鸿看着卢弘茂出去，有些忧心。郑注说去更衣，对张骥鸿使个眼色，张骥鸿也跟着，走到后堂，郑注道："孩儿，事已至此，没有别的办法。我想遍了，贾克中、李叔和一向警惕，要召他们来，他们不一定肯来，反而让他们警惕。他们是土著，在城中多有党羽，不到万不得已，不可动武。我本来地位卑微，二十年来，靠着这张嘴，说服了无数人才致位卿相，李愬、王中尉、韦元素、刘从谏，都是一方诸侯，我能说服他们，就不信说服不了张仲清。孩儿，你本来可以不卷进来，不如离开凤翔，或者能保一命。我当初接了圣人密诏，就已经决定不成功便成仁的了。"张骥鸿见郑注表情严肃，宛如发自肺腑，也不由得鼻子有些酸楚，跪伏道："大人能为国牺牲，孩儿何必不能？况孩儿与仇士良还有家仇，宁愿拼死一搏。"

郑注凝视张骥鸿半晌，道："既然如此，我们就把命付之于上天了。成功，我们都上凌烟阁；不成功，也只是妖氛一时浓烈，苍天有眼，终有给我们平反的一日。"

张骥鸿听得热血沸腾，才知道人若认定自家所为是千秋事业，可能真不怕死。郑注又带着张骥鸿回了堂上，说："路途劳苦，诸君都去休息一下。"众人道："仆射也劳苦。"郑注道："我现在胸中就像炉火炼铁一样，火光熊熊。睡是睡不着的，我还要想怎么和张仲清见面，如何说服他。"又对张骥鸿道："牙兵虽勇猛，却都是有奶便是娘，我在昭义镇做副使时，见往常昭义镇出兵，临行前每人赐两匹绢，若给不足，牙兵不但不肯尽力，还立刻变脸，鼓噪闹事。你现在立刻去府中查看库绢，看有多少，给每人赐五匹绢，不够的话，我把家产全部献出。"

众人都退出去，面面相觑。张骥鸿和王三也去了营中，召集那五百牙兵训话，说京师发生变故，仆射接到皇帝密诏，回凤翔镇镇守，大家要秣马厉兵，准备为朝廷效力。大家都默不作声，张骥鸿又道："仆射宣布，每人赐五匹绢。若杀敌者，凭首级赐绢，每颗首级两匹，功劳著于簿籍，论功拜官。可不要错过这个大好机会。另外，关于这次我们没能到达浐水的事，一个字都不能泄露，否则定斩不赦。"

牙兵们顿时换了情绪，欢呼起来。张骥鸿想，凭借这个气势，一鼓作气，闯进监军使厅，把张仲清、李叔和等人斩了，可能一了百了。不过仆射有二十年的政治经验，监军使是藩镇和朝廷之间最重要也是皇帝最信任的沟通渠道，若斩了监军使，谁还会相信你一心勤王？确实不能贸然斩杀，想着真是灰心丧气。

他和王三在官署中郁郁不乐，想起此前有四人在一起，现在只剩两人，越发悲凉。吃了饭，对王三说："我感觉自家还是太自私了，不该让你跟来。"

王三道:"大不了是个死嘛,不死不活地吊着,在这世上也没有什么意思。再说外甥看仆射和内侍关系极好,有空就在一起吟诗作对,共话平生,据说他们在神策军时,就有交情,可谓志同道合,应该能说服的。假如内侍有私心,大可紧闭城门,不放我们进来。"

张骥鸿道:"他没接到诏书,不敢贸然行动。就算知道,我们带着五百精兵,在城外也是他们的心腹之患,放我们进城,徐徐图之,也许是更好的办法。"

王三道:"这数九寒天,外间寒冷刺骨,我们进不了城,只能流窜。仇士良已经劫持了皇帝,他逼皇帝下诏,说我们谋反,然后境内诸县都紧闭城门,不需要派兵来讨,就可以把我们活活饿死冻死。外甥不觉得有把我们放进来再徐徐图之的必要。"

张骥鸿道:"你说的也有道理。"心情略好了一些,才知道人的孤寂的时候,任何人说句好话,都能让心情快活,笑道:"你的心思可以媲美老二了。"

王三不好意思:"只是瞎猜。"

张骥鸿道:"是真的很有道理。"

下午,寻常行晚衙的时候,郑注的人来了,让张骥鸿赶紧过去。张骥鸿到了那,见卢弘茂也在,郑注一脸喜色,说:"卢书记去拜谒内侍,内侍大喜,说听说我去上都送葬回来了,想马上来拜会。问为何不派人先回来通信,他可亲自去驿置迎接。又说要在监军使厅摆设酒宴,给我们接风庆祝。"

张骥鸿道:"何不请他到节度使厅来?在这里安全些。"

卢弘茂道:"内侍本来说来探望仆射的,不过他旁边的贾克中说,按照礼仪,为仆射接风,内侍就是主,仆射是客,上次仆射初来就职,也是在内侍厅置宴。我一听反驳不得,也就不再劝,若是强求他来,反而显得我们内心有鬼。"又看看郑注。郑注道:"就依他。"

张骥鸿道:"那卑吏带上全部牙兵。"

卢弘茂道:"会不会反生惊扰?"

张骥鸿道:"可以说带了去,是为了宴会时跳振旅舞。仆射此番去给中尉护葬,也宛如上阵一般,如今平安回来,自然要振旅。再说节帅是一镇之首,出入扈从如云,不是很正常吗。在上都,京兆尹出巡也是前呼后拥的。京兆尹之权重不如节帅。"

郑注说:"好,都带去。"

这是张骥鸿第三次来监军使厅,心中景况一如面前冬日风物,无比凄凉。张仲清早列好队在门口相迎,见了郑注,赶紧趋前拜了两拜,郑注也拜了两拜。张仲清道:"节帅这回见了圣人,不知圣人玉体还安好吗?"郑注说:"圣人春秋正富,好得不能再好。"张仲清泣道:"很久不见圣人,魂梦也关心,真嫉妒仆射有机会亲见。来,我们边饮边聊。"

进了院子,见庭院中已经布起大帐,张仲清道:"牙兵兄弟辛苦,而堂上又坐不下,只能在这屈就了。"牙兵闻到酒菜香味,早已喜形于色。这次去扶风,来回奔波,吃喝不如意,早觉辛苦。张骥鸿略有些不安,但见张仲清执着郑注的手,满脸热情,也看不出什么异样,又觉得自己过于警惕了,不该有什么怀疑。

他紧紧跟在郑注身边,进了后院,不时看看四周,都未发现有什么异样。张仲清身边也就李叔和、贾克中、赵炼等几个人,张骥鸿看贾克中等人脸色,想看看是否有什么异样,却没发现,又想,就这几个人,自家独自就能对付,应该没事。

进了堂上,酒宴已经摆上,还有侍女陆续上菜。郑注、钱可复、卢弘茂和张仲清、贾克中坐在正位,张骥鸿、李叔和等人两边作陪。郑注道:"半年前,在此蒙内侍宴请,不想又来。"张仲清道:"转眼就是半年了,流光飞逝啊。"一味劝酒,共话平生。一时间酒过三巡,张仲清道指着厅堂墙壁道:"上次承蒙卢书记为我写厅记,顿使堂上生辉,今天欢宴,不可无诗。可惜我周围都是粗人,不像仆射属下,个个满腹锦绣,文采斐然。据说就连这位魏押衙,也是深藏不露。"

张骥鸿脸上有些发烧:"没有没有,卑吏一介武夫,读书很少,不学无术,哪里懂得作诗?只是偶尔附庸风雅写几笔,让内侍见笑。"

张仲清随口就吟道:"'世间有才人,三五玩秋月。旁搜绮丽词,以饰蟾宫阙。谁知月中仙,笑我凡俗骨。老卒一何愚,学人论巧拙。'这不是押衙的诗吗?"

张骥鸿不知是该惊还是该喜:"没想到内侍也知道卑吏的涂鸦,惭愧。"

张仲清道:"内侍是有天赋的人呢,这诗看上去很朴拙,仿佛是识字不多的人写的。其实这种朴拙,却诗意盎然,不是一般人能写出来的。所以诗是一种特别的才能,和读书多少没有关系,就如六祖慧能,天生佛根,多少饱学高僧,见了他也只能诚服。"

张骥鸿暗喜,也不知怎么的,鬼使神差冒出一句:"内侍夸奖,愧不敢当,不过类似的话,许十一兄也曾对卑吏说过,想起来真有复杂情绪。"

张仲清道:"许十一兄是?"

"讳浑,也是进士及第,诗写得非常好。"

张仲清拍掌:"许烟雨,我知道,魏押衙怎么认识许十一兄的?"

张骥鸿支吾道:"有一年除夕,在长安崇仁坊的酒馆中,偶然认识的。"他嘴里说着,想起的却是周松,估计这个人已经魂归地府了吧,真是造化弄人。

张仲清道:"许浑乃是才子,没想到仲清论歌诗,能和许才子暗合,颇觉骄傲。押衙,今天兴起,想起一件事,前日有一人赠仲清一卷歌诗,说是从书肆里买来的,想请押衙为仲清鉴赏一下,看这卷歌诗的水准如何。"说着拍了拍手,"把我那卷宝贝拿来。"

一位仆人应了一声,走入内室,不多时出来,将一卷文轴献上。张仲清向张骥鸿招手:"押衙来看。"张骥鸿望着郑注,郑注笑道:"内侍叫你看,怎能不看?"张骥鸿趋走到张仲清跟前,看那文轴纸张坚韧洁白,心知是最上等的蜀郡麻纸,轴上缠着一束丝带,五色斑斓,也是文采烂漫。张仲清道:"我为押衙舒展。"说着解开丝带,缓缓展开文轴,一看,见第一行写着《将进酒》三字,忍不住念下去:"君不见黄河之水天上来,奔流到海不复回。君不见高堂明镜悲白发,朝如青丝暮成雪……"忍不住大赞道:"好,太好了,这是谁人的歌诗?"张仲清道:"我也不知,如此歌诗,竟然不著撰者,任其零落摊肆,我大唐到底浪费了多少才子?"

张骥鸿沉浸在歌诗里,像粼粼白石,躺在清澈的水底,心头波光滉漾,嘴里激动应道:"此人才华,旷世罕见。"心想,别说十一兄不及,便是在紫云村见的李商隐,固然天资秀拔,比起这人也颇有不如。李商隐之才,虽豁人耳目,却终不出尖新取巧,只如韩信奇兵特出以击陈余,袭齐历下,以邪取胜,不邪则难胜;不似这卷诗,乃是堂堂之阵,正正之旗,不出偏师,不事花哨,而如江海巨浸,浩瀚不可侵犯。又想起李商隐对自家的羞辱,忽然醍醐灌顶,歌诗正如其人,李生之量小乎哉。但大千世界,如此才人,竟也名声湮没,像自家的遭遇,又算得了什么?那买得这卷歌诗的人,如果是有野心的,不妨冒充是自家的作品,拿去给贵人行卷,岂不可以弄个科名?一边想,一边尽情领略纸上烟霞,激动道:"内侍,此诗卷为天才所作,人间难得,可否借给卑吏过录?"

张仲清笑道:"魏押衙果然有文人气,当然可以。"

九十七　监军使厅血战

但他话音未落，张骥鸿忽然听到身后脚步杂沓声，随即数声惊呼，还有猫儿的尖叫。张骥鸿心中一震，知道不妙，回头一看，见李叔和左手揪着郑注的头发，右手握刀，正在割取郑注的头颅。郑注全身血迹斑斑，似乎还剩最后一丝气，喉头发出汩汩的声音。张骥鸿心神俱碎，张仲清知道自家弱点，自家中计了，还没等他跃起，李叔和已经彻底割下了郑注的头颅，将其提在手中，大叫："我奉陛下密诏，斩反贼郑注，其僚属全部处死。"那只郑注形影不离的橘黄色猫儿，已经跳到房梁上，惊恐地往下俯视，发出阵阵怪叫。李叔和突然暴怒，手臂一甩，将手中刀朝猫掷去，那猫一跃，刀没有掷中。猫更是大声怪叫，转身向前急窜，霎时隐没于房梁阴影中，只剩下刀啃住房梁不放。

张骥鸿站起来，既愤怒又紧张，他看着正站在墙角的王三，王三手握环刀，横在胸前，也似乎有些颤抖。但看钱可复、卢弘茂，更是吓趴在地，瑟瑟打战。贾克中则站起来，握刀和李叔和并列而立。

李叔和看着张骥鸿，嘴角含笑："反贼，赶快受死吧。"张骥鸿说："你来试试。"李叔和笑道："手下败将，还敢嘴硬，老子几拳就打死你。"说着冲上来就是一拳，张骥鸿略略一闪，躲过他的拳头。李叔和道："有种不要躲，接我一拳。"张骥鸿说："好。"李叔和再一拳击出，张骥鸿伸臂抓住李叔和的手腕，使劲一压，只听得嘎嘣一声，李叔和前臂断折，他发出一声瘆人的惨叫："你使的什么妖术？"张骥鸿道："上次让你一回，你以为自家真是我的对手？来，接我一招。"说完挥出右拳，正中李叔和的前胸，将其打得飞了起来，脊背撞在柱子上，吐出一口血。张骥鸿道："感觉如何。"李叔和用折臂的手指着张骥鸿："你他娘的是妖人。"张骥鸿飞身一跃，从房梁上拔下李叔和的刀，再跃到李叔和身边，道："为郑仆射报仇。"一刀砍在李叔和脖子上，头颅咕噜噜滚了下来。

那边贾克中和王三正打在一起，一时之间分不出胜负。张骥鸿回望张仲清，道："内侍，你怎能这样，我一向尊重你。"张仲清退后几步，尖叫道："我接到皇帝密诏，斩反贼。来人啊。"随即很多披甲握刀的士卒从两旁冲入，向张骥鸿涌去。

张骥鸿右手攥紧环刀，左手一伸，攀住房梁，飞跃而起，凌空斩击，每斩一刀，随即一荡，换了一根房梁，那些士卒没想到张骥鸿这种打法，猝不及防，转眼间躺了一地。再一看，张仲清和贾克中都已经不见踪影。张骥鸿也不敢恋战，拉着王三冲下堂，想跑到院子里，呼唤自家的银斧忠义都牙兵，谁知大门紧闭，不得出去，而院子里也纷纷响起惨呼，原来那些牙兵本来在院子里饮酒吃肉，哪里想到中了埋伏，怀里的短斧还没拔出来，墙头上张仲清征召的镇兵乱箭齐发，本来镇兵对银斧忠义都就嫉妒加恨，怎会手软？他们近身肉搏技能远不如银斧忠义都，野战射箭却不输之，霎时间牙兵纷纷倒下。也有凶悍的牙兵，短斧掷出，杀死了张仲清的镇兵，但外面院子的大门也紧闭，不得出去，且众寡悬殊，无济于事。

张骥鸿羞愤交加，后悔刚才一时犹豫，没有捉住张仲清为人质，准备再回去找找，才跑到中堂，却见贾克中提着长大的陌刀奔来，见了张骥鸿，吼道："你这狗贼，杀了我的叔和兄弟，拿命来。"张骥鸿道："就怕你不来，不得送你见阎王。"双方刀刃相交，张骥鸿一怔："这竖子力气不小。"因不敢怠慢，凝神对敌，打得七八个回合，一刀切中贾克中的拇指，贾克中疼得将陌刀扔掉，惊恐道："狗贼果然有妖术。"转身欲跑，张骥鸿跃起，挥刀对准贾克中的背凌空下击，眼看要把贾克中劈成两段，谁知头顶哗啦啦一声响，张骥鸿感觉不妙，赶紧向墙角跃去，但已经晚了。从梁上抛下的一张大网，将他全身罩住。随即一群士卒拉住网，围了上来，叠成一堆，压得他动弹不得。外面院子里依旧响起震天的厮杀声，张骥鸿喘着粗气，被捆成了一个粽子。再看王三，也被他们捉住。没多久，一群满脸血污的士卒上来，说："五百人被我们兄弟都杀了，一个没剩。"贾克中道："湔洗一下。"

这时张仲清在士卒的簇拥下回到堂上，对贾克中道："郑注这几个僚属怎么处置？"

贾克中道："都杀了。尤其这个郑注，兄弟们一定要剐了吃，长胆气。"随即一群士卒扑上去，仿佛一群秃鹫，把郑注的身体切成数块，各提了一块，说："煮了去。"瞬间就只剩下一颗头颅，还有一件紫色的官服，被血浸得透了，扔到一边，像牛羊被屠剥剩下的皮子。饶是张骥鸿见多识广，也暗暗惊恐，这哪还有一点人间气象。贾克中指着张骥鸿："这个人杀了我们许多弟兄，他的心脏肝胆比郑注还值得一吃哩。"张骥鸿长叹一声，闭目等死，心中迅速浮现自家瞬间也只剩下一颗头颅的景况，汗毛根根竖起。

那群士卒们听了贾克中的话，当即提刀扑向张骥鸿。张仲清却道："慢，此人有点意思，且身份可疑，等查清楚了再宰杀不迟。"士卒有些怏怏。张仲清道："先查清楚，若有价值，朝廷有重赏，不比吃他几块肉强？若无价值，隔夜再吃，也不少一块肉。先吃其他的，怕不饱怎的？"士卒们这才开颜，遂奔向王三，王三看着张骥鸿，嚎叫："舅父，外甥先走一步。"张骥鸿心胆俱碎，对张仲清道："内侍，他只是一小卒，什么都不懂，请饶了他的性命，也算积个阴德。"

张仲清道："我也不想多杀，但须知牙兵是豺狼，不喂饱将反噬。"

那些士卒闻言，二话不说，上前乱刀将王三砍死，随即一人一块，分了尸去，比蝗虫清理稻谷还快，并不餍足，又奔向钱可复、卢弘茂。卢弘茂哭嚎大叫："内侍，请留在下一条性命，在下终身为内侍作文写诗。"张仲清道："你那点文名，也不甚大。此刻哪怕你是白乐天、元微之，我也留不得你。陛下密诏，身份清楚的反贼立刻处决。我要你为我写什么诗？你这厅记我都不敢留哩，给我铲了。"士卒蜂拥上前，用刀将壁上卢弘茂写的厅记全部刮除。卢弘茂也不暇羞惭，只是苦苦哀求："内侍，拙荆是当今太后的亲妹妹，圣人不宜下诏杀我，况且我一向忠心陛下，日月可鉴，我都是被郑注蛊惑的，我不反仇士良。"

贾克中喝道："死到临头，还敢提仇护军的名讳，赶紧解决了。"

钱可复虽然牙齿打战，却道："卢兄，人固有一死，何必腆颜求生。"卢弘茂大叫："不，我不想死，我出身名门，进士及第，文辞精湛，都是被郑注这些狗贼蛊惑，我愿戴罪立功啊。"一边说，一边往桌子底下爬，几个士卒将其拖出来，扔到桌上，手起一刀，割下他臂上一块肉，他发出惨厉的嚎叫，听起来毛骨悚然。张骥鸿虽然对他不喜，也不由得惨然变色，遂叫道："内侍，杀就杀了，何必折磨。"

张仲清似乎也受不了，道："我知你们不喜欢他的高傲，拉远一点脔割，不要让我听见。"士卒憨笑着把卢弘茂拉走，一路的惨叫声，让人毛发直耸。钱可复还好，被士卒拉出来，一刀结果了。嗜血的士卒嚎叫："反贼僚属的家眷都在，一发煮来吃了。吃了他们的肉，来生一定生在富贵人家。"提着血淋淋的刀，蜂拥跨马去了。张仲道："怎能如此，怎能如此，须等诏书再做处置。"贾克中道："内侍在镇也好几年了，这事可阻拦不得，否则我等也会成为他们锅里肉哩。"张仲清看看被捆在地上的张骥鸿，道："这也没人感兴趣了，将军，就劳烦你送他到牢房吧。"

九十八　槛车送上都

张骥鸿第二天早上在牢房醒来，手、脚、脖子都被刑具扣住，几乎一动不能动。他是自在惯了的人，怎受得如此拘束，只觉生不如死，又想，若被拉出去脔割，恐怕更痛苦。但听他们昨天说话，一时半刻不会这么做。他用手梏敲了敲墙，过了一会，牢门真打开了，张骥鸿见进来的竟是赵炼，惨笑道："可以说话吗？"赵炼掩上门，低声说："可以。"张骥鸿道："看在平生挚友的份上，一刀砍下我的头吧。"赵炼一愣："你真不怕死？"张骥鸿道："你以为我还有活路？"赵炼沉默片刻，叹道："的确很难。"张骥鸿道："杀了我。可以免了我胡说八道。"赵炼看着张骥鸿，半晌，道："我还不了解你吗？你这个人我知道，怎么打也不会出卖人。"张骥鸿道："别赌这个，杀了我。"赵炼拔出刀，半晌，又把刀还鞘："说真的，我下不了手，也不敢。"张骥鸿道："为何下不了手？"赵炼道："大郎，你知道我不读书，但爱听三国故事，每次请人给我讲《三国志》，听到曹操杀了吕布，总是身心不快，孙权杀关羽时，我都没有那么难受。"张骥鸿诧异道："吕布可是坏人啊。"

赵炼道："是的,但我不知道,为什么会为吕布难过。"

"难道我是坏人吗?我有吕布那么坏吗?"

赵炼道："不谈挚友的关系,至少说明,你有吕布一样的才能,上天降下你这么一个人,就这么杀掉,太可惜了。"

张骥鸿强笑道："留下我,只是让我受苦。"

赵炼道："张内侍好像很赏识你,不如向他求情。你说到底只是个押衙,仇护军犯不着指名杀你。现今李训已死,谁还非要杀你不可。"

张骥鸿叹气："我杀了内侍那么多士卒,他们那些伙伴不会放过我的。"

赵炼道："我试着找内侍说说去。"

张骥鸿看着他出去,躺在草上,感觉全身逐渐撕裂般疼痛,半睡半醒,再醒来时,才觉饥渴难耐。饿倒还好,渴是真受不了。不免后悔早上赵炼来时,未向其要水喝。他狂喊要水,没人理会,又用手桎砰砰敲击墙壁,折腾好一会,才见一个狱吏进来,劈头盖脸就是一阵皮鞭,然后解开裤子,掏出那话:"渴了是吗,来,这大冬天的,给你来碗热的,保证舒服。"张骥鸿头上戴着枷,手上戴着铐,脚上戴着镣,狱吏虽听说他悍勇,倒也不怕。他把自家那话差不多伸到张骥鸿眼前了,"接住,我这就开闸放水了,浪费了可别怪我。"随即一阵焦黄的尿液喷了出来,张骥鸿躲无可躲,只能闭着眼睛闭着嘴,任由热尿淋在自家脸上。那狱吏大笑:"给你喝,你不喝,下回再喊也没有了。"系上裤子就走。张骥鸿想,其实早知道会受尽折磨,当初被网罩着时,应该立刻引刀自裁的,却为什么没有?

好在下午张仲清突然命人把张骥鸿提去,直截了当:"你不会姓魏，你跟郑注的内弟魏逢长得一点都不像。魏逢矮胖，你要好看得多。你到底是什么人？"

张骥鸿道："请内侍给碗水喝，已经一整天水米未进了。"他看见张仲清左右两边，分别坐着贾克中和赵炼。赵炼的位置本来是李叔和的，看来自家杀了李叔和，倒是帮了赵炼。

张仲清愣了一下，道："这才多久，就折磨成这样，拿水来，再弄点粥饭。现在弄死了，仇中尉那不好交代。"

仆役端来了水，张骥鸿觉得世上再没有比这更甘甜的东西了，一口气喝完，全身每一个毛孔都舒坦十分，他谢道："内侍道德品格，小人佩服之至，小人的确不姓魏，只是郑仆射对小人有知遇之恩，只能生死以报。"遂把前后经历都说了一遍。张仲清慨叹道："看来你的确是受郑注蒙蔽的，人也忠直，可惜所遇非人，白费了一身才能。"问身边的贾克中，"可以让他活吗？留在我身边，倒是个好帮手。"

贾克中恨恨道："内侍，不能留，他杀了我们很多兄弟，尤其杀了对内侍忠心耿耿的李押衙，将他脔割都不解恨。"

张仲清略觉遗憾："我实在欣赏他的武艺，诗也写得好，真的没有别的办法吗？"

贾克中重复说："内侍，军中兄弟恨不能食其肉寝其皮呢。愤懑爆发，只怕不可收拾。"

张仲清叹了口气："那好吧。把这事奏报一下，让仇护军知道，当年逃脱的盩厔县尉张骥鸿，又被我们捉住了。也许仇护军要亲眼见见。"

贾克中道："有必要吗？兄弟们调料染盘都准备好了，就等着脔割他,拿来下酒呢,这田舍奴壮实,吃了长力气。"

张骥鸿听得身体一颤,死已经不在乎了,但脔割也太苦了。他看看赵炼,赵炼垂着头,无动于衷。张骥鸿想,他也不敢说话,于是叫道:"内侍,小人有重要机密,要亲口告诉仇中尉,请内侍转告仇中尉。"

张仲清看着贾克中:"如此看来,暂时还杀不得,得送他去见仇护军。"

贾克中道:"内侍,听他瞎扯哩,他怕死,只想拖延,他哪会有什么重要机密告诉仇中尉。"张仲清看着张骥鸿道:"其实拖延对你也没什么好处,不过多活几日,军中兄弟恨你,狱吏折磨你,活着也是受罪。"

张骥鸿道:"小人并非拖延,小人的确知道一个重大的秘密,内侍可以去问,问神策军可曾捉到李训。"张仲清又看着贾克中:"仇中尉的密使也说,李训跑了,想是跑来了凤翔,要我注意。但看郑注的样子,李训并没有来。李训狡诈,差点杀了仇中尉,捉不到他,仇中尉坐卧不安。"

贾克中道:"李训区区一文弱书生,能济得什么事,仇中尉怕他作甚。"

张仲清道:"你不知道,李训虽然是书生,却计谋多端,行事残忍果断。圣人就是被他蛊惑的,这次诱惑仇中尉去左金吾卫院看甘露,也是他的计谋。好在他的帮手韩约不济事,神色慌张,被仇中尉识破,仇中尉果断命令小宦官抬着圣人退回含元殿,李训当时攀住圣人乘辇,死活不放,一直拖到宣政门,若不是内侍郗志荣勇悍,将其击倒,还不知结果什么样呢。是以仇中尉极恨李训,定要得到他的首级才罢休。"

贾克中道："难道他知道？"他指着张骥鸿，"明显他是胡扯。"

张骥鸿道："我的确知道李训在哪里。"遂半真半假把前后说了一遍，说在马嵬驿碰到李训，如何杀了他，在路上又把李训的头藏在一个秘密的地方。

张仲清对贾克中道："听他这么说，如临其境，不像是能编出来的，不如把他送去见仇中尉算了。"

贾克中道："费这个劲干什么，把他交给狱吏去治，几道刑下去，没人扛得住，只怕连自家老娘偷了几个男人都会招出来。"

张骥鸿道："那地方很偏僻，就算我告诉你们方位，你们也找不到，非得我亲自带路不可。"

贾克中道："老子砍了你双手双脚，抬着你去，你不说，就寸寸磔了，我就不信，你真能熬得住刑。"

张骥鸿道："那你们永远也找不到李训的头颅。"

张仲清道："贾将军，若弄死了他，找不到李训，被仇中尉知道，我们的脑袋都保不住。再说何苦跟他较劲，若拿到李训的首级，你我不是一般功劳。"又问赵炼，"赵押衙，你是从神策军来的，你的意见如何？"

赵炼道："卑吏赞同内侍，把这小子送到上都见仇中尉是上上策，万一他所言为真，仇中尉必给我们重赏。咱们的兄弟们知道有重赏，也会开心；倒是怕他们得知坏了他们的赏钱，闹起事来，不好应付。"

贾克中啧啧了两声，道："娘的，也罢，到了上都，仇中尉也不能饶了他。我亲自押送吧。"赵炼道："卑吏愿意给贾将军当副手。"

九十九　再逢紫云村

张骥鸿被关在囚车里,一路上车毂吱呀。他不但颈、手、脚三处都被铁链捆住,连囚车都缠上了几道铁链,车两边是十来二十个健硕士卒,夹毂而行。快新正了,虽然过了冬至,白日还是短,不觉天色已暮,远处的山间,就像漆黑晦蒙的大海,夕阳悬挂在山的身侧,从天空宿命般缓缓向山中坠落,好像一盏硕大的灯笼,脱离了巨神的掌控,终于将要跌下去。暮色中的天空显得不甚澄澈,恍惚有千百万飞虫在嗡嗡飞舞,衬托得山和日都显得凄凉。不远处就是紫云村。

一行人走得又累又渴,看见路旁有逆旅,都开心道:"进去歇歇,看有没有酸浆。""我要吃一碗馎饦。""我要烤羊。"

押车的就是贾克中,他抱怨道:"内侍信这小子的鬼话,说什么有秘密情报要亲口向仇中尉说,害得我等如此辛苦。"

两边士卒轰然笑道:"不妨,将军,好肉不怕隔夜吃,难道他跑得脱不成。若真如他所言,交出李训的首级,仇中尉一定不会亏待我们。"

贾克中道："哪有真话，这小子不过就想多活几日，但多活几日，真是活受罪呢"

士卒又哄笑："休说这话，若是吓破了这田舍奴的心胆，吃了也不会长勇气了。"

"倒也是，心胆是留给将军的，可不能轻易坏了。"

正说着，逆旅里已经有人迎上来。张骥鸿隔着囚车的栅栏，看出是当年带自家游览菩提寺的小厮，现在自家这个样子，自然他也认不出来。

囚车缓缓驶进院子，忽然里面相继走出几个浓妆艳抹的歌姬，或者抱着琵琶，或者抱着小鼓，或者抱着笙，或者抱着箫管。张骥鸿大吃一惊，牙齿打战。因为他认出领头的便是新妇阿琼，她现在云髻峨峨，妆容华丽，活脱脱就是个美人，虽是大冬天，穿着并不臃肿，愈发显得身材玲珑。其它则是逆旅的歌姬，他曾经听过她们唱曲。

那帮军士都是苦熬惯的，突然见得一帮年轻丽人，哪里把持得住，个个看得呆了，纷纷鼓噪："好美的小娘子，哪来的，不信这个小小村落，会有这样标致的人儿。"有的还想上前亲近，却被其他的军士拉住："嘿，人家是来唱曲的，你想独占不成？"

贾克中也下了马，院子里夕阳斜照，这是一个晴日，没有风。张骥鸿望见新妇的婆婆也走出来了，拜迎贾克中，道："押衙是要住店么？"贾克中道："我这二十几位军士，不知可住得下？"那婆子道："倒也住得下，只是吃饭的地方拥挤些。"贾克中道："那就在这院子里吃，反正没风，倒也畅快。"

婆子连连称好："那就待会在这摆宴，若要听曲时，就让女孩儿在这唱，如何？不过听曲要加钱的。"贾克中道："啰唆什么，怕我们没钱不成。"婆子道："怎敢以为押衙没钱，只是也有那等无赖，听了曲不肯给钱的，曾闹出风波，此后每次都事先向远客叮嘱。不知押衙从哪来？"贾克中道："这关你屁事，难道还要验过所不成。你看我这样带着军士，押着重犯的，可是坏人。"婆子道："不敢不敢。"又朝囚车看了看，张骥鸿披头散发，赶紧低下头去，怕被她认出，无处藏羞。好在婆子不甚在意，只说："这可怜人，年纪轻轻，戴着这样的重枷，只怕脑袋是留不住的了。"贾克中道："这小子杀了我们很多人，凶残无比，可别靠近。"

于是士卒在庭院内搭起帐幕，贾克中在院内转了一圈，踱到院角一块石碣前，看着上面的字，念道："紫云楼下醉，温液岸边眠。行者勿惊醒，人间未足怜。"笑道，"人间如何未足怜？都是一帮酸儒，自家过得不顺畅，就要死要活，以为大家都不想活在世上似的。"众士卒又是一阵附和："将军，不要跟那等腐儒置气，这破碑将军看着不喜，就干脆砸了它。"说着一军士不知在哪找了一柄铁锤，拎在手里，摩拳擦掌过来，抡起就朝石碑砸过去，轰隆一声，将碑砸得四分五裂。歌姬们本来还在叽叽喳喳，顿时个个吓得惊叫。婆子闻声出来，对贾克中说："了不得了不得。"跑到破碎的石碑前，痛惜叫唤。贾克中道："叫什么叫，我也不真想砸了它，手下弟兄手脚快了些，陪你几锾钱，重新立一个罢了。"

婆子道："押衙，你说得轻巧，这碑可是故中书侍郎、同中书门下平章事路相公亲笔写的，两年前他赴西川节度使路上，在本逆旅歇宿，一时起兴，就写了这个，这番砸了，哪还能重新立一个。"

贾克中道："路隋？一个月前就已经死了，想来就是这诗做坏了，人间不肯留他。若还留着，对来往客人都不利呢。"说罢大笑。

婆子被噎住："但本店正当驿道，来往多官员住宿，都知道有这块碑，特意来瞻仰，就这样毁了，不好说哩。"

贾克中道："什么不好说，就说右神策军大将贾克中砸了它，没问你要砸碑费，算便宜了你，你还想讹我不成，刚才说给你几镘钱，料你手上也拿不住。"婆子脸色顿变，也不敢再说什么，嘤嚅着走了。

张骥鸿叹口气，闭上眼睛，刚才在路上囚车里冷得发抖，现在场地上围了帐幕，点上篝火，四边又有庭炬，既光亮又温暖。

不一会，菜肴纷纷端上，士卒们喊："唱曲，唱曲。"赵炼也给张骥鸿拿来一些吃的，吩咐值勤士卒："喂他吃，见到仇中尉之前，不能出了差错。"

随即管弦呕哑，张骥鸿看见新妇袅袅婷婷出场，抱着一个曲颈琵琶，坐在众歌姬前面，轻拢慢捻，弦声轻盈，随即被军士们围住了，再也看不到。只听得贾克中道："小娘子，唱一篇时新歌诗来听听。"新妇道："将军发话，敢不遵命。"随即猛然拨了两圈弦，一时珠玉相撞，吟响不绝，等弦声停息，新妇接着舒喉唱道：

秋雨霖霖坊陌突，香帘偶睹霸王才。

当时有幸逢高帝，会画云台壁上来。

张骥鸿心中又是一番震动，她怎的唱这歌诗，似有用意？不禁暗暗垂泪，神魂仿佛回到了去年那个秋雨稀疏的下午，他站在胜业坊，仰头一瞥，霍小玉风神娇美，正笑吟吟下视，宛若天仙……他埋下头，尽力忍住悲声，肩头一耸一耸地饮泣。喂他吃饭的士卒怒道："哭什么丧，你爷不是还没死吗？"说着长箸敲在张骥鸿头上。

少顷一曲唱完，军士们轰然叫好，要求再来一篇。新妇叫道："好，这是第一篇，下面是第二篇。"说着，她抱着琵琶，走到那断裂的石碣前，说："我来记个数，免得算账说不清。"说着伸出手指，在石碣上一划，等移开手指，石碣上赫然出现一条指痕，正是"一"字。

一百　血染紫云村

庭院中顿时安静了下来，士卒们面面相觑，有士卒嬉笑着："难道这石碑是泥巴捏的？怪道一砸就碎。"走近了石碣，也用手指在上面使劲划去，却划不出一丝痕迹，他看着自家手指，道："这是怎么回事。"

新妇笑道："是我使的戏法，官健阿兄，且待我再唱来，唱完教你这个戏法。"说着又拨了两圈弦，唱道：

画屏罗幌未胜风，回首明君丽色浓。
从此五陵行迹杳，高唐云雨不从容。

众军士又是轰然喝彩："小娘子，不知道你唱的什么，但就是好听。又来又来。"

阿琼道："那还得先记下账。"随即又走到石碣跟前，伸出手指在石碣顶上划了两下，等收回手指，又是淡淡的两条指痕。

张骥鸿被人群挡着，早已看不见新妇，只听到她的唱曲声，以及军士的轰然叫声。他忽然觉得心里有些妥帖，阿琼连唱两篇歌诗，都和自家有关，难道有什么深意？但看看四周，似乎又看不出什么异样，也只好深深叹口气，闭着眼睛，继续听着。

那边院庭中再次静默，先前那个军士再次上前，在新妇划的指痕间摸了又摸，又使足力气，伸指在石碣上划去，依旧毫无痕迹，道："古怪，相当古怪，什么幻术。"

新妇又笑道："谜底很快揭晓，官健阿兄，急什么。既然诸位还要听，那下面是第三篇，这篇长些。"随即又拨了拨弦，展喉再唱：

> 新花临曲池，佳丽复相随。
> 鲜红同映水，轻香共逐吹。
> 绕架寻多处，窥丛见好枝。
> 矜新犹恨少，将故复嫌萎。
> 钗边烂熳插，无处不相宜。

曲音袅袅，张骥鸿听到耳中，顿时想起了夏日，又是泪流满面，心里却越发安定了，预感要发生点什么，但又不知道在这种情况下，阿琼真正做得了什么。

那边轰然声过后，新妇对那军士说："官健阿兄，你觉得这回计数，记在哪比较好？"

那军士手指按在石碣某处上，试了又试，说："就记在这里。"

目不转瞬地看着新妇的手指，新妇伸指在军士指示处划去，顿时又是崭新的三条划痕。军士当即跳了起来："你是人是鬼？"手指使劲按在那新划痕旁边，"这真是戏法不成？"贾克中喝酒喝得畅快，呵斥道："怎么回事？"那军士道："将军，这处真是石块，凿一条痕，只怕得用凿子要凿，她却只用手指划了一下，就是一道痕，这到底什么妖法？"

其他军士拥上去摸那划痕，个个看着新妇，显出不可思议的表情："这是什么妖法，你莫不是女妖？"

新妇笑道："蠢货，武艺不济，便说别人是妖。"

第一个军士恼羞成怒："你敢骂我们。"新妇道："骂你便怎样？"那军士大怒，挥拳就打，新妇迅速退了一步，躲开那军士的拳脚，道："也好，反正今天你们都是活不了的。"

这句话一出，整个场地都静了下来。但也只静了顷刻，随即听见军士暴怒的声音："这里有反贼的团伙，兄弟们，拔刀。"

那边阿琼早已欺上前去，左手依旧抱着琵琶，右手不知什么时候已经从裙里拔出一柄短刀，在那军士的肩头一斩，当即将军士的手臂斩下。那军士疯狂嚎叫，痛得在地上翻滚，吓得人群四散。这倒便宜了张骥鸿，他能看到面前发生的一切。只见贾克中和他的士卒纷纷惊呼，各自握着环刀。而新妇站在断裂的石碣上，衣袂飘飘，右手短刀入鞘，双手又抱着琵琶，笑道："诸位官健，还想听我唱曲吗？已经三曲了，我唱曲子可贵，一曲十贯，诸位当付我三十贯。"

贾克中喝道："你究竟是什么人？"

新妇道："唱曲人。"

贾克中肚子一鼓一鼓："你是消遣我，兄弟们，今天只好杀了这妖女，拆了这个店。"士卒登时拥上去，新妇道："舍不得花钱？就想杀人销债是吗？"说着倏然抽出一条丝带，将琵琶缚到背上，右手再次拔出短刀。两个军士首先上前攻击，新妇左手突然又抛出一根丝带，攀住旁边一棵榆树的树枝，飘然而起，随即头朝下，荡向那群军士，手上刀光闪闪，只听得惨叫声连连；旋即新妇随着丝带荡向树干顶部，一个跟斗稳稳站立，再看地上，几个士卒已经倒在地上，颈上各自喷血。

张骥鸿坐在囚车中，也是目瞪口呆。这些押送他的士卒都是贾克中精选的，个个强壮如牛，他自忖，即使自家有所防备，公平对击，以一对十，也无必胜把握，但这么一群人，在阿琼手下只过了一个回合。张骥鸿自家也经常练习攀爬跳跃，指力极强，只要五根手指搭住了任何可支撑的地方，就可以借力跳跃。但看阿琼用丝带攀援，其精巧度自家尚远远不及。忽然想起夏天跟随郑注去凤翔时，阿琼曾坐在一个高树的顶上为自家送行，当时郑注看见，还赞叹说村姑惯会攀爬。看来对阿琼来说，并不需要辛苦攀爬。又想，她身体还是比男子轻盈，这是她的长处，是以能用这手段瞬息杀死十几个士卒，若自家能有她这样轻盈的身体，也不一定输给她。转而再想，看她用手指划石碣的指力，看来不是戏法，这样的指力，自家却达不到，其武艺真是已臻化境。

这时贾克中剩下的几个士卒魂飞魄散，贾克中自恃壮勇，还不服气，双手提着长大的陌刀，仰头骂道："妖妇，你杀了朝廷官健，只怕要诛灭九族。躲在树上偷袭算什么本事,有种就下来,跟你爷爷斗个真的。"

阿琼居高临下道:"也好,我让你死个服气。"随即像蜘蛛一样,瞬间由丝带下滑至树底,贾克中怎肯放过这个机会,冲上前,一刀兜头砍下,力度怕不有三四百斤。阿琼早已避开,忽然又腾升而起,到得半空,随即脚尖在树枝上一荡,已跳到贾克中的头顶,转身一刀,反插在他脊背上。贾克中还兀自不觉,转身挥舞陌刀,划出一圈一圈的光环。但身体忽然又是一震,两眼失神,强行站立了一会,刀和人同时倒下。

剩下的士卒挤成一团,像被扔进篓子里的泥鳅一样,不停蹦跶,六神无主。阿琼随即跳下树,俯身从贾克中背上拔出短刀,又在他甲衣上蹭了蹭,笑道:"还来吗?你们凑上听曲费三十贯,可以免死。"那几个士卒知道自家武艺远远不敌,赶紧答应:"我等情愿凑钱,请女侠饶命。"阿琼仰头笑道:"都下来吧,把他们绑了。"随即逆旅的楼上忽然跃下几个人,身穿无色麻衣,个个腰间挂着刀,笑道:"听我家主君的话,交钱,放下兵器可以免死,否则今天就送你们上路。"

那几个士卒二话不说,扔掉手中环刀,跪地求饶。张骥鸿这才发现,在阿琼的随从中,竟然有白大和元二两人,愈发长舒了一口气。

阿琼走到囚车边,看着张骥鸿:"还不拜见故人吗?"她唇色血红,笑语盈盈,表情慵懒。

张骥鸿抬头,羞惭道:"你知道是我?"

阿琼道:"一直在这等你,我们不是有半年之约吗?你忘了。"

张骥鸿惨然道:"没忘,但真不想这样和你见面,你到底是什么人?现在可以说了吧?"

阿琼隔着囚栏凑近他,轻轻道:"家父成德军节度使。"说着抿嘴一笑。

张骥鸿心中虽然已经有数,但直接听到耳里,还是有些吃惊:"那你为何住在这里,嫁了逆旅的少主?"

新妇道:"因为二十年前,家父出公差,路过这个菩提寺,求菩萨保佑他做到节度使,若能如愿,就遣爱子爱女来此处亲自侍奉菩萨三年。说来也巧,家父后来果然做到节度使。又某日,一天竺来的和尚给家父算命,说家父杀戮太重,只怕有祸,需要爱女隐藏身份三年,苦行佛道,为其昼夜祈福,才能禳灾。至于嫁逆旅少主,只是个幌子罢了。"

张骥鸿恍然大悟:"我明白了。去年的新正时,你在上都,我好像见过你,但又不敢相信。"

新妇道:"是我大兄来长安为圣人贺年,命我去长安,跟他一起守岁。"

"所以你赠了我五百匹绢?为什么?"

阿琼笑道:"蠢人,这还用问?当然是因为喜欢你。"

张骥鸿没想到她这么直接:"可我们并无多少交往,为何喜欢我?"

新妇道:"你跟霍小娘子又有多少交往?只是仰头看了一眼,连句话都未说过,怎么就喜欢她了。"

张骥鸿道:"只觉她是我的福星,定能旺我。"阿琼笑道:"乐户之中，菟丝之质，只能缠附乔木，安能旺你？我看你主要是见色起意。"张骥鸿默然不语。

阿琼又道："不笑话你了，你问我为何喜欢你，我也不知道，只是一眼觉得，哎呀，此人是个英雄，堪为我配。"

张骥鸿心中又骄傲又惭愧："我这像英雄的样子吗？"

"像，只是缺些狠辣，我可以帮你。"

这时白大和元二过来，道："舅父受苦了。"白大举起利斧，一斧头将刚才给张骥鸿喂饭的军士劈倒，张骥鸿惊道："何必杀他。"白大道："没听到我家主人说吗，舅父唯一的缺点就是缺些狠辣。"又将囚车及张骥鸿身上的桎梏砍碎，阿琼道："你可还走得动？"

张骥鸿鼻子一酸，滴下泪来，瞬间涕泗滂沱，这次无须控制："手脚还算完好。多亏了我的兄弟赵炼，你们不要动他。"阿琼笑道："我知道。现在你跟我一起走吧？"张骥鸿正待说好，忽然想起五娘无人照看，又默然。他也厌恶自家，不久前只求速死，现在获救，反而得陇望蜀。

阿琼笑道："你还有什么牵挂？若不舍，带上霍小娘子也行，我不介意。"张骥鸿忍不住笑了："都说女子善妒，你为何不妒？"阿琼道："以色事人者，色衰而爱弛。你以为我是霍小玉？我需要妒什么？有什么事，是我自家做不到的？"

张骥鸿道："你说得也对。"

阿琼道："对了，你才是我要的色，你可要善自修饰，小心自家色衰，以免我对你爱弛。"张骥鸿见她扬起下巴，脸上充满骄傲,有一种从未见过的自信之美,顿时觉得自家的灵魂已经匍匐,但还是不甘心,嗫嚅道:"我会练到武艺超过你。"阿琼笑道:"你试试。"

院子里残余的阳光突然消失,张骥鸿纵目远处,那巨大的灯笼终于沉落山间,再也不见。只留下一些霞光,映照得西方的天空无比灿烂。也不知道是梦,还是现实。

(全文完)

后记

我之前的历史小说，基本都是汉代背景的，从西汉到东汉（包括三国），这却是一部以唐代为背景的历史小说，而且写得这么长，简直出乎我自己意料之外。

为什么会写这么一部小说，是因为去年有一段时间，我耽于读唐代笔记。有一天，读到一段传奇般的描绘，突然有些激动，就琢磨着怎么把它改写成一篇现代意义的小说。唐代的笔记，一般也叫笔记小说，但其中很多都像是速写，没有前因后果，没有一个首尾呼应的完整故事，就连那鼎鼎有名的虬髯客传奇和聂隐娘，也不太成熟，无结构，无轻重，只好在有一股勃勃之气，横冲直撞，散发着邪性的魅力。小说有这种邪性，就有异样的光彩，缺点可以忽视。

打动我的那段唐代笔记，就有类似的邪性，我想改写，就得找一个主题。可想了半天，也没想出好的。我自己一向讨厌主题先行的小说，很多现代派作品，往往都有主题先行的毛病，为此硬扯一个牵强的故事，或者干脆故弄玄虚，搞些寓言一样的东西。我当然不会效仿。我并非完全否定小说需要一个主题，主题是要的，没有主题的写作，就好像没有目标。

最后也没有想得很清楚，只觉得朦朦胧胧的，激情四溢，很想写，就开始写。原以为写个几万字就结束了，写着写着，就七八万字了；又想写到十来万字就结束，写着写着，又快二十万字了……最终写到了三十七万字。在写法上，我不想重复自己，我追求回归传统，追求绵密，更追求生活的质感。对于历史小说来说，这是一个非常艰难的任务，好在我感觉写得还算顺手。

给了几位很好的朋友看，也惴惴："是不是没有主题？"一位朋友说："当然有主题，主题就是小人物再厉害，在权力面前也屁都不是。"又补充道，"再说，小说也不是一定要围绕主题，可以各种丰富……《紫云村》绝对碾压市面上的历史小说。"

这个评价有点过头，我自然不敢信，于是又问："比《刺杀孙策》如何？"我知道他很喜欢《刺杀孙策》。

"比《刺杀孙策》强。"

那就放心了，我希望自己每一部都能进步，哪怕只进步一点点。

唐代历史题材比汉代好写，虽然对于唐代，我没有像汉代那么熟。但唐代的资料实在太丰富了,我没有统计过,大概要比汉代丰富十倍以上吧?即便我不是太熟悉,只消读一部分,在心中滋生的历史感也会超过汉朝。尤其细节多,像那些笔记小说里记载的生活细节,汉代哪有。还有长安城的里坊,各类记载拼合起来,清清楚楚,各个里坊内住过什么人,房屋位置,甚至朝向,种了什么树,都几乎可以一一复原。唐代佛教兴隆,坊内寺庙众多,似乎几百步就是一个寺庙,很像现在日本的京都,无疑更让人能感受到生活的质地。唐传奇里侠客的故事,无比浪漫,让我神往,虽然知道是假的。加之唐代文教兴隆,唐诗冠绝古今,我年少时就喜欢诗词,自己偶尔也写几句,算是一项"才艺",可惜在汉代题材的作品中,却发挥不上,这回可以趁机表现一下。小说里张骥鸿的诗词,都是我替他写的,也许很拙劣,但张骥鸿本来也不是什么大诗人,我能帮他写得平仄合律,就算没辱没他了。在我的感觉中,唐代的天空比汉代要朗润;而一回思汉代,仿佛四季都充溢着阴冷,大概主要因为唐诗。唐诗让我直面当时更活泼泼的生人趣味,自然就会感到明媚而亲切。总之,在写作的过程中,是很愉快的。以后我会写更多的唐代背景的历史小说,可能还会加上宋代,因为比之唐诗,我更喜欢宋词。

不多谈了,还是让作品本身说话,请不吝批评。

史杰鹏

2023 年 11 月 28 日星期二

图书在版编目（CIP）数据

紫云村 / 史杰鹏著. -- 广州：广东人民出版社, 2024.9. -- ISBN 978-7-218-17898-1

Ⅰ. I247.5

中国国家版本馆CIP数据核字第2024A1S880号

ZI YUN CUN
紫云村

史杰鹏　著

版权所有　翻印必究

出版人：肖风华

责任编辑：钱飞遥
责任技编：吴彦斌

出版发行：广东人民出版社
地　　址：广州市越秀区大沙头四马路10号（邮政编码：510199）
电　　话：（020）85716809（总编室）
传　　真：（020）83289585
网　　址：http://www.gdpph.com
印　　刷：北京中科印刷有限公司
开　　本：1450毫米×2100毫米　1/32
印　　张：21.5　　字　数：497千
版　　次：2024年9月第1版
印　　次：2024年9月第1次印刷
定　　价：88.00元

如发现印装质量问题，影响阅读，请与出版社（020-87712513）联系调换。
售书热线：（020）87717307